陳桂棣・吳春桃夫婦於頒獎典禮上

（本書照片由尤里西斯文學獎基金會提供）

The copyright for the photographs is: Foundation Lettre Ulysses Award

www.lettre-ulysses-award.org（尤里西斯報導文學獎網站）

陳桂棣・春桃◆著

本書披露了改革開放下
九億中國農民真實的
生存困境……

榮獲「尤里西斯國際報導文學獎」首獎

中國農民調查

大地出版社

序

何西來

陳桂棣、春桃伉儷的長篇報告文學新作《中國農民調查》將要面世，責任編輯將清樣送我，按原先與作者的約定，要我做序。我既然允諾在前，也就無可推托。

我花了整整三天的時間，從頭到尾細讀了這部作品，我受到了巨大的衝擊與震撼，這是這些年來少有的。兩位作者，用了兩年時間，對他們所在的安徽省五十個縣的農村，做了深入的地毯式的採訪，研究和收集了大量有關的文獻和資料，也從中央到地方，採訪了一些省外的單位和個人，政要和學者，而後投入寫作。從動筆，到付樣，凡兩閱寒暑，三易其稿。

應該說，這是一部精心結撰之作。我甚至覺得，單用「精心結撰」，已不足以表達我讀完這本書的真實感受，因為這個評價過於側重技藝和技巧的層面。兩位作者說：「當我們拿出了今天的作家已經少有的熱情與冷靜，走近中國的農民時，我們感到了前所未有的震撼與隱痛。」熱情，說的是他們作為來自農村的農民的後代，對農村的眷戀、關切和深受，而冷靜則表示他們必須持有的科學態度和理性精神。前者保證了他們能夠接近哪怕是殘酷的事象，以平民的感同身受的心態，目睹並體驗中國農民真實的生存狀態和生存環境；後者則使他們能夠在「前所未有的震撼與隱痛」的情感浪湧中保持冷靜，保持清醒的理性，從而不為各種表象所阻滯，並進而探究到事物的內在聯繫及其本質。

在長達兩年的採訪中，作者看到了什麼呢？他們寫道：「我們要說，我們看到了你想像不到的貧窮，想像不到的罪惡，想像不到的苦難，想像不到的無奈，想像不到的抗爭，想像不到的沉默，想像不到的感動，和想像不到的悲壯……」這段話寫在全書的引言裡，既是作者情不能已的表白與感喟，也是他們對讀者的一種提示。初讀讓我一驚，及看完全書，在無數次情緒翻湧，心浪澎湃和掩卷深思之餘，我不得不承認，只有上面這段話，才庶幾乎可以描繪出我複雜的閱讀體驗，畢竟是人同此心，心同此理。

桂棣和春桃把他們的書命名為《中國農民調查》，是有深意和寄寓的。標出「調查」，強調的是從現狀、從實際出發，強調的是報告文學作家敢於正視現實、直面人生的精神祈求與寶貴傳統。這既是他們採訪和寫作的基本態度，基本立場，也是他們所遵循，所運用的基本方法。中國歷史上素來有「秉筆直書」傳統。對於史家來說，看到和發現歷史事件和歷史人物的真實面貌，特別是那些陰暗的方面，被權力者著意掩蓋的惡行惡德的方面，也許並不十分困難，雖然這也需要超群的才力，豐厚的學養和敏銳的史識，但困難在於，你有沒有勇氣，敢不敢把你所看到、所發現的這一切，不加隱諱地寫出來，即敢不敢「秉筆直書」。這才是對史家膽識和人格的嚴峻考驗，只有那些不避刀劍砧鑕，斧鋸鼎鑊，寧可不要性命而絕不枉死的硬漢子，才能堅持下來。清代的章學誠，之所以在唐劉知幾的史家「三長」之後，再特意加上「史德」，強調的也正是這一點。現代報告文學，是隨著現代傳媒特別是現代報刊而發展起來的一種新興的文學樣式。它的基本特點之一，是紀實型的真實，而非虛構型的真實。這裡有它的局限，但更重要的，是它的優長。這是其他文學樣式所不具備的。在紀實型的真實這一點上，寫報告文學與治史，其實是相通的。這是許多優秀的報告文學作品能夠具有無可爭辯的文獻價值和史料價值的根本原因。也許正因為如此，有的報告文學研究家把這種文學樣式的起源，一直追溯到太史公司馬遷的《史記》，因為他寫了「今上」漢武帝劉徹。這樣溯源，是否可取，學術界尚有爭議。但報告文學近史，卻是不爭的事實。

自上一世紀七十年代末以來，我國的報告文學以其逼近現實，逼近人生的紀實型真實，把長期被極左專制所掩蓋的諸多黑暗和罪惡破天荒地揭露了出來，並且深入追蹤人們普遍關注的各種重大的社會問題和熱點問題。從而大大拓展了自身題材的領域，把觸角伸向許多鮮為人知的生活層面與角落。因為報告文學比一般的新聞報導能夠提供更系統、更豐富、更深刻、更立體和多面的真實資訊及背景材料，故持續受到讀者的歡迎。這是自報告文學在我國產生以來最為輝煌的一個時期。在這個長足的發展時期中，報告文學形成了一種最可貴的傳統，這就是敢於無隱諱地逼近現實，逼近人生的精神。不是說所有報告文學家和所有的報告文學作品，都體現了這種精神，但那些最有代表性的傑出的報告文學家和那些最有代表性的深受讀者歡迎的報告文學作品，卻無疑是這方面的佼佼者。單從創作主體來看，這裡也存在著史家「秉筆直書」品格的現代表現。讀了《中國農民調查》，聯繫到作者以前寫過的《淮河的警告》和《民間包公》等優秀作品，我覺得應該把陳桂棣放在四分之一個世紀以來中國報告文學發展的這一主導趨勢和主要傳統中來評說。

從這本書名的「調查」，讓我聯想到早年的毛澤東。毛澤東曾有「沒有調查就沒有發言權」的名言。這是他在反對曾給革命事業造成毀滅性災難的左傾教條主義和本本主義時提出來的。在上一世紀的二十年代到三十年代，毛澤東為了獲得對中國農村的正確認識，作為制定路線、政策的依據，領導當時的革命鬥爭走向勝利，曾經對湖南和江西的農村做過許多深入、系統的調查研究，並把調查研究的結果，寫成書面的調查報告。一九三〇年，毛澤東在《尋烏調查》的前言中說：「我做的調查以這次為最大規模。我過去做過湘潭、湘鄉、衡山、醴陵、長沙、永新、寧岡七個有系統的調查，湖南那五個是大革命時代（一九二七年一月）做的，永新、寧岡兩個是井岡山時代（一九二七年十一月）做的。湖南五個放在我的愛人楊開慧手裡，她被殺了，這五個調查大概是損失了。永新、寧岡兩個，一九二九年一月，蔣桂會攻井岡山時也損失了。失掉任何東西，我不著急，失掉這些調查（特別是衡山、永新兩個）使我時常念及，永久也不會忘記。」可以看出毛澤東對調查研究及其書面成果的重視。除了《尋烏調查》〈毛澤東在後來還寫過《東塘等處調查》、《興國調查》、《長岡鄉調查》、《才溪鄉調查》等。在那一代黨的領導人中，毛澤東是唯一一位做過如此系統如此多的農村調查並把整理成文的著作留下來的人，因此，他就獲得了比其他領袖對中國農村、中國社會更為深刻、更為系統和周詳的認識。輝煌的毛澤東思想的理論大廈，正是從類似的調查研究的基礎上，從革命鬥爭的實踐中昇華出來的。實事求是，作為輝煌期毛澤東思想的精髓，更是與調查研究有著直接的關聯。儘管毛澤東本人在他的晚年因為離開了調查研究和實事求是的原則，而造成了一系列嚴重的失誤。但是他所倡導的調查研究的方法和實事求是的作風仍然是彌足珍貴的傳統。不知道桂棣、春桃為他們的這本書命名的時候是否自覺，但我從他們的生動描寫和敘述中的確讀出了這一傳統的承傳與發揚。我想，我們這個判斷不會是一種牽強附會。何況，無論對於浮躁的社會心理，還是對於浮躁的文壇風氣，都需要用這一傳統的重新喚回和發揚光大來加以救治。

桂棣和春桃的《中國農民調查》在敘事風格和敘事結構上，不是典型的報告文學模式，沒有以具體人物的命運為綱紀，也不以人物性格和心理的展示為指歸，更未刻意追求一個一個生動具體的細節的選擇與描繪，而是以總體把握中國的「三農」問題為目的，按照問題本身的邏輯關係，漸次展開了他們的敘述和描寫。就是說，在他們的筆下，問題是經，是綱紀，而人物命運、性格、心理的展示，細節的選用，事件的梳理等，則是緯，在總體上服從於「三農」問題的深入把握與揭示。應該承認，兩位作者給自己提出了一個非常、非常艱巨的任務，不僅採訪到真實的情況，要付出辛勤的勞動，要克服許多難以想像的困難和阻力，而且困難還在於找到恰當的形式，把採訪所得的材料，把自己真實的體驗，總之，是把他們認為應該表達和想要表達的東西，如實地呈現給讀者。到處是雷區，到處有禁忌，而問題本身又往往複雜得千頭萬緒，困難大到幾乎難以逾越。所以，兩位作者說：「我們同樣不可能想到，問題嚴峻到我們竟不只一次地懷疑起自己的能力和勇氣，懷疑如此重大敏感的課題，作家能夠勝任嗎？」然而出於對九億農民，對鄉親父老的愛，出於報告文學家的良知和現代知識者對國家民族的責任，他們還是堅持下來了，寫出了一部足以振聾發聵的關於中國農民現狀和農業綜合改革的大書。

這不是一本「報喜」的書，更不是一本粉飾升平的書、貼金的書，而是一本把嚴酷的真實情況推向讀者，推向公眾的書，是一本無所隱諱地把「三農」問題的全部複雜性、迫切性、嚴峻性和危險性和盤托出的書。作者不僅提出了問題，而且與農業方面有真知灼見的專家、學者，還有長期從事農業方面政策制定及領導工作的經驗豐富的官員們一道，對這些問題的嚴重程度，及其相互之間的複雜關係，做了盡可能詳明地分析。作家的憂患意識是顯而易見的。

自從二〇〇〇年湖北監利縣棋盤鄉黨委書記李昌平在給國務院領導的信中說了「農民真苦、農村真窮、農業真危險」的話，深深觸動了時任總理的朱鎔基同志的心，並引起了黨中央的高度重視。自那以後，「三農」問題，成了黨的各項工作的重中之重，也成為國人關注的焦點。然而，對於多數人來說，並不清楚「三農」問題到底嚴峻、緊迫、危險到何種程度。這一情況直到今天，仍然改變不大。以我為例，雖然自小生活在農村，進城以後因父母仍在農村，也常回去看看，至今仍有弟、妹生活在農村，去年冬天還回去住過十多天，知道農村生活依然很苦，但是桂棣、春桃筆下農民生計的艱難，負擔的沉重和某些村、鄉、鎮幹部的欺上壓下、橫徵暴斂、敲骨吸髓，乃至草菅人命的嚴酷畫面，還是讓我震撼。他們的描寫是真實的，令人信服的。

從《中國農民調查》的全書結構來看，第一到第四章，以一系列惡性案件的發生為中心，具體展開農民在稅費重負的壓制下生存的窘迫，命途的多舛，那一幕幕血淚的情景，讓人有透不過氣來的感覺。作者以悲憤的筆觸，揭露了那些已經蛻變成黑惡勢力的村官鄉霸橫行鄉里、魚肉百姓的暴行，當然也寫了農民在忍無可忍情況下的上訪與抗爭。農民負擔過重的問題，早在八十年代初期就已漸漸顯露出來，且有愈演愈烈之勢，中央三令五申，制定了具體的減負政策和措施，但收效甚微。進入九十年代，問題變得空前嚴峻了。問題是為什麼深得民心的中央的減負政策就是貫徹不了呢？為什麼總是捺下葫蘆起來瓢，一而再，再而三地反彈呢？《中國農民調查》第五到第八章專門就這個問題進行了多方位多層面的調查、探尋與分析。通過這些調查、探尋與分析，人們看到，農民負擔過重，只不過是冰山頭，是露出水面的部分。它聯繫著許多深層的、體制的、政策的缺陷與弊端，如縣鄉鎮機構無限膨脹，「幾十頂大蓋帽管一頂破草帽」；在土地資源日漸減少而又增產幅度有限的情況下，農民要養活愈來愈龐大的已經形成特殊利益群體的鄉鎮幹部隊伍；無休無止的「形象工程」、「政績工程」、「達標工程」的集資和攤派，這又涉及幹部的考核、提拔方式；此外還有城鄉分治的問題，剪刀差的問題，貧富差距拉大的問題等等。這就讓我們看到了「三農」問題的全部複雜性和嚴峻性。

桂棣和春桃不是悲觀主義者。在《中國農民調查》的第九到第十二章，他們通過對農業問題專家安徽何開蔭和河北楊文良的稅費改革主張的敘述，以及對他們關於農業體制綜合改革思路的評價，還有他們本人命運的沉浮和在這沉浮中鍥而不捨的追求，表現了他們難能可貴的中國知識分子特有的濟世之心。與他們相聯繫，作者還以足夠的篇幅展示了一批長期在農業改革第一線弄潮的官員的卓越見解，其中，對於溫家寶總理的工作作風的描寫尤其給人留下難忘的印象。全書結束於「並非尾聲」的「大幕正在拉開」。

總之，《中國農民調查》是一本以報告文學的形式，為我們提供了有關「三農」問題的真實狀況和介紹解決問題的思路的大書、好書、及時的書。它的認識價值和文獻價值是無庸置疑的。青年人、中年人、老年人，凡關心「三農」問題者，關心國家富強、民族興旺者，都不可不讀這本書。我相信廣大讀者的眼力，相信這本書一定會以自己紮實的負責任的內容，贏得萬千公眾的心。我不相信自己會看走眼。

二〇〇三・十二・十五　六硯齋

引 言 在現實與目標的夾縫中

中國是一個農業大國，十三億人口就有九億農民，可是，很久以來，農民在農村中的生存狀態究竟如何，絕大多數城市人並不清楚。只依稀記得，上個世紀七十年代末那場讓整個世界都為之震驚的偉大改革，是從農村開始的，自從農村實行了以「大包幹」為標誌的家庭聯產承包責任制以來，農業生產上連年獲得大豐收，很快就出現了「賣糧難」，而且冒出了許許多多「萬元戶」。一時間，中國的農民好像已經富得流油了。然而，以後不久，隨著城市改革的不斷深入，我們就很少再聽到有關中國農業、農村和農民的消息了。不過，稍後就發現，越來越多的農民，放棄了曾視為生命的土地，遠離了曾經日夜廝守的村落和熟悉的農事，寧可忍受寂寞、屈辱與歧視，也要擁進各地城市，於是，數以百萬計的中國農民掀起的「民工潮」，便一次又一次成為上個世紀最後十多年的一道奇異的風景。

這些年，因為致力於報告文學的寫作，我們有機會經常深入各地農村，同時，結交了不少農民朋友，常聽他們聊一些農村裡的事。我們發現，原先存留在我們印象中的那一幅幅鄉間風俗畫，不過都是遙遠而虛幻的田園牧歌，或者說，是過慣了都市浮躁生活的城裡人對鄉間的一種嚮往。而現實生活中的農村並非如此，或者說，農民眼中的農村並非如此，他們沒有這樣的閒情逸致，他們活得很累，很沉重。

一次，為了解淮河污染的事情，我們曾路過安徽省淮北平原上的一個村莊，竟發現那裡的許多農戶家徒四壁，一貧如洗，這使我們感到震驚。有一家，全家人居然用賣菜得來的五元錢就過了一個春節，生活的窘迫，甚至不如剛解放那幾年。有位農民扳著指頭給我們算了一筆賬，他說刨去種子、化肥、灌溉、機械種收以及這稅那費，假如小麥畝產上不到九百斤，這一年就等於白幹。而淮北農村能夠達到畝產九百斤小麥的，顯然並不多見，可以收到八百斤就已經是相當不錯了，一般也只有六百斤，就是說，如今農民的生活僅靠種地已是難以為繼，但他們卻依然要承擔多如牛毛的各種稅費。

農民們含著淚說：「『大包幹』留給我們的好處早就一點一點被掏光了！」

我們沒有想到，安徽省最貧窮的地方，會是在江南，是在聞名天下的黃山市，在不通公路也不通電話的黃山市休寧縣的白際鄉。在那裡，我們吃驚地發現，大山裡的農業生產仍停留在刀耕火種的原始狀態，農民一年累到頭，平均收入只有七百元，月收入僅攤到五十八元；許多農民住的還是陰暗、潮濕、狹小、破舊的泥坯房子，有的，甚至連屋瓦也置不起，房頂還是樹皮蓋的。因為窮，一旦患病，小病強忍，大病等死。全鄉六百二十戶人家，貧困戶竟佔到五百一十四戶，達到百分之八十二點九；全鄉兩千一百八十人，貧困人口也佔到一千七百七十人，達到百分之八十一。可是，就在這樣一個貧窮的鄉鎮，因為前幾年鄉村幹部們搞浮誇，居然被上面認定已經脫貧，派下來的苛捐雜稅，壓得村民透不過氣；而且，這個鄉的鄉長又是個敲骨吸髓的貪官，就在我們去前才被法辦。我們在驚訝於貪贓枉法者已是無處不在的同時，更令人窒息般地感到話題的沉重。

離開白際的那天，我們特地選擇了從浙江那邊下山，一路之上，竟也發現，屬於「天堂」杭州市的淳安縣中洲鎮，其實也富裕不到哪裡去。

二○○○年春天，湖北省監利縣棋盤鄉黨委書記李昌平在給國務院領導的一封信中說了這樣三句話：「農民真苦、農村真窮、農業真危險」。這話，至少說明，我們在安徽省農村所接觸到的，在別的許多地方也同樣存在著。李昌平有關「三農」問題的上書，顯然觸動了一個大國總理的心，朱鎔基曾動情地批覆道：「『農民真苦、農村真窮、農業真危險』，雖非全面情況，但問題在於我們往往把一些好的情況當作全面情況，而又誤信基層的『報喜』，忽視問題的嚴重性。」

由此，一個讓我們這些終年生活在城裡的人百思不得其解的問題便凸現出來：今日中國之巨大變化，蓋得益於二十多年前那場舉世矚目的大變革，既然是億萬農民引領了中國改革的風氣之先，現在怎麼又會淪落到如此難堪的境地？

不可否認，我們今天已經跨入了中國歷史上前所未有的嶄新時代，然而，對底層人民，特別是對九億農民生存狀態的遺忘，又是我們這個時代一些人做得最為徹底的一件事。

因此，可以這樣認為，我們面臨的，已絕不僅僅是一個單純的農業問題，或是簡單的經濟問題，而是新時期執政黨面臨的最大的社會問題。我們確實沒有理由，在城市變得日新月異的今天，忘卻了廣大的農村；沒有九億農民兄弟真正的富足，一切樂觀的經濟統計數字都將失去意義！

美國哈佛大學經濟學家德懷特·帕金斯曾經說過的一句話，至今值得我們深思：「對於未來的改革者來說，中國經歷的政治經驗顯而易見但又常常被遺忘——改革進程中應該有明確的受益者。」上個世紀改革之初，受益者除了「大包幹」的農民，還有個體工商戶和深圳特區的拓荒者。但是當改革的重心移向城市，受益者就變成了新生的企業家階層、通過尋租活動迅速富裕起來的政府官員與勉強可以稱之為群體的城市中產階層，而作為我們這個社會最大的群體——九億農民，非但不是受益者，還因為增產不增收，一些地方甚至出現「今不如昔」的局面。

我們常常驕傲地宣稱：我們是以世界百分之七的耕地，養活了世界上百分之二十一的人口。我們的農民為十三億人口提供了足夠的糧食，這不能不是一個世界性的偉大貢獻，可是，我們卻往往很少想到，我們卻是在以佔世界上百分之四十的農民才養活了這百分之二十一的人口的。這只能說明，我們的農業目前還相當落後，絕大多數的農民生活水平還很低。

聯合國發表過一份《人類發展報告》，這份報告將全球一百六十二個國家和地區按照發展指數的高低排名，中國被排在了第八十七位。這個名次是很令人沮喪的。當二十多年成功的改革開放，中國的國民生產總值有了大幅度的提高，並且由於這種突飛猛進，已經創造出了當今世界經濟增長的奇蹟的時候，諾貝爾經濟學獎獲得者克萊茵，卻在注視著我國的農業問題，他曾對中國的訪問者說，中國經濟有兩大問題：一是農業，二是人口；諾貝爾物理學獎獲得者楊振寧，也說過相同的話：中國目前最困難的事情，就是人均國民收入太低。

一個不爭的事實是，中國的農業、農村和農民問題，已經成為影響我國未來現代化發展的主要因素，它已經關係到我們整個國家的命運，關係到我們現有的現代化水平能不能維持，我們通過二十多年努力奮鬥好不容易創造出的改革開放的成果有可能毀於一旦。

作為報告文學作家，我們的文學應該時刻保持與現實生活的對話。面對如此嚴峻的問題，作家不應該缺席。因此，從二〇〇〇年十月一日開始，我們從合肥出發，地毯式地跑遍了安徽省五十多個縣市的廣大農村，隨後，又盡可能地走訪了從中央到地方的一大批從事「三農」工作研究和實踐的專家及政要，作了一次長達兩年之久的艱苦調查。

我們從不懷疑，安徽省的農村面貌，在全國十二個農業大省中是最富有代表性的；如果就農村的改革而言，安徽在全國所有的省、市、自治區中，就更具有典型意義。因為被稱作新中國農村三大改革的土地改革、「大包幹」和農村稅費改革，後兩項改革，就源自安徽。朱鎔基就曾不只一次地說過：「在農業的問題上，在中央要對農業作出重大的決策時，我往往是會到安徽來調查研究的。可以說，我們許多成功的經驗都是從安徽來的，安徽為中國的農業作出了很大的貢獻。」溫家寶也早就說過：「事關農村的政策問題，我就想到安徽來聽聽大家的意見，因為這裡有許多熟悉情況、又敢於發表意見的同志。我每次來都很有收穫。」因此，我們走進安徽的廣大農村，其實也就是在走近中國的農民。

我們本來就是農民的後代，並且都在農村度過了無邪的童年歲月，今天，當我們奔走在已經變得陌生的田野，卻依然像回到母親的懷抱，內心的衝動幾乎要溢出滿眼的淚水。這種與大自然血肉般的親情，是我們進入城市以後再也沒有感受過的。

但是，當我們拿出了今天的作家已經少有的熱情與冷靜，走近中國的農民時，我們感到了前所未有的震撼與隱痛。

我們想說，今天中國還並非到處歌舞升平，我們還有很多困難的地方和困難的群眾。現在許多人沒有離開過大城市，以為全中國都像北京、上海那個樣子，有些外國人來了，一看，也以為中國都是那個樣子。其實，不是這樣。

我們要說，我們看到了你想像不到的貧窮，想像不到的罪惡，想像不到的苦難，想像不到的無奈，想像不到的抗爭，想像不到的沉默，想像不到的感動，和想像不到的悲壯……

我們甚至沒有想到，這次安徽省率先進行的農村稅費改革的試點工作，會是和二十多年前發生在安徽的那次「大包幹」一樣的驚心動魄；我們的採寫工作又幾乎是和這場改革同步進行的，勢必注定我們的工作，會和這場改革一樣的激動人心，一樣的懸念叢生，一樣的充滿著坎坎坷坷、一波三折，甚至，中途不得不和改革的試點一樣地停頓下來，作痛苦的思考，將原有的計劃打破。

我們同樣不可能想到，問題嚴峻到我們竟不只一次地懷疑起自己的能力和勇氣，懷疑如此重大而敏感的課題，作家能夠勝任嗎？

不過，我們畢竟堅持了下來。因為我們相信，文學對社會的責任不是被動的，它不應該是生活蒼白的記憶，而是要和讀者們一道，來尋找歷史對今天的提示；因為中國的明天，只能取決於我們今天的認知和努力。

現在，當我們開始講述關於中國農業、農村、農民故事的時候，便首先強迫自己冷靜下來，我們知道只有平靜與從容，才可能挽住我們心中曾經無數次湧動過的波瀾……

目次

第一章　殉道者

1 騷動的路營村

生與死，肯定是兩個不同的概念，除去不懂事的孩子和失語的老人，恐怕這是世界上最不容易搞錯的一件事情。可是，有時它也是十分模糊的，模糊得還會讓人感到吃驚：有的人明明活著，好像已經死了；有的人已經死了，卻彷彿還活著。

丁作明顯然就是一個例外。

丁作明已經死了，他的死不能說是「重於泰山」，但在他死後八年的二〇〇一年二月十日，當我們走進淮北平原出了名的貧困縣利辛縣，向許多人打問去紀王場鄉路營村的路怎麼走時，回答我們的，首先不是去路營村的路應該如何走，而是好奇地反問，問話的內容又幾乎眾口一詞：

「你們是到丁作明那兒去？」

這情況大出我們的意外。

丁作明不過是一個普通的農民，並沒有什麼特別之處，如果說有，也許就是他比別的農民多念了幾年書，從小學念到了高中畢業，而且念書時十分用心，家裡窮得有時揭不開鍋了，他仍然一聲不吭地跑到院裡的水缸邊上，像澳大利亞鴕鳥那樣撅起屁股，把頭埋進缸裡去，用井水把肚子灌飽後，照樣唱著，跳著，去上學。考大學時，大家都說他太虧，離錄取線只差幾分，如果他不是利辛縣鄉下農民的孩子，如果他生在北京，或是上海，是完全可以走進大學校門的；即便就是生在別的一個什麼城市，他也會是另外一種命運。但是他是路集中學的高中畢業生，畢業後只能回到路營村，這就又與那些一個大字不識的泥腿子沒有了區別，他必須同中國所有的農民一樣下田幹活，去侍弄莊稼。再要說有什麼與眾不同，就是裝了一肚子墨水的丁作明，比別的農民愛翻報紙，愛聽廣播，愛咬文嚼字，愛動腦瓜子。平時為人別說多謙和，但認死理，敢說真話，敢同村裡、鄉裡的頭頭腦腦平等地說話。正是因為這一點，他也就比大夥多出幾分煩惱，以至最後惹來殺身之禍。

他分明早就已經死了，利辛縣城的那些人怎麼可以說我們「去到丁作明那兒去」呢？難道還可以尋找到一條路，能夠走到丁作明那兒去嗎？

公元一九九三年二月二十一日，是丁作明熱切期望的一個令人歡欣鼓舞的日子。他絕沒有想到，自己的人生之路將會在這一天走到盡頭。

頭天上午，丁作明和其他七位上訪村民接到了鄉裡的通知，要他們到鄉裡開會。會上，鄉領導說，縣裡對你們告狀的事很重視，希望在你們八人中選出兩人，再從黨員、幹部中各選兩人，組成一個清賬小組，對路營村村幹部的經濟賬全面清查。這天上午，清賬小組正式成立並開始查賬。這消息，使得整個路營村的村民一片歡騰，鎖在人們眉頭的愁雲一掃而光，有幾個農民竟激動地奔過直溝，跑到對面的商店買來鞭炮，準備在村頭上放一放，讓大夥出出怒氣聽個響。只是這一年的春節來得比往年早，元月二十二日就是農曆大年三十，二月六日已是正月十五，過罷正月十五，年就近了，問了幾家商店全沒貨，鞭炮就沒買成，但丁作明這一天的心情卻分明比過年還舒暢，邁出家門的步子都帶了幾分彈性。

利辛縣是解放後才劃出的新建縣，這一片原來分別屬於渦陽、阜陽、蒙城、太和、鳳台和潁上六縣邊區，是個六不管的貧困地區。境內多為黃泥地，一下雨，有路也沒法走人；還有為數不少的砂壃土，碱土更是布滿各處。路營村本來就夠偏僻落後的，再加上一九九一年那場特大洪災的襲擊，家家窮得叮噹響。這一年眼看春節就要臨近了，村裡卻沒有一點要過年的喜慶勁，全村算下來人均年收入不到四百元，可上邊派下來的各項負擔加起來每人居然攤到一百零三元一角七分。一年忙到頭，起早貪黑，跑細了腿，累彎了腰，打下的糧食扣除口糧，其餘的就全被村裡以各種名義「提留」走了，有幾戶收的不夠繳的，村鄉和派出所穿的是連襠褲，「不給就拘留你」。

「有錢沒錢，回家過年。」這是中國人自古以來的一種習俗。令丁作明想不通的是，為躲債不敢回家過年這種只應該發生在解放前的事，今天居然會在路營村出現了。中國農民不是翻身做了主人麼，為啥還會這樣苦？作為「徹底地為人民的利益工作的」黨的農村幹部，又為啥這般兇呢？於是他悄悄地做了一件別的路營人不敢做的事。

在此之前，他從廣播裡和報紙上得知，黨中央在北京召開了全國農村工作會議，他花了幾個晚上把收集到的中央的新政策，整理成一份通俗易懂的材料，然後就去各家各戶「宣講」。宣揚黨的會議精神卻要偷偷摸摸地進行，像當年的地下工作者在「國統區」的秘密活動一樣，這使他感到十分彆扭又十分激動。

他的眼睛在那些農舍樑間吊下來的燈泡的光暈中發著亮。他對鄉親們肯定地說；「村幹部這樣徵收『提留』的做法，是違背了中央精神的！」

他做事的認真和擁有的學識，足以使那些習慣於蹲在黑暗地方又早習慣了逆來順受的村民們心服口服。但是，這一次，隨著一陣沉寂之後，還是有人小心地提出了質疑：「周圍村莊，附近鄉鎮，不都是在這樣搞的麼，天高皇帝遠的，你能拿他們怎麼辦？」

「我不信有理沒處講。」丁作明不信這個邪。

他一字一句地把國務院最新的規定讀給村民聽：收取農民的提留款不得超過上年人均純收入的百分之五。他將百分比作了特別的強調。「明擺著，村裡從我們這兒收取的提留款大大超過了這規定，已經比『百分之五』的比例多出了五倍還要多！這次召開的農村工作會議，明確要求：『各地應保護農民的利益，減輕農民的負擔』。他們分明是在瞎搞，我們要到鄉裡討個公道！」

「鄉裡會買我們賬嗎？」有人感到這事太難。

「自古就有『官逼民反』一說，」一個部隊退伍回來的村民，忍不住吼了一嗓子。「何況咱這是按中央的規定向上邊反映問題，鄉裡不買賬就上縣！」

漸漸地，農舍裡的氣氛開始變熱鬧了。

有人控告：村支部書記董應福，將村民們集資建成的糧倉，私自出租給別村使用，從中撈取租金九千多元；以後，又將糧倉搗鼓掉，鯨吞了三、四萬元的售出款。特別是，大災之年，中央曾有專門指令，貪污救災物資是要判刑甚至殺頭的，董應福竟敢把救濟給路營村的衣物和食品佔為己有。而且，對計劃生育的罰款，以及各種多「提留」的錢物，均不入賬，或是故意弄成一筆糊塗賬。

不一會，大夥就從村幹部扯到了鄉幹部，你一句我一句，話音兒不落地似地炸開了鍋。

有人揭露：紀王場鄉康鄉長的公子，仰仗老子的權勢，橫行鄉里，多次操著電棍，拎著手拷，跑到路營村亂要各種錢款。一九九一年特大洪災，上邊規定不准再向受災的農民索取任何「提留」，而康公子卻帶著民兵，活像日本鬼子進村，強行搶奪村民的錢物。發現有誰躲在家裡不開門，就支派打手用腳踢門，分文不得少，還要額外付給踢門「功臣」的勞務費。搶得錢財後，便領著一幫人吆三喝四地下館子，吃喝的花費回頭還要從村民們的集資款中予以報銷。

大家越說越來氣，最後望著丁作明，請他拿主意。

「納鞋要有針線，告發人家得有證據。」丁作明說，「咱們可以到鄉黨委去反映一下大家的這些意見，要求清查村裡的收入賬目。」

這天，丁作明就同其他七位村民找到了鄉黨委，向書記李坤富陳述了村民們反映的問題和查賬的要求。

鄉黨委書記李坤富，認真看了看丁作明遞上來的「提留」表說：「是多提留了。先讓我們合議一下，兩天後給你們答覆。」

兩天過去了，鄉裡沒有動靜；又過了兩天，又過了兩三天，在一次有路營村幹部和黨員參加的幹部會議上，鄉黨委分管政法的副書記任開才，突然要路營村支部書記就多收提留款的問題在會上作個「交代」。董應福頓時火冒三丈，他認為各村都是這樣多提留的，沒啥好在眾人面前交代的。聽說是村民把他告到了鄉裡，要查賬，就懷疑村裡有人眼紅他蓋起的幾間大瓦房，當即在會上講了狠話：「有人要清我的賬，還有的狂到要扒我的房，我看誰敢？除非他不要命了！有人說，憑我的收入買不起小四輪拖拉機，蓋不起大瓦房。買不起蓋不起，可我就買了蓋了，這是我的本事！你們窮，活該！想跟我搞，你們怕是不想活了！」

一個黨支部書記，竟敢在分管政法工作的鄉黨委副書記主持的全鄉幹部大會上如此張狂，實在是出人意料。可是，副書記沒有制止。會後，會上的情況一傳開，路營村的村民們肺都要氣炸了：「共產黨的天下，難道就沒有王法了？」

丁作明嚥不下這口氣，就在過年的前三天，把路營村亂收「提留」款的情況寫成材料，直接送到了利辛縣紀檢委。

接待的同志為難地說：「已是年跟前了，材料先放在這裡吧。」

路營村這一年的春節，顯得少有的冷清，甚至沒有幾戶燃放鞭炮。

轉眼到了農曆正月十八，許多村民沉不住氣了，紛紛跑來找丁作明，這才發現，丁作明整個年裡都在忙著寫控告信。他把黨中央、國務院的政策規定，路營村以及紀王場鄉一些幹部違法亂紀給農民帶來沉重負擔的種種做法，寫得淋漓盡致。

大家都被丁作明的行為感染了。是的，一個人應該有一種精神，也總要有一點社會責任感，如果人人都怕樹葉落下來砸破頭，看到腐敗的現象不聞不問，遇到邪惡勢力不敢抗爭，我們這個民族是不會有希望的。於是，在正月十八的夜裡，地處偏僻的路營村的村民們，就你八角、我一元地湊足了路費，然後悄悄地把丁作明在內的八位村民代表，摸著黑，送出村。

縣委辦公室汪主任接到丁作明的這封控告信，很吃驚，感到路營農民們反映的情況，其嚴重程度，已遠遠超出他們的想像。汪主任很快向縣委書記戴文虎作了彙報。戴文虎雖剛調來不久，但態度極其明朗。因此，縣委的答覆讓丁作明一行十分滿意：「我們會盡快讓鄉裡落實清賬小組的事，對路營行政村幹部的賬目進行清查；對你們反映的鄉政府的情況，也會很快予以核實、處理的。」

就這樣，沒有過好一個春節的丁作明，考慮大夥湊起的路費不容易，該省一分一釐全得省，不敢在縣城多耽擱，就領著村民代表擠上回紀王場的農村班車。在能夠把人五臟六腑都顛翻的車廂裡，他滿懷信心和喜悅地回味著縣領導的話，卻不知道一個可怕的災難正在前面等著他，死神帶著另一個世界的獰笑，已經從地獄之門無聲地襲過來，而他卻渾然不覺。

2 發生在派出所的慘案

這年二月十一日，農曆正月二十，下午三時許，村民徐賽俊、丁大剛二人在暖洋洋的冬日下「下六周」。「下六周」，這是淮北大平原上的農民創造出來的一種「土圍棋」。他們正廝殺得昏天黑地，因為丁作明在一邊觀看，路過此地的路營行政村副村長丁言樂，也趁機湊了上來。丁言樂已知道丁作明向縣裡反映了他和負責計劃生育的妻子貪污提留款和計劃生育罰款的事，早已忌恨在心，就故意找著碴兒，同丁作明發生口角。

丁言樂對著徐賽俊和丁大剛威脅道：「你們這可是賭博呀，我可以把你們抓起來！」他這麼說，卻盯著丁作明看。

丁作明不免奇怪：「他們這是在玩遊戲，又不犯啥法；就是犯了法，抓人也應該是派出所的事。」

丁言樂兇狠地說：「那不一定！」

丁作明最聽不得這種口氣，更看不慣一當上幹部就變臉的這種人。不過，他意識到，來者不善，顯見是在藉故尋釁了，就沒再吭聲。

誰知，丁言樂得寸進尺，開始用肩去撞丁作明。邊撞邊嚷，要起了無賴：「怎麼，你想打人？我給你打！我給你打！」

丁作明完全沒有思想準備，也想不到身為副村長的丁言樂，竟會如此下作，他連連後退。

丁言樂卻步步緊逼，越撞越猛，已是窮兇極惡。

丁作明無奈，只好躲開。就在丁作明閃身離開的當兒，丁言樂兇狠地撞過來，撞了個空，由於整個身體失控，一頭跌進旁邊的莊稼地裡，跌了個嘴啃泥。

丁言樂這下子終於找到了可以「理直氣壯」地進行報復的理由了。

丁作明早料到被他揭發到的這些人都並非凡角，會想方設法伺機報復的，只是覺得丁言樂這樣做是在耍下三爛，太沒水平，就一句話也沒說地回家了。

在遠離現代文明的路營村，「別拿豆包不當乾糧，別拿村長不當幹部」這句話絕不是玩笑，別說鄉裡了，丁作明敢把村幹部告到縣裡去，那就是「找死」。丁言樂本就懷恨在心，這又跌了個嘴啃泥，等於火上加了油。為擴大事態，他便以「被丁作明打傷」為幌子，一個下午先後六次找上門，要打丁作明。丁作明愛人祝多芳雖然不了解情況，也只得一再賠禮道歉，但丁言樂並不罷休。

不久，丁言樂的兒子丁傑，手裡握著把菜刀，在門外大喊大叫，嚷著要丁作明「滾出來」。當晚，村民們都勸丁作明趕快離開路營村，出去躲一躲。開始，丁作明死活不願意，覺得村幹部欺人太甚，幹嗎要躲？後來考慮到，縣領導已經支持他們清查村裡賬目的要求了，查清村幹部貪污錢財的事，看來只是個時間問題，不能因小失大，擾亂了縣裡的計劃。再說了，丁言樂們怕的就是你躲，這些人巴不得鬧得雞飛狗跳，天下大亂，這樣才可以趁機將水攪渾，最後攪得是非不清。於是，丁作明當天夜裡忍氣吞聲離開了路營村。

第二天天剛麻麻亮，丁言樂果然帶著全家人兇神惡煞般地再次找上門來，要同丁作明大鬧一場。

祝多芳小心地說：「丁作明不在家。」

丁言樂哪裡肯信，闖進屋裡，叫全家人仔細查找，不見丁作明的人影兒，就又氣又惱地說：「我昨天被丁作明打傷了，需要住院治療！」

這時，路營村的支部書記董應福出面了。他協同丁言樂妻子孫亞珍一道，將丁言樂安排進了鄉醫院。隨後，孫亞珍又以分管計劃生育的身分，向鄉長康子昌、鄉黨委副書記任開才遞上了頭天晚上寫好的揭發材料，聲稱「丁言樂因計劃生育工作抓得認真得罪了丁作明，被丁作明攔路毆打致傷」，要求對丁作明作出嚴肅處理。

康子昌和任開才，對孫亞珍告發丁作明的事實真偽根本沒有興趣去了解，而是幸災樂禍。因為這時縣委辦公室的通知已經到了紀王場，縣委的指示十分明確，要求紀王場鄉黨委和多政府盡快安排有上訪代表參加的清賬小組，對路營行政村幹部的賬目進行全面清查。上訪的人員是哪些人，康、任二人無須去了解，他們知道帶頭鬧事的人就是丁作明。

把屬下的問題告到上頭去，這是康子昌和任開才都無法接受的；何況他們也猜得出，丁作明這次到縣委是連他們的問題也「捎帶」了的。顯然這是在損害紀王場鄉的對外形象，詆毀紀王場鄉黨委及政府的聲譽。這是絕不允許的，也是他們難以容忍的。

所以，康子昌和任開才在接到孫亞珍的揭發材料後，當即就指示鄉派出所對丁作明的問題進行嚴肅處理。

紀王場鄉派出所從某種意義上說，它已經不再是我國公安機關遵照憲法和法律規定保護人民、打擊敵人的派出機構，完全淪為鄉鎮領導幹部們的「御用工具」，因此，在接到鄉長和黨委副書記的指示後，不問青紅皂白，就發出傳票，傳丁作明立刻來派出所。

躲在外面的丁作明，聽說派出所在找他，甚是奇怪，他想一定是丁言樂夫妻二人給他捺了「壞藥」。不過，他並沒把這事想得很複雜，他認為只要自己沒幹犯法的事，任誰誣告栽贓都沒用，事實總歸是事實。

丁作明坦坦蕩蕩地走進了派出所。

可以想像得到，他走進派出所大門的步子是充滿著自信的。因為正是這天上午，縣委要求組建的清賬小組不僅正式成立，而且已經開始工作，他相信，要不了多久，村幹部的經濟問題便會查個水落石出。

來到派出所，丁作明很快就發現，這個世界一切都顛倒了，「指鹿為馬」並非只是寫在《史記》中的一個故事，把鹿硬說成馬也絕非宦官趙高才有的惡行。

這以後發生的事情，公開的傳媒至今沒有作過任何披露，所幸的是，偵破此案以後，有關方面曾整理出一份內部的文字材料，在這次調查中，我們見到了這份充滿血淚與恐怖的「報告」。

派出所副所長彭志中見到丁作明的第一句話就是：「你為什麼打丁言樂？」

丁作明解釋說：「我沒打，我從沒打過誰。」

彭志中仍然還是那句話，只是語氣變得更加嚴厲了。

丁作明再次申辯：「我從沒打過誰，你們可以到村裡去調查。」

這時，彭志中不耐煩地問：「你沒打丁言樂，丁言樂的老婆為啥把你告到鄉裡？」

丁作明覺得無須回答，這話彭志中應該去問丁言樂。

「說！」彭副所長已經沒有耐心了，他厲聲喝道。

「你們這麼肯定說我打了丁言樂，有證據嗎？」丁作明忍無可忍地說，「如果那天在場的村民，哪怕是個小孩，只要有人證明我打了丁言樂，我願承擔一切責任。」

彭志中根本不聽丁作明的申辯，他提出了兩點處理意見：

「一，你丁作明付給丁言樂二百八十元五角的醫藥費；二，在紀王場逢集時，你丁作明用架子車把丁言樂從醫院拉回家。」

這種顛倒是非充滿欺辱敲詐的處理意見，丁作明當然不可能接受，他當即反對道：「我沒打丁言樂，丁言樂不可能傷在哪；他為啥住院，我不知道，也不需要知道。」

彭志中一拍桌子說：「難道我的話就不算數？我現在問你，我的裁決已經下了，你出不出錢呢？」

丁作明平日留心過一些法律方面的知識，於是說道：「我沒有打丁言樂，你下了這樣的裁定，我可以上訴。」

彭志中終於被激怒了。他指著丁作明大聲喊道：「我現在就可以把你關起來，你信不信？」

丁作明依然毫不示弱，說道：「即便按照你剛才的處理意見，我也夠不上是『刑事犯罪』；就是你對我『刑事拘留』，也應該在二十四小時內說清楚拘留我的原因。」

彭志中說：「那好，我告訴你，我可以關你二十三個半小時，放出去後不給錢，我再關你二十三個半小時，直到你出錢為止！」他喊來治安聯防隊員祝傳濟、紀洪禮和趙金喜，命令三人立即把丁作明關進派出所非法設立的「留置室」。所以說它「非法」，是因為國家公安部和安徽省公安廳，都分別於一九八九年和一九九二年兩次發文嚴令各派出所不得設立羈押場所。

丁作明白押進黑屋後，他大聲責問彭志中：「我沒犯法，你為什麼關我？」

彭志中指著丁作明對祝、紀、趙三人說：「這孩子這麼興，馬上給他加加溫！」

說罷，彭志中就避開了。

丁作明當然聽不懂由彭志中嘴裡說出來的這些所內平日的慣用語，三位治安聯防隊員卻是心知肚明。說丁作明「興」，是指他「不服氣」；所謂「加加溫」，就是要給丁作明一點顏色看，可以施以體罰、毆打，必要時，甚至可以採取一切手段，總之，要到被處理者招供認賬為止。

祝傳濟礙於曾是丁作明的中學同學，又是近莊鄰居，不便當面下毒手，很快也就藉故避開了。不過，一向善於察言觀色領會領導意圖又深得彭志中歡心的祝傳濟，知道丁作明是個寧折不彎認死理的人，同時也看出「拿下」「拿不下」丁作明非同小可，他離開之前特地把紀洪禮和趙金喜喊出門外，交代二人不妨給丁作明「拉拉馬步」。

祝傳濟提到「拉拉馬步」四個字時，語調是十分平靜的，但在紀洪禮和趙金喜二人聽來，還是從這看似平靜的語調中感到了一種殺氣。因為這是紀王場鄉派出所最殘酷的一種刑罰了。

祝傳濟望著紀、趙二人回到黑屋，依然不大放心，就又到後院治安隊宿舍向王進軍傳達彭志中的指令，要他也馬上趕過去，務必將丁「拿下」。

紀洪禮、趙金喜按照彭志中和祝傳濟的授意，把丁作明從「留置室」押至值班室，讓丁作明拉馬步，丁作明不依，就衝上去連推帶搡，逼著丁作明就範。丁作明雖說在學校讀了十二年書，卻也不是文弱書生，畢竟是在大田裡耕耙耬耨磨練過來的，累得紀洪禮和趙金喜上氣不接下氣，硬是無法將丁作明制服。

這時王進軍手拎一根桑樹棍進了門。

紀洪禮和趙金喜見王進軍拎著傢伙前來增援，就謊稱丁作明動手打了他們。王進軍一聽指著丁作明厲聲喝道：「在這裡嘴硬沒你好果子吃！」說著就要丁作明拉馬步，丁作明依然執意不從。

王進軍嘴裡不乾不淨罵了一句，操起桑樹棍劈頭蓋臉就掄過來。丁作明左閃右躲，結果臂上、腰上連遭猛擊，每中一棍，都痛得他脫口喊出聲，但他就是不依從。

丁作明不拉馬步，王進軍就一下比一下更兇狠地掄著手裡的桑樹棍。

同樣也是農民的聯防隊員王進軍，為什麼對自己的農民弟兄做如此兇殘的事情？一個符合邏輯的解釋只能是，人從爬行動物進化到今天，雖然創造出了最輝煌的科學技術和最燦爛的現代文明，但人性中那些最原始最殘暴的劣根性，仍會在有些人身上以「返祖」的現象出現，這說明人性進化的緩慢。此時的王進軍，就已經完全失去了理智，變成了發洩野性的異類。

據說，王進軍這已不是第一次獸性發作了，自從來到紀王場鄉派出所，幹上了治安「聯防隊員」，打人就成為他日常的工作。沒誰提醒過他不可以這樣做，倒是因為他敢於下手，而受到所領導的重用。

今天，他手中的桑樹棍不久就打裂了，又很快打斷了，但他仍然不罷休，抬起腳將丁作明踩倒，隨後改用電警棒，猛擊丁作明的雙腿，逼著丁作明跪到地上去。

就在丁作明已無招架能力，王進軍也打累了的時候，紀洪禮的獸性也開始發作了，摸起一根半截扁擔撲了上去。他同樣發瘋地朝丁作明的腰部、臀部一陣猛抽。

這樣沒過多久，丁作明就不再呻吟了，他對眼前的這一切顯然感到了震驚，也感到了恐懼。他分明已經看出，他只要不鬆口，眼前的這幾個傢伙是會把他往死裡整的。可是，他依然沒有打算要向誰低頭，更不可能認輸。只見他瞪大了眼睛，無比憤怒地喊道：

「我告村鄉幹部加重農民負擔，違背黨的政策，竟遭這樣毒打，我不怕！就是你們把我打死，我也不服；變成鬼，我也還是要告！連你們一起告！」

紀洪禮碰到丁作明血紅的眼睛，揮起的半截扁擔嚇得掉到了地上。

王進軍看紀洪禮手軟了，歇斯底里地訓斥道：「你他媽的孬種，幹嗎要怕他？這是他嘴硬的地方嗎？」

於是紀洪禮拾起一根棍又兇狠地撲上去。趙金喜爽性找來一塊骯髒的手巾，將丁作明的嘴巴塞了起來。

就這樣，王進軍、趙金喜、紀洪禮，三個喪失人性的治安聯防隊員，在丁作明不能動彈也不能說話的狀況下，又輪番毒打了二十多分鐘。直到驚動了因病在家休息的派出所指導員趙西印，發生在紀王場鄉派出所的這場暴行才算收場。

3 案驚中央

當清賬小組中的村民在派出所找到丁作明時，丁作明已是奄奄一息。他們有的趴在丁作明身上痛哭不起，知道丁作明是因為替大夥說了話才遭此毒手的；有的忙到丁家去報信；有的就指著派出所的警員發洩著憤懣：「你們公安不辦案，社會治安好一半！」

丁作明七十歲的父親丁繼營跌跌撞撞奔進派出所，看到兒子臉色慘白，豆大的虛汗順著兩頰往下滾，嘴唇顫抖著也不喊聲「疼」，一下就跪倒在兒子跟前。

就在這時，彭志中回到了所裡，他是來看丁作明是否服帖了。丁繼營聽說彭志中就是所裡的領導，又聽說兒子是不願為副村長丁言樂付二百多塊錢的「醫藥費」才被打成這個樣子的，就苦苦哀求彭志中：「我向丁言樂賠禮，丁言樂的醫藥費我認了，明天把錢湊齊交給你，請你放了我的兒子吧！」

彭志中也沒想到聯防隊員這次下手這樣狠，丁作明被打得這麼慘，見丁繼營正好向他求情，也就勢揮揮手，巴不得趕快將丁作明抬走。不過他依然沒有忘了自己曾經作出過的處理決定：「我把話說清，明天一定得把要付的醫藥費送到派出所！」

丁繼營和查賬小組的村民一道，急急忙忙把丁作明送往鄉醫院治療，後因丁作明腹部疼痛得厲害，鄉醫院的醫生不知所措，只得連夜將他轉往利辛縣醫院進行搶救。

第二天上午八時，丁作明被確診為脾破裂大出血，醫院給丁作明緊急輸血，然而，回天乏術，一切都太晚了。

丁作明終於在搶救他的縣醫院的手術台上停止了呼吸。

丁繼營老人聽說兒子已死在手術台上，不禁哭得死去活來。他拍打著牆壁痛不欲生：「兒啊，你咋這麼傻呀，你有理他們有權，你胳膊咋就想扭過大腿呢？」

丁作明的愛人祝多芬更是難以接受這個殘酷的事實，早哭成了淚人。她一邊哭，一邊喊：「作明呀，他們把你往死裡打，你咋就不認那二百塊錢呢！錢比命還貴嗎？你這樣撒手去了，撇下兩個渾身是病的老人，三個這麼小的孩子，大的剛六歲，小的才兩周，往後的日子叫我咋過呀？」

守在邊上的查賬小組的村民，好言相勸丁繼營和祝多芬不要太傷心，勸著勸著，忍不住也是淚流滿面，悲痛地喊道：「作明呀作明，平日你那麼聰明，昨天為啥就那麼糊塗？他們這樣毒打你，你咋就不叫喊一聲呢？」

丁作明帶頭向縣裡反映農民負擔在派出所被人活活打死，這消息猶如晴天霹靂，讓紀王場鄉的父老鄉親感到觸目驚心！

路營村村民憤怒了。憤怒的烈焰燒去了他們平日謹小慎微設置在心頭之上的籬，一個個無所顧忌地走出了家門，擁到丁言樂農舍的前面，要丁言樂和他老婆滾出來。但是，直到這時，人們才知道，丁言樂聽到風聲，一家老小早逃出了路營村，此時已是人去屋空。

從那以後，直到我們走進路營村，八年過去了，路營的村民再沒見到過丁言樂一家人。有人說他們去了上海或是南京，有的說他們去了海南或是深圳，總之，背井離鄉，在外靠打工謀生。原本是路營村跺地地也會晃三晃的副村長，從此成了浪跡天涯、四處漂泊的可悲的遊子。

村民們在丁言樂家撲了空，又怒不可遏地掉頭擁向派出所。結果發現：往日不可一世的副所長彭志中，以及被狗吃了良心的紀洪禮、趙金喜和王進軍，一個個也都各自躲藏了起來。

村民兩處撲空，情緒越發變得激憤，最後一合計，決定直接去縣裡。

就在路營村村民準備上路時，附近的路集、彥莊、李國、朱國、李樓、郭橋、常營村的村民，也聞訊趕來，怒不可遏地加入到路營村的上訪隊伍。

顯然，不堪重負生活難以為繼的，並不僅僅是一個路營村。丁作明向縣裡反映的那些問題，提出清查村幹部賬目的要求，也同樣代表著他們的利益與願望，因此，對於丁作明的死，他們不可能袖手旁觀。大家心照不宣的是，如果再不齊心協力奮起抗爭，明天他們就會有著丁作明同樣的遭遇！

於是這支由路營村出發的上訪隊伍，頃刻就像被一隻巨大無比的手推動著的雪球，其陣勢迅速在擴大，還沒抵達縣城已匯集了三千多人。隊伍浩浩蕩蕩，揚起滾滾黃塵。黃塵滾滾之中，還夾雜著拖拉機、三輪車、農用汽車、牛車、人力車的引擎聲、喇叭聲、鈴鐺聲。

中國的農民，可以說是世界上最善良、最聽話，又最能忍讓的一個特殊的群體，可是，一旦被激怒，又會驟然成為世界上最龐大、最無畏又最具有破壞力的一支隊伍！

一九九三年二月二十一日，發生在安徽省利辛縣紀王場鄉派出所的「丁作明事件」，注定不會被將來撰寫《中國農業發展史》的學者專家忽略或迴避，因為，丁作明是中國的九億農民之中，因反映農民負擔問題而被亂棍打死的第一人，他以自己年輕的生命為代價，喚醒人們不應該那麼樂觀地忽略或迴避中國農村正在變得十分嚴峻的現實。

當時的利辛縣委和縣政府不敢怠慢，十萬火急地上路攔截，怕事態進一步擴大，以至失控，會被壞人利用，他們對這一事件沒有迴避，處理得也還積極認真，只是不希望鬧得一個地區全知道，對消息是實行了嚴密封鎖的。他們認為這樣的事傳出去，對利辛縣委和縣政府的任何領導都沒有好處。

報喜不報憂，這其實早已成了當今中國習以為常見怪不怪的一種現象。

然而，這事還是被傳了出去。甚至在安徽省委書記和省長都還不知情時，案件已經驚動了中央。黨中央和國務院的許多領導，不僅詳細得知了這一事件的真相，並已在震驚之後迅速作出了明確批示。

將這事捅上了天的，是新華通訊社安徽分社記者孔祥迎。

孔祥迎是因為別的採訪任務去利辛縣的，獲悉「丁作明事件」之後，他深感震驚和痛心。當時他在安徽分社負責農村報導，自然會對發生在安徽農業上的一切新聞格外敏感，再說，一個中國著名新聞機關的記者，處理新聞稿件不會像地方上的記者有那麼多的約束與忌諱。憑著社會的責任感和時代的使命感，他覺得「丁作明事件」折射出了當今中國農村中太多的「社會信息」。更何況，減輕農民負擔，已經成為黨中央、國務院密切關注並已有了明確規定的一件大事，而紀王場鄉一個有文化懂政策的青年農民，依據黨的決定，向黨的組織提出了正當要求，並得到縣委的支持，卻在光天化日之下被活活打死，而且還是發生在人民的執法機關！其性質的惡劣，問題的嚴重，無不使他感到觸目驚心！於是他迅速改變了採訪計劃，頂著一連串的壓力和干擾，深入到紀王場鄉作了認真調查，很快地就把事件的真相寫成一篇「大內參」，發往總社。總社同樣很快地就將這篇調查報導全文刊登在送往中央最高決策層的《國內動態清樣》上。

當安徽省政府辦公廳的同志接到國務院秘書長陳俊生打來的電話，不禁呆住了。在這之前，無論是阜陽行署還是利辛縣政府，都沒有將這件事彙報上來，再說，上面打來這樣急迫的電話，在安徽省政府辦公廳的歷史上還從來沒遇到過。

陳俊生劈頭就問：「利辛縣紀王場鄉路營村的青年農民丁作明，因為反映農民負擔被迫害致死，你們對這件事的處理情況怎麼樣了？」

這事根本不知道，自然無法回答。那邊，陳俊生馬上又說：「處理情況隨時告訴我。中央幾位領導同志都對這事批了字，十分重視，我在這裡隨時等候你們的電話。」

接著，陳俊生不僅留下自己辦公室和住宅的電話號碼，還把他在中南海內部的「紅機號碼」也提供出來；因為他當時正在一個會議上，並把他在會議期間的具體聯繫方法也作了說明。

這樣的電話是史無前例的！

透過這一串電話號碼，安徽省政府辦公廳的同志深知案情的重大，同有關領導聯繫後，就把電文發給了阜陽地委和行署。

利辛縣委書記戴文虎這時才知道，紀王場鄉的這件事「婁子捅大了」。他很清楚，丁作明的死如果與「農民負擔」有因果關係，這問題就大了，紀王場鄉黨委、政府的有關領導將會被追究責任，縣委也難脫關係。雖然他調到利辛工作才一個月，許多情況不是太了解，按說他在這件事情上所能承擔的充其量不過是「領導責任」，但接到省裡發來的緊急電文後，他感到了事態的嚴重，思想一下子變得複雜起來。首先，他不希望這件事給自己帶來什麼麻煩，或是說，不希望因為利辛這件事影響到安徽的形象。一九九一年大水以來，外地人都把安徽人當作「災民」看，丁作明一案的真相再傳出去，安徽的農村還成了個什麼樣子？如此觸目驚心的事情發生在利辛，作為縣委書記，他還有什麼面子？

當然，戴文虎並不知道，就在丁作明的案件發生前不久，四川省峨眉山下的仁壽縣，也是因為農民負擔太重，引發了上萬人大規模地上訪，農民與警察發生了劇烈衝突，憤怒的農民竟燒了警車。這事已使中央領導為之憂慮；緊接著，安徽這邊又死了人，自然就格外關注安徽對這事的處理情況，不希望由此引發出更大的事端來。

利辛縣委書記戴文虎想得很多，但他最後還是採取了當今大家都早已熟習了的辦法：報喜不報憂，息事於人。他認為只要不把丁作明的死與「農民負擔」扯到一起，剩下的，一切事情都好辦。

在不到二十四小時的時間，利辛縣委、縣政府就向省委、省政府寫出報告：丁作明的死，純粹是由一般的民事糾紛引發的，與農民負擔無關。

戴文虎絕然沒有想到，他的這個抱有僥倖的回覆，竟斷送了自己本該擁有的錦繡前程。

安徽省委、省政府希望看到的，當然也是「與農民負擔無關」的結論。回覆的電話當即打給了陳俊生。

誰知，陳俊生是個辦事一絲不苟的人，再說這事又有那麼多的中央領導批了字，盯著這事不放。他接到安徽作出的這個結論，疑竇頓生：到底是新華社的記者「謊報軍情」，還是安微省在「欺騙中央」呢？需要關心的，似乎已經不應該是這事處理的情況，倒是丁作明案件的性質了。

陳俊生把問題交給新華社回答。

新華社接到國務院秘書長陳俊生的電話後，覺得事有蹊蹺。因為安徽分社記者孔祥迎的調查文章寫得已經十分具體了，那些事實不可能是坐在辦公室憑空捏造得出來的。但為慎重起見，還是把陳俊生的電話內容及安徽省報上來的意見，一併通知了安徽分社。

現場採訪和處理稿件一向認真嚴謹的孔祥迎，看到了安徽省對「丁作明案件」所作的調查結論，十分意外。他感到這樣的事情不應該發生。安徽的這種結論，無疑是對他了解到的事實的一種徹底的否定。他當然不能接受。

所以，安徽分社回答總社的態度十分堅定：為了澄清事實，請求中央直接派人調查。

一個由中央紀委執法監察室、國務院法制局、國家計委、國家農業部和最高人民檢察院等有關部門組成的聯合調查組，迅速組成，他們沒同安徽省的各級領導打招呼，從北京出發，就一路南下，直接開進了紀王場鄉路營村。

中央聯合調查組一竿子插到了案發現場，這使得安徽省阜陽地區及利辛縣三級黨委、政府的有關領導都大感意外。

調查組首先對丁作明的家人進行了慰問，然後就同路營村的村民們見面、開座談會。調查組的調查範圍沒有囿於一個路營村，還擴大到了附近的李樓和彥莊。調查時，不讓地方幹部陪同，並對被調查人實施政治上的保護，周邊的村民們也紛紛找上門，向調查組反映實情。

於是，京城下來了「包青天」「微服私訪」的消息立馬傳遍了利辛縣。

4 中央特派員的眼淚

二〇〇〇年十月三十日下午，在安徽省委大樓的一間辦公室裡，當了十七年省農經委副主任的吳昭仁，接受了我們的採訪。

退居二線，已經身為「安徽省人民政府諮詢員」和「安徽省農業經濟學會理事長」的吳昭仁，談起當年聯合調查組來安徽的那段往事，好像那一切就發生在昨天。他說，是他把聯合調查組一直送到北京的。他強調他同調查組的同志踏上同一趟進京的列車，是因為他也正有事要進京，屬於「順便」；但他並不迴避，當時的省裡領導確也極想知道這些同志下到利辛到底調查到了哪些情況，又形成了哪些看法。他說，由於工作關係，他至今還能說出國家農業部參加到調查組中去的兩位成員的名字，他們是合作經濟指導司農民負擔監督管理處處長李顯剛和副處長黃煒；黃煒是個十分能幹的女同志，李顯剛曾是國務院副總理姜春雲的秘書。農業部分管「農民負擔監督管理」的正副處長一齊上陣，說明了對這事的重視。

聯合調查組的負責人，是中紀委執法監察室的曾曉東主任。

吳昭仁告訴我們，曾曉東在談起利辛縣農民的生存狀況時，眼淚止不住地就流了出來。這個細節，給吳昭仁的印象可以說是刻骨銘心。一個身居高位的領導幹部，什麼場面沒有見過呢？在人們的想像中，執法監察幹部早就練就了一副鐵石心腸，但是，曾曉東講到調查所聞時，感情竟一下變得如此脆弱。他紅著眼睛說：「真沒想到，解放都這麼多年了，農民還這樣苦，負擔會這樣重，有些黨的幹部對農民的態度竟又是這樣惡劣……」他一邊流著淚，一邊搖著頭。

他告訴吳昭仁：「我們實際調查到的，其實比新華社記者反映的情況還要嚴重！整個路營村都很困難，只有村支書和幾個村幹部住的是瓦房，問題一看就十分清楚。路營村有兩個生產隊，連續幾年就靠賣血為生，苦到這個樣子，各種各樣的負擔還沒完沒了，大大超出中央規定，已是讓人無法忍受。丁作明根本不是他們講的什麼『計生問題』，只是因為他反映了農民負擔過重，就被活活打死！」

他說到這兒，因為過於激動了，下嘴唇不由自主地顫抖著，淚珠劃過兩頰跌落在手上。

他說，反映問題的農民見到他們，首先就是長跪不起，其中有的竟是步履蹣跚、白髮蒼蒼的老人。他的心受到有生以來從沒有過的震撼。試想，如果不是巨大的悲苦，過久的壓抑，一個閱盡人間滄桑的老者，怎麼會不顧屈辱和難堪地雙膝觸地，給一個可以做自己兒孫的調查人員施此大禮呢？

這不都是常被我們掛在嘴上，說是已經翻身做了國家主人的中國農民嗎？他們被壓彎的脊樑和被扭曲的靈魂，使聯合調查組的每一個人無不在吃驚之餘陷入到長久的沉思。

丁作明的死，引起中央的重視無疑是空前的。就在丁作明慘死後的第二十六天，即一九九三年三月十九日，中共中央辦公廳、國務院辦公廳就聯合下發了《關於減輕農民負擔的緊急通知》；接著，同年六月二十日，國務院就在京召開了全國減輕農民負擔工作會議。這以後，僅僅又只過了一個月的時間，七月二十二日，中共中央辦公廳和國務院辦公廳再次聯合發出《關於涉及農民負擔項目審核處理意見的通知》，將涉及農民負擔有強制、推派和搭車收費行為的有關項目，被取消、暫緩執行、需要修改或堅決予以糾正的，計一百二十二項之多！

這麼短的時間內，針對農民負擔問題不僅迅速下達了緊急通知，而且這麼快就拿出了一系列的相應措施，並召開了全國性的工作會議，這一切，在人民中國建國四十四年的歷史上從未有過！

為維護法律的尊嚴，保護公民的人身權利不受侵犯，嚴厲打擊危害社會治安的犯罪分子，安徽省阜陽地區中級人民法院，於同年七月二日，在利辛縣城公開審理了在「丁作明事件」中負有法律責任的六名罪犯。依法判處王進軍死刑，剝奪政治權利終身；判處趙金喜無期徒刑，紀洪禮有期徒刑十五年，彭志中有期徒刑十二年，祝傳濟有期徒刑七年。

同時，為嚴肅黨紀、政紀，阜陽地委和行署，在此之前，還分別作出了以下決定：給予利辛縣委書記戴文虎黨內警告處分；副縣長徐懷棠行政降職處分；紀王埸鄉黨委書記李坤富黨內嚴重警告處分；鄉黨委副書記、鄉長康子昌留黨察看、撤銷黨內外一切職務處分；鄉黨委副書記任開才撤職處分。並要求全區人民群眾更好地監督幹部認真執行黨的政策，責令各縣（市）務必進一步採取措施，切實減輕農民負擔。

大快人心！

二〇〇一年早春二月，我們走進了丁作明的家。我們發現，一個六口之家，因為喪失了丁作明這個主要勞力，有如大廈折樑，當地政府雖然為這個不幸的家庭免徵了農業稅，可是生活卻依然過得十分艱難。我們注意到，大門上貼著的，分明不是紅紙寫就的對聯，那對聯慘白中透著淺紫，可以看出，他們至今沒有從巨大的悲痛中走出來。

丁繼營老人因體弱多病，已蒼老得無縛雞之力，回想起當年的情景，依然老淚縱橫。他拿出過去的《判決書》和地區法院開出的收據告訴我們，白紙黑字的《判決書》上判決的附帶民事賠償，至今沒有兌現，他們多次找過阜陽地區法院執行庭，並在幾盡一貧如洗的窘境中，交納了對他們不啻於天文數字的執行費，但時隔七年，當時判決的賠償款，至今杳無音信。

丁作明母親丁路氏現癱瘓在床，吃喝拉撒睡都在床上，苦不堪言。丁作明愛人祝多芳在一次外出拉化肥時摔斷了右臂，基本上不能再幹重活。三個孩子被學校照顧可以免繳學雜費用，但十四歲的丁艷和十二歲的丁衛，還是中途輟了學，不得不在家幫助媽媽做些力所能及的農活，過早挑起生活的擔子。

離開路營村時，我們去了一趟丁作明的墓地。陰陽相隔的現實，使我們無法和他進行對話，但我們還是默默地祈禱這樣的悲劇不再發生。

丁作明以他年輕生命的隕落，震驚了中央，從而使得九億農民終於有了呵護自己的尚方寶劍。

本來，我們以為他是第一個殉道者，也應該是最後一個。然而，接下去，當我們走近固鎮縣唐南鄉張橋村小張莊時，才知道，丁作明的悲劇並沒結束。它不但依然在延續，發生在小張莊的血光之災，其性質之惡劣，更加令人觸目驚心；場面之血腥，以至讓人無法相信。它發生在「丁作明事件」後的第五年，並且，是在中央已經三令五申之後。

第二章　惡人治村

5　一切，發生在五分鐘內

隨著商品大潮的奔湧而至，人們普遍對有著「發」的諧音「8」這個數字，產生了喜愛之情。一九九八年二月十八日，自然就被認為是個大吉大利大喜大慶的日子。可是，這一天，它卻永遠成為安徽省固鎮縣唐南鄉小張莊的忌日。

小張莊地處淮河岸邊一個低窪地段，這些年澇災不斷，村民們的日子本來就不好過，再加上村幹部沒完沒了橫徵暴斂，家家戶戶幾乎就變得度日如年。對村幹部的胡作非為，小張莊的村民並不都是逆來順受，張家全、張家玉、張洪傳、張桂毛幾個血性漢子，沒少把要求清查村裡賬目的意見反映到鄉黨委和村支書那裡；去年春天，村民張家昌還把舉報信送到了固鎮縣人民檢察院。

對於村民接連不斷的上訪和舉報，村委會副主任張桂全恨得咬牙切齒。雖說他在村裡只是個「副村長」，但沒誰不怕他三分，深知「此爺」是個啥事都敢做絕的惡人。他本人也知道村民們的怨氣主要是衝著他來的，可仗著鄉裡有人替他撐腰，就從未把這些村民放在眼裡。這天中午，他把鄉裡的兩個治安聯防隊員請到家中，然後假惺惺地讓人通知到告他的張洪傳到他那算賬，張洪傳不知有詐，抱著有理走遍天下的心態興沖沖趕去。張洪傳剛進門，張桂全便破口大罵，指揮他的兩個兒子和聯防隊員對張洪傳大打出手，頃刻間就把張洪傳打成血人。要不是張洪傳的侄子張桂應聞訊趕去解救，張洪傳還不知會被打成什麼樣子。

張桂全的暴力威脅，非但沒能壓倒村民，適得其反，小張莊的全體黨員、老村幹和八十多戶農民空前團結，先後兩次去鄉政府、五次到村支書家，強烈要求查處張桂全，徹底清查村裡的財務賬目。

村民們的反覆呼籲，多次請求，終於引起了唐南鄉黨委的重視。恰在這時固鎮縣政府正布置各鄉鎮對鄉村的經濟賬目進行一次全面清查，鄉黨委書記左培玉就對小張莊上訪的村民說：「正好，借咱們縣這次清賬的東風，我們已經研究決定，由鄉紀檢書記王加文帶領鄉財政部門的三名會計，就先從你們村開始清理。」

這消息，讓小張莊的村民歡欣鼓舞。

這一年的二月六日，鄉紀檢書記王加文帶領三名會計，和鄉政府負責小張莊片的片長薛兆成，進駐了小張莊。

二月九日，在王加文的主持下，經過村民們的充分醞釀，民主協商，全村八十七戶村民最後推選出十二名群眾代表，組成了聯合清賬小組。深受大家信賴的張家玉、張桂玉、張洪傳、張桂毛等人，均在當選之列。因為誰都知道張桂全的為人，也預感到清賬工作不會一帆風順，除制定了嚴格的查賬制度和紀律，十二名代表還私下約定，如果張桂全到誰家鬧事，其餘的代表都必須趕到現場，以防意外事件的發生。

對於這樣的清賬工作，從一開始，張桂全就極力阻撓，先是散布謠言，說有人投毒要害死他的孩子，企圖把水攪渾，轉移人們的視線；接著，便多次在村級會議上揚言：「十二個鳥代表算我的賬，存心搞我，沒那麼便宜！就是搞掉我，他們也沒法子過；搞不掉，我叫他們更沒好日子過，不打死他們，也叫他們腿斷胳膊折！」

二月十四日，清賬小組提出清查「村提留」賬目，負責財會的村支部副書記張店虎搬出老賬，進行敷衍搪塞，這本是在幫張桂全一把，卻不料竟也惹火了張桂全，他找上門去怒斥張店虎「不該端老賬」。二月十五日，張桂全的兒媳張秀芳就放出話音：她的公公要殺人了。

面對張桂全的這些威脅，村鄉兩級領導幹部都沒引起應有的重視，清賬代表也只認為這不過是張桂全在嚇唬人，全沒當作一回事。

誰也不會想到，正式查賬只查到第九天，二月十八日的一大清早，張桂全就真的揮起了殺人的屠刀！

這天，正是農曆正月二十二，第二天才是「雨水」，可一場滿滿春雨，還是提前到來了。不大不小的雨點兒，不緊不慢地敲打在小張莊農舍的屋脊上，根本沒有要停下來的樣子，好像沒完沒了的催眠曲。天已經大亮了，莊子裡的農民差不多都還慵縮在被窩裡。

五十八歲的魏素榮，這天依然早早就出溜下床，像往天一樣忙著去灶間。她雖然不像丈夫那樣在外邊出頭露面，對村裡發生的許多事還是一清二楚的。丈夫張桂玉被大夥推選為村民代表，他和另外十一個村民代表一樣，風雨無阻地要去查村裡的財務賬。這是八十七戶農民對丈夫的信任，事關村民們的切身利益，魏素榮生怕誤了村裡的大事，很早就把早飯做好了。

這時，窗外灰濛濛一片，淅淅瀝瀝的春雨依然在下著。魏素榮才把飯菜端上桌，丈夫張桂玉和兒子張小松圍著桌子剛坐定，家裡的那台舊鬧鐘的指針正指向七點十分，張桂全便領著他的五兒子張餘良和七兒子張樂義，出現在門洞裡。接著出現的，還有村會計張家會及其子張傑。

張桂全帶著兩個孩子找上門來，就已決心大開殺戒，現在需要的，只是「藉口」。

因為父親就是村裡的會計，對村民們的查賬同樣有著抵觸情緒的張傑，首先衝著張桂玉說了句諷刺挖苦的話：「賬算得怎麼樣了，俺們可能分兩個？」

張桂玉是個精明人，自然聽出了弦外之音，他離開飯桌，冷靜地說道：「大家叫我出來算賬，俺能不去嗎？」

這時，張桂全的七子張樂義便接過了話破口大罵：「媽的×，你算什麼賬！」「你怎麼可以罵人？」張桂玉當即斥責這個小輩，「你能罵我，就能罵你爸！」

張桂全馬上接茬道：「罵你不多！」遂向兩個兒子喊道，「給我打！」

由於這事來得太突然，聽到了張桂全一聲喊打，張桂玉居然呆住了。

魏素榮一看不好，慌忙離開飯桌，跑過來把張桂玉往裡拉，一邊怒斥張桂全：「你欺人欺負到俺家門上來了，到底要幹什麼？」

這時張樂義已從張桂玉的屋中抓起門旁的一根木棍，張餘良也隨後拾起張桂玉家的一把鐮刀。張樂義揮起木棍就照張桂玉舞過來，站在邊上的會計張家會不但不制止，反倒將張桂玉攔腰死死抱住。被打急了的張桂玉拼力掙脫後，見對方開始下毒手，便迅捷從地上揀了塊紅磚。魏素榮發現村幹部的兒子將自己男人往死裡打，慌了手腳，忙從灶台上抄起菜刀。

雙方持械怒目相視，猶如箭在弦上一觸即發。這響聲，驚動了四鄰。張樂義和張餘良見不少村民趕到現場，人多勢眾，未敢再動手，退到屋外。

張桂全顯然不甘心，就朝張桂玉的屋後走去，邊罵邊叫陣：「小橋（張桂玉的小名）你個狗日的，有種跟我過來！」

張桂玉是個吃軟不吃硬的紅臉漢子，見村幹部如此張狂，毫不示弱，就跟著來到屋後，責問道：「這次是鄉裡要查你的賬，群眾選我做代表，我有什麼錯！張桂全，你嘴巴放乾淨點，我就是查了你的賬，你又能把我怎麼樣？」

爭吵之中，張桂全已暗下指使張樂義回家喊人。不一會，張桂全長子張加志和六子張超偉，都暗藏兇器來到現場。張超偉上來就打張桂玉，張餘良趁機奪下張桂玉手中木棍，張超偉見赤手空拳的張桂玉依然頑強地反抗，迅速從膠靴筒中抽出尖刀，同時從懷裡取出菜刀，兇狠地向張桂玉的頭上、胸口又砍又刺。

張桂玉猝不及防，甚至來不及喊叫一聲，就重重地撲倒在地。

村民代表張洪傳和張桂毛聞聲趕到現場，見張桂玉直挺挺地躺在血泊之中，張洪傳怒不可遏地責問張桂全：「你們怎能這麼狠毒？還不趕快把人送醫院！」

這時的張桂全已經完全失去了理智，他見張洪傳和張桂毛趕了來，陰險地笑道：「媽的×，來得正好，就等著你們呢！」然後衝著張加志大聲喊道：「給我幹掉！十二個要算我賬的代表都給我殺光！」

離張洪傳最近的張餘良，立即撲上去，瘋狂地朝張洪傳的胸部、腹部和股部連刺數刀，張洪傳沒有來得及反抗，便當場倒地斷了氣。

就在張餘良撲向張洪傳時，張桂全也將雨傘一甩，從後面抱住了奔過來救人的張桂毛，罵道：「媽的×，你不是到處告我嗎？算我的賬嗎？來吧！」張桂毛雖然被抱住，但他人高馬大，毫不畏懼地和張桂全廝打著。張桂全自知不是張桂毛的對手，大聲呼喊：「樂義，來把他放倒！」

張樂義舉起手中大菜刀，跳起來就向張桂毛的頭部砍去，直將他砍翻在地。此時，殺紅了眼的張加志也趕過來，依然不放過張桂毛，騎在張桂毛的身上，用殺豬刀又向張桂毛的背部狠扎三刀。據事後法醫鑑定：張桂毛頭部砍傷五處，創口深及顱骨，顱骨外板骨折，左肺亦破裂，足見殺人者的兇殘。

倒伏在地已是奄奄一息的張桂玉，因為劇烈的疼痛而呻吟著，喪心病狂的張加志發現張桂玉沒死，猛撲過去，向其胸腹部又連砍五刀。

轉瞬之間，張桂玉的屋後就躺倒了三位村民代表。雨水融和著血水，紅了一地，空氣中頓時瀰漫著嗆人的血腥味。

張桂玉哥哥張桂月聽說弟弟被暗算，悲憤交加，操起一根平日給牛拌草料用的細木棍奔過來。由於他的眼睛不好，一直奔到了張加志的面前，方才看清倒在地上的弟弟。「這不是橋子嗎？」一句話未落音，張加志手中的殺豬刀已刺入他的胸口。

十六歲的張小松，於混亂中來到爸爸張桂玉的身邊，想把他攙扶起來送醫院搶救，張超偉拎著已經沾滿鮮血的菜刀，不容張小松救護張桂玉，揮手便向張小松的頭上砍去。在場有人一聲尖叫，驚醒了張小松，張小松意識到什麼，將頭一偏，張超偉落下的菜刀就砍在了張小松的膀子上。張小松慌忙逃開，總算倖免一死。

前後只有五分鐘的時間，小張莊的腥風血雨之中，竟是四死一傷！

當張桂全的四子張四毛也提著一把砍刀氣喘吁吁地奔到現場時，村頭上的廣播大喇叭，正響起村支書張店鳳催促村民代表繼續清賬的吆喝聲。

6 尚在刑期卻被委以重任

現代經濟學的理論認為，一個社會集團的力量大小，並不取決於它的人數多少，而取決於它的組織程度。組織的力量是強大的，與政權相結合的組織力量尤為強大。中國農民儘管人數眾多，可是他們過於分散，沒有足以抵禦壓制的組織資源，而鄉村幹部卻是嚴密組織起來的，他們是國家政權在農村的合法代理者。如果這個代理者，哪怕只是其中的少數人，把國家政權的意志，具體地說，是把中央政府這個最高委託者的意志拋到一邊，憑藉政權的組織資源為自己的利益服務，那將是十分可怕的！

張桂全雖然只有小學文化程度，但他正是憑藉著村委會副主任（當地喚作「副村長」）的實權，同時藉助著一個龐大的家族勢力（七個兒子），就在小張莊一手遮天，成為橫行鄉裡的「村霸」。

一九九七年，他明知縣裡下達的徵收小麥的數量與一九九六年的數量不變，他卻硬性要求每人增加五十斤。為了聚斂財富，他可謂生財有「道」，「五稅一費」就是他任意增收的苛稅雜費。誰家飼養一口豬，就得多繳四十五元錢；誰家蓋了新房，誰就要多繳一百五十元至五百元，繳多繳少，全由他的「金口玉言」說了算；全村所有的老房子，每戶都要繳五十元；誰家種花生，按畝算一畝便是十元錢；誰家添了拖拉機，每輛就是五十元。張桂月傾其所有剛剛購置了一輛「小四輪」，還未啟用先就得繳上四十五元，如今人去物尚在，這輛嶄新的「小四輪」正靜靜地躺在防雨棚裡，似在為他的主人默哀。至於「計生扶育費」，誰也弄不懂「扶育」二字的意思，計劃生育罰款的錢數更是由著他隨心所欲，並且大多數是打白條子不入賬的。

一方面，巧立名目，收刮民財，多多益善；另一方面，張桂全全家按規定應上繳的「提留款」，以及由他私設的「五稅一費」，卻又是分文不出，一毛不拔的。

倚仗著手中的權力，他侵佔土地，霸佔魚塘，侵佔公物，貪佔公款，已是惡貫滿盈，可是，村民們稍有不從，哪怕只是表示異議，他都是不允許的。一天，退伍軍人張桂錄的妻子張朝華，因找張桂全要村裡少分給她家的兩分麥場地，張朝華同張桂全在橋頭上發生了爭執，張桂全哪見過一個村民，尤其是一個女人敢這樣同他說話，一怒之下，竟將張朝華掀到橋下，當場摔死過去。後經醫院及時搶救才保全了性命，卻落得個終身癱瘓。張桂錄嚥不下這口怒氣，結果把張桂全告到了固鎮縣法院城北法庭，法庭判決張桂全長付八千元的賠償金，但張桂全一直拒不交付。賴到最後，張朝華的醫藥費用不付不行了，張桂全居然把這筆醫藥費用全攤派到了村民的頭上。

這樣的一個惡棍，怎麼就當上了村委會的頭頭呢？再說，他只不過是個村委會副主任，村主任和村支書又幹什麼去了？是與他一起同流合污還是做了閉口菩薩？對於這些，採訪中我們始終困惑不解。

後來，了解了張桂全的歷史，我們這些生活在城市中的人就更加感到不可思議。原來，小張莊存在的問題，遠不只是財務管理方面的混亂，基層組織建設上暴露出來的問題，更是令人吃驚。一九九二年五月二十日，當時已是小張莊村委會主任的張桂全，就曾因貪污和姦污婦女，被固鎮縣人民法院判處有期徒刑一年，緩刑兩年。這期間，小張莊合併到了張橋村，張桂全還正在刑期之中，卻搖身一變，成了張橋村村委會的副主任。村民們說，張桂全根本就未經過大家的民主選舉，完全是鄉黨委和村支部個別領導人強行指派的。

雖被判刑仍在刑期，一個窮兇極惡的罪犯卻照樣可以被兩級黨的組織委以重任，這就使得五毒俱全的張桂全非但惡習不改，反而變得有恃無恐，更加兇殘。

嚴格地說，張桂全這種人的行為方式，已經具有了中國封建社會農村中惡霸的基本特徵，但確實又是與那時的惡霸在性質上有著不小的區別，因為那時村中的這類人橫行霸道民憤極大，但土地的規模一般都不大，浮財也不多，而且，並沒有獲得法理意義上的村落公共權力的位置，然而，張桂全不光能夠任意霸佔土地、侵吞浮財，並且獲有法理意義上的村落公共權力，因此，張桂全這樣的村幹部，就比封建社會農村中的惡霸對社會造成的危害更大！

張桂全父子故意殺人案，雖然只是個「個案」，但「張桂全現象」都足以讓我們憂心忡忡。在採訪中我們發現，現在農村中「惡人治村」的現象已經觸目驚心地凸現出來，張桂全不過是當今中國農村基層公共權力運作中特殊機制產生出的一個生動標本。

結論和思考無疑都是十分容易做出的，問題是，怎樣才能夠杜絕類似的悲劇不再重演呢？

7 悲劇還在延伸

固鎮縣公安局防暴警察在接到報警不到二十分鐘就包圍了小張莊。涉嫌故意殺人的張桂全、張加志、張超偉和張餘良當即落入法網。只有張東義除外，據被害人家屬和在場的證人說，當時張東義手拎一只提包，包內裝著他們父子行兇的兇器，就從村支書張店鳳和荷槍實彈的防暴警察面前，從從容容地走過，村支書張店鳳不指認，防暴警察不知情，這就使得張東義沿著村民黃自先平房後邊的一條小路僥倖逃脫。

小張莊發生兇殺案的消息，迅速傳開去。但是，無論是固鎮縣委縣政府，還是唐南鄉黨委鄉政府，對於案起農民要求民主的權利和減負問題，全都避之如洪水猛獸。案發第二天晚上，整個小張莊還沉浸在巨大的驚駭和悲痛之中，固鎮縣有線電視台突然播報了這條「新聞」。報導稱，本縣唐南鄉張橋村小張莊，因村民們之間的民事糾紛，口舌之爭，發生了一起重大的誤殺案件。畫面上展示出的，好像全是從現場收繳的「兇器」，其實，那全是公安人員因為一無所獲從被害者張桂玉家裡找去的鐮刀、菜刀等器物。

整個一個假新聞！

這條「新聞」一播出，小張莊即刻炸了營。

在這起兇殺案中失去父親的張桂毛的獨子張亮，失去張桂玉、張桂月兩個弟弟的張桂菊，以及眾多的現場目擊者和被激怒的村民，男男女女，自發集結起三百多人，於播出電視新聞的第二天一大早，找到縣有線電視台，質問台長：一個刑期未滿的犯罪分子當上村長，變本加厲地欺壓村民，大家不堪重負，依憑自己的民主權利要求清賬，再說這還是縣裡部署的，鄉裡批准的，卻遭到如此滅絕人性的報復，怎麼叫「錯殺」？「錯」殺了誰？殺誰才不算「錯」？被害者作為村民代表與張桂全之間究竟是什麼之爭？

台長被問得啞口無言。他確實不知道其中會有這麼多的情況，案件的性質又會是這樣的惡劣與嚴重，不得不如實「招認」道：這是縣委領導指示這樣播放的。

人死不可能復生，但死了總歸要有個說法。被害者是為維護大家利益，又是受到大家的委託慘遭殺害的，這悲慘的一幕已讓人無法接受，而如此荒誕的「新聞」無異於火上加油。

於是，憤怒的村民們決定去見見縣委書記。

縣委和縣有線電視台門挨門，雖是兩個大院卻只隔了一道牆，當村民們擁出電視台大院時，才發現大街上已圍了個人山人海。大家都看到那條「新聞」了，都覺得這事太慘，兇手太狠，一聽說小張莊的村民為「新聞」的事找到電視台，便料定「新聞」有詐。現如今，假冒偽劣的產品充塞市場，各種各樣的新聞可信度也已經不高，特別是一些重大事故的新聞，老百姓對它的真實性統統是大打折扣的。於是不少人圍過來就想鬧個究竟，不多會，便裡三層外三層地圍上了三千多人。

前面說了，縣委就在邊上，早看出了動靜，當小張莊的村民找到縣委時，縣委和縣政府的領導早已不見了蹤影。

從縣裡回來的第二天中午，小張莊的村民剛丟下飯碗，村支書張店鳳就通知全莊人到莊西黃自先家才蓋起的三間大瓦房開會。那是黃自先準備給兒子結婚用的，兒子在外地打工，現在正空著，村民陸陸續續趕了去。

趕去才知道鄉裡來了人。唐南鄉副鄉長何井奎、鄉政法委書記邱亞以及派出所警員一行人，是來「封嘴」的。

會上的氣氛嚴肅得令人窒息。副鄉長何井奎首先選讀了幾條《刑法》規定，然後宣布不准上訪，不准鬧事，不准亂說亂講。大家都很緊張，尤其是被害者家屬，他們鬧不明白，親人已遭殺害，受害的親人好像也犯了王法，成了過去的「四類分子」，不許「亂說亂動」，隨時隨地都將有警惕的眼睛在盯著你，一下變得人不像人，鬼不像鬼。

魏素榮回到家撲到床上大哭了一場，她哭丈夫張桂玉死得不明不白，有冤無處伸；她哭自己長著眼睛長著嘴巴，看到的那觸目驚心的一幕卻不能再說；她哭這世道太黑暗，不定啥時就會給憋瘋了。

接下去，五月七日，安徽一家省報在二版的位置上發表了一篇題為《村主任一怒，四村民遭戮》的報導。文章恰恰發在蚌埠檢察機關正要將案子移送市法院提起公訴的關鍵時刻，試圖搶佔社會輿論「制高點」的目的十分明顯。

文章開宗明義，作了這樣混淆是非的表述：「一名叫張桂全的村委會副主任因為對村民的激烈言辭極為惱火，便率領眾兒子與村民相互毆打，致使四村民死亡。」

凡是具備閱讀漢語言文字能力的人，從這樣的表述中都會作出這樣的結論：「村民的激烈言辭」在先，張桂全「極為惱火」在後，村民，包括被殺的村民，才是造成這次事端的禍首。

不過細心的讀者還是會注意到，既然是「相互毆打」，為什麼死亡的盡是村民呢？這位「名叫張桂全的村委會副主任」，為什麼對自己的村民這樣歹毒，必置死地而後快呢？村民「激烈言辭」又究竟是些什麼內容呢？為什麼這位村委會副主任會「極為惱火」，以至敢冒天下之大不韙，大開殺戒？這些至關重要的東西，文章中統統沒說，顯然不好說，或是不敢說。

在這裡，村民們要求行使自己的民主權利和村民們不堪重負的嚴酷事實，全被迴避。迴避就是有鬼，就是要售之以奸。

於是，一場正義與邪惡、文明與殘暴、進步與顛覆之間的不可調和的鬥爭，就這樣被歪曲成了群氓之間的口舌之爭，愚昧無知的一場「相互毆打」。「四村民死亡」，似乎就只能是咎由自取。

小張莊的村民再次被激怒了！

他們找到在省城的那家報社，憤然質問：這麼大介事，人命關天，你們連起碼的事實都不調查核實，憑什麼做這樣的報導？

報社的編輯當然不可能對每天要編發的來稿都去現場調查核實，解釋說，他們採用這篇稿子在程序上並無過錯，稿子上是蓋有了檢察機關公章的，因此他們就未做也無須再做什麼核實便發表了。

形勢明擺著：這事是發生在一九九八年的春天，已不是發生利辛縣紀王場鄉路營村「丁作明事件」的一九九三年的春天了。中央不僅三令五申不准再增加農民負擔，並且已經作出了十分明確的規定：哪個村再給農民額外增加負擔，這個鄉鎮的黨委書記、鄉鎮長就要受到黨紀政紀的處分，這個縣的書記和縣長也要寫出書面檢查。安徽省在接到這個本來就措辭嚴厲的文件後，為表明不折不扣貫徹落實中央文件的決心，又添上一條，嚴加一等，這就是，有關的市地書記和市長專員也必須向省委省政府寫出報告作出檢討。

於是，問題就來了。文件的精神無疑是及時而又正確的，嚴格的要求也是為了保護農民的權益，這些，都是沒說的。可是，今天的一個縣，少則幾十萬人，多則上百萬人；一個地區，或一個省轄市，少則幾百萬人，多則上千萬人－林子大了，什麼鳥都有，誰能保證在這樣幾十萬或幾百萬乃至上千萬的人口中，沒有幾個膽大妄為者，更不用說是亡命徒了。檢討得過來嗎？

現在的問題是，小張莊的張桂全，已經不是一般意義上的村委會副主任，此人竟是個刑期未滿就當上村幹部的罪犯，這事情已夠複雜，而他的問題又遠不是僅對村民橫徵暴斂，還殺了人！這方面中央早有明確規定，凡因農民負擔問題導致一人死亡或六人以上集體上訪的，都必須向中央報告，張桂全父子不是殺了一個人；而是造成四死一傷，嚴重得聳人聽聞！

無論是固鎮縣委書記、縣長，還是蚌埠市委書記、市長，都很難接受這個事實，更不敢正視這個事實。也許，他們並不缺少良知，也不缺少勇氣，但是眼前這種近乎嚴酷的事實，對於他們不僅太突然，也顯得太殘忍，甚至，沒給他們留下更多的選擇餘地。「丁作明事件」案驚中央的故事，誰也不可能這麼快地就把它淡忘，所以，誰都十分清楚承擔這種責任的風險和代價。他們顯然都是不願承擔這種風險和代價的人，否則，我們無法解釋事件出現之後的那一切怪事，更不可能找得出任何理由，可以這樣漠視四條生命，儘管他們只是四個普通的農民。

當然，最不能接受這個事實的，還是受害者家屬。這天，受害者家屬張亮、魏素榮幾個人再次鼓起勇氣找到縣委，終於見到了縣委書記，他們在年輕的書記面前長跪不起，哭述冤情，剛說到自己的親人因為替村民們清賬而慘遭殺害時，書記一下竟勃然大怒：「誰說是清賬？那全縣都在清賬，怎麼沒殺別人單殺你呢？」

受害者家屬驚得目瞪口呆。

按縣委書記這個說法，如果哪家女孩子被刁徒強暴了，要喊冤，豈不是誰都可以對她厲聲責問：世界上年輕漂亮的女人多著呢，怎麼沒強姦別人單就強姦你了呢？這還是人話嗎？

清查賬目的三位群眾代表被殺，其餘九位代表自然萬分悲痛，但小張莊查賬的工作並未停頓下來，並且查的決心更大，也更加認真了。

應該說，張桂全父子被抓，給清查賬目的工作帶來極大方便，村幹部的許多經濟上的問題，很快便露出冰山一角。毫無疑問，小張莊的問題不只是張桂全一個人有，村支書、村委會主任和村會計，也都不可能就那麼乾淨，他們對這次清賬骨子裡是恐懼、抵制的，可這項工作畢竟是縣政府統一部署，小張莊的清賬小組又是鄉政府決定成立的，他們雖憎恨，害怕，惶惶不可終日，還不至於像張桂全那樣愚蠢地去殺人。不過，沒過多久，他們就發現，縣、鄉兩級黨委和政府都對清賬的事兒閉口不提了，對張桂全父子殺人的真相也是在極力掩蓋，於是他們的膽子就又大將起來。

當清賬小組清出一九九七年小張莊徵糧時每人多收了六十斤，顯見是違反了國家政策的，他們找到支部書記張店鳳，張店鳳卻一副大包大攬的樣子，說：「不錯，是我叫加的。我要加有我要加的用途，你們就不要過問了。」態度十分蠻橫。

清賬清出四名村幹部私分賣地款兩千六百元，張店鳳竟也從這筆賣地款中拿走六千元。村民代表找到張店鳳，張店鳳平靜地說：「這事我知道，這是操心費。」追問該不該拿這個錢，他居然理直氣壯地說：「我拿，有我的用途！」

在又一次清賬會議上，村民代表問村委會主任張鳳知：「小張莊的四千元水稻澆水費已經繳納了，為什麼又從我們莊賣地款中扣除四千元澆水費？」張鳳知胡攪蠻纏，大發雷霆，致使清賬會無法清賬，不歡而散。

不久村子裡便傳出風聲：小張莊的財務賬結清了，張桂全「沒有貪污」，「沒查出張桂全的經濟問題，剩下的九個清賬代表縣裡還得逮幾個！」

接著，張桂全的四子張四毛氣焰囂張地揚言：「這莊子安停不長，還得有幾條人命賠著來！」一陣陣帶有血腥氣的陰風在小張莊不停地吹著，令人透不過氣來。

共產黨員張家玉是條硬漢子，積極反映村裡加重農民負擔問題的有他；清賬小組中敢於當面鑼對面鼓較真的也是他。張桂全父子對他，可以說是恨之入骨，張桂全父子放倒四人後，當時張桂全的大子張超偉就曾大聲叫嚷：「上張家玉家去，給他斬草除根！」幸虧張家玉當時出村報警去了，不在家，才倖免一死。但是現在，張家玉發現，他仍然處在兇險之中。在他家的門口和地頭，時常有人暗中窺視，盯梢。

張桂全家庭勢力的影響依然存在，況且還有張東義在逃，面對一個同樣殺人不眨眼的逃犯，一個不知何時就會突然出現的兇手，村民們，特別是受害者家庭，不可能高枕無憂。張桂玉和張桂月七十多歲的老母親，提到這事就淚流滿面，她一個早上痛失兩個兒子，孫子還被砍傷，一個原本充滿生機的家庭一下子就破碎了，更揪心的是，種種跡象表明，這場噩夢還沒結束。她面色惶恐地說：「沒人晚上敢出門，地裡的花生大白天也不敢去照看了！」

8 第四種權力，你在哪裡

以後事態的發展，就越來越出乎小張莊村民的意料了。

鄉裡派人威脅被害者家屬及現場目擊人不許「亂說亂講」，縣電視台和省裡的報紙把蓄意報復殺人說成是「錯殺」，或是愚氓間的「相互毆打」，這些，其實都不具備法律效力。即便是並不太了解法律常識的小張莊村民，也知道只有人民檢察院和人民法院說了的才真正算數。奇怪的是，案子進入法律程序之後，執法機關卻並不完全在依法辦事，設在地方的國家法院淪為代表地方特殊利益的地方法院，這就叫小張莊村民感到真正的恐怖與絕望了。

蚌埠市中級法院對這案子開庭審理，事先根本就沒打算要通知被害人，當聽到風聲要開庭了，被害人的法定代理人就連找個律師的時間也沒有了。

有著二十五年黨齡的村民代表張家玉，以黨籍保證，他說檢察院自始至終就沒人進過莊，也沒誰找過他們，更沒聽說找誰了解過案發現場的情況，檢察院在《起訴書》上都寫了哪些事實，無人知道。死者親人和現場目擊人從「小道消息」聽說要開庭，慌慌張張地趕去時，也只准帶個耳朵「旁聽」，沒有發言權，而作為被告的張桂全父子居然可以在法庭上交頭接耳，這把被害人親屬的臉都氣青了。

公開宣判時，被害人親屬同樣沒有收到正式通知，聞訊趕去才知道，作為這場兇殺的主謀和指揮的張桂全、殺死張桂月的張加志被判死刑；而殺死村民代表張桂玉和張洪傳的張超偉和張餘良，只是分別被判處無期徒刑，顯見缺乏公正。這一判決可以說達到了張桂全「數子之罪由一子承擔」的目的。

死者親屬強烈要求看法院的《判決書》，法院不給；他們委託律師去要，法院依然振振有詞，就是不給。

固鎮一中的高中畢業生張家玉，是小張莊村民代表中讀書最多的一個，他找來國家頒布的《刑事訴訟法》研究，發現其中第一百八十二條規定白紙黑字寫著：「被害人及其法定代理人不服地方各級人民法院第一審的判決的，自收到判決書後五日以內，有權請求人民檢察院提出抗訴。」依此國法，蚌埠市中級法院沒有理由不將判決書送達被害人親屬及其法定代理人的手裡。剝奪被害人及其法定代理人的這種合法權利，顯然不是可以用忽略二字能夠解釋清楚的。

於是，被害者親屬找到安徽省高級人民法院。

在省高院，他們終於得到了「蚌檢刑訴〔一九九八〕第二十一號」的蚌埠市檢察院有關這事的《起訴書》。

不看不知道，一看真奇妙。

從《起訴書》上「審查表明」的案件起因中，你壓根兒就無法知道被殺害的張桂玉等人是負責清賬的村民代表，他們是在行使小張莊八十七戶農民賦予的民主權利；而窮兇極惡的張桂全是有預謀地要對村民代表實施十分殘酷的報復；更看不到村民們已是不堪重負、村幹部為掩蓋罪責才是發生這一慘案的最直接原因。始作俑者是張傑，激化矛盾的是張東義，但《起訴書》在陳述到村民代表張桂玉妻子魏素榮一句並不過分的話之後，跟著就作出結論：「從而引起雙方對罵」，似乎引發事端的主要責任在魏素榮。而且《起訴書》竟然沒有「審查表明」，原本不是算賬小組的張桂全的兩個兒子，跟著老子去「算」什麼「賬」？而這正是此案要害，卻被掩蓋。

「雙方對罵」的內容隻字不提，陳述「打架」的過程被「查明」的「事實」居然是：首先拿起兇器的，是村民代表張桂玉和他妻子魏素榮；首先動手的，是村民代表張桂玉和村民代表張洪傳；殺人不眨眼的張加志似乎只是因為他發現張桂玉和張洪傳二人又是用傘又是用磚頭「準備」（「準備」二字妙不可言！）打他的老子張桂全一個人時，他才動刀的；後來發現張桂玉「正壓在張東義身上」，張加志「即向」（「即向」二字亦是煞費苦心！）張桂玉下手的；而被壓在身下的殺人兇手張東義「起身後」（「起身後」三字更可謂用心良苦！）才發難的！

總之，「引起雙方對罵」，首先操兇器和最先動手的，不是村民代表就是村民代表的家屬，這些算賬的村民代表被殺好像是「死有餘辜」！

「審查表明」張桂玉之子張小松的負傷，就更加「有趣」：「張餘良從張桂玉手中將木棍奪下，打了張小松一下」。兇犯張餘良不過只是用木棍「打了」張小松「一下」，而且那「木棍」還是從張小松的老子那兒「奪下」的。孰不知，「木棍」打的這「一下」，在張小松的右膀上留下的卻是一個六十五毫米長、深達二十毫米的刀傷，住院甚達一月之久傷口才痊癒。《民主與法制》雜誌後來將張小松砍成重傷的照片公諸於眾，沒給這份《起訴書》一點面子。蚌埠檢察院是把張桂全父子以「涉嫌故意傷害（致人死亡）一案」被提起公訴的。這就從根本上改變了這一特大兇殺案的性質。因為「傷害罪」是指損害他人健康的行為；而「殺人罪」是非法剝奪他人生命的行為。即便就是從《起訴書》上提供的「法醫鑑定」的事實來看，張洪傳因「單刀刺器刺傷胸部至心臟主動脈破裂引起急生（應為「性」誤——筆者）大出血死亡」；張桂毛因「單刀刺器刺傷左背部至左肺破裂引起急性大出血死亡」；張桂玉因「單刀刺器刺傷胸部至心肺破裂引起急性大出血死亡」；張桂月因「單刀刺器刺傷左胸部至左肺破裂引起急性大出血死亡」。十分明顯，兇手無一不是用兇器直搗心窩子！倖免一死的張小松，也是因為他躲開了直接砍向腦袋的菜刀，這一刀才砍在了左膀上。

造成如此殘忍的四死一傷的局面，前後居然沒用五分鐘，怎麼就可以得出這些兇手是「損害他人健康的行為」呢？照這麼「審查」，天下還有「殺人罪」嗎？

張桂全在那個陰冷潮濕的早晨讓人毛骨悚然的嘶叫，令在場的所有目擊者永世不會忘記：「給我幹掉！十二個要算我賬的代表都給我殺光！」這是《起訴書》不該遺漏或不敢正視的獸性的嚎叫。

具有諷刺意味的是：蚌埠檢察院並不是以「殺人罪」起訴張桂全的，但張桂全在聽完宣判後竟當庭大罵法官，聲言等他兒子出獄後要拿這幾位法官開刀！殺人者的氣焰如此囂張，不知《起訴書》上落下姓名的檢察官和代理檢察官作何感想？

漢朝桓寬著《鹽鐵論》就曾指出：「世不患無法，而患無必行之法」。意思是說一個社會並不擔心沒有法令，而是擔心沒有堅決執行的法令。無法可以制定，有法而不執法後果不堪設想！

通常我們把黨、政、軍而外的法律監督權，稱為「第四種權力」，因為它是實現社會公平和正義的重要力量。但是，直到今天，許多地方決定訴訟成敗官司輸贏的，依然還不是案內的是非；神聖不可玷污的法律，其應有的權威還樹立不起來；獨立辦案還常常只是寫在紙上的一句承諾。我們的生活與法律之間，有時還有著一種更加強大的力量在發生作用，使得許多法律還僅僅是一個誘人的美好的願望。

為制止小張莊的村民進京上訪，固鎮火車站甚至對購買北京車票的農民嚴加盤問。連城郊兩個農民只是去京看親戚順帶看病，也遭到拒絕，二人好生解釋，最後確認不是唐南鄉的農民，又確實不是為了上訪，才得以買票上車。

封鎖顯然是愚蠢的，也是有限的；天下之大，豈可一禁了之。固鎮縣唐南鄉小張莊發生的血案，終於還是不脛而走，引起了各地媒體廣泛的關注。

首先趕到現場採訪的，依然是新華社安徽分社的記者。記者李仁虎和葛仁江採訪後寫了一篇《張橋村幹部如此斂財，一種負擔兩本賬》的新聞報導。雖然隻字沒提發生在張橋村的「小張莊慘案」，文章中甚至沒有多少作者主觀的議論，但是，這篇被轉發到了全國的新聞報導，卻有如「庖丁解牛」，用快刀子割肉，將小張莊所以會發生兇殺案的背景一絲不掛地裸露在國人面前。其敘事的風格，極像中央電視台的《焦點訪談》——讓事實說話。

近日，記者來到安徽省固鎮縣唐南鄉張橋村小張莊村民組採訪，村民們紛紛拿出他們的負擔監督卡和一張白紙條收據，氣憤地說，咱村村民負擔有兩本賬，一本收得少，是假賬，專門對付上級檢查用的；另一本收得多，是真賬，專門對付咱群眾的。

村民張家玉從家裡拿出一九九六年和一九九七年的負擔監督卡和白紙條。一九九六年的監督卡上寫著：張家玉家五口人、兩個勞力，承包十二點六五畝耕地，上年人均純收入為一千二百四十六元，本年稅費合計六百六十元，「三提五統」是上年人均純收入的百分之六點一。但這一年實際上繳的各種提留和費用是上年人均純收入的百分之十九點八，兩者相差十三點七個百分點。一九九七年張家玉監督卡上的「三提五統」是四百一十四元零三分，但實繳的卻是一千五百十元零五分，其構成也與上年不一樣，真假提留和費用分別是上年人均純收入一千三百二十五元的百分之七和百分之二十二點七，兩者相差十五點七個百分點。

小張莊村民組有一百四十二戶、七百五十口人，是個純農業村，由於地處淮河岸邊和地勢低，多受澇災，村民生活較為貧困。記者一連走了數家，沒有發現像樣的房屋和擺設，許多農戶連黑白電視機也沒有，但多數村幹部家裡卻有冰箱或彩電，有的住的還是高屋大院。村民們說，咱村的幹部欺上壓下，財務不公開，多吃多佔。

需要指出的是，中央劃定的是否構成「農民負擔」的界限是：「三提五統」不准超過上年人均純收入的百分之五，而這裡卻高達百分之十九點八，已接近國家規定的四倍！更為嚴重的是，明明是在巧取豪奪，卻要玩弄掩耳盜鈴、瞞天過海的伎倆，「一種負擔兩本賬」。其手段之惡劣可見一斑！

文章最精采的一筆，還是在最後貧富差別的交代上。這是一幅絕妙的圖畫，畫龍點睛地把許多深層次的問題提示了出來。

接著《工商導報》的記者也站了出來，旗幟鮮明地發表了《張桂全枉殺四人法難容》的文章。文章特地標出了一行引人注目的提示：「刑期未滿，又任村幹部；心中有鬼，反對查賬目；光天化日之下，竟瘋狂行兇，殺死四名查賬的村民代表。」可謂一針見血！

只有一點需要更正：枉殺的確是四人，但查賬的村民代表只有三人，另一人張桂月只是村民代表張桂玉的長兄。

緊接著《工商文匯報》也在一版顯著位置，披露了「固鎮發生特大命案」的真實情況。被嚴嚴實實掩蓋著的「小張莊慘案」的真相，終於被撬動，射進了幾縷溫馨的陽光。固鎮縣委和蚌埠市委一手遮天的神話被擊破！

這一年的六月十五日下午二時許，中央電視台四位記者頂著烈日、扛著沉重的攝像器材，風塵僕僕地趕到了遠離公路交通還相當不便的小張莊。他們是看到新華社轉發全國的那個電訊稿後作出這次專訪決定的。進了莊，他們就開始隨機採訪和攝像。

記者首先走進村民黃志先的家，問黃志先：「你們的負擔重不重？」黃志先顯然是有顧慮的，猶豫良久，才說：「確實很重。」他隨後找出村裡發的《農民負擔監督卡》以及村組開出的一張張白條子給記者看。

記者提出要見村民代表張家玉，正在田裡幹活的張家玉被喊回村。張家玉不僅照實說了小張莊「一種負擔兩本賬」的情況，還談到了村民代表因清查張桂全副村長的貪污賬，張桂全父子連殺四人砍傷一人的事件經過。

後來，記者請張家玉帶路，他們分別對被殺代表張桂毛、張洪傳的兩個孤兒進行了採訪。最後記者又讓張家玉把他們帶到張店鳳家，要採訪一下這位村支書。不過，當時書記不在家，便決定採訪書記老婆陳雲俠。不承想，陳雲俠的態度十分惡劣，先是將記者拒之門外，然後，把門一鎖，管自扛著鋤頭揚長而去。記者卻並不介意，手中的攝像機也並沒有放過這難得的鏡頭，一直跟拍著她的背影，直到看不見為止。

記者們剛準備要離開，發現張店鳳推著自行車往家趕來。遠遠地，他發現一群村民向他喊話，還有人扛著攝像機已經對著他，感到不妙，掉頭想跑，也許覺得這樣子太狼狽，跑了幾步又折了回來。

記者迎上去問：「你是這村的書記嗎？」

「是。」

「我們想向你了解一些問題行嗎？」

張店鳳顯然調整好了情緒：「行，回家談。」他答得十分爽快。可走到家門口才注意到門上掛著鎖，鑰匙也被老婆帶走了，很是尷尬。

記者於是就在門口進行了採訪：「你們村的賬目都公開嗎？」

張店鳳接口說：「公開，全公開。日清月結。每個月的五號張榜公布。」

記者問道：「張榜都貼在什麼地方？」

張店鳳跟著就說：「三個自然莊都貼。」

記者盯住不放，又問：「貼在什麼地方你看見了嗎？」

張店鳳頓了一下，說：「我沒看見，反正我都安排了。」

記者露出了幾分幽默，正準備再問，在場圍觀的村民見張店鳳這樣睜著眼睛說瞎話，都忍不住笑起來。笑聲中，不知誰大嗓門叫了一聲：「書記胡說！」

張店鳳頓然變了臉色，怒氣沖沖地逼視著在場的村民。

村民代表張家玉這時站了出來，當著張店鳳，毫無懼色地走向攝像機的鏡頭，實話實說：

「我們小張莊就從未看見張貼過公開的賬目！」

張店鳳一聽，咬牙切齒地指著張家玉說：「你張家玉還是不是個共產黨員？你失職！張貼你看不見，這不是失職是什麼！」

在張店鳳看來，村裡的每一個共產黨員都必須無條件地和他這位村支書保持高度的一致性，否則，就是不稱職。

這一切，都被開動著的攝像機收入鏡頭。

中央電視台來人的當天，已經是深夜兩點多鐘了，唐南鄉一位領導還把電話打到村支書張店鳳家裡，詢問記者進莊後採訪了哪些人？調查了一些什麼事？有沒有誰說了清賬的村民代表被殺的事？

如臨大敵。

第三天大清早，村委會主任張鳳知跳出來開罵了。這位文盲主任在村裡的廣播大喇叭中喊道：「有個別共產黨員，弄幾個臭記者來採訪，說我們搞的都是假的；還弄來個中央『焦點訪談』記者，『焦點訪談』不『焦點訪談』，我看這是有些群眾在起鬨！我讓你們好好在下邊起鬨，到時查出來非得治你不可！」

他把廣播喇叭的音量調得很大，他的嗓門就更大，哇啦哇啦地大喊大叫，震耳欲聾。村民們剛從睡夢中醒來，聽著這樣一個大字不識的村長在廣播裡張牙舞爪，真不知小張莊究竟是誰家的天下了。

六月二十日晚，中央電視台就在《社會經緯》的欄目中，把小張莊農民負擔過重的問題予以曝光，在全國範圍產生影響。

幾乎是前腳跟後腳，《南方周末》也拿出頭版一整版的黃金強檔，直擊小張莊慘案，發表了記者朱強的長篇報導：《五父子稱霸固鎮小張莊，四村民查賬惹殺身之禍》，且圖文並茂地配發了言論與漫畫。漫畫作者方唐，畫得簡約而辛辣：一個村委會領導人物酒醉飯飽之後，從放著酒瓶的辦公桌子上，不可一世地又踏到誠惶誠恐向他頂禮膜拜的村民頭上和身上，嘴巴裡煙囪似地噴吐著雲霧。言論文章出自中國社會科學院農村發展研究所黨國印之手，他的震驚憤慨之情躍然紙上：「我們有一個簽署了國際人權公約的中央政府，又畢竟處於文明時代，怎能容忍惡勢力猖狂！」不過，他提出，「對一切違反中央政策和國家法規的村幹部堅決予以制裁，當然是需要的，而且也會有一定的效果，但這只是治標的辦法，我們要從根本上解決問題，就需要讓農民富裕起來，讓農民擁有組織自己的能力，並給農民的組織以合法地位，使農民有力量抗衡鄉村權勢階層。」

這期間《民主與法制》雜誌社鄭蘇、福殿和成遠三位記者，也從「民主」與「法制」特有的視角，深入到小張莊，並於這一年的第十七期刊出現場紀實報導。題目極平實：《村民代表查賬慘遭毒手》，文章卻寫得內容詳實，引人入勝，不乏雄辯之筆，警策之句。令三人甚為詫異不可思議的是，直到他們採訪之時，潛逃在外的張東義使用過的那把帶血的殺人兇器，依然靜靜地躺在溧澗村醫院辦公室的抽屜裡，無人問津。是他們，把拍到的這張照片，觸目驚心地展示於世人。

隨著各種新聞媒體的相繼介入，特別是在全國版有影響的幾家報紙雜誌輪番轟炸之後，小張莊村民代表因為行使自己民主權利慘遭殺害的真相再也捂不住了，事情才漸漸有了轉機。

人們首先看到，唐南鄉政府派人把張洪傳的兩個孤兒接到了鄉裡的敬老院。

接著，這一年的舊曆五月初五端午節，固鎮縣政府安排給遭難的幾家每家發了一百元錢的慰問金。

午收大忙時節，固鎮縣委機關下來了幾位同志，不言熱，不說累，幫助幾戶受害者家庭搶收麥子。他們從上午一直幹到下午一點多鐘，沒吃農民一口飯，沒喝農民一碗水，這讓死難者的家屬多少感受到了黨和政府的一絲溫暖。

一九九八年九月八日，安徽省高級人民法院對張桂全父子一案下達了終審裁定。終審《裁定書》上「審理查明」的「事實」，其實與蚌埠市檢察院《起訴書》上當初「審查表明」的「事實」並沒有多大改變，這使得小張莊廣大村民再一次對中國的法制產生失望。

不過有一點是應該予以肯定的，這就是省高院終於裁定張桂全父子「不存在防衛問題」，亦非「傷害（致人死亡）罪」；「張桂全、張加志、張超偉、張餘良的行為均已構成故意殺人罪」；「故意殺人的主觀故意明確，訴稱其沒有殺人故意的理由無事實根據，不能採信」。

這讓小張莊已經十分失望的八十七戶農民，終於感到了一點欣慰。

第三章　抗稅案件始末

9 在霸王別姬的地方

安徽省靈璧縣是楚漢相爭垓下之戰故地。兩千一百九十九年前，劉邦和韓信合兵四十餘萬，將項羽的十萬兵馬在此圍了個針插不進，水潑不進，以致其糧盡援絕，夜夜可聞四面楚歌，演出了一場霸王別姬的千古絕唱。

這麼多年了，這塊貧瘠閉塞的土地，在發生了那場驚天動地的歷史一幕之後，早已歸於安謐與寂寞，平靜得彷彿時間在這兒停頓或凝固了。但是，公元一九九七年十月五日，注定是個令垓下人難忘的日子。這一天，午時的太陽還像往日一樣耀在中天，田野上亙古不變的沉寂卻猛地被滾滾車輪碾得粉碎。

一支全副武裝的隊伍，威風八面地從靈壁縣城出發了，裹挾著大大小小的警車、轎車、卡車乃至消防車，車上除了公安和武警，還有神色肅殺服飾各異來自縣鎮機關的黨政官員。

場面之威嚴與壯觀，均為這個縣多年以來所罕見。

一路之上，警笛陣陣，各式槍械寒光閃閃；車輛經過鄉間的土路時，揚起的塵土遮天蔽日。

沿途的老百姓見此陣勢，驚慌地躲開；縮在農舍窗後的那些眼睛，吃驚地數著數兒：出動的各種車輛三十二部，人員多達二百餘眾！

隊伍抵達馮廟鎮後，轉向東南，來到大約十公里處時，持槍的武警戰士首先跳下車，封鎖了進出大高村的所有路口。接著，馮廟鎮侯朝傑書記派人喊來大高村支書陳一文和村主任高學文，由二人帶領荷槍實彈的公安人員，以迅雷不及掩耳之勢撲向西組。

整個「戰鬥」進行得出乎意料的順利。可以說，沒費一槍一彈，只用了一刻鐘便大獲全勝！

當時正是午飯時間，大高村西組的村民們壓根兒就沒有一點心理上的準備，婦女們大多忙在鍋台上；大老爺們也剛從田裡回來，許多人還光著脊樑打著赤腳呢。當公安人員衝到面前時，一個個全發著傻兒，沒有一個人想到要去操傢伙。

全副武裝的參戰官兵面對的竟然只是手無寸鐵毫無抵抗能力的男女村民，這多少讓人感到意外，同時又有幾分失望。

「戰果」卻是十分可觀的：大高村西組除僥倖下湖點麥、上鎮趕集或是長年在外打工者外，當時在村的一切涉嫌分子，無一漏網！

一個只有一百來人的大高村西組，被抓走的就有五十一人。其中一個三歲的孩子是隨同母親一道被抓的，若加上這個三歲的孩子，這一清剿行動被抓的就應該是五十二人。

這就是曾經震驚蘇皖兩省六縣數百萬人的「大高村事件」。

正是在靈璧縣發生「大高村事件」的那段時間，香港《動向》和《爭鳴》雜誌，分別以《農民暴亂擴及九省區》和《四省五十萬農民抗爭》為題，聲稱中國大陸的農村到處發生「動亂、騷亂、暴動事件」，甚至「爆發了武裝衝突」。這顯然是毫無根據的。當然，在採訪中，我們也注意到，中共中央辦公廳和國務院辦公廳，曾多次聯合發出通知，嚴厲地指出：我們不少地方黨政領導，非但不能正確處理當今農村中出現的一些新情況和新問題，反而輕易出動公安、武警和民兵，激化了矛盾。

「大高村事件」在當時可謂驚動大了，被視為「暴力抗稅事件」，可是，別說當時大高村西組的婦女大多忙著做飯，男人也全光著脊樑打著赤腳在乘風涼，並沒有出現想像中的暴力抵抗，甚至在聽到嘶叫的警笛，看到警察進莊時，大夥都還在心裡邊樂呢，還以為上級公安部門秉公辦案來了，是抓他們的村主任高學文來了。

因為所謂的「大高村事件」，就是高學文「製造」出來的。

提到高學文，大高村沒幾個不恨得牙根發癢。外號被喚作「高跛子」的高學文，自從當上一村之長，就不知道自個姓啥了。不管中央下達了多少「減負」的規定，大高村稅費的徵收依然還是隨著他的嘴巴說。他說你該繳多少，就是多少，一個子兒也不准少。反對他，就是反對人民政府，就是反對黨的政策，就是反對江澤民或是朱鎔基，就是破壞大好形勢，破壞安定團結，破壞改革開放！只要他看不順眼，張口就罵，動手就打。打了，罵了，你還必須認錯。

昨天高學文就又抖了一次威風。

村民高楊氏，已是古稀老人，咋說也是大高村的老前輩了，高學文身為村委會主任，本該帶頭尊老敬老才對，可他倒好，白起了一個風雅的名字，高楊氏只是責問了高學文不該重覆徵收她家的「宅基地」稅費，他就大打出手，還抄了高楊氏母子二人的家，將人家的鍋碗瓢盆砸了個稀爛。

誰知惡人先告狀，高學文非但沒受到懲罰，反倒耀武揚威地領著公安武警滿村子亂抓人，這就叫大高村西組的村民全傻了！

高楊氏首先被抓。不僅抓了她，抓了她的一家，還抓了當時趕來看望她傷情的娘家哥哥、弟弟、侄子和孩子的姑父，總之，娘家婆家加在一起，除一個年近九旬臥床不起的老奶奶，在場的十一個人就被抓走了十人。

高楊氏已經被抓到了警車上，發現她昨天被高學文打腫的臉，青紫淤血的斑塊依然沒消，怕抓走她落下別的麻煩，這才被從警車上推了下來。

這中間還有段不錯的小插曲。

高楊氏被打被抄家，西組的不少村民實在看不過去，有人就跑到鄰近的泗縣高集街上去請來照相的師傅，要把證據取下來，好拿到鎮上去評理。按說，這也是全民普法的結果，如今村民們也有了法制的頭腦。誰想到請來的一個女攝影師，剛拍罷高楊氏被打的慘狀，正忙著拍被打爛的鍋碗瓢盆呢，公安人員就抵到了面前。高學文大喊大叫，抓了高楊氏娘家婆家在場的人還不解恨，發現有人正在「取證」，就要把女攝影師也抓走。

女攝影師是個常跑縣城省城見過世面的人，她哪吃這一套。她見靈璧的公安人員不問青紅皂白衝上來就要抓人，根本不屑一顧。她說：「你們有沒有搞錯，我可不是你們靈璧縣的人喲！」

女攝影師的這種鄙夷輕慢的態度，激怒了在場的一個人，這就是馮廟鎮財政所的開票員。只見他騰地站了出來，氣勢洶洶地指著女攝影師放言道：

「今個，我話挑明了，你就是江澤民、李鵬的老婆，我也得治你！」

一語驚人，說得在場的人全都一怔。

「抓走！」開票員不容置疑地吼了一聲。

女攝影師也並非凡角。她不但沒有被嚇倒，反而比對方更加氣勢逼人。那神態，分明讓人看出，她跟這種沒大沒小沒輕沒重的人較勁，實在掉了自己身分。這號人她沒少見過，手裡不能有一點權，給個二兩顏色他就敢開染房了。

她平靜地說道：「你也別嚇唬我，實話告訴你，中央領導咱高攀不上，但你們靈璧縣公安局有個副局長倒是我親戚。不信你可以去問！」

這話說得在場的人又是一怔。

其實，女攝影師的這句話，對在場的公安人員最好使，說得他們眼睛一亮，不得不刮目相看。她的話當然不能全信，可又不能不信，所以，把她也帶上警車時，無論武警還是公安，口氣和動作到底還是溫和了許多。

大高村白鬍子高宗朋，脾氣倔得出了名，是個眼睛裡揉不得沙了，路見不平敢於拔刀相助的老人。他見縣鎮領導和公安武警如此興兵動師亂抓無辜，當場挺身而出。

他指著到處抓人的村支書和村主任，大聲責問：「你們這些龜生的東西，還覺得欺壓老百姓不夠嗎？真的要逼著老百姓造反嗎?!」

高宗朋本來就是被村裡打入另冊的人，他不跳將出來，也要抓他，正在各處尋找他，他倒自投羅網了。不僅抓了高宗朋，還抓了他的兩個兒子和一個媳婦。

這天被抓的五十二個人中，既有七十多歲的老人，也有未成年的孩子；不但有「文革」前就入黨的老黨員，退伍回村的傷殘軍人，還有大批婦女……

大高村西組村民看得很清楚：這次被抓的，不是敢於反映農民負擔問題上訪過或支持過上訪的，就是敢於懷疑或要求過清查村鎮賬目的，再不就是對村鎮幹部不滿或有過節的。總而言之，村支書和村主任藉著這場「東風」，算是把他們的「眼中釘」、「肉中刺」一網打盡了。當然，因為這是一次多「兵種」的聯合行動，時間倉促，情況不明，有的只是來大高村西組幫助親戚抗旱搶種的外村村民，有的甚至還是到大高村西組聯繫業務的外縣個體工商戶，也都被抓了起來。又由於執法人員來自不同部門不同機關，誰抓到的村民就押往誰的地盤，所以，就出現了一家老小被塞進不同的警車，押送到不同地方的情況。警車啟動時，村裡村外，田頭地腦，哭聲喊聲此起彼伏，撕心裂肺。幾個躺在家中動彈不得的風燭老人，淚流滿面，竟想起當年日本鬼子進村時的情景。與日本鬼子不同的是他們沒強姦婦女，沒放火燒屋，沒說一句日本話。

被抓往各處的村民，無一例外地都被當天晚上「過了堂」。只有一個例外，就是那位女攝影師，後經派出所「驗明正身」，確認她和靈璧縣公安局一位副局長委實有著親戚關係，被連夜釋放。其餘的，不「出血」，不繳出一定數量的罰金，便休想走出去。因此，被抓村民大多託人借了數量不等的高利貸，背上了沉重的債務，少則一千，多則上萬，甚至，傾家蕩產，背井離鄉。

高楊氏娘家侄子楊樹連因為嘴巴硬，以為「有理就可以走遍天下」，在裡面依然說了些慷慨激昂的話，結果，錢沒少花，胸骨還被公安的大皮鞋踩傷，後來跛了一個多月。過去他認為這世上壞人總歸是少數，出來後卻覺得整個世界都黑透了。

10　一天一夜的故事

當「大高村事件」這一缸被攪渾了的水，經過時間作了沉澱之後，塵埃落定，清澈見底時，它提供給我們思索的東西是苦澀的。

高楊氏家的房子，是一九九〇年在自己原先的老宅基地上翻蓋的，並沒有重新佔用耕地，而且那塊老宅基地早就同別的村民一樣，計算在了她家的耕地面積之內，每年一分不少地上繳各種稅費。就在事件發生的前一年，即一九九六年，村主任高學文找上門，她又繳了一百一十元所謂的「宅基稅」。所以，一九九七年十月四日上午，當高學文再次上門徵收「宅基稅」時，高楊氏便奇怪地問：「我不都繳過了嗎？」高學文一聽這口氣心裡就不爽，翻眼瞅瞅高楊氏說：「叫你繳，你就繳；叫出多少就要出多少，講什麼廢話！」

高楊氏當然不服，就想弄個明白，於是問道：「去年繳了一百一十塊錢，你說是結清了，為啥今年還要？」

高學文越聽越不耐煩，嗓門大了起來：「你繳給誰的？」

高楊氏見村主任這麼說，頓然生了氣。平日，村裡叫村民繳這繳那，從來只給個白條子，有時連白條子也不給，就沒好氣地說：「我繳給誰的，你還不知道?!」

高學文「咦」了一聲，連退幾步，拿出動物園看怪物的眼色瞟著老人。他想不到一個病歪歪弱不禁風的老婆子，居然敢在他面前顯起神氣，挑釁地問道：「宅基稅你繳還是不繳呢？」

「不繳！」高楊氏被氣得渾身發抖，衝著高學文喊了一聲。

高學文想不到老婆子來了狠，於是他更兇狠地道：「我治你個『抗稅罪』！」

高學文的高聲大嗓門引來了許多村民，有人便指責高學文不該重覆徵收高楊氏家的「宅基稅」。高學文見村民們七嘴八舌地責怪他，覺得很沒面子，就把一頭火發到了高楊氏身上。他跳起來說道：「你說你繳過了『宅基稅』，有證據嗎？」

高楊氏見高學文當眾耍賴，翻臉不認賬，氣得一時臉紅脖子粗，衝到高學文跟前，把手幾乎指到他的鼻子上，忍無可忍地問道：「你可敢賭咒?!」

高楊氏的話音還沒落，高學文就把一記老拳打到了她的臉上。直打得她連連趔趄，險些仰翻在地；臉上頓時凸出一處淤血的紫塊。

村民們一下圍了上來，紛紛責問：「你怎麼可以打老人？」

高學文惱羞成怒地說：「我就是打了，又怎麼樣？我還要抄她的家呢！」

說著，他已經成了一頭暴跳狂怒的獅子，瘋狂地奔進高楊氏家裡，端起鍋摔鍋，撿到碗擲碗，摸到瓢摜瓢，三下兩下，就把高楊氏和她兒子的家摔砸得不成樣子，到處是鍋碗瓢盆的鐵塊子、瓷碴子，像是突然遭遇到一場匪劫兵燹。

高學文發洩之後，竟像個沒事人似的，揚長而去。

高楊氏當場氣昏過去。

村民們本以為村主任這一下闖下大禍，準要吃不了兜著走。誰承想，不多一會兒，馮廟鎮派出所副所長鄭建民就率員於當日午後一時許進了莊，直奔高楊氏家而去。鄭副所長敲開房門，二話沒說，就要抓人。不僅要抓高楊氏，還要連她兒子一道抓。

聞訊趕來的村民們知道高學文給高楊氏捺了壞藥，就你一句我一句地向鄭建民敘說事情的真相。鄭建民相信的只是村主任，他對村民們鬧哄哄的解釋，非但聽不進，反倒大為光火。

「誰在亂抓人？」他惱怒地問。

「就是你！」一個村民說。

「總應該先調查調查，究竟是誰犯了罪！」又一個村民忿忿地說道。

是啊，這幾年，大高村西組的不少村民外出打工，全國各地大小城市沒少跑過，無論怎麼說也是見過了世面的，至少懂得公檢法機關應該依法辦案，辦案必須「以事實為依據，以法律為準繩」，不分青紅皂白亂抓人，這是執法違法。

鄭建民鄙夷地望著說三道四的村民，漸漸地氣就喘得不勻了。在他的眼裡，大高村西組汗毛沒乾的一幫揮舞鋤頭的泥腿子，能算個什麼東西。正待發作時，只見人群中走出了村民高廣華。

高廣華振振有詞地質問鄭建民：「高學文重覆徵收高楊氏的『宅基稅』本就不對，出手打人更是錯上加錯；接著又把人家裡摔砸一空，這就不單是錯，已屬犯罪。你們公安卻偏聽偏信，不是太傷老百姓的心了嗎？」

高廣華問得很直接，沒給鄭大所長一點面子，甚至可以理解為這是在當眾跟所長叫板，鄭建民再也忍不住了，衝著一道來的警員一聲斷喝：

「把他給我抓起飛！」

民警迅速撲過去，捉住高廣華，推上了警車。

高廣華奮力掙扎著，大喊大叫：「你們憑哪一條抓我？」

鄭建民說道：「就憑你『妨礙公務罪』！」

圍觀的群眾被激怒，高聲大嗓門地指責鄭建民這是濫用職權亂抓無辜。

鄭建民這時拔出手槍，喝問：「你們要幹什麼？」

他把槍口不斷地變換目標，指向在場那些敢於指責他的村民。

滿嘴白鬍子的高宗朋，一直冷靜地站在邊上看，看到這兒，迎著鄭建民走上來。他臉紅脖子粗地怒問道：「你是人民的公安，不搞調查，還不允許人家說話，竟把槍口對準老百姓，到底有沒有王法呢?!」

他把頭伸向鄭建民的槍口，說：「有種，你就開槍！朝頭上打！俺農民雖然不值錢，但絕不怕死！」

高宗朋接著又憤怒地說道：「這叫『妨礙公務』，你抓得完嗎?有槍又嚇唬誰，你殺得光嗎？」

村民們一個個紅頭漲臉，全圍了上來，都憤怒地喊：「開槍呀！有種你就開槍！」眾怒難犯。人們發現，鄭建民手裡的槍開始顫抖了，不敢再指向具體的目標了，他噴火冒煙的眼睛狠狠盯了白鬍子高宗朋一陣子，最後十分不情願地把槍收起來。

幾個村民趁著鄭建民和其他警員不注意，跳上警車，救出了被押在車上的高廣華。

鄭建民從高楊氏家門口離開的時候，臉色鐵青，一言沒發。鑽進警車後，把車門帶得出響。然後就見那車像猛地著了一鞭子的野騾子，留下一股濃濃的塵煙，等那生煙飄散之後，警車早已不見了蹤影。

大夥從高楊氏家門口一哄而散，想到派出所鄭副所長狼狽離開的樣子，不少村民樂得前俯後仰，甚至笑得流出了眼淚。只有白鬍子高宗朋沒急於走，他憂心忡忡地望著高楊氏說：「這些人不會善罷甘休，怎麼會甘心敗在村民的手裡？準要找藉口把這事鬧大。」

不出高宗朋所料，鄭建民回所後，添油加醋地把自己剛才的遭遇向其他所領導一描述，所長馬里、指導員朱賢敏，都是些在馮廟地面上話兒落地可以砸出坑來的人物，就有點義憤填膺了。他們當即向鎮黨委和鎮政府的頭頭腦腦作了彙報。

接下去，沒隔多久，大高村西組的村民就發現，一陣汽車進莊的響動後，打兩輛汽車上跳下來一群人。裡面不光有派出所所長馬里、指導員朱賢敏，還有鎮黨委和鎮政府的副書記和副鎮長，以及鎮裡財政、工商、稅務等部門的許多幹部。

這時已近黃昏，鎮機關離大高村西組少說也有十多公里，天這麼晚了竟一下來了這麼多鎮裡的大員，不少村民都陸續出來看稀罕。善良的村民還在樂滋滋地想，以為派出所的領導來向大夥道歉的，下午鄭副所長太不講道理，沒鬧個青紅皂白就想抓人，還粗野地掏槍威脅村民，回去準挨了批評；還以為鎮裡領導知道了高學文打砸老人家的事，村幹部怎麼可以這樣耍賴撒潑，違紀違法呢，趕來是要處理這樁事。

可是，大夥看著看著覺著不像了，不大對頭了。因為這群人進莊後沒向誰道歉，也沒打算要向村民了解什麼；沒聽他們說上一句公道話，更沒就派出所鄭建民副所長的所作所為作個解釋。他們的神色很奇怪，這邊看看，那邊指指，轉了一會，一聲不吭地就要打道回府了。

村民們越看越糊塗，越看越蹊蹺：「這些傢伙到底是來幹什麼的？」

這時，有幾個村民失望地走過去，懇求他們能夠把村主任打人抄家的事處理好再走。大夥擔心這事不了了之，往後高學文的膽子就更大，說打誰就打誰，想抄誰家就抄誰家，這日子還叫村民怎麼過？

然而，鎮領導，派出所領導，沒誰搭腔，躬腰屈背就準備鑽汽車走人。

在外打工已是見多識廣的村民，眼看一個個幹部這樣不體恤下情，漠視民意，肚子裡便開始咕咕冒氣。心想：鎮頭，所頭，不就是個科、股級的幹部嗎；縣太爺只是「七品芝麻官」，這科股一級的算個屁！尊重你，你是個領導；大眼不瞅你，說你是個「雞巴」還多出兩隻耳朵！

這時有的村民話說出來就沒有蹲機關的人那般文縐縐好聽了：「吃著農民種的糧食，不替農民辦一點正經事，算什麼『人民公僕』！」

有的乾脆攔在車頭，氣咻咻地說：「你們要走俺們也不留，要是不走俺們也不攆，只是要求你們在沒處理高學文打人抄家這件事之前，要走的話車子暫時別開走！」

一位鎮領導不悅地問：「你這是要幹什麼？」

村民說：「要不俺還到哪找你們處理呢！」

其實，村民們的心情是應該能夠理解的。儘管他們的表達方式就像他們在田間勞作時使用的農具，看上去總是既粗糙又原始，甚至有些遠離現代文明，但我們不難看出，他們言語之中飽含著對鋤暴安良的渴望，對黨和人民政府寄託著厚望。

然而，就是這麼幾句話，激怒了在場的一位鎮領導。只見他的身子忽然一擰，將手往高處猛地一揚，那樣子像是董存瑞要托起炸藥包，無限豪邁地喊了一句：「大家就都別走了！」

一兩個村民的幾句氣話，竟把它當真—這就叫村民們摸不著北了。心想：這些依賴車接車送上班下班，只憑著彙報報告作決策的領導們，心理承受能力是否太脆弱了？是不是太嬌氣了？處理問題的能力是否太拙劣了？神經是不是也太顯得弱不禁風了？

那位領導喊了一嗓子之後，在場的所有幹部居然就沒有一個持不同意見。眼看太陽要落山了，離鎮還有不近的路，都別走留下幹嗎？這麼多人留下又住哪？分明不是在同村民慪氣，而是跟自己過不去。但是卻沒人感到這種號召的荒唐，也看不出誰覺得意外，似乎天經地義般的合理，應著那一嗓子，三三兩兩，不約而同地，都朝著大高村婦女主任高學花家走去。

高學花家就在停放汽車的幾十米開外，婦女主任高學花發現鎮頭們朝她家走來，忙迎了上去。她手腳麻利地把領導們一一請進門，拉桌子湊板凳，先讓大家坐安定了，接著找出撲克牌，再為每人沏上茶，就在廚房裡忙開了。領導們也沒把自己當外人，全都一副「賓至如歸」的樣子。首先按職務大小官銜高低次第入座，簡略地客套了兩句，就把撲克摔響了。能摔撲克的畢竟有限，更多的人便開始品茶，嘮嗑，於是插科打諢、沒話找話的各種「段子」先後抖摟出來。不一會兒，高學花家就變得有說有笑，熱熱鬧鬧，人氣沸騰。

當然，也有湊不到桌子上去的，考慮既然不回鎮了，一個晚上得耗在這裡，想想就挺乏味的，便抓緊飯前這段時間，雙手一抱打起瞌睡。有的既沒有睡意，對看打撲克聽嘮嗑又缺乏興趣，便這邊走走，那邊看看，門裡門外地溜達，像是想著心事，更像百無聊賴。

村民們好不納悶：說不走，就真不走了？這麼多大老爺們擠到一個婦女主任的家裡，這不是要她高學花的難堪嗎？且不說人家煩不煩，也別說睡，這麼多張嘴巴你拿啥去餵？這些人世界上的啥東西沒吃過，在高學花家裡會吃出個什麼「花」來？

高學花先是嫻熟地在熱鍋邊上為領導們貼了一圈麥餅兒，接著又燒出一鍋豆芽湯。她自信領導們的嘴巴吃高了，可早先誰不都是吃著這些農家的粗茶淡飯走出去的，回頭再嘗不定能嘗出個新鮮。

終於，熱氣騰騰的貼麥餅兒和豆芽湯送上來了，領導們開始了晚餐。但到底僧多粥少，分不過來，不知誰又搬來一箱方便麵，湊合著吃起來。

現如今當領導的，吃吃喝喝已成負擔，赴宴那是給面子，喝酒喝的是關係，吃吃喝喝裡面的學問大了，誰還會把吃飯當作充飢？然而，在大高村婦女主任高學花家吃的這頓晚餐，卻具有最原始的意義，因為如果不是為了填飽肚子，這等招待是無人問津的。即便如此，也還有人寧肯餓肚子也不願多吃一口這些粗糧的。於是，屋裡的地上，桌子底下，乃至大門外邊，隨處可見他們丟棄的餅頭、芽瓣和方便麵，全然不顧女主人的一片苦心。

這些都被伸頭伸腦的村民們看在眼裡，七嘴八舌地議論開了。

一個說：「既然留下來不打算走了，為啥不去問問高楊氏被打的事？」

一個說：「是呀，白天拿槍要打人，晚上又躲在這裡摔撲克；一年三百六十五天，能有幾天在幹事？」

一個接著說：「不幹正經事，還走到哪吃到哪，只怕除去連吃帶拿，嚇唬老百姓，這些人別的一樣也不會！」

一個開始罵娘了：「這是些不吃糧食又糟蹋糧食的畜牲！」

一個聲音說得很大，不怕屋裡有耳，「別人不知道還以為鎮領導今天帶著一群幹部，深入俺大高村西組搞啥基層調查，幫俺脫貧致富呢，其實，狗屁！」

一個把嗓音亮得更響，好像不讓屋裡幹部聽到不解氣：「乾脆，抹屎給這些東西吃！」

接著爆發出一陣放肆的大笑。

村民們最瞧不起一些本領不大架子不小的村鎮幹部。儘管這些村民手中無權，兜中無錢，沒有地位，還常受到歧視，但嘴巴卻是自己的，口無遮攔，愛用發洩不滿求得心理上的平衡和快感。

這天晚上，村民們就在高學花的大門外，有一搭無一搭地發表著各自的感想；屋內的幹部興致仍然很高地摔牌，嘮嗑，或是靜靜地打瞌睡，或是門裡門外地溜達，聽到村民的各種議論，也很生氣，但村民們沒有過火的舉動，更沒有誰碰了他們的一個指頭，因此，他們的情緒並沒有受到任何影響，裡面依然熱熱鬧鬧，不時傳出一陣陣笑聲。

後來，夜深了，村民們覺得沒戲，也挺無聊，便各自走開，回家睡覺。至於這一夜幹部們是如何熬過來的，明明有車不回鎮為啥非得在這受罪，許多村民沒往深裡想，也認為那是幹部們的自由。也許覺得鎮上的生活過膩了，來下邊討個新鮮，就像電視上看到的那樣，妻子兒女一大家子，有的偏要去摟人家的姑娘，這就叫「蘿蔔白菜，各有所愛」。

但是這一夜，白鬍子高宗朋卻躺在床上翻來覆去睡不踏實。

他覺得這事不對頭。事情的發展不應該是這個樣子的。憑他多年的經驗，事情一怪，怪得不大合情合理，這裡面就必定潛藏著兇險。儘管村民們沒誰強迫他們做什麼，鎮裡的這些頭頭腦腦是自個兒留下不走的，但他們在村裡「困」了一整夜也是事實，回頭向上邊誣告村民「非法軟禁黨政執法幹部長達十多個小時」，這是完全有可能的。

他哀嘆中國的農民太善良，啥事總愛往好的方面想；同時又太寬容，一切都可以默默地承受。除去嘴巴硬，面對社會上的任何一種力量，都是不堪一擊的。

當第二天的太陽像平日一樣從東邊的田坎上一躍而出，刺眼的金紅色塗在大高村西組農舍的屋脊時，除去白鬍子高宗朋，沒誰會想到，一九九七年十月十五日這一天，是一個黑色的日子，屈辱的日子，沉重得有如泰山壓頂而至的災難的日子！

這天一大早，馮廟鎮派出所朱賢敏指導員走出高學花家，明知道鎮裡開來的兩輛汽車就停在不遠的地方，但他寧肯坐著村主任高學文兒子開的拖拉機，一個人悄悄返回鎮。

朱賢敏隻身神秘地離開大高村西組，誰也不會想到這可能是個見不得人的陰謀。當然，不會有哪個村民會知道，朱賢敏是如何向留在鎮機關的黨委書記侯朝傑講述大高村這一夜發生的故事的；同樣不會知道，侯朝傑又是怎樣向靈璧縣委彙報工作的；更不可能知道，靈璧縣委又向宿縣地委彙報了一些什麼。這些至關重要的細節，在相當一段歷史時期內，沒誰樂意主動解密，因為這關乎著一些領導們的政績、榮譽或是過失與責任。但是，後果卻是十分清楚的，於是就出現了本章開篇描述的那一幅車水馬龍、氣吞山河、黃塵遮天的大清剿的難忘場景。

11 白鬍子與紅臉漢子

白鬍子高宗朋突然失蹤了。

後來，村民們才知道，高宗朋被派出所抓了去。當他被放出來以後，大高村西組的村民就發現，白鬍子高宗朋一下子變了一個人。他變得沉默寡言了，常常就像罐頭一樣把自己悶在家裡。有人說他氣得吐了血，是在家裡養病；有人說他啥病也沒有，有也只是心病，不告倒這些製造「大高村事件」的有關幹部誓不為人，他是躲在家裡寫狀紙。

但是，有一天，他突然又不見了。

過了一段時間，有人說在靈璧縣城看到了他，差點叫人認不出了，他變得蓬頭垢面，一副窮困潦倒的樣子。他拖了個小板車，滿大街在收破爛拾垃圾。有時還湊到商店、酒樓的門口，像個叫化子，挨門乞討。

不久，他在靈璧縣城又一下消失了。

直到高宗朋再次出現在大高村西組，村民們才知道，他已經上了一趟北京。他收破爛，拾垃圾，沿街乞討，原來是為積攢路費。他給大夥講，他把狀紙遞到了國務院信訪接待辦公室，控告了靈璧縣和馮廟鎮有關領導顛倒黑白亂抓無辜的非法行為。

他要推倒強加在大高村西組村民們頭上的所謂「暴力抗稅」的一切不實之詞。當然，他不可能會看到香港的《動向》和《爭鳴》雜誌，否則他還會有理由質問：靈璧縣和馮廟鎮的某些共產黨的領導幹部，他們對事情的分析與判斷，為什麼竟同那些敵視人民政權的人如出一轍？

高宗朋這次外出，算是開了眼界，原來因為農民負擔過重和村鎮幹部腐敗問題進京上訪的，靈璧縣就不只他一個。澮溝鎮農民陳一保，由於進京告狀走漏了風聲，車只坐到大路鄉，還沒出靈璧縣，就被人截下車，縣法院不好定他的罪，硬是被公安機關搞了三年勞動教養；大廟鄉的尹桂梅雖是個女同志，卻奮不顧身地隻身北上告御狀，居然闖過道道關卡到達北京，使得高宗朋打心裡敬佩。

這次，高宗朋就是和尹桂梅一道，被靈璧縣委應召進京的同志接回安徽的。在京期間，縣委派去的同志說得好好的，承諾回到靈璧後，一定會處理好他們各自反映的問題。可是一到靈璧，當夜就把他們送進看守所，一關就是十五天。

高宗朋不服，這以後他又去了一趟京城。

當高宗朋再次回到大高村西組時，已是老淚縱橫了。兩次長途跋涉的顛沛流離，他的身子骨像散了架，還犯上了哮喘的毛病，如今走不上幾步就得蹲下來喘上好一陣。他恨自己身體不爭氣，擔心今生今世再沒有機會進京告狀了。一想到無法再能讓中央的領導了解「大高村事件」的真相，他就呆呆地躺在床上望著屋樑發怔，不住地甩頭，連聲嘆氣。

這天，高宗朋家沉悶寂靜的氣氛被打破，推門走進一個紅臉漢子，他是本鎮董劉村村民張繼東。

張繼東聽說白鬍子病倒在床上，專程跑來看望這位倔強的老人。張繼東也是馮廟鎮遠近出名的倔強漢子，眼裡容不得沙子，是個敢說實話又有文化的農民。說到有文化，他在馮廟鎮拿鋤頭的農民中間，算是個有學問的人。他「文革」前考入安徽農學院鳳陽分院的畜牧獸醫系，因為沒學多長時間，那場「文化大革命」便席捲而至，就沒再學文化，學校也在運動中不復存在了，一九六八年畢業時被當作中專生，「社來社去」分到靈璧縣馮廟鎮，先做獸醫，後又當了幾年食品站的工人，最後終因食品站經營不善發不出工資，於一九八八年回到董劉村務農。

張繼東登門看望高宗朋，這使高宗朋十分激動。他慌忙從床上爬起來，因為起身太猛，連句客氣的話還沒說，就連咳帶喘了好一會。

在馮廟，張繼東的上訪也是「上」出了水平的。在校念書時，他就是一個舞文弄墨的好手，編過小說，寫過散文，還創作過戲曲劇本；回靈璧以後，更是縣裡農民作者中的一個活躍分子。前幾年董劉村的農民負擔太重，幹群關係又太緊張，他就做了一次認真的社會調查，把馮廟鎮暴露出來的一些問題，有實例又有分析地寫成了一份「萬言書」，並把它寄給了全國人大常委會辦公廳。連他自己也沒想到，他的這個調查報告，居然被全國人大摘編在一個內部簡報上。

但是張繼東甚至連喜悅振奮的滋味都沒嘗到，就陷入到十分艱難十分險惡的境況之中。最使他痛苦的，還不是自己的處境，而是他反映的那些問題非但沒有得到解決，許多問題反而變得比原先更加嚴重。

且不說「大高村事件」，事件發生後的一天，他去鎮上看到的一幕，就使他無法不義憤填膺。

那天，他正在路上走著，突然聽到一陣大呼小叫，回身看去，只見他們董劉村村民張登偉上氣不接下氣地狂奔著，臉色都因為過度緊張變了顏色；他的後面跟著鎮綜治辦的副主任王和平，。王和平手裡拎著槍，緊追不放，從莊前攆到莊後，一邊攆，一邊喊：「站住！站住！再跑，我就開槍啦！」

張繼東十分奇怪：鎮裡一個綜治辦的頭頭，既不是「公安」，又不是「檢察」，更不是「法警」，公檢法三家一家不是，只是個普普通通的鄉鎮一般幹部，怎麼也可以像模像樣地「配」上了手槍？你就是該配槍，可以隨便掏出來嚇唬人的嗎？

如今有了一點權的村鎮幹部太不注意自己的形象，也太無法無天了！

那天正好逢集，四鄉八村趕集的人滔滔似水，王和平拎著槍又是攆又是喊，驚動了成百上千人，大家都呆呆地看著這追攆的場面。

張繼東後來才聽說，那天王和平帶著鎮裡的聯防隊員來董劉村向村民們逼繳「人頭稅」，為人耿直的張登偉只是說了句亂收「人頭稅」是違法的話，王和平就大為光火，一定要把他抓起來。

張繼東為這事忿忿不平。一天，在馮廟鎮政府，他當著鎮人大主任李長洲的面，問王和平：「你們什麼手續都沒有，動不動就下去抓、打、罰農民，合法嗎？」

張繼東自己也知道，向王和平這樣的人問這些問題，是十分「迂腐」的，甚至是「愚蠢」的，但是他忍不住。這不光因為他的個性，多半還由於他多讀了幾年書。他發現那些大字不識一個的村民，確實比他的痛苦和煩惱要少。

誰知張繼東這句話十分靈應，話音剛落，王和平驀然將筆往桌子上一摔，厲聲厲色地喊道：「現在要抓你，也不需要手續！我就是『法律系本科畢業』的！」

張繼東著實被嚇了一跳。

這倒不是張繼東怕他王和平，實在是王和平的臉變得太快了。不管怎麼說，一個鎮子上的人，低頭不見抬頭見的，張繼東真的沒想到，他竟然做得出來，而且，是當著鎮人大主任李長洲的面。

張繼東感到莫名的悲哀。我們的黨委、政府，為啥偏偏要找這樣既不懂法律又不懂道理的人來幹如此重要的工作？太敗壞黨和政府的形象了！

他嚇一跳還有一層原因，就是王和平大言不慚地說自己是「法律系本科畢業」！

他反問王和平：「我不信你們的權力比法還大？」

王和平拿出看破紅塵教訓他人的口吻說道：「你真相信電視、廣播、報紙上說的，要在中國實行什麼法治？別這麼幼稚。美國總統，地方法官就能治他的罪，那是外國；中國還是人治！還是我—治—你—」

李長洲一見張繼東和王和平兩人劍拔弩張，各不相讓，急忙勸解道：「老張你聽我說，我不管你服不服，王主任說的是對的。比方說，你殺了人，肯定得償命，如果我要是殺了人呢，那就不一定。不要認死理，啃死豬頭嘛！我勸你往後注意點，現實點。因為你和高宗才是朋友，我和高宗才是親戚，得著這層關係，要不，我也不會跟你說這樣的話！」

一場鬧得不可開交的糾紛，雖然由於李長洲的勸解而平息，張繼東也知道李長洲說的這番話完全是出於好意，但話中的許多觀點，他卻無法接受。

正因為張繼東無法改變「認死理」、「啃死豬頭」的秉性，聽說白鬍子屢屢上訪遭挫，如今已病倒在床上，便忍不住要跑過來看望。

兩人談到動情處，不禁熱血沸騰。

提到「大高村事件」的起因，提到舊社會過來的、連自己名字都沒有的高楊氏的不幸遭遇，提到事件的罪魁禍首高學文，以及與這事件有關的鎮領導和派出所負責人的所作所為，兩人無不深感憂慮。

高學文的跛腿還是在人民公社時被生產隊的馬車軋的，跛了幾十年了，附近村莊的老百姓沒人不知道，大家早就喊他「高跛子」，然而，就這麼一件誰都知道的事，卻在這次「大高村事件」中成了村民「暴力抗稅」的重要證據！派出所副所長鄭建民不做調查就去抓人；誰出來爭辯，就掏槍對準誰；鎮領導又偏聽偏信，甚而借題發揮，演繹出一場被「軟禁」的鬧劇；縣領導更是聽風是雨，於是，靈璧縣歷史上一起聳人聽聞的冤錯假案就這樣不可思議地發生了！

當然，釀成這一事件的深層次的原因，絕沒有這麼簡單。對於許多領導幹部來說，絕不是檢討一句「犯了官僚主義」就可以搪塞過去的。

「大高村事件」猶如磐石一般壓在高宗朋的心上，也壓得張繼東透不過氣來。張繼東清醒地意識到，大高村的事不搞個是非分明，像大高村這樣的悲劇就會隨時在馮廟鎮的任何一個地方再次重演！

看到高宗朋病成這個樣子，張繼東感到了一種義不容辭的社會責任，萌發出要接過高宗朋已經難以承受的這副擔子，把大高村西組村民的冤屈喊出去，喊上去！

張繼東看望高宗朋這件事，很快驚動了馮廟鎮黨委和政府。黨委書記侯朝傑和副鎮長張其武，親自跑到董劉村，上門警告張繼東。侯朝傑開門見山地說道：「大高村那件事，縣裡是徵得地區批准的。案發當天還向省裡領導彙報了的。」

這些情況，張繼東並不知道，但他相信，這都可能是真實的。而問題的要害，恰恰是縣裡、地區乃至省裡聽到的彙報卻是嚴重失實的，現在回頭又用這種並不了解實情的「批准」和「彙報」

來嚇唬人，顯然是缺乏說服力的。

侯朝傑見張繼東準備申辯什麼，嚴肅地指出：「不准你對『大高村事件』多管閒事，不准你向上反映！」

張繼東當然清楚侯書記說的這個「上」字裡，不會包括縣委和縣政府，甚至不會是指地委和行署。他從對方強硬的口氣中，反倒聽出了鎮領導對「大高村事件」真相被暴露的焦慮和擔心。

他在心裡笑著說：既然地區領導批准，省裡領導也知情，一切都做得很對，為什麼還怕向上反映呢？怕就有鬼！

他坦率地談出所以會引起「大高村事件」的原因。

侯朝傑截斷張繼東的話，不客氣地指出：「你這是和地方政府作對！真這樣，就別怪我們要治你！」

侯朝傑或許覺得說這些硬話於事無補，反而會把事情搞僵，接著又換了一種口氣說道：「不要引火燒身嘛。你過去向上反映的問題，全國人大的簡報不是也登了嗎，中央領導和省裡領導不也都批示要求調查處理麼，縣裡還組成了專案組下來查了一個多月，結果又怎麼樣了呢？最後又處理了誰個呢？話說回來，假如你這次再把大高村的事捅上去，即使有個萬一——我說的是萬一，我們就是都倒楣幹不成了，縣長、專員也受到了牽連，又能輪到你來幹嗎？」

臨了，侯朝傑又告誡道：「你可以找一下黨的九大文件，好好看看。看看當時……」

張繼東實在鬧不明白，侯朝傑怎麼會突然提醒他要把「黨的九大文件」找出來看看。那都是什麼年頭的事情啊！

侯朝傑走了以後，張繼東認真尋思了一會「大高村事件」，他確實十分具體地感受到搞清這件事的風險了。當然，他也十分清楚，要搞清事件的真相，就是在和地方政府「作對」了。他只是十分納悶：地方政府，就不應該和中央保持政治上的一致性嗎？「以法治國」已經成了中國國策，難道宿縣地區、靈璧縣、馮廟鎮就不需要以法治區、以法治縣、以法治鎮嗎？

「實事求是」，不就是黨的十一屆三中全會的精神嗎？張繼東想。正因為黨的十一屆三中全會敢於正視執政黨歷史上的錯誤，並果斷地否定了「以階級鬥爭為綱」的錯誤路線，才出現了今天改革開放的大好形勢。只有勇敢地正視過去，才能坦然地面向未來。

有法必依，有錯必糾，不光是村民們的事，各級黨政機關領導更應該身體力行，否則，如何取信於民？

張繼東經過一番撕心裂肺的思想鬥爭，決定挺身而出。為把「大高村事件」徹底搞清楚，於是他不聲不響地開始了一次認真的調查研究。

12 可以瞞天過海嗎

張繼東意料之中的事情還是發生了。

這天，馮廟鎮派出所的幾個公安民警，突然闖進了他的家。進門就大呼小叫地問：「誰是張繼東?!」

當時張繼東正好在家。他在同幾個村民閒聊著，見殺氣騰騰來了幾頂大蓋帽，如此出言不遜，就有些氣惱；但是聽話聽音，他意識到來人並不認識他，於是就心平氣和地說：「他不在，有話我可以轉告嗎？」

坐在周圍的村民聽張繼東這麼變口，馬上都十分配合地跟著說：「進來坐，進來坐，張繼東去了縣裡，有啥事俺們都能過話給他。」

幾個民警在屋裡掃了幾眼，也就沒懷疑，就說：「那好，回來後叫他到所裡去一趟！」民警走了以後，張繼東只覺好笑。不過，他已看出侯朝傑書記要對他下手，董劉村不能再待了。

這以後，他去了鄰近的泗縣。躲在泗縣打工的同時，一邊仍對「大高村事件」暗中進行調查。

侯朝傑抓不到張繼東，當然不會善罷甘休。一九九八年十二月二十六日，農曆也到了十一月初八，一個滴水成冰的晚上，張繼東家的門猛地被人踢開。隨著一陣刺骨寒風進來的，是馮廟鎮派出所所長馬里和警員盧林。二人既沒出示任何司法文字，也沒說明因為什麼事情，闖進屋裡後，二話不講，上去就把已經上床睡覺的張繼東的兒子張小五，卡著脖子拖出被窩。先是一頓拳打腳踢，然後才連推帶搡地押出門。出門前竟連衣服鞋子也不准穿。

沒穿棉襖光著腳丫的張小五，就這樣被他們拉到了寒風呼嘯冰天雪地的田野上。當張小五被秘密帶到一個叫澮溝鎮的派出所時，他已凍得不能說話。

接下來，殘酷的折磨便開場了。

馬里親自上陣。他揪住張小五的頭髮，用力把張小五的腦袋往牆上撞，撞得張小五眼冒金花；然後就用警棍朝張小五的嘴裡搗，搗得他腦袋發炸，拼命喊叫。

馬里發現張小五被凍得臉色發烏，渾身顫抖，便逼著他在冰冷的水泥地上長時間連續不斷地做俯臥動作。張小五做累了，實在做不下去了，馬里就抬起大皮鞋向他腿肚子上猛踩，踩得他「啊啊」直叫。

馬里還有一項自己的小發明：他的兩個大拇指頭對準張小五眼角兩邊的太陽穴，使勁地捏揉，捏揉得張小五不住地慘叫，叫著叫著就已不是人腔了。

再後來，馬里就向張小五的胸口上、臉上狠擊老拳，或是狂抽耳光，跟著就問：「張小五回答我，我們打你沒有？」

張小五不敢抬頭，不敢吭聲。他還是個沒談過對象頭腦還較簡單的小青年，在這之前，他做夢也想不到，人兇殘起來會變得如此邪惡，沒有一點人性。

「說！」馬里腳蹬大皮鞋，照他的腿肚子上又踩了一腳，「必須回答，我們打你了沒有！」

張小五痛苦地叫了一聲，忙說：「你們……打了。」他不敢扯謊。

馬里哈哈大笑。

笑得張小五心驚肉跳。

馬里指著同來的警員盧林對張小五說道：「我打你了？他能為你作證嗎？」

馬里讓盧林接著打，打了一陣，盧林也突然問：「我們打你了沒有？」

張小五哭著說：「你們沒打我。」

馬里顯然不滿意，抽了張小五一個嘴巴喊道：「大聲回答！」

張小五不敢再哭，誠惶誠恐地大聲回答：「你們沒有打我！」

馬里見有了效果，看看時間也是凌晨兩點多鐘了，這才停手問道：「既然我們沒有打你，就不要再叫我們不高興。給我講實話，你父親是不是還在幫高宗朋那個白鬍子老頭兒寫上告材料？」

直到這時，張小五才明白，馮廟鎮派出所所長親自出馬抓他的原因，深更半夜抓了他，卻又偷偷地將他帶到澮溝鎮的派出所來「過堂」，原來「大高村事件」雖然過去一年多了，但許多人依然提心吊膽怕事情的真相被上頭知道。

可是，張小五實在想不明白：知道「大高村事件」真相的，豈止是父親和白鬍子老頭呢，那事發生在光天化日之下，發生在成千上萬人的眼皮子底下，這是靠抓人，嚇唬人，堵人的嘴巴，就可以瞞天過海的嗎？

第四章 漫漫上訪路

13 享受冷漠

公元一九九四年十月一日，是共和國第四十五個誕辰。到處是歡歌笑語，到處是鞭炮聲，安徽省臨泉縣白廟鎮王營村村民王俊彬，卻把自己關在房間裡。這裡是河南省沈丘縣留府鎮李大莊，雖然離他的家鄉只是咫尺之遙，他卻有家不能歸。他的心情冷卻到了零點，並且，真真切切地感受到了伍子胥過昭關一夜急白頭的那種心境。

臨泉縣公安局於兩個月前的七月三十日，下達了《關於敦促王俊斌等違法犯罪分子投案自首的通知》，《通知》上雖把他的名字都給寫錯了，但他十分清楚，隨著這個《通知》的到處散發，他被剝奪了人身自由的同時，也被剝奪了申辯權，他已不可能再回臨泉縣申訴自己的冤情，回去申訴無疑等於自投羅網，結果是可想而知的。更讓他感到傷心，震驚，如聞晴天霹靂的是，二十多天之前，就在他又一次與王營村村民取得聯繫，帶領村民衝破重重阻撓，成功地踏上北去的列車進京上訪時，臨泉縣紀檢委作出了《關於開除王俊彬黨籍的決定》。

他帶人上訪，找的是黨的上級組織，也僅僅是希望落實黨中央、國務院有關減輕農民負擔的政策，其後果卻是被開除出黨！這是最叫他想不通，也是最令他感到痛苦的一件事。事情走到這一步，是他做夢也想不到的。他痛切地感到：今天的農民，不僅面臨物質匱乏的困擾，還將承受從精神到心理上的巨大壓力。雖然有許多話想說，可是讓農民說話的渠道並不暢通，民意和民情還無法得到正常表達，難怪一些地方有的農民不得不將早已「站起來了」的身子，又在「父母官」面前屈膝下跪；有的甚至不得不採取古人「冒死攔轎」的辦法，在公路上攔截領導的車隊喊冤。

「文革」結束那年才六歲的王俊彬，是在鋪著陽光的新時期的大道上無憂無慮地走過來的，接受的教育中，除了改革、開放，就是民主與法制。十八歲那年，高中還沒畢業呢，他就響應祖國的召喚，走進了軍營，從此又多了幾分軍人的奉獻精神。特別是當他在黨旗下莊嚴地舉起右手，向黨宣誓，更懂得隨時隨地維護黨的決定和人民的利益，是一個共產黨員義不容辭的責任。因此，今天的王俊彬，顯然不會像有的農民那樣向誰屈膝下跪，他認為民主的權利不是靠誰恩賜的；他當然也不會去幹那種「冒死攔轎」的事情，他知道自己什麼都喪失了，唯獨沒有喪失的是民主的權利。

他要申訴。

雖然他還並不清楚向哪一個具體部門要求維護自己的權利更為合適，他卻毫不猶豫地在紙的上端寫出「訴狀」二字。

儘管他知道被申訴人一般只應該是部門的法人代表，一個黨的縣委書記不可能成為被告，但他不管這些，依然堅定不移地在「被申訴人」下面，寫上張西德的名字。他認為臨泉縣委書記張西德在那起性質惡劣的「白廟事件」中，負有不可推卸的責任，扮演了一個極不光彩的角色。

臨泉縣隸屬被稱作安徽「西伯利亞」的阜陽地區，這是飽經歷史滄桑的一塊土地，黃河無數次溺辱過它，留下了無邊的淤泥沙土，成為著名的黃泛區。當年劉鄧大軍突破敵人的黃河天塹防線，千里挺進大別山，就是從這裡殺出一條血路，揭開了解放戰爭大反攻的序幕的。今天，天性淳樸的臨泉人民，憑著勤勞的雙手，正在改變著家鄉的面貌，但由於人口的眾多，一個小小的平原縣，竟擁有一百八十多萬人，堪稱「華夏第一縣」；再加上交通閉塞，土地瘠薄，至今仍是遠近聞名的貧困縣。

王俊彬就出生在這個貧困縣最貧困的白廟鎮。

我們是事隔六年後的二〇〇一年的冬天走進那片土地的，那裡的貧窮給我們留下了極其深刻的印象。一路看過去，沒有一家鄉鎮企業，田裡種的全是清一色的大蔥和大白菜，很多年以來，這裡的農民就靠種大蔥和大白菜為生。在村莊旁邊不遠，有一條公路直通外省，路兩邊到處是堆積如山的大蔥，等著過往的司機順便買走。我們一問價錢，不免吃了一驚，一斤僅賣六分錢，一板車蔥也就抵個兩三元錢；大白菜價錢稍微好一點，也只賣到一斤一角錢。然而，就是這麼便宜的蔬菜，種菜的人卻捨不得吃。我們進村的時候，看見一個三十歲上下的農民端著碗蹲在門口吃飯，碗裡只有飯，沒有菜，我們問他，這麼便宜的大白菜為什麼自己不炒點吃，他說了一句令我們心酸不已的話：「我吃掉一斤不就少賺了一毛錢嗎？」

二〇〇一年的白廟尚且如此貧窮，六年之前就更是可想而知了。聽他們介紹，那時白廟鎮的人均年收入只有二百七十四元，就是說，每人每天的收入不過八毛錢，誰都知道，這意味著什麼？儘管已經貧困到了這個地步，縣、鎮、村還是層層加碼，不斷地把各種各樣的亂攤派、亂集資、亂罰款強加到村民的頭上，而絕大多數的村民對這種巧取豪奪卻又敢怒不敢言。

這天，王俊彬找到王向東和王洪超，他覺得總要有人敢站出來替大夥說句公道話。王向東和王洪超，也都是村裡思想比較活躍的年輕人，特別是王洪超，提到亂攤派，他就惱得直搖頭，簡直就是深惡痛絕。

王洪超的岳父是鄉村中比較有商業頭腦的精明人，除了種莊稼，農閒時就走村串鄉去賣老鼠藥，這行當成本不多，收入卻是可以的。王洪超早也看出，光靠種莊稼日子過得太艱難，就跟著岳父去賣老鼠藥。一天，王洪超正好外出賣藥，村支書高建軍帶著苛捐雜稅的突擊隊，大呼小叫地摸上門，每家要收六塊錢的「建校費」。村裡學校校舍好好兒的，沒有一間危房，怎麼又冒出個「建校費」呢?王洪超的母親當時在家，她想不明白，也掏不出這六塊錢，就說：「洪超不在，改天再繳吧。」話音剛落，高建軍搬起電視機就走。王母一看，忙追出門說：「家裡沒人，你們這麼搬東西，合來不合來呀？」她說的是當地話，是在查問村支書這麼幹「划算不划算」？因為高建軍與王洪超還有一層親戚關係，她想不到高建軍當上了支書就會幹出這種翻臉不認人的事來。誰知，高建軍理也不理，揚長而去。

王洪超後來知道村支書抱電視機的事，氣得直罵娘。

王俊彬、王向東和王洪超三人一合計，決定先去鎮裡討個說法。當時，他們三個人想得都過於簡單：既然有黨的「減負」政策，就應該不折不扣地執行。再說向上級機關反映下情，這也是憲法賦予每一個公民的合法權利。

他們差不多是懷著無比信賴的心情，去找鎮黨委書記韓春生的。王俊彬更是以一個共產黨員的身分，去尋求組織上的幫助的。

他們永遠記住了那個日子：一九九二年十月二十八日。那一天，讓他們刻骨銘心，在鎮黨委辦公室，他們終於懂得了什麼叫「推諉」，什麼叫「糊弄」，什麼叫「對人民群眾感情麻木」。

鎮黨委書記韓春生的不聞不問，助長了村支書高建軍的肆無忌憚。當高建軍得知王洪超把他抱走電視機的事情也告到了鎮裡，惱羞成怒，不僅拒不歸還，還明目張膽地再次闖進王家，又推走了他家一輛自行車。

欠繳所謂的六塊錢的「建校費」，竟然抱走一台電視機還覺不夠，又推走人家自行車，這事顯然做得太過分，一下激起了公憤。

於是，更多的村民站了出來。紛紛向王俊彬、王向東和王洪超提供村幹部亂攤派、亂集資、亂罰款的人證物證。

我們在王洪超家就見到過當年村民們的三份證據。一份是蓋有「臨泉縣白廟鎮人民政府」大印的《農民負擔稅費卡》，卡上承包耕地的畝數明顯有改動的痕跡，而且，是一改再改，由最初的「六畝四七」改作「六畝八五」，塗抹了之後，又寫成「六畝八七」。塗改承包耕地畝數的目的，不言而喻，是為提高「農業稅」、「農林特產稅」、「耕地佔用稅」以及其他各項應繳的稅金。至於卡上填寫的「村提留」和「鄉統籌費」的數字，更是叫人霧裡看花，兩組十四項「應負費用」一款，數字是十分具體的，但其中的依據是什麼?為什麼要村民繳這麼多?誰也說不清。總之，十四項錢款加起來，應該是九十三元一角整，「合計」欄裡也是這麼填寫的，卻不知為什麼，又用紅筆給杠掉，改成了九十一元五角六。在另一份蓋有「臨泉縣白廟鎮邵營村民委員會」

大印的《農民承擔費用收款收據》上，「鄉統籌村提留」的九十三元一角整，又變成了九十一元四角七。看上去，越改收的錢款越少了，而且收款人還在這份收據的空白處寫上了一行醒目的大字：「依此據為準其他單據作廢」。就是說，再加上「應繳」的稅金，這戶農民總共就繳了一百四十元三角六分。然而，富於諷刺意味的是，這戶農民提供出的又一張油印的《邵營行政村農戶一九九三年午季繳款通知單》，無疑應該被看作是「作廢」的「其他單據」，《通知單》上通知午季必須繳納的竟是一百八十四元零一分！他「承包耕地」的數字不僅又變成了「六點八八畝」，應繳稅金也由四十八元八角九分變成了一百五十五元二角七分！

一份《稅費卡》，兩本不同的賬。一本是要村民如數繳納的，一分錢不能少；一本是寫在紙上專門給上邊來人檢查用的。掩耳盜鈴，欺上瞞下已經到了無所顧忌的程度！

王俊彬、王向東和王洪超掌握了村民們提供的這許多證據，更堅定了上訪的信心。由於鎮裡對村幹部的問題極力包庇，他們不得不「越級上訪」了，這以後就找到了縣裡。

使他們大感意外的是，在縣裡，他們遇到的竟然也全是冷冰冰的面孔。

於是，三人橫下一條心，決定去找一把手。

「我們要見張西德同志。」他們認為，縣委書記是全縣黨組織中最高的領導，黨性肯定也是最強的，不會看著下邊公開違背黨的減負政策不管不問的。

辦公室的同志抬起頭，發現闖進來的是幾個農民模樣的年輕人，很不耐煩地說：「知道張西德是誰嗎？」

「縣委書記呀！」

「你們是哪裡的？」

「白廟王營的。」

對方一聽就奚落道：「縣委書記也是你們隨隨便便就可以見的嗎？王營村的事，你們應該找白廟鎮黨委和政府去解決。」

「可是鎮裡不問。」

「他不問，你們就來找縣委書記？如果全縣所有村都像你們王營，有事沒事就跑到縣裡找書記，這縣委書記還能幹嗎？」

三個人全傻了眼。

王向東的性子急，忍不住地問：「鎮裡不管，你說不找縣委領導找誰？」

對方一下站了起來，衝動地扇著兩臂，像轟趕一群鴨子似地大聲喊道：「去去去，我們還有事！」

有著幾分心計的王洪超，一直沒言聲，這時冷靜地說道：「我們要求縣委落實中央『減負』的政策！」

「誰不給你落實，你去找誰！」

「我們就找張西德書記！」王洪超聲音不大，卻說得十分堅定。

「不行！」

「為什麼不可以？」

「不可以就是不可以！」對方終於把話說死了。

王洪超顯然不甘心，他依然平心靜氣地問：「對待群眾，你們就是這種態度嗎？」對方冷嘲熱諷道：「快走！否則，這種態度都不會再有！」

從縣委大院走出來的時候，三人的臉色都十分難看。王洪超後來談到當時走出縣委那一瞬間，他強烈地感覺到，原來心中一種最聖潔的情感，忽然間被人粗暴地玷污了，他痛苦極了。

回村後，村民們湊在一起開了個會。大夥都覺得，既然三個人去縣裡反映問題，勢單力薄，得不到重視，那就各家各戶能去的都去。這以後，王營村三百多村民一齊出動，坐著十幾輛農用車和四輪拖拉機，浩浩蕩蕩開進縣城。

然而，人多勢眾，不但於事無補，反倒引起縣委更大的反感，說他們這是在「聚眾鬧事」。

幾次受挫之後，村民們感到，農民負擔過重的問題，在臨泉縣已毫無解決的希望，剩下的，就只有三條路可走：一是找地區，二是去省裡，再就是直接進京。去地區和去省裡，不少人都表示心中無底，因為無論地區還是省裡，都與臨泉縣委和縣政府有著太多的聯繫，不能說他們就一定會是「官官相護」，但把上訪的材料層層下批，最後又批到被上訪人的手裡，卻是完全可能的，這樣的故事，當今的報紙、廣播、電視上已屢見不鮮。假如是那樣，人家指個兔子叫攆，一圈攆下來，不說村民們的時間和精力賠不起，也沒有那些錢朝外拿呀！

大夥七嘴八舌，各抒己見，到了後來，意見就漸漸集中起來，這就是：一不做，二不休，乾脆去找黨中央、國務院！因為，減輕農民負擔的好政策就是黨中央、國務院制定的，黨中央和國務院同咱底下農民的心貼得最近！

當然，大家也都知道，這樣「越級告狀」，將會承擔很大風險。一個嚴峻的事實是：進京上訪，反映白廟鎮和王營村的問題，客觀上看，告的卻是臨泉縣的「黑狀」。至少說明，臨泉縣拒不落實中央減輕農民負擔的政策，是給黨抹了黑，給國家添了亂。縣委書記張西德對此絕不會善罷甘休。

提到張西德，大夥在臨泉縣的電視上早就熟悉了：五短身材，說話愛揮手；做報告的稿子肯定是秘書們給寫的，文辭還可以，可他一到脫稿講話時，就沒有了一點文雅氣，說的話跟個粗人沒啥兩樣。一次會上，在強調計劃生育不准超生的時候，張西德竟揮著拳頭信口開河道：「我寧要七個『墳頭』，不要一個『人頭』！」說得大家全伸舌頭。這句充滿殺氣和血腥的話，被流傳得很廣，誰聽了誰脊背發涼。

總之進京上訪，前途難卜，誰有能力有膽識擔當此任呢？

大夥心裡當然全清楚，只是誰也不忍心先開口。推選進京的代表時，村民們一雙雙充滿期待的目光，都不約而同地注視著王俊彬、王向東和王洪超三個年輕而又有文化的後生。

14 感受溫差

一九九三年年尾最寒冷的一天，王俊彬、王向東、王洪超經過簡單的準備，把收集上來的「三亂」證據小心地整理停當，就匆匆踏上了北上的列車。

當三人第一次步入北京車站的月台，一種受了委屈的孩子終於來到母親懷抱的衝動，使得他們異常激奮。他們多麼想去看看魂索夢繞的天安門廣場和人民大會堂，看看雄偉壯觀的英雄紀念碑和金水橋畔的華表，看看中南海的紅牆啊，但是，他們知道大夥湊出的這點上訪經費來得太不容易，一角一分都必須花在當緊的地方。

走上北京的街頭，他們就到處打聽黨中央、國務院設立的信訪局在什麼地方。

在中辦國辦信訪局，他們受到熱情的接待，沒有想到事情的進展會如此順利，不免有點兒受寵若驚。接待的同志認真聽取了他們的情況反映，還就他們提出的問題，允諾將很快給安徽有關部門發去專函，促成這事的調查處理。

北京如此嚴寒的氣候，這是他們有生以來沒有碰到過的，迎面捲過來的又冷又硬的風，直扎肌骨，但三人的心裡卻都像揣進個騰騰燃燒的火爐子，打心裡往外冒著熱氣。

「既然來了，」王洪超說，「能找的地方咱都找一找，不枉此行。」

於是三人一路問過去，又跑了一趟國家農業部。

在農業部的信訪接待站，三人就像回到自己家似地感到親切與溫暖。接待站的同志聽了他們反映的問題，看了他們帶去的證據，當場就明確表態：白廟鎮和王營村的做法是錯誤的，並主動為他們開出介紹信，要他們回到安徽後，拿著這封信直接去找省農委的一個單位。介紹信是事先就用鉛字印好了的那一種，只須在上面填寫上訪反映的大概內容，但這次顯然破例，不僅寫出他們反映的農民負擔過重的具體事實，還直截了當地寫上了他們的看法：「這種收取辦法違背了中共中央、國務院關於減輕農民負擔的規定。」信的末尾處，除了有著千篇一律的一行字：「現介紹去你處，請接談處理。」又破例添出一行字：「現介紹你處，望認真查處。」

信訪接待站的同志一直把三人送出大門，還送了一本《減輕農民負擔勞務管理法》的小冊子，分手時，還突然感慨了一句：「上面三令五申，下邊照樣胡搞，怎麼得了！」

一句話說得三人的心不由一熱。

是呀，北京的氣溫比家鄉低多了，賊冷賊冷，看上去好像沒有一點兒風，樹梢也一動不動，但逼人的寒氣還是能夠強烈地感觸到，然而，當坐上南下的列車，一路之上氣溫明明在回升，他們竟感到自己是在向一個寒冷的地方馳去。一想到臨泉，想到白廟和王營，心裡邊就惴惴不安，就由不得有一陣陣冷氣向心上襲來。

正常的情況下，離家鄉越近，就越會感到親切才對，但是這種感受他們非但沒有，相反地，有了這趟北京之行，他們對家鄉突然感到陌生了。離家鄉越近，信心丟失得越多，而且，有著一種難以言狀的惆悵和恐懼，在吞噬著他們的心。

儘管，在北京的每一天，他們都沉浸在無比的亢奮與激動之中；奇怪的是，在亢奮與激動的同時，又有一種異樣的酸楚，不時會從心裡毫無準備地冒出來，破壞著他們的好心情。為什麼會有這種奇怪的感覺，當時三人都說不清，此刻，列車遠離北京了，他們才恍然大悟：北京雖好，但不是屬於他們的，他們畢竟是臨泉縣白廟鎮人，他們的命運更多地還是掌握在臨泉縣縣委書記手中，甚至只是掌握在白廟鎮王營村個別人的手裡。

只要他們還從屬於臨泉縣白廟鎮的權力磁場之內，縱然遠離千里萬里，也逃不脫任人宰割的命運！

車過黃河以後，三人似乎都無話可說了，可誰也睡不著。整整一夜，他們就這樣枯坐著，似乎什麼也沒想，一直無聊地聽著車輪與鐵軌忽輕忽重的碰撞聲，這聲音，在寂靜的夜裡，聽起來竟是那樣震撼人心。

等到天都大亮了，三個人才昏昏沉沉地有了倦意，但是省城合肥卻已經到了。

下了車，顧不得休息，三人就按農業部介紹信上寫的單位，找到了安徽省減輕農民負擔領導小組辦公室。

省減負辦的同志聽了三人的陳述，十分重視，也覺得問題嚴重，當即寫了一封態度十分明確的公函，希望他們親自交給臨泉縣減負辦：

我辦接待了農業部轉來的你縣白廟鎮上訪群眾，從提供的提留表來看，確存在負擔過重問題。據反映，就此問題他們已多次向上級政府報告，一直未得到徹底解決，群眾反響較大。現轉去農業部的意見及有關材料，望你辦接函後迅速派人核實處理，如確實存在加重群眾負擔問題，該退賠的要堅決予以退賠。

處理結果及時上報。

特此通告。

為慎重起見，省減負辦的同志還認認真真地在函件上加蓋了公章。臨分手時，也送了一本他們自己彙編的有關減輕農民負擔的中央歷次作出的具體規定的材料。

走出農業廳大樓時，三人在京曾有過的那種亢奮與激動，再次溢滿了胸襟。王洪超甚至下意識地回頭看看這座已經相當陳舊的建築，心中油然盪起一股感激之情。

在合肥期間，他們還找了一趟省紀委。省紀委接待的同志也相當重視，希望他們放心地回去，這事，他們會過問的。

一九九四年一月二十五日，王俊彬、王向東、王洪超再次走進臨泉縣委辦公室。他們出示了國家農業部和安徽省減負辦的有關信函，這一次，辦公室的人沒有再刁難。

顯然，這時的臨泉縣委，已經接到中辦國辦信訪局的公函；縣委書記張西德，也知道了白廟鎮王營村村民代表把他們告到北京的事。他笑容滿面地走了出來，並當場給白廟鎮黨委、鎮政府寫了個便條。寫道：「邵營行政村王營自然村群眾上訪要求退多提留的款，請努力做好工作，抓緊時間將多提的款全部如數退給群眾。」

三人接過縣委書記的條子，認真看了看。因為字比較潦草，有的字寫得也不規範，看了一會才鬧清上面的內容。不過，又好生納悶：「多提的款」，這是個什麼概念？作為黨的一級組織的負責人，為什麼不能夠像中央、國家機關以及省減負辦那樣，按照黨中央文件規定的精神，指出這件事的嚴重性？既然下決心要鎮裡解決，為何不通過組織的程序，而是隨手寫了個白紙條子交予上訪群眾？再說，「群眾上訪」了這些日子，三番五次地來找縣委，縣委就是裝聾作啞；如今，上邊批下來了，馬上「笑臉相迎」，既然如此，何必當初呢？

不管怎麼說，從一九九三年十月二十八日開始上訪，到一九九四年一月二十五日縣委書記「簽字畫押」，前前後後折騰了八十九天，總算看到了結果。當村民們聽說張西德書記表態將「多提的款如數退給」，整個村子頓時沸騰了。

可以想見，白廟鎮黨委書記韓春生、鎮長馬駿看到張西德的「手諭」，心情是何等複雜。他們當然清楚這件事情的性質。鬧到這一步，不用說，是他們給縣委、縣政府捅了婁子。不過，村民們拿到的，畢竟只是一張白條，細細揣摩，他們既從張西德的「群眾上訪要求退多提的款」一句中聽到了不滿，卻也從「請努力做好工作」的一句話上讀出了縣委書記的無奈。

白廟鎮不解決農民的負擔問題顯然不行了。這時，縣紀檢委在地區紀檢委的督促下，也組成了調查組開進白廟鎮，對鎮村「減負」的問題立案調查。其實，只要查，許多問題都是明擺著的。縣紀檢委調查組只是查了一下鎮村兩級一九九三年的「提留統籌」的賬，就發現了十一萬多元的農民負擔問題。王營村的村民代表在幫助村裡的自查中，不但發現村裡的財務管理混亂不堪，經費的開支也極其隨便，莫名其妙的單據太多，還發現鎮裡隨意平調或挪用村裡提留款及集體資金的問題也十分嚴重，甚至將鎮村兩級的調款情況，就合做在一張表格上，僅「一九九三年秋季調款」，查出的明明是四萬七千六百五十元，但到了「調款表格」上，竟然就變成了三萬三千七百六十元四角六分，這一筆，就隱瞞了一萬三千八百八十三元五角四分！

鎮村幹部營私舞弊的惡劣行為，引起王營村廣大村民的極大憤慨，但是，從縣委書記為村民代表寫出便條算起，在長達六十二天的時間裡，行政村只退回給村民一點「皮毛」，而且，在此期間發生的兩件事，不能不讓王營村村民甚感不安。一件是，領頭上訪的王俊彬，此前一直為鎮的土地管理所聘用，這當兒被突然解僱；再就是，王向東和王洪超接到鎮裡的通知，要他們去鎮機關「清算賬目」，二人剛進鎮政府的大門，就被早有準備的機關人員一頓毒打。

退款不過是虛晃一槍，打擊報復卻動了真格的，王營村的村民們忍無可忍，又一次集合起幾百人的隊伍，找到縣城，要求張書記履行他給大家的承諾。

村民們確實把問題想得過於簡單，也太不了解我們今天那些被稱為「父母官」的領導幹部。他們中間不少人其實早已被寵壞了。他們只習慣於人們對他的前呼後擁，掌聲笑臉，唯命是從。

張西德一看來了這麼多村民，而且帶有明顯責怪的口吻，首先就變了臉，再不提如數退給加重農民負擔的那部分錢款的事。他的話一下就變得十分嚴厲，也很難聽：「有本事，你們只管狠狠地鬧，我就是不給你們處理！」

村民們問：「這符合中央文件的精神嗎？」

張西德越發火冒三丈地說道：「有本事你們就往上找！」

村民們一聽，就更納悶：落實黨的減負政策，本來就應該是臨泉縣委責無旁貸的工作；正是因為縣委當時不管不問，他們才往上找的，現在上邊已經過問了，縣委不僅不解決問題，反而責怪村民。村民們當然不服，要求縣委張書記落實中央的減負政策。

張西德顯然早已失去了忍耐性，他高聲大嗓門地喊道：「你們儘管給我鬧，鬧得越大，我才越好處理！」

村民們百般無奈，於是又去找縣紀委。因為縣紀委曾經派出過調查組，並且查出了白廟鎮和王營村「提留統籌」上的不少問題。可是，紀委書記李樹成聽說下面就是不願清退多收的錢款，卻也無可奈何地說道：「我讓他們退，他們不退，我又有什麼辦法？」

主管一個縣黨的紀律檢查工作的書記，對下面幹部的胡作非為感到無能為力；統管全面工作的縣委書記又是這樣蠻橫不講理，村民們感到難以理解，也感到十分氣憤。

不過，這時候的王營村村民代表，已經有了一定的承受能力，他們表現得十分冷靜。王俊彬、王向東和王洪超，三個人下了也許是這輩子最大的一個決心：一定要和這些對黨的政策陽奉陰違的人鬥爭到底，不達目的，誓不罷休！

當然，三個農民的決心，即便就是三百個、三千個農民的決心，以及他們擁有的全部真理，在整個社會都對權力頂禮膜拜的今天，在中國幾千年形成的強大的權力結構面前，又算得了什麼呢？

也許他們都太年輕了，壓根不清楚「文化大革命」和「階級鬥爭」是怎麼一回事，也不可能會把事態想得很嚴重。儘管早在這十六年之前，在黨的十一屆三中全會上，我們早就摒棄了「以階級鬥爭為綱」的「左」的錯誤方針，但是在臨泉，在白廟，「階級鬥爭一抓就靈」依然是許多幹部潛意識裡的法寶，他們處理問題時的思維，依然還停留在過去的時段。

從縣城回來不久，王洪超便得到了一個足以使全村人不寒而慄的消息，這消息，是白廟鎮派出所的指導員施燦洲透露給他的。王洪超同施燦洲私下交情不錯，這年三月三十日這一天，施燦洲把他拉到一邊，悄悄給他打招呼：「你不要再插手上訪的事了。」還用了當地一句土話，叫他「趕快『薅手』」，意思是說「趕快收手」；並嚴肅地提醒道：「馬上要抓人！」

當時，王洪超心中一驚。他知道施指導員不是和他開玩笑，也不是在嚇唬他。他一點也不敢怠慢地就把這一消息告訴了王向東和王俊彬。

王俊彬和王向東聽了似信似疑，卻也不得不馬上通報給廣大村民。

一時間，王營村籠罩在一種莫名的恐怖之中。

村民們自發地組織起巡邏隊，以防不測；王洪超乾脆把村子裡的廣播喇叭安在了自己家的院子裡。

村民們雖然思想上有了準備，卻沒有想到「抓人」的這一天來得這麼快。

15 天高皇帝遠

一九九四年四月二日的晚上，已是十一點多鐘了，這在有著夜生活的城市裡或許不算太遲，但在這偏僻的王營，村民們差不多全都熄燈上床了。就這當兒，一輛客貨兩用車鬼鬼祟祟地開進了村。

車在村西頭悄然無聲地停下之後，打上面跳下五個人。事後才知道，他們分別是白廟鎮派出所指導員施燦洲，民警王樹魁、張復春，治安隊員王俊和劉凱。他們交頭接耳一番後，五人就行動詭秘地向村中摸去。

他們的出現，立即引起巡邏的村民的注意，就遠遠地尾隨著。後來發現這些人，盡在領頭上訪的幾個村民代表家的門口探聽動靜，有幾次竟試著上前推門，這更引起村民的警惕，就跑去敲王洪超家的門，邊敲邊喊：「村裡來了幾個偷偷摸摸的人！」

王洪超小孩的姨李莉，當時正住在王洪超家裡，門外的響聲首先把她驚醒了，她一個激靈從床上爬起來。聽說村裡來了偷偷摸摸的人，便衝到放有廣播器材的房間，打開開關就喊起來：「王營來賊了！王營的老少爺們，有叉的拿叉，有棍的拿棍，不要讓他們跑了！」

夜深人靜，廣播的喇叭聲立刻把一村人驚醒了。聽說村裡來了賊，一個個飛快地穿衣下床，操起傢伙就奔出了門。

驟然響起的喇叭聲，首先就把跟來的兩個治安隊員嚇壞了，知道這次的秘密行動被暴露，村民們最恨的就是跟著幹壞事的治安隊員，罵他們是「二鬼子」，一旦被村民們逮住了，派出所的公安人員還好講，他們可就慘了，於是二人便像一對受驚的兔子，奪路而逃。派出所指導員施燦洲，聽到響聲，料定事情不妙，連丟在村頭的車子也顧不上了，立即調轉身子，高一腳低一腳，摸著黑，慌不擇路地也朝村外遁去。

民警王樹魁、張復春以及司機趙燦龍因為躲避不及，最後被村民們一個個分割包圍。

村民們喝問道：「你們是哪裡來的？幹什麼的！」

一個民警說：「我們是瓦店的……」

另一個民警說：「我們是……，黃嶺的。」

司機卻說：「我們是城絲綢廠的，和廠長來找你們村的一個人聯繫業務。」

三個人竟有了三樣說法，這自然更引起大夥的懷疑。

王營村地處安徽和河南兩省邊界，王營小學校長王天基住的村西頭，屋外的小路就是河南省沈丘縣和安徽省臨泉縣兩省兩縣的地界，有人說王校長的孩子出門撒泡尿，就澆濕了兩個省和兩個縣的地皮。處在這麼個偏僻而又十分敏感的地帶，突然冒出三個來路不明之人，三人又是三樣說法，其中還有穿警服的，這就不能不格外引起村民們的警覺。懷疑這是一夥利用地理位置上的「優勢」，乘著深更半夜冒充民警暗中打劫的刁徒。

村民要求每人拿出證件來證明自己的身分。這一下，三個人變得越發緊張起來，趁著混亂，落荒而逃。這一逃，村民就覺得問題更大，當然更不能放過，當即追了上去。

三個拼命逃竄的人，因為沒有村民們的路熟，眼看難以逃脫了，這時，穿警服的索性站住了，從腰間拔出手槍來，指著追到面前的村民兇狠地喝道：「不許動！再追，我可就開槍了！」

村民們被這突如其來的情況嚇了一跳，紛紛站住。

正在狂奔的另外兩個人，發現村民站住了，也就停了下來。

村民們人多勢眾，面對槍口並不怕，倒是更加肯定這是一夥乘夜打劫的刁徒。情況明擺著：既然謊稱是「絲綢廠」來王營「聯繫業務」的，怎麼就變出手槍了？如果真的是民警，又為什麼要說是「城絲綢廠」的人？而且，不敢正大光明地亮出自己的身分？再說幹嗎要逃，慌慌張張連個汽車也不要了？

村民盯著司機問：「你們究竟是幹什麼的？」

司機吞吞吐吐不敢說。

村民們不再懷疑了，他們首先採取了自衛，上去解除了對方手中的兇器對大夥的威脅。他們甚至認為，對準大夥的這支手槍，和那套警服一樣，肯定都是假的。幾個村民撲上去，就把對方的槍枝打掉了。接著，憤怒的村民對他們認為是打劫的刁徒一頓痛打。

直到嘗到了苦頭，司機趙燦龍才說了實話：「他們的確是派出所的警察，租了我的那輛儀征車，給了我十塊錢，一盒渡江煙，叫我開車來抓人。」

說著，忙把口袋裡的十塊錢和一包煙交出來，求村民們放他一馬。

村民聽說這其中真來了抓人的民警，忙問王樹魁和張復春，二人只得坦白：「我們是白廟鎮派出所的。」

村民一聽，炸了營：

「你們憑哪一條來抓上訪代表？」

「抓人為啥偷偷摸摸？」

「你們明明是白廟派出所的，為啥要說是『瓦店』的、『黃嶺』的、『城絲綢廠』的；為啥一追問就逃！」

問得二人一時語塞。

村民們顯然不會放過：「說！」

一個小聲解釋：「我們是來抓賭的。」

一個卻說：「我們是來巡邏的。」

這麼一說，更糟糕。來抓賭，為什麼專找村民代表的家，顯然不能自圓其說；說是「巡邏」，就更是睜著眼說瞎話了。因為從解放的那一天算起，四十五個年頭了，王營村的父老鄉親們，壓根兒就沒見過派出所的公安人員啥時下鄉巡邏過。早不巡邏，晚不巡邏，鎮裡剛為王營清退了一點點加重農民負擔的多收款，就「巡邏」到了王營？又偏偏是摸著上訪代表家的門鼻子夜半「巡邏」？

村民越聽越冒火：「巡邏為什麼不開警車？」

這時村民才發現，這幾人全喝多了「貓尿」，一個個酒氣薰人。農村派出所的許多公安人員，本來就沒給群眾留下多少好印象，有的就與村匪路霸吃到了一塊去，啥壞事都幹得出來。為防止對方藉著酒性胡作非為，村民們搜走了他們隨身帶來的手槍和手拷。特別是發現有四副手拷後，進一步證實司機吐露的是實情：他們確實是心懷鬼胎來抓村民上訪代表的。想要抓的四個人，不用問，這就是王俊彬、王向東、王洪超，外加一個王洪欽。

「村民代表被打你們看不見；老百姓找上面要求落實中央的減負政策，就半夜進村抓人，你們還配不配當『人民警察』？」

村民們越說越來氣，七手八腳地就把租來抓人的那輛車給砸了。

這就是後來被臨泉縣委抓住不放大做文章的「四．二」事件。

被村民王來治稱為「大個子」的民警張復春，在王來治的追問下，懊惱地承認：「誰知道你們莊是有準備的，誰叫我和王樹魁肯喝，要不然怎能把我們弄成這個樣子。」

他承認這酒是在王天玉那兒喝的，王天玉是王營村與縣裡某些人有著特殊關係的一個人。蹊蹺的是，王營村村民後來寫給黨中央、國務院領導同志的一封信上特別指出，當夜少數村民情緒激烈，並非事出無因：混亂之中「村民在王天玉和村幹部的帶動下，一擁而上，發生了衝突，車也砸了，人也打了，槍也打掉了。」兩個關鍵的地方都有這個王天玉！這或許就把「四．二」事件深刻的背景兜底給端了出來。

總之，民警王樹魁和「租來的」司機趙燦龍，不久一個個狼狽地逃出村去；被說是「打成重傷」的大個子民警張復春，這時候的酒性早就被驚醒了，他逃得最快，幾個青年農民追了一截地都沒撵上。後來，村民王洪軍把民警們丟下的槍枝、子彈和手銬，集中起來交給了鎮武裝部長王東良，王東良就是王營人，當天也就住在村子上。三更天過後，村民們便陸陸續續地散去，各自回家睡覺了。誰也想像不到，一覺醒來，當縣委書記張西德知道了這件事，這事的性質便發生了變化。儘管白廟鎮派出所的三位公安人員及兩名治安隊員都早已回所，槍枝、子彈和手銬也都完璧歸趙，但是，臨泉縣委卻仍向地委謊報軍情，以「解救幹警和搜查槍枝」為由，於四月三日上午，對王營村進行了一次空前的血腥鎮壓！

公元一九九四年四月三日上午十時，一百多名公安、武警，分乘八輛警車，驚天動地地從縣城開出。車上駕著機槍，一個個頭戴鋼盔，身穿防彈衣，手裡拿著盾牌、警棍，一路之上，警笛呼嘯。

這支擁有現代化武裝的隊伍，抵達王營村前，來了個「先聲奪人」，他們用高音大喇叭警告：「王營村人不得外出！」顯然這並非是聰明之舉。他們忘了王營村所處的極其特殊的地理位置。這一喊叫，村民們聞風而逃，逃到村子後面，就是河南省管轄的地帶了。待警車進村，村子裡的大人小孩早就跑得差不多了。

當然有不跑的。這些人不是老人，就是從未參加過上訪的，或只是外省來走親戚的。他們認為這事與他們無關。也有極個別跟著上過訪的，覺得不過就是「隨大流」，不會有啥大事情，就待在村裡沒有跑。

誰知，公安武警一進村，不分青紅皂白，見人就打，連一個走親戚的外村的小學生也不放過。一時間，到處是拳打腳踢聲，東西的摔砸聲，大人的哀求聲，小孩的哭喊聲，雞飛狗叫豬跳牆的吵鬧聲。

王洪嶺的妻子周敏，從來沒有參加過上訪，公安人員撲上去要抓她，站在一旁的已是七十多歲的王洪彬只是說了一句氣話：「挨著誰，你抓誰；她一個女同志啥啥沒參加，你們抓她幹啥？」話音未落，一電棍就打在他的臉上，頓時血流滿面，昏死過去。

五保戶老人王永臣當時嚇呆了，他只是站在邊上一動沒動，也被幾個公安打得口吐鮮血，拖上警車。

毫無疑問，上訪代表的家成為重點打砸對象。他們家的鍋碗瓢盆全被搗碎，連灶台煙囪也被推翻。王洪欽的二十塊銀元，王向東的七百多塊錢現金，王洪超的一台唱片機，全不知去向。更讓人不可思議的是，抄了王洪超的家仍不罷休，還把王洪超買來的四箱八千支老鼠藥，砸爛以後都倒進了麥囤子裡，並惡狠狠地用大鍬使勁攪拌，之後這才離去。

四月三日當場被抓的十二個人，其實大都是與上訪或與所謂的「四．二」事件無關的一些老人與婦女，還有外村走親戚的女孩子，以及河南省臨縣的學生。

對這種荒唐而血腥的鎮壓，臨泉縣委工作組在《致王營自然村群眾的一封公開信》中大肆宣傳：「地委書記秦德文指出，『四．二』事件的反饋是及時的，處理是正確的，不應該有什麼非議，應當充分肯定；縣委考慮是很細的，是依法辦事的。」甚至，言之鑿鑿：「對此，中辦國辦信訪局、省、地領導都給予了充分肯定。」

在這件事發生的七年之後，我們採訪了王永明。王永明是王營村的村委，是與村民上訪八竿子也扯不上的一個忠厚的農民。警車進村時，他正忙在豬圈裡，他沒想到要跑，就是看到公安武警氣勢洶洶走來時，仍覺得即便是把村子人抓光了也抓不到他，他照樣在壘他的豬圈。

一個武警突然指著他問一群公安：「這人抓不抓？」

一個公安馬上接話：「抓走！」

就見那個武警頓時撲過來，連抓帶搡地就把他趕進了警車。

王永明從沒見過這陣勢，他一下驚傻了。

在白廟派出所，他和被抓去的所有的人，都被繩子五花大綁，手銬不知怎麼也沒有了，接著就是無緣無故地被打了一個多小時。他親眼看到，警察竟用開水從同他們理論的王洪艷的頭上澆下去，澆得王洪艷嗷嗷叫，叫的已經不是人的聲音。他當時怕極了，挨打得再厲害，也不敢吭一聲。

押到臨泉縣看守所時，一下車，一個個就被打跪在地，任警察用高壓線作的鞭子劈頭蓋臉地抽個夠。直到他們抽累了，就給每人的雙腳戴上大鐐，戴鐐還要自己掏腰包，每個人付了七塊錢。那鐐足有八斤多重，戴上後就逼著你在大院裡跑上三圈，跑不動就打。

當天晚上，他們都被關進號子裡，號子的頂棚上有個洞，守在上面的警察斥責著，要王永明把手從洞裡伸上去，王永明不知道警察為什麼要他這樣做，卻又不敢不去做，他剛把右手伸出洞口，一隻大皮鞋就照著手上跺下來，痛得他差點背過氣。可他依然不敢把手抽回來，生怕那樣會招惹出更大的禍害。就這樣，他一聲不敢哼，手被扎心痛地跺了又跺，直到尋找發洩的那個警察不想再跺了，他這才小心地抽回手。

又過了兩天，王永明就跟死刑犯關在了一起。已經絕望了的死刑犯，更是把他視為發洩的對象，一次次神經質地撲過來，撕他，捶他，揪他的頭髮，敲他的腦袋，警察看了卻只當沒看見，直到他被打得趴在地上苦苦哀求，死刑犯才算住了手。

王永明前後被關了八天，放出來的時候不僅不給個「說法」，還逼迫他繳出八天的生活費。走出看守所時，又被厲聲警告：「出去不准亂說！」

已經過去七年多了，王永明雙腳上至今留有清晰可見的大鐐啃爛過的傷痕……

16 上訪有罪

王營村絕大多數村民因為逃到河南省的地界，僥倖躲過了這一劫難，但沒有人再敢回到王營村去。一千多村民流落在外、夜裡只能和衣而眠，就睡在河南與安徽兩省交界的野地裡，稍有點兒風吹草動，就會驚恐萬狀地向河南省逃去。即便就是大著膽子，偷偷回村看看家，也像做賊似的。莊稼荒了不說，連改革開放十多年來辛辛苦苦添置起來的家當，也遭到趁火打劫者的偷盜，許多農戶損失慘重。

逃到河南省沈丘縣去的村民代表王俊彬、王向東、王洪超和王洪欽，這天，在沈丘縣的留福鎮終於碰頭了。他們發現，安徽省臨泉縣公安局派出的密探，就在外省的這個邊遠的小鎮上也進行了布控。

四人覺得已經別無選擇，作為村民代表，他們必須盡快地把發生在安徽省臨泉縣的「白廟事件」的真相，報告中央。

這天，除王俊彬留守外，王向東、王洪超和王洪欽三人，在眾多村民的掩護下躲過了臨泉縣公安密探的眼睛，上了一輛去河南省沈丘縣城的公交車。三人經沈丘趕往鄭州，然後轉乘火車直奔北京。

王向東和王洪超這是第二次進京了，算是「輕車熟路」了，下車後便直奔設在永定門一帶的中辦國辦信訪局接濟站。誰知，住下不到半點鐘，他們就被早已埋伏在那裡的臨泉縣公安局派來的警員抓個正著。

公開逮捕他們的理由是：三人在「四．二」反革命暴亂中搶走公安人員「五四」手槍兩枝、子彈十五發，準備在北京製造更大的政治事件！

三人大聲地抗議著，怒斥對方這樣做太卑鄙，完全是無恥的陷害，是一種十分惡劣的打擊報復。但是，即使他們周身長滿了嘴巴，在手續完備的執法人員的面前，一切都是徒勞的。

三人被押回安徽後，沒有被押往臨泉縣，而是關進了臨泉縣委書記張西德老家的太和縣。

王洪超至今回想被羈押在太和縣那兩個月的日子，依然十分激動。那些日子，太恐懼，太痛苦，也太可怕了，他一輩子也忘不了。在那裡，他們的雙手從背後被反銬起來，一天二十四小時就那麼被銬著。吃飯時，銬在背後的手不可能端碗，不可能抓筷子，每頓飯就只能像豬狗一樣伏在地上，伸長脖子，去舔，去啃；大小便時，只能躬腰屈背，用身後被反銬著的一雙手，艱難地褪下褲子，不可能去擦屁股；睡覺就永遠只能側著身，夜夜做的全是噩夢，半夜醒來，常被驚出一身冷汗。

這種喪失人性的懲罰，折磨的其實是人的靈魂。在那裡，人的一切尊嚴全被剝奪、褻瀆了，逼迫人變成一條馴化的狗，以摧毀作為人的一切思想與意志；又迫使人變成一條兇殘的狼，讓其相互撕咬直至鮮血淋淋。

應該說，嚴刑拷打的各種畫面，王洪超並不陌生，過去他從電影、電視或是小說上見到過，幹出這種勾當的，不是殺人如麻的土匪、國民黨特務，就是滅絕人性的日本鬼子或是德國法西斯。可是，他做夢也不曾想到，在社會主義國家裡，在陽光普照的人民當家做主的今天，幹出這些慘無人道勾當的，竟然是「人民警察」！而且，這一切，就都發生在共產黨的執法機關！

這叫他難以接受，感到痛苦，感到悲哀與絕望。

臨泉縣政協副主席于廣軒拍案而起了。

當他了解了「四．二事件」的真相，特別是了解到發生在首都北京，就在中辦國辦信訪局接濟站，臨泉縣公安機關竟然也敢明目張膽地編織謊言，逮捕前往上訪的農民代表，他再也按捺不住內心的憤慨，決定直接給江澤民總書記寫信，揭露臨泉縣委某些人拒不執行黨中央、國務院的減負政策，殘酷打擊報復農民群眾的犯罪行為。

這天，他利用一個星期日，乘車去了河南省，在河南新蔡縣郵政局，他給江總書記拍了一個長長的電報。拍這份電報，就花去了全家人兩個月的生活費。

他把調查到的「四．二事件」的真相，詳詳細細地作了彙報，並旗幟鮮明地表明了自己的看法。

新蔡縣郵政局的工作同志知道這份電報的份量，知道大老遠跑到外省拍發這種電文的良苦用心。但是電文所反映的，畢竟不是河南省的事，更不是新蔡縣的事，因為與它所在的地方無關，自然可以泰然處之。

于廣軒的電報，當天就被河南新蔡郵局發往北京。

可是，于廣軒沒有想到，這份電報由各級黨委政府層層批轉下來，最後，竟然轉到了臨泉縣委書記張西德的手裡。

張西德勃然大怒。

他責令縣公安局立即進行排查，限期偵破給中央領導反映「白廟事件」真相的這個人。

公安人員確實費了一番腦筋。因為，于廣軒在拍這份電報時，已經考慮到可能會出現的這種結局，他在電文的落款處留了一手，並沒有注出真實姓名，而是借用了已經被捕的王營村村民代表王洪欽的名字；雖是借用名字，他卻又在「王洪欽」三個字的前面，標上了「王營村退休幹部」幾個字，這樣，材料似出自事發之地，給人以可信之感，同時又虛晃一槍，設置點迷霧，給那些按圖索驥者增加點困難。

臨泉縣公安局已將王洪欽在京抓獲，現就同王向東、王洪超一道關押在太和縣，吃喝拉撒睡雙手都被從背後反銬著，他就是有天大的能耐，也休想從看守人員的眼皮底下逃走，更不可能跑到河南省新蔡縣去發這樣的電報。因此，電報上雖然寫著王洪欽的名字，王洪欽首先還是被排除了，於是公安人員就在「王營村退休幹部」上尋找線索。然而，查遍王營，也沒發現有一個「退休幹部」，最後就把懷疑的目光，集中到了縣供銷社下屬一個聯營公司回村的退休工人王洪章的身上。

儘管「退休工人」與「退休幹部」完全是兩碼事，臨泉縣公安局還是認定那事就是王洪章幹的。這天，聯營公司通知王洪章回單位領工資，很久沒有發工資了，聽到這消息，王洪章當即興高采烈地奔縣城而去，一進單位，就被守候在那裡的公安人員撲倒在地。為防止意外，也沒將王洪章關押在本縣的看守所。但是，因為王洪章壓根兒就不知道電報是怎麼回事，被打得皮開肉綻了，他還是說不知道。公安人員對這樣的口供不可能會滿意，一口咬定他是個砂鍋裡煮驢頭的主兒，肉爛了嘴還是硬的，於是就把他往死裡整。

四月二日那一天因為替兄弟媳婦周敏說了一句公道話，就被公安用電棍打得血流滿面的王洪彬，至今還躺在床上；現在王洪章又被莫名其妙地抓了去；王洪彬和王洪章，全是王洪嶺割頭不換頸兒的兄弟，周敏又是他的妻子，妻子被關進看守所時被戴上八斤重的大腳鐐，也受盡了折磨。這一樁樁，一件件，全都發生在王洪嶺的身邊，使得只想安安穩穩本本分分過日子的王洪嶺也終於拍案而起了！

在這之前，王洪嶺一直在河南省沈丘縣富福鎮上的銅管廠打工，每月有著一千多元的豐厚收入，此刻，他毅然辭去銅管廠的工作，拼出性命要為王營村的父老兄弟討個公道！這一年的六月十八日，他協同村民代表王俊彬，衝破臨泉縣在省內省外設下的重重暗卡，帶領五十六位村民成功地到達北京。

王營村這次是集體進京上訪，在整個臨泉縣引起了巨大反響，縣委書記張西德感到了恐慌。他首先想到的，依然不是如何平息王營村村民對不堪重負的強烈不滿，顯然還是相信高壓乃至鎮壓，才是杜絕上訪最有效的辦法。

於是，他派出了有一百多名幹部組成的縣委工作隊，浩浩蕩蕩，開進了王營村。一下去了這麼多人，生活費以及煙酒費，又全叫當地的幹部群眾攤派，這使得已經十分困難的王營村民，雪上加霜。吃飽喝足了的工作隊員，像「文革」那時一樣，開著架有高音喇叭的宣傳車，在村子裡哇啦哇啦到處轉，搞得王營人人自危，連鄰省的老百姓也過不上安靜的日子。

與此同時，臨泉縣公安局印成傳單一樣的《關於敦促王俊彬等違法犯罪分子投案自首的通告》，到處張貼。不僅敦促王俊彬等人投案自首，還措詞嚴厲地「警告王俊彬等犯罪分子家屬及親屬們」，大有「一人犯罪，殃及九族」的樣子。

接著縣紀委又作出了《關於開除王俊彬黨籍的決定》。

沒過多久，縣委再次調遣二百餘人，分乘大小機動車三十餘輛，包圍了王營村，揚言要開萬人大會，對上訪的群眾來一次大逮捕。那年的旱情十分嚴重，正值抗旱關鍵時刻，提心吊膽陸續回村的王營村民，不得不又四處逃散，以致千餘畝玉米幾盡絕收。

參加過進京上訪的王揚，因受驚嚇精神失常，他實在忍受不了這種沒完沒了的膽顫心驚的恐怖生活，一天夜裡服毒身亡。

接下來，臨泉縣法院就對王向東和王洪超公開審判。開庭那天，縣法院事先雖然進行了周密的防範，法庭內外到處布滿了武裝法警，王營村的村民聽說縣裡要公審他們的上訪代表，一個個都站了出來，呼啦啦擁來了六、七百號人。當檢察官宣讀王向東和王洪超的「罪惡事實」時，村民們全然不顧法庭的紀律，憤怒地揮舞著拳頭，高聲喊道：

「你們這是誣告、陷害！」

「他們冤枉！」

「我們要求放人！」

「堅決懲辦鎮壓群眾的真正兇手！」

法庭上大亂。

這種「炸庭」的場面，在臨泉縣的歷史上從來沒有過，法官和法警全都變得手足無措。民不畏死，奈何以死懼之？荷槍實彈的法警們怕事態進一步激化，不得不迅速撤離。審判長也只好中途宣布休庭。

其實，法官們十分清楚，藐視法律的顯然不僅是這些「炸庭」的農民。人民法院是我國國家審判機關，有權確定任何一件刑事民事案件性質的只有人民法院，但是就在「四·二事件」發生不久，縣委工作組就已經將其定性為「非法拘禁公安幹警的刑事案件」；縣公安局到處張貼的《關於敦促王俊彬等違法犯罪分子投案自首的通告》上，就稱其為「打砸搶」，甚至提到了「大肆進行反動宣傳」的高度；縣紀委作出的《關於開除王俊彬黨籍的決定》中，也明確地將其界定為「已構成搶劫罪」。顯而易見，縣委工作組、縣公安局和縣紀委都在縣法院正式審理之前，就各自確定了「違法犯罪分子」的性質，這本身就是一種無視法律的違法行為。

如果臨泉縣法院不給抓到的上訪代表安個罪名，判上兩年，這對當時的臨泉縣委是不好交代的。因此，縣法院中途休庭之後再沒有重新公開審理，卻於這年的十二月一日，以「妨礙公務罪」，判處王向東有期徒刑二年；以同樣罪名，判處王洪超有期徒刑一年緩刑二年。至於二人究竟「妨礙」了什麼「公務」，判決書竟比天書還難讓人讀懂。

17　逼上梁山

王洪超被關押了七個多月之後，被「判一緩二」放出，終於又回到了王營。回村才知道，縣裡在對王營村清剿時，不僅把他家徹底砸光了，還把他買來的那八千支老鼠藥，拌進了麥囤裡，使得五千多斤糧食染有劇毒不能食用。妻子李蘭當場嚇出精神病；女兒王玲玲也由於受到刺激，無法繼續讀書，至今待在家裡，不能聽到警車的響聲，警笛一鳴馬上犯病。

王洪超望著妻女蒙受如此冤屈，不禁百感交集，淚流滿面。他想起了過去在報紙上讀到過的一位信訪工作人員說的一段話：「歷史上的農民首先選擇告狀，今天的農民首先選擇上訪，他們首先都致力於尋找一種能為自己主持公道的外部力量。當前農民的直接抵抗特別是有組織的直接抵抗，主要是在分散的、溫和的上訪努力失敗之後，原來老實巴交的農民也變得不那麼『溫良恭儉讓』了。如果說農民上訪中有過火行為，也是可以理解的，這是批評教育問題，這和有關部門不遺餘力地包庇那些證據確鑿的腐敗村官、鄉鎮幹部相比，對農民的做法是太過分了，反差太大了，立場太『鮮明』了！」

當時看到這段話，王洪超確確實實被感動了。但是，此時此刻，王洪超想到這段話時不僅感到的是親切，更多的還是吃驚，他發現那位信訪工作者的論斷，就像在評說臨泉縣眼前發生的事情。

他想，在黨中央、國務院這樣重視農業問題的今天，一些有文化、有良知的農村青年，思想比較活躍，參政議政的意識較強，敢於站出來為村民們說話，這本應看作是廣大農村改革開放以來出現的新氣象，也正是中國農村大有希望之所在！為什麼我們許多從事農業工作的領導同志，跟今天已經變化了的中國農民如此格格不入呢？他們已經變得不善於與農民群眾交流，更談不上「不恥下問」，動輒就把敢說真話實話的農民視之為「刁民」，把敢於揭發檢舉不法行為和人員的農民說成是「聚眾鬧事」，習慣於強迫命令，「通不通三分鐘，再不通『龍捲風』」，甚至對「不聽使喚」、「影響政績」者，無情打擊，殘酷鎮壓。難怪許多農民渴望「再來一次政治運動，好好整整這群壞東西！」

王洪超越想越痛心。如果堵塞了一切民意溝通的渠道，這無異於自絕言路，黨和人民政府就會成為一個耳聾眼瞎的「殘疾人」。如果把解決問題的最後希望都堵死了，把體制內所有合理合法的渠道都封閉了，把農民圍追堵截趕進了一個非法的死胡同，這種不滿的能量一旦釋放出來，必將極具破壞性，那才是真正的不穩定因素！

他想，臨泉縣公安局之所以敢在中央信訪局接濟站抓他們三個上訪代表，肯定編造出的謊言也把北京的同志給欺騙了。於是他首先想到的，已經不是立即去為妻子女兒尋醫治病，而是再次進京，推倒強加在他們頭上的那一切不實之詞。想到了這一層，就不禁想到縣法院開庭時，作為公訴人的縣檢察院在法庭上宣讀的那些證人證詞。

王洪超開始行動了。他分別找到本村村民邵喜英、王來治和王海潮。不找不知道，一找嚇一跳，原來那些所謂的「證人證詞」，全是經過精心炮製的！

縣法院開庭時邵喜英並未出庭，村民回來告訴她，說庭上宣讀了她的一份證詞，邵喜英聽了吃了一驚。她說，「四．二」那天，天一黑，她就上床睡覺了，根本不知道外面發生了什麼事；她還是個大字不識的文盲，不可能寫出啥證據，也從沒在啥材料上捺過手印。她不安地說：「如果真有我的證據，這不是有人故意陷害我，就是藉我陷害其他人。」

王來治說，縣公安局來的人曾找過他，拿出兩份複印材料讓他看，他說他不識字，對方就念著材料上的名單問他：「你們村有沒有這些人？」他說：「有。」對方就又寫了一份材料叫他捺指印。因為他不知道對方在材料上寫的啥，他不願捺。這時，白廟鎮黨委書記韓春生走過來說：「該捺的就要捺，保證沒你的事！」有韓書記的這句話，他就在公安人員帶來的材料上和現寫的材料上都捺了指印。後來才知道，那就是要他指控幾個上訪代表「罪狀」的「證詞」。

王海潮更是氣憤。他根本就沒說過王俊彬、王向東和王洪超曾毆打過公安民警，他的「證據」純屬捏造。他說，我說的時候他們在記，記了些啥也不念給我聽，就讓我捺了手印，誰知開庭時一宣讀，內容全變了！為了達到不可告人的目的，竟然設圈套讓人鑽，他們這是栽贓！

被指控參預了「四．二事件」「打砸搶」的王登友和王高峰，也分別憤然地寫出了申訴材料，說明他們當時壓根就不在村裡，一個在河南，一個在山西，兩人都在外地打工，這種狗屁「證詞」實在是無中生有！

面對這些證人真正的證詞，王洪超感到萬分震驚。

這已到了一九九四年最後的日子，心中揣了一盆火的王洪超，迎著歲末寒徹肌骨的西北風，領著七十三位王營村的父老鄉親，第四次踏上進京的列車。

他們暫且把「農民負擔」放置一邊，專程赴京控訴臨泉縣委書記張西德鎮壓無辜群眾的血腥罪行。

張西德得知王營村民又一次集體進京上訪，真的是暴跳如雷了。他咬牙切齒地說：「我寧願捨掉一條胳膊，也要和你們幹到底！」

臨泉縣白廟鎮王營村村民一而再、再而三地進京上訪，終於驚動了當時的省委，一個「省地縣調查組」開進了白廟及王營。

但是，這是一次非常令人失望的調查行動，因為調查組既然有臨泉縣委參加進來，去調查臨泉縣委本就負有不可推卸責任的「四．二事件」，其結果的客觀性是注定要被大打折扣的。

我們看到了由這個聯合調查組抄報給中央信訪局的一份《書面彙報材料》，材料上不僅迴避了國家減負政策的有關規定，隻字不提王營村農民負擔是否過重，羅列出的許多數字也是混淆視聽，掩蓋了問題的性質，甚至公然包庇鎮、村幹部的腐敗行為。如，一九九二年村裡「上繳鎮」十一萬一千七百九十多元，這些錢幹什麼用了？該不該由村裡出？均不作說明。如，多處出現錢款的去向是「還前任村班子貸款」，或是「其他貸款」，而且數目巨大，這些貸款究竟是被村幹部貪污了，還是挪用了？為什麼這種不明去向的貸款要向村民們攤派？均一字不提。總之《書面彙報材料》上大都是些糊塗賬，「省地縣調查組」卻又有著驚人的結論：「賬目賬面處理清晰，沒有發現村幹部的貪污問題。」

調查組不僅按照臨泉縣委對「四．二事件」定性的口徑向中央信訪局作了「彙報」，依然將王俊彬、王向東、王洪超、王洪欽、王洪章、王洪軍六人統統稱作「罪犯」；王洪超一出看守所，就再次帶人進京上訪，《書面彙報材料》上卻寫道：「判決書送達兩被告後，兩被告均表示服判，不上訪。」

這種官官相護的調查報告，被送到中央信訪局，中央信訪局沒有理由不相信有著省、地、縣三級黨的組織派出的調查組得出的結論，所以，王洪超這次帶領農民再次進京上訪，雖然沒有像上次那樣，在中央信訪局的接濟站被抓，卻也只能是無功而返。

省委、地委派下來的調查人員，也跟縣裡一個鼻孔出氣，這使得王營人陷入了徹底的絕望。一九九五年的元旦，和隨之而來的新春佳節，村子裡沒有了一點兒喜慶的氣氛。開春過後，正是各地農村春耕春種的大忙時節，大批的王營人卻相繼離開了臨泉縣，紛紛去外埠打工謀生。

「哀莫大於心死」，人們不再上訪。白廟鎮及王營村鎮村兩級的黨政機構，也就形同虛設。

表面的平靜，掩蓋了並未解決的尖銳矛盾。阜陽地委和行署並沒有從王營村農民多次大規模的上訪事件中汲取教訓，縣委書記張西德甚至變得更加有恃無恐。到了一九九五年，臨泉縣農民的負擔進一步加重了，地區下達的各種稅費明顯增多，僅「雙基教育費」一項，農民人均就是二十五元；下面層層加碼，到了白廟鎮就變成了人均四十元。既然上面可以增收「雙基教育費」，於是，上行下效，各種各樣的亂攤派跟著就五花八門地冒出來。白廟鎮有的行政村，農民負擔便佔到上年人均收入的百分之十五點二六，已超出國家「大限」的三倍還要多！

農民的負擔日益加重，入不敷出，可是這個貧困縣的縣委書記張西德，竟越變越闊，牛皮哄哄地坐上了超標準的奔馳轎車。

一九九五年秋天，已是家計蕭條的王營村民，遭受到又一次飛來橫禍。九月一日，縣裡派往王營村「開展計劃生育突擊檢查活動」的工作隊隊員竟多達三百人！其中，不少隊員素質極差；行為惡劣，侵權現象十分嚴重，他們對本不屬於計劃生育對象的也巧立名目，亂徵亂罰，稍有不從，便趕豬、牽羊、挖糧、拉家具，甚而強行砸門扒房，打人抓人。這且不算，工作隊居然將罰到的錢款私自分掉，每天還要村民們負擔他們三百多人的工資以及往返車費。

王營村的村民們肺都氣炸了，終於再一次聚集起來，爆發了第五次上訪的高潮。這一次，上訪的村民們大有「壯士一去兮不復返」的悲壯感。他們十分清楚，此次再不成功，王營人將無法生存下去。

沒有退路。

他們也沒給自己留下退路。

挺身而出，率領這支視死如歸的上訪隊伍的，還是村民代表王洪超。

那是一九九五年的金秋十月，在中國的國都北京，令世人震驚地先後出現了兩起與安徽省臨泉縣有關的事情，因此，臨泉縣委書記張西德注定要為自己埋下的隱患付出代價。

十月四日，共和國四十六周年誕辰剛過去兩天，臨泉縣城關鎮李灣村農民李新文上訪來到北京，反映縣公安局為興建水上派出所辦公大樓，在沒有解決拆遷補償的情況下，就和城建局監督大隊強行拆除農民的住房，使得他生活無著，居無定所，來京後錢又被騙，絕望的李新文先是在前門撞車未遂，於五日凌晨在永定門接濟站跳樓自殺！

這是中辦國辦信訪局設立接濟站以來從未發生過的事情。

這事，本不該發生的，或是說，不該在這樣的地方發生，因此，它造成的影響是極其惡劣的。

接著，十月二十七日，臨泉縣白廟鎮王營村七十四位農民就在王洪超的帶領下趕到北京。幾乎是腳跟腳地，十月二十九日，臨泉縣田橋鄉趙莊、黃莊、張樓四十六位上訪農民也抵達北京。

田橋鄉和白廟鎮一樣不堪重負，而且，田橋鄉平調、挪用各村的集體資金比白廟鎮有過之而無不及，僅一九九四年就平調了各村的提留款六十多萬元，造成村級經費開支困難，各村瘋狂地搭車加碼；特別是一九九五年秋季開展的計劃生育突擊大檢查活動，在田橋鄉也前後搞了五十天，亂徵亂罰款就高達二百五十多萬元，鬧得民不聊生。

一個縣的兩個鄉鎮大批農民集體上訪，特別是白廟鎮王營村這已是三年中的第五次進京上訪，農民負擔的問題至今得不到解決，自然引起了中央信訪局的重視；再說，他們已經察覺到，王營的農民這次是鐵了心，一副「破釜沉舟」的樣子，預感到可能會有什麼情況發生，便暗中作了防範。然而，防不勝防。十月二十九日，正是星期日，天安門廣場上人流如織，王營村赴京上訪的農民群眾還是躲過了接濟站工作人員的目光，陸陸續續走進了天安門廣場。他們按照事先的計劃，來到國旗周圍，突然集體下跪。

他們決心以生命的代價，籲請中央，以雪民冤，以昭國法。

他們知道，在這樣一個世界矚目的地方，這樣做，會給國家，特別是北京，造成很壞的國際影響；會給黨和人民政府臉上抹黑。但是，他們顯然再也想不出別的辦法，想不出用什麼樣的一種方式，才能夠撼動那些對人民的疾苦已經麻木的靈魂。

自古道，官逼民反，可他們沒反，他們依然只是來向組織上反映自己的委屈，找的還是黨的機關和人民政府。他們對黨的擁戴沒有變，對人民政府的信賴沒有變。冒死進京，找黨，找政府，只是希望黨中央、國務院減輕農民負擔的好政策，能早一天在他們生存的那塊土地上得到落實；縣鎮強加在他們頭上的不白之冤，能早一天得到洗雪。

跳樓，跪旗，在不到一個月的時間裡，臨泉縣的農民，在中國的首都連續發生了兩起令世人震驚的非常事件，不能不驚動中央。

中央有關部門終於採取行動了。他們當即通知安徽省及有關地縣負責人連夜進京，當天下午就把國家農業部、國家公安部、最高人民檢察院、最高人民法院、中央紀律檢查委員會以及國家計生委等中央、國家有關部門的負責人，請到了一起，研究上訪農民提出的那些具體問題。

王洪超和另外兩個農民代表，應邀到會，並陳述了進京上訪的原因。

農業部的同志態度十分明確：加重農民負擔，這是嚴重違背黨中央、國務院「減負」政策規定的，打擊報復上訪群眾更是不能允許的；該退的款至今沒有到位，應盡快解決！

中紀委、高檢、高法的同志，也旗幟鮮明：農民反映的這些問題為什麼久拖不決，而且還不斷地激化這種矛盾，這顯然是錯誤的，必須下決心解決，不應該再拖了。涉及到黨紀的，要堅決給予黨紀處分；觸犯了國法的，必須以法論處。不論涉及到誰，都要一查到底，絕不姑息！

王洪超在會上就「四．二事件」的幾個關鍵問題諮詢了公安部的同志。他問：公安人員夜間巡邏的範圍有沒有什麼規定？公安人員執法時應不應該公開身分？幾個公安民警喝得醉醺醺的，半夜三更鬼鬼祟祟摸進村，既不說明身分，一盤查就跑，還掏槍威脅群眾，群眾把他們當成一夥冒充公安的刁徒給打了，車也砸了，這叫不叫「妨礙公務」。

公安部到會的同志回答得十分乾脆：「巡邏主要是在鬧市區，或是發生過諸如攔路搶劫等情況的事故多發地，農村不是巡邏範圍。公安人員執法時不出示證件是違法的，老百姓不知道你是公安不是公安，打了就打了，砸了就砸了，應該立即放人！」

王洪超激動地聽著，真想當場伸出大拇指，表示他對與會者精采發言的由衷敬佩。儘管他極力地克制著，卻依然忍不住眼窩子一熱，流下淚來。

十一月十一日，安徽省重新組織起一個調查班子，派出了只有省委省政府和阜陽地委行署兩級黨政領導機關的十二位同志，深入到白廟鎮和王營村實地調查研究，召開了各類座談會，認真回訪上訪群眾，並及時地把調查到的情況向群眾作了公布，前後歷時二十天，最後形成了一個相對公正的調查報告。

報告首先確認，臨泉縣的農民負擔問題確實是嚴重的，「四・二事件」發生前的一九九三年，白廟鎮僅增項加碼的農民負擔就是十三萬一千六百五十九元，此外，還平調村提留十三萬五千一百七十六元，挪用集體資金三十四萬一千七百二十九元，其「不合理開支」竟佔到百分之六十八點七七，並指出：「退款不到位，影響很壞。」關於「四・二事件」，調查組說了真話：「縣委、縣政府和縣直有關部門及白廟鎮黨委政府都是有責任的」，「向農民提取款、開展計劃生育工作和工作上遇有難度，就動用公安幹警出面協助，特別是對待農民上訪解決一些人民內部矛盾，也動用幹警參與」，「在執行任務中，少數幹警和武警行動過激，傷害了群眾的感情，部分群眾目前仍有怨氣，長欺（期）不能息訴罷訪，給做好該村的穩定工作帶來了難度。」

一九九五年十二月六日，是王營村難忘的一天，被關押了一年零七個多月的王向東，被無罪釋放，村裡的老少爺們像過大年一樣地喜慶，敲鑼打鼓，燃放鞭炮，扛著大紅匾，上書「為民請命」，慶賀為大夥蒙受冤屈的村民代表勝利歸來；東躲西藏，被縣檢察院批捕的王俊彬和王洪欽，也被大夥前呼後擁地接回村。緊接著，王營也從邵營行政村中劃出，單獨設村，王向東就在村民們的民主選舉中，當上了王營行政村村委會的首任主任。王俊彬被開除的黨籍也得到了恢復，並在隨後不久，出任了王營行政村黨的支部書記。

一九九六年年初，臨泉縣委書記張西德被調離。一聽說張書記要「走人」，這消息，一傳十，十傳百，迅速傳遍全縣。這天，白廟鎮的王營、邵集、賀莊，田橋鄉的趙莊、任莊、三河莊、半拉廟、于營的農民，開出了幾十輛機動車，趕到縣委大院，把張西德的家團團圍住。人們直呼其名地怒吼著：「張西德，你出來！」

圍觀的群眾人山人海，縣委、縣政府的許多幹部也在圍觀，卻無人再替張書記「保駕」。張西德十分尷尬地走出來，正想表達他愧對臨泉縣父老，他的工作沒有做好的話，就被積怨已久的農民的隊伍裹挾進熙熙攘攘的人流。開始，農民還只是大聲責問，甚或夾帶幾聲咒罵；漸漸地，人們開始擁動起來，擁動的人潮頓時成了憤怒的海洋。張西德就被跌跌撞撞地推來推去，時不時還被人暗中動了手腳。

曾經不可一世，自以為能夠呼風喚雨的縣委書記，感到了無助、無奈與心悸。

縣公安局聞訊派出警車呼嘯而至，雖受到圍攻卻十分清醒的張西德，見公安人員奔過來，忙大聲哀求道：「你們千萬不能抓群眾，不能傷群眾啊！」

這或許是他擔任縣委書記這麼多年一直不明白，直到卸任時才悟出的一條為官之道。

城關鎮一位有著三十多年黨齡的退伍軍人，望著被農民推搡打罵的原縣委書記狼狽的樣子，心裡很不是滋味，不由想起了已經去世三十年，而人們至今仍在深深懷念著的原河南省蘭考縣的縣委書記焦裕祿。

這也許是一個雖然荒誕卻又十分符合邏輯的聯想，這聯想，讓人感到格外的沉重！

第五章　古老而沉重的話題

18 怪圈

在我們了解到的重大涉農案件中，其影響最大，以至震驚了中外的，莫過於「沈寨農民負擔命案」。它確實最具典型性。

沈寨行政村隸屬安徽省阜南縣中南鎮，那兒是全國聞名的蒙窪蓄洪區。每逢淮河發大水，保住淮河下游的重鎮蚌埠市，保住兩淮的煤城，保住京浦鐵路的安全，乃至保住江、浙、滬一帶免遭洪澇災害之苦，那裡的農民就要作出巨大的犧牲，好生生的莊稼地，便成了「洪水走廊」，一次次忍將家園變澤國，辛辛苦苦多年添置起來的農舍和家當，常常就在一場大水到來之後蕩然無存。

受我接們採訪的人都說：欺辱這裡的農民，要遭天譴！

偏偏中南鎮沈寨村的黨支部書記、村委會主任沈可理，就是這樣一個十惡不赦之人。

其實，早先的沈可理也是個熱血青年，他當過兵，而且是在軍營裡入的黨。退伍回村，大夥覺得他上進，就把他選為村主任。剛上任時，他確實事事處處為大夥著想，也為村民們辦了不少實事，受到一致的好評，以後就榮任了黨支部書記兼主任，還被選為鎮人大代表。但是地位變了，見多識廣了，他腦子開始活絡起來，私欲開始膨脹。他發現，今天的社會生活中有著太多的與民爭利的醜惡現象，只要有利可圖，許多政府部門、權力機構就爭相以規範管理為名亂集資、亂罰款、亂收費；無利可圖便互相推諉，「為人民服務」已經變成了「為人民幣服務」，管理就是收費。於是，他覺得不撈是傻子。從此在他的眼裡，權錢交易、投機鑽營成了攀附權勢、飛黃騰達的一條捷徑；貪污受賄、不擇手段也就被看做是聚斂錢財、發家致富的一種秘訣。漸漸地，他就變得專橫跋扈，貪婪兇殘，將沈寨變成了他的「家天下」。他先是把他的大弟沈可信任命為行政村聯防隊隊長，二弟沈可慧也成了專職聯防隊員，並動用公款為他們配備起槍枝和電警棍；接著，又把三弟沈超群委以後寨隊隊長。有了「黨政軍」三權在握，又有三個弟弟為虎作倀，沈可理在沈寨除非上天找不到梯子，他基本上沒有辦不成的事情。

一九九五年十一月四日，沈寨村終於發生了持槍上門徵收農民提留款造成槍殺一人、傷二人的特大惡性案件，並驚動了黨中央和國務院。

在這起命案尚未進入法院審理程序之前，中央電視台就受命派出記者趕赴安徽省阜南縣，這事經《焦點訪談》披露之後，頓時轟動全國，各地的農民朋友，紛紛投書致電，要求嚴懲兇手，並追究有關部門的領導責任。顯然因為這起農民負擔的命案性質太惡劣了，一時間，海外也有不少傳媒藉此大作文章。為平息民憤，震懾邪惡，安徽省高級人民法院很快作出終審判決，分別以故意殺人罪判處沈可信死刑、沈可理死緩，剝奪二人政治權利終身。

就在省高院依法核准沈可信死刑，要求阜陽中院立即執行的當兒，院長韓雲萍卻十分意外地接到北京打來的一個緊急電話。電話中，時任中共中央書記處書記、中央政法委書記、最高人民法院院長的任建新，明確作出指示：沈寨農民負擔命案死刑犯的死刑明日暫停執行，中央電視台記者將在宣判大會上現場採訪，採訪後再行槍決。

這一非同尋常的電話，非同尋常的安排，使得沈寨命案的公審也變得非同尋常。

顯然這種情況在共和國人民法院的歷史上是絕無僅有的。

我們訪問過一位辦理此案的法官，他講了一個有趣的插曲。他說，在得知中央電視台記者將奉命來皖，要在宣判大會現場錄像，當時的阜陽市委書記王懷忠為這個大會的會址頗費了一番腦筋，最後決定放在縣法院法庭。記者來了之後，他又怕記者仍然會跑到沈寨村去採訪，會發現那些一貧如洗的村落與沉重不堪的農民負擔之間的反差，一旦宣傳出去勢必影響到自己的政績和形象，就把記者安排在了舒適的文峰賓館，甚至煞費苦心地請來小姐想「拴住」他們。但是，記者們並未領情，最後還是設法去了沈寨，並在現場錄了像。

宣判大會召開的那天，縣法院法庭有限的空間，容納不了滔滔似水從四面八方擁來的農民，整個阜南縣城無處不是人頭攢動，儼然成了當地一個盛大的節日。

那天，中央電視台實錄了人民法官宣判將沈可信押赴刑場執行槍決時萬眾歡騰的場面，而在正式播出時，又報導了阜南縣委書記、縣長、中南鎮黨委書記、鎮長受到黨紀政組處分的決定。

那一天的《焦點訪談》，還特地引用了國務院總理朱鎔基的一句話：

「今後誰再敢違反中央規定，加重農民負擔，就拿誰是問！」

這事雖然發生在安徽，但從後來中共中央辦公廳和國務院辦公廳聯合發的《關於一九九五年發生的涉及農民負擔惡性案件的通報》中可以知道，僅在這一年，類似沈寨命案的惡性案件，全國就有八個省先後發生了十三起。當然，這十三起案件中「沈寨農民負擔命案」的性質是最惡劣的，居於各案之首。

為表明黨中央、國務院堅決減輕農民負擔，毫不手軟查處各種加重農民負擔違法違紀行為的堅定決心，這一期《情況通報》被發到各省、自治區、直轄市黨委、政府，各大軍區黨委，中央和國家機關各部委，軍委各總部、各軍兵種黨委，各人民團體，並要求一直發至縣團級，傳達到全國各地農村中的黨支部和村委會。

可是，令人困惑，更令人痛心的是，這一切，卻並沒有阻止一年之後固鎮縣唐南鄉小張莊命案的再次發生。

小張莊命案的性質，顯然比沈寨命案更加惡劣，也就更加讓人寒心。

又豈止一個小張莊命案呢？

我們注意到，自從發生安徽省利辛縣紀王場鄉路營村丁作明的農民負擔命案之後，中辦國辦差不多每年都向全國發出《涉及農民負擔惡性案件的情況通報》。有時，一年甚至發出兩次通報。僅在發生小張莊的慘案後，一九九九年的上半年，涉及農民負擔的各種命案，全國就多達八起。其中，湖南省三起，四川省兩起，湖北、甘肅、河南三省各一起。八起數字的來源，通報上寫得明明白白：「據各地上報」。

報上來的是八起，有沒有沒報的呢？

至少可以認定，發生在安徽固鎮唐南鄉小張莊的特大惡性案件就瞞而未報。而且，只此一起，就是四死一傷！

我們有這麼多無辜的農民兄弟為爭取「減負」被無情地剝奪了生命，而農民負擔在各地依然是屢禁不止，大有愈演愈烈之勢；涉及農民負擔的惡性案件更是時有發生，且是綿延不絕。

這是為什麼？

這究竟是為什麼？

中國農民的負擔問題，顯然走進了一個怪圈。

應該說，黨和人民政府，為減輕農民負擔是做了多方努力的。我們在開始這項調查工作時，就發現黨中央、國務院下達的通知，頒布的條例，作出的決定，發出的通報，不但旗幟鮮明，而且許多措詞也是十分嚴厲的。可是，中央的態度如此堅決，下發的紅頭文件一個接一個，卻依然還是解決不了各地普遍存在的農民負擔問題；非但屢禁不止，反而愈演愈烈。

為此，我們大惑不解。

其實，早在一九八五年，中共中央、國務院就下達了《關於制止向農民亂派款、亂收費的通知》；一九九〇年二月，國務院再次發出《關於切實減輕農民負擔的通知》；同年九月，中共中央和國務院又聯合作出《關於堅決制止亂收費亂罰款和各種攤派的決定》。然而，有令不止，農民負擔的問題仍然扶搖直上。有資料顯示：到了一九九一年，全國農民人均純收入只比上年增長百分之九點五，而同期農民人均的「村提留」和「鄉統籌」卻增長了百分之十六點七；農村勞動力承擔的義務工和勞動積累工強制以資代勞就比上年增長了百分之三十三點七！

一九九一年十二月十七日，李鵬總理簽署了國務院第九十二號令，明確地頒布了具有法律效力的《農民負擔費用和勞務管理條例》。這個「條例」作出了許多硬性規定。可是，收效甚微。

震驚中央的「丁作明慘案」，就是在「條例」頒布一年之後發生的。一個風華正茂的農村青年，只因向縣委反映了不堪忍受的重負問題竟被活活打死在鄉派出所。中央不僅派出調查組，在事件發生不到一個月的時間，就連續下達了兩個措詞嚴厲的緊急通知，並宣布涉及農民負擔的項目取消三十七項，暫緩執行兩項，需要修改七項，堅決糾正有強制、攤派和搭車收費行為的十四項，同時廢除達標升級活動四十三項。以後不久，中央又轉發了《農業部、監察部、財政部、國家計委、國務院法制局關於當前減輕農民負擔的情況和今後工作的意見》，重申並「約法三章」：停止一切不符合規定和不切實際的集資、攤派項目；暫停審批一切新的收費項目，禁止一切需要農民出錢、出物、出工的達標升級活動；中央《關於涉及農民負擔項目審核處理意見的通知》已明令取消的項目，任何地方和部門都無權恢復，國務院規定的提留統籌不超過上年農民人均純收入的百分之五的比例限額不得突破。

奇怪的是，這些來自中國最高決策層的「紅頭文件」，一個接一個下發，農民的負擔卻並沒有因此而減輕。

當我們仔細地閱讀了這些應該是最具權威的文件之後，注意到，這些政策性文件，雖然都很具體，卻並非治本之策，大多著眼於對眾多分攤項目進行甄別，因此，決定暫停的每一個項目，都勢必影響到政府一些部門的具體利益，這些部門很快就會改頭換面，創造出一些更新的、不在明令禁止之列的收費項目來。即便就是在明令禁止之列，這些部門也是可以通過本部門的政策文件，或是再由本部門起草代表部門利益的領導講話，為項目的恢復執行提供新的依據。有的，甚至根本就不需要「變通」，乾脆對中央文件置若罔聞，拒不執行。

至於那些措詞嚴厲的「紅頭文件」，雖然明確提出了「不許」或「嚴禁」的內容，可那多半是一些原則或是精神。這種既非剛性約束，更非法律條文的東西，既無法界定又無法操作，說了也等於沒說。

於是，決定取消的，並沒被取消；決定糾正的，並沒有糾正；決定暫緩的，也沒有暫緩，而是比原先更多、更爛、更荒唐的分攤項目相繼出現。於是，對農村中「三亂」的限制與治理，也就變成了「割韭菜」，或是「刮鬍子」，割了又長，刮了又出，周而復始。

我們在安徽省五十多個縣的調查訪問中，幾乎就沒有發現一個鄉鎮是不折不扣地按照中央的文件精神和國務院的有關規定在辦事。

我們相信，這種情況也絕不是安徽一個省獨有的。

湖北省監利縣棋盤鄉那位含淚上書國務院領導的鄉黨委書記李昌平就說過：「中央明明知道，問題雖然出現在鄉鎮，但根子是在上面，那麼為什麼不追究根源呢？不管原因是什麼，反正中央不追究；不追究，地方官員的膽子就越來越大，機構和人員就一年比一年膨脹，農民負擔就一年比一年沉重。中央政策對一些人而言，就成了聾子的耳朵——擺設。」

一九九四年，農民負擔的形勢已經十分嚴峻，中央政府卻在全國全面推行了國稅和地稅分稅制的改革，由於中央財經的集權，地方政府預算內的財政就出現了空前的困難。這種頭重腳輕的財政體制，財政收入向上傾斜，而支出卻是向下推卸，以至把農村中的義務教育、計劃生育、優撫以及民兵訓練在內的各項開支，都拋開不管，給了鄉鎮一級政府的只是政策，這個政策就是：「超收不繳、超支不補、多收多支」，這就迫使、同時誘使各地縣鄉政府，不得不依靠佔有農業剩餘、剝奪農民來維持運轉。

農民負擔便像滾雪球似的，愈加沉重。

據國家農業部統計，一九九五年農業兩稅（農業稅、農業特產稅）比上年增長百分之十九點九，向農民徵收「三提五統」費用，卻比上年增長了百分之四十八點三，而承擔的行政事業性收費、罰款、集資攤派等各種社會負擔，比上年則增長了百分之五十二點二二。這一年，全國三分之一省、市、自治區的農民負擔，都超過了國家規定的百分之五的「大限」。

這顯然還是一個保守的統計數字。

許多民謠俚語，表達了農民的憤懣與無奈：

「七隻手，八隻手，都向農民來伸手。」

「你集我集他集，農民發急；你籌我籌他籌，農民最愁。」

「催糧催款催性命，防火防盜防幹部。」

一個流傳更廣的順口溜，幾乎就被農民當作歌子唱：「吹牛皮，扯大淡，村糊鄉，鄉糊縣，一直糊到國務院；國務院，下文件，一層一層往下念，只管傳達不兌現。」

安徽省臨泉縣的「白廟事件」，就在這種背景下發生了。

白廟鎮王營村的村民反映他們村裡農民負擔過重的問題，本來只是希望白廟鎮落實中央的減負政策，可是鎮裡不聞不問，村民們才找到縣裡，縣裡又是百般推諉，村民們只好繼續往上找，由縣到省，直到進京反映問題。但是問題非但得不到解決，反而遭到縣裡的武裝鎮壓，以至發生了令人痛心的天安門廣場上的跪旗事件，造成十分惡劣的社會影響，王營村的問題才最終引起重視。這事的教訓是深刻的。

到了一九九六年，中共中央、國務院形成了一個最為著名的「十三號文件」，這就是：《關於切實做好減輕農民負擔工作的決定》。決定十分明確地指出：「凡因加重農民負擔，引發嚴重事件和死人傷人惡性案件的，要追究鄉、村主要負責人和直接負責人的責任，凡涉及地、縣領導責任的，要依照有關規定追究地、縣黨政主要領導的責任，以吸取教訓；連續發生嚴重事件和死人傷人惡性案件的，省、自治區、直轄市黨政主要領導同志要向黨中央、國務院作出書面檢查；對瞞案、壓案、報而不查或打擊報復舉報人的，一經發現，要從嚴處理。要加快農民負擔監督管理的立法工作。」

文件要求各級黨委政府務必認真貫徹十三條決定，「逐項逐條落到實處，絕不允許出現任何梗阻現象，絕不允許在執行中走樣。」甚至還特別指出：「於春節後用一個月時間將決定內容同廣大農民群眾見面，並反覆宣傳，做到家喻戶曉。」

中央「十三號文件」，表明了黨中央和國務院關於減輕農民負擔的明確態度，其堅定的決心如雷行天，撼動中國大地。

為了檢查中央關於減負政策措施的落實情況，督促各地進一步做好這項工作，國務院還派出了由農業部、監察部、財政部、國家計委、國務院法制局及有關新聞單位組成的工作組，分赴河南、湖南、湖北、安徽、山西五省現場檢查工作。

其力度之大，參加者之眾，都是空前的。

然而，同樣不可思議的是，正是中央下達了著名的「十三號文件」，國務院派出陣營強大的檢查監察隊伍的這一年，中國農民的負擔卻比歷史上的任何一年都重。

據國家統計局統計：一九九一年至一九九三年國家農業牧業稅收入佔全國各項稅收的比重已呈下降趨勢，降到了百分之三點二，而到了一九九六年，這一比重卻已高達百分之五點三，比前幾年高出了一倍還多；若再加上大量的亂收費、亂罰款和亂攤派，農民一年辛苦到頭就所剩無幾。

中央顯然注意到了這種越來越嚴峻的形勢，一九九七年五月，在短短的十六天中間，就接連發出了四個有關解決「三農」問題的通知，從落實農業的發展、堅決維護農村的安定到切實保護農民的利益，都作了進一步的強調，體現了黨和人民政府對九億農民的關切之情。

可是，一九九七年各地農民承受社會負擔之重卻也是空前的。無論安徽，還是全國，由於農產品價格的下降，農民收入的增長速度大幅度回落，出現了「增產不增收」的現象，但是各地政府向農民徵收的各種稅費並沒有因此而減少，相反倒是大幅度攀升。

根據農業部農村合作經濟統計資料顯示：一九九四年至一九九七年，四年的農民年人均收入只是一九九三年的一點九一倍，而農民直接上繳國家有關部門的負擔，卻是前一個四年年均的九倍，而且，這幾年農民直接承擔的行政事業性的各項社會性負擔，也是一九九三年的兩倍以上，其中的集資推派就達到了三點二八倍。這就是說，農民的社會負擔已經大大高於農民人均純收入的增加倍數，種田已經不賺錢，甚至倒貼錢，許多農民不得不進城打工，用打工攢來的血汗錢去繳納永遠也鬧不清的各種苛捐雜稅。

改革之初，農村一畝地的負擔只是十元錢，那時農民主動繳糧繳款，根本不用幹部上門。現在，一畝田的負擔少則一百多元，多則漲到了二、三百元，徵收的稅費負擔明顯超出農民的承受能力，徵收工作自然就出現了困難。於是，不少地方就相繼成立了「徵收工作隊」或「突擊隊」，到農民家中收錢。沒錢，就牽豬子，抬櫃子，扒稻子，搬機子；甚至，指使公安幹警，動用專政工具和手段，向農民強徵暴斂，打人、抓人、關人的現象屢屢發生。幹群關係進一步惡化，農民中請願、示威、集會事件頻頻發生。

儘管在這一年，中共中央辦公廳和國務院辦公廳聯合發出了正確處理和解決農民請願、示威、遊行、集會等事件的通知，強調要正確處理和解決農村中出現的一些新情況和新問題，切不可輕易出動公安、武警激化矛盾。但是，也就是在這種背景下，安徽省靈璧縣依然出動大批公安、武警，釀成了「大高村事件」。

到了一九九八年，中央下達了《切實做好當前減輕農民負擔工作的通知》。《通知》強調：「各地要高度重視和認真做好涉及農民負擔的來信來訪工作，注意傾聽群眾呼聲，把矛盾解決在基層，解決在萌芽狀態。」

這個編號為「中辦發〔一九九八〕第十八號文件」的通知，特別注明「此件公開發表」。

這是黨中央和國務院在向九億中國農民所作的公開而莊嚴的承諾！

可以說，這是三令五申了！

也可以說，是在大聲疾呼了！

然而，像安徽省固鎮縣唐南鄉「小張莊慘案」一樣的農民負擔命案，還是觸目驚心地在全國六個省同時發生了！

幹群關係居然惡化到了鄉政府需要啟用一個刑期未滿的犯罪分子當村長，村民們忍無可忍選出代表要求清賬，窮兇極惡的罪犯竟然明目張膽地指使其子連殺四人！驚天大案發生後，固鎮縣和蚌埠市竟都瞞案壓案，檢察機關及地方法院也公然妄斷誤判，使得受害家屬不但得不到應有的安撫，為爭取民主權利而屈死的村民代表在被殘忍地剝奪了肉體之後又被踐踏了無辜的靈魂！

中國的改革是從安徽的農村開始的，那場驚天動地的偉大改革，培養了一批既熟悉農村工作又敢講真話的幹部。

曾在安徽農口擔任領導職務長達十七年之久的吳昭仁，是一位對農民有著深厚感情的老黨員。他在接受我們的採訪時，心情沉重地說：「中央有個『十三號文件』，其實，安徽省委當時還有個更為嚴厲的文件，即一九九七年二號文件，明確規定，一個村『提留統籌』費用突破國家規定人均純收入百分之五的，縣（市）委書記必須向省委、省政府寫出書面報告。但是，文件歸文件，我們並沒見一個縣（市）委書記、縣（市）長寫過檢查；即便發生了大要案，也全是秘書代筆，黨委和政府蓋章，說是『集體承擔責任』，其實是沒有一個人承擔責任，更沒誰可能會去吸取教訓。」

「三令五申」，「令不行，禁不止」，這類字眼，這幾年不斷見諸各種文件和報刊，說者憤憤，聽者藐藐。吳昭仁卻認為：「我總覺得，這類事光怪下面也未必，恐怕主要還得從上面找原因。為什麼要三令五申？領導機關要有威信，得自己樹權威，講話就要算數，講到就要做到，誰不執行就要拿他是問，絕不拖泥帶水。讓下面禁的，得自己先禁。只管發令，不去督促檢查，或查而不處，處而不嚴，又如何能禁住上行下效呢？」

曾在上個世紀七十年代末那場家庭聯產承包責任制改革的漩渦中走過來的陸子修，如今已從省人大副主任的崗位上退了下來，可他一天也沒有停止過對中國農村工作的思考。可以說，在安徽，乃至在全國，他都是一位排得上號的農村問題的專家了。二〇〇一年六月一個炎熱的上午，我們在他的家裡採訪了他。他送給我們一本他才出版的專著：《「三農」論衡》。我們注意到，新華社資深記者張廣友為他寫的序言中，有這樣一段評價他的話：

「小平同志著名的南方談話中談到農村改革時說：中國改革是從農村開始的，農村改革是從安徽開始的，萬里是立了功的。對此，萬里同志則說：農村改革之所以取得這樣的成就，除了鄧小平等中央領導同志的支持和廣大農民的積極擁護外，還有一條，就是得到一批政治思想強、理論水平高、真正了解實際、敢於講真話、敢於為人民利益而鬥爭的領導幹部、理論家、科學家、作家和新聞工作者的堅決支持。萬里這裡所說的一批同志，陸子修就是其中比較突出的一位。」就是這位陸子修，雖然現在已年屆七旬，可一談到農村工作，他依然像年輕人似的顯得有幾分激動。

他和我們提到了至今令他耿耿於懷的一次會議。那是安徽省委省政府在阜陽召開的一個全省有關減負工作的彙報會。在彙報減負工作落實情況時，有幾個地市委書記相繼談了自己的苦衷，雖然這些苦衷不是沒有一點道理，但陸子修卻聽不下去。因為幾十年的農村工作經歷，他早已習慣於站在農民的角度看問題。儘管那幾個地市委書記和他都很熟，有的關係很不錯，他還是當場紅了臉。

既然會議是放在阜陽開的，他首先就拿阜陽市委書記王懷忠開了刀。

他沒有顧及對方的面子，直呼其名：「你王懷忠是只對省委負責，不對農民負責！你不顧農民的實際情況，大搞那些花花俏俏的『形象工程』，擺弄花架子。你搞『養牛大縣』，牛只是養在公路兩邊做樣子，開現場會能把花錢租來的牛集中起來給人參觀。你把農民坑得還不夠？」

然後又直問滁州市委書記張春生：「你張春生衡量幹部的標準又是什麼呢？亂徵，亂罰，亂攤派，最後逼死人，這樣的幹部還能用嗎？你呢，卻把這種幹部挪個地方，易地照樣當官！」

隨後又質問蚌埠市委書記方一本：「你方一本屬下的懷遠縣上訪不斷，如今已稱得上『安徽省的上訪大縣』了。難道全都錯在農民身上，你就沒有一點問題？」

接著他又把話題轉向巢湖地委書記胡繼鐸：「你胡繼鐸不去掏農民的腰包，路就修不成了？那路是該國家花錢的，你怎麼可以叫老百姓花呢？沒有錢就把公路開腸破肚了，誰叫你開的？你這不是只想著要給自己搞『政績』嗎？」

他指名道姓地點了一圈之後，痛心疾首地衝著各路諸侯嗟嘆道：「我們許多幹部『只看樓房一片片，不知誰人做貢獻；只看公路直如線，不知誰人來出錢哪！』我們的農民日子剛剛過得好一點，大家就把他們當成『唐僧肉』！農民實在太苦，什麼人都可以欺負呀！當年我們搞的那個『大包幹』，轟動了全國，也影響了全國，總結起來就是那麼三句話：『繳夠國家的，留足集體的，剩下都是農民自己的』，可是現在呢，『大包幹』帶給農民的好處一點一點地又都被各級政府悄悄拿走了，如今是『繳不夠國家的，留不足集體的，剩下就沒有一點是農民自己的』！」

說著，他的眼睛溢出了淚水：「沒想到我們的幹部，今天這樣不熟悉農民，不重視農民，和農民交朋友的幹部太少太少。我建議在座的各位能不能來一個『換位思考』，設身處地替農民考慮一下，再這麼『三亂』下去，農民還能不能受得住啦？」

陸子修的話似響錘砸在鋼砧上，一聲聲震在大家心上。

被點名的幾位地、市委書記，因為意外而不免感到詫異。

這時候，六安地委書記頗為僥倖，輕鬆地說：「我們在農民負擔的問題上還沒出過事。」

他這話不說還好，這樣一說，陸子修忍不住又冒了火。他依然沒給對方一點面子：「你的農民負擔問題，我這兒就有一摞群眾來信！農民才把果木樹栽下去，你的村鎮幹部就逼上門去收特產稅，這是不是事實？」

六安地委書記顯得十分尷尬。

會場上鴉雀無聲。

其實，正常的黨內批評與自我批評，歷來就是我們戰勝一切困難、克服自身缺點錯誤的一件法寶，曾幾何時，卻在我們的黨章與憲法之外，官場仕途之中，漸漸流行開了一種心照不宣的「遊戲規則」。其規則之一就是，凡事不可太認真；至少不要與己過不去，話要說得留足餘地，甚至已經把能夠認認真真說假話也看做是為官成熟的一種表現。因此，陸子修的快人快語，就使得許多人感到唐突。

休會期間，省交通廳一位副廳長有意落在最後，當他走到陸子修身邊時，突然抓住陸子修的手，眼裡閃著淚光說：「都說你陸主任人好，卻不知道你竟然好到這種程度！」

會後，主持會議的省委副書記方兆祥找到陸子修的房間，連聲說：「講得好，講得好啊！」

吃飯時，省委書記盧榮景也走過來誇讚陸子修：「你講得好，講得好呀，是要有個『換位思考』！」

陸子修沒好氣地說：「好個屁！你們這些話，會上為什麼不說？我是心甘情願地當了一回你們的『打手』！」

對於陸子修這種心直口快的性格，當年還是中央辦公廳主任的溫家寶就已經「領教」過。那時候，陸子修是滁縣地委書記，一天溫家寶來滁視察，陸子修接待時，開門見山地問：「溫主任，你要看真的，還是要看『閃光點』？」

溫家寶一聽，笑了，幽默地說道：「那我都看看。」

那次，陸子修領著溫家寶在「閃光點」和「陰暗面」都看了看，他既總結了滁縣地區改革開放中成功的經驗，也剖析了依然牽腸掛肚地存在的問題，既報喜，又報憂。

一九九六年，陸子修參加了一個全國扶貧開發工作會，在許多代表中間，溫家寶一眼就認出了陸子修。他走到陸子修身邊問道：「你認為現在農業上的主要問題是什麼？」

陸子修也不繞彎子，他說：「幹部的作風問題。當然，這也包括我在內。再好的政策，沒人落實也不行。現在的許多幹部是『官做大了，車子坐小了，公路跑多了，離群眾太遠了』！」

那天我們談得十分投機，當他知道我們正在做著有關「三農」問題的調查，便表示出極大的熱情，話說得同樣富有個性。

他說：「過去，毛澤東說『嚴重的問題是教育農民』，現在我看，嚴重的問題是農民的利益問題。如果農民的利益得不到足夠的重視，農村社會就難以發展，農業生產就難以為繼，國家的發展和長治久安就都成了一句空話。」

他說：「列寧說『每日每時都產生著資本主義』，現在我看，每日每時都產生著資本主義，不比每日每時都產生著封建主義好嗎！」

他還說：「億萬農民當年之所以跟隨我們黨鬧革命，是因為他們認識到我們黨是為他們謀利益的，是帶領他們翻身求解放的。今天如果我們不關心他們的物質利益，反而讓他們感到不堪重負，他們會是一種什麼心態？一千多年前的唐太宗就曾說『水能載舟，亦能覆舟』，這水，說的就是中國的農民嘛！唐太宗李世民知道農民的重要，歷朝歷代沒人不知道農民的重要，可趕到一掌握了政權，就很難說再代表農民了，總是反過來剝削農民，甚而鎮壓農民。以史為鑑，我看中國共產黨人同樣面臨著這個嚴峻的課題。」

19 古老的話題

中國是一個有著兩三千年封建歷史的農業大國，人口中佔了絕大部分的是農民，正因為有著這種特殊的國情，農民負擔的問題注定成了歷朝歷代一個永恆的話題。

翻開浩瀚而厚重的史冊，有哪一次農民起義不是與農民的負擔有關呢？從陳勝、吳廣揭竿而起到後來的歷次農民義舉，從商鞅變法到其後的歷次變革，又有哪一件不是和農民聯繫在一起呢？

唐太宗所言「水能載舟，亦能覆舟」，此意最早應源於荀子。而先秦的《管子》一書，恐怕是中國歷史上最早提出減輕農民負擔、正確處理國家和農民利益關係的典籍了，那時它就在《權修》、《版法》和《宙合》多篇論述中指出：「取於民有度，用之有止，國雖小必安；取於民無度，用之不止，國雖大必危」，「民不足，令乃辱；民殃苦，令不行。」

民國期間，儘管國民黨曾在二十世紀三十年代提出過要採取輕徭薄賦的傳統政策，廢除苛捐雜稅，然而在軍費和內外債務不斷增加、財政嚴重虧損以及政治極度腐敗的情況下，幾無成效。臨近解放，能夠繼續農業社會道德傳統的開明鄉紳，由於不能執行政府對農村包括他們自己在內的橫徵暴斂，逐漸退出了農村政治舞台，取而代之的，就只有土豪劣紳和地痞流氓，他們變本加厲地推行政府對農村剝奪的同時中飽私囊，於是，農村基層的社區自治，就在這種「劣紳化」的進程中土崩瓦解，民國政府也終於在摧毀了穩定中國農業社會的基本制度的同時埋葬了自己。

當新中國誕生的禮炮在天安門廣場上空震響，毛澤東主席用他那濃重的湖南鄉音莊嚴宣布：「中國人民從此站起來了！」當時，包括毛澤東在內的所有的中國共產黨人，都堅信不疑：依靠農村包圍城市打下的江山，已經成為國家主人的中國農民，將不會再有沉重的負擔；「農民負擔」和「三座大山」同時被推倒了，貧困也將伴隨一個舊時代的終結而被徹底地埋葬了！

然而，革命的成功，並不等於就可以把幾千年遺留下來的歷史廢墟與積垢，在一個早上清除乾淨。

中國共產黨人從事的是前無古人的嶄新事業，要從沒有路的荊棘之中踏出一條路來，征途的坎坷，同樣是注定的。

在新中國剛剛建立的時候，中央政府的主要精力用在了解決城市失業和通貨膨脹，以及即將開始的工業化發展等重大經濟問題上，無力照顧地方財政開支，也無暇顧及地方建設，因此，中央對地方政府參與農民利益的分享十分寬容，允許各地在徵收農業稅正稅的同時，按一定比例徵收農業稅地方附加。這種地方附加，儘管有著最高限額的規定，但它顯然不能滿足鄉村財政開支的需要，於是各種各樣的變著花樣的攤派隨之而出，不久便相當嚴重。

通過查閱當時的文件我們了解到，解放以後第一個提出「農民負擔」的，是那時負責農業工作的廖魯言。一九五二年十月二十一日，他在向黨中央、毛澤東主席報告的《關於鄉村財政、農民負擔、鄉村小學教育及鄉政工作的情況和意見》中反映，各種亂收費現象已經在各級新政權中開始出現。根據六十一個鄉的實地調查，他發現，國家公糧、地方附加、抗美援朝捐獻和鄉村攤派四項稅費合計，就已佔到農民常年產量的百分之二十一點五三，除此而外，還有許多數目難以估計的項目，例如，銀行、貿易、合作社、郵政局、新華書店等涉農系統，都以「發展業務」為幌子，強迫農民「認購」與「樂捐」，群眾意見很大，說鄉村幹部已經成了賣畫的、賣郵票的、賣紅茶的、賣粉條的、賣稅票的，影響極壞，已經造成農民「苛重的負擔」。

廖魯言的報告引起了毛澤東主席的重視，中央政府隨之作出專門規定，嚴格控制農業稅地方附加，限定地方附加不得超過正稅的百分之十五，並隨同農業稅附徵。

可是，各地政府由於有著地方利益的驅動，不但如數向農民徵收中央規定的農業稅地方附加，各種各樣的亂攤派依然禁而不止，甚至比原先還要嚴重。

毛澤東主席了解這個情況後，甚為不安。為平息農民的不滿，當即指示政務院作出一個釜底抽薪的斷然決定：取消一切附加稅，把鄉村幹部的津貼、鄉村政府的辦公費及教員薪資統由國家財政包下來；堅決禁止再以任何形式向農民攤派；鄉村舉辦社會公益事業，必須基於群眾的完全自願，有條件地允許自籌經費，並規定這種自籌經費不得超過農業稅正稅的百分之七。

當時政務院的這個決定，被簡稱為「包」、「禁」、「籌」的三字方針。這一措施不但從根本上減輕了農民負擔，調動了剛翻身的農民的生產積極性，也充分體現出蒸蒸日上的新中國的優越性，農民們無不拍手稱好。

但是，新中國剛剛成立，朝鮮戰爭就不期而遇，緊接著，以美國為首的西方國家又對中國實行了「經濟封鎖」，面對內憂外患，當時的中國再不可能做到從容和妥善地走進社會主義。而且，迫於那種形勢，我們這個經濟落後的農業大國似乎也就只能選擇以優先發展重工業來「自立於世界民族之林」。這種國家工業化的積累，除了讓農村和農民做出犧牲外又似乎別無選擇。

如果沒有一種特殊的制度和組織上的安排，任何政府也休想解決從高度分散的四億農民手中獲取農業稅剩餘所引起的矛盾，因此，分到土地不久的中國農民，就在中央政府有計劃的組織下，從互助組、合作社，又從初級社過渡到高級社，最後走上了人民公社。用毛澤東一句十分形象的話說，「滿頭亂髮沒法抓，編成辮子就好抓」了。於是，服務於國家城市工業化的農村高度集體化的基本制度，逐漸形成了。在這種高度集中的壟斷經濟體制下，國家十分便當地就佔有了中國農村的各種資源；控制了中國農業和其他產業的生產、交換、分配、消費的全部經濟過程，從而實現了由政府無償佔有中國農民全部勞動剩餘價值，並使之轉化為城市工業資本的原始積累。

在這一長達三十多年的時間裡，中國農民的負擔是巨大而沉重的，卻又是隱性未發的。因為，農民負擔由「台前」轉移到了「幕後」，從此國家不再跟億萬農民發生直接的經濟關係，國家在農村統購統派的戶頭，就由原來的一億三千萬個農戶，很快變成了七百萬個互助組；進而減少成七十九萬個農業社；到了大躍進的一九五八年，只用了三個月，就在一片鑼鼓聲中，將全國農民一個不漏地組織到五萬兩千七百八十一個人民公社裡。

我們無法知曉，中國的農民為中國城市工業資本的原始積累做出的犧牲究竟有多大，但是，可以這樣說，共和國的工業化大廈，是中國農民的血肉之軀築成的；中國城市建設最輝煌的樂章，也是用中國農民的心血和汗水譜就的。

早在農業合作化運動中，因為不尊重農民的意願，集體化是通過強大的政治手段推行的，並派生出以行政手段對農業生產的瞎指揮，就曾經激起各地農民普遍的不滿。到了一九五六年秋收分配前後，農民的利益受到嚴重損害，收入明顯下降，全國不少的農村陸續出現鬧退社的風波，很多農民進京上訪，還有上千農民集會遊行，紛紛要求退社，有的地方甚至動手分地，分糧，自行散夥。據當時中央農村工作部收集到的各地材料估計，退社戶已佔社員戶的百分之五，不少合作社已相繼垮台。

當時要求退社和處理退社兩個方面都出現了過激現象：有的農民圍攻領導，打砸縣政府和公安局；也有地方幹部把退社作為破壞和向社會主義進攻，批鬥農民，毆打農民，甚而致人死亡和自殺，造成極壞的社會影響。

但是，來勢兇猛的退社風不久就在反「右派」運動的政治高壓下被制止。

隨後的公社化運動，可謂風起雲湧，波瀾壯闊。在高級社立足未穩之際，便運用巨大的政治壓力，將億萬農民組織到人民公社中，分編在五百零四萬個生產隊。中國農民原有的，或土改時被分到的田地、耕牛、農具、糧食乃至大部分的生活資料，都無一遺漏地無償地收歸公社所有。

五萬多個人民公社就變成國家在農村基層的財政單位，從此可以隨時隨地，十分方便地通過「一平二調」無償佔有公社範圍內的一切資源和勞動力。

中國的農民成了真正的無產者！

隨著公社化運動的迅猛發展，「共產風」也在農村愈颳愈烈，許多地方進行「跑步進入共產主義」的試點，為了消滅私有制，家家戶戶的箱箱櫃櫃也收歸公有，砸鍋賣鐵去「全民大煉鋼鐵」。由於農民的生產積極性受到一次巨大的打擊，消極怠工像瘟疫一樣在各地蔓延，農業產量大幅度下降。

有資料表明：公社成立的第二年，全國的糧食總產量就比上年下降了百分之十三點六，而國家徵購糧的數字卻比上年猛增了百分之十四點七；一九六〇年，全國糧食總產量進一步下降了百分之十五點六，已經減少到只有兩千八百七十億斤，但國家徵購糧卻不減反增。為完成徵購任務，許多農民不得不連種子和口糧都繳了上去。

據在安徽省肥西縣委農工部工作的岳古鼐介紹：當時浮誇風居高不下，像肥西這樣一個中等農業縣，糧食產量竟虛報了四億多斤，超過實際產量的一倍還要多，不餓死人也嚇死人。這時的中國農村，已不僅僅是「農民負擔太重」的問題了，而是造成了無以數計的農民被活活餓死。

現在我們無法知道，中國農民為這種制度殉葬的究竟有多少人？只聽說，僅安徽省一個阜陽地區，非正常死亡的農民人數，就幾乎相當於整個淮海戰役中敵我雙方陣亡將士總數的兩倍。一個鳳陽縣死亡六萬零二百四十五人，佔到農村總人口的百分之十七點七；其中大廟公社夏黃莊，死亡人數竟高達百分之六十八點六。家中死絕的，全縣有二百四十戶；因死因跑而空了的村莊，佔到了二十七個。

難怪「文革」期間「憶苦思甜」，不少貧下中農居然憶起了一九六〇年。不是他們對新中國缺乏感情，而是那場特大災難實在太可怕，可以說是慘烈空前！

我們的歷史把這種制度造成的悲劇稱之為「三年自然災害」。

儘管這以後，毛澤東及時主持制定了「人民公社六十條」，將人民公社改為三級所有（公社、生產大隊、生產隊），以隊為基礎（生產隊為基本核算單位），使各地的公社退回到初級社的規模，度過了最困難的時期，但是，農村存在的問題並未從根本上得以解決，公社和大隊之間的財產仍然可以平調，生產隊吃的「大鍋飯」和社員幹活時的「大呼隆」也未被觸動，「左」的思想路線更沒有得到清算和糾正，直到七十年代末，中國農民始終擺脫不了人民公社「一大二公」制度的桎梏。及至粉碎「四人幫」，竟有相當一部分農民的生活水平甚至遠不如建國初期。

在「文革」極左時期，中國則把批判資本主義的運動推到了極端，連農民家裡養兩隻雞、種幾棵菜拿到集市上去賣，也都說成是在走資本主義道路。一九七七年全國人民公社分配統計資料顯示：當時的農民平均勞動日值僅是一角一分錢，就是說，汗珠落地摔成八瓣，幹一天活的報酬只夠買上半盒最低劣的香煙；許多地方的農民從年頭幹到年尾，非但兩手空空，反倒欠下生產隊的錢！

就在到處「鶯歌燕舞」、一片「形勢大好」的宣傳熱浪中，當時的安徽省，以及中國眾多個省，每個勞動力生產的糧食竟趕不上兩千多年前的漢代。

中國的農民可以說生活在「水深火熱」之中！

直到十年動亂已經結束了，安徽省主持了多年農業工作的省委副書記王光宇，深入到革命老區大別山去調研，當他走進一家農戶，眼前的情景使他忍不住淚流滿面：一個老人光著身子躺在床上，縮在灶台後面的兩個十七、八歲的大姑娘竟也衣不蔽體，全窮得沒有褲子穿！這裡可是中國革命的搖籃啊，革命戰爭年代，大別山老區人民為革命做出了那麼大的犧牲和貢獻啊！王光宇感慨道：「我知道農民窮，可我沒有想到，我們的農民會窮到這種程度。我們搞社會主義搞了這麼多年，優越性究竟在哪裡？我們對得起農民嗎？」他感到深深的愧疚與不安。

種田人吃不飽肚子，全國人民也嘗到了苦頭。那時絕大多數的城裡人，一人一天不足一斤糧，一月只供應半斤肉、二兩糖、四兩食油、四兩餅乾、半斤豆腐、一塊豆腐乳。條件差的城鎮，竟連這樣的標準也保證不了。

總之，發不完的票，排不完的隊。這樣的日子，中國人民無一例外地過了許多年。

這是踐踏我們的「衣食父母」，破壞農業正常生產注定要吞食的惡果！

當時，在全國各地都流傳著這樣一個內容大體相同的故事：一個掘地的農民，一邊刨地一邊叨叨：我這前三鎬頭是給政府刨的，要繳糧完稅；再刨三鎬頭是替公社主任、生產大隊長和生產小隊長累的，要付他們工資；後三鎬頭又是為狗娘養的各種攤派、胡吃海喝幹的；到第十鎬頭才是屬於自己的。

農民有著這麼沉重的從精神到經濟上的負擔，又怎能不天怒人怨呢！

可是，農業沒搞好，我們從來就是把責任推給自然災害，或者是指責各級幹部沒抓好「農業學大寨」，再不就歸結為階級敵人的破壞。

十年動亂結束之後，發端於安徽省的農村家庭聯產承包責任制，亦即「大包幹」，革了「大呼隆」和平均主義的命，中國農村很快出現了「上至七十三，下至手中攙，一家三代人，都在忙生產」的喜人局面。安徽省肥西縣原大柏公社黨委書記王廣友打了一個生動的比喻，他說：「過去，社員就像一籠鴨子，被關久了急得嘎嘎叫。現在，包產到戶，就像鴨籠打開了，被關久了的鴨子到了塘裡有展翅拍水的，有鑽猛子翻跟斗的，有相互追逐嬉戲的，多歡實啊！」金牛鄉上圩村六十多歲的農民廖自才，也高興地說：「責任制就是好，我家陰溝裡終於漂油珠子了。照這樣下去，要不了多少年，就會城鄉不分，咱鄉下人就會過上城裡人一樣的日子！」

發生在七十年代末的那場大變革，是新中國繼土地改革之後又一次偉大的農業革命。它帶來了中國農村經濟的飛速發展，創造了一九七八年至一九八四年農民收入年均實際增長百分之十五以上的好成績。當然，這是帶有恢復性的發展。無論是公社書記王廣友，還是老農民廖自才，他們對「大包幹」後的農村都顯得過於樂觀了。因為，即便是十一屆三中全會召開之後，已經到了改革開放的八十年代中期，制約著中國農民二十多年的統購統派制度都沒有絲毫觸動。國家確定統購統派農副產品品種的數量及價格，一直就是根據城市的需求和國家出口的需要而定的，基本上不考慮農民以及農村的實際需要，而且，多年以來，這種嚴重損害城鄉、工農關係的統購統派，卻是被當作一件法寶，國家缺什麼就向農民派購什麼，結果被統購統派的農副產品越來越多，像大山一樣地壓在了中國農民的身上。

截至一九八四年，國家向農民實行統購的還有四種：糧食、棉花、油料、木材；實行統派的，那簡直就是一串長長的、足以讓每一個讀它的人都會透不過氣來的花名冊：生豬、菜羊、鮮蛋、黃紅麻、紅麻、大麻、烤煙、名晒煙、茶葉、桑蠶繭、牛皮、綿羊皮、山羊皮、小湖羊皮、羔皮、豬皮、羊絨、山羊毛、羽毛、綿羊腸衣、山羊腸衣、豬腸衣、豬鬃、毛竹、篙竹、棕片、生漆、木炭、葦席、土紙、蜂蜜、柑橘、蘋果、紅棗、榨菜，八角、木耳、黃花菜、耕畜、桐油、蓖麻油、木油、柏油、梓油、薄荷油、香茅油、甘蔗、甜菜、松脂、原膠……

除此而外，還有二十一種水產品和五十三種中藥材，累計一百三十二種之多。幾乎囊括了全部的農、副、土、特產品，沒給中國的農民留下一點發展商品生產的空間！

城裡人通過各種宣傳媒介都知道中國農民迎來了第二次解放，知道中國農村發生了翻天覆地的變化，知道他們終於可以在自己承包的土地上自由自在地春種秋收了，卻不知道統派購仍把他們死死地捆綁著！

應該承認，統派購制度的實行，在很大程度上保證了國家建設、城市供應及出口需要，但它卻粗暴地剝奪了幾億農民的產品處置權，阻斷了中國農業向產業化發展的道路，切斷了農民與市場的聯繫。特別是，確定統派購農副產品的數量和價格是強制性的，很少考慮農民和農村的需要，這就造成農民生產的農副產品，農民自己吃不到，農村也買不到，收購價往往又沒有成本高，一年到頭白辛苦不說，有些甚至不得不花高價買來產品再低價賣給國家去「完成」派購任務。

這種極不合理的沉重負擔，農民有苦沒法訴，有理也沒處說！

終於，擔任黨的總書記的胡耀邦，出來說話了。他在一些地方調查後說：「今後，對內要更大膽地搞活，對外要更大膽地開放。凡是農民自己能辦到的事情，就讓農民去辦；農民不能辦的，地方要辦；地方不辦的，國家來辦。中央就是希望農民早點富起來。」

主管農業工作的國務院副總理萬里也同樣明確指出：「不利於發展商品生產的障礙要排除。」

隨後，中共中央、國務院制定出了進一步活躍農村經濟的十項政策，十項政策中最引人注目的，就是「改革產品的統派購制度」。

改革農副產品的統派購制度，這在中國的農村改革中是與實行「包產到戶」具有同等意義的兩項改革之一，它是從根本上減輕農民負擔的一次重大突破！

當然，計劃經濟依然還主宰著當時的社會經濟生活，因此，這種極不合理的糧食收購制度，不可能解決得很徹底，只不過是將統派購改為合同定購，而這種「合同定購」，農民基本上沒有發言權，既體現不出合同的公平協商與互惠性，國家的糧食定購價一般也都大大地低於市場價，而這部分「差額」，依然帶有「稅」的性質，被農民看做是「暗稅」，成為農民的「隱性負擔」。

可是，不管怎麼說，將中國農民死死捆綁了三十多年的統派購的農業政策，畢竟有了一點鬆動。

面對中國農村開始出現的這種「鬆綁」，以及由此帶來的喜人景象，這場偉大改革的總設計師鄧小平卻十分冷靜地提醒說：「農業文章很多，我們還沒有破題。」

然而，就在農業的文章「還沒有破題」，深化農村改革方興未艾之時，一九八四年十月二十日。黨的十二屆三中全會形成的關於城市改革的決定，就將中國改革的重心由農村轉向了城市。

城市改革的啟動，從理論上看，它既可以向農村改革和農村經濟提出新的要求，也會為農村改革特別是涉及城市的問題創造出新的機遇，一個城鄉改革互相配合、互相促進的局面即將出現。

可是，人們希望看到的這種理想的局面並沒有出現。

因為任何改革都是需要花費成本的。改革重心的轉移，就意味著，國民收入的分配關係必然要向城市傾斜，這就必然使得農村經濟再次陷入一個極端困難的境地。

歷史的事實是，從一九八二年開始，中央每年都制定一個指導農村改革的「一號文件」，連續五年，下達了五個中央一號文件。這些文件，對中國的改革起到了不可低估的巨大作用。人們或許還記得，一九八四年，首都舉行慶祝建國三十五周年的遊行時，京郊農民抬著「中央一號文件好」的巨幅標語通過天安門廣場，它確實代表了中國億萬農民的心聲。可是隨著中國改革的重心由農村轉移到城市之後，農業上可以「放」的政策就已經不多了，這以後有關農村改革的中央一號文件就只能越寫越抽象，越寫越原則，沒有了新內容和新措施，最後，用來指導農村改革的一號文件便悄然消失。

於是，人們都不願意看到的一個事實，重又浮出水面：曠時三十二年之後，建國初期由廖魯言提出的「農民負擔」問題，就在一九八四年十二月六日，也就是改革重心轉移當年的年底，被在京召開的全國農村工作會議再次提了出來。

當時，農村經濟才剛剛開始活躍，先富起來的只是極少數，但各級政府居然就認為農民都已經很富了，許多部門便通過提高農業生產資料的價格和增加稅費等途徑，紛紛從農民腰包裡去掏錢。

儘管這期間，鄧小平曾提醒：「農業上如果有一個曲折，三五年轉不過來。」而且強調，「應該把農業放到一個恰當位置上。」但是後來的事實卻是：為了解決城市改革所需要花費的成本，同時，又為了能夠最大限度地降低國家向農民獲取稅收所需要花費的交易成本，全國農村撤消人民公社後，接著就改制為六萬一千七百六十六個有自己獨立的財政利益和相應的稅收權利的鄉鎮政府。後來，這些農村基層政府的攤子越鋪越大，但凡上面有的機構，這裡也有，不僅先後建立起黨委、政府、紀檢、人大、政協、武裝部六套班子，六套班子在行政序列上均都屬於「正鄉級」，鄉鎮政府越來越擴張，還相繼產生代表上級政府部門的「七所八站」，於是，財政、稅務、公安、工商、交通、衛生、糧管、農技、水利、種子、植保、農機、畜牧、食品、漁業，應運而生。真是麻雀雖小，五臟俱全。

這些日益膨脹的單位和日益龐雜的人員，無一例外地都是需要由農民來養活的。

農民的負擔從此就由「幕後」走到了「前台」，而且日趨嚴重。

令人啼笑皆非的是，這種改制，還一度被認為是「中國農村改革獲得了突破性的成功，引起舉世矚目」。

這以後，國家非但沒有把臃腫的機構及大量冗員下決心精簡，為滿足地方黨政組織及下設部門不斷增長的開支需求，不斷地又以各種「紅頭文件」的形式硬性地給農業和農民增加了多種負擔：不但從農業稅中派生出了農業特產稅，頒布了《農民承擔費用和勞務管理條例》，甚至還把村級組織的公積金、公益金、村幹部的報酬和管理開支，以及鄉村兩級的辦學、計劃生育、優撫、民兵訓練和修建鄉村道路所需要的「村提留」「鄉統籌」也強加在農民的頭上，並作出徵收標準的剛性規定。這其中有許多本該是政府撥款解決的，最後卻都發展成了農民負擔的主要內容。

「為什麼要把農民負擔『三提五統』費的標準定在不超過上年農民人均純收入百分之五的水平上？」我們曾就此請教過北京的幾位專家，專家們比較一致的看法是：中國農村目前的勞動生產力水平還很低，農民經營農業的剩餘微乎其微，如果農民除農業稅和農業特產稅之外的負擔達到或超過上年農民人均純收入的百分之五，農業就連維持簡單再生產都有困難。

我們聽了，心情十分沉重。因為，根據有關資料和從事「三農」研究的溫鐵軍博士的實際調查顯示，統計部門的上報數字平均要比農業部門的統計數字高出百分之五十四，這就是說，若按統計部門上報的數字徵收提取「提留統籌費」，顯然要比農業部門統計數字的提取數要大得多，而各地在徵收提留統籌費時卻偏偏又都是以統計部門上報的人均純收入為依據的！

既然除農業兩稅之外的負擔「達到」或超過上年農民人均純收入的百分之五，農業就連維持簡單再生產都有困難，那麼，實際情況豈止只是「達到」或僅僅「超過」呢？

中國的農民就在這無休無止的行政事業費及各色各樣的攤派、集資和罰款的沉重負擔中，正在喪失對黨和人民政府的依賴，當年「大包幹」引發出的那種火熱的激情已蕩然無存。

曾在安徽親自領導那場席捲全國的農村改革，後來出任國務院副總理、全國人大常委會委員長的萬里曾在一次會議上強調：「農民得到的利益不能往回收，一定要再出一個繼續給農民鼓勁的文件，否則，農民就不會再聽共產黨的話了。」

但是，農民已經得到的利益，一點一點地還是被收回了。

十一屆三中全會確定的農業投入要逐步達到國民經濟總投資的百分之十八的要求，一直就沒有實現過。年年講增加，最後都是讓農民自己增加。農民埋怨這種只講不兌現是「光敲梆子不賣油」。

自從中國改革的重心由農村轉向了城市，城市與農村、市民與農民之間的差距就逐漸被拉大，我們最不希望看到的事情還是發生了：各地的城市在迅速地變大、變高、變美，城裡人的生活水平也在日新月異地發生著變化；而中國廣大的農村，卻反而出現了「增產不增收」的現象。第一次「增產不增收」，出現在一九八九年至一九九一年，在農業生產喜獲大豐收的情況下，扣除物價因素，農民年人均純收入增長僅為百分之二，一九九一年就成為負增長；第二次出現在一九九六年之後，人均純收入的連續兩年大幅度跌落，先是由百分之九的增長率降至百分之四點六，一九九八年就落到了百分之四！

「政府對一九八九年至一九九二年農民負擔高速增長的現象早有了比較一致認識，但對一九九二年以後，尤其是近幾年農民負擔水平的認識，至今沒有清晰的判斷。」

這段話出自溫鐵軍的筆下。他是中國農村改革試驗區一創立就參與其中的年輕的「三農」專家。當然，我們在京見到他時，他已經不再年輕了，這段話是已經變成中年人的溫鐵軍，寫在他榮獲國家農業部科技進步一等獎的《中國農村基本經濟制度研究》的專著中。

在農民收入增幅趨緩的條件下，對農民負擔狀況的判斷就顯得尤為重要。既然一九九二年以後，尤其是近幾年，政府對農民負擔水平的認識缺少清晰的判斷，中國農村出現的「增產不增收」，乃至負增長，顯然就是一件再正常不過的事情。

有人曾做過這樣一件工作，將一九八六年以來中央機關報《人民日報》和國務院公開的文件中有關政策與評論性的文字，輸入電腦進行處理分析，結果發現：有關農業、農村、農民的文字部分，出現了一批新的詞彙，這是中國漢語言文字史上前所沒有的：「吃農業」、「吃大戶」、「打白條」、「口頭農業」、「農民負擔」等等；而使用得最頻繁的，就是「減輕農民負擔」。

這確實是一個耐人尋思的分析。

就在我們動手寫這部作品時，一個中國發展高層論壇專題國際研討會在北京召開，會上不少專家呼籲：為適應加入世貿組織的需求，我國的農業政策必須進行重大調整，不僅要加大對農業的扶持力度，而且要減稅。

專家們指出：經濟合作與發展組織（OECD）國家每年用於對農業的補貼高達兩千五百億美元，美國對每一個玉米種植業主的補貼就在三萬美元，這一數字差不多是我國東北種植玉米的農民人均收入的一百倍。各國普遍對農產品實行補貼，人為地壓低了國際市場農產品的價格，而我國不但是少數幾個不給予農民直接農業補貼的國家之一，還是為數不多的仍在向農民收稅的國家之一。一九九〇年到二〇〇〇年，只有十年時間，我國從農民那裡徵繳的各種稅收總額，就由八十七億九千萬元，迅速增加到四百六十五億三千萬元，增加了四、五倍。農民人均稅額高達一百四十六元，而城鎮居民的人均稅賦只有三十七元；在城鎮居民實際收入已是農民實際收入六倍的情況下，農民繳納的稅額反而是城鎮居民的四倍！這已是巨大的不公平，然而不堪重負的農民，除了要繳農業稅和農業特產稅，還有著名目繁多的提留統籌費和各項社會負擔。且不說中國的農民已苦不堪言，這在根本上也使得中國的農業在國際競爭中處於劣勢地位。

美國、西歐等資本主義國家合理通貨緊縮尚能夠做到一方面降息，一方面降稅，大幅度裁減行政人員和政府開支，難道我們一個社會主義國家就只能降息，而不能為那些窮人降稅減負嗎？

20 稅費多如牛毛

在近兩年的日子裡，我們不知疲倦地奔波在八皖大地的阡陌之間，一直想弄清一個困惑著我們的問題：向農民徵收的各種稅費究竟有多少項？後來才發現，這居然是誰也說不清道不明的一件事。

其名目之繁多，令人觸目驚心！據中央農民負擔監督管理部門的統計，僅中央一級的機關和部門制定的與農民負擔有關的收費、基金、集資等各種文件和項目，就有九十三項之多，涉及到二十四個國家部、委、辦、局；而地方政府制定的收費項目則多達二百六十九項；還有大量的無法統計的「搭車」收費。

我們在調查中發現，有許多壓根兒就是鄉村幹部們的隨心所欲。有些，你一聽就會感覺到其中的荒唐；有些，甚至還帶有幾分黑色幽默，似在開玩笑，但徵收起來你少繳一文也是不允許的。

我們雖地毯似地在安徽省的五十多個縣（市）跑了一遍，現在坐下來清點一下農民負擔的那些課目，也還只能做到「以升量石」。

集資類有：建鄉鎮辦公樓集資；建鄉鎮教學樓集資；建鄉鎮科技網集資；建鄉鎮醫療門診部集資；建鄉鎮黨員活動中心集資；建鄉鎮計劃生育宣傳站集資；建鄉鎮廣播站集資；建鄉鎮影劇

院集資；興建鄉鎮企業集資；改造鄉鎮環境以及打擊刑事犯罪經費補助集資等。

管理費用支出有：鄉村辦公房修繕支出；鄉村幹部差旅費招待費支出；鄉村黨團員活動支出；鄉鎮黨代會人代會會議費支出等。

村幹部及非生產人員支出有：黨支部書記、村委會主任、會計的定額補貼；民兵連長、治安委員、團支部書記、婦女主任、村民小組長的誤工補貼；獸醫員、農技員、廣播員、護林員、護坡員、報刊投遞員、清潔衛生人員補貼；電工、水工、木工、瓦工以及村裡安排的一切勤雜工的補貼等。

教育支出有：民辦教師工資；公辦教師補貼；校舍建設改造費；學校正常辦公費；報刊圖書資料費；教學儀器和文體器材設備費等。

計劃生育支出有：獨生子女保健費；節育手術營養費；計劃生育委員補貼；計劃生育小分隊補貼等。

民兵訓練支出有：民兵訓練生活補助；民兵訓練誤工補助；看守槍枝彈藥執勤補助等。

公益事業及優撫支出有：敬老院建設；敬老院服務人員補貼；合作醫療建設；農村醫務人員補貼；烈軍屬優待；殘廢軍人優待；現役義務兵家屬優待；老弱病殘復員退伍軍人優待；工傷民工照顧；困難戶照顧；五保戶照顧等。

此外還有交通建設義務工補貼；文明村建設用工補助；開街建集修路費、宅基規劃費、房屋准建費；種子檢疫費、畜禽防疫費、牲畜保槽費、架設電線費、統一滅鼠費；以及為派出所民警購置對講機和摩托車、為司法人員添置的服裝費……

有的地方，僅鄉鎮學校就增收有贊助費、輔導費、試卷費、資料費、掃帚費；僅餵豬一項就有生豬稅、屠宰稅、增值稅、所得稅和城建稅，許多村鎮不管你養不養豬，一律要按人頭徵收豬頭稅。

非但如此，幾乎所有的涉農部門，列入了政府機構序列的和雖沒列入卻承擔了政府職能的，特別是糧食、供銷、金融等部門，隨著改革開放的不斷深入，大多成為政企不分並有著明顯企業化傾向的組織，具有了執行政策和增加盈利的雙重功能，常常無視國家的法律、法規以及依法制定的政府規章，將不應收費的業務活動也強行收費，或搭車收費，這就越發加重了農民的各種負擔。

我們調查還發現，有些鄉鎮僅結婚登記一事，就得徵收十四項費用。除收取結婚證工本費外，還要徵收介紹信費、婚姻公證費、婚前檢查費、婦幼保健費、獨生子女保證金、婚宴消費費、殺豬屠宰費、結婚綠化費、兒童樂園籌建費、計劃生育保證金、晚育保證金、夫妻恩愛保證金、金婚保證金等。

自從國家頒布了《環境保護法》，個別地方竟把農民燒鍋做飯冒出的炊煙也視之為「污染了環境」，振振有詞地向各家各戶徵收「污染物排放費」。有敢說話的農民向上門的村幹部討說法的，不討則已，一討就又冒出一項「態度費」，並且祭起「文革」時流行的一個理論：「問題不在大小，關鍵在於態度」，徵收多少視其「態度」好壞而定。

有些，乾脆什麼名目也不說，伸手就要錢，誰敢說個不字，或是皺皺眉頭瞪瞪眼，立馬大打出手，直打到你喊大爺。

當一種權力以直接利益作為驅動權力運轉的輪子，利欲的膨脹就必然會使權力異化成加速度瘋狂運轉的魔鬼，也必然導致其權力的無限擴張。

當今，管理就是收費，這已經成了許多部門巧取豪奪的一種頑症。既然向農民徵收的各種稅費，已給眾多的黨政機關事業單位帶來好處，而且許多稅費項目就是中央國家機關下發「紅頭文件」予以同意的，因此，減輕農民負擔的通知、條例、規章和決定，到下邊就統統成了「一級一級往下念，只管傳達不兌現」。壓力大了，就收斂一點；鋒頭過去，便捲土重來。

於是，在減輕農民負擔的工作中，便出現了一個常被提及的力學名詞：反彈。壓力越大，反彈力越大，很快也就形成了自己的特色：這就是，上有政策，下有對策。

現在沒誰不知道，計劃生育已經成為國策，是碰不得的「高壓線」。可是，計劃生育的好政策，到了某些農村幹部的手裡，就被「發展」出了許多令人髮指的土政策：「投水不救人，吃藥不奪瓶，上吊不解繩。」同時將計劃生育視為一個新的經濟「增長點」，瘋狂斂財的尚方寶劍。

安徽省人大一位副主任告訴我們，他們下去檢查工作時，就發現濉溪縣的一個村，短短一個月在計劃生育的突擊檢查中，就罰了三百一十多萬元。還因為那裡搞的是以罰代法，給了罰款就能生，准生證變成「搖錢樹」，早在上個世紀九十年代，一個濉溪縣居然就多出了十萬個「黑孩子」。

利辛縣司法機關公布了一起特別案件的審理結果，讓人莫名驚詫。這個縣孫廟鄉幹部林明、袁志東、李鵬三人，從一九九八年十二月三日開始，到案發的一九九九年五月間，以辦人口學校為名，配備打手和專車，以「超生」、「無證生育」、「妨礙公務」等莫須有罪名，甚至根本就不需要任何理由，將涉及到孫廟鄉二十二個村的兩百多名無辜農民從家中抓走，私設牢房，通過駭人聽聞的非法拘禁手段，大肆敲詐錢財。

他們私設的三間牢房，陰森恐怖，窗戶被封死，室內也沒有任何照明設施，白天也像夜裡一樣。因為大小便全部在牢房裡，牢房整日臭氣薰天。被關押的農民自帶被褥，只能席地而睡，不得不與糞便蟲蛆為伍，境況不堪目睹。

被關了一個多月的刁西英、王琴、肖氏，罪名竟然是「兒媳誤檢」；因難產鄉裡無法處理後到縣醫院做了手術的李英，被抓的理由居然是未「定點分娩」；邱繼梅因為「剛結婚就懷孕」；羅來只是由於幫其姨媽帶孩子；主動去鄉裡做人流手術的周平也是稀里糊塗被關三天……

關押的目的，就是詐錢。

雙廟村村民汝子佩在外打工多年，有些積蓄，成為重點敲詐對象，於一九九八年十二月十二日被抓，關了十八天，後交出八千元才被放人。

同樣是外出打工的民工周立勛、周立富、周國雲三人，同天被抓，關了五天之後，一九九九年一月十六日三人交出一萬元現金後，才重獲自由。

汝寨村年過六旬的馬月榮，家裡剛遭火災，根本拿不出錢，一關就是一百七十多天，由於被關時間太長，走出牢房時耳朵已經快聾了。一個叫馬引的產婦，因「無證懷孕」，最後竟在牢房中生下一個孩子，受盡了折磨；馬引父親馬學義和馬引妹妹馬三引，得知情況去牢房探望，結果被無故扣留，以替換馬引為由將二人關押。

利辛縣是國家貧困縣，許多農戶為湊足被「罰」的錢款，不得不多方舉債，有的變賣家產、房產，從此一貧如洗。

儘管林明、袁志東和李鵬三人作惡多端，還有提供偽證、貪污、挪用公款以及給上級領導挪用公款提供便利等多項不軌行為，但地方法院判決的結果，最多的也只是判處有期徒刑三年、緩刑三年，最少的僅判處有期徒刑一年、緩刑一年。如此從輕發落，使得孫廟鄉的群眾大為失望。再說，這些事就發生在鄉黨委和鄉政府領導的鼻子底下，時間如此之長，性質又是如此惡劣，民怨沸騰，但最後竟然沒有一個有關領導為此承擔一點責任。

21 村裡有個反貪局

因為讓農民說話的渠道不暢通，農民有話得不到正常的表達，反遭到無情打擊和報復，於是，老實巴交的農民開始不那麼「聽話」了，他們不再選擇語言表達那種方式，而是由忍讓走向了反抗，甚至還顯露出了驚人的狡黠與兇悍。

安徽省靈璧縣馮廟鎮董劉村支部書記施華，這天又決定上門向農民徵收稅費了，為使徵收的工作更具震懾力，他特地邀來鎮政府的大員助陣，同時喊來早被村民們背後罵作「打手」的一幫人。

他們開著拖拉機先去了小高莊。

在村民高傳明家，聽說高傳明拿不出現錢，「打手」們像往常一樣，就衝進屋裡扒糧。當扒了高傳明家的糧食，準備再去其他家時，被驚動的村民們聞訊就圍了上來，雙方發生了爭執。

積怨已深的村民一怒之下，便把拖拉機推到了村頭的塘裡去。如果不是車主王錫向大夥苦苦哀求，他那輛開來的拖拉機，四只輪胎準已被村民們用菜刀砍成了爛餅子。

那天，村鎮幹部見村民人多勢眾，又發了狠，不想吃眼前虧就一齊往回逃，急不擇路地躲進了村民張繼東家。

盯著不放的群眾很快發現，蜂擁而至，圍在張繼東家的門口，七嘴八舌地責問道：

「你們是不是共產黨的幹部？」

「還有沒有黨紀國法天理良心？」

「讓不讓老百姓活下去了？」

村鎮幹部這時全然沒有了先前的威風，只得賠著笑解釋：「這也是上面叫幹的，實屬沒有別的辦法。」並賭咒發誓，「今後無論如何不再這樣幹了！」

村民們被欺騙怕了，怎麼可能會輕易相信這一套？吵吵嚷嚷，詰詰罵罵，勢態一度變得相當緊張。一位鎮幹部情急之下站出來當眾保證，一定會把村民們的意見向鎮領導彙報。

張繼東心裡十分清楚，不發生這場風波，他家的糧食被扒幾乎是難免的；現在他們見勢不妙，當眾說了孬話，根本就不能把它當真。這些眼睛都長在了頭頂上的農村幹部，哪會就這樣輕易在村民面前認孬裝孫子？今兒個碰了一鼻子灰，是絕不會善罷甘休的，一場更大的報復行動肯定在後面。

他越想越覺得後果嚴重，便忍痛從腰間掏出一百元血汗錢，塞到鎮幹部手裡，希望破財消災。他說：「實在拿不出手，請你們買幾包煙消消氣。如今董劉村的農民日子愈來愈不好過了，心裡有點兒氣，你們千萬別計較大夥一時的衝動。」

沒出張繼東所料，事隔不久，馮廟鎮武裝部長劉煥靈就率領一支由王劉、前劉、後劉、董劉、唐圩、大高、楊廟、時家等十個村三百多人組成的稅費徵收隊伍下來了。打頭的，是身穿警服配備手銬與警棍的派出所民警和從各村集中上來的身穿迷彩服的治安隊員，一個個神色嚴峻，殺氣騰騰，看上去極像戰場上的快速反應部隊，或是敢死隊；緊隨其後的，是滿載鎮村幹部的兩輛四輪拖拉機和十七部嘣嘣響冒黑煙的三輪機動車。

因為王楊莊農民對亂推派亂集資的意見最大，心又最齊，隊伍就首先向王楊莊開去。

徵收的隊伍還沒進莊，在田裡和場上忙活的王楊莊村民就發現了，他們一見來者不善，紛紛丟下手裡的活計，跑回村裡。

徵收的隊伍封鎖了王楊莊通往外界的所有路口，然後，身穿迷彩服的治安隊員便如狼似虎般撲向村莊，先後扒得盧淑紀家小麥一千六百多斤、王汝袖和王汝位兩家小麥各四百多斤、王維新家小麥六百多斤，翻走王仕明家準備買化肥追棉花和玉米的現金二百塊錢。還在強徵蠻收錢糧的過程中，打傷村民宋傳全和曹玉忠。

說也湊巧，土生土長在王楊莊的台商王應求，那天剛好從山東青島派來他的全權代表王佩文進村考察，準備在家鄉建一座工廠，由於驚駭於這種恐怖的場面，詫異於如此惡劣的投資環境，舉起相機要搶拍一張照片，也被打傷，台商造福桑梓的打算自然也就泡了湯。

那一天，王楊莊村民終於像一座火山似地爆發了。

他們紛紛拿起鋤頭、鐮刀、鐵鍬、糞叉、掃把、木鍁，不知誰喊了一聲：「狗急了還跳牆呢，何況俺們是人！」馬上眾人響應：「跟他們拼了！」一個個就迎著徵收隊員衝了上去。

治安隊員發現王楊莊男女老少舉著傢伙玩命了，頓時亂了陣腳，大多落荒而逃。剩下為數不多的村鎮幹部，就特別顯眼地成了村民攻擊的目標。一時間，喊打聲，怒罵聲，村裡村外響成一片。那威風凜凜殺氣騰騰的徵收隊伍，一下子潰不成軍，四處逃竄。

當時正是新濉河漲水的季節，河面很寬，少說也有一百多米，鎮武裝部長劉煥靈和幾個鎮幹部被村民們緊追不放，一直攆到了河邊，劉煥靈跳進河裡，使出吃奶的力氣拼命向對岸泅去；不通水性的，只好躲進水邊的豆地裡；有的甚至藏進農家又髒又臭的茅廁中，拉尾巴蛆爬到了腳面上、衣服上也不敢動一動，生怕弄出響聲被追趕的村民發現……

自從靈璧縣馮廟鎮發生了小高莊和王楊莊糧食被扒、村民被打的事，與之毗鄰的泗縣黃圩鎮的農民就變得聰明起來。這個鎮的岳滿村牧豬湖莊，是個有著好幾百口人的大莊子，村民們一旦發現鎮裡或村裡開來徵收隊，大夥就像戰爭年代發現「敵情」燃起烽火或推倒「消息樹」那樣確定了暗號：假如徵收隊從西頭進莊，莊西的村民就敲銅鑼報告；假如徵收隊從東頭進莊，莊東的村民就吹哨子示警。村民們從鑼聲或哨子聲中就可以知道哪頭有了情況，於是，莊裡的男女老少就誰也不許裝熊，都得操起傢伙，向莊西或莊東迎上去。哪怕正午時辰，或是傍晚時分，聽到報警，正在燒鍋、和麵的農婦，也會放下擀杖，澆滅灶火，撿傢伙出門；更不用說在湖裡割麥、薅草的漢子了。

村鎮幹部一年四季無休無止地扒糧派款，使得農村中的惡性事件不斷發生。僅靈璧縣馮廟鎮董劉村村幹部的柴垛，被人一把火燒了的已遠不是一家兩家了；張集村支部書記董兆芝家新建的房子，四沿已齊，就等著架樑了，卻在一天夜裡被人連根推倒；王劉村支部書記李寶貴家種的棉花眼看已經打苞了，長勢十分喜人，也在一個夜裡被人砍得一根不剩。高集鎮獸醫高傳民經常接待來找他為牲畜看病的人，而那些牲畜又幾乎全是被人暗中放毒致傷的。高傳民說，碰到這樣的情況無須細問，這種事十有八九是出在鎮村幹部的家庭。他把這戲稱為「幹部牲畜病」。

幹群關係的嚴重惡化，流傳著的一些順口溜就變得不那麼好聽了。

把這些幹部排著隊一個個槍斃，難免會有冤枉；

把這些幹部一個隔一個槍斃，又難免會有漏網。

當我們最初聽到農村出現了「反貪局」，一個叫閻學里的農民自命「局長」時，我們確實感到不可思議。

反貪局，其全稱為「反貪污賄賂局」，它是國家檢察機關屬下的一個從事經濟檢察工作的執法部門。農民何以有了這種權力？

待了解到農村中的這個「反貪局」出在安徽省濉溪縣五溝鎮張大圩村，我們就決定專程跑一趟，探聽一下虛實。二〇〇一年一月二十二日，已是農曆臘月二十九了，南來北往的火車上、汽車上塞滿了趕大年的人流，我們卻行色匆匆地直奔當年淮海大戰小平同志任書記的總前委指揮部所在地淮北市。因為濉溪縣五溝鎮是淮北市一個邊遠的鄉鎮，我們只有先搭火車到淮北，再改乘汽車趕往濉溪，然後從縣城換上開往農村的班車，向城西南大概跑了一百二十多華里，這才到了五溝鎮。剩下去張大圩村的路就只得以步當車了。

這是一馬平川一望無際的淮北大平原。沿途清一色的村莊與麥垛，以及落光了葉子的稀疏的樹木，都在冬日的陽光下一覽無餘地裸露著。

這裡是天高皇帝遠的地方。發生在中國歷史上的第一次農民大起義，陳勝、吳廣揭竿而起的大澤鄉，就與它近在咫尺。

地處偏僻，交通閉塞，信息不靈，五溝鎮的經濟發展嚴重滯後是可想而知的，可農民的負擔卻是比別的許多地方都更嚴重，人均負擔一度達到二百五十元以上，這又大大出乎我們意料之外。五溝鎮邵長營村村長和書記是親叔侄，二人攤派上了癮，不僅亂收款亂罰款成了家常便飯，連家家戶戶買種子、買化肥、買農藥的事，他們也要插上一手，價格比市場上的貴不說，質量還次，坑害村民。村民們把村頭兒告到了鎮上，鎮上卻不管不問。一年，村裡要村民種一百八十畝胡桑，桑苗又必須從他們手裡買，一棵苗要價就是一角多錢，村民一聽驚得直伸舌頭：一棵苗一角多，一百八十畝那要多少苗，要掏多少錢？村民們個個不願種，書記卻發了威：種不種都得拿錢！後來那些桑苗乾死當柴燒，費用還是攤在全村人頭上。一年，午季收糧食，村民要求自收自賣，村頭不允許，一律要由村裡統一收，集體賣，經叔侄二人一收一賣，村民虧了幾千斤。於是大夥再也忍不住，終於抱成團，鬧到鎮裡，要求懲辦胡作非為的村官。鎮裡卻依然推諉扯皮，憤怒的村民竟把鎮黨委組織部長的衣服扯得稀爛。

村支部與村委會無法取信於民，村兩委就變得指揮失靈，形同虛設，邵長營便成為五溝鎮頭一個陷入癱瘓的村。

這以後，漸漸地，無政府狀態就像大平原秋後田野上的霧靄，從邵長營迅速蔓延到整個五溝鎮。被沉重負擔壓得透不過氣的農民，終於鋌而走險了，全鎮二十九個村，就有二十二個村的農民抗糧抗稅，半數幹部挨過打罵，打得他們白天有時也不敢出門。一時間，五溝鎮差不多各村的基層組織先後都陷入了癱瘓狀況。

就在這樣的情況下，張大圩村的閻學里出了名。

張大圩分前村後村，村名雖叫「張大圩」，一溜五個營的人卻大都姓閻。一九六〇年那會，前後村有三百多口人，因為餓飯死了一百三十多，那時就有了九百七十多畝耕地，如今四十年下來，也才發展到三百三十多口人，土地沒有增加，由於被無序的農舍逐年蠶食，現在的耕地反而只有了八百七十多畝，村裡至今沒有一家企業，除極個別的外出打工，差不多就全在跟土坷垃打交道，「日出而作，日落而息」，日子過得很艱難。二十個村民小組有三個村民小組最窮，最窮的又都在後村，閻學里就在後村。

打從土改起，閻學里就在後村當隊長，一當就是三十五年，前些時候年紀大了才退下來，但大家一直喊他閻隊長。村裡人幾十年都是這樣喊過來的，居然沒幾個知道他的名字，當我們在張大圩打聽閻學里家在哪兒時，被問到的人全茫然不知。於是我們提到他成立的那個「反貪局」，話剛落音，邊上站著的一個小姑娘忽然笑著「哦」了一聲，忙說：「你們要找『閻局長』呀！」

看來閻學里的這個「反貪局長」影響還真不小。

村民告訴我們，閻學里當了這麼多年的生產隊長，一直就保持著「老土改」的好作風，不貪，不佔，不仗勢欺人，還頗有幾分俠膽義腸。儘管自己的日子過得並不寬裕，卻是「窮大方」，對大夥樂善好施，特別是對上說真話，敢講實情，在村民中有一定的威信。這幾年他從隊長位子上退下來，眼看世風日下，道德淪喪，村幹部不顧農民死活地亂收亂罰，回頭又把收罰去的錢款大肆揮霍，他看不慣，眼裡容不得沙子，這天放出話：「咱也要有個『反貪局』，查辦一些人狗日的帳！」

當時五溝鎮的黨委書記正是閻學里大媳婦的親舅，閻學里想對方不會不支持他治一治如今村幹部的要求，再說減輕農民負擔又是黨中央國務院三番五次下文強調的，就帶著村民找到了鎮上。

那些日子鬧到鎮黨委鎮政府去的農民很多，一茬接著一茬，鎮頭兒應接不暇，早被鬧得七竅生煙了。閻學里帶人找到書記時，書記剛接待過一撥上訪的村民才回到辦公室。

「你找我有事？」鎮黨委書記發現跟進來許多農民，不由得又緊張起來。

閻學里說：「無事不登三寶殿！」

鎮黨委書記問：「你也跟著鬧事？」

閻學里一聽，氣就不順：「我這叫鬧事？」

鎮黨委書記惱火地道：「你覺得五溝鎮還不夠熱鬧嗎？」

閻學里還沒談出問題就遭到搶白，心裡騰地冒起了火，沒好氣地說道：「我一不是來找你鬧啥事，二也不想湊個啥熱鬧，只是向你反映一下村裡的農民負擔問題。」

鎮黨委書記一聽又是「農民負擔」，腦袋頓時就大了：「你說什麼事吧！」

這時一塊來的村民就跟著熱鍋炒豆子似地擺開了他們對村幹部的種種意見。

書記招架不住，又不好向大家發火，就把不滿的目光移到閻學里身上。他覺得作為兒女親家的閻學里，不僅不支持他的工作，反倒領著人來瞎添亂。

他揮了揮手，不耐煩地衝著閻學里說道：「你先回去。」

閻學里怎肯罷休：「這麼說你是不支持大夥的意見了？」

鎮黨委書記顯然是不便當著這麼多村民的面向閻學里發火，強忍著不言聲。

閻學里卻盯住不放，向書記叫板：「村幹部欺壓剝削農民，鎮領導就沒有責任？」

這下書記忍無可忍了，他突然往起一站，大聲喝道：「你給我滾！」

閻學里一愣。他想不到當了鎮黨委書記的兒女親家，會這樣當眾讓他丟光臉面，一怒之下，他也回敬了一句硬話：「你當個鎮書記又算個啥？好，下面胡作非為你不管，我管。這『反貪局』的『局長』我當定了！」

「什麼『反貪局』？」這下輪到鎮黨委書記發傻了。

「反貪污！反賄賂！反增加農民的負擔！」

閻學里說得慷慨激昂，字正腔圓，說罷，頭也不回地領著大夥揚長而去。

後來，這事一傳十，十傳百，五溝鎮張大圩村的閻學里要成立「農民反貪局」，自任「局長」的消息，便傳了開去，並很快傳遍濉溪縣和淮北市。

淮北市委和市政府了解到五溝鎮因為嚴重的「三亂」而導致農民普遍抗糧抗稅的情況後，就決定通過換屆的機會，從市縣選派出四名得力的幹部去加強那裡的工作。但是指定的鎮長及三名副鎮長的候選人全部落選，意想不到地遭遇到一次有組織、有預謀、有計劃的賄選破壞。

全鎮人大代表六十三人，有五十八名代表一百四十五人次接受了不同程度的錢和物，他們當中不僅有鎮黨委副書記、副鎮長、紀檢書記、團委書記、宣傳部長、武裝部長、黨政辦公室主任，還有教委主任、婦聯主任、供銷社主任、計主辦主任、銀行主任，還有司法所所長、財政所所長、國稅所所長、工商所所長，以及糧站站長、農經站站長、醫院院長等國家幹部。用現金和煙酒將人大代表拉下水的，不但有鎮人大主任、副鎮長、市級人大代表，還有村黨支部書記和村委會主任。

如此明目張膽大規模地破壞選舉，如此之多的黨員幹部公然受賄，這在新中國的歷史上也屬罕見！

用幾包煙和幾瓶酒，就可以把我們的人民代表給「打倒」，這固然說明行賄者卑劣的用心，同時不也說明，我們人民代表產生的制度本身也有著令人憂悒的問題麼？至少，這樣的選舉，還難以代表人民真正的意願，或是說，有相當多的代表根本就沒把神聖的選舉當作一件多麼重要的事，誰當選不當選，這在他們的生活中其實都是一回事。

最令人吃驚的是，在五溝鎮的這次換屆選舉中，被借在派出所臨時開車，甚至是沒有多少文化的一個農民，他居然只用了四十一條香煙、一千六百多元現金，總計賄選金額不過四千多元，就打倒了一大片人大代表，順利地當選為五溝鎮人民政府副鎮長！

賄選這件事，是五溝鎮長期陷入無政府狀態的一個總的暴露。五溝鎮換屆選舉的失敗，在社會上造成了十分惡劣的影響，這使得淮北市原定計劃中的鄉鎮換屆選舉的工作不得不推遲。市委書記陳德勝得知問題的嚴重後，感嘆道：「五溝鎮到了非治不可的地步了！」

濉溪縣很快派出了聯合調查組，淮北市也迅速集中起市委市政府各有關部門一百餘人組成的「幫扶工作隊」，市委書記陳德勝也跟了下去，拿出一周的時間，深入到五溝鎮問題最大的兩個村，吃住在村民們中間，體察民情，了解民意，認真聽取村民的意見。

第六章　天平是怎樣傾斜的

22 財政空轉，畫餅充飢

在採訪中我們強烈地感受到，我們的體制使鄉村幹部們掌握了太多的權力和太多的非市場的資源，又缺乏對他們進行有效的監督，這就使得他們很難去努力和農民建立平等的關係。其中還有相當多的一部分人，特權階層的意識已經顯現，早就把「為人民服務」的宗旨拋到了九霄雲外。

當然，我們同樣也感受到，從整體上看，鄉村幹部的水平又畢竟要高於普通農民，在他們中間，有一大批憂國憂民之士，一大批悉心為農民服務、關心農民疾苦的公僕式的好官員。問題是，既然絕大多數的鄉村幹部都不是不清楚黨的減負政策，為什麼令各級黨委政府倍感頭痛的農民負擔問題長期得不到解決呢？

「能不能關心一下鄉鎮財政的問題呢？」望江縣委書記魯德，向前去採訪的新華社記者葛如江，提出了這樣一個意外的要求。

望江縣是安徽省沿江地區連年遭災的一個縣，記者很想通過縣委書記了解一下他們是如何積極生產救災的，魯德卻極力想丟開「生產救災」的話題，向來自一個能「通天」的新聞機構的記者呼籲一下「鄉鎮財政」上的問題。

安徽大學中文系畢業的魯德，自然懂得輿論的重要，再說，一九九八年調到望江縣來之前，他一直就在安慶市政府擔任副秘書長，「宏觀」情況也是清楚的，他相信自己是有發言權的。

他對葛如江說：「鄉鎮的財政問題已到了不說不行的時候了，再不解決就要出問題了！」

他說，但願他說的只是危言聳聽，我們也不必杞人憂天。可是他前些日子聽說的一件事，卻一直堵在心裡。那事並不發生在望江縣，也不發生在安徽省，而是發生在湖北省的一位村支書身上。這位村支書是鎮裡連續五年的優秀黨員，為了完成上邊下達的稅費預繳任務，不得已之下向私人借了高利債。誰知村支部換了新支書後，老支書的賬務卻無人願接，他為公家借的高利債就成了個人頭上的欠款。經不住放債人的一再催命，這位老支書走投無路之下上吊自殺了。

這件事讓魯德想了很久。這事雖然不是發生在他供職的縣，但他工作過的安慶地區，也曾發生過一起因鄉村幹部上門強徵硬收提留而引發的惡性案件。事件發生後，不少幹部受到了嚴肅處理，但那件事的發生並不是偶然的。他不敢保證類似的事情今後不會在望江縣發生。

據他調查，望江縣有兩個鄉鎮，一九九九年底決算時，一個鄉賬上只有四萬元，而另一個鄉賬面上僅剩下了一塊八角六分錢，連買一支圓珠筆都不夠。可兩個鄉的負債卻都已經在四百萬元以上，拖欠教師和幹部的工資也分別長達半年和八個月。

問題的嚴峻在於，這兩個鄉鎮的情況在望江縣還是十分普遍的。

縣裡曾做過一次統計，截至一九九九年底，全縣二十一個鄉鎮中，有十八個鄉鎮拖欠教師和幹部工資，總額達一千四百五十萬元。毫無疑問，這一狀況還將會進一步惡化。

魯德為此常常感到憂心忡忡。當前農村的土地包產到戶了，農村工作的難度變大了：防汛搶救、興修水利、計劃生育、義務教育、發展經濟、社會治安……樣樣都要基層幹部去組織、發動、引導、推動。基層幹部的工作已經非常辛苦，非常不容易，而吃了許多苦，做了許多工作，到頭來卻拿不到工資；一個月兩個月拿不到還好說，半年一年下來，誰的積極性還能調動得起來了？

「他們也是人，也要生存，也要過好日子啊！」魯德沉重地說，「我擔心最後會落得基層政府人走門關。」

「現在一些鄉鎮幹部增加農民負擔是不得已而採取的辦法。」他一臉無奈地說。

這顯然是一個縣委書記，從另外一個角度回答了農民負擔為什麼屢禁不止、愈演愈烈的原因。

在採訪中，我們也深切地感受到了鄉鎮財政尷尬的局面。我們聽到談及「鄉鎮財政」與談及「農民負擔」幾乎是一樣的多。

說到鄉鎮財政，大多會提到一九九四年國家進行的「分稅制」改革。那一次稅制的改革，不僅沒跳出財政包幹體制的圈子，由於提高了中央在財政收入中的比例，反而使縣鄉兩級財政陷入空前困難的境地。據《中國財政年鑑》統計，實行「分稅制」前的一九九三年，全國縣鄉兩級收支赤字已是四十二億兩千一百萬元；推行「分稅制」當年，這種赤字猛地增長十七倍以上，擴大到七百二十六億兩千八百萬元；一九九五年進一步擴大到八百二十七億七千萬元；這以後赤字更大。

由於財政困難，許多鄉鎮領導一上任，就像熱鍋上的螞蟻一樣四處籌款，「保工資」，「保安定」，差不多成了他們壓倒一切的中心工作，否則，他們一天也幹不下去。只要能救急的，不管它是什麼農業開發項目款，還是以工代賑款，也不論它是什麼扶貧款，或是救災款，抓住什麼錢就用什麼錢。能挪用的都挪，能暫墊的都墊，實在沒法子，能貸就貸，能借就借，至於日後這窟窿怎麼去填，就很少甚或乾脆不去考慮。

在安徽省壽縣，我們就聽說八公山鄉一位領導臨調離前，為能順順當當地走人，情急之中竟然從火葬場借錢去發教師的工資。

鄉鎮債台高築，「寅吃卯糧」就不能不成為一個「有效」的權宜之計。

於是，不知自何時始，一個可怕的幽靈：「財政空轉」，便暢通無阻地在中國廣大農村四處遊蕩。

就「財政空轉」一詞，我們請教過曾擔任巢湖地委政研室主任，同時兼任巢湖行署農經委主任的陳三樂老人。

他告訴我們，就是各級政府年年都不切實際地把財政增長指標逐級下達，為了體現出「政績」，又都會如法炮製，而且層層加碼。還因為這是「政治」任務，是「死活」都要完成的硬性指標，到了鄉鎮政府，就只有製造財政收入連年增加的假相，不得不要求根本沒有創造利潤的企業或工商戶虛報利潤數字，然後去銀行貸款或向農民集資，先把錢如數繳於稅務所，事後再通過各種渠道把上繳的錢款設法返回來。在這一過程中並沒有創造經濟效益，但財政收入卻在賬面上增加了。

說白了，就是上上下下自欺欺人，共同在做一個「畫餅充飢」的無聊遊戲。

表面看，鄉鎮財政收入年年飄升，「形勢大好，不是小好」，實際上許多地方早已窮得連鍋都揭不開了。

陳三樂說：「『財政空轉』這事太假，但大家又都認認真真地去做，這種危害太大，也最可怕。如果我們不在體制上大改革，不在法治上動重典，中央的方略，國家的重大決策，都只會在空中炸響而落不到實處。我們號稱為龍的國家，要知道，蛟龍是怕擱淺的啊！」

23 幾十頂大蓋帽管著一頂破草帽

舒城縣水利局離休老局長李少白，是當年大軍渡江時舒城十大支前模範之一，因為這個殊榮，建立人民的新政權時，他便被選為這個縣第一位「民主鄉長」。談起新中國如旭日東昇充滿蓬勃朝氣的那些歲月，他至今還十分激動。

他說，剛解放那會兒，百廢待興，百業待舉，即便這樣，舒城縣政府也只設有民政、財政、教育和建設四個科，一個科不過五、六個人，最多十多個人。縣委和縣政府的人圍在食堂吃飯，幾張桌子就全坐下了。那時一個鄉除了鄉長，指導員，就是文書和財糧員，加起來攏共不過五、六個人。人雖少，當時的事情卻不少，由於大家齊心協力，一個鄉的各種工作，也就生龍活虎地幹將起來了。就是到了一九五六年，擴大了鄉的規模，鄉黨委也就只有正副書記、組織部長、宣傳委員，群眾組織也只有團委書記、婦聯主任、武裝部長、農協主席，也才增到六、七人；鄉政府相應配有正副鄉長，下設少數幾個委員會，鄉長依靠這些委員會開展工作，委員會配備文書和民政、財糧、生產、武裝、公安、農業、工業、商業助理或幹事，也就八、九人左右。黨委政府兩套班子加在一起只有十四、五個人。

我們查閱了當年的一些資料，結果發現，一九五二年，中央有著明確規定，每鄉脫產幹部限定三人。即便是以後，擴大了鄉的行政區劃和設置機構，鄉政府各委員會委員也都是群眾中的積極分子擔任，均為不脫產人員。加上當時政令暢通，紀律嚴明，世風日上，脫產、半脫產和不脫產的幹部，大家基本上能上能下，能出能進，能官能民。可以說，從五十年代初直到八十年代初，鄉鎮人員工資和辦公經費皆由縣財政撥款，鄉鎮政府無權也無錢增設機構或供養編外「幫辦」。就是在公社化時期，相當於目前鄉鎮一級的人民公社，實行的是政社合一的體制。當時，黨、政、武裝、經濟合為一體，領導班子除了公社黨委書記、公社主任、若干副職、武裝部長、團委書記、婦聯主任以外，便是「八大員」：農機管理員、畜牧管理員、水利管理員、農技推廣員、林業管理員等。當時的農村機構還是非常精幹的。

農村實行了「大包幹」的經濟體制改革之後，「政社合一」的人民公社組織體制也進行了改革。在歷時三年的「撤社建鄉」的工作中，全國五萬六千個公社改制為九萬二千個鄉鎮。可是，人民公社作為農村集體經濟的組織形式，隨著這種改制的結束，「集體經濟」名存實亡，還由於鄉鎮機構和人員的迅速膨脹，以至失控，使得農民負擔的問題不僅「浮出水面」，而且日益突出。其中一個重要原因，就是建立了鄉鎮財政，國家允許鄉鎮政府可將鄉鎮企業上繳的利潤和管理費、各種集資和捐款收入以及各種罰款收入，都作為鄉鎮財政的自籌收入，這就為鄉鎮任意增設機構與人員，亂徵收、亂集資、亂罰款的「三亂」打開了方便之門。

隨著一系列「分權讓利」趨向很強的改革措施以及「分灶吃飯」的財政包幹政策的相繼出台，各級政府和部門之間形成了一個涇渭分明的利益關係，於是那些擁有國家權力又「分兵把守」農村經濟發展各個領域的部門，便迅速成為既壟斷權力又追求利益的行為主體。我們的幹部一旦發展成為一個特殊的利益階層，與民爭利的事就不可避免了。

到了一九九〇年，僅由國務院各部委下達文件可以向農民徵收的各種項目就高達一百四十九項之多！

上行下效。地方各級政府部門由於利益的驅動，收費項目越來越多，收費範圍越來越廣，收費標準越來越高；縣鄉兩級政府更是乘著上級眾多部門收費的便車，加碼收費。由於管理上沒有約束與制衡，許多本來屬於政府部門工作範圍之內的事，為了收費獲利，也都紛紛成立了專門的事業單位，並聘請「幫辦」。

是誰消耗掉了農村改革的成果？——無限膨脹的機構和無限增加的官吏！

八十年代是中國政府精簡機構和人員分流工作力度最大的時期，但它又恰恰正是縣鄉機構和人員增長最快的時期。

我國在編的黨政機關幹部，一九七九年是二百七十九萬人，一九八九年則上升為五百四十三萬人；其中上升最快，幾盡失控的，當數縣鄉兩級。縣鄉兩級的機構與人員，在這種不斷的精簡之中至少增長了十倍！到了一九九七年，我國在編的黨政機關幹部便達到了八百多萬人，而增加的幹部人數與同期國有企業下崗人數一百二十六萬九千人大體相當；這期間縣鄉兩級機構和人員的飄升更是空前的。

「精簡—膨脹—再精簡—再膨脹—大精簡—大膨脹」，這似乎不可思議，卻又是鐵的事實，不能不叫人感到莫名的悲哀。

我們從查閱到的有關資料得知，在當今的二百多個國家中，有八個小國僅設一級中央政府；有二十五個國家只設中央和地方兩級政府；有六十七個國家，其中包括美國、日本、加拿大、澳大利亞在內的許多大國，也只設三級政府；而我國現在卻是五級制：中央—省—市—縣—鄉，堪稱絕無僅有的「中國特色」！

就在這五級制中，也是有著別樣「特色」的：早先「地區」是省的派出機構，現歸為「市」一級；在「縣」級中，又分別劃出「市」或「區」；在「縣」與「鄉」之間，過去也設過「區」，即便就是「鄉」一級，也還設有「鎮」，「鎮」與「鄉」又是有著截然區別的。中央直轄市稱「市」，省轄市也稱「市」，縣級之中也設「市」，一個「市」字，就分出三個層次來。

非但機構的層次多，每一級的機構設置又都是疊床架屋，分工過細。僅在同一縣級機構中，與「三農」有關的，過去只有一個農業局，現在除有農業局，還分別設農墾局、畜牧局、水產局、水利局、林業局、鄉鎮企業管理局、農業資源開發局等多個部門，業務相近，卻是部門林立。人人管事，又無人負責，這種交叉重覆，注定產生扯皮推諉現象。

有一個三十萬人的小縣，甚至找不出一家像樣的企業，但是由財政養活的竟有一萬多人，由各種亂收費養活的又有五千多人。

一個人就可以幹完的事幹嘛非要這麼多人去幹呢？

那麼多部門根本不管農民的事，為什麼卻都要農民出錢養活呢？

單說鄉鎮。現在的鄉鎮已同縣級機構的設置保持對應關係，除「六套班子」外，工、農、商、學、兵、財、青、婦等二級機構一應俱全。原來人民公社時的「八大員」，如今都已經升格為站、所、辦，而且許多人頭上戴上了執法的大蓋帽。有人戲言：鄉鎮除了沒有外交部，其他機構基本同中央國家機關一樣齊全。

廟多，菩薩就多。一般鄉鎮機關二、三百人，發達地區甚至達到八百至一千人。這些人不創造一文錢的產值和利潤，卻要發工資，還要發獎金；不僅要多拿，還要吃好住好，還要建辦公樓、住宅樓，還要配備車輛，配備電話，配備大哥大。這些在過去是不敢想像的，因為那時一個縣也不過一兩輛吉普車，蘭考縣委書記焦裕祿到死都是騎的自行車。

據安徽省農經辦調查：利辛縣闞町鎮只有八萬人口，財政供給人員便超過一千，連同教師就達到一千八百人，而鎮裡一年的財政收入不足六百萬元，連幹部的人頭費都不夠。有個鎮光財政所就有三十五人，比一般縣的財政局的人還要多；有一個鎮的計劃生育辦公室及其活動室的工作人員就多達六十五人，實在令人吃驚。

俗話說「龍多作旱」，一個萬能的無所不包的政府必然是一個低效率的政府。

農民自嘲道：「幾十頂大蓋帽管著一頂破草帽。」

甚至有人將這編成歌唱：「政府改革越深化，農民心裡越害怕。」

有人形容現在的政府就像宇宙中的一個「黑洞」，黑洞高速地旋轉，不停地吸取太空中的物質，黑洞越大，吸取的物質越多，直到把周圍的物質吸食殆盡，它才會停止運動，最終消失。

這種社會管理體制的直接後果，鄧小平早就作過淋漓盡致的揭示：「高高在上，濫用權力，脫離實際，脫離群眾，好擺門面，好說空話，思想僵化，墨守陳規，機構臃腫，人浮於事，辦事拖拉，不講效率，不負責任，不守信用，公文旅行，相互推諉，以至官氣十足，動輒訓人，打擊報復，壓制民主，欺上瞞下，專橫跋扈，徇私行賄，貪贓枉法，等等。」鄧小平同時還嚴肅地指出，「社黨和國家的組織繼續目前這樣的機構臃腫重疊，職責不清，許多工作人員不稱職、不負責、工作缺乏精力、知識和效率的情況，這是不可能得到人民贊同的……甚至於要涉及到亡黨亡國的問題，可能要亡黨亡國。」

這是一九八〇年八月十八日，鄧小平在中央政治局擴大會上關於《黨和國家領導制度的改革》的一次講話。那時，農村人民公社「政社合一」，黨、政、武裝合為一體的組織體制尚未變動，在那次講話後不久，他指出的那許多情況更加發展了。

據農業部農村經濟研究中心李顯剛推算：全國縣及縣以下需要農民出錢養活的幹部（不包括教師），有一千三百一十六萬兩千人，平均每六十八個農民養活一個幹部。

一九八七年中國財政經濟出版社出版的《中國第三次人口普查資料分析》一書，也公布了中國官民的比例：西漢，七千九百四十五比一；東漢，七千四百六十四比一；唐朝，兩千九百二十七比一；元朝，兩千六百一十三比一；明朝，兩千二百九十九比一；清朝，九百一十一比一；現代，六十七比一。

一九九八年財政部部長助理劉長琨透露：「漢朝八千人養一個官員，唐朝三千人養一個官員，清朝一千人養一個官員，現在四十個人養一個公務員。」

可以看出《中國第三次人口普查資料分析》一書和財政部部長助理劉長琨提到的歷史上的官民比例，大體是吻合的，只是「現代」有了一點出入，出入的原因顯然由於透露的時間上前後相距了十一年。但僅僅十一年，官民的比例竟從「六十七比一」升到了「四十比一」。而這正是在鄧小平揭示出以上種種危險之後。這段時間機構無限膨脹、官吏無限增加到幾盡失控的，主要正是縣鄉兩級。李顯剛的「平均每六十八個農民養活一個縣及縣以下幹部」的推算中，不包括教師，從理論上看，這是對的，因為義務教育是國家政策，教師工資應由國家支付，農村教師本不應該包括在內。事實卻是，在農民承受的負擔中相當重要的一部分正是教師工資。究竟多少個農民養活一個「幹部」，不得而知。

其實，不再需要什麼觸目驚心的事實，僅這些簡單的數字就足以說明政府機構改革的緊迫程度。由農民養活一個不受節制、日益膨脹的政府，終究會危及社會的穩定。

按照史學家葛劍雄的研究，中國封建社會之所以發生周期性動盪，是因為不種地的達官貴人、幕僚門客與種地的農民之間的數量比例發生著周期性的變化。這個比例大，社會經濟就相對穩定繁榮；這個比例小，社會經濟就凋零衰敗。農民起義正是調整這個比例的手段。美國學者黃仁宇也說，西漢與東漢之交，有兩件事值得注意：一是政府管制力量降低，民間氏族大夫興起；二是官僚機構膨脹，估計中央地方官吏達十三萬人。就在這個時期，社會發生了動盪。農民與這樣一個龐大的政府交易，當然沒有公平可言，也不可能有穩定可言；因此，把農民負擔問題提高到國家長治久安的政治高度，怎麼說都不過分。

江澤民就多次指出，現在是「食之者眾，生之者寡。」還在一次會上強調：「養民之道，貴在省官為先。」

「省官」，顯然已不只關係到減負，更關係到了國泰民安。有首打油詩云：「天上星多月不明，地上坑多路不平，人間官多不安寧。」講的其實都是一個道理。

24 城鄉分治拉大貧富差距

中國社會科學院進行了一次全國性抽樣調查，他們在六十三座城市，對兩千五百九十九名十六歲以上的城市居民，進行了關於職業聲望的抽樣問卷調查。結果顯示，在六十九個職業的選項中，中國城市居民最願做的職業的前十名依次是：市長，政府部長，大學教授，電腦網絡工程師，法官，檢察官，律師，高科技企業工程師，黨政機關領導幹部，自然科學家。

列在最後的三位是：個體戶僱工，保姆，建築民工。

讀到這則消息時，我們最初想到的就是：九億農民面對這種調查結果會作何感想？

參與此項調查的中國社科院社會學所許欣欣說，人們對職業聲望評價的變化和未來擇業的取向，反映了中國社會結構深層的變動。

中國社會的結構究竟發生了什麼樣深層的變動，許欣欣沒有明說，也無須明說。因為，調查的結果已把中國城市居民內心的嚮往裸露無遺了。只是，他沒有加以說明，被調查到的這兩千五百九十九名十六歲以上的「城市居民」中，有沒有寄居城市屋簷下打工的農民？否則，我們難以想像，會是一些什麼人能把「建築民工」、「保姆」和「個體戶僱工」也視為是有「聲望」又

「最願做」的「職業」呢？

或是說，這六十九個選項大概就沒有「農民」一項，而選後幾項的，顯然不是認為有「聲望」，而是自認為只能幹這個。

不管怎麼說，有一點是肯定的：在這次問卷調查中，沒有一個人想到過中國農民。

這肯定是有著九億農民的一個農業大國的最大不幸！

探究農民的負擔問題，不能不正視農民所處的社會經濟環境，也就無法迴避一個嚴酷的事實，這就是，中國億萬農民至今還生活在城鄉分割的二元經濟發展的結構之中，他們每天都面對巨大的精神和經濟的壓力、強烈的心理失落以及沉重的思想苦悶。繞開農民負擔制度上的原因，來談減輕農民負擔就等於沒說。

二〇〇一年早春三月的一天上午，我們來到了坐落於北京建國門立交橋一側的中國社會科學院，走訪了陸學藝研究員。這是一位社會學界的著名學者，擔任著中國社會學學會會長，其實他更是一位農村工作研究的專家。早在上個世紀八十年代，他便在中國社會科學院農村發展研究所就任副所長，潛心研究中國的農村問題，以後調入社會學研究所任所長。正因為他有著此番特殊的人生經歷，研究中國農民的負擔問題，就站在了一個嶄新的平台，有了更為廣闊的視野和更深邃的思考。

「解決農民負擔問題目光須在農村之外。」那次的談話，他就這樣直截了當地拉開了序幕。

他出生在風景秀麗的江蘇省無錫市，身上依然留有江南學人的那種靈秀與聰慧，但他自一九七五年考入北京大學哲學系至今，在京生活二十餘年了，舉手投足之間更多的已是北方男人的豪爽與坦蕩。

他說，在計劃經濟條件下形成的「城鄉分治，一國兩策」的格局，至今沒有改變。長期以來，我們就這樣人為地分割出城市和農村，市民和農民。用戶籍制度把人分為城市人口與農業人口，將幾億農民拒之於城市之外；用統購統派制度把吃的糧食也分為農業糧和商品糧，讓農民供養市民；用勞動制度把人分為工人和農民，又將農民拒之於工廠之外；用工資福利制度把人分為有權享受和無權享受的兩種人，最後將農民拒之於一切社會保障的制度之外……

他說，這種把城市和農村截然分割，對城市、市民是一套，對農村、農民又是一套的「一國兩策」的體制，就使得中國的農民，無論在教育、醫療、勞動保障、養老、福利這些社會待遇上，還是在流通、交換、分配、就業、稅賦這些經濟待遇上，都出現了嚴重的失衡。

城鄉之間人為劃定的「楚河漢界」，就成了中國億萬農民無法逾越的鴻溝。這條鴻溝，使得每一個農民，打娘胎裡一出來，注定就是這個社會的「二等公民」。

「農民的這種負擔不光是沉重的，而且是帶有歧視性的。」陸學藝說到動情時，會突然變得慷慨激昂，對農民處境的關切溢於言表。「幾十年的實踐證明，凡是一種經濟或社會問題，既不是某一個鄉、某一縣、某一省的，而是普遍化了的，又不是一年、兩年，而是長期解決不了的，這就不會是一般的工作問題，也不是加強領導等能夠解決的問題，而是這方面的政策有問題，這方面的體制有問題。」

我們閱讀過有關這方面的大量資料，發現產生這種政策與體制，確也有著一個曲折而又現實的過程。本來，中央對於建國後隨著工業化發展應該帶動農民進入城市、加強城市化進程的規律，是有明確認識的。毛澤東曾就在他的《論聯合政府》中指出：「農民—這是中國工人的前身。將來還要有幾千萬農民進入城市，進入工廠。如果中國需要建設強大的民族工業，建設很大的近代的大城市，就要有一個變農村人口為城市人口的過程。」但是，解放以後，當了解到了紛繁而又具體的國情，基於城市工業化建設的需要，這種認識便被改變了。他覺得這裡有一個逐步消除城鄉、工農差別的問題，消除差別的途徑問題，於是在鄭州會議上提出了新的解決辦法：「我國有一個特點，人口有六億如此之多，耕地只有十六億畝如此之少，不採取一些特別辦法，國家恐怕搞不好。」這個「特別辦法」就是：「農村人口要減少怎麼辦？不要擁入城市，就在農村大辦工業，使農民就地成為工人。」

一個「城鄉分治，一國兩策」的設想就這樣開始形成了。

為了不讓農村人口擁入城市，在城市的就業制度方面，一開始實行的勞動用工制度，原則上就只是負責「非農業人口」在城市的就業安置，不允許農村人口進入城市尋找職業。這在一九五二年八月政務院作出的《關於勞動就業問題的決定》中，已經說得明明白白：「必須做好農民的說服工作」。後來，到了一九五七年的十二月，國務院頒布的《關於各單位從農村中招用臨時工的暫行規定》作了進一步明確：「各單位一律不得私自從農村中招工和私自錄用盲目流入城市的農民。」

這就從勞動的就業上，切斷了中國農民進城的一切通道。

正是國務院頒布的這個「暫行規定」，把進城務工的農民稱作「盲目流入城市的農民」，這部分農民從此就有了一個十分不光彩的名稱：「盲流」。

在糧油供應制度方面，自然也就有了「特別辦法」。隨著一九五三年糧食統購統銷政策的出台，中國開始實行了糧油計劃的供應制度。政務院先是發布了一個實行糧食計劃收購和計劃供應的《命令》，接著就制定出一個糧食市場管理的《暫行辦法》，後來成立了國務院，再次發布了一個《市鎮糧食定量供應暫行辦法》。這些命令和辦法，都在表明中央政府一個堅定的態度，這就是：基本排除農村人口在城市取得口糧的可能。

民以食為天，農民在城市無法獲得口糧，就意味著在城市喪失了生存的空間。

有了城市就業和糧油供應制度上的硬性規定，戶籍制度上的「特別辦法」便隨之產生。一九五八年一月，全國人大常委會第九十一次會議討論通過了《中華人民共和國戶口登記條例》，這個條例的第十條第二款也對農村人口進入城市作出了帶有約束性的規定，這一規定標誌著我國以嚴格限制農村人口向城市流動為核心的戶口遷移制度的形成。

從此，中國的城市和農村，就成了兩股道上跑的車。彼此在生產方式和勞動條件上的巨大差異，生活條件與居住環境的天壤之別，使得中國城鄉居民實際收入的比率逐年擴大。這種擴大，即便到了改革開放的新時期，非但沒有縮小，還由於改革的重心轉移到了城市，城鄉居民間實際收入的比率被進一步擴大。

按照中國社科院經濟研究所趙人緯的計算，城鄉居民實際收入的比率，一九七八年為二點三六，除一九八五年曾一度下降為二點一四外，就一直在攀升，一九八七年擴大到二點三八，一九九五年則已擴大到二點七九。他作出這種計算時，二〇〇〇年的數字還沒出來，但他估計不會少於三點二。如果再把城市居民所享有的許多實物福利也加上，中國城鄉居民實際收入的比率就應該在四以上。

在社會福利制度方面，早在一九五一年二月，政務院就發布了《勞動保險條例》，以後又不斷地得到進一步的完善，詳細規定了城市國營企業職工所享有的各種各樣的勞保待遇，從傷病後的公費醫療、公費休養與療養，到退職後的養老、女職工的產假及獨生子女的保健，直到傷殘後的救濟金以及死後的喪葬、撫恤金，甚至連職工供養的直系親屬享受半費醫療和死亡時的喪葬補助都照顧到了。集體企業也大多參照國營企業的辦法實行；國家機關、事業單位的工作人員那就更不必說了。除上述享有的待遇外，城市人口還無一遺漏地長年享有名目繁多的各種補貼，從業人員還享有單位近乎無償提供的住宅。

總之，城裡人一落地，就受到特別的呵護，吃、喝、拉、撒、睡、生、老、病、死、葬，樣樣被國家包攬了下來。但是，鄉下人卻一樣沒有。

二〇〇一年三月，在兩會期間的記者招待會上，人民日報記者就社會上反映強烈的收入分配問題，問朱鎔基總理怎樣看待這個問題，準備採取哪些有力措施調節收入分配？朱鎔基的回答是三句話：值得注意，尚不嚴重，正在解決。並特別說明：「已經把增加農民收入作為當前經濟工作的首要任務，放在突出位置，我們將出台一系列措施來解決這個問題。」事實是，人們在這一年看到的卻是，中央財政撥出巨資用於中國城市行政事業單位職工兩次加薪，年終又史無前例地增發了相當於一個月工資額的獎金。財政部長項懷誠還進一步表示，隨著中國經濟的不斷發展，職工的工資還會不斷增加。到了二〇〇二年，已經是這屆政府任期的最後一年，人們依然沒看到是如何把增加農民收入放在「突出位置」、當作「首要任務」的，更弄不懂城鄉居民收入的差距究竟達到多大比率，才算是問題「嚴重」。而這一年中央財政繼續計劃增加專項支出一百一十八億元，用於提高城市機關事業單位職工工資及離退休人員的離退休金。國家統計局副局長邱曉華不無擔憂地指出：中國城鄉居民收入差距已經大大高於賬面上的三比一，這個差距應該是五比一，甚至達到六比一，達到了共和國建國以來的最高值，而世界上多數國家的城鄉收入之比僅為一點五比一！

從中國社科院社會學研究所朱慶芳提供的資料上也可以看出，一九七八年城市職工平均工資為六百一十五元，而同年農民人均純收入只攤到一百三十四元，市民平均工資已經是農民人均純收入的四點五倍！一九九九年城市職工平均工資增加到八千三百四十六元，同期農民人均純收入雖然也得到了提高，但僅為兩千兩百一十元，就是說，市民平均工資比農民人均純收入高出了六千一百三十六元！應該特別指出的是，由於通貨膨脹等原因，一九七八年的一百元人民幣，到了一九九九年就只相當於二十二元六角，貨幣貶值到了百分之七十七，按逆指標計算，年遞減百分之七點一，這樣算下來，一九九九年農民人均純收入的兩千兩百一十元，其實只相當於一九七八年的四百九十九元四角六分，實際收入已經在下降。二〇〇〇年之後，城鄉間的這種差距就被拉得更大。

富者越富，貧者越貧，財富上的這種「馬太效應」，正在中國廣大的城市與農村之間日益加劇地顯現出來。

從建國初期的「一五」計劃期間，到改革開放前的「五五」計劃期間，國家對農業投資所佔比重一般都穩定在百分之十左右。但是，從改革開放後不久的一九八一年開始，國家對農業的投資比重卻逐漸縮小，一九八五年全國投資總數比上年增長了百分之四十五，而農業投資竟然下降了百分之零點五！這就使得本來就已捉襟見肘的中國農業喪失了活力。

「二元結構」最大的問題是一個社會中的成員在經濟文化各方面不能整體性地均衡發展，這樣就勢必導致現代化在一個國家中出現斷層：一部分人迅速走向了現代化，而大多數人卻與現代化無緣。

一邊是龐大的城市工業生產過剩，一邊是貧窮的農民買不起工業產品。中國經濟在人均GDP僅七百美元時就出現了生產過剩，很大程度上是八億農民並不具有購買力，佔人口總數百分之七十以上的農民消費總額比不上佔人口總數不到百分之三十的城市居民，這是中國城市工業畸形發展注定會產生的冷落。

可以說，當今中國高素質人才已經全部集中於城市，而國家的教育投資又差不多全用於城市，農村社會經濟的落後，必然導致環境的落後和教育的落後。沙塵暴的襲擊，已使城市人痛感周邊環境的侵擾，但中國農村的「文化沙塵暴」，將會對中國城市帶來的危害，這一重大課題卻至今無人問津。

沙塵暴肆虐城市還僅僅是生態環境對城鄉分割的二元化體制的一種報復形式，而中國廣大農村正在惡化的就不僅僅是生態環境和自然資源了。

事實已經證明：當今中國所發生的不少犯罪是貧窮對富裕的報復，是鄉村對城市的報復，是落後地區對發達地區的報復。人們除了譴責和痛恨，卻很少深究個中原因。

然而，同樣有大量事實在證明：我們依然漠視這種粗暴而非人道的二元化體制的存在。

陸學藝談及此，他又一次變得激動起來，透過鏡片看上去的目光顯出了幾分犀利。他說：「縱觀實行『城鄉分治、一國兩策』以來的四十多年歷史，當國民經濟運行出現波動、遇到困難時，倒楣的總是農民。國家通過財政、稅收、價格、金融、信貸的政策傾斜，保證城市和國家工業的發展，農民和農村在這種條件下，就要做出更大的貢獻。」

他把「貢獻」在嘴裡咬得很重，聽起來實際上就成了「犧牲」。

這時候，我們走了神兒，突然想到了杜潤生的一句話。杜先生曾任中共中央農村政策研究室主任，同時兼任國務院農村發展研究中心主任的職務，是一位農村政策和農村發展研究工作的「腕兒人物」，他的話顯然具有權威性。他就說過：「我們欠農民太多！」

已經欠下太多，不給一個休養生息的機會，幹嘛每當國民經濟「出現波動、遇到困難」時，偏要已經是力不勝任的中國農村和農民「做出更大的貢獻」呢？我們請教陸學藝，可他依然按照他的思路在回憶。

他說，一九八八年的通貨膨脹，國家進行了一次宏觀經濟調整，經濟的天平還是向城市傾斜，就使一九八九年的農民人均純收入減少，並出現了自改革開放以來農民純收入第一次實際增長為負數，負百分之一點六；隨後，九十年代中期以來的又一次國家宏觀經濟調整，農民付出的代價就比歷次都更大。

他說，當時國家下決心進行國企改革，宏觀經濟調整的動作很大，全國各地就有上千萬國有企業的職工下崗，登記失業率也逐年上升，有些老工業基地的下崗失業人員甚至超過百分之十，經濟形勢相當嚴峻。但是，由於物價特別是糧食等產品的價格，是在逐年下降的，大米每斤從兩元降到一元以下，雞蛋從三元五角一斤降到了一元八角，蔬菜瓜果的價格更是連連下跌，所以，職工下崗後發的津貼雖然很少，生活卻還能過得去，整個社會保持了基本的穩定。這種安定祥和的局面是來之不易的，固然是國家宏觀經濟調控的成功，何嘗不是八億農民為此做出巨大犧牲的結果呢！

這位中國社會學學會會長為我們算了幾筆賬。

一九九六年，中國農村糧食總產為一萬零九十億斤；一九九七年為九千八百八十三億斤；一九九八年為一萬零兩百四十六億斤；一九九九年為一萬零一百六十七億斤。平均以一萬億斤計，一九九六年十一月，大米、小麥和玉米三種糧食的平均價格為每斤一點〇三五五元，當年農民糧食所得便是一萬零三百五十五億元。可是，到了一九九九年十一月，這三種糧食的平均價格就減到每斤〇點七零七五元，農民從糧食所得則是七千零七十五億元，這就是說，一九九九年中國農村糧食總產並不比一九九六年的少，但增產不再增收，農民實際收入反而減少了三千二百八十億元。

除糧食而外，其他的一切農副產品的價格也都是大幅度下跌的。初步估算，僅一九九九年與一九九六年相比，農民從農業生產獲得的收入，至少也要減少四千億元。二〇〇〇年農業減產又減收，農民從農業獲得的收入就比一九九六年減少得更多。

可以說，僅從一九九七年到二〇〇〇年短短的四年之中，中國農民實際減少的收入就至少在一萬六千億以上！

這就是忍辱負重的中國農民在保證國家宏觀經濟調整、順利實現援助國企改革、穩定城市社會安定等方面所做出的巨大的犧牲！

遺憾的是，目前中國的政界以至學術界，農民利益的代表者太少，農民利益的呼聲也甚弱，中國農民實際上已經成為中國社會中典型的弱勢一族。

其實，不但當城市的發展與農村的發展發生衝突時，首先需要犧牲的是農民的利益；就是當各群體的利益發生矛盾衝突時，首先遭到抑制的也是農村經濟。為了保護國有糧食企業，一九九六年開始，各地的鄉鎮糧食加工企業被整死無數；為了保護國家供銷社的壟斷經營，遍及全國的一大批村辦、民辦的農資經營企業、棉花加工企業先後夭折；為了確保國有大鋼鐵企業的效益，地方小鋼鐵廠便在一紙命令下於二○○○年無一倖免全被強行關閉。因為取締關閉了一大批鄉鎮糖廠和糖精廠，中國的糖價由原來的兩千三百元一噸，回升到現在的三千一百元一噸，從而使得國有製糖行業實現了減虧……

代價就是這樣在各部門中相互轉移的。

我們看到國企扭虧為盈的同時，是否會想到，曾經被譽為「異軍突起」、撐起「半壁江山」的中國的鄉鎮企業，已變得危如朝露，而八億農民更加如牛負重呢？

經濟資源分配上的不平等，顯然源於國家在政治資源分配方面的不平等。清華大學國情研究專家胡鞍鋼教授指出，目前在全國人大代表名額的分配上，就存在著嚴重歧視農村人口的現象——每九十六萬農村人口才攤上一名代表，城市卻不同，每二十六萬城鎮人口便可以產生一名代表，前者是後者的四倍。他認為，這直接違反了我國《憲法》第三十三條關於「中華人民共和國年滿十八歲的公民，不分民族、種族、性別、職業、家庭出身、宗教信仰、教育程度、財產狀況、居住期限，都有選舉權和被選舉權」的規定。而且，造成各地區代表的比例差異也十分明顯──北京、上海、天津的人大代表比例就高，而像河南、安徽、江西、河北等十二個農業大省的人大代表的比例就很低。

俄國作家屠格涅夫說過：「沒有完全的平等，就沒有愛。」在不同階層的利益代言人角逐兩會的時候，誰又會為處於絕對弱勢地位的農民大聲疾呼呢？

北京經濟觀察研究中心的仲大軍就此發表了措詞頗為尖銳的看法，他說：「我們這樣的社會主義國家，應該在人民中間拉開如此大的差距嗎？中國的發展方向和目標到底是什麼？是以人為中心，還是繼續以追趕為中心？追趕的目的是什麼？難道僅僅是讓少數人與發達國家看齊，僅僅發展幾個地區樣板給外國人看，然後證明中國已達到先進水平了？中國的資源配置是繼續集中於城市地區，還是應當均衡配置？建國後相當長的一段時期，搞重工業優先的發展戰略，集中所有的資源追趕先進，搞軍事對抗，但追趕的代價是冷落了農村，犧牲了一批人，也惡化了生態自然環境。今天，時光進入了二十一世紀，冷戰時期的經濟發展模式和思維方法已不能繼續延續，縮小前五十年間形成的巨大的地區差距和城鄉差距已迫在眉睫地成為中國新世紀的主要任務和戰略目標。必須打破計劃經濟時期形成的戶籍管理制度，保障各種資源在全國範圍內合理流動，確立以人為本的發展戰略，應當成為我們的主要思考。」

「遷徙自由是人的基本權利之一。沒有勞動力的自由流動就談不上市場經濟。」全國人大代表陸學藝，在人大會議期間就專門寫了一份議案，他說，「現在不是落實政策的問題了，而是落實憲法的問題。要給八億農民起碼的國民待遇！」

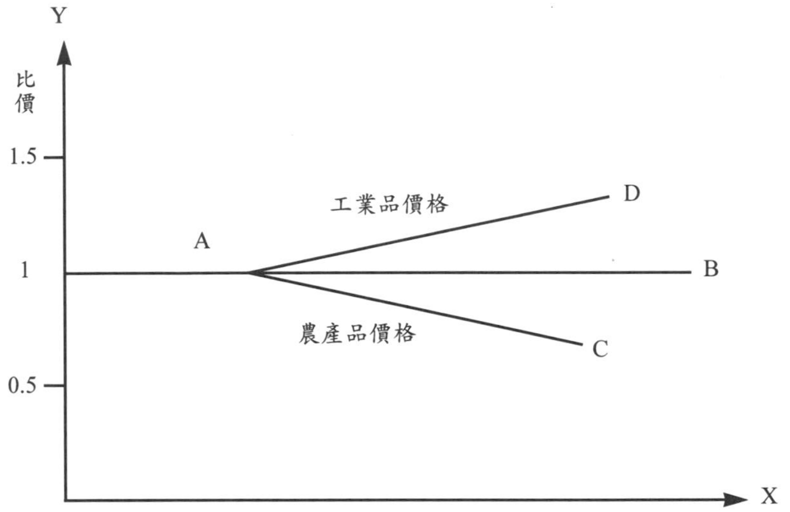

25 剪刀差

「城鄉分治，一國兩策」給中國農民帶來沉重負擔的另一形式，就是工農業產品交換的「剪刀差」。

「剪刀差」理論的發明權不知歸屬哪一位經濟學專家，這個提法既十分形象深刻又樸素無華。

瞧一眼「剪刀差」的示意圖，一切就可大體明白：

原理並不複雜，甚至不需要具有初中以上的文化水平就可以一目了然：如果工農業產品的價格與價值相等，它的比價線AB，就為1，但是，正因為出現了遠離AB比價線、呈剪刀張開的AD與AC兩條線，工農業產品間的「隱性負擔」就落到了農民的身上。簡言之，工業品是被提高到脫離了本身的實際價值賣給農民的，而農民的農副產品又是被大大壓低了本身的實有價值賣出的，這一切全是靠國家強制性的行政手段實現的。

工農業產品「剪刀差」的問題由來已久了，解放前就已經存在，我們還曾經將它作為國民黨政府對農民剝削的一個例證進行過無情的揭露。解放後不久，中央就提出要縮小舊社會遺留下來的這一極不合理的農民負擔問題。

其實，「剪刀差」的問題也並非只有中國存在，前蘇聯也存在。儘管當時我們把蘇聯稱為「老大哥」，許多方面照搬蘇聯的政治經濟模式，但無論毛澤東還是劉少奇，最初都是不贊成史達林通過「剪刀差」剝奪農民進行工業化的做法的。可是，當後來發現僅靠提取農業稅已不足以使得財政收入用於擴大再生產的投資能力時，情況很快就發生了變化。從我們掌握到的資料看，中國政府在一九五二年就利用「剪刀差」，從農民那裡「剝奪」了二十四億五千六百多萬元。

最早公開這件事的，是毛澤東在一九五六年十一月召開的中共中央八屆二中全會上。他在那次全會上十分明確地指出：「有些同志希望把工農業產品的剪刀差價趕快搞平，這是不可能的。因為現在剪刀差價已佔財政收入的百分之三十，而直接農業稅全國平均不過百分之十左右。如果現在消滅剪刀差價，做到等價交換，國家的積累就會受到影響。」

這表明當時的中央政府十分清楚，即便從認識上，甚至是從感情上，都難以接受史達林通過「剪刀差」剝奪農民進行工業化的做法，也無法接受國民黨政府一直採用的這種剝削農民的辦法，但是，要在一個歷經多年戰爭創傷的廢墟上建立起國家工業化，除了讓農村和農民做出犧牲確實又沒有別的選擇。

當然，也就是在那次全會上，毛澤東還提到：「剪刀差價太大，使農民無利可圖，那也是錯誤的。」不過，這也只是提到而已。既然選擇了計劃經濟，選擇了「城鄉分治」的一國兩策，「剪刀差」的問題自然而然會很快凸顯出來，這就不是以人的意志為轉移的事情了。

一九九五年三月一日，《經濟時報》的一篇社論說了這樣一段耐人尋味的話：「農業的基礎地位在一片加強聲中削弱，農民的收入在大聲疾呼中降低，農業生產資料在一片限價聲中漲價。」這看上去有些令人費解，也頗有幾分荒誕，但細想想，卻又是一針見血的。這就是：我們一直奉行的其實不過是一種「口頭農業」。

從國家財政的支出上看，從一九五九年到一九八四年這二十五年中間，支援農業的資金總計是兩千兩百億元，好像國家財政從「剪刀差」中獲取的，又通過支農資金返還給了農民。其實，說是「支農資金」，它與農民並無多大關係。支付的農林水利事業費，主要用於解決各級農口部門的行政性開支，農民沾不到一點光；國家興辦的水利、林業建設項目的投資，比如對大型水電站堤壩工程以及黃河、淮河流域的治理，在這些項目上，財政主要進行設施投資，這些工程不但佔用了農民大量的土地，往往還要農民自帶口糧出義務工去興修水利，最後受益的也主要是城市和工業。一個現成的例子就是，每當淮河發大水，為確保淮河中下游的城市、鐵路和礦山，常常扒開或炸開堤壩行洪，沿河的農村和農民便在一夜之間淪為澤國與災民。

據國務院農村發展研究中心的推算，一九五三年至一九七八年計劃經濟時期的二十五年間，中央政府通過工農業產品價格「剪刀差」獲取的總額在六千至八千億元，而截至改革開放前的一九七八年，當時國家工業固定資產總計不過九千多億。因此可以認為，中國的國家工業化的資本原始積累基本上源自於中國的農業！

剪刀差應逐步縮小，擴大顯然是錯誤的。進入改革開放之後，農產品和工業品的計劃定價逐漸得以取消，工農業產品「剪刀差」的制度因素曾經有所改革，但是由於改革並未真正到位，剪刀差價不僅依然存在，而且實際上繼續在加大。

農民的隱性負擔主要表現在變相提高農用水、電及農用生產資料價格。尤其是近些年來，農民生活用電價格上漲最快，一般地說，電費出廠價在三角二分一度，輸送到省電網只有三角五分一度，到了市電管局，也只是三角七分一度，送到鄉電管所就漲到七角八分一度，送到農民那裡，生活用電價格便宜的就已經漲到八角至一元一度，中等電價也是一元至一元五角一度，最高的則高達兩元五角一度。電價從發電廠到縣電網，上升了百分之六十四點三；而從鄉電管所輸送到用電農戶，電價就翻了幾番！

我們只要綜合三位農業專家的研究成果──徐志全著《中國工業化非均衡進程與農業政策選擇》、王貴宸著《中國農村現代化與農民》和張照新按照《中國統計年鑑一九九九》的有關價格指數推算數據──就可以十分清楚地看出，改革開放以來「剪刀差」強加在農民身上的負擔依然在不斷增加：

一九八〇年，三百億三千四百萬元；一九八五年，三百九十一億八千萬元；一九九〇年，七百二十六億四千五百萬元；一九九一年，九百六十八億元；一九九二年，突破一千億，達到一千二百五十一億；一九九三年，一千七百一十八億；一九九四年，突破兩千億，達到兩千一百八十九億；一九九五年，兩千六百七十一億；一九九六年，兩千八百二十六億；一九九七年，就上了三千億，高達三千一百四十四億；一九九八年，則高達三千五百九十一億……

短短的十八年時間，剪刀差價就增加了將近十二倍！

這些逐年增大的數字，看上去是十分枯燥而又乏味的，我們也曾感到它絲毫沒有「文學」的價值。可是，當我們聽到淮北一位農民扳著指頭算出的一筆賬，我們於是對數字就開始變得敏感起來。那位農民告訴我們：一畝小麥僅種子就需要二十五元，化肥需要花上一百一十元，農藥要十元，機械耕種要六十元，灌溉少說也要四十元，再加農業稅費的八十元（請注意，農業稅費卻是少得並不具有普遍的典型意義的），合計成本就是三百二十五元；而四百五十公斤的小麥只能賣到三百三十元。就是說，如果小麥畝產只有四百五十公斤，這一年農民就等於白幹！

最初我們聽到由這位農民嘴裡報出來的這些數字時，是沒有多少感覺的，因為在我們長達兩年的調查研究採寫中，接觸到了大量數字，以至對它產生出麻木，乃至厭倦。可聽到淮北這位農民算的這筆賬，我們還是感到了強烈的震撼。因為，他們分明沒把自己起早貪黑日曬雨淋竭盡全力的勞作計算在內。而將這一切統統略去不計了──畝產小麥九百市斤依然等於白幹──這賬聽起來就更像是一聲沉重的嘆息！

顯然這已不是一般意義上的數字。這分明是面朝黃土背朝天，恨不能把腦袋連同種子一道播種的無奈；分明是心血混合著泥土與鹹澀汗水的憂悒啊！

離我們居住地已經很近的長豐縣史院鄉廟塘村的農民，人均年收入才九百六十元，就是說，辛勞一年每月只攤到八十塊錢。儘管廟塘村的窮困是個別的，但中國大多數鄉村的農民，在「剪刀」的無情「分割」之下，已經難以維持簡單的再生產，集體經濟組織也難以維護簡單的再服務。

當我們查閱到全國農民價格因素增收增支匡算表上的一串數字時，我們感到的就不僅是震驚了：

從一九八九年到一九九五年的七年間，全國農民增收一萬一千八百八十七億元，而增支卻是一萬三千四百三十七億元，增收與增支相抵，全國農民淨虧一千五百五十億元！

農民因「剪刀差」造成的損失是十分巨大的！

對「剪刀差」問題的看法，歷來有兩種觀點。一種觀點是將它歸結為舊社會的遺跡，新中國只能逐步縮小直至最後消滅。這種觀點毫無疑問是缺乏說服力的，因為從新中國成立，到新時期，再到新世紀，我們已走過了漫長的半個世紀，舊社會的「遺跡」不見「縮小」，反而有增加的趨勢，顯然是說不過去的。一種觀點是「原始積累論」，認為從農業國向工業國轉化的過程中，由農業為國家提供工業化的資金積累是必要的。這種觀點，長期以來無人懷疑，好像是天經地義的，然而，對中國農民的社會負擔與農村發展作了長達六年研究的上海財經大學余紅教授，卻站出來說不。她認為這種觀點既不符合我們國家的性質，更不符合大多數農民兄弟的意願。事實上，我國的「剪刀差」是長期以來經濟政策的失誤，是計劃經濟體制弊端的積重難返！

其實，「剪刀差」也還是可以看得到的一種農民負擔，而強加在農民身上的國家糧食收購政策，則是一種隱性的更加沉重的負擔。

在建國後長達三十多年的時間裡，為保證國家建設、城市工礦區供應和出口的需要，一直就把實行農產品統購統銷的制度，看作是社會主義的基本制度之一，誰反對統購統銷，誰就是反黨反社會主義。由於這種收購政策切斷了億萬農民與市場的聯繫，農民基本上就沒有產品的處置權。田裡種什麼，種多，種少，全得按指令；糧食收上來了，賣多少，什麼價，也都由上面定。一九八四年，中央政府曾把糧食的統派購改為合同定購，但是由於當時各地糧食普遍大豐收，一時出現賣糧難，農民被「賣難」搞怕了，就都盡可能多地與國家簽定了糧食合同的定購數。可是，這以後，糧食的產量卻出現了連年徘徊的局面，定購價低於市場價的趨勢就愈演愈烈，糧食價格大大地偏離了價值，而糧食的定購合同，卻又成為硬性的派購任務。一九九〇年以後，「合同定購」改為「國家定購」，連原先完成了合同定購的農民可以得到的那部分計劃物資也被取消。而且，即便是完成定購任務後的餘糧，也不許再拿到集市上去賣，只能以「議價」仍賣給糧站。所謂「議價」，只是略高於「定購價」，依然比市場價低得多。例如，一九八八年稻穀的定購價為每公斤四角五分，議購價為七角，而市場價則是一元一角，僅這一年，安徽農民在商品糧上所作的貢獻就是五十億元以上。糧食的國家定購，已經成為農民一項巨大而沉重的義務！

率先進行農村稅費改革試點的安徽省太和縣，一九九四年開始試點時，儘管他們可以把許多農民負擔力所能及地予以減輕，但國家糧食定購的任務卻是不能作任何變更的。這一年，上繳的國家定購糧食就是一億三千零五十五萬四千斤；當時，一公斤小麥和玉米的定購價與市場價的差額是六角六分，有著三十五萬三千四百五十九戶、一百二十二萬農業人口的太和縣，僅此一項，農民承受的「隱性負擔」就高達四千零四十七萬多元！農民人均負擔三十元六角六分，每戶負擔一百一十四元五角！

且不說糧食定購雙軌制造成定、超、議購的多重價格，容易產生「平轉議」、「議轉平」環節上的投機倒把、營私舞弊等許多腐敗現象；也不說，國家大量資金就這樣從中間的渠道白白流走，而農民負擔卻變得空前沉重；問題是，在我們社會經濟日益走向市場化的今天，這種壓制農村商品生產、切斷農民與市場聯繫的糧食收購制度，正是由於它有著天經地義的「合法」性，因此，它對中國農民、尤其是產糧區農民生產積極性的打擊是無法估量的！

一位不願透露姓名的評論家評說道：「中國的農民，是中國國有企業以及六萬億國有資產的最大投資人，最大的『股東』，五十多年來卻一直就沒有得到應有的『分紅』，政府作為國有資產的『總經理』，還有什麼理由繼續再向已經兩手空空的中國農民無休無止地追要『投資』呢？」

安徽省農經委副主任吳昭仁曾給我們談起了這樣一件往事。

他說，有一天，他陪妻子回娘家，他發現那裡水稻的長勢明顯差於前幾年，就找當地農民了解。這才知道，現在是「化肥漲價，水費提價，電力議價，柴油高價，木材、家具沒個正價，唯獨糧食賣不上價。」大家幾乎異口同聲地告訴他：「種糧不合算，只要自己口糧夠吃就行了，花錢不指望它。」

他聽了以後，很吃驚，就說：「你們只顧自種自吃，那城裡人咋辦呢？」

農民聽了，奇怪地笑道：「讓我們鄉下人蝕本種糧給城裡人吃，城裡人又給了我們什麼好處呢？」

吳昭仁無言以對。

他陷入深深的憂慮。

吳昭仁說，中國有十多億人口，吃飯是一件大事，「無糧則亂」呀！靠吃進口糧是不行的，世界糧食市場供應不起，我們也沒有那麼多外匯，還得自力更生，立足國內解決。

吳昭仁認為，今天農民種糧積極性的下降，是價值規律在起作用。搞市場經濟，不承認價值規律是不行的，如果違背它，必將受到它的懲罰。如果我們今天依然讓農民「流著汗水種田，淌著眼淚賣糧」，不僅不應該，也辦不到，硬要這樣做，只能導致農民的強烈反抗，後果不堪設想！

第七章　達標，形象工程及其他

26 這達標，那達標，上邊從不掏腰包

在產生「草木皆兵」典故的八公山下，有一個國家級的歷史文化名城—壽縣。我們驚異於這裡何以集中了這麼多燦爛的文化，記載著如此厚重的悠久歷史：既是遠古春秋時期楚國、蔡國的建都之地，又是現代史上安徽省第一個黨組織—中共小甸特別支部的誕生之地；既是中國楚文化的故鄉，又有著華夏大地至今唯一保存完好的宋代古城牆，以及華東最大的清真寺；既有一心煉丹想長生不老最後卻發明了豆腐的淮南王劉安之墓，又有演義出「負荊請罪」千古佳話的趙大將軍廉頗之墓。

可是，不承想，在壽縣，最後給我們留下深刻印象的，是在有著「天下第一塘」盛譽的安豐塘畔的一段心路歷程。

安豐塘古稱芍陂，春秋時期為楚國所建，出自楚國宰相孫叔敖之手，塘堤五十二華里，懷抱著五萬畝水面，設有三十六道門，七十二條堰，工程浩大，雖是我國今天僅存的古代大型水利工程，但它直到今天，依然造福於壽縣人民。

那天，我們穿過淝水之戰的古戰場，走近安豐塘。望著水天一色煙波浩渺的塘面，好生納

悶：如此浩闊的水面，卻為什麼謙稱為「塘」？親臨其境，我們不得不折服那位古人巧奪天工的奇思妙想。我們是懷著極大的興趣，走進安豐塘鎮政府的，原想進一步了解古代這一偉大的人工水利樞紐工程；何以瀟灑從容地越過兩千多年的歲月，至今仍造福於人民？但是，在那裡，我們卻意外地聽到了發生在那兒的「消滅空白村」的故事。那些故事竟使我們的心變得像鉛一樣沉，似乎要沉到安豐塘的塘底去。

那些幾年前才興建起來的一個又一個「達標升級」的工程，曾幾何時，早就灰飛煙滅，先後在安豐塘附近的地平線上消失了，消失得讓人懷疑它曾經的存在。一邊是遠古工程，至今福祉於民；而一邊卻是短命工程，留給孫叔敖後裔的卻是無窮的災難！

在「天下第一塘」聽這些速生速滅工程的故事，我們感到了一種歷史的嘲弄與荒誕絕倫。

孫建軍是安豐塘鎮分管財貿的副鎮長，他對全鎮財務上的許許多多數字，熟悉得如數家珍。當然，現在他細數給我們聽的，顯然不是鎮政府的「家珍」，而是一提起來就讓他感到心疼的一些數字。

他說，「消滅空白村」是從一九九六年開始的。何謂消滅「空白村」？最初的內容，就是村村都要辦企業。用上「消滅」二字，說明了領導的決心，也說明了工作的力度。上邊任務一下達，又像回到了「大躍進」的一九五八年，戶戶點火，村村冒煙，別說不幹，動作慢了都得挨批評。可農民自古「日出而作，日落而息」，在土坷垃裡揀光景，啥叫企業還不明白，說叫辦馬上就得辦，這不是趕著鴨子上架，硬讓男人生孩子嗎？當然，這些年來，進城打工的農民見了世面，也確實有把企業辦起來，而且辦紅火了的，但那畢竟是少數。再說，就是要辦，也總要有個過程，至少先要調查研究熟悉市場行情，選準產品之後，弄懂生產工藝，懂個企業管理。城裡明擺著那麼多國有企業都沒法子脫困，卻大張旗鼓地要農村興辦企業，不是拿農民當猴耍，拿農民的血汗錢朝塘裡扔嗎？

他說的是「任務」二字，可我們聽起來卻怎麼都覺得好像是一場運動，一場「瞎折騰」。後來我們跑的地方多了，才知道這事不單壽縣的安豐塘鎮有，安徽各地都有，外省也都在這麼幹。

孫建軍說，安豐塘鎮首先辦了個橡膠廠，投進去四百八十五萬元，因為不知道咋擺弄，還專門跑到省裡請來人。如今工廠早關門熄火了，廠房丟在那兒，設備賣不出去，鎮裡算過一筆賬，即便把廠房設備都賣了，連個零頭也不值，橡膠廠掛在賬面上的債務，連本帶息已高達六百多萬元。

「想想都可笑，這安豐塘周圍既不生產鋅，又沒有焦炭廠，要啥沒啥，卻硬是又辦了家鋅產品冶煉廠。」孫建軍一臉的無奈，「一下投進去一百五十五萬元，第二年沒到頭，廠就趴了窩。」

這以後還辦了化工廠。產品據說也搞出來了，就是沒人要，結果砸進去二十萬，連水花聲也沒聽到。接著又辦了軋鋼廠，廠房還沒蓋齊呢，市場就不行了，又擲了三十萬，成了肉包子打狗，有去無回。這期間，縣政府還強行要鎮裡入股，說是合辦一家什麼通用機械廠，掛出的雖然是縣裡的牌子，後來垮了，本息三十多萬就都記在了安豐塘鎮政府的賬面上。

此外，不僅辦過汽車海綿墊廠，還辦過地板磚廠，兩家加起來也投資了三十三、四萬，因為產品的質量不過關，一分錢沒見。

還幹過草席廠。本來認為別的企業辦不好，有個技術上的原因，打草席總不會有問題，只要發動農民在安豐塘四周種上蘆葦，添置幾台編織機，有了蘆葦又有了編織機，這個立項等於三個指頭捏田螺——十拿九穩的。結果又是雞飛蛋打一場空，原來蘆葦並不是想像的那麼好種，就是有了草席也不知往哪兒賣。花上四十多萬從湖北買來的編織機，最後只廉價賣了幾萬元，加上生產上的虧損，五十多萬元又沒了影子。

前後兩年多時間，八個企業就損失了一千多萬元。

一千多萬元啊！

消滅「空白村」，害得安豐塘鎮成了財政「空殼鎮」！

投進去的這些錢，不少是縣領導出面協調的，是從銀行貸出的，農行貸的最多。現在這些出面幫助協調的縣領導，一個個因為「政績突出」，已經被提拔高升了，留下一屁股兩大胯的爛賬，就套在了鎮政府的脖子上。鎮政府沒辦法，遲早還得去掏農民的腰包。

孫建軍說，這還只是「消滅空白村」中的一件「達標升級」活動，這樣的「達標升級」項目其實還有很多。

從壽縣回到合肥，我們查閱了一九九三年一月二十九日中共中央辦公廳、國務院辦公廳發出的《關於切實減輕農民負擔的緊急通知》，通知上明白無誤地指出：「農民負擔重的問題，表現在農村，根子在上面各部門」，並強調，減輕農民負擔「必須從源頭抓起，首先從中央國家機關抓起」。

這說明，中央是十分了解下情的，知道農民負擔重很大一個原因來自「中央國家機關」，來自「條條」的達標、升級、收費、服務、罰款等活動，並由此導致地方政府對農民進行大量集資與攤派。

我們所到的農村，常常抬眼就可以見到這樣一些標語，因為它是用石灰刷在磚牆上的，十分顯眼：

人民××人民辦，辦好××為人民

起先見到這些把「人民」看在眼裡、放在心裡的標語，老實說，還是深受鼓舞，並留下了美好印象的。但後來見得多了，以至見得濫了，便心生疑竇，什麼事兒都得人民自己來辦，這冠冕堂皇的「為人民」三個字就大大地打了折扣，就只能說明我們的財政工作有了「缺位」和「錯位」的問題。

這實質是一種轉嫁責任和義務，是造成今天隨處可見的亂攤派、亂集資、亂罰款的不正之風的一個風源！

中國公民，當然包括廣大農民，有自覺納稅的義務，同時也就享有公共服務的權利，不可能也更不應該無休止地代替政府出錢辦事。

「再窮不能窮孩子，再苦不能苦教育。」

「要想富，先修路。」

「人人享有初級衛生保健。」

「村村都通程控電話。」

「提高全民體育素質。」

「破案手段不能落後於犯罪分子的作案手段。」

這些標語口號被頻繁地寫在村頭集尾，寫進「紅頭文件」，我們早已耳熟能詳。這些話無疑都是正確的，並且都是好事，都應該去辦，但是，錢誰給呢？從中央到地方，各級政府只管定指標，發文件，錢卻是由農民掏。

當然，不少文件上也常提到：「國家投一點，集體籌一點，農民繳一點」，這話聽起來合情合理，甚至，充滿著關愛。可是，「國家投一點」那大多不過是寫在紙上，虛晃一槍；「集體籌一點」其要害又是在一個「籌」字上，從哪兒籌呢？說穿了，前兩「點」閃爍其詞，最終都變成了農民的負擔。

結果是，這兒一點，那兒一點，這許許多多的「一點」匯集起來，便負擔成山了！

農民把這叫做：「部門出點子，領導拍板子，農民掏票子。」

一九九四年十月二十六日，《人民日報》發表了當時的農業部長劉江的一次談話，劉江說：「有些同志認為，我們辦的事不需要農民出很多的錢，只是一兩個雞蛋錢。實際上你向農民要一個兩個，他向農民要一個兩個，匯集到農民那裡就是一筐甚至是兩筐。」

我們注意到，在我們採訪到的那些縣市，絕大多數領導的講話採用的幾乎全是「兩點論」。在減負會上，他們可以大談減輕農民負擔的重要，大談「農民負擔」是高壓線，誰也碰不得；到了其他會上，馬上又去表揚「達標」進度快的，批評動作慢的，甚至厲聲責問：「人家能夠辦得到，你們為什麼就辦不到？」於是，馬路修得寬的，集鎮的勢派拉得大的，辦公大樓蓋得漂亮的，屢屢受獎，並得到提拔，被樹為「開拓型」幹部，至於那些錢是從哪裡弄來的，並不關心。不管他是剝奪了農民，還是惡意借貸，是否「吃了祖宗飯」，「斷了子孫路」，都不妨礙它成為典型與樣板。

好像是昆德拉說的，速度和遺忘成正比。當我們檢視這幾年在農村熱火朝天地搞的那些曾經激動人心的「達標升級」活動，就會發現，我們這個民族總鍾情於「好大喜功」，看重形式，我們好像一直處於信息的爆炸之中，又一直陷入轟炸之後的疲憊、麻木和災難當中。走有中國特色社會主義道路，已成我們的國策，然而，中國農村的「有中國特色社會主義道路」究竟是什麼？改革開放二十多年了，中國的農民至今搞不懂。

據農業部會同國家計委的調查統計，自上個世紀九十年代以來，由中央國家機關「紅頭文件」規定的要農民出錢出物的「達標」和名不叫「達標」卻實質是「達標」的活動就有四十三項，加上地方黨委政府下達的「達標」項目就多達七、八十項。其中，包括教育、衛生、文化、體育、計劃生育、廣播電視、程控電話、國防教育、民兵訓練、民政勞動保險、農村社會化服務體系、基層組織建設、交通基礎設施、文明村鎮建設、綠化工程、社會治安綜合治理等等，幾乎涵蓋了所有農村工作的領域。大到小康縣驗收、教育「雙基」達標、衛生「初保」達標、計生服務達標、創文明衛生縣、鎮、村等等，小到訂報、滅鼠、改水、改廁等等達標。

每一項都要農民出錢，匯集起來又何止是「一筐甚至兩筐」雞蛋錢！

上級部門在那裡閉門造車，出方案，拿主意，壓任務，錢是一毛不拔的，即便給一點，也是「蝦公釣草魚」，達標後給上一點象徵性的獎金，還美其名曰：「以獎代撥」。

每一項的「達標」內容是十分具體的。比如，教育「雙基」達標是：兩層樓，六粉刷，磚牆鐵門花園化。要求村村建小學，泥牆改磚牆，磚木結構改混凝預製，還要設施標準化、牆壁瓷磚化、環境花園化。僅此一項，就把農民壓得抬不起頭。還比如，鄉鎮派出所達標標準是「三五一一工程」，即三個人、五間房、一輛摩托、一部對講機。其實，這「三五一一工程」到了下邊，十三個人也不夠，五間房就變成了一幢樓；一輛摩托一部對講機也就成了一部警車幾輛摩托人人配個「大哥大」。又比如，「村村通公路」，公路的標準是「二化」：「油路化」和「黑色化」；沙石埂土不算數。再比如，廣電部門下達了一個十分具體的「小喇叭入戶率」，這就叫今天的農民摸不到北，因為，如今收音機和電視機在中國農村已經比較普遍了，幹嘛還硬性搞個「小喇叭入戶率」，真叫人哭笑不得。

更不用說，小康縣驗收達標的指標就有幾十條，條條聽起來都重要，少一條也通不過，每項都是要農民拿錢去壘的。

農民們怨聲載道，縣鄉幹部也叫苦不迭。

「鄉官」們為此編了一串順口溜：

「這驗收，那驗收，都要縣鄉幹部籌。」

「這達標，那達標，上邊從不掏腰包。」

「這大辦，那大辦，都是農民血與汗。」

如今自上而下實行的是任命制，或變相的任命制，被選拔的幹部就只需要對上負責，而不用對下負責。所以，不怕「上帝」，只怕上級；只怕領導批評，不怕群眾反對，這就使得各級黨委政府和人民的血肉關係，變成了油水關係，人民的公僕變成了人民的主人。同時，我們的組織制度又形成了一個由政府綜合管理，由部門分頭管理的多目標的管理格局，在政府與政府之間，部門與部門之間，政府與部門之間，以及政府各部門之間，形成了一個龐大的自上而下的政績考核體系。因此，名目繁多一哄而起的「達標驗收」，不但讓農民苦不堪言，也明顯超越了縣鄉財政的承受能力，為了「達標」驗收，更為了「升官晉級」，許多縣鄉幹部就黑了心肝。

怪事多著呢。在農業社會化服務體系的達標中，上級各主管部門都要求農口站所的建設要做到「五有」，即有房子，有牌子，有人員，有基地，有經費。「五有」無可厚非，問題是，許多主管部門趁著「達標升級」，在人的問題上做起了大文章。過去，鄉鎮一級「七站八所」的人員大多是從農村僱來的，他們亦工亦農，拿的是臨時人員工資，崗位雖然相當固定，但在他們不稱職或財政無力承擔時，鄉鎮政府還有權解聘。而現在，上級財政、稅務、公安、法院、工商、交通、衛生、糧食、農技、農機、水利、種子、植保、畜牧、食品、漁業等等主管部門，不但要求下邊增人增資，而且濫做好人，把原來的聘用人員一下子招工招幹，正兒八經地納起「皇糧」，工資還上漲了一大截。這些增資費，上頭只開空頭支票，仍要鄉鎮財政「化緣」。從哪兒「化緣」呢？還不是逼著鄉鎮幹部去當「三要」幹部：年年，月月，日日，上門向農民要錢、要糧、要命。這裡的「要命」，通常是指強制性的要計劃外超生婦女「刮胎」，但隨著幹群關係日趨惡化，弄不好就真的鬧出了人命。

有限的權力去承擔無限的責任，有名無實的鄉鎮政權，使得許多「鄉官」在面對千頭萬緒的農村工作時，呈現出一臉的困惑與無奈：「上頭搞達標，為啥該下頭背包袱呢？」

我們在採訪中得知，安徽省太和縣原牆鎮在「達標升級」活動中，新建教學樓就花去二百二十八萬，修路用了一百一十六萬，通有線電視架設電線又用去四十四萬，農、林、水利各項達標工程總投資高達四百四十八萬。初到原牆鎮的人會為原牆的鎮貌鎮容眼睛兒一亮，可這些工程一不能吃，二不能喝，鎮政府先後欠下的一千三百多萬元，每年的銀行利息就不是一個小數。

原牆鎮的父老鄉親哪輩子能還完？

債有主，但這份罪責應由誰來承擔呢？

當我們了解到壽縣八公山鄉欠款的情況時，著實感到了意外的震驚。可以說，八公山鄉是安徽境內最小的一個鄉鎮了，它總共只有四個行政村，一個彈丸鄉鎮，在「達標」活動中，卻也是累計欠款一千多萬元，以至鮑廣喜出任鄉黨委書記時，連正常的經費都難以維持，情急之中，居然跑到火葬場去借錢。

借死人頭上的錢，為活人發工資，這恐怕是聞所未聞的一大新聞！

這一令人啼笑皆非的細節，有如一杯苦酒，讓人難以接受。

一九九九年十月五日至十八日，中國農經學會在成都召開了「全國農村經濟結構調整與農民收入學術研究會」，各地代表發言熱烈，普遍認為：「社會風氣端正之日，才是農民負擔徹底減輕之時。」

會上，大家對中央機關公開提出意見：不切實際的達標升級活動主要來自中央各部委，不從源頭抓起，讓下面減負便很難辦到。

「依法治國，首先要依法行政。」這一點，成為這次會議代表們的共識。「依法行政首先就必須依法治權，依法治官！」

中央機關不帶頭垂範，依然把國家無力辦的事都轉嫁到農民頭上，想在一個早晨把好事做完，我們就不要侈談減輕農民負擔，至於增加農民收入更是不著邊際的天方夜譚。

27 誰的形象

現在不少政府機關或是企事業單位，都時興說「內聚合力，外樹形象」這類話。當然，果真如此，利國利民，好處多多，自不待說，然而屢見不鮮的卻是，縣、鄉選舉三、四年一屆，幹部變動崗位又太頻繁，有許多幹部很難從長計議，一到任就搞現燒熱賣的「形象工程」。

講得好聽一點，這叫辦實事，而骨子裡卻是形式主義，甚至只是為自己的晉升撈資本，所以，今天一個新思想，明天一個新戰略，後天又有個新舉措。

要上項目，就要籌資，集資攤派最後都只能落到農民頭上。

這裡，就引出一個值得思考的問題：「勤政」就一定好嗎？如果搞的只是政務噪音和政務泡沫，不僅不是在勤政為民，而是拙政擾民，甚或惡政害民了。

其實高效務實的政府不一定非得日理萬機，不一定非得忙得焦頭爛額不可，而是在法律和制度的框架之內，不事張揚地履行好自己的職責，腳踏實地地做好應做的工作。處理政務不需要喧囂，寧靜則是其更高層次的品格。

那種用搞「花架子」的手法「樹形象」邀功請賞的事，並非新鮮，古已有之。君不見，《官場現形記》中就寫了一位假剿匪的胡統領，他為急於獲取政績以引起上司注意，硬是讓官兵把村民當作土匪亂剿一氣，然後又花上三萬兩銀子讓人買了把「萬民傘」上報。建國之後，「大躍進」時期就有人搞出畝產「萬斤」糧的「特大衛星」。

「萬民傘」和「萬斤糧」，說到底，只能糊弄那些官僚主義作風嚴重的上級領導，或是同他們一樣愛玩虛弄假的上級領導。

時至今日，這樣的「上級領導」可以說是不絕如縷，所以，擾農害民的「形象工程」也就層出不窮了。

在安徽省渦陽縣花溝鎮，我們就目睹了一個「四萬工程」。一個「萬」字已是不得了，這「四萬工程」豈不更是了不得！

「四萬工程」的具體內容是：萬畝黃花菜工程、萬株（葡萄樹）綠色長廊工程、萬畝蔬菜工程和萬戶養鴿工程。想想看，在老子的故里，在淮北平原的一個鎮，氣勢磅礡地種出萬畝蔬菜和萬畝黃花菜，這個鄉官的「政績」還不突出嗎？能調動起一萬家農戶養鴿子，營造出一萬米長的葡萄樹築成的翡翠長廊，這樣的鎮頭能是等閒之輩嗎？

事實上，當初的「四萬工程」也確實是叫得很響的。策動這個工程的鎮黨委書記陳曉明不但因此受到賞識，而且大紅大紫了一番。縣委書記在大會上就大加讚揚：「渦陽要多出幾個陳曉明，我這個縣委書記就更好當！」

為了實施他的「四萬工程」，陳曉明拿出當年在花溝派出所幹所長時說一不二的勁頭，雷厲風行，所向披靡。為確保一萬米長的葡萄樹築成的翡翠長廊如期完工，路兩邊原有的萬木林，一聲令下被砍得一棵不留；沿途七十八家農戶的房屋，被強行拆除，扒得一間不剩。

我們走進花溝時，看到的已是滿目淒涼。被強行扒掉的房子中，有的還是花了上萬元才蓋了兩年的新房，強行剝奪的那是他們辛勞了大半生所有的積蓄啊！許多農民無房可居，只能住在四面透風的窩棚裡。連窩棚也搭不起的一戶人家，居然像乞丐一樣鑽了一年多的橋洞子。農民編出歌謠發洩自己的不滿：「陳曉明，手遮天，搞『形象』，圖露臉，害得村民鑽窩棚，一夜回到解放前。」

在「萬米綠色長廊」現場，我們發現，害得那麼多農民無家可歸的這項工程，早前花了五、六萬元買來的一萬多棵葡萄苗，竟然沒有成活幾棵，而村民說原先路兩邊長勢喜人的一萬米林木卻被砍得精光。現在，不見「長廊」，沒有「綠色」，只剩下用於支撐「葡萄樹」的光禿禿的一萬多根水泥杆子，無聲地述說著「工程」的荒誕。

建在對面河堤上的「萬畝黃花菜工程」，如今也成了村民放羊的地方，老百姓沒有見到一分錢的效益，但當時為買黃花菜苗，鎮政府就花去了二十多萬元。

在「萬畝蔬菜工程」原址上，我們看到的，除了僅有的幾個大棚還零零星星地種了一點蔬菜外，其餘的田地已被農民種上了小麥。而與此緊鄰的「萬戶養鴿工程」，當初鎮裡強迫農民花幾十塊錢買一對鴿子養，如今也是鴿死窩空，農民血本無歸。

我們去時，「四萬工程」已被《法制日報》和中央電視台曝了光，陳曉明已被免職，「四萬工程」的錯誤做法正在得到糾正。接待我們的是新調任的鎮長鄧華，他原是縣司法局副局長，早先畢業於一所煤炭師範學院的政教系，就是本縣標里鄉人。他告訴我們，縣財政借款八十八萬，鎮裡也拿出二十萬，新的黨政班子正忙於解決「四萬工程」給農民造成的實際困難。

我們沒有聽錯，他說的是縣財政借款八十八萬，是「借款」，不是無償的援助，這錢不是縣裡自給的，借了是要還的。這錢將來由誰還？不還是要花溝人民負擔?!

一個陳曉明，已經把一方老百姓搞得勞民傷財，雞犬不寧，若按縣委書記的意思，再多幾個陳曉明，一個縣豈不就暗無天日了?!

「四萬工程」到底在樹誰的形象？

答案已是不言自明。

然而，在中國廣袤的農村，豈止一個陳曉明呢。

許多地方，許多幹部，至今仍在熱心於「路邊政績」和「花盆工程」。沿公路兩側，但凡坐在小車內能夠望到的範圍，不允許有破房或草房，村民全被集中到所謂的「小康村」，或進入「規劃區」；兩邊的樹，兩邊的莊稼，也都被安排得十分漂亮。似乎，這樣做的「理由」還是很充分的：粉要往臉上搽嘛。人要衣裝，馬要鞍嘛。

下面的官員熱心於說假話，只能說明上面有一些當官的喜歡聽假話，至少，說假話無害，否則，又作何解釋呢？

這種被群眾稱作「驢糞蛋子表面光」的各種各樣的「形象工程」，給中國農民究竟造成了多大的損失，我們無法確知這個數字，但相信它一定會大得驚人！

28 革命不是請客，就是吃飯

一九九七年十一月二十日的安徽《大參考》雜誌，發表了一篇《令人憂慮的鄉村欠債》的文章。作者寫道：「最近我和省減負辦的同志一道，對鄉、村兩級欠債情況進行了一次調查，結果讓人大吃一驚。我們調查三個鄉鎮，一個欠債一千三百一十萬，一個欠債八百五十萬，另一個欠債七百三十一萬；相當一些村的欠債也在三、四十萬。攤到農民頭上，人均欠債就是三百元，戶均一兩千元。調查之後我與有些縣長、縣委書記交談，他們認為這類情況不是個別的，帶有普遍性。真讓我不寒而慄！」

寫這篇文章的作者，就是安徽省農經委副主任吳昭仁。我們最初讀到他的這篇文章時，也不由一驚。因為，他從事的就是「農經」工作，不可能官僚到對下面就一點不知情，以至最近下去只調查了三個鄉鎮，僅僅是同幾個縣領導交談了一下，就「大吃一驚」，並感到「不寒而慄」。接觸了吳昭仁以後才知道，他還是很愛朝下面跑的，常到各地農村搞調查研究，大半生幾乎全是在動筆桿子，由人民公社的秘書而至省委書記的秘書，一生寫出的方塊字當以億計，變成鉛字者恐怕也不止百萬，但是，他確實壓根兒就沒想到過鄉、村兩級的欠債問題會變得如此嚴重。

後來，隨著調查的不斷深入，我們也才知道，鄉鎮的負債問題，幾年前就已顯露，只是都被鄉鎮的「財政空轉」和「寅吃卯糧」的各種辦法掩蓋了。直到一九九八年，中央在農村工作會議上規定，從這一年開始的三年內，各地向農民收取「三提五統」費用，不得超過一九九七年的絕對額，這實際上就把中國鄉鎮的負債問題逼到了前台，無從隱蔽，矛盾從此公開。不過，等到發現問題時，問題已經相當嚴重，相當普遍了。

這麼說，吳昭仁，作為一個省的農經委負責人，能在一九九七年就提出「令人憂慮的鄉村欠債」問題，不但是比較早的，而且也是難能可貴的。

吳昭仁提到的三個鄉鎮，分別是安徽省太和縣的原牆鎮、壽縣的建設鎮和壽縣的安豐塘鎮。他下去調查的時間是在一九九七年十月，又是幾年過去了，他當初了解到的壽縣建設鎮和安豐塘鎮，欠債都已經上升到了一千多萬元。在壽縣，我們碰到了劉崗鎮黨委書記毛德寶，毛德寶說他是一九九八年到劉崗接手的，那時的劉崗就已欠下一千四百多萬元的貸款。這個數字，分明又比吳昭仁文章中提到的欠債最多的太和縣原牆鎮，又高出了一大截！

我們從農業部早先對十個省區農村進行調查的結果中可以得知：鄉級平均欠債四百萬元，村級平均負債二十萬元。

我們沒有查閱到一九九八年以後這方面的數據，不過可以肯定，各地的這個數字還會飆升。結論已經很清楚了：鄉、村欠債已經成為一個全國性的大問題。

欠下那麼多債都幹什麼用了呢？除上面我們已經寫到的「達標升級」，「形象工程」，佔用了其中的絕大部分外，還有一些更是莫名其妙。

「這是浮誇風的惡果。」吳昭仁說，「謊報企業效益，虛報財政收入，你就得按比例上繳，過去說吹牛不上稅，不對了，吹牛也要繳稅，繳後，自己發不出工資，只好靠貸款吃飯。」

「再就是，用於不正當開支。」他說，「這是賬上反映不出來的，名為『其他支出』，一個『其他』，就把各種各樣的名堂掩蓋了。這其中就有屢禁不止的吃吃喝喝！」

毛澤東過去說過的一句名言「革命不是請客吃飯」，現在變成了「革命不是請客，就是吃飯」；就連「紅軍不怕遠征難，萬水千山只等閒」的著名詩句，今天也被改成了「為官不怕喝酒難，萬盞乾杯只等閒」。

歷來什麼也不怕的中國人，現在變成了什麼都敢吃。地上爬的，天上飛的，海裡游的，除了人肉，能吃的都吃了；雞鴨魚肉已吃厭，烏龜王八不稀罕，野生禽獸全嘗遍。低度酒，高度酒；

白酒，啤酒，果酒，加飯酒；國酒，洋酒；從一盅（中）全會發展到三盅（中）、四盅（中）、五盅（中）全會，除了工業酒精，能喝的全喝了！

農民編的順口溜，入木三分地揭露了一些農村幹部給黨風、給政府形象、給國家帶來的危害：

革命小酒天天醉，
喝壞了黨風喝壞了胃。
能喝啤酒喝飲料，這樣的幹部不能要；
能喝一斤喝八兩，這樣的幹部得培養；
能喝八兩喝一斤，這樣的幹部最放心。
誰說咱這窮？你看個個臉通紅；
誰說咱這差？出門就有桑塔納！

那些整天紅光滿面、「酒精（久經）考驗」的「油袖（優秀）」幹部究竟吞掉了多少農民的血汗錢，恐怕誰也算不清楚。據國家統計局測算，每年全國城鄉公款吃喝都在八百億至一千億之多！這筆巨款，足可以舉辦四次奧運會，建設一兩個三峽工程，更可以抹去新中國仍然存在失學現象的恥辱！

一九九八年六月二十八日，安徽省淮南市平圩鎮「淮上酒家」店老闆蘇多信，因鎮政府長期拖欠他的飯菜錢，一紙訴狀將鎮政府告上了法院。

蘇多信拿著厚厚一疊飯款票據，找到鎮政府，但每次都被鎮領導以財政沒錢為由拒之門外。

此時的蘇多信已被債主逼得走投無路，只得橫下一條心，直接向市法院提起訴訟。事實並不複雜，而且證據確鑿，一九九九年一月十九日，淮南市中級人民法院鑑於平圩鎮政府財政收入連年赤字，已無力支付十年間欠下的三十八萬三千四百七十四元，利息三萬一千三百七十七元七角六分，合計四十一萬四千八百五十一元七角六分，於是作出民事裁定，將平圩鎮政府綜合樓一樓總面積為四百一十一平方米的十間房屋抵償給了蘇多信。這件事，一時成了爆炸性新聞。

平圩鎮的農民更是把它編成歌兒唱：「平圩幹部真不瓤，饞嘴吃掉十間房！」

此事在社會上造成了非常惡劣的影響。淮南市紀委經研究認為，平圩鎮黨委書記楊朋勝、鎮長戴建山、副鎮長陳和平都負有直接領導責任，分別給予三人黨內警告處分，並就此事向全市發出通報。

按說，平圩鎮大小「公僕」們該從中汲取點教訓，這種「吃壞黨風喝壞胃」的事可以收場了，誰知，事隔僅僅兩年，二〇〇〇年六月，平圩鎮另一個飯店「貴嵩」酒家店主王貴松，又以拖欠二十五萬元餐費再次將鎮政府告上法庭。

蹊蹺的是，這期間的鎮長，正是上次已經被黨內警告處分過的陳和平。

更蹊蹺的是，我們在採訪中發現，幾乎每一屆平圩鎮黨委和政府對公款吃喝都十分重視，他們制定的規定幾近是苛刻的。如，一九九〇年元月，鎮裡就制定了《關於黨政機關來客招待和工作就餐的若干規定》，其中一條規定就是：來客一律安排在機關食堂就餐，不准上煙、酒及名貴菜餚，不准下飯店。但是，就在這一年，鎮政府欠下「淮上酒家」餐費七千七百八十三元，而到了一九九一年，欠款已達到一萬六千餘元。又如，一九九四年，平圩鎮進一步規定：嚴格控制陪客人數，實行三比一對口陪客制度；招待標準每人每餐十元，不准招待煙酒；各單位的招待經費由各自承擔，鎮政府不作統一付款。然而，當年鎮裡就又欠下「淮上酒家」的餐費高達十二萬餘元。再如，一九九五年，平圩鎮政府又出新招：來客一律憑鎮政府招待券到食堂或飯店就餐，各飯店不記賬、不簽名，否則鎮政府一律不予結算。令人啼笑皆非的是，當年又欠下「淮上酒家」十八萬餘元。一九九六年以後，鎮黨委多次決定發揚勤儉節約、過緊日子的好作風，不斷拿出新措施，但事實卻是，僅一九九六年五月至一九九七年四月的一年時間，就欠下「淮上酒家」四萬多元的餐費，而「貴嵩酒家」出具的證明亦高達十二萬元！

這似乎有點兒令人不可思議。我們在採訪了眾多的鄉鎮之後，才發現平圩鎮發生的這種事情，各地都有，只是沒有發展到對簿公堂鬧到法院去。公款吃喝，不僅農村有，城市也有，農村是受城市影響的。中央三令五申也不解決問題，其中的深層原因，恐怕也不是「嘴饞貪吃」就能夠解釋清楚的。現如今，公款吃喝，還不單純是「不吃白不吃，吃了也白吃，白吃誰不吃」，吃喝不掏錢似乎已經成為一種身分的炫耀，成了一種地位的象徵，吃好吃壞甚至可以直接影響到「達標」能否升級，「工作」能否驗收，「關節」能否打通，「仕途」能否順利等等必不可少的程序和內容。

毫無疑問，這一切，就由不得平圩鎮黨委政府了。他們一次又一次制定的那些規定制度，不過只是一廂情願罷了。

二〇〇〇年七月二十五日，淮南市中級人民法院經開庭審理，判決平圩鎮政府償還所欠「貴嵩酒家」王貴松店主餐費、利息合計二十三萬兩千四百四十二元一角五分，於判決生效後十日內一次性付清。平圩鎮政府對一審判決不服，上訴至安徽省高級人民法院，認為原告明知吃喝屬一種社會不良風氣，卻屢屢賒賬讓人大吃大喝，實際在助長這種風氣的發展和蔓延，原告得不到欠款，其本身就有過錯；在這種情況下，還要鎮政府承擔欠款利息，這不僅造成國有資產的流失，也更不利於社會風氣的改善和精神文明的建設。

鎮政府的此種辯解，令人感到驚詫莫名。

民告官一向為百姓所畏忌，但此案中的兩級人民法院，卻都向法不向官，秉公辦案，安徽省高級人民法院經過認真審理，最後裁定：「駁回上訴，維持原判。」

我們在平圩鎮一處普通的平房裡，見到了終於勝訴的王貴松。他才接到省高院的裁定書，他家門前地上落滿的喜慶鞭炮的碎屑還沒顧得上掃去。他說他感激人民的法官為他討回了公道，他高興啊，跑到市裡買了十盤「電光炮」，外加二百發的「震天雷」，好好地為自己慶賀了一下子。

但是，我們無法高興得起來。

就在那一天，我們又了解到，像這樣拿房屋抵吃喝的事兒，在平圩鎮政府的歷史上已經不是一次了。就在陳和平調任鎮長前，鎮政府就曾用吃喝欠下一個飯店的十幾萬餐費，通過雙方協商，已經把位於市場上的一棟二層樓劃給了人家。還打聽到，鎮政府這些年欠下餐費的，也不僅只是「淮上酒家」和「貴嵩酒家」兩家，還欠下「淮河酒家」的十多萬元酒菜錢至今分文沒付，當時鎮政府正同「淮河酒家」的老闆私下談判，看得出，鎮政府是被官司打怕了，此事已做得秘而不宣。

可以想像得到，作為鎮政府的主要財產—鎮政府綜合樓將面臨著二次，甚至三次被肢解與瓜分的命運。

當然，如果問題僅出在一個平圩鎮，我們大可不必擔心，問題是，中國廣大的農村，無不成了「美食家」多如虱蟣的「烹飪樂園」。為吃喝而巧立名目已到了無所不用其極的地步，且不說吃「檢查」，吃「會議」，吃「扶貧」，吃「救災」，有錢吃，沒錢也吃，貸款吃，賒賬吃，年年月月吃，一任接著一任吃，吃喝之風已達窮兇極惡之境。

吳昭仁給我們說了一件傷心事。

他說長豐縣有個農民向省農經委反映，說他們那裡的村幹部吃喝問題嚴重，他於是就此事請長豐縣派人去查。誰知，事隔不久，那個反映問題的農民風風火火地找上門，求他不要再叫人查下去了。他十分奇怪。一問才知道，原來被村幹部吃進肚子裡的已吐不出來，現在派去查賬的人又在吃喝了。

吳昭仁聽了，頓時語塞。

不過，即便如此，我們也大可不必擔心，問題是，除去窮兇極惡的吃喝，還有沒完沒了的苛捐雜稅，沒完沒了的「城鄉分治」，沒完沒了的「剪刀差」，沒完沒了的「達標」、「升級」、「形象工程」，沒完沒了的「奉獻」、「犧牲」以及沒完沒了的歧視、擠壓與屈辱……

中國農民沉重的負擔，壓在身上，更壓在心上！

第八章 弄虛作假之種種

目睹沉重的農民負擔，走在一個又一個仍未從貧窮中突圍的村莊中間，我們的良知常受到煎熬。

29 罕見的電報

一位朋友講過的一個故事長時期地在我們心中揮之不去，它使得我們的內心非常不安。

這位朋友說，有一次，他陪一位地區官員到縣裡去檢查工作，因為彼此是同學，所以同住一家賓館又同居一室。這天大清早，服務員送來一份電報，這電報嚇了兩人一跳，它像長長的哈達，足有三、四尺長。細看才知道，這是一個從窮鄉僻壤趕來想見這位地區官員的農民打來的。他帶著全村人的希望，帶著滿肚子的苦水，想找「父母官」訴說，可賓館門衛不讓他進，他想方設法進了賓館卻又被秘書擋了駕，情急之下，老農傾盡賣豬的幾百塊錢，跑到近在咫尺的郵電局，把帶來的上訪信的文字變成了電文，這才「來到了」賓館。

地區官員捧著老農傾訴真情的電報，潸然淚下，顫著聲說：「我離他們遠了，太遠了……」

朋友更是大為感慨地說：「不知金尼斯是否願意將其收錄，我敢肯定，這是世界上最長最長而又是距離最短最短的電報了！」

一個普通農民，只是想向一個地區領導傾述實情尚且如此之難，假如是向省裡領導，甚或更高一層的領導，又會如何呢？

我們看到、聽到的上級領導機關下去的人，都被一級級一層層的下級幹部前呼後擁，按事先定好的「視察」地點、事先布置好的人員去了解訪問，能了解到多少真實情況？

能否真實地了解到情況，這太重要。因為它將直接影響到決策者的決心，影響到出台的政策，當然就會影響到這項工作的成敗。

我們想到了毛澤東。戰爭年代的毛澤東是那樣地運籌帷幄，決戰千里，胸中自有雄兵百萬，縱橫捭闔，戰無不勝，但解放後怎麼會提出一個「一九八〇年實現農業機械化」的號召呢？現在回頭再看，這個號召已顯得十分可笑。究其原因，除去經濟建設的經驗不足而外，這種決心多半來自對當時中國農業，甚至包括對當時中國工業的真實狀況產生的錯誤估計，它背離了社會實際，留下的，就只能是一位偉人的一樁憾事。

我們也注意到，中國政府在上個世紀末，曾作出過兩項承諾：一項是「要讓淮河水在二〇〇〇年變清」；一項是「不將貧困帶給下一個世紀」。

為使淮河水如期變清，中國政府拿出了大禹治水的精神，壯士斷臂的勇氣，在一九九六年七月一日凌晨之前，毅然關閉了淮河沿岸上千家小造紙廠，並在最後期限的日子裡，打響了一場聲勢浩大的「零點行動」。

為消滅貧困，基本解決農村中八千萬貧困人口的溫飽問題，中國政府從一九九四年到二〇〇〇年的七年時間裡，集中了人力、物力、財力，動員起社會各界力量，還為此制定了《國家八七扶貧攻堅計劃》，並向全世界宣告：「二〇〇〇年，消除貧困的目標一定能夠實現。」

但是，奇蹟和成功，掩蓋不了依然存在著的事實，這就是，淮河的水並未因為一個舊世紀的結束便從根本上改觀，淮河的現狀，依然讓我們為之憂慮；同樣，我們也沒有把貧窮堵截在新世紀的門檻之外，它現在仍困擾著一些地區的農民兄弟。

我們承諾的決心，無疑是對真實狀況的嚴峻性及複雜性缺乏準確而可靠的估計。

這自然又使我們想到有關教委對靈璧縣馮廟鎮中學進行的一次九年義務制教育的「達標」驗收。在驗收大員尚未到達馮廟之前，鎮政府就已急令各村突擊把失學在家多年的青少年，統統「動員」回校，並由在校學生替他們趕做了各門功課的作業簿；同時派人趕往百里之外的江蘇省徐州市，採購來名煙名酒。驗收大員們對驗收的結果據說是十分滿意的，但驗收的隊伍前腳離鎮，可憐的失學青少年後腳就被「驅出」了學校。

假如我們對農村的教育狀況都依憑馮廟這樣滿意的判斷，並據此制定發展計劃，豈不是將差之毫釐，謬以千里嗎？

30 可敬的領導

溫家寶對下面這種弄虛作假的現象，顯然有著十分清醒的認識。可以說，溫家寶是中央領導層近年來深入到安徽農村搞調研次數最多的一位；同時，也是讓陪同他的地方幹部最頭疼的一位。為了了解到農村和農民的真實情況，他常常不給地方官員留面子，想方設法衝破對他的「封鎖」，使得刻意弄虛作假者不知所措。

一九九六年五月麥收之前，當時還是中央政治局候補委員、中央書記處書記的溫家寶，到安徽檢查扶貧工作。一來就約法三章，不搞迎送，不搞陪吃，下去時更不許前呼後擁，一切輕車簡從。

他的隨行人員也是屈指可數，除秘書田學斌，警衛參謀張振海，中央辦公廳秘書局和中央農村工作領導小組各來一位局長，還有就是農業部的一位有關領導。

那次他們來了後，就同安徽省的有關領導分乘兩輛普普通通的中巴車，直奔大別山革命老區。

在從金寨縣通往霍山縣的山道上，溫家寶來了一個突然襲擊。他招呼司機說：「我要方便一下。」司機當即把車停住。

車上的人都以為溫家寶真是下去「方便」了，誰知，他跳下車後，走得很快，沿著一條小路就一直往前走去了。

坐在另一輛中巴車上的安徽省的領導，這才發現，前面有座不大的村莊，溫家寶正向那個村莊走過去，他們不免感到詫異。因為這是在事先安排要視察的計劃之外。而且，看上去，還是一處十分貧窮的地方。

大家趕忙下車，快步跟了上去。

溫家寶見幾個農民扛著樹皮走過來，就迎上去問：「你們這是幹什麼呀？」

一個婦女見問話人面相慈善，話聲和藹，雖是幹部打扮，卻沒有想到這會是中央下來的幹部，因此答得就很隨便：「現在青黃不接，山上沒東西可賣，供銷社正在收購樹皮，聽說造紙用，就削點樹皮去賣，好買點口糧回來。」

溫家寶轉身又去打問一位男青年，當得知對方是位民辦教師，便仔細了解他的工資情況。民辦教師發愁地說：「鄉裡一個月只補助五十元，連吃糧的錢也不夠，說是補助，也只是欠著，趕到要過年了才給，平時就連買糧的錢也沒有。」

溫家寶一邊認真聽著，一邊點著頭。

他在村子裡各處仔仔細細地看了個遍，這才上車。到了霍山縣城後，他隨便用了一下餐，就要求聽縣裡彙報。

霍山縣委書記不知道溫家寶在來的路上已經沒按「規定」下過車，依然像往常一樣地做著彙報，他甚至激動地說道：「這幾年，我們霍山縣有了很大的發展，既脫帽，又加冕，脫掉了貧困縣的帽子，戴上了『奔小康』的帽子。」接著就把全縣的國民生產總值、糧食產量、財政收入和農民增收的各種數字，熟練地報了一遍。他還準備把各種成績的統計數字一一報來，溫家寶卻截住了他的話頭，忽然問：

「你這個縣這麼好，可以按時發工資嗎？」

縣委書記回答得斬釘截鐵：「我們不欠全縣職工一分錢！」

溫家寶點到了他下車看過的那個村莊的名字。

縣委書記不禁一愣。但他馬上指出：「那是我們縣最窮的一個村。」

溫家寶幽默地笑道：「你最窮的一個村，就被我看到了？」

縣委書記這才知道遇上了麻煩，偷偷地看了一眼坐在旁邊的省委領導，見省委領導都面無表情地望著他，不由得急出了一頭汗。

溫家寶嚴肅地說：「同志們，不是我們不相信你們的數字，我更看重農民家裡的生活水平是否真的提高。你們都很年輕，我希望你們多到農民群眾的家裡看看，真正做到脫貧很不容易，何況有些脫貧了還會返貧呢。」

也就是在那一次，溫家寶要看龍河口水庫淹沒區農民的生活狀況，舒城縣卻安排了一個各方面都比較好的村子讓他看。他一眼就發現了問題，問：「這兒是淹沒區嗎？」

縣委書記見瞞不過，只得照實說：「不算淹沒區，只是邊緣地帶。」

「我要看淹沒區，看最貧困的村子。」

舒城縣委書記沒有一點思想準備，因為以往下來檢查工作的中央領導或省領導，沒誰提出過這樣的要求。安排領導參觀「形象工程」，視察「閃光點」，早已成了一條程式化的不變的「規矩」。於是，這位縣委書記搪塞道：「那兒路不通。」

「你說的不通，是不是車子開不進去？」溫家寶認真地問。

「是。」

「走路要走多遠呢？」

縣委書記想了想說：「十公里吧。」

溫家寶一聽，朗聲笑道：「不算遠，那我們就走去。」說著，做了個挽褲腳趕路的動作。

當時的省委書記盧榮景見溫家寶決心已定，馬上接過話：「快上車，開到哪兒不能開了，再下車走嘛！」

於是大家陸續上車。

舒城縣委書記說「路不通」，只是不希望溫家寶看到窮得不像樣子的地方。不過，他又是一個實在人，見省委書記表了態同意去看，也就沒再留點兒心眼，把自己曾說過路不通還須走上十公里的話忘得一乾二淨，指揮著司機順順當當地將車開進了一個村子裡。

省農經委的吳昭仁在和我們講起這段插曲時，他的臉上露出了無地自容的神色。他說：「我當時一聽縣委書記說『到了，下車吧！』腦袋嗡地響了一下。心想，你這個縣委書記真要命，說過這村子車開不進去，你至少也要停得遠一點，讓大家走幾步，哪能讓車一下子進了村？這讓陪同的省領導在中央領導跟前，臉往哪擱？這時就聽走在我邊上的王昭耀副省長說：『地上有縫都想鑽進去……』搞得我們一個個灰頭土臉，硬著頭皮走下車。」

那確實是個很窮的村子，房子不像房子，陰暗潮濕，因為農舍裡太黑，大白天走進屋，半天看不見東西。其實，看見跟沒看見都不重要，許多農戶家徒四壁，半個村子跑下來，沒看到誰家有一件值錢的東西。

溫家寶一連看了幾戶農家，心情很是沉重。

又一次，溫家寶到安徽檢查農業經濟結構調整方面的工作。在阜南縣，縣裡安排是看小陳莊，這是一個新建的村，兩排樓房十分漂亮地擁路而立，中間的馬路也修得很寬，看上去不僅富足，還透出幾分氣勢。但是，溫家寶下車後只看了一眼，就拒絕進村去看。

這弄得陪同的領導十分尷尬。

吳昭仁是多次陪同溫家寶到安徽各地視察的，彼此已經很熟悉，他打破僵局走上去說道：

「既然來了，進村看看吧！」

「不看，」溫家寶不為所動，「要我看什麼呢？無非就是幾個有錢人，蓋了幾幢新樓房。」

縣裡領導忙解釋：「還有個座談會……人已到齊了。」

溫家寶堅持說：「這個座談會不參加。」

現場的氣氛變得十分窘迫。

這時，走來了兩個農民模樣的人，溫家寶於是上前打問：「搬到這兒來，你們是自願的嗎？」

對方高聲答道：「完全是自願的。」

溫家寶若有所思地又問：「住這樣的房子，花了多少錢哪？」

「兩萬多。」

溫家寶朝村裡望了望，空無一人，就打量起走過來的這兩個「農民」。顯然他已從對方回話的口氣中悟出了什麼，指著其中的一人問：「你在村裡具體幹什麼呀？」

對方說：「支部書記。」

溫家寶幽默地笑了：「那我就問問你，為什麼要修這麼寬的馬路，佔用這麼多的耕地呢？」

支部書記啞口無言。

重新回到阜陽市，市委將溫家寶一行安排在國際大酒店，溫家寶一聽是「國際大酒店」，堅決不住，要求住進招待所。

由於溫家寶的堅持，最後下榻在作為市委招待所的「穎州賓館」。晚飯後，溫家寶也不願休息，要求安排兩個縣委領導彙報有關工作。彙報時，太和縣委書記取出了事先準備好的稿子，剛念了個開頭，溫家寶就示意對方停下來：「你們不要念稿子好嗎？」離開了稿子，這位縣委書記竟不知什麼該講什麼不該講了，變得吞吞吐吐，十分狼狽。

溫家寶失望地搖了搖頭，說道：「今天下午，我很生氣，在阜南縣的那個村子裡，見不到一個群眾，不知道你們想讓我看什麼？去年，我到河南省，一個縣委書記也叫我去看一個這樣的村子，見不到農民，村裡的馬路修得比你們這兒看到的還寬，房子也比這兒漂亮，我就問那個縣委書記，這樣好的村子在你縣佔多少呀？他支支吾吾地說，百分之二十吧。我說，好，就是佔到百分之二十，還有百分之八十的農村是個什麼樣子呢？我更想知道你們縣百分之八十農村的情況，你帶我去看看好嗎？他馬上說，路不通，不好去。我說，車子去不成，人總可以走進去吧，那麼多的農民可以走，我們為什麼不可以走呢？你帶路，我要進去看看！」

說到這裡，他頓了一下，臉上的表情十分複雜。

陪同的安徽同志，當然聽得出此番話的意思。藉故路不通，不希望他看到自己管轄範圍的落後面、貧困狀況的，不只是河南省的那位縣委書記，他在安徽舒城縣就有過同樣的遭遇。只給上面展示「政績」，看「鶯歌燕舞」，這種弄虛作假的現象，已經像瘟疫一樣在中國各地蔓延成災。

那天晚上，溫家寶談了很多，談得推心置腹：「阜陽地區我來過幾次，通過前後對比，我看有很大發展，農民生活也有很大改善，當然離小康的要求、離物質文明和精神文明的要求還有不少差距，一個地區裡面也還有很大的不平衡。可能有很好的村，但也有相當多的一般村，還有很多貧困村。就一個村子來講，也很不平衡，有富裕戶，有大量的一般戶，也有比較困難的戶。我覺得我們的農民非常知足，就吃幾碗白米飯，沒什麼菜，住的又是那個樣子，但是對黨，對政府，卻沒有什麼怨言，非常樸實。我感到我們的農民，是非常有覺悟的，越是這樣，我們的幹部就越應該覺得自己身上的責任重。怎麼幫助農民盡快地富起來，我們有著不可推卸的責任。」

他說：「事關農村的政策問題，我就想到安徽來聽聽大家的意見，因為這裡有許多熟悉情況、又敢於發表意見的同志。我每次來都很有收穫。我的好多政策上的想法，都是我隨便下車了解到的。地方上準備的東西，和要看的地方，往往是一些比較典型、比較成熟的閃光點，不是說這些地方不真實，但常常不具備普遍性。所以，我非常喜歡隨便走走看看。我的調查研究很簡單，就是開車隨便進一個村，有時要談一個小時，也可以跟農民談一天。最長的一次是在鐵嶺，我坐在炕頭上和農民談心，從中知道了好多事情：土地關係、分配關係、幹群關係。不坐下來深入地談，就很難了解到。即使這樣，我仍覺得自己對農村的了解恐怕至多只有十分之一，大量的情況還是不了解的。我知道農村的情況並不都是好的，需要我們去看問題，發現問題，解決問題。所以我希望今天的座談，能暢所欲言，有什麼情況就講什麼情況。」

他是從天津市舊城區一個普通的胡同裡走出來的，有著一家五口居住在不足二十一平方米房屋裡的經歷，因此，「平民情結」一直根植在他心中。他非常喜歡深入基層，在全國的兩千多個縣中，他居然跑了一千八百多個縣，這在中央一級的領導中，恐怕是最多的。

那一天，他動了感情地說道：「我們黨的政策是要為絕大多數人謀利益的，我還希望去看絕大多數群眾。如果農村都這麼好的話，還要我們這些人幹什麼呢？在北京郊區的房山，我看到過許多農民仍在看九英寸的黑白電視，難道你們這裡比北京郊區還好嗎？共產黨人一定要關心大多數人的利益，不能只關心少數人！」

他特別強調：「我再說一遍，我是來搞調查研究的，不是來參觀的，請你們不要只讓看『閃光點』！」

坐在會場上的阜陽市委書記王懷忠是個絕頂的聰明人，他馬上離開會場，慌忙要人給潁上縣打招呼，將原安排第二天去潁上參觀「全球環境五百佳」的小張莊與八里河的計劃取消；並交代，從阜陽賓館拉過去的那些高檔餐具和借去的廚師，統統連夜撤回，不得有誤！

31 騙你沒商量

在安徽省南陵縣，我們就採訪到了朱鎔基一次被騙的經過。

當時，朱鎔基剛剛出任國務院總理，他來皖考察的目的很明確，就是想看看安徽的廣大農村對他過去制定的糧食收購政策執行的情況。他不只一次地說過：「在農業問題上，在中央要對農業作出重大決策時，我往往會到安徽來調查研究的。」

那是一九九八年五月下旬，朱鎔基在國家發展計劃委員會副主任王春正、國務院副秘書長馬凱、國務院研究室副主任尹成傑的陪同下，來到了安徽。

這是朱鎔基第五次來安徽；。他高興地伸出右手的手指，給安徽的同志細數五次來皖的情景：第一次是一九八七年，他還在國家經委工作的時候，到蕪湖來參加一個再生資源綜合利用的會議；第二次是一九九一年，安徽特大洪水後來看災情；第三次是一九九三年十二月中旬，糧食漲價時來安徽；第四次是一九九七年六月底，糧價下跌，又到河南和安徽；這次是第五次。

他一再表示：「我跟安徽有緣。」

然而，安徽欺騙朱總理卻也是沒商量的。

安徽的同志當然知道安徽的南陵縣是朱鎔基的祖籍地，所以，這次的考察就被安排在了皖南的南陵縣。

南陵是江城蕪湖市轄下的一個產糧大縣。俗話說，「蕪湖米市南陵糧倉」，蕪湖是中國著名的「四大米市」之一，「蕪湖米市」的盛譽就是靠「南陵糧倉」支撐的。事實上，南陵不僅產糧，還盛產油、棉、茶、桑，自古便是富甲一方的「魚米之鄉」。

南陵作為產糧大縣絕非徒有虛名，但是，當得知朱鎔基總理將前往南陵檢查落實國家糧食收購政策的情況時，南陵縣和蕪湖市的領導還是慌了手腳。因為，南陵的糧倉裡確實又是無糧的。

國有糧倉無糧，說奇怪，其實並不奇怪。國家制定的糧食收購政策，地方上實在難以執行。中央定價，放開收購，出現虧損，卻是由地方財政補貼。這幾年糧食越來越不值錢，產糧大縣幹部職工的工資都發不出來，哪有錢往糧食上補貼呢？沒有補貼，負責收購糧食的糧站，就只有變著花樣壓級壓價，扣斤扣兩，限收，或乾脆拒收。所以，許多糧站寧願讓糧倉就這樣空著。

現在朱鎔基要來，無論南陵縣，還是蕪湖市，都不希望讓他看到這裡並沒有執行國家的糧食政策，只想讓總理看到他的祖籍之地政通人和，經濟繁榮的大好局面。

於是只有造假。

當時，南陵縣峨嶺糧站已經是一家嚴重虧損的國有企業，除去其中的六號倉尚儲有部分糧食外，其餘號倉基本無糧。峨嶺糧站造假是從五月十八日這一天就開始的，可以說，興師動眾，聲勢浩大，突擊調運的一千零三十一噸糧食，分別來自三里、煙墩、工山、陳橋等地。連駕駛員在內，前後二百餘人參預了糧食的運輸和進倉工作。五月十八日到二十一日這四天，峨嶺糧站的職工們幾乎沒睡上一個囫圇覺。糧站站長劉鴻第一個晚上忙到凌晨兩點，第二個晚上幹到凌晨四點，接下去就又連幹了兩個通宵。在那令峨嶺人難忘的四天四夜裡，小鎮上所有的飯店和茶館，都擠滿了輪番前來吃飯或喝茶的搬運工人；糧站內外汽車絡繹不絕，鬧得附近的居民徹夜不寧。

那時縣裡分管糧食工作的是胡錫萍副縣長，考慮到她是位女同志，難勝此任，就將主管教育工作的年輕副縣長湯春和派到運糧第一線。劉鴻站長在接受我們採訪時，他說個頭不高、長得胖胖的湯春和副縣長，始終就在現場坐鎮指揮。朱鎔基到達的前一天，蕪湖市委副書記倪發科還領著省、市、縣一大幫人趕去驗收。因為倪發科在南陵當過縣委書記，南陵縣的老百姓大多認得他，至於這場造假的最高策劃者是誰，誰也說不清。

總理視察的這一天，糧站的所有職工被告知不得進站。站長劉鴻被臨時降為倉庫管理員，峨嶺糧站站長由三里中心站站長俞水華所取代。身負大任的俞水華，那幾天比誰都忙，忙著背熟預先由上面寫好的材料，背熟預先編好的各種數字，特別是中央有關糧食工作的政策規定，要求爛熟於心，以應對朱總理隨時可能會提出的一切問題。

南陵警方甚至沒有忽視，在總理走進峨嶺糧站之前，就已經分別以各種藉口對揚言要向總理告發此事的三個「刁民」實行軟禁。

於是一切安排就緒，就這樣，朱鎔基一行渾然不覺地走進了一個誘人的騙局。

一九九八年五月二十二日上午十時許，朱鎔基不可能會想到，他與在場的人高興地握手問候，被握手問候的居然沒有一個是這個糧站的職工；站長劉鴻此刻已被打發到一個無法享受到總理握手問候的角落。

回答朱鎔基提問的，是峨嶺糧站的假站長俞水華。俞水華其實也不過是這場鬧劇中的一個活道具，他必須按照預先為他編寫好的台詞，在別人的導演下現場演戲。

這一切，都被中央電視台錄製在後來向國內外公開播放的新聞畫面上。

朱鎔基關切地問：「你們敞開收購了嗎？」這是他最放心不下的。由於農業上連續豐收，糧價不斷下跌，各地糧站的收購不積極，再不按照國家規定的保護價敞開收購農民手裡的餘糧，農民就會吃虧，同時挫傷農民種糧的積極性，從而使得糧食生產的持續穩定增長就難以得到保證。

只見俞水華字正腔圓地回答：「敞開收購了！」

朱鎔基十分滿意地點著頭問：「你去年收了多少糧食？」

俞水華滿懷豪情地撒開了彌天大謊：「去年收購五千噸，而過去一年都在一千七百噸左右。」

朱鎔基又問：「你這個糧站收一個鄉還是幾個鄉的糧食呀？」

「一個鄉。」

這時朱鎔基若有所思地提出了一串問題：「這個鄉有多少畝田？畝產一般是多少？總產量又有多少？」

俞水華不假思索地答道：「全鄉兩千五百畝田，一年產量一萬五千噸。」

俞水華只知道按照準備好的材料背數字，卻忽視了這些數字背後可能會出現的破綻。

果然，朱鎔基反過來給俞水華算細賬了：「你雖然收了不少，但除去農民口糧和種子，你還是沒有完全收盡餘糧嘛！這怎麼叫『敞開收購』呢？雙季水稻難道畝產不到七百斤嗎？你得講實話啊！」

俞水華是個機靈人，事先早已對各種可能會出現的情況都做了最充分的準備，這時明知露了馬腳，卻並不慌亂，反倒顯得更加鎮定，並且自自然然地攤開雙手，為難地說：「我們已經盡了最大的努力，現有的糧庫都用上了，已經爆滿了！」

朱鎔基環顧一下四周的糧倉，微笑了。這時，俞水華恰到好處地做了一個歡迎總理進倉視察的手勢。

朱鎔基於是在俞水華的引導下，走進了三號糧倉。

望著堆碼整齊的高高的糧垛，朱鎔基忍不住要親自登一登糧堆的高處。因為糧堆的一邊非常陡峭，為安全起見，隨行的兩名保衛人員不得不慌忙跟上去，各自伸出一隻手從後面緊緊地支撐著總理的後背。

登上糧堆最高處的朱鎔基，看到由他制定的糧食政策不但被落到了實處，而且還完成得這麼好，顯然是出乎他意料的好，就十分開心地笑了。

當天，在蕪湖市召開的座談會上，他動情地說道：「在我擔任副總理期間，我最重視的，就是農業；最關心的，就是糧食。可以說，我在農業上糧食上花的精力量多，超過金融方面。我擔任總理之後，第一次下來，考察的就是安徽的農業！」

他說，即使是城市，不管你那個城市的工業化的比重有多大，最重要的還是農業。各級黨政一把手，最熟悉的應該是農業，應該了解民間的疾苦，特別是農民的疾苦。否則，你怎麼當書記，當市長？中國最多的群眾是農民，國民經濟的基礎就是農業嘛！

他語重心長地談到自己為什麼要這樣認真地下來調研。他說，這樣做，是因為中國是個這麼大的國家，一項政策執行起來會有一個過程，實施以後，也要有一個被實踐檢驗、修改和完善的過程，而不是不相信地方的同志。他特別指出：「安徽是執行中央政策最堅決的地方之一。」

朱鎔基絕然想不到，他高度讚賞的「執行中央政策最堅決的地方」，不僅在執行中打了折扣，而且玩出了花花腸子。

在江南的一場豪雨之後，我們在已經卸任了的劉鴻站長的家中，聽他痛心疾首地給我們算著那次造假的損失。他說一千多噸糧食不是個小數字啊，來回運輸，清理衛生，折包倒包，清倉塾倉，水電消耗，糧食損耗，各種招待花銷，外加影響了一季菜籽的收購，裡裡外外，就是十多萬元呀，使得已經嚴重虧損的峨嶺糧站雪上加霜。

他這算的還只是經濟賬。

望著新華社記者于傑拍下的現場照片，望著照片上一向嚴肅的朱鎔基總理，在聽取「假站長」「彙報工作」時滿意而又興奮的神情，我們感到了一種難言的悲哀。

在最痛恨做假賬的朱鎔基總理面前竟敢這樣造假，還有什麼真實的東西能夠讓人相信呢？這種騙局，不但玷污了朱鎔基四處奔波的求實求真之心，更褻瀆了他對九億中國農民由衷的關愛關切之情。

一個十三億人口的大國總理，無法得到真實可靠的民意社情，又怎麼能夠保證中央出台的政策萬無一失呢？更不要說弄虛作假將對調研工作產生的可怕的誤導，這種危害是誰也無法估量的！

我們注意到，朱鎔基的安徽之行，直接堅定了他繼續實行糧食國家統購統銷的決心。事實上，在結束安徽的這次調查研究回京之後，只有十多天時間，他就以總理的名義簽發了一道國務院令，發布了《糧食收購條例》。他將糧食收購政策，由過去的《通知》，上升到了具有法律效力的剛性的《條例》。而這期間，全國已有七個省六十多個縣正在進行旨在減輕農民負擔的農村稅費改革《條例》的正式實施，使得各地的農村稅費改革不得不中途夭折。

當然，這是後話。

可以說，朱鎔基簽發這項國務院令之前，專程前往安徽考察，就是要看一看過去制定的糧食收購政策，「被實踐檢驗」過後，還需要不需要「修改和完善」，為此，他還特地向安徽的同志作了專門的解釋：「不是不相信地方的同志」。遺憾的是，朱鎔基出任總理後的第一次重要的調研工作，得到的就不是真實的社情民意，無論是總理，還是《糧食收購條例》，都喪失了一次至關重要的「修改和完善」的機會。

32 火爆的三個月

一個偶然的機會，我們還了解到發生在小崗村「火爆三個月」的故事。面對這樣一個近乎荒誕的故事，我們感到的已經不僅是悲哀，而是震驚！

安徽省鳳陽縣的小崗村，現在恐怕沒有誰不知道了，因為它率先在全國農村中實行「大包幹」，被社會各界認為是上個世紀七十年代末那場舉世矚目的中國經濟體制改革的發源地；十八戶農民冒死捺手印分田到戶的決心，更是激盪過千千萬萬個中國人。

說到農村改革的發源地，這兒就得多說幾句。

公正地說，一九七八年中國農村最早搞起「包產到戶」改革的，是在離安徽省城合肥市不遠的肥西縣山南區。那一年的九月十五日晚上八時，山南公社黃花大隊的二十一名共產黨員開了一個驚動省委、事關億萬農民命運的支部大會。主持會議的是山南區委書記湯茂林，人稱「湯大膽」，大會形成的決議就是「包產到戶」。這比鳳陽縣小崗村出現的那個後來轟動中國、震驚世界的「秘密契約」早了兩個多月。湯茂林主持召開的那次特殊的支部大會僅僅五天之後，包產到戶在山南區就勢如破竹，風靡了一千零七十三個像小崗那樣的生產隊，發展到了十萬多人！

當然，肥西縣山南區也還不是包產到戶最早的地方。比它更早的，是和鳳陽縣同屬一個滁縣地區的來安縣十二里半公社。這公社的名字看上去有點怪，因它離縣城十二里半而得名。大膽支持十二里半公社「包產到戶」的，是來安縣委書記王業美。

然而，歷史有時就是這樣捉弄人，又是這樣充滿了戲劇性。今天眾所周知，中國農村改革的源頭成了鳳陽縣小崗村，而肥西縣山南區和來安縣十二里半公社卻鮮為人知。究其原因，並不複雜，這就是，黨的十一屆三中全會雖是劃時代的里程碑，但在那種特定的歷史背景下，一次再偉大的全會也不可能將歷史上遺留下來的所有問題全部解決，根深蒂固年久日深的「左」的思潮的陰影，不可能不繼續影響著新頒布的黨的政策，因此，就是標誌著改革開放的新時期已經到來的十一屆三中全會，會上「原則通過」的《中共中央關於加快發展農業若干問題的決定》也還明確指出：「不准包產到戶，不許分田單幹」。而肥西縣和來安縣搞的就是「包產到戶」，就是「分田單幹」，正是和十一屆三中全會通過的決定相悖，於是就應了一句俗話：「出頭的椽子先爛」。當時來安縣委書記王業美成了全國集中批判的靶子，火車、汽車經過來安附近時，車身上都被貼上了斗大標語：「堅決抵制安徽的單幹風」。由於王業美成了眾矢之的，萬里主持工作的安徽省委自然不便再作宣傳。肥西縣山南區雖然曾是萬里暗中支持的改革試點，但縣委個別人竟也懾於當時的形勢，不敢再堅持，自己下了個文件把分到戶的田地再次收回，結果，功虧一簣。相比之下，鳳陽縣委書記陳庭元就更聰明，他不說小崗村是在搞「包產到戶」，而是說包幹到組，組裡再悄悄地分到戶。鳳陽縣的這種做法得到了滁縣地委的支持，地委書記是有著豐富政治經驗的王郁昭，他不僅親自參預，還和地委政研室主任陸子修一道親赴鳳陽，最後決定將小崗村的做法稱為「大包幹」，這就在策略上高了一招，而且總結得也好：「大包幹，大包幹，直來直去不拐彎，繳足國家的，留夠集體的，餘下都是自己的。」既避開了「包產到戶」這個字眼，又把國家、集體、個人的利益都形象而生動地體現了出來。這種上上下下各方面都能接受的小崗村的經驗一經宣傳，自然風靡全國。再說，鳳陽縣還是安徽省最窮的地方，歷史上又出過朱元璋，再加上有那麼一個淒涼悲愴的鳳陽民謠：「說鳳陽，道鳳陽，鳳陽本是好地方，自從出了個朱皇帝，十年就有九年荒。大戶人家賣騾馬，小戶人家賣兒郎；奴家沒有賣兒郎，身背花鼓走四方。」窮則思變，要幹，要革命，因此，窮到這個份上的鳳陽縣小崗村敢於率先改革也就順理成章，並且顯得十分的典型。

問題是，小崗村到了後來，越宣傳故事越多，也變得越傳奇，先是有了十八戶農民捺紅手印的故事，接著就有了存放在中國革命博物館編號為「GB54563」的那張「秘密契約」。

我們走訪過許多當事人，似乎都對那件「珍貴的藏品」提出過質疑，說「藏品」的紙張那麼平展，幾無皺褶，何以被農民密藏這麼久而如此光鮮？說秘密會議在誰家召開，契約又由誰執筆，這些重要的細節至今亦無定論；甚至連參加秘密會議的是十八戶還是二十戶也有不同說法，而博物館的「藏品」上寫著的二十個人的名字，「嚴宏昌」就出現了兩次，出席會議的竟又成了十九人。

二〇〇一年六月十四日上午，我們在訪問陸子修時，陸子修也作了否定回答：「小崗村捺手印是假的，這我能不知道嗎？」他使用的是設問方式，結論卻是不容置疑的。他當時曾是這個地委政研室主任，以後又擔任了這個地區的地委書記，他的判斷應該是可信的。

可是，不管怎麼說，那張「秘密契約」是真是假，現在都已經不重要，重要的是，小崗村的「大包幹」當時確實是頂著天大的壓力，冒著坐牢殺頭的風險做出的嚴峻的選擇。

他們對中國改革事業的貢獻是功不可沒的。

上個世紀八十年代中國農村連續多年的糧食大豐收，這是與推廣他們的經驗分不開的。

小崗村被稱為改革的「源頭」是當之無愧的。

發生在小崗村的那確實是一次了不起的革命，甚至可以說，它的深刻性比一九四九年那次解放也毫不遜色，因為這次解放的對手不是敵人，而是自己！

從一九七八年開始，小崗人因為獲得了承包土地上的生產自主權，糧食連年大豐收，這以後至少有五年時間，小崗都是屬於比較富裕的生產隊。一九八〇年新年剛過，萬里專程來到小崗，他挨家挨戶地看，看到小崗村家家戶戶都有糧食吃，有衣服穿，心裡特別高興，說你們終於可以把討米籮，要飯棍，甩到海裡去了！他對當年帶頭「大包幹」的嚴俊昌說道：「中國幾千萬共產黨員不敢幹的事，你們幹了，因為你們頭上沒有烏紗帽。只要敢想敢幹，沒有幹不成的事。中國農民的溫飽問題，解放三十年了都沒有得到解決，你們卻冒著風險自己解決了！」

後來，隨著國家改革的重心由農村轉向了城市，靠種田打糧過日子的小崗人，就一下變得雄風不再。儘管家家戶戶都有糧食吃，都有衣服穿，解決了溫飽問題，但改革開放快二十年了，也就一直停留在了「溫飽」水平上，蓋不起樓房，修不起馬路，用不起電話，吃不上自來水，沒有一所學校，沒有一家企業，甚至沒有一處稱得上衛生的廁所，作為引發了中國一場偉大變革的發軔之地，竟也建不起一個起碼可以供人參觀的展覽室。

中國改革開放最大的這個「閃光點」，這麼多年卻無人刻意為它「打磨」；各地都在大搞「形象工程」，而足可以大大提升安徽形象的這一「小崗工程」，安徽省、地、縣三級黨委政府，均無人問津。這事看上去似乎有點兒怪，很是讓人不得要領。

當然，話說回來，小崗村二十年「江山依舊，舊貌猶存」，類似的情況，在中國廣大農村中，同樣有著一定的代表性。姑且不說西部欠發達地區，就是沿海城市周邊先富起來的也只是有限的一部分，絕大多數農村其實並不比小崗好到哪裡去。從這一點上來看，認真解剖一下二十年「江山依舊」的小崗村，對認識中國的農業、農村和農民，肯定會有著「經典」意義。

不過，就在小崗村實行「大包幹」臨近二十周年的日子，突然有消息傳來，說它有了一個嶄新的變化。變化之大，就連小崗人也感到像是做了一場夢，確實又不是夢，恰恰驗證了當下一句時興的話：夢想成真。

變化是從這一年的六月開始的。

六月中旬，省委一位領導親率省交通廳、省建設廳、省教育廳、省水利廳、省衛生廳、省新聞出版局等省廳局的負責人來到小崗村。當時，小崗人並不清楚這麼多領導的到來，會給小崗帶來什麼樣的實際好處。因為這麼多年來小崗參觀、訪問、視察、指導工作的領導太多，他們來這兒轉轉，看看，問問，來來往往，小崗人也就沒把它當回事。

可是，這一回大不一樣。一場改天換地的工程很快在小崗村拉開了序幕。

首先趕到的是鳳陽縣教委主任徐彪，他給小崗帶來了福音：一所可容師生一百六十人，從一年級到五年級一條龍五個班的小崗村小學，六月動工，八月竣工，確保九月一日正式開學的工程開始了。

接下來，省建設廳、省水利廳和省衛生廳聯手要為小崗建造一座水塔，說幹就幹將起來，並於七月底完工，讓小崗人破天荒地像城裡人一樣吃上了自來水。據說，原來約定由三個部門平攤的五十萬元資金，只有建設廳的十萬元到了位，水利廳和衛生廳的承諾卻都打了水漂，那四十萬元工程款的缺口，最後只好由鳳陽縣水務局墊付。

緊接著，由鳳陽縣建委統籌，縣委、縣政府六部門聯合出資，為小崗村家家戶戶住房的牆面，一點不拉地刷上一遍塗料，塗料一上牆，整個村子就好像搖身一變，光鮮了許多；為提高文明的程度，又為一家一戶建造了衛生廁所；「大包幹」的展覽館，也隨後平地而起了；村支部的辦公室，也因為裝修美化而「土槍換炮」了。這當兒，縣建設局還按照省廳的要求，設計出了四十套村民住宅的規劃。工程掃尾之後，總共用資二十三萬元原是由本縣宣傳部、計生委、衛生局、供銷社、人武部和縣建委大傢伙一道「抬石頭」，誰知五家變了卦，建委賴不掉，咬著牙墊付了其中的二十一萬兩千三百三十二元，餘下的一萬七千多元就不願再出，害得施工單位多次上門討債，直到我們採訪結束，此項「狗頭賬」尚未扯清。

要說，還是鳳陽縣電信局雷厲風行，接到任務，立馬就替小崗村家家戶戶裝上了程控電話，而且事情辦得漂亮，明說收費，實際並沒讓小崗人掏多少腰包，電信局是用貸款解決的，從銀行貸了一百萬元，至於這錢將來連本帶利由誰還，自然成了糊塗賬。

有一點需要說明的是，在這之前，小崗人雖然修不起路，但並不說明小崗村就沒有一條像樣的路。在早，江蘇省張家港市長江村曾投資一百二十萬，無償地為小崗鋪了一條取名叫「友誼路」的水泥路。只是美中不足，四公里路段的兩邊光禿禿的，不好看，現在鳳陽縣林業局的隊伍開進了小崗，雖然正值五黃六月，酷熱難當，他們卻自有辦法，不但自籌資金從百里之外的鳳台縣林場買來八百三十棵蜀檜，每棵都在兩米高以上，而且搞起了科學試驗，將起運的蜀檜都在根部包上營養土，趁夜搶運，當天入土，還專門僱用了兩位懂業務的工人，吃住在小崗村，精心澆水，培土，看護。高溫植樹，棵棵成活，為了這樁奇蹟，鳳陽縣林業局的技術員由此撰寫出的論文，後來還榮獲了安徽省科技進步獎。

以上各項工程總投入兩百七十萬零一千四百元，無償的人力以及各家自備的材料，當然不在其中，那是無法統計的。這一項又一項工程，變戲法兒似地出現在小崗人的眼裡，對他們而言，簡直是天上掉餡餅。一直到一九九八年九月二十二日，江澤民總書記來到了小崗村，小崗人這才恍然大悟。

為什麼我們的生活中偏偏總是發生這一類讓人哭笑不得的故事呢！

有人說，小崗村的這種變化跟南陵縣弄虛作假是兩回事。小崗村是中國農村改革的一面紅旗，接受一點支持和惠顧，算不上過分，而且也是愛之無愧的。

有人說，小崗村對整個中國的改革有著歷史功績，各行各業各個部門，做一些力所能及的解囊相助，是理所當然的，無可非議的。

有人說，為迎接「大包幹」二十周年，迎接江總書記視察，對小崗村面貌進行一次籌劃和必要投入，沒什麼不對，不過是例行必辦的公事。

可是，小崗人似乎對這種「改天換地」的事情並不領情。

水塔建成送水時，修水塔的工人老大哥想喝口水，小崗村卻有人站出來制止，說，那不行，拿啤酒來換！修路植樹要用土，對不住，要動小崗土，每平板車要付十元錢，少一文也不成，這比在鳳陽縣城用土貴上一倍！好像這些工程與小崗村毫無關係。

當然，這只是個別小崗人幹出的不體面事，但飲水者不一定思源，卻讓貼錢幫扶小崗的人傷了一回腦筋，這恐怕是對幫扶者只幫物不扶志的一種報應吧。

小崗人顯然還感到委屈，他們說，你早不幫，晚不幫，單揀江總書記要來看望小崗了，小崗村的小學校就開辦了，牆也帶彩，路也變平，「大包幹」的展覽館也冒出來了，兩排衝天的蜀檜也平地而起了，家家戶戶電話也通了，廁所也變了，也都喝上自來水了。除非傻子看不出來，小崗村由「溫飽」一下成「小康」，顯然不是變給小崗人看的。

最初聽到小崗村的這段故事，我們確實感到過震驚。靜下來一想，這事發生在安徽，但類似的故事即便出在別的省市自治區，又有多少人會感到大驚小怪呢。我們的幹部為什麼甘於樂此不疲，倒是值得我們為之認真深思的。

我們甚至這樣想：假如小崗村沒有這個「火爆三個月」的故事，江澤民在中國農村改革的發源地看到的就是改革開放二十年「江山依舊」的小崗村，說不定會使總書記對中國的「三農」問題有著更多更深刻的思考，那樣，必將會給九億中國農民帶來更多更實惠的好處，給中國農業和中國農村帶來更加令人鼓舞的明天。

事實是沒有假如。總書記和我們看到的，都是一個已經基本達到「小康」的小崗村。

33 數字政績

弄虛作假，誤國誤民，老百姓對此深惡痛絕，甚而認為當官的都是如此。其實，在我們的周圍，也還有著一大批講真話辦實事的領導幹部，依然固守著實事求是的原則。

我們這次接觸到的黃同文，就是其中的一位。

黃同文出生在安徽省長豐縣楊公鎮黃圩村，祖祖輩輩都是農民。長豐縣雖說隸屬於省會合肥，但它卻是地處合肥市、淮南市、滁縣地區和六安地區四個地市的邊緣結合部，早先是個四不管的地方。長豐地處偏僻，又居之於「江淮屋脊」，要土沒土，要水沒水，大自然的災難每年都要光顧它、困擾它、折磨它，再加上一九六五年才從四地市單獨劃出成縣，一切尚待理順，第二年就爆發了歷時十年的「文化大革命」，先天不足，又後天失調，雖然人們出自一種美好的夙願，為它起了個動聽的名字：長豐縣，可它從誕生的那一天起，就從未出現過「長豐」的奇蹟。

黃同文的家鄉是一九五四年發大水的時候才遷來的新村，其貧窮程度，就是在貧窮的長豐縣也能排上號的，打記事起，家鄉的落後給他留下了不可磨滅的印象。一九七二年高中畢業後不久，他跨入了安徽師範大學的校門。走出村子的那一刻，他暗暗下了決心，學成歸來，一定要盡自己所能改變家鄉的落後面貌。

一九八八年，長豐縣出現了歷史上罕見的大旱，莊稼在一陣陣的熱浪中被蒸乾了水分，眼看絕收的農民欲哭無淚。此時已經擔任長豐縣委書記的黃同文，心急如焚。大災當前，容不得半點拖延遲緩，他指示各級領導一定要迅速深入到第一線，對各地出現的災情，明確要求：不准緩報、瞞報、漏報。他自己更是身先士卒，泡在下面，及時了解情況，現場指導工作，想方設法把災害造成的損失減少到最低程度。

這天，省裡的一位領導在合肥市委書記、市長的陪同下，到長豐縣視察，在察看了災情後，要聽取縣裡的彙報，黃同文開門見山地說道：「今年的任務我們很難完成。」

黃同文的話說得很冷靜，也很肯定，這使得在場的人，無不面面相覷，懷疑是不是聽錯了。因為在「人定勝天」的口號早已成為我們這個民族一個重要理念的今天，許多人早就習慣於聽「大災之年大豐收」的豪言壯語；再說那兩年，中央文件上有明確的硬性規定，沒有特殊情況，國家下達的糧食定購任務是必須完成的，像當時出現的這種自然災難，一般是不被看作「特殊情況」的。

黃同文的回答顯然出乎省領導的意外，多少有些詫異地望著面前的這位年輕的縣委書記，顯得很不滿意。

其實，平時黃同文是一個絕對服從組織的人，而且，也是一個聰明人，官場上時興的一套自是心知肚明。何況，大旱之年正是容易出「政績」的時候，他不是不知道。他從市直機關下來之前，就已經是正處幹部，又是全省這一級幹部中最年輕的一個，更是需要「政績」的時候。但他又是一個有良知、有主見、敢負責任的人。他認為，長豐全境出現了歷史上罕見的旱災，幾十萬農民遭受到如此慘重的損失，他沒有任何理由，更沒有這個權力，隱情不報。他必須說真話。

他說：「我完全可以說能夠完成任務。其實，這很容易，回去開個會，一個禮拜就可以完成，但我不能這樣做。這樣做就把農民搞得太苦，明年就沒辦法生產了。」

他說得很坦然。他是在農村泡大的，歷史上的浮誇風給農民造成的災難，他至今記憶猶新。

省領導離開之後，不少人都說黃同文傻。因為那一年安徽省受災的面積很大，但只有他一個長豐縣委書記說了「任務很難完成」的話。那正是「官出數字，數字出官」開始盛行的時候，很多幹部還巴不得能等到這樣一個表現自己的機會呢，他倒好，居然把送上門來的機會扔了。其他地方都程度不同地瞞報實際災情，他卻在大會小會上打著招呼，有災一定要報，不僅要求下面報，他還派人往上報，爭取上面的救災糧和救災款，盡快地撥下來，以確保長豐縣的父老鄉親能平平安安地度過大災之年。

「我一個農村長大的孩子，能當上縣委書記已經很滿足了，我也沒有什麼奢望，只求能實實在在地為一方農民多辦一件事是一件事。」

那年，按照受災的情況，他把全縣農村劃分為三類：一為豐產區，動員那兒的農民在完成任務以後多賣糧，多貢獻；二為輕災區，想方設法爭取完成賣糧任務；劃定的重災區，則堅決嚴禁鄉村幹部「打腫臉充胖子」，賣過頭糧。

省民政廳救災辦主任王家培，幹的就是災區的救濟工作，自然掌握了這項工作的規律。災害臨頭時，許多地方先是瞞報實際災情，虛報上來一大堆如何如何抗災自救的事蹟，以及取得的一大串成果的數字；趕事情過去了，一個個又開始叫苦叫窮，不惜誇大困難來爭取災後糧食的回銷。可以說，在救災這個問題上，這種先爭光榮帽子，然後再爭困難帽子的弄虛作假的做法，已成為不少幹部的為官之道，甚而奉行「不說假話，辦不成大事」的信條。

然而，王家培卻發現，長豐縣報上來的材料卻與眾不同，他們主動上報災情，爭取救濟，從上報的數字看，災情是十分嚴重的。

為了弄清虛實，王家培背著長豐縣委、縣政府，跑到長豐轉了好多天，還專門去了一趟災情最重的朱巷。當他目睹了真實的情況後，心情十分沉重。但當他了解到，即使像災情最重的朱巷，農民的生活已經相當困難，卻由於縣委果斷採取了「分類指導」的辦法，災區不賣過頭糧，因此，社會安定，抗災自救的人氣極旺，這又令他十分意外。

他最後去了縣城，決定見一見這位敢於實事求是的縣委書記。

他對黃同文說的第一句話就是：「你非常了不起！」是啊，在上上下下一片「大災之年大豐收」的大背景下，長豐縣委堅持搞自己的「一縣三制」的土政策，這需要多麼大的膽識啊！

「不怕給自己惹麻煩嗎？」王家培好奇地問黃同文。

「我真的沒有想這麼多。」黃同文說得依然很平靜，「我祖祖輩輩都是農民，我和妻子兩邊的親戚都在農村，又都在窮地方，我知道農民的不易。如果農民賣了過頭糧，日子怎麼過？明年還要不要搞生產了？」為官一任，不為一方百姓做主，忘記了群眾的疾苦，這在他看來，就是忘本！

王家培甚為感動，回到民政廳以後，就把自己的所見所聞向省政府寫了一份報告，如實地陳述了處於江淮屋脊之上的長豐縣在大旱之年出現的嚴重災情。後來，分管農業工作的副省長汪涉雲，親自帶著救濟款趕到長豐，使得幾乎難以為繼的長豐縣農民順利地度過了災年。

一九九一年，當波及整個華東地區的那場百年不遇的大水襲來時，為減輕肆虐的洪水給淮河上下游造成的壓力，長豐縣許多產糧區成了行洪區；僅一個莊墓鄉，就有九千六百畝耕地被淹，一百一十六個自然村被水包圍，三千六百九十三戶人家牆倒屋塌，無數長豐農民在大水中無家可歸。

面對陡然襲來的觸目驚心的洪澇災害，黃同文震驚之餘，緊急動員各級領導必須以對人民高度負責的態度，立即奔赴一線，靠前指揮，穩定人心，鼓舞士氣，抗洪救災，同時他堅決要求把以前那些浮誇上去的各種數字，迅速改正過來。

這時縣委有人擔心，如果擠掉數字中的水分，按照實情上報，就長豐縣目前的各項經濟指標，足以趕上名副其實的國家級貧困縣了。當下，省內有些縣，可是不惜弄虛作假也要把「貧困」的帽子摘掉啊，黃書記怎麼可以硬把這種帽子往自己頭上扣呢？再說了，長豐畢竟隸屬合肥市，人家都在拼命脫貧致富呢，作為省城的合肥市突然冒出個國家級貧困縣，向上怎麼好交代？

這些，黃同文不是沒考慮過。但他想得更多的，卻是如何把「數字政績」造成的農民負擔減下來，為長豐農民創造一個休養生息的機會。當然，這樣做可能會影響到自己的升遷，但他認為，如果能讓省市領導，讓全社會知道一個真實的長豐縣，這對長豐今後的發展是會大有好處的。

因為有了長豐縣報上去的那些材料，經多方核實後，長豐被列入了國家級貧困縣。有了這頂貧困縣的帽子，國家財政每年就有不少扶貧資金下撥，長豐的日子因此好過了許多。然而，這件事卻再一次影響到了黃同文的仕途。

這時候，從江西革命老區紅土地上走來的王太華，出任了安徽省委常委、合肥市委書記。王太華同樣是一個求真務實之人，他在上任後的一個多月時間裡，就把合肥市的四區三縣跑了一遍。他很看重那種說真話辦實事的幹部。他發現黃同文下去前就已經是正處級，又在那麼貧困的長豐縣一幹就是五年，加上在肥東縣掛職的兩三年，下去便有八年時間，就找黃同文談了一次話，決定將他調回合肥，任市政協副主席兼統戰部長。

黃同文下去前就已經是統戰部的副部長，八年過去了，自己也才四十多歲，依然年富力強，怎麼就不能幹幹政協以外的別的工作呢？

他這麼想，也就照實說了。

王太華表示理解，卻直言道：「不要說什麼了，什麼想法也別說了。」

然而，就是這個並不理想的安排，省委常委會上竟然還通不過。原因很簡單，黃同文非但沒把長豐縣的經濟搞上去，反倒「整」出了一個國家級貧困縣，「政績」何在？

合肥市委只好將黃同文作了「平行安排」，讓他擔任市政法委書記，依然享受他早在十多年前就已享受到的正處級。

這以後，王太華對長豐縣作了進一步的認真考察，他發現，一個生態環境如此險惡、基礎設施這樣薄弱的農業縣，要改變它的面貌，絕非一日之功，也不是一個縣的力量可以解決的。於是他作出了一項非常決定，將每年的四月二十三日確定為「長豐幫扶日」。每年到了這一天，王太華就會丟開一切工作，帶著市委常委一班人，以及政府各部門的一把手，開往長豐縣城所在的水湖鎮，就地召開現場會。聽取縣委、縣政府的工作彙報，提出要求，為振興長豐縣的經濟，不但集思廣益，還動員各有關部門有錢的出錢，有力的出力。為給長豐縣廣大農民一個休養生息的機會，市委還作出一項非常決定，這就是，長豐每年必須上繳省財政的全部農業稅，由市財政代繳，以增強這個農業縣經濟發展的後勁。

後來，王太華離開合肥，先是擔任主管組織工作的安徽省委副書記，不久又出任了安徽省委書記。敢於說真話、辦實事的黃同文的仕途終於也有了轉機，在被提拔為合肥市委常委兼政法委書記後，於二〇〇一年升任了合肥市委副書記兼市紀檢委書記。

走上市委領導崗位的黃同文，依然在說著真話，埋頭辦著實事，他並沒有多大的改變，他的命運卻被徹底改變了。

改變了他命運的，顯然不全是我們今天的體制。

今天，當我們呼喊著「科學技術是第一生產力」的口號快速向前的時候，別忘了，全民族還應該建立起一種真正的科學精神，實事求是的精神，這是比任何生產力都更重要的東西！

第九章　尋找出路

34 稅費改革第一人

公元一九八九年，建國四十周年之際，安徽電視台錄製了一部名叫《土地・人・樂園》的電視專題片，片中有這樣一段解說詞：

「『大包幹』的實行，使農業擺脫了令人焦慮的困境，但也把農業置於這樣一個十字路口上：土地承包後向哪裡去，如何再進一步發展生產力？」

這部榮獲全國電視文藝專題片節目展播一等獎的片子提出了問題，卻並沒有道出解決問題的方法。這時實行「大包幹」已經十多年了，安徽的農村確實處在了一個新的十字路口，整個中國的農村無疑也都處在這樣一個十字路口上！

人們期待著中國農村出現第二次飛躍，中國農民渴望再一次笑起來。可是，農村中不斷加深的各種矛盾和出現的新問題，讓人焦慮不安，農村第二步改革的出路究竟在哪裡？

其實，就在那部電視片播放的一年前，就在安徽，就在與安徽電視台近在咫尺的省政府辦公廳的調研室裡，已經有人回答了這個問題。

這人就是高級農藝師，後來被譽為「中國稅費改革第一人」的何開蔭。

這是一個有著坎坷經歷的男人。他長得有些特別，很瘦，清癯的臉上，給人印象最深刻的是有著一隻高聳的鼻子，和一雙彷彿每時每刻都陷入在思考中的眼睛。這是一個愛較真，敢說實話，又愛關心國家大事的知識分子。因為這種特殊的性格，一九五七年，還是北京農業大學的學生，他就被打成了「右派」，發配到了北大荒一個幾近蠻荒的青年農場，在那裡一待就是二十年。後來，「右派」改正了，四十三歲的何開蔭終於回到了安徽省天長縣的家鄉。本來，他完全可以過安穩的日子，但是，隨之而來的中國農村的偉大改革，又一次點燃了他的激情，加上來安縣委書記王業美原就是他的老領導，又愛關心國家大事，喜歡思考社會熱點問題，當王業美全國第一個拍板在來安縣搞起「包產到戶」時，他就緊隨王業美，走到了農村改革的第一線；以後，又追隨積極支持鳳陽縣小崗村搞起「大包幹」的滁縣地委書記王郁昭，冒死推行家庭聯產承包責任制。家庭聯產承包的「大包幹」在全國贏得成功，王郁昭作為那場改革的功臣，出任了安徽省省長，隨後也就把他調進了省政府辦公廳。一個農業科研技術幹部，跑到行政機關能幹什麼呢？打那他就開始了宏觀農業政策的研究工作。

說來也巧。一九八八年十月，中央農村政策研究室和國務院農村發展研究中心，聯合中國社會科學院、人民日報社等幾個單位，發起了一次「中國農村十年改革理論研討會」。這時，王郁昭已出任中央農村政策研究室和國務院農村發展研究中心副主任，由他所在部門牽頭搞起的這樣一次理論研討會，自然忘不了他十分欣賞的何開蔭。王郁昭讓他的秘書崔傳義專門把論文徵稿函，直接給何開蔭寄了過去。

何開蔭收到徵稿函，十分興奮。是呀，如果從小崗村實行「大包幹」算起的話，中國農村改革已屆十年，確實出現了許多亟待解決的新課題，但是，中國農村第二步改革究竟改什麼？又怎麼改？從中央到地方，上上下下都在摸索。他也一直在進行著這方面的思考。老領導的信賴，使他暗暗下了決心：一定要拿出真知灼見來。

於是，他緊張地行動起來。

他找到省社科院農村經濟研究室的金進和朱文根，還有在農科院作物研究所工作的妻子顧咸信，四個人一道，進行了一番深入的調查研究。

也就是從那一年的春天開始，中國出現了洶湧澎湃的「民工潮」。「民工潮」的出現，使何開蔭敏感地意識到，種田已經入不敷出，農民的收入增加趨緩，出現了負增長，而農民的負擔卻與日俱增，新的矛盾不斷產生，又缺少必要的改革措施，各種各樣的矛盾越積越多，已經嚴重地阻礙著中國農村經濟的持續發展。還因為「大包幹」十年到期了，農民擔心耕地不再是自己的，那種世世代代生死相依的土地情緒沒有了，紛紛擁向城市去尋找新的生活出路，且不說出現了土地的大面積拋荒，留在農村中的，因為多是老人、婦女和小孩，造成糧食的大減產，農村工作更是困難重重。

何開蔭想，要找準中國農村第二步改革的突破口，首先就必須弄清出現的這些新的矛盾。到底有哪些新矛盾呢？

綜合四人調查研究的結果，何開蔭認為大致可以歸納為：

一，承包耕地所有權、使用權與產權的矛盾；

二，農產品價格與價值相背離的矛盾；

三，城鄉二元結構與經濟一體化的矛盾；

四，小生產與大市場，糧食的買難與賣難交替循環的矛盾；

五，農民收入增長緩慢與負擔不斷加重的矛盾；

六，封閉的社區結構與大開放大流通的矛盾；

七，農村產業結構與就業結構的矛盾；

八，相對貧窮與共同富裕的矛盾；

九，生產力水平低下與科學技術水平不相適應的矛盾；

十，物質文明與精神文明建設不同步的矛盾。

當然，還可以梳理出一些別的矛盾並列舉出它們的具體內容。不過他認為，歸根到底，這些矛盾是計劃經濟舊體制向市場經濟新體制轉軌時期難以避免的磨擦與碰撞所引發出的必然現象。

要解決以上矛盾，就必須拿出各項相應的改革措施。

當時，由於小崗村「大包幹」精神的影響，安徽省學術界的思想還是相當活躍的。何開蔭在下面調研時發現，各級黨委政府中都出現了一批想幹事、能幹事又敢幹事的領導幹部，他們已經針對農村中出現的各種新矛盾，分別進行了不同內容的改革嘗試。比如，天長縣秦楠鎮已在著手試行「綠卡戶籍」、滁縣「六站一公司」在配套改革農村科技體制、宿縣積極發展互助合作基金會、阜陽市創辦了第一所鄉鎮學校和技術培訓中專；此外，臨泉縣已經在開始探索搞活耕地使用權的流轉工作、潁上縣在大力推行股份合作舉辦農業企業、舒城縣則大膽地實行村幹部勞動保險退休養老制度……

南自休寧，北至蕭碭，東起天長，西到臨泉，縱橫千萬里的江淮大地之上，到處盛開著改革之花，它為宏觀農業政策的研究工作，確實提供了新鮮而又豐富的改革思路。

何開蔭的研究激情被空前地激活了。那段時間，他變得異常地亢奮。

當然，他也清醒地看到，農村中存在著的這諸多矛盾，是盤根錯節的，不應該也不可能同時推出多項改革措施；解決矛盾的最好辦法，毛澤東早在《矛盾論》中就有了精闢論述：事物的矛盾是普遍存在的，又是多方面的，無時不在，無處不有，只有找出主要矛盾和矛盾的主要方面並加以解決，其他次要的矛盾便可以迎刃而解。

在認真分析了其他幾位同志下去調查研究的情況以後，何開蔭覺得，當前最需要解決的問題，首先就是土地的永久承包，給農民一個長期的使用權；其次就是必須改革農業稅費制度，從根本上減輕農民的負擔。

當他把自己深思熟慮的這一切變成文字之後，一篇很有見地的論文便已經完成。他把它定名為《農村第二步改革的出路何在？》，然後寄往北京。

因為這篇文章，何開蔭開始踏上了農村第二次改革的研究之路，儘管這條路上布滿了荊棘和泥濘，所處的環境又常常失利，但他卻一直沒有回頭。

何開蔭撰寫的這篇論文引起了中央政研工作的高層官員的重視，還在那次徵稿活動中被評為優秀論文。

但是，何開蔭沒有想到，這事不久，北京就發生了一九八九年春夏之交的那場政治風波。隨風而起的，是一些極左思想的再度抬頭。也就在那個時間，國家出台了銀行信貸資金對鄉鎮企業實行「只收不貸」的政策，鄉鎮企業急劇萎縮，農業的形勢變得更加嚴峻。

那段時間，何開蔭還發現，有一股否定農業「大包幹」的思潮正在各地湧動

他正費盡心機地研究農村的第二步改革呢，有人竟連第一次改革的成果也要一筆抹煞！

那段時間，社會上出現了不少奇怪的事情：先是省內有人公開站出來否定「大包幹」，認為包產到戶雖然使有困難的農民有飯吃了，但農村發展的社會主義大方向卻並未解決。接著，《北京日報》就發表了長篇文章，鼓吹重建集體經濟，指責農業「大包幹」「這種新的僵化觀念的背後常常隱藏著反對農業中的生產合作、反對土地集體所有制這樣的內核，在一定程度上已經成了深化農村改革的羈絆」，只差沒有說出要回到「一大二公」的人民公社時代去。不光有言論，還推出了北京郊區組織起來共同致富的先進典型。

何開蔭心重如鉛。

他想，家庭承包經營的「大包幹」制度，是在計劃經濟體制下的制度選擇和創新，隨著商品經濟和農村生產力的發展，其局限性已經逐漸暴露出來，難以滿足農民走向市場的需要：想多種地的，無法通過市場得到土地使用；不想種地的，又無法通過一定的程序或市場規劃規範，自由地出讓土地使用權。農民從「大包幹」中得到的其實只是並不完全的使用權。如何進一步完善這種聯產承包制，才是我們當前亟需去做的。不適當地宣傳規模經營，實質就是要回到集體化，顯然這已被歷史所證明是走不通的。更何況，隨著種田不再賺錢，各地農村令人憂慮的拋荒現象已日趨嚴重，在這種時候，颳起否定「大包幹」要走回頭路的風聲，就只會弄得人心惶惶，農民更加無心務農了。

想到這些，他的眼前就總是閃現出在鳳陽縣斑駁脫落的城牆上看到的那四個醒目的大字：「萬世根本」。它像星辰一樣昭示著後人。

是呀，我國是個農業大國，十億人口，就有八億農民，農業的狀況如何，對我國經濟的發展和政權的鞏固關係重大，團結和依靠廣大農民應當是我們黨的政策的出發點，但長期以來，我們已經欠農民太多；儘管解決農業、農村和農民的問題涉及到中國深層的政治經濟體制問題，是個系統工程，不可能指望畢其功於一役，可是，重新審視中國的農業、農村和農民問題，已經到了迫在眉睫刻不容緩的地步！

一種報效祖國獻身農業的欲望使得他熱血奔湧。

於是他坐了下來，旗幟鮮明地寫了篇針對否定「大包幹」思潮的文章《建議實行耕地永久承包，給農民長期使用權》。

他感到自己已經不是在寫，而是翻騰的思緒在往紙上飛濺：

「黨的十一屆三中全會以後，我國的國民經濟得到迅猛的發展，正是因為我們首先從農村著手改革，實現了『大包幹』聯產承包責任制。農村的改革促進了城市經濟體制改革和政治體制改革，使我國各項建設都出現了突飛猛進的巨大變化。但是，隨著客觀形勢的發展和農村第二步改革的展開，也出現了一系列需要治理整頓、需要在政策上進行調整的問題。這些問題集中表現為農民積極性不高，糧食總產量長期在一九八四年的歷史最高水平線下徘徊，農業的發展後勁不足，特別是已經形成的『糧食雙軌制』，這從根本上壓抑了糧食的生產。」

接著，他就把理論同實際結合起來進行了最充分的闡述：

「耕地多年歸集體所有，農民除了向國家繳農業稅外，還要向集體繳納各種負擔和提留。而耕地的集體所有制弊端甚多大部分地方無人過問，主體是虛的，耕地實際上形同農民私有，可以任意佔地建房、燒窯、挖塘，同時耕作粗放，給國家造成損失；另一方面，集體又有權調整承包地，許多城鎮郊區的集體幹部更是把耕地視作「私有財產」，靠徵地時發橫財，致使全國耕地每年以八百萬畝的速度逐年遞減，而人口卻又是不斷增加，建國四十多年來全國人口增加了一倍多，人均耕地卻減少了一半，成為威脅著全民族的一大危機。究其原因，關鍵就在於耕地產權的模糊，『集體』這個主體是實中有虛，虛中有實，搞得大家心裡都不踏實，誰也不珍惜土地。」

寫到這裡，他便把自己已經深思熟慮的，關於土地永久性承包和改革農村稅費徵收制度的設想和盤托出了：

「有鑑於此，我們宜及時採取一個大的動作，這就是對耕地的所有制進行一次改革，將土地一律收歸國家所有。國土國有，理所應當。同時把耕地的所有權（田底權）與使用權（田面權）徹底分離，實行永久承包制，即在現有承包地的基礎上簽定契約，長期承包給農民耕種，並對零散土地進行適當的對換調整，使每戶的承包地集中連片。而且，使用權可以繼承，也允許轉讓，但轉讓絕不是出賣，只是在土地管理部門簽證下收回該地塊的農田基建投資和相應的承包權益。如果耕地依然歸集體所有，讓農民上繳各種農業稅，就有違法理；由於耕地是國家的，農民向國家承包耕地，那麼，農民向國家納糧就是天經地義的事。」

他認為農業稅徵實的具體辦法應該是：「以近三年到五年的年均耕地畝產計徵，收百分之十的公糧直到本世紀末不變，增產也不增稅，以刺激農民增產的積極性，以後每十年簽訂一次契約合同。考慮到農村幹部的補貼工資和各項提留極不規範，農民普遍反感，叫喊負擔過重，我們不妨把農村各項提留負擔與公糧合併在一起徵收，加徵百分之五，也就是徵收耕地畝產的百分之十五，一併作為公糧和提留，原有的農業稅金和各項提留負擔就都沒有了，鄉村幹部補貼工資和各項提留，由公糧的三分之一按定購價款返還鄉財政統一使用。從此以後，任何人無權再向農民攤派或徵收一分錢，這樣，農民的權益就有了法律保障，獲得了相當於法人的地位。」

他認為，走好這兩步棋，全盤即活。這樣做，非但激活了農村經濟，農民不堪重負的局面也將得到根本遏制。

他提出「農業稅徵實」的稅費改革方案，是做了大量調查研究的。他甚至花了大量時間，認真研究了中國歷史上最重要的三次稅費改革。

唐代推行的「兩稅法」可以說是首開中國費改稅的先河。「兩稅法」把混亂繁雜的稅種歸併為戶稅和地稅兩種。收費全部改為正稅，一同併入兩稅之中。集中了徵收時間，一年分夏、秋兩次，這樣就改變了「科斂之名凡數百」以及老百姓「旬輸月送無休息」的狀況，中央統一控制了稅費徵收大權，又明文規定官吏不得在「兩稅外加斂一錢」，否則，同樣要以貪贓枉法論罪。

明代的「一條鞭法」是繼唐代「兩稅法」後又一次較大的稅費改革。它是把徭役、田賦和各種雜費併為田賦一種，以田畝為對象，一次徵收，徵課的田賦一律折合成銀兩繳納，而且，不再由地方的「里長」、「糧長」辦理徵收管理，改由地方官吏直接徵收後解繳國庫；並同時下令不得再徵他費，允許農民照章納稅並拒納所列稅目以外的雜派。這種「一條鞭法」化繁為簡，稅費合一，有效地限制了地方政府越權收費和地方官吏巧取豪奪的腐敗行為，穩定了社會生產力的發展，增加了中央財政的收入。

清初雍正皇帝採納了「火耗歸公」的稅費改革，將暗取改為明收，各省統一了稅率和徵收數額，由省統一徵取，州、縣代收，提解布政司庫，地方官僚不得另外私派；原來由地方坐收坐支的火耗銀，改為統一上繳國庫，然後再由中央下撥一部分銀兩作為地方官吏的養廉銀和地方行政開支的「補助」，同時實行查核和督察，嚴厲肅貪，打擊地方官吏任意攤派的行為。「火耗歸公」的改革取得明顯成效，非但使一向歸地方支配的耗羨收入也牢牢控制在中央財政手中，整飭了吏治，減輕了老百姓負擔，而且使得國家庫存銀由康熙末年的八百萬兩增加到六千多萬兩。

縱觀中國幾千年歷史，農民種地繳皇糧都是天經地義的事。解放後，中國農村實行了土地改革，耕地無償地分給農民耕種，但「皇糧」也還是要繳的。建國之後相當長的時間，國家財政收入的主要來源就是公糧實物稅。

何開蔭認為，恢復農業實物稅國家可以用無償徵收的公糧供應城鎮居民的平價口糧，卸掉財政補貼的沉重包袱，同時徹底開放糧食市場，讓農民從發展商品糧生產中獲得更多的實惠。

他把自己設想的這種具體辦法，簡化為一句話：統一繳足國家、集體的，餘下都是自己的。這樣，他就把農村的第二步改革同第一步改革作了有機的聯繫，使用了同一句話。他甚至把第二步改革也稱作「第二次大包幹」。他認為，這恰恰是對當年「大包幹」的進一步完善和發展。

為進一步說明他的這種設想的可行性，何開蔭還算了幾筆賬。

「以安徽為例。安徽全省年產糧食約五百億斤，按總產量的百分之十五收取地租，可無償得到租糧七十五億斤，而現在每年的定購任務為七十一億斤，加議轉平部分同樣為七十五億斤；如按耕地面積計徵，全省六千五百萬畝耕地，除去貧困地區暫時核免田賦外，至少可有五千萬畝耕地收取地租，全省平均每畝收一百五十斤（南北不同地區根據具體情況可有差別），則五千萬畝耕地同樣可收地租糧七十五億斤，保證了正常的需要。這樣做，不但可使省財政卸去每年糧食補貼十二、三個億的沉重包袱，而且以無償取得的田賦糧按現在的平價供應非農人口，多少還可以取得一點收入，一來一去，對國家的好處就大了。」

「再從全國來看。全國每年糧食總產量約八千億斤，按總產量的百分之十五收取田賦糧，國家可得公糧一千二百億斤；若按田畝計徵，全國十六億畝耕地，去掉貧困地區的四億畝暫不計徵，還有十二億畝耕地，平均每畝收一百斤公糧（各省各地區自當有別），同樣可收公糧一千二百億斤。而目前國家每年定購不過一千億斤，還不容易收上來。如實行租賃制度，國家每年就能掌握一千二百億斤糧食，並且都是無償獲得的，用它去供應全國非農人口，總比現在的一千億斤寬裕得多。」

何開蔭算罷了安徽省和全國的大賬，回頭又替農民算了幾筆細賬。

「那麼，農民向國家繳納無償實物田賦糧是否會減少了收入呢？結論是正好相反。以安徽省人均產糧最多、定購任務最重的天長縣為例，天長縣農民人均耕地一點九三畝，產糧兩千五百斤，人均定購任務六百一十斤，按提價後每斤稻穀兩角兩分兩釐錢計算，就可得一百三十五元四角二分；假如每畝向國家無償繳納地租糧二百斤，人均應無償繳糧三百八十六斤，則原先定購的六百一十斤中餘下兩百二十四斤可以賣議價，按目前集市貿易價每斤五角五分計算（市場價高時曾達每斤七角），就可賣得一百二十三元兩角，比原先的定購價款少收十二元兩角兩分，可是，人均兩千五百斤糧食中，去掉這六百一十斤，每個農民手裡還有一千八百九十斤，至少尚可拿出一千斤賣議價，得款五百五十元；若按規定，餘糧必須以每斤三角五分的限價賣給糧食部門，只能得三百五十元，農民餘糧賣議價可多收入二百元，補足定購部分少得的十二元兩角兩分，每個農村人口可從議價糧中淨增收益一百八十七元七角八分。這就是說，取消糧食定購，徹底放開糧食市場和價格，天長縣每個農村人口向國家無償繳納田賦糧後，多餘的糧食自由進入市場，農民得到的好處很大。」

當然，天長縣產糧多，是個突出的典型，對其他縣農民是否也合算呢？何開蔭便又以定遠縣為例，算了一下細賬，即便像定遠縣這樣的落後地區，也是能夠多收入三千五百萬元的。

這些，還是明賬，是可以用數字計算出來的。他指出，特別是實行了「什一稅」法，不再向農民額外收取別的任何稅費，又明確了耕地的長期使用權，農民自然會提高種糧的積極性，捨得增加投入，進而去努力提高土地的生產率與商品率，農民打的糧食愈多，就得益愈大。

至於實行稅費改革和耕地永久承包制的優越性，何開蔭一下子就歸納出十二條。諸如：「國家收回了耕地所有權，使用權長期歸承包農民所有，任何單位和個人都不能再濫佔耕地，如果再有人徵用耕地，除經過批准外，還必須解決該地塊承包戶的生活出路，同時每年要繳納相當於該地塊應繳公糧款的耕地佔用稅，這樣，就能有效地控制耕地的減少；農民自己佔地建房或養魚挖塘，燒窯建廠，每年照樣要繳納規定的公糧數量，這樣，農民也自會十分珍惜耕地。」諸如：

「繳足國家集體的，餘下都是自己的，任何人無權再向農民徵收一分錢，就能有效地剎住亂攤派亂收費的不正之風，減輕農民負擔；鄉村幹部不再伸手向農民要錢，工資補貼及提留等一應費用由公糧中返還鄉政府，幹部的任務就只是全心全意為農民服務。只服務，作貢獻，不向農民伸手索取，自然會極大地改善幹群關係，提高黨和政府的威信。」

當然，這種改革牽涉面廣，必然會觸動一些部門的利益，何開蔭在文章最後又寫道：「這就需要國務院出面進行協調，調整各方面的利益。」並且，「建議國家先在一省或數省選擇不同類型的縣作為試點，進行探索。」

文章寫好以後，何開蔭決定仍然把它寄給中央農村政策研究室和國務院農村發展研究中心。因為，那兒是中央和國家有關農村工作的最高研究部門，況且，兼任這兩個部門要職的王郁昭，是他最熟悉的老領導。

他先給北京打了一個電話。

不打則已，這一打，他差不多吃了一驚。原來，「六四」風波發生後不久，中央農村政策研究室就已被撤銷；國務院農村發展研究中心也降格為農業部的一個下屬部門。就是說，屬於黨中央、國務院這樣高規格、高層次的農村政策與農村發展的研究機構已經不復存在！

王郁昭還在電話裡告訴他：北京有人正組織文章，準備對他上次應徵獲獎的那篇論文進行批判呢。

何開蔭更是吃驚不小。

這次的文章，不僅把上次那篇論文的有些觀點作了更充分地闡述與論證，其設想之大膽無疑也走得更遠了。既然有人已經要組織批判那篇論文，這篇文章還能再寄嗎？

如果要寄，又該寄到哪裡呢？

中央農村政策研究室沒有了，直屬國務院的農村發展研究中心也放到了農業部，可他這篇文章涉及到的那許多設想又豈能是農業部就可以解決的？

何開蔭一時犯了難。

35 進了一回中南海

何開蔭思來想去，最後下了一個決心：直接進諫中央。

進諫中央，對何開蔭來說，這樣的事已經不是第一次了。

第一次，還是在「文革」期間。

那是一段不堪回首的日子。當時，他除了「右派」的身分外，又增加了一頂「現行反革命」的帽子。說起來非常可笑，他之所以被打成現行反革命，僅僅是因為他利用業餘時間自學了俄語。因為當時中蘇關係十分緊張，發生了「珍寶島事件」，而他所在的青年農場就在黑龍江邊，你學俄語就是準備當蘇修特務。這樣一來，作為「右派」分子的何開蔭，尚能留在北大荒農場的場部搞些技術工作，問題嚴重了，就被攆到了農村，要接受農民的改造，從此過上了比農民更苦的日子。因為積勞成疾，他患上了嚴重的肝病，多虧當地農民對他百般照顧，他才沒有把命丟在那裡。在那段特殊的日子裡，他對農民產生了特殊的感情。當時那裡的農民生活十分艱難，一年忙到頭，還常常填不飽肚子，他覺得自己有義務幫助他們。聯想到自己所在的農場，因為有農墾部長王震制定的《農墾十六條》，生產上實行責任制，農場的糧食產量普遍要比農村的高，於是他全然不顧自己頭上的兩頂帽子還拿在別人手裡，斗膽給黑龍江省委書記張林池寫了一封信。因為張林池還兼任農墾部第一副部長的職務，他希望通過既是省委書記又是農墾部第一副部長的張林池，把這封信轉給周恩來總理，希望中國的廣大農村也參照《農墾十六條》的精神，實行農業生產責任制，來激發農民的生產熱情。

對於他的這種做法，周圍的農民都替他捏一把汗；他們甚至認為，何開蔭冒這樣的險不值，這樣的信寄了也等於白寄，除給自己惹禍不會有好結果。但何開蔭還是去了趟郵電所，當信滑入郵筒的一刹那，他忽然想到了馬克思的一句話：「我說出來，就拯救了自己的靈魂。」

事情並沒有想像的那麼糟糕。信寄出後不久，就有人通知何開蔭，要他立即到省委辦公室去一趟。何開蔭忐忑不安地趕到哈爾濱，張林池的秘書杜再興接待了他。杜秘書說：「林池書記對你的來信很重視，他一連看了幾遍，很感動。說『居然有這樣一個人，敢寫這樣的一封信』。他覺得信上反映的問題很重要，但這信他不便往上遞，因為他遞，就代表省委的意見了。」杜再興建議何開蔭「找一個有威望的民主人士向上遞」。

雖說沒有解決什麼問題，但是，杜再興的一番話還是說得何開蔭激動不已。

回來的路上，他就一直在想，誰是有威望的民主人士呢？

何開蔭把腦子都想大了，也沒想出個結果來。在他接觸到的，乃至可以報出名字的人裡頭，誰有本事能將這樣的信送到周總理的手裡呢？一個也沒有。

忽然，何開蔭的眼睛一亮。

他想到了全國政協副主席孫曉村。因為孫曉村是他的母校—北京農業大學的老校長。他想：孫曉村算是「有威望的民主人士」了吧？

可是，老校長會願意把一個連面都沒有見過的學生的信轉給周總理嗎？他沒有一點把握，可是，除孫曉村外何開蔭再也想不出別的人。

他抱著試試看的心理，把材料掛號寄給了全國政協辦公廳，希望他們轉給孫曉村。

材料寄出後杳無音信。

直到五年後的一九七九年，何開蔭的歷史問題被徹底平反之後，他專程進京見了一次孫曉村。孫曉村說，當年看到這個材料後，還是很感興趣的，並且覺得自己學生提出的這個設想，雖然大膽，卻給人一種啟迪。那期間，有一次見到周總理，孫曉村還給總理專門提到了這件事。但是，當時「批林批孔」運動正鬧得很兇，周總理的處境已很困難，孫曉村怕給總理添麻煩，更是為了保護何開蔭，終於還是沒把材料送上去。他說，即便是周總理作了批示，被「四人幫」知道了，後果不堪設想。

現在的形勢已是今非昔比了，那種無休無止的「階級鬥爭」不但被徹底地拋棄，搞現代化建設已成為今天最大的政治。不過，何開蔭依然強烈地感覺到，極左思潮又一次在抬頭，寫這樣的文章顯然還是有一定風險的。可是，自己畢竟是黨培養出來的農村工作研究者，為了心愛的事業，更為了八億農民，他還是決心豁出去。

最後，他把這篇新寫的文章再次定名為《關於深化農村改革的一些設想》，交給了新華社安徽分社的記者沈祖潤。他認為，這種文章交給這樣的新聞機構比較合適。

果然，新華社很快就出了「內參」，《人民日報》還為此編發了專門的「副頁」，接著，國務院研究室一九九〇年二月十七日以一期《決策參考》的篇幅，將他文章中的觀點和論證，作了最詳細的綜述，並醒目地寫道：

「何開蔭同志認為，如果實行這個辦法，定能使農業走出多年徘徊的困境，但這是一個較大的動作，當前形勢要求穩定，誰也不敢輕舉妄動，他要求向國務院領導同志反映，取得支持。如能選取一個縣試點，相信必能與『大包幹』一樣得到群眾的肯定和歡迎，至少是在糧食產區可以不推自廣。」

在新華社和人民日報轉發「內參」與「副頁」，國務院研究室編發《決策參考》的同時，安徽省政府辦公廳副主任張學濤也將何開蔭的這篇文章刊發在他們辦的《政務內參》上。轉發給中央決策層的那些內參，省裡不一定就能看到，但刊發在本省《政務內參》上的這個「設想」，還是引起了安徽省委和省政府領導的重視。省委書記盧榮景作了批示，建議有關部門的同志論證一下；省委副書記孟富林明確指出「何開蔭同志寫的這篇文章很好」，也提出請省農經委邀請有關部門和專家研究一次。常務副省長邵明、分管農業工作的副省長汪涉雲，都希望組織有關專家論證並在小範圍試點。主管商貿的張潤霞副省長，主管文教衛的杜宜瑾副省長，一個是主動找到何開蔭要材料，一個是當面表示支持。主管工業的龍念副省長更是旗幟鮮明，在看到「設想」文章的一周時間內，就先後作出兩次批示，充分肯定：「這是一項重要的建議」，並明確表態：「我贊成在個別地區試試。」

總之，省委、省政府不少領導都是十分重視的。遺憾的是，當時的形勢正如國務院研究室編發的《決策參考》上所說：「這是一個較大的動作，當前的形勢要求穩定，誰也不敢輕舉妄動。」由安徽省農委牽頭的專家論證會雖然召開了，會上，論證更多的並不是何開蔭的那些改革設想對深化農村改革是否有實際意義，而是它與當時正在全國轟轟烈烈開展著的「治理整頓」工作是合拍還是相悖。

結論是顯而易見的：在治理整頓期間，還談論什麼「深化改革」呢！

於是，省農委以組織名義，向省委寫了一份論證報告，報告認為，何開蔭同志關於深化農村改革的那些設想並不符合現行的政策法規。

論證報告寫的也大多是實話，問題是，如果不折不扣完完全全符合現行法規政策，那肯定就不是一種實際意義上的改革。

由於論證會的否定，省委主要領導再沒有過問，其他想過問的省領導也就不便再過問。何開蔭嘔心瀝血的研究成果，於是就這樣被束之高閣，不了了之了。

何開蔭感到一種報國無門的無奈。

一九九一年元月，何開蔭論述「科學技術是第一生產力」的文章榮獲了國家科委徵文二等獎，進京領獎期間，他被意外地邀請前往國務院研究室彙報工作。

這消息使得他興奮不已。

那一天是一九九一年二月二日。他平生第一次走進了神聖而又神秘的中南海，來到緊靠紫光閣的工字樓。接待他的是國務院研究室農村經濟組組長余國耀。

何開蔭彙報了進一步完善和發展農業「大包幹」的設想及具體思路，從建議實行耕地的長期承包責任制，到建議實行農業稅費統籌的改革，到建議取消糧食的國家定購和糧食價格的雙軌制、全面徹底地放開農產品的市場和價格，直談到建立健全以科技為支柱的社會化服務體系，發展區域規模的農村商品經濟，還談到進行農村戶籍制度改革，打破城鄉二元結構的堅冰。

談到這些近年來他一直在潛心研究的課題，何開蔭就有說不完的話。

余國耀認真地聽著。當何開蔭談到他終於把自己多年的思考寫成《關於農村改革的一些設想》一文時，余國耀告訴他，李鵬總理也在《決策參考》上看到了這篇文章，並對文章的觀點很讚賞，李鵬總理還在同研究室農村組座談時提到了何開蔭有關「什一稅」的建議，說道：「糧食合同定購改為國家定購，是強調農民對國家做貢獻盡義務，數量不變，保證一千億斤。有人建議下一步改為徵實，實行什一稅，將來產量到了一萬億斤，按百分之十徵實就是一千億斤。中國自古就有什一稅。專家們提出建議採取這種辦法，以固定農民與國家的關係。隨著商品經濟的發展，究竟採取何種辦法，要從長計議。」

何開蔭聽說自己的建議引起了總理的重視與讚賞，真是倍受鼓舞，就很想更多地了解上邊對他文章的各種反應。這時，余國耀談出了請他來當面彙報的初衷。

余國耀說：「現在的問題是如何把這個思路變成一個可操作的方案。對於總理『要從長計議』的話，我的理解是，因為當前仍處於治理整頓期間，不宜採取大動作；而且對這個思路也還存在著一些不同看法。因此，我建議，你可以作進一步的深入調查，詳細論證，拿出一個可操作的措施方案來，向省委、省政府領導彙報，先搞試點。最好在一個縣範圍內試點，或者先搞一個鄉鎮也行。如果試點成功，下邊的文章就好做了。」

余國耀的話說得何開蔭格外振奮，只是考慮到自己一個人跑到中南海，接下這麼大個任務，似乎名不正言不順，就問：「能不能請總理簽一個文字意見，這樣我回去好有個交代。」

「不合適。」余國耀解釋說，「如果領導簽字後，那就變成中央的意圖了，不僅你們安徽可以搞，別的地方同樣可以搞，都搞就會出亂子。用你的思路，定你的方案，搞你的試點，效果會好一些；別人沒有這個思路和設想，如果只是靠照葫蘆畫瓢，就不一定會搞好。」

何開蔭想想也有一定的道理。他很理解地點了點頭，說：「我明白。」

余國耀又鼓勵道：「農業『大包幹』就是你們安徽省鳳陽縣的小崗村先搞起來的，一個小崗村試點成功，很快就風行全國。從這一點看，只要符合國家和廣大農民的利益，哪怕只是一個村試出的好辦法，也是可以不推自廣的。」

談到「大包幹」，何開蔭就有說不完的話。他一直就認為中國農村的第二步改革，只能是對「大包幹」的一種完善和發展。想到社會上正在颳起的這股企圖否認「大包幹」的左傾思潮，他坦率地向余國耀談出了自己的看法。他認為改革有如逆水行舟，不進則退，而改革是沒有退路的，退回去的後果是不堪設想的。

余國耀很贊同何開蔭的看法。在農村改革的話題上，兩人有著很多共識。因此，在中南海工字樓的那間辦公室裡，在首都一年中最寒冷的日子，一個身居要職，一個不過是地方上的高級農藝師，兩人卻十分投緣地談了兩個多小時，談得十分興奮。

臨了，余國耀握著何開蔭的手，又有力地抖了抖說：「希望安徽在深化農村改革方面再帶一次好頭！」

何開蔭點罷頭，就忍不住自嘲地笑了。看得出，國務院研究室農村組組長余國耀約他彙報工作，提出那些想法，並不是余國耀的個人行為；而他何開蔭，卻完完全全只代表自己，至少，當時他是無法代表一個「安徽」的，就連一個鄉一個村也代表不了。

但是，正是余國耀臨了提出的希望，使得何開蔭暗自下了決心，他準備通過自己的努力，將這種希望變成現實。

他相信，安徽在中國農村的第一步改革中作出了巨大的貢獻，第二步改革的歷史，也一定會從安徽的大地上寫起！

一九九一年四月，經過又一番深入的調查取證，何開蔭終於拿出了一個可以操作的實施方案《發展農村商品經濟的根本措施—關於深化農村改革的一些設想》。

他在這個「設想」中提出了深化農村改革的十項措施。

這是一個綜合性的改革方案。他認為當前農村中存在著的新矛盾和新問題是錯綜複雜的，下一步農村的改革必須整體推進。為此，他分別就農村土地制度的改革、農村稅費制度的改革、農村戶籍制度的改革、農村產權制度的改革，以及農村經營制度、融資制度、勞動力轉移制度、科技制度、社會保障制度、精神文明建設以及糧食購銷制度的改革，制定出了相應的改革措施。

當然，整體推進，不是要齊頭並進，更不是眉毛鬍子一把抓。他明確指出，要將土地制度和稅費制度的改革作為突破口。

這些改革措施，他設計得十分具體。比如，在穩定聯產承包責任制的長期不變上，他建議給農民承包耕地三十到五十年的使用權，增人不增地，減人不減地，可以有償轉讓，可以作價抵押參與集體經營，部分地恢復土地的商品屬性；比如，實行農業稅費徵收辦法的改革，他認為應該是租費統籌，折實徵收，繳納公糧，取消定購，一定三年，不增不減，稅入國家，費歸鄉村，嚴格收支，賬目公開等等。

他的許多改革設想，大多寫得言簡意賅，通俗易懂，並且琅琅上口。這多半與他長期的農村工作經驗有關，深諳農民之道。

待書面彙報材料打印出來，他就通過省委書記盧榮景的秘書劉學堯和余焰爐，省長傅錫壽的秘書方寧和翟慶黨，首先送給了省委、省政府這兩位主要領導。當然，他也及時分送給了有關的省委副書記和副省長。

一晃，三、四個月過去了。他送上去的那些報告，竟然一直沒有任何動靜，何開蔭開始惴惴不安。

他想，這顯然與省農委辦上次的那份持有否定意見的「論證報告」有關。可是，他已經在報告上把國務院研究室農村組負責人約見他時的建議和傳達的李鵬總理的講話，都作了說明呀！

何開蔭如墜五里霧中。

這年七月，國務院發展研究中心給何開蔭打來電話，邀請他去長春市參加一個由《農民日報》社和吉林省人民政府聯合主辦的「全國農村問題研討會」。而且，就在這之前，《農民日報》已經把他有關深化農村改革的那些設想刊登在了《農村情況》上，並特地寫了個「編者按」：

如何深化農村改革，繼續完善和發展農業生產責任制，這是一個長遠而複雜的課題。本文站在宏觀角度，回顧和總結了建國以來我國農業發展的歷史和教訓，特別是對十一屆三中全會以來農業生產發展中的得與失、某些決策的利與弊作了客觀的分析和反思；對農業多年徘徊不前的原因進行了探討。在此基礎上，提出了一些設想和建議，這些設想有一定新意，有些也是簡便易行的，特摘發，供有關領導部門參考。

北京打來的這個電話，以及《農村情況》轉發他的關於深化農村改革的那些設想，這都給苦悶不堪的何開蔭，猶如打了一支強心針。至少，可以說明：國務院發展研究中心已經在關注他的研究工作；《農民日報》作為農業部的機關報，也是支持他的設想的，他的種種設想由於《農民日報》的廣泛散發，已經走向了全國。他當然希望有更多的農村政策的研究工作者參與進來，更希望能夠通過參加在長春召開的這個研討會，同來自全國各地的同行們一道探討中國的農村問題。

他是懷著激動的心情去找室主任的。

因為興奮，他甚至想不到去留意頂頭上司的臉色，就把北京的電話通知作了彙報，希望得到支持。

沒想到，主任卻很冷淡地搖搖頭：「不同意去。」

「為什麼？」何開蔭大惑不解。因為，調研室幹的就是調查研究的工作，國務院發展中心能邀請本室的工作人員去參加這樣一個全國性的會議，作為室頭兒，應該感到高興，感到自豪才對。

然而主任沒再回答，頭也不抬地只顧忙自己的事兒。

何開蔭傻了，他怔怔地望著主任，半晌說不出一句話。

他忍無可忍地跑去找省政府副秘書長劉永年。

劉永年聽說何開蔭應邀將去參加一個全國性的研討會，態度十分明朗，高興地說道：「應該去，這是安徽的榮譽嘛！」

有了劉永年副秘書長的這句話，當天上午，何開蔭就沒再理會室主任，趕往車站，把去長春的火車票買到了手。

誰知，下午一上班，主任劈頭就問何開蔭：「你買票了？」

何開蔭理直氣壯地說：「我買了。」

「把票給我。」主任不容分說地把手伸到了何開蔭面前。

何開蔭奇怪地反問道：「為什麼要給你？」

「這會你不能去！」

何開蔭說：「劉副秘書長已經批准我去！」

「劉永年副秘書長？」調研室主任的口氣很硬，「他還能有省長大？」

何開蔭一個愣怔：「難道是省長不同意我去？」

主任不再說話。但他依然不容置疑地向何開蔭討要車票。

但是，何開蔭卻對這件事將信將疑，他不相信堂堂的一省之長，有那麼多重要的工作要做，竟會對這樣一件小事感興趣。如果這真的是省長的意思，又說明什麼呢？是因為傅省長早先在馬鞍山一直從事冶金工作，對農業上的事情不熟悉，不重視？還是鑒於當前「治理整頓」的敏感形勢，怕他這個政府部門的成員，到全國性的會議上給安徽招惹是非？

回到家，何開蔭一直百思不解，連飯也吃不下，直到躺在床上才猛地悟出，上次省政府辦公廳編發有他那篇文章的《政務內參》出來以後，許多主管和不主管農業工作的副省長都作了批示，表明了態度，唯獨省長至今不置可否。

現在，有一點是再清楚不過的，那就是長春會議不可能去了。一個省級政府辦公廳的一般調研員，要跟省最高的行政長官過不去，後果是可想而知的。

何開蔭不得不放棄了這次長春會議。

36 兩個縣委擴大會

那段時間何開蔭差不多是度日如年。

一天，何開蔭剛走進省政府的辦公大樓，就被副省長龍念喊住了：「老何，你來一下。」

何開蔭好生納悶，龍念分管的是工業，他找我能有什麼事？到了龍念的辦公室，何開蔭才知道，龍念對這件事很感興趣。龍念在仔細地詢問了何開蔭的一些改革設想後，果斷地說：「老何啊，農業我不懂，但是我有扶貧任務；我的扶貧點在臨泉縣，你的那些設想可以在我的扶貧點先搞試點。」

龍念是個做起事來雷厲風行的人，他這樣說，就算一錘定了音。隔天一大清早，他就把何開蔭叫到政府大院，乘一輛麵包車，去了臨泉。他們在這個國家級貧困縣，一待就是一周。白天研究扶貧，作為高級農藝師的何開蔭，便成了龍念的扶貧高參；晚上，龍念就把臨泉縣的糧食局長、稅務局長、政府辦公室的主任和體改委主任，一一喊來幫助何開蔭算賬，想搞出一個讓各方面都能夠滿意的稅費統籌的方案來。

在離開臨泉縣之前，龍念還和何開蔭約定，到了秋收時節，他將陪著他再來臨泉，以啟動稅費改革的試點為契機，把農民的負擔減下來，同時推動扶貧工作的全面開展。

可是，天有不測風雲。一九九一年復秋之交一場百年不遇的大水，使得他們的計劃泡了湯。不少農村都被泡在洪水裡，農民連飯都吃不上，還搞什麼稅費統籌呢？再說積極支持這項工作的縣委書記陳業夫也被調走，熱心這事的周縣長在政府換屆時又意外地被選掉。

結果，空歡喜一場。

當然，也有讓何開蔭舒心的事，心裡的一個疙瘩終於解開了。一個偶然的機會，他得知省裡所以不准他去長春開會的原因。原來，那期間，有人在上頭告發他「招搖撞騙」，為此省政府還派人跑到國務院去核實李鵬總理說沒說過那些話，國務院研究室是否約他去中南海彙報過工作。外調是背著他幹的。當調查被證實確有此事時，出面調查的同志覺得幹了件虧心事，回來就對何開蔭掏了實話。

冬去春來，一九九二年悄然而至，這年三、四月間，小平同志的南巡講話有如摧枯拉朽的春風，給華夏大地帶來勃勃生機。

說得多麼好啊！

「改革開放膽子要大一些，敢於試驗，不能像小腳女人一樣。看準了，就大膽地試，大膽地闖。沒有一點闖的精神，沒有一點『冒』的精神，沒有一股氣呀、勁呀，就走不出一條好路，走不出一條新路，就幹不出新的事業。」

「在農村改革和城市改革中，不搞爭論，大膽地試，大膽地闖；我們的政策就是允許看，允許看比強制好得多。」

「要抓住機會，現在就是好機會。我擔心失去機會，不抓呀，看到的機會就丟掉了，時間一晃就過去了呀。」

讀著小平同志激動人心的講話，何開蔭直感到熱血奔湧。

隨著小平南巡講話，安徽省常務副省長邵明站了出來，他再次把何開蔭的報告批給主管農業工作的汪涉雲副省長：「涉雲同志：何開蔭同志這個建議，提了幾年了，我也幾次看過，思考過。現在中央提倡大膽地試，你看我們是否選擇一個縣，或者一個鄉進行試點，如果同意，我們再與省裡領導通通氣，找有關部門一起研究，如何？」

邵明批示的第二天，汪涉雲就跟著表態：「同意邵省長意見。」

這真是：山重水複疑無路，柳暗花明又一村。

機會終於來了。

這期間，全國國土學研究會在安徽省的淮北召開，著名的農村經濟專家杜潤生來到會上；何開蔭也應邀到會，並在會上發了言。因為開的是有關國土的會，何開蔭會上談的也只能是國土的問題，但他的心思卻依然在農村的改革上。因此，他把他的那篇《發展農村商品經濟的根本措施——關於深化農村改革的一些設想》帶到了會上，並送給了杜潤生。

杜潤生看了以後，大加讚賞。他對何開蔭說：「老何啊，沿海我不敢說，我要另外去調查，但我可以斷言，你這個措施對中國中西部的廣大農村是實用的！」

杜潤生的高度評價，使何開蔭深受鼓舞。

會議臨結束時，阜陽地區常務副專員王懷忠帶著車趕到會上，要接杜潤生到阜陽去指導工作。王懷忠所以專程來請杜潤生去阜陽，一是杜潤生在擔任中央農村政策研究室和國務院農村發展研究中心主任時，曾主持起草過對中國的農村改革起到巨大作用的五個「中央一號文件」，是黨內農業問題的大專家；二是杜潤生在淮海戰役的時候，曾在阜陽當過地委書記，他對那片土地有感情。一九八七年國家決定有選擇地開辦一批改革試驗區時，由於老書記杜潤生的力薦，阜陽有幸成了中國第一個由國務院備案的農村改革試驗區。既然杜潤生來到安徽，阜陽人民邀請當年的老書記、老專家去試驗區指導工作，自然也在情理之中。

但是，杜潤生是百忙之中見縫插針來參加這個國土會議的，來前就把回京的車票買好了，就對王懷忠說：「我秋天可以來一趟，現在請我不如叫你們省裡的何開蔭同志去。他是有辦法的人，已經拿出了一個很好的措施了。」

由於杜潤生的推薦，何開蔭就跟著王懷忠同車到了曹操和華佗的家鄉亳縣。

當時，阜陽還沒撤區建市，亳縣也沒改作亳州，更沒從阜陽地區單獨劃出去，地區的幾大班子領導全集中在那兒開會。何開蔭的到來，無疑為會議增添了改革的話題。地委書記王昭耀盛情地要何開蔭為大家談一談他對農村第二步改革的設想。被壓抑了許久的何開蔭，巴不得有這樣一個可以暢所欲言的地方，也就不謙虛，便把自己多年來深思熟慮的設想娓娓道來。

講完之後，他提醒大家說：「這個方案涉及到目前不少禁區，能否真的搞起來，我自己也沒有把握。」

幾大班子成員隨後展開了熱烈討論。最後，王昭耀對何開蔭說：「我們決定搞，你來幫助我們一起搞吧！」

何開蔭終於聽到自己的設想即將被實施，心裡別提有多高興，但他依然不無憂慮：「這是有一定風險的。」

王昭耀坦言道：「我們是經國家批准的農村改革試驗區，允許搞一些創新和突破。即便有風險，也是由我們地委擔，由我王昭耀擔，與你沒有關係。」

王昭耀的話說得很平靜，卻說得斬釘截鐵。

何開蔭聽了一把握住王昭耀的手，心裡有陣陣熱浪在奔湧。是呀，有王書記這句話，他已經無須再說什麼了。

會後；王昭耀親自陪著何開蔭到下面去確定試點的地方。

他們首先到了潁上縣。

由於當年國務院農村發展研究中心曾在這個地區進行過土地制度方面的改革試驗，研究中心的杜鷹等人還專門深入到這兒前後待了一年多時間。何開蔭認為深化農村改革最重要的就是土地制度和稅費制度的兩項改革，既然土地制度的改革已經在探索了，那麼，亟待解決的重要問題，自然就是農業稅費制度上的改革。

因此他同王昭耀下來確定的是稅費改革的試點地。

潁上縣為此召開了一次縣委擴大會，擴大會擴大到了縣裡的五大班子的所有成員。地委書記王昭耀雖然到會，但他特地說明，潁上縣同意不同意作為農村稅費改革的試點，地委不搞包辦代替，希望大家充分發表自己的意見。

何開蔭首先詳細地介紹了有關情況，然後就是自由發言，會開得熱火朝天。沒有多大一會兒，會場上便出現了陣線分明難以融合的局面：縣委、縣政府很想幹，政協有點說不清，人大則持反對意見。

支持者、反對者與折衷者都說得慷慨激昂，振振有詞，思想最終也統一不起來。

縣人大領導否定進行稅費改革的試點，是有著充足的理由可以擺到桌面上的：「這樣的方案明顯是與現行政策法規不一致的！」

何開蔭認真地聽著，越聽越覺得小平同志的南巡講話高瞻遠矚，切中時弊，太深刻了，也太及時了。他終於從反對者和折衷者的理由中，找出一句最典型的話，這就是：「別的地方沒有這樣幹，要是我們幹了，將來恐怕鄉鎮幹部有意見。」

不求有功，但求無過；求穩怕亂，心安理得──這種「沒有一點闖的精神，沒有一點『冒』的精神，沒有一股氣呀、勁呀」，「像小腳女人一樣」的精神狀態，已經成了當前深化農村改革最突出的思想障礙。

當然，何開蔭也還從反對者冠冕堂皇的理由背後，看到了更隱蔽的原因。其實，怕來怕去，說穿了，就是怕實行了這種稅費統籌的辦法之後，鄉村幹部就不能再像過去那樣隨心所欲地從農民那裡收錢了。而鄉村幹部，毫無疑問，也包括縣裡幹部，他們的許多政績都是靠達標呀、升級呀弄來的，不准亂收費，不准亂攤派，不准亂集資，那些「公益事業」所需要的錢款從哪裡來呢？

同意稅費改革，從某些意義上說，就等於是斷了自己的財路。顯而易見，實行改革，首先必須要有改革精神，敢於先「革」自己的「命」！王昭耀看清了這個形勢，他沒有勉強。因為任何農業改革是否成功，首先有賴於農民能否了解、認同和支持，縣級領導幹部尚且如此，又怎麼能指望他們去組織動員廣大農民取得這項改革的成功呢！

他對何開蔭說：「我們再到渦陽縣去看看。」

到了老子的故里渦陽，王昭耀把何開蔭介紹給渦陽縣委、縣政府主要領導，因為地委有事需要他回去處理，就提前離開了。走前，他誠懇地對何開蔭說：「這事急不得。有一點你放心，我支持你在阜陽地區搞稅費改革。」

渦陽縣也為此召開了一次縣委擴大會，或許因為沒有王昭耀書記的在場，會開得比潁上縣還要激烈。聽說稅費改革的基本原則是：「繳足國家集體的，餘下都是農民自己的；任何部門和任何人都無權再向農民徵收一分錢。」會從一開始就炸了鍋。

會上出現的這種局面，竟然和潁上縣的差不多，縣委書記王保民是堅決支持的，他也主要是把這項稅費制度的改革，看做是一件重要的政治任務；縣長汪炳瑜的態度非常堅決，他認為今天的農民確實太苦，負擔太重，而這個方案能有效地剎住農村中「三亂」的不正之風。政協的意見較曖昧，人大卻是堅決反對。

當爭論各方相持不下時，縣長汪炳瑜竟站了起來，把筆記本往桌上一摔，說道：「所有風險我們縣委縣政府擔著。這麼多意見我們聽到了，知道了，但我們還是要幹！」

說得與會者一時語塞。

散會時，何開蔭找到汪炳瑜，他很感激這位敢於拍板敢擔責任的痛快縣長，但他還是十分誠懇地勸說道：「你們就要換屆了，還是等一等吧。不能因為這件事，把你的縣長也選掉了，以後什麼事就都幹不成了。」

汪炳瑜想想，也是這麼個理。雖說縣裡五大班子不能一團和氣，幹工作總得有個原則，但在大家的認識還不一致時，確實不能操之過急。他苦笑道：「好吧，就先放一放。」

離開渦陽時，何開蔭不想再去驚動縣裡的任何領導，他一個人拎著包，默默地向長途汽車站走去。

兩個縣的縣委擴大會開得如此熱鬧，他預感到，農村稅費改革的道路勢必將是漫長、曲折而又充滿著艱難險阻的。

一路之上，他想了許多許多，幾乎沮喪到了極點。他感到很累，也很狼狽，就這樣，懵懵懂懂地回到了合肥。

37 冒出一個新興鎮

世界真的是太大了，什麼事兒都可能發生。

就在渦陽縣的縣委擴大會開得熱鬧非凡，以至不歡而散的時候，在這個縣一個名叫「新興」的邊遠小鎮上，卻正在醞釀著注定會被寫進共和國改革史的一樁大事。

我們確實沒有理由把今天鄉村幹部的素質想得太差，他們中的絕大多數人還是想把農村經濟搞好的，正是出於這個強烈的願望，新興鎮黨委書記劉興傑，鎮長李培傑，才會對《農民日報》上一篇極易被忽視的文章，發生了那麼大的興趣，並當即熱烈地展開了討論。

這是一篇署名為楊文良的《為農民鬆綁，把糧食推向市場》的文章。他們對文章中提到的稅費改革產生了濃厚的興趣，同時萌動了要試一試「稅費一把抓，用錢再分家」的念頭。

兩人一扯到徵收稅費，無不感到頭皮發麻，腦袋發炸。眼看徵收的任務年年在加大，這一年，全鎮就要完成農業稅三十一萬元，農業特產稅二十四萬元，耕地佔用稅二點四萬元，烤煙產品稅八十一點五萬元，提留統籌款一百六十二萬元，再加上修路、治水的費用，總計就是三百二十萬元，人均負擔高出一百元，畝均負擔也在五十元以上。為完成以上徵收任務，他們必須組織人員上門催繳，這些人員所需費用一般達到徵收總額的百分之十，有時甚至達到百分之二十到三十，這筆額外的花銷又要加到農民頭上。特別是煙稅，上邊年年派任務，鎮裡就只有分攤到農戶，每畝攤到八十多元；但是農民花在地膜育苗、施肥、烤煙用煤、灌溉等生產性的投入上，每畝成本就將近二百元，一年辛苦下來反倒要貼錢。農民怨聲載道，鎮村幹部每年都要用十個月時間，在罵聲中強迫種植，在罵聲中催促收購，弄得鎮村幹部上下不是人。

劉興傑剛過而立之年，年輕氣盛，眼看這一年又難以完成收費與收購的任務，深有感慨地對李培傑說：

「國務院幾番下令，農民負擔不能超過上年純收入的百分之五，結果呢，這個本用來限制亂收費的『上線』標準，如今卻成了加碼收費的『底線』。虛報浮誇風又這樣盛行，農民人均收入明明只有一千元，也得報到一千五甚至兩千元，最後就都按照這些虛誇數字的百分之五來徵收，怎麼得了！」

李培傑比劉興傑的年齡大上許多，經歷的事情自然也就比劉興傑多，聽年輕的書記這番議論，他就為當年的糧價算了一筆賬：「國家糧食定購價與市場價的差別也太大，就說黃豆，國家收購只是三角八到四角錢一斤，而市場上現在已經賣到了九角到一塊，農民對此極為不滿。這辦法總得變一變！」

「是呀，如何設定一個合理的辦法，才能真正減輕農民的負擔，」劉興傑嘆著氣說，「收費收得叫農民明明白白，又能讓鄉村幹部從一年忙到頭也完不成的徵收任務中解放出來。」

劉興傑自擔任新興鎮的黨委書記以來，一直就在尋找一個解決的辦法。他發現為徵稅收費，鎮村兩級幹部與農民之間的積怨已經太深，黨群關係早已嚴重惡化，他很想在這方面有些作為。

李培傑說：「咱不妨試試報上講的這個辦法。」

劉興傑說：「我喊你來也就是合計合計這件事。」

於是，後來被人們稱作「新興二傑」的劉興傑和李培傑，一拍即合，兩人坐下來，按照楊文良文章所提供的辦法，進行了一番認真的核算：新興鎮每月工資支出為七萬元上下，全年就是八十五萬多元；辦公經費精打細算一年得要二十萬元；農業稅一般定在五十萬元；加上建設費四十萬元，農田水利、植樹造林所需的二十萬元，以及「五保四扶」要的二十萬元，雜七雜八扣除以後，全年全鎮所需資金起碼在二百六十萬元左右。而全鎮耕田面積是八萬七千畝，細算下來，每畝一年一次性地上繳三十元便能基本滿足全鎮的財政需求。

這樣，「一畝耕地一次繳清三十元，任何人不得再收費」的大膽設想就產生了！

這個辦法群眾能不能接受呢？劉興傑和李培傑動員鄉村幹部去走村串戶，廣泛徵求農民的意見。農民一聽一次繳清稅費後，再沒有人上門收錢納糧，全都樂得拍巴掌。

新興鎮土生土長的鎮黨委書記劉興傑，聽罷分頭下去徵求農民意見的彙報之後，在鎮黨委和鎮政府召開的聯席會上，他跟大家推心置腹地說：

「我就是農民的兒子，農村的許多事都親身經歷，親眼目睹；我這是在家鄉的土地上工作啊，如果幹不出一點實事，只知道收錢，父老鄉親是會罵娘的！」

主意已定，接下來，他們就想方設法地尋求上級領導的支持。這年十月初，劉興傑和李培傑專程前往渦陽縣城，他們是小心翼翼地向縣委和縣政府彙報工作的。

縣委書記王保民、縣長汪炳瑜，十分認真地聽取了兩人的彙報，特別是了解到他們已經廣泛徵求了農民的意見，鎮黨委和鎮政府還開會形成了專門的決議，決心很大，感到十分高興。他們不但明確表態可以試點，還把何開蔭有關農業稅費改革的具體方案向他們作了介紹。

劉興傑和李培傑聽了，大為振奮。更讓兩人喜出望外的是，書記縣長非但鼓勵他們搞好這個試點，還當場敲定，縣委、縣政府決定於明年一月三日就在他們新興鎮召開一次現場會，為他們助威叫陣。

書記、縣長作出的這個非常的決定，使得劉興傑和李培傑興奮得有點兒「受寵若驚」。有了縣領導的撐腰，「新興二傑」底氣更足了。

不過，這以後不久，兩人先後聽說了縣委擴大會上發生的那場爭論，以及汪炳瑜在會上捧筆記本的故事，隱隱感到這事真的幹起來肯定不會這麼簡單，因為稅費合併徵收明顯違背了當時的政策法規。

縣委擴大會尚且開得如此艱難，何況他們一個小鄉鎮？劉興傑和李培傑不能不感到有些後怕。但，怕歸怕，該幹還是要幹。

「看準了的，就大膽地試，大膽地闖。」劉興傑說，「誰追查下來，反正我們還有小平同志的這句話！」

李培傑說：「我看這項改革對各部門都有利，唯獨沒有利的就是鄉鎮幹部、村幹部，因為他們再揩不到農民身上的『油』了。既然有利於國家，有利於集體，又可以把農民負擔降下來，就是個人受點委屈，甚至『倒楣』，咱也認了！」

劉興傑尋思著說：「為減少風險，我們能不能想一個更好的辦法？」

後來，這個「更好的辦法」，終於想出來了。他們乾脆把稅費改革的方案提交新興鎮人民代表大會審議，這樣就可以爭取到鎮人大的參與和人民代表的支持。

一九九二年十一月二十三日，新興鎮人民代表大會隆重召開。全鎮一百一十名人大代表，那天除因事因病有兩人請假外，其餘的一百零八人均如期到會。

會上，李培傑代表鎮政府作了《切實減輕農民負擔，建立土地承包稅（費）制度》的工作報告。經過代表們充分而認真的討論，一百零八位到會代表全都投了贊成票。

新興鎮的人民代表在審議通過大會的提案上，還從來沒有如此齊心過。

可以說，靠一個鄉鎮的人民代表大會審議通過如此重大的改革工作，這在新中國人民代表大會的歷史上還從來不曾有過！

會後，共和國的歷史上，空前絕後的，由鄉鎮政府宣布改革的第一張布告產生了。有著鎮長李培傑親自簽名的這張布告，一個早上就貼遍了新興鎮所有的村莊和集市，廣而告之：「一九九三年一月一日起，全鎮將試行土地承包稅（費）制度。」

布告內容如下：

一，實行稅費提留全額承包，農民只承擔按照政策規定的義務工，不在（原文如此，應為不「再」——筆者注）承擔任何費用，不准任何單位和個人向農民攤派或增加提留款；

二，全鎮八點九萬畝土地，每畝承包費全年上繳三十元（午秋各半），實行稅費提留一次到位，農民按照國家規定繳售的糧食，誰出售，誰得款；

三，鎮財政所直接與農民簽訂協議書，在收款期間，自然村、行政村幹部負責落實，同時要求全鎮幹部、國家職工、教師、黨團員帶頭繳款……

這是一張絕無僅有的布告，它雖然是以一個基層政府的名義張貼的，卻是最樸實地表明了億萬中國農民渴望擺脫歷史的重負、勇敢地走向市場的決心。

其中許多內容，對於今天中國的廣大農村無疑具有理想化的典型意義。它理所當然地會和人民共和國歷史上一切重大事件一樣被我們所銘記！

新興鎮鬧起了稅費改革，這消息，像一道驟然亮起的閃電，劃過淮北平原這片空寂的原野，驚動了整個渦陽縣的鄉村幹部和農民。幹部們都被徵收稅費弄得焦頭爛額，農民更是被「三亂」搞怕了，聽說新興鎮試驗起「一次清」的「費改稅」，幹部群眾全打心裡歡迎。

一時間，去新興鎮參觀取經看熱鬧瞧新鮮的人，滔滔似水，絡繹不絕。

大家都生活得很累，都被說得清和說不清的各種束縛綁得太久，太緊，渴望得到解脫，尋找一種變化。現在，新興鎮帶了頭，闖出了一條新路，其他鄉鎮自然也都躍躍欲試。

聞風而動的首先是丹城鄉，他們幾乎是前腳跟後腳似的，仿照新興鎮的辦法，召開了全鄉人民代表大會，並在會上審議通過了同樣的稅費改革方案。

馬店鄉也不甘落後，緊鑼密鼓地開始了各項籌備。

每年的元旦，淮北還是天寒地凍的冰雪世界，肆虐的西北風幾盡捲走了大平原上的一切生機，然而，一九九三年元旦，渦陽縣，以及渦陽周邊的蒙城、利辛、太和、濉溪和亳縣，卻都是在熱談新興鎮稅費改革的話題中度過的。

新的一年的第三天，渦陽縣委、縣政府、縣人大、縣政協領導，以及全縣各鄉鎮黨委政府的負責人，雲集新興鎮，如期召開了四大班子的聯席會議。按照縣委書記王保民、縣長汪炳瑜事先的計劃，是要通過這樣一次現場會，把新興鎮的改革作為典型示範推廣到全縣去。

會議安排劉興傑代表新興鎮首先講話，他是做了認真準備的。他滿懷豪情地彙報了他們為減輕農民負擔進行的「土地承包稅（費）制度」改革的做法與心得。幾乎所有與會者都是在全身心地聆聽著，整個會議處在一種亢奮的氣氛之中。然而就在這時，卻出現了連縣委書記、縣長都感到意外的情況，縣人大主任突然提出了異議，並嚴肅提出：新興鎮的改革方案雖然合理，卻絕不合法！

人大主任的語氣是毋庸置疑的，冷靜的措詞透出堅定不移的否決態度和毫不動搖的原則立場。

深諳政界仕途的人，一聽便知大有背景。

沒誰不清楚，這次的聯席會議是縣委書記和縣長兩人倡導的，為了張揚新興鎮的改革精神和推廣他們的改革方案，書記、縣長可以說是用心良苦、「赤膊上陣」了。同樣，沒誰不知道，敢在全縣幾大班子以及所有鄉鎮黨委政府負責人面前公開這種與書記和縣長相悖相左的意見，不是有省人大至少也要有地區人大在背後支持。

這使得絕大多數與會者都感到始料不及。

這對新興鎮的改革，對縣委、縣政府決定召開的這次聯席會議，無不都是一記當頭棒喝！

正因為大家都明白人大主任的意見絲毫不摻雜個人的恩怨，即便是在這樣的場合表明相反的看法，不僅合理合法，名正言順，而且是在行使人大依法享有的權力，是在維護國家政策法規的嚴肅性，因此，不再需要人大主任點明，誰都知道：大張旗鼓地宣揚非法的決策，對於一個縣委、縣政府來說意味著什麼。

會場上，頓時呈現出一片令人窒息的寧靜。

整個會議原先那種亢奮的氛圍，就在突然出現的這種寂靜之中迅速地消失了，消失得甚至找不出一點兒痕跡。

會議的宗旨也就在轉瞬之間發生了變化。

無論縣委書記王保民還是縣長汪炳瑜，在這種形勢之下，都不便再說什麼。

既然作為國家法律監督者的縣人大主任指出方案的非法，縣委書記和縣長又變得如此緘默，人們思考的方向便自然而然地很快從改革的思路上跳了出來，接下去的發言就開始變得模棱兩可起來。

現場會最後總結的情景，許多出席了那次會議的人至今印象深刻，儘管縣委書記內心是向著新興鎮的改革的，但話已不再是那樣旗幟鮮明，甚至說出了如果實在不行再回頭也來得及的話。

總之，現場會過後，所有支持的領導就變得不再那麼理直氣壯了。

新興鎮的稅費改革陷入了巨大的困惑。

是呀，這樣的改革還能再幹嗎？

劉興傑和李培傑猶豫過，但是，他們不甘心就此罷休。鎮裡的黨政班子經過認真磋商，決定不改初衷，硬著頭皮也要把稅費改革繼續下去！

劉興傑和李培傑認準了一個理：這種改革對農民有好處；一個農村基層幹部不為農民謀福利，就是最大的失職！

他們當然知道組織原則的重要，也知道「試行土地承包稅（費）制度」是有悖於現行政策法規的，這些，他們全知道；不過他們更清楚，江澤民總書記一再強調要大家「高舉鄧小平理論偉大旗幟」，鄧小平的南巡講話，無疑是「鄧小平理論」的重要組成部分，對待鄧小平南巡講話是口是心非，還是不折不扣地照辦，這顯然是高舉不高舉鄧小平理論偉大旗幟，執行不執行江總書記重要指示，有沒有黨性的一個大是大非的問題！

「證券」、「股市」，一直被認為是資本主義的東西，鄧小平卻語重心長地指出：「這些東西究竟好不好，有沒有危險，是不是資本主義獨有的東西，社會主義能不能用？允許看，但要堅決地試。」並說，「看對了，搞一兩年對了，放開；錯了，糾正，關了就是了。」甚至說，「關，也可以快關，也可以慢關，也可以留一點尾巴。怕什麼，堅持這種態度就不要緊，就不會犯大錯誤。」

讀著鄧小平這些氣吞山河的講話，劉興傑和李培傑不僅感到親切，感到心靈的震撼，更感受到一種大徹大悟。

他們按照既定的計劃，把稅費改革的《試行細則》和稅費合併後的《收繳結算辦法》，發到了全鎮每一戶農民的手上，並按規定挨家挨戶簽訂了協議。

於是，新興鎮義無反顧地將中國稅費改革的序幕拉開了！

曾經準備和新興鎮一同進行改革的馬店鄉，終因黨委書記見勢頭不妙，主動縮手；而同樣是由基層人大開會通過了改革方案的丹城鄉，卻受到新興鎮的鼓舞，依然決定與新興鎮一起堅持幹下去。

然而，好景不常。

三月一日，縣人大法工委與縣財政局突然興兵動師地派員下到新興鎮檢查工作；三月三日，鎮黨委書記劉興傑被調離。

有人說，調走劉興傑，那是對新興鎮稅費改革的「釜底抽薪」；也有人說，讓劉興傑出任副縣級的城關鎮鎮長，李培傑接替劉興傑當了新興鎮黨委書記，那是縣委、縣政府對他們的重用。但是，不管怎麼說，稅費改革正處在十分艱難的起步階段，劉興傑的調離對新興鎮來說畢竟是種損失。

因為鎮長李培傑出任了黨委書記，副鎮長龔保傑就當上了鎮長。龔保傑也是個稅費改革的堅定派，因為他的名字裡也有個「傑」字，後來人們便把「新興二傑」改稱為「新興三傑」。新興鎮的改革並沒有因此而中止，倒是由於改革的得民心，順民意，很快便迅猛發展，勢如破竹。

可是到了四月二十七日，形勢就陡然急轉直下。這一天渦陽縣人大常委會正式通過一項決定：撤銷新興鎮和丹城鄉人大通過的實行稅費改革的決議。

面對縣人大常委會的決定，丹城鄉頂不住了，退縮了。李培傑也面臨著痛苦的抉擇。接到正式下達的決定時，人們發現，他把自己一個人關在辦公室裡，呆呆地望著牆壁尋思了一個上午。

第二天，李培傑去了趟縣城，他專程拜訪了縣人大主任。他試圖通過自己的努力，從主任那兒得到哪怕只是一點兒鬆動的口風。但是這種企望最後還是破滅了。得到的回答是絲毫沒有迴旋餘地的：「不要再搞了，這是非法的！」

但他依然不甘心，又跑到縣委，提出繼續改革的請求。縣委書記王保民當然知道，縣人大常委會通過的那個決定，是受到上面支持的，到了這一步，他顯然也不便再明確表態，於是就說：「再幹，就撤了你！」說完這一句，又意味深長地補了一句：「撤了你，也還是可以重新啟用的嘛！」

李培傑自然心領神會。

在回新興鎮的路上，李培傑的心情十分複雜，他真真切切地感受到了「真理有時會在少數人手裡」的那樣一種悲壯。

他想，如果有悖現行政策和法規的事都不如分析地一概反對，都要堅決制止，一概扼殺，那麼，中國的農村還會有鳳陽縣小崗村「大包幹」的經驗嗎？沒有不怕坐牢殺頭的勇氣去闖去「冒」，又怎麼可能會有今天改革開放的大好形勢呢？

他想，這鎮黨委書記又算個幾品官呢？追查下來，大不了丟掉烏紗帽。只要能為老百姓幹好一件他們稱心如意的事，就是發配回家重新種田也值！

於是，李培傑橫下了一條心，要把「這條道兒走到黑」！

這以後，無論大會小會，只要上邊詢問，李培傑都聲稱沒再改革，幹的還是原先的一套。他抱定要「瞞天過海」、「我行我素」了。

由於新興鎮同農民簽訂的協議規定，每畝耕地繳足三十元錢之後，就不再承擔除政策規定的義務工以外的其他義務，農民種田的積極性空前高漲，不少農戶主動幹起了高效農業，僅藥材和渦陽的特產苔乾，就都一下擴大到一萬畝，分別比上年增加了兩倍和九倍；池藕也擴大到五千畝，比上年增加到五倍以上。因為大家捨得投入，用心種地了，老天又幫了忙，午季出現了少有的大豐收。結果，這一年年季稅費的徵收，一沒用民兵，二沒動民警，更沒有鄉村幹部上門牽豬扒糧，全鎮僅用了十天時間，就順順當當地完成了任務。

這是多年來不曾見過的。

因為有著改革《試行細則》的約束，亂伸手的現象，在新興鎮得到了扼制，全鎮農民人均負擔和畝均負擔，都比改革前的一九九二年同期分別減少了百分之三十七和百分之二十點六。

這是過去想都不敢想的。

最出乎李培傑意外的是，試行土地承包的「稅費合一」之後，土地的合理流轉「浮出水面」，土地開始向種田能人手裡轉移。李培傑派人去摸底，發現全鎮自發轉包土地的就多達一百多戶，其中一戶轉入土地六十多畝，一筆優良大豆的純收入便是兩萬多元。還因為不要組織人員上門催款逼糧了，許多編制就不需保留了，僅此一項，全鎮精簡分流的村組幹部就是三百多人，大大減輕了農民負擔。

儘管李培傑和龔保傑對外守口如瓶，隻字不提「改革」二字，但這一切是瞞不過縣政府信息科的。科長王偉認為，新興鎮租費改革出現的這些新變化，他有責任向省裡反饋。這一天，王偉把自己了解到的情況簡明扼要地寫成一份幾百字的材料，報到省政府信息處。

新華社安徽分社一位記者得到了王偉提供的材料，覺得很有新聞價值，就把它編成了一份內參，在《半月談》內部版上予以發表。

誰知，這只有豆腐乾大小的一則消息，卻激怒了渦陽縣人大的一些領導同志，了解到是王偉透露出去的信息，便找到王偉問罪：「你怎麼能把這樣的信息報上去呢？」

他們認為這消息為渦陽縣捅了「婁子」，給渦陽人民的臉上抹了黑！

在縣政府召開的徵收任務完成情況的彙報會上，李培傑發現不少人竟用異樣的目光看著他，就估計改革的風聲可能傳開了。為了不給縣委、縣政府領導招惹麻煩，在輪到他彙報時，乾脆撒了一個彌天大謊。他說：「新興鎮完全是在遵照縣人大常委會的決定，沒有再實行原先稅費改革的辦法。」

他說得煞有其事。他不得不學會認真地說假話。

李培傑一旦嘗到了改革的甜頭，就下定決心要把這場改革堅持下去，同時又不得不把違心的彌天大謊繼續編織下去。

黨性和良知，其實一點不矛盾，本來應該是一件事情，但為新興鎮的「土地稅（費）制度改革」，李培傑，也包括龔保傑，每天差不多就都生活在「組織紀律性」與良知的痛苦抉擇中……

38 牆內開花牆外香

何開蔭有關農村稅費改革的設想，在潁上和渦陽兩個縣委擴大會上遭挫之後，並未就此罷休，回到省城合肥後，他一直尋找著其他的支持者。

就在那段時間，瀕臨長江的著名的中國銅都銅陵市，市長汪洋在全市掀起了一場聲勢浩大的尋找差距自揭家醜的解放思想大討論，那場大討論在全國都產生了不小的反響。何開蔭突發奇想：何不把自己的改革方案寄給汪洋看看？他這麼想，馬上也就付諸了行動，給銳意改革的年輕市長寫了一封信，同時把有關材料一併附上。

汪洋看了何開蔭的信和材料，覺得很不錯，就把它批給了銅陵縣，要求縣裡研究一下實施的可行性。當時銅陵縣委書記陳松林雖然正在省委黨校學習，但聽說了這件事，當即就明確表示支持；在家主持工作的縣委副書記、縣長唐世定熱情更高，接到汪洋市長的批示後，馬上給何開蔭寫信，邀請他親赴銅陵。

何開蔭於是滿懷喜悅地匆匆南下。

他沒想到自己的一封信這麼快就起了作用，然而，同樣沒有想到的是，在銅陵縣的幾大班子的會議上，當他把稅費統籌的詳細設想作了介紹之後，會上出現的情景，便和在潁上和渦陽見到的一樣，支持者持之有理理直氣壯，反對者也言之鑿鑿情緒激昂，各不相讓。

這使得主持會議的唐世定縣長十分為難。

唐世定最後為何開蔭送行時，一再表示：他是十分希望在銅陵縣進行農村稅費統籌的試驗的，但稅費的改革事關重大，沒有省領導的明確支持，下面的各種意見是很難統一起來的。再說，政府換屆在即，如果有省委、省政府的明確態度，也好保持試點的連續性。

何開蔭又一次失望地回到合肥，他的心情很難平靜下來。因為，這時候他突然收到河北省委研究室給他的來函，幾乎是同時，還十分意外地又收到河北省委書記的秘書邢彔珍寫來的一封信。兩封來信分別告知，他的深化農村改革的那些設想已引起河北省委和省政府主要領導的高度重視，並認為他「所提的思路和辦法，不單適合河北農村商品經濟的發展，對於全國農村經濟的發展也有一定意義。」

讀著這些來自燕趙大地的信息，何開蔭感慨萬千。他在深受鼓舞的同時，卻也深感悲哀與無奈。

「莫非這事也驗證了『牆內開花牆外香』的古訓？」

他多麼希望自己的夢想和奮鬥，能在生他養他的安徽省的這片熱土上見到收穫啊！

他念念不忘國務院研究室農村組余國耀的期待，農業「大包幹」是安徽省鳳陽縣的小崗村率先搞起來的，更希望安徽能在深化農村改革方面再帶一次好頭！

雖然他的設想眼看在安徽成了奢望，先後在淮北和江南的三個縣碰了壁，但是他還是再次提筆給自己供職的省政府領導寫了一封信，信中，他懇切地希望「省領導明確表示支持，以利統一認識」。

不久，省政府副秘書長陳者香、主管農業的副省長汪涉雲和常務副省長邵明，先後在何開蔭的信上作了十分肯定的批示。特別是邵明的批示，何開蔭見到後非常感動：「何開蔭同志這個建議，提了多年了，我也多次看過，思考過。現在中央提倡大膽地試，是否選擇一個縣，或者一個鄉進行試點，如果同意，我們再與省裡領導通通氣，找有關部門一起研究，如何？」

因為邵明的態度如此堅決，何開蔭於是就滿懷信心地等待著他「再與省裡領導通通氣」。可是，一天天過去，直到這年年底，他的報告如泥牛入海，這事再也沒有音信。眼看一年又過去了，送走元旦，春節就又臨近了，望著大家都在熱熱鬧鬧喜氣洋洋地忙著添置年貨，何開蔭卻打心裡感到一種倦乏和惆悵，絲毫沒有一點兒過年的心情。

他是個做事過於頂真的人，自從拿出農業深化改革的一些設想，到現在已經五個年頭了，可他的那些設想還只能是設想，依然只是在紙上談兵。他多麼渴望能有個試點，好讓自己夢想成真啊！

聽著街上的孩子們不時點燃的喜慶的鞭炮聲，他在想，「天下大得很呢，能被外省採納也好啊！」

何開蔭終於對在安徽能辦成這樁事失去了耐心，他開始把目光投向了外省。儘管這使得他多少有些感到沮喪。

他想，既然河北省是那樣的重視並準備動手，他有理由相信，中國的絕大多數省區都會對他的這些改革措施感興趣。

他一下就想到了鄰省省長李長春。

這首先因為河南省和安徽省一樣都是農業大省，農業大省面臨的最大的問題也都是農民的負擔。當然，他所以會想到李長春，還因為李長春的名字，對他，對許多中國人來說，早已是如雷貫耳了。李長春在當瀋陽市長、遼寧省長期間，敢闖敢冒敢動真格搞改革的故事，已為世人所知曉；瀋陽防爆器材廠在全國率先宣布破產，就是他大含細入最精采的一筆。

何開蔭像給自己十分熟悉又十分信賴的一位領導彙報工作一樣，他給李長春寫了一封信。他把自己關於農村改革設想的來龍去脈；具體的改革方案；以及國務院研究室為此專門編發了一期《決策參考》已送中央政治局和國務院領導並引起李鵬總理的重視等等情況，都作了說明。同時，他還隨信附了最近寫出的《發展農村商品經濟的根本措施》的文章。

李長春省長：

新年好！請原諒我冒昧打擾。我想向您提一個深化改革的建議。

信發出之後，何開蔭並沒抱多大希望。他知道，一省之長，日理萬機，需要操心的事太多，況且，自己與他素昧平生，冒昧去信，李省長會不會見到信都是未知數。只是作了這一番傾訴之後，何開蔭倒像了卻了一樁心事，信一寄出，他頓時感到渾身上下輕鬆了不少。他想，人是需要有夢的，按照弗洛伊德的說法，夢是可以使人獲得心理上的平衡的。

然而這以後發生的故事，又讓何開蔭感慨萬千。他在給李長春信上提到的那些事，他過去都曾用書面報告的形式向自己供職的安徽省省長彙報過，可是，他不但沒有見到自己的省長一個字的批示，反招惹來對自己的內查外調，甚至連參加全國農村工作研討會的自由也被剝奪；但是，他與河南省省長非親非故，他僅僅也只是寫了封信，可李長春不但予以高度重視，河南省經濟體制改革委員會很快還給他來了一封熱情洋溢的公函。

看了公函，何開蔭才知道，他的這封信剛剛發出，李長春已不是省長，而是出任河南省委書記了。來函寫道：

> 你給李長春書記的來信及材料已收到。李長春書記、李成玉副省長分別作了批示，責成我們研究你的意見並與你聯繫。我們認為，你在《發展農村商品經濟的根本措施》一文中，提出了許多好的建議和意見，對進一步深化農村改革有一定的意義和作用。希望今後繼續把你研究的新成果、新見解寄給我們，以便相互交流、探討。

隨函，他們還寄來了李長春、李成玉批示的複印件。從批件上可以知道，河南省委已決定「農業稅實行徵實」，並確定先在商丘地區試點。

三月二十日，接到河南省經濟體制改革委員會寄來的公函；四月十四日，又收到李成玉副省長代表河南省人民政府向何開蔭表示衷心謝意的來信。

看到自己辛勤的耕耘終於有了收穫，何開蔭感到十分欣慰。

然而與此相比，讓何開蔭倍感失望的是，在這以後長達一年之久的漫長的時間裡，他給安徽省政府的報告，卻再也沒有等到什麼消息。

當然，這期間，安徽也有讓他感到高興的消息傳來。那就是，他渴盼已久的土地制度的改革露出了可喜的端倪：全國農村工作會議傳達了中央作出的一項決定，將農民承包耕地的使用權延長三十年不變，而且允許有償轉讓、作價抵押，或是作為股份參加集體經營。解決土地的永久承包，給農民一個長期的使用權，這是何開蔭五年前就極力呼籲過的。新的決定一傳達，阜陽地委和行署，就在國家農村改革試驗區辦公室主任杜鷹等人的具體指導下，率先進行了大膽的探索。他們在全地區範圍內重新丈量耕地，以行政村為單位，按現有農村實際人口，本著「強化所有權、明確發包權、穩定承包權、放話使用權」的原則，熱火朝天地進行了新一輪的耕地承包分配，實行承包地生不增、死不減，可以繼承，也可以由農民有償轉讓、出租、抵押、入股。這樣一改，就使得轉讓土地的農戶得以安心外出務工經商，也有利於種田的能手從中擴大經營規模，於是許多農業科技人員和鄉鎮企業便紛紛租賃土地從事起專業生產。此舉不但提高了土地的產出率，更大大促進了中國今後農村的分工分業。

儘管這同何開蔭上書中央的《建議實行耕地永久承包，給農民長期使用權》的設想還不完全一樣，土地的商品屬性只有部分恢復，土地資源要素的流轉也只是適度進行，但何開蔭卻已大為振奮，因為放活土地的使用權已不再是天方夜譚。

他確信毛澤東的一句話：「中國的事情別著急，慢慢來。」

「困擾著九億農民的土地承包制度問題獲得了初步解決以後，農村諸多矛盾中最突出的問題就是稅費制度的改革了。」他想，「這事雖然急不得，可我的頭髮都等白了呀！」

第十章 天降大任

39 知音

其實早在一九九〇年的二月二十三日，人民日報《副頁》刊出何開蔭改革設想一文時，就引起河北省省長岳岐峰的注意，特別是文前的那段醒目的提示，更讓他產生了濃厚的興趣：

可惜鑒歷史上的「什一稅」法，按畝產量的百分之十上繳農業稅，即實物公糧，同時加徵百分之五的農村各項提留。這樣做，國家每年可無償得到四百億公斤公糧，大大減輕財政負擔。農民繳足國家集體的，餘下都是自己的，不再負擔不合理攤派。

河北省也是農業大省，產糧大省，同樣也長期受到農業稅費徵收工作中諸多問題的困擾，因此，岳岐峰認真讀罷何開蔭的文章，立刻提筆作了批示：「請萬鈞、文藻、進忠組織人員研究這件事，並就河北情況寫出報告給我。」

岳岐峰省長提到的這幾個同志，分別是省委政研室主任、省政府研究室主任和省政府秘書長。岳岐峰不但自己對何開蔭提出的改革設想發生了興趣，他還要把黨委和政府兩邊的政研人員的積極性都調動起來，結合河北省的情況，立即進行探討與論證。

當天，河北省委辦公廳就做出決定，讓省委政研室牽頭辦理。省政研室主任、後調任中央政研室副主任的肖萬鈞，當即調兵遣將。於是，河北省委政研室農村處的楊文良，這位北京大學國際政治系六八屆的畢業生，將注定成為中國農村稅費改革歷史上又一位重要人物，既是偶然又是必然地走進了我們的視野。

接到這項任務，他就一頭扎進了「公糧制」的研究中，並在三個月之後拿出了研究成果：《對實行公糧制的探討》。初稿完成之後，他給遠在安徽的何開蔭寫了一封信。

他在信中滿懷敬慕之情地寫道：

我高興地拜讀了您的大作，受益甚大。現遵照省長岳岐峰的指示，結合河北的情況，我對您提出的耕地國有、農民永遠使用；廢除合同定購制、實現公糧制（什一稅）的建議進行了論證。我認為您提出的這些建議基本上切實可行，如被採納，必將提高農民保護耕地和種糧的積極性，有利於穩定家庭承包制，有利於農村經濟的發展，當然更有利於農村政治上的安定。

安徽在糾正長期「左」的錯誤、實行家庭承包制上是立了首功的，全國農民感謝陳庭元（原鳳陽縣委書記）；您作為穩定、完善家庭承包制的建議——耕地國有、農民永佃、實行什一稅的首倡者，必然也會受到全國農民的衷心感謝。

信的落款是：「河北知音楊文良」。

何開蔭接到此信，又驚又喜。他絕然想不到，他的這些改革設想在安徽無聲無息，卻在外省受到如此重視。

視為知己者是用不上客套的，何開蔭就楊文良《對實行公糧制的探討》一文很坦誠地回了一封信。

當楊文良完成文稿的最後修訂，準備報給岳岐峰省長時，情況發生了變化。岳岐峰正在這時調離了河北省，出任遼寧省省長。由於岳岐峰的調離，楊文良的報告也就被擱置了起來。

但是，為此花費了大量心血的楊文良，卻從此再也無法從中超脫了。可以說，他在接受這項任務時純粹是偶然的，是被動的，可是一旦全身心地投入進去之後，他就清醒地意識到，這是一個非常有意義的、很難遇到的重大課題，而且感到了一種神聖的社會責任。於是，對公糧制的研究，就成了他魂牽夢繞的最重要的一件事情。

那段時間，楊文良在《農民日報》、《求是》、《決策參考》和《縣級綜合改革通訊》等省內外報刊上，先後發表了《實行土地國有、農民永佃制的設想》、《關於什一稅》、《雙重負擔太重，問題亟待解決》以及《五千萬農民呼喚第三次解放—關於農村稅制改革的研究報告》。

和何開蔭一樣，他也是希望這些文章能引起上面的關注。

一九九一年七月十六日，他在給何開蔭的又一封信中這樣寫道：

我們雖然不曾見面，但從來信和大作中可以看出，您對農民有著深厚的感情，對黨的政策研究工作有著高度的熱情、強烈的事業心和使命感。我作為農村政策研究戰線上的一員，能有您這樣的知音，非常高興。我很願意在土地、糧食、人口、農民負擔問題上與您合作，共同探索解決這些阻礙農村經濟進一步發展的深層次問題。建國以來，中國的農民問題一直沒有得到很好的解決。眾所周知，建國初，農民獲得了解放，分得了土地，實現了耕者有其田，農民生產積極性很高；但不久，由於不切實際的在生產關係上的窮過渡，搞「一大二公」，實行公社化，農民的生產自主權被剝奪，中國的農業發展受到嚴重阻礙。十一屆三中全會後，實行了家庭承包制，農民有了生產的自主權，但耕地使用權老處於變動狀態，使農民不願意對耕地進行長效投入，再加上各種稅費攤派名目繁多，農民不堪承受。這些問題不解決，中國的農業不可能進一步發展，農村不可能穩定。歷代封建王朝的交替，說到底，都與農民負擔過重有關，所謂「苛政猛於虎」，官逼民反。我們共產黨以為人民服務為宗旨，建設社會主義的目的是讓人民過上幸福安定的好生活，如果不注意農民負擔問題，就有可能使社會主義中國重蹈封建王朝的覆轍。

他甚至把何開蔭提出的這些改革設想看作是「防止這一悲劇重演的根本出路」。

一九九二年九月十八日，楊文良和邱世勇合寫了一篇《公糧制：減輕農民負擔的根本出路》的文章，被刊登在河北省委辦公廳主辦的《綜合調研信息》上。想不到，他發表了那麼多有關的文章，唯獨被刊登在本省機關雜誌的這篇文章，引起了省委書記邢崇智的注意。邢崇智立即把文章批給了省委副書記李炳良：「炳良同志：召集有關方面的負責同志研究提出個改革方案，力求從法規上解決農民負擔過重的問題，僅臨時抓不能解決這個問題。」

其實，在這之前，李炳良已經從政研室看到了這篇文章，並已經批給了主持政研室工作同時兼任縣級綜合改革領導小組辦公室主任的吳志雄。他在楊文良的文章上批道：「有很多啟發。選一個綜合改革試驗縣將此事與糧油價格放開一併予以試驗如何？請酌。」現在又看到了省委書記邢崇智十分明確的意見，李炳良意欲進行公糧制試驗的決心就更大了，於是他再次給吳志雄做了一個批示：「這是一個十分重要的問題。請按崇智同志的批示議個意見，擇機討論一次。」

吳志雄接連接到李炳良的兩個批示，不敢怠慢，馬上找到楊文良，希望他盡快拿出一個更具體的東西來。

終於得到了省委領導的肯定，楊文良十分興奮，他很快寫出《關於實行公糧制的建議》，覺得不大滿意，後又草擬了一個《河北省公糧制改革方案》。為慎重起見，方案一寫好他就跑去徵求省委農工部、省體改辦、省財政廳和農業廳等部門的意見，然後又去了產糧大縣正定縣，徵求下面的意見。他發現正定縣委、縣政府對進行這種試點的態度很積極，於是就又和省委政研室副廳級研究員謝祿生一道，同正定縣綜改辦的徐祥熙、肖玉良、韓根鎖、張銀蘇、葉正國五人，歷經四個月，一頭扎到正定縣五個鄉鎮十個村莊的一百戶農民家裡去調查走訪。最後，七易其稿，寫成了《正定縣公糧制改革試點試行草案》。

這已到了一九九三年的五月。改革方案業已定稿，就準備向省委正式上報了，楊文良卻覺得還有一件重要的事沒有做，那就是應該去趟安徽，拜訪這項改革的首創者何開蔭，聽一下他的意見。

一九九三年五月二十四日，楊文良從石家莊踏上南下的列車，來到了安徽省的省會合肥。合肥是座有著兩千多年歷史的古城，城內至今不但保留有三國時期曹操的點將台、張遼大戰逍遙津的遺址，保留有聞名天下的清官直臣包拯的包公祠和包公墓，還有肩扛大清半壁江山的身前身後卻倍受爭議的李鴻章的享堂與故居。但匆匆忙忙走在合肥大街上的楊文良，卻無心於此，他在省政府對面的一處賓館將住宿手續一辦妥，就心急火燎地去找何開蔭。

何開蔭見楊文良不遠千里而來，而且還帶來了正定縣綜合改革辦公室的肖玉良和韓根鎖，以及正定縣糧食局的李黑虎，別提有多高興。本來，他準備把這幾位河北客人在合肥期間的生活安排得輕鬆愉快一點，至少陪諸位到各處逛逛看看，但得知河北省委、省政府對農村稅費改革十分重視和支持，要求他們盡快拿出個具體的實施方案來，何開蔭就決定哪兒也不去了，關起門來，同他們一心一意研究「公事」。他非常希望自己的研究成果能對河北省馬上就要試點的這場改革有實際上的更好的幫助。

楊文良一行在合肥待了兩天，他們也就這樣談了兩天。彼此都覺得相見恨晚，自然就有說不完的話題。

當楊文良重新回到河北省，不久，便完成了改革試點實施方案的最後修改工作。「實施方案」報上去之後，楊文良得知河北省委主要領導人有了變動，禁不住敲起了心鼓，農村稅費改革的試點工作會不會出現麻煩呢？

楊文良的擔心不是沒有道理的。我們至今沒有形成一個不因人事更迭而確保一項工作連續性的有效制度，因人而異的事早已是見怪不怪了。

好在省委副書記李炳良還是一如既往地支持著楊文良，他看了「實施方案」，十分滿意，在批請新任省委書記研究決定時，顯然出於同樣的顧慮，所以特地多寫上了幾句話：

「此方案是綜改辦的同志與正定縣的同志一起搞的，我去聽過一次。其主要特點是將糧食購銷價格放開的同時，實行公糧制。對農民由現金稅改為實物稅，一道稅，一次清，透明度高，群眾易接受，可能是減輕農民負擔的治本之策，也可保證鄉村必要開支和國家掌握一定數量的糧食。先在正定縣三個鄉試點，擬同意其試行。」

事實上，楊文良的擔心是多餘的，當新任省委書記仔細讀了《正定縣糧食購銷改革試點試行方案》後，乾乾脆脆地批了四個字：「同意試點」。

省委領導拍板同意試點，楊文良總算鬆了一口氣。但他依然不敢怠慢，為使改革方案更臻完善，和正定縣的同志一道，又跑了趟北京。他們分別前往中央政研室、國家計委，國家農業部和內貿部，以及北京農業大學農經管理學院等許多單位和部門，廣泛徵求了意見。

當楊文良把他們工作進展的情況告訴何開蔭時，何開蔭大為振奮，甚至為河北省委改革的魄力和工作的周到，感到幾分妒忌。

也就是在這個時候，何開蔭偶然得知本省渦陽縣新興鎮早就偷偷地搞起了稅費改革的消息，這消息使得何開蔭半信半疑，甚至感到不可思議。因為他曾為這事專門去過一趟渦陽縣，渦陽縣委擴大會的情景，至今記憶猶新，這事怎麼可能發生呢？

半是驚喜，半是好奇，何開蔭搭乘了一輛長途客車，決定去渦陽探聽一下虛實。

40 不爭論，幹給他們看

在渦陽，何開蔭找到了為支持稅費改革曾在縣委擴大會上摔了筆記本子的汪炳瑜縣長。汪炳瑜很熱情地接待了他，但當何開蔭問起新興鎮稅費改革的情況時，汪炳瑜卻意味深長地笑了，說：「你還是自己下去跑跑看看。」然後喊來信息科長王偉，要王偉領何開蔭去找農口的同志陪著下去。

出了縣長辦公室，何開蔭忍不住地問王偉，新興鎮究竟發生了什麼事。王偉悄悄地告訴何開蔭，新興鎮鬧稅改的風聲已傳得很遠很遠，附近縣市不說，連江蘇省、四川省的調研組也聞風而至，有的地方甚至是一個鄉鎮的黨委、政府、人大、政協四套班子聯袂來此學習取經，但這事在渦陽卻至今諱莫如深。

何開蔭聽了越發奇怪。那麼大老遠的地方都有風傳，他在省城卻從未聽誰說起，這是不是就叫「燈下黑」呢？

何開蔭跟著王偉去找縣農口的同志。不承想，聽說要去新興鎮，他們不是藉口工作太忙走不開，就是托病外出不方便，弄得王偉也挺尷尬，索性對何開蔭說了直話：「現在沒人敢陪你下去，我再找一個人，若還不行，我就陪你去！」

王偉想到了從鄉鎮黨委書記崗位上來的縣農委副主任牛淼。牛淼也只有三十多歲，不僅思想解放，而且又正好分管農村調研工作。他用電話找到牛淼，牛淼在了解了情況之後，很爽快地就答應一道陪同下去，這才沒讓王偉感到過於難堪。

三人一道到了新興鎮。

在新興鎮，何開蔭見到了鎮黨委書記李培傑。

當李培傑知道來的這位省政府參事就是最早提出這項改革設想的人，激動得雙手握住老何，半天不放，連聲說：「這太好了。打著燈籠也尋不到呢，老師今兒個上門來了！」

李培傑真人面前不說假話，他告訴何開蔭，新興鎮的稅費改革一直是在偷著幹，但這種改革事關重大，僅靠一個鄉單兵作戰，好比小船闖蕩大海，面臨的變數太大，風險太大，困難太大。本來，鎮裡規定，每畝每年只向農民收取三十元的「承包稅費」，但上邊許多部門依然變著花樣壓任務，亂攤派，鎮裡頂不住，改革因此受到很大的衝擊，有時幾乎就幹不下去！

何開蔭雖然為新興鎮這樣的處境感到憂慮，但他還是按捺不住興奮。他想，幹起來就好！儘管新興鎮搞的這種稅費徵收辦法的改革，和河北省正定縣搞的公糧制改革一樣，說到底，還都只是對舊體制的一種並不理想的修補，而且，依然是用合法的行政權力，把目前一些並不合法的政府部門與集體組織的利益也納入稅費項目一併徵收，甚至隨著糧食市場的變化而顯得束手無策，但是，這種大膽的改革嘗試畢竟大大節約了稅費徵收管理上的成本，扼制了農民負擔增長的勢頭，調動起了農民種田的積極性，並在一定程度上改善了黨群與幹群之間的關係。特別是，任何一項改革所能夠解決的問題，往往都遠不如它所引發出的問題更多，更廣泛，更尖銳，正因為如此，它提供給我們的教益與啟示，就比什麼都更珍貴！

這種空前的突破，毫無疑問，在中國農村走向第二步改革的征途中，具有不可估量的里程碑的意義！

何開蔭跟李培傑幾乎是一見如故，兩人進行了徹夜長談。隨後，他又不厭其煩地走村串戶，一路尋訪著，思考著。回到合肥以後，他就把自己的所見所聞，寫成了一份調查報告，直呈安徽省人民政府。

使他意外振奮的是，最早建起中國農村改革試驗區的阜陽地區原地委書記王昭耀，這時已出任安徽省常務副省長。這種人事的變動，給了何開蔭一種預感：作為農業大省的安徽，在深化農村的改革上有理由將會給國人帶來一點驚喜。

從渦陽縣回來後不久，何開蔭去合肥稻香樓賓館參加全省農村工作會議，就在會議的休息期間，一個叫馬明業的與會者找到他，自報家門，介紹自己是太和縣縣長，說他們已經將這一年確定為「增加農民收入、減輕農民負擔年」，縣委縣政府還為此提出了一個「以改革求發展，以改革減負擔」的戰略，縣裡通過深入農村調查研究，最後將著手要進行的改革，確定在「正稅除費」上。

「何老師，我們早就知道你在深化農村改革方面有許多非常好的設想，」馬明業開門見山道，「我們也到渦陽的新興鎮參觀過，太和縣打算在稅費改革上也做點嘗試，希望得到你的幫助！」

何開蔭聽了自然高興，說道：「好啊，我可以為你提供一些這方面的資料。」

馬明業說：「這就太感謝你了，什麼時候能讓我看到？」

「散會以後我交給你。」

「可我現在就想看到。」

「現在？」何開蔭忍不住笑了起來。

馬明業說得很認真：「最好是今天。」

何開蔭沒有想到，在這樣的會上，他居然碰到了一位跟自己一樣的急性子。

「好，我這就去找！」

何開蔭當天晚上回家就找來自己的一摞研究文稿，交給了馬明業縣長。

更加出乎何開蔭意料的是，太和縣的動作快捷得驚人，沒有幾天，他們就把一份《太和縣農業稅費改革意見報告》報到了省政府。

由於這是農業上的事，「報告」到了王昭耀手上。王昭耀接到太和縣的「報告」，既是不期而遇，又在意料之中。因為，當他還是阜陽地委書記時，就對稅費改革產生了極大的興趣，對何開蔭說：「我們決定搞」，並帶著何開蔭下去找試點的地方。在潁上、渦陽兩縣領導班子的思想還很難統一起來時，他又對何開蔭說：「這事急不得。有一點你放心，我支持你在阜陽地區搞稅費改革。」現在，阜陽地區的太和縣終於走了出來，條件顯然也比較成熟了，於是，他要站出來為太和的這場改革鳴鑼開道了。

他當即做出批示：「送兆祥同志閱。在太和縣進行農業稅制改革，我以為可行，請酌。」他的態度十分鮮明：「我以為可行」；作為政府的常務副省長，他非但自己鼎力相助，還進一步尋求省委分管這一工作的方兆祥副書記的支持。

方兆祥當時的意見也十分明確：「精心試點，注意總結，保持穩定。」有了省委主管領導的具體意見後，王昭耀立刻就通知張鋒生副秘書長，要求省農經委副主任吳昭仁根據省委主管領導的指示，迅速組織有關單位認真論證，並強調務必精心組織，搞好試點，注意總結經驗，並及時彙報進展情況。

張鋒生把有兩位省領導批示的「報告」迅即批給吳昭仁。吳昭仁很快就作了部署。

省委、省政府四位有關領導，同一天在太和縣要求稅費改革的「報告」上作出明確批示，而省農村工作領導小組辦公室，在第二天就把召開論證會的通知連同太和縣的「報告」，發到了省體改委、省財政廳、省減負辦和省政府辦公廳各有關單位和部門。這種辦理重大改革事件的工作效率，是安徽省的歷史上罕見的。

何開蔭在接到要他出席論證會的通知時，也為這種超常的辦事速度吃了一驚。他相信，這肯定與從改革第一線上來的王昭耀副省長有關，也與河南、河北兩省咄咄逼人的改革形勢有關。當然，還有一個不應該忽視的重要因素，就是這一年的春上，安徽利辛縣紀王場鄉路營村青年農民丁作明，因為反映農民負擔問題被打死在派出所，案驚中央。此後，中共中央、國務院的緊急通知、專題會議以及涉農項目的審定處理，就一個接著一個下發，一時間，「減負」成了當年中國的頭等大事。

可以說，太和縣要求進行以減輕農民負擔為主要宗旨的農村稅費改革的「報告」，佔盡了天時、地利、人和！

因此，何開蔭就覺得，有了上上下下的通力支持，在這樣一個形勢下，召開這樣一個論證會，是不應該再出什麼意外了。

然而，他預想不到的情況還是發生了。

一九九三年十一月八日上午八時三十分，由省農經委副主任吳昭仁主持的論證會在省委機關北樓準時召開。參加會議的不但有省體改委、省財政廳、省減負辦、省政府辦公廳等單位和部門的有關負責人，還有省農經委的生產處長、調研處長、辦公室主任、經管站黨支部書記和站長，都一一到會；太和縣縣長馬明業、縣財政局局長龔曉黎、縣農經委副主任鄒新華和縣政府調研科長宋維春，也都從太和趕到省城，出席了這次會議。

何開蔭早早地就來到會場。

會上，省體改委農村處處長潘茂群作了熱情洋溢的發言。他對太和縣的大膽改革十分讚賞，認為他們的「報告」清晰明瞭，切實可行，操作方便，給予了充分肯定，同時，也提出了進一步修改完善的具體意見。省減負辦書記毛禮和接著指出，當前農民的負擔確實太重，又一直減不下來，因此他對太和縣的「報告」是表示支持的，認為是可以試一試的。省農委調研處處長周信生則說，何開蔭同志一開始提出稅費改革的設想時，他就是舉了雙手贊成的，只是覺得太和縣現在拿出的這個方案還顯得粗糙了一點，他相信通過不斷地摸索，實踐，這項工作是會日臻完善起來的。

何開蔭在會上也說了話。他主要談了自己這麼多年來對稅費改革的思考，並指出，既然是一項改革，就必然會涉及到有些部門的具體問題，因此，特別希望各有關部門給太和縣的這項改革多多理解與支持。

大家的發言，基本上都是表明一種積極的支持態度，但是，誰也沒有料到，農業稅徵收工作的主管部門省財政廳的代表，卻偏偏提出了否定意見，並且十分尖銳。

當時，省財政廳農稅處處長張光春坐在遠離何開蔭的一個座位上，只見他突然衝動地往起一站，手指著何開蔭，大聲責斥道：「老何，你別站著說話不嫌腰痛！亂出主意！你把稅費搞亂了，收不上稅來，今後誰給發工資？到時發不出工資，大家不會找你，是找我！」

他的嗓門很大，說得也很激憤，猛然站起又直指何開蔭的舉動，全都來得十分唐突，使得與會者無不一愣。

會上的氣氛頓時緊張起來。

當初我們在採訪中聽到論證會上的這段插曲時，也感到不可理解。因為，農稅處是成天和

「農稅」打交道的，作為這個部門的負責人，本該比誰都清楚當前農村中的農民負擔；其負擔之重，連朱鎔基總理後來都不得不大聲疾呼：「農民不堪重負，這個問題非解決不可了！」甚至說出了「敲骨吸髓」、「民怨沸騰」的話來。而一個專門從事「農稅」的政府官員，對九億農民——中國最眾多的「納稅人」毫無惻隱之心，卻充當起「工薪族」的代言人，這種感情和責任心的嚴重錯位，讓人不可思議。

首先坐不住的，就是太和縣縣長馬明業。

馬明業十分清楚，太和縣擬出的這份「報告」，參照了何開蔭的許多改革的「主意」，但這些「主意」並不壞。在這之前，縣裡也是做了大量的調查工作的，他就曾從縣農委、法制局、財政局分別抽出一批責任心很強的同志，組成一個由政府辦公室主任朱治森任組長、農經委副主任鄒新華任副組長的調查組，深入到本縣的宮集、舊縣、稅鎮、肖口和皮條孫五鎮十村一百多家農戶，在做了大量調查研究又通過認真的總結歸納後，才形成這份「報告」的，而且，這「報告」最後又是經過縣政府第二十六次常務會議審議通過了的。

他承認，「報告」還要作較大的修改，甚至可能需要推翻重來，但是其改革的思路和主要的宗旨，卻是不應該懷疑的。財政廳農稅處長對他們的「報告」不如分析地一概否定，言詞這樣偏激，態度如此粗暴，這是他無論如何接受不了的。

馬明業正要站出來予以回擊，卻被何開蔭輕輕地按住，示意他沉住氣。

由於這位農稅處長持了堅決的否定意見，會上的爭論因此變得十分激烈，不過，畢竟支持者眾。

臨了，主持會議的吳昭仁做了幾點總結。他說，太和縣要求農村稅費改革的出發點首先是應該肯定的，思路也是好的。這樣既可以減輕農民負擔，又能減少幹部犯錯誤，促進農村經濟的發展，再說這也是得到省委、省政府有關領導支持的。至於這項改革究竟起個什麼名字？如何改？我們可以學學廣東的辦法，「先生孩子後起名字」。他說，我同意在太和縣進行這項改革試驗，但「報告」要重寫，可以再搞細一點，讓它在理論上要說得通，實踐上要行得通，然後我們再請專家論證一次。

散會之後，馬明業攆上何開蔭問：「人家在會上那樣搞你，你為什麼不吭聲？」

何開蔭哈哈一笑，說道：「我們是朋友。他對我並無成見，也是從工作出發的。」

「既然是朋友，怎麼可以這樣一點不留情面？」馬明業越發奇怪，「你就一句不爭論？」

何開蔭說：「對這樣的事情，還是要按小平同志那句話辦，不爭論，幹給他們看！這種事爭論不出結果來，越爭越激烈，反而傷了感情，增加了阻力。」

馬明業尋思了一下，說：「你講的也對。不幹工作不會有一點是非，要幹就不怕說三道四。鄉下有句俗話，『出水才見兩腿泥』。腳踏實地闖出一條路來，比啥都重要！」

何開蔭望著一臉英氣的年輕縣長，突然感到他的可愛可敬。

分手時，馬明業認真地說：「我馬上搭別的便車回去，我把我的司機和車都交給你，農經委鄒主任也留下，我在太和等著你。」

何開蔭一聽就樂了：「你也不徵求一下我的意見，你就這樣有把握？」

馬明業握著何開蔭的手有力地搖晃著，連聲說：「就這麼定，就這麼定，我在太和等你，有話留到太和去談！」

當天，馬明業就趕回了太和縣。

當天晚上，何開蔭和留下來的鄒新華初步議了一下「報告」的修改方案。第二天，起了個大早，兩人匆匆扒了幾口飯，就坐著馬明業的小車上路了。

趕到太和縣的那天下午，縣委、縣政府、縣人大、縣政協、縣紀委、縣人武部六大班子全體成員，縣直各有關科局長，濟濟一堂。會上，馬明業先將省裡論證會的情況作了彙報；接著，何開蔭就如何制定好這次農村稅費改革的方案，發表了意見。會開得熱氣騰騰，大家紛紛獻計獻策，提出了各自的想法和建議。鄒新華堪稱「快槍手」，當晚，他一夜沒睡，就把報告的複議稿拿了出來。

第二天上午，六大班子、科局長們再次聚首，對新草擬出的「報告」展開了又一輪熱烈的討論。中午，鄒新華把大家的意見進行了集中，下午接著坐下來繼續討論。

縣委書記王心雲就改革的方案問題提出了「三個必須」的要求：「必須達到『減負』的目的，讓農民滿意；必須做到『明白易行，簡化程序』，真正提高基層幹部的工作效率；必須兼顧到國家、集體、個人三方面利益，贏得上級領導的支持。」

由於有何開蔭的具體指導，又通過了上上下下、方方面面、反反覆覆的集思廣益，一份有著四個部分十九條款的《關於太和縣農業稅費改革實施方案的報告》，便眉目清晰地產生出來。

「實施方案」決定：從一九九四年一月一日開始，太和縣在全縣範圍內取消糧食定購任務，改為向農民開徵公糧，徵糧以實物為主，如果繳實物有困難，也可以按物價、財政等部門共同核定的當年市場糧價折算繳代金。改過去多項徵收為合併徵收、分類結算；改以往鄉、村、組三級結算為鄉鎮統一結算；改一向是多層次的收管為統一收管；並將農民承擔的稅費由變量改為定量，將過去的計徵稅費按人、地、產量以及純收入為依據，改為主要以地畝為依據。正常年景，每畝耕地徵收公糧五十公斤，一定三年不變；對確無耕地或人均耕地不多的村、組、農戶，以及農村中的特困戶等不同情況，分別制定不同的辦法。

農民出身的明朝開國皇帝朱元璋，在談到怎樣依法治稅時，尚且說過「法貴簡單、使人易曉」的名言，何開蔭也把太和縣稅費改革簡化成了四言六十四個字的「四字經」：

稅費統籌，折實徵收，依章納糧，取消定購；
午六秋四，兩次繳清，一定三年，不增不減；
糧站收糧，財政結算，稅入國庫，費歸鄉村；
費用包幹，村有鄉管，嚴格收支，賬目公開。

總之，「實施方案」盡可能地做到貼近百姓，符合實際，既要有其嚴肅性，又體現出一種人文關懷。為切實制止「三亂」、減輕農民負擔，方案中專門增加了兩條：一是，「凡違反公糧合同，向農民亂攤派、亂集資、亂收費者，農民有權拒絕，有權舉報、上訴，政府保護和獎勵舉報人員。」二是，「縣人民法院根據最高人民法院《關於及時審理農民負擔過重引起的案件的通知》，按照合同，對於不服行政機關、鄉村幹部非法要求農民承擔費用或勞務而提起行政訴訟的案件，人民法院依法審理，及時審判。對於不合理的決定依法撤消；因亂攤派給農民造成經濟損失的，依法判決予以賠償；對任意加重農民負擔而引發的惡性案件，造成重大損失的責任人員，依法追究刑事責任。」

當然，「實施方案」也強調了稅費徵收工作的無償性和強制性，對不履行應盡義務的農民，經說服教育無效的，也作出了依照有關法律、法規解決的規定，甚至必要時可申請人民法院強制執行。

「實施方案」由縣六大班子聯席會議再次審議之後，何開蔭就同馬明業和鄒新華，跑了一趟阜陽。這時的阜陽地委書記秦德文，看了《關於太和縣農業稅費改革實施方案的報告》之後，十分高興，立刻通知辦公室蓋了地委和行署的大印。

何開蔭此去太和一待就是三天三夜。當六年後的今天回憶那次的太和之行，他依然動情地說道：「馬明業縣長改革和務實的精神令人難忘，王心雲書記在六大班子統一行動的工作中所表現出的協調能力確實令人欽佩！」

「實施方案」送省以後，得到省農經委、糧食廳和財政廳領導的一致認可。當然，他們在充分肯定的同時，也提出了一些十分具體的很好的修改意見。最後，農經委副主任吳昭仁親自為「實施方案」定稿。

一九九三年十一月十六日上午九時，鄒新華帶著「實施方案」的定稿來到省政府辦公廳。按辦文規定，應該將文件送交文秘處，由文秘處審閱後按要求送給有關處室，然後再由有關處室簽送辦公廳分管領導，轉分管這項工作的副秘書長和副省長，這一圈轉下來是頗費周折的。為了爭取時間，何開蔭說：「我們打破一次常規試試。」他知道王昭耀副省長一直在密切關注此事，已在省委省政府做了不少細致的工作，於是他介紹鄒新華將此文交十份給文秘處長，然後自己拿了一份直接送給分管農業的張鋒生副秘書長。張鋒生翻了一下文件後，盯著何開蔭問：「這材料你認真看了嗎？」何開蔭慎重地說：「這是我和他們一起制定的，又經阜陽地委行署審核蓋章，並經農經委審改定稿後才報上來的。」張鋒生從頭到尾看了一遍，二話沒說，拿起筆來就簽了一個「同意」。接下來就是文秘處長辦批覆，前後不到兩小時。事後何開蔭感慨地說道：「這是我到辦公廳二十多年來所見到的辦事辦文效率最高、速度最快的一次。」

於是，一場空前的農村稅費改革，就在廣袤的淮北大平原這個有著一百三十九萬人口、一百七十五萬畝耕地的太和縣，令人怦然心動地揭開了序幕！

一九九四年一月一日，當河北省公糧制的改革仍在正定縣三個鄉的範圍進行試點時，安徽省太和縣卻已雷鳴電閃般地將這場改革在全縣三十一個鄉鎮全面推開，從而當之無愧地成為中國農村稅費改革的第一縣！

41 改與不改就是不一樣

國務院經濟發展研究中心主辦的《中國經濟時報》，在報導中國的農村稅費改革的一篇文章中，說到了「南北互動，推動改革」。對此，河北省委政研室負責這項改革的課題組的楊文良，在給何開蔭的一封信裡這樣謙虛地寫道：

把我和何老師相提並論，實在是高抬了我。從倡導公糧制的時間說，何老師比我早；從這項改革研究的程度說，何老師研究的比我深。因此，公糧制改革，安徽是源，河北是流；何老師是師，楊文良是徒。我只不過緊步老師後塵，積極為推行農業稅制改革奔走呼號，搖旗吶喊而已。

儘管楊文良是這樣說，但河北省卻也正因為有楊文良這樣的同志奔走呼號，有省委領導的鼎力支持，再加上河北省又是拱衛著京城，佔盡了地利的優勢，因此他們的改革，從一開始就引起社會各界的廣泛關注，並在很短的時間裡便將文章做得很大，而且具有了大江奔湧的奪人氣勢。

一九九三年十二月三日，就在安徽省太和縣揭開稅費改革序幕的第十六天，河北省綜改辦和正定縣政府，聯合在京召開了一次「公糧制改革試點研討會」。

可以說，這是中國歷史上第一次有關農村稅費改革的理論研討會。其規格之高，影響之大，都是空前的。中央政研室、國務院研究室、國務院發展研究中心、國家體改委、中國農科院、中國社會科學院、財政部、農業部以及國內貿易部的有關領導和著名專家，均應邀到會。

研討會上，大家都對河北省搞的這個公糧制改革試點給予了極高的評價。毫無疑問，研討會在中央和國家直屬機關中產生的影響，遠比它在理論研究上的收穫更大。

新的一年剛剛到來，一九九四年一月十日，河北省委書記接著又作出「可以擴大試點」的決定。於是，河北省公糧制改革試點迅速由正定縣的三個鄉，擴大到全省二十六個縣市的一百八十四個鄉鎮，其中正定、寧普、故城、新樂和滄縣都是全縣全面推開的。

這期間，《光明日報》載文盛讚河北省的公糧制，《經濟參考報》和《探索與求是》雜誌也相繼發表了《公糧制是減輕農民負擔的治本之策》等文章。

四個月之後的五月十日，河北省接著就在獲鹿縣召開了全省公糧制試點方案交流大會。

一時間，公糧制改革的滾滾熱浪，在黃河北岸這一望無垠的阡陌之間奔突，沸騰；給我國這塊重要的糧棉產區帶來勃勃生機！

令人遺憾的卻是，發端於安徽的這場農村稅費改革，這時候在安徽本地，竟遭遇到了另外一種命運。安徽省省長傅錫壽突然作出了要求太和縣立即停止稅費改革試點的決定。

這一決定，來得十分突然，以至許多人鬧不清究竟是省長的個人意見，還是有中央的什麼背景。

何開蔭最初聽到這個消息時甚至不敢相信。因為他一直在與楊文良保持著熱線聯繫，河北省分明正搞得熱火朝天，禁止這項試驗顯然不大像是中央的意思。但是，省長要求立即停止稅制改革試點的決定，無疑又是有根有據的，不用說，還是當年渦陽縣人大常委會所以決定終止新興鎮稅費改革的那一些理由，即這種改革是非法的，因為現行的農業稅制依據的是《中華人民共和國農業稅條例》。儘管那個「條例」還是一九五八年頒布的，三十多年來，中國已經發生了翻天覆地的變化，中國的農業無論產品、產業結構及收入結構，抑或生產方式和經營方式，都發生了根本的變化，這種與今天格格不入的農業稅制早已是弊端百出，可是當年的「條例」一天沒被廢除，它就一天有著法律的效力，這種稅制就依然受到法律的保護，因此任何做出糾正違背這種法制的決定，都應該是理直氣壯的。

我們在採訪中無法得知傅錫壽突然做出這個決定的真正原因，但這一非常決定，對熱心支持太和縣改革的所有人，特別是正在改革中的太和人，無疑是當頭棒喝！

人們困惑，震驚，焦急，痛惜，卻又無奈。

不少人留在背後提出疑問：如果不敢於革故布新，銳意進取，農村還能有發展嗎？或是說，中國的農業，和中國的農民，還會有希望嗎？

何開蔭覺得有必要站出來據理力爭。

於是，他把河南省委書記、省長和河北省委兩任書記、省政府兩任省長的有關批示的複印件，分送給了安徽省的黨政主要領導。

這時，安徽省委常委、常務副省長王昭耀站出來說話了。

王昭耀找到省委書記盧榮景，陳述自己的意見。他說：「省政府批准太和縣進行農村稅費改革的文件，已簽發下去，如果現在再下文否定，這不是打自己嘴巴嗎？這樣朝令夕改，省政府今後還怎麼工作？何況農村稅費改革的工作，外省都在幹嘛！」

盧榮景當然知道太和的改革是在王昭耀的支持下搞起來的，他的意見不是沒有道理，可是，傅錫壽要停下太和的改革，是在維護稅法，也是從工作考慮的，不光是有道理，更是有著法律依據的。於是說道：「如果沒有文下去，不搞也就不搞了，既然省政府已經下了文了，那就繼續搞下去吧，秋後看看效果再說。」

省委書記給省長和主管農業的副省長都留足了面子。話雖說得比較溫和，但畢竟一錘定音，因此，太和縣的農村稅費改革也就得以繼續下來。

到了秋後，形勢發生了戲劇性的變化，傅錫壽已經喪失了對太和縣改革的發言權。他被免去安徽省省長職務，消息來得是很突然的，那天，他剛從歐美出訪歸來，人還在合肥駱崗機場，就宣布了中央要他提前從省長崗位上退下來的決定。據說，這是因為安徽的幹部群眾對他主持省政府工作期間的意見太大。這一天，中央將了解中國農民、熟悉中國農業和農村的回良玉派到安徽，擔任代理省長。

了解回良玉經歷的人都知道，自打他從農校畢業，被分配到吉林省榆樹縣農業局，以後整整三十年，就沒遠離過一個「農」字。從公社書記，農牧廳長，到省委農村政研室主任，直到擔任中央政研室副主任，主管農村政策的研究工作，可以說是位夠格的農業專家了。

回良玉一到安徽，就對太和縣的農村稅費改革大為讚賞；次年二月，在正式就任安徽省省長後，他召開的第一個省長辦公會議，做出的第一項省政府的決定，下達的「一號文件」，就是將太和縣改革的經驗，在淮河兩岸二十多個縣市的範圍迅速推而廣之！

其實，也無須像省委書記盧榮景說的那樣，「秋後看看效果再說」，還沒有等到秋後呢，那一年的午季就已見分曉。太和縣自從搞了農村稅費改革，只用了半年時間，便一舉創下這個縣建國四十五年以來最大的一個奇蹟：全縣三十一個鄉鎮、九千一百六十八個村民小組、三十五萬三千四百五十九戶農民，午季農業稅的全部徵收工作只花了短短五天！

望著多年不見的踴躍繳糧的農民在糧站門前排起的長蛇陣，許多鄉村幹部竟激動得鼻子發酸，眼窩發熱，他們說：「過去，向農民要錢的文件多，向農民要錢的部門多，向農民要錢的項目多，向農民要錢的數額多，多得連咱這些當幹部的也鬧糊塗了。現在好了，繳多，繳少，大家都清楚；從前一年忙到頭，催錢，催糧，催命，年三十晚上還上門，今天咱是徹底解脫了，又落個清淨；從收糧到結賬，幹部兩頭不沾錢，更落個清白！」

幹部清楚了，清淨了，清白了；農民也因為一次徵，一稅清，一定三年不變，放了心，稱了心。

這年的秋季莊稼雖然受了旱災，但農業稅的徵收工作前後也只用了十五天！

這一年全縣共徵糧六千五百二十七萬七千公斤，比原先國家下達的定購任務還超出了一千七百七十四萬七千公斤！如扣除價格因素，農民的稅外負擔就較過去減輕了一半還多。尤其是，全縣大膽地放開了糧食的市場與價格，農民留足口糧和種子之後，單商品糧這部分就讓農民增加收入一億五千萬元，全縣人均增收就達到了一百二十元！

改革前一年，太和縣因為反映農民負擔鬧到各級黨委政府去的，多達九十三起，五百多人，可是改革的一九九四年，全縣兩千九百六十九個自然村，一百三十二萬農業人口，再無一人因「農民負擔過重」去上訪的。

說到上訪，阮橋鄉馬王村馬莊的馬克中早先是遠近聞名的。僅一九九三年，馬克中父子就因負擔過重和徵繳特產稅問題，兩次從縣告到省，一直告到國務院減輕農民負擔辦公室。實行稅費改革後，家家一張監督卡，戶戶一本明白賬，馬克中領著一家人放心大膽地精耕細作，結果，人勤地不懶，午季，秋季，都獲得了前所未有的好收成。他帶頭完成上繳任務後，喜笑顏開地說：「農業稅費徵實，一切放在明處，任何人不敢再亂收亂攤亂掏腰包，幹部不貪污，糧站不壓價，農民減輕了負擔又增加了收入，還上哪門子訪呢！」

當然，好事多磨。太和縣取得如此喜人的成績，確實也是來之不易的。就在他們開始稅費改革的那一年，正趕上全國推行國稅地稅分稅制的改革。實行了中央財經集權之後，中央政府的好處是立竿見影的：一九九三年中央財政收入只是九百五十七億，一九九四年當年就猛增到兩千九百零六億，差不多增加了將近兩千億；而一九九三年地方財政收入已是三千三百九十多億，改制當年就減少到兩千三百十一億。這只是財政收入方面的情況。改制之後中央和地方財政的支出情況也是恰恰相反的：一九九四年中央財政只比改制前的一九九三年多出四百四十二億，僅為一千七百五十四億；而地方財政卻一下猛增了七百零八億，高達四千零三十八億，幾乎是中央財政的兩倍多！

在這種稅制改革的一加一減中，地方政府預算內的財政就全變成了「吃飯財政」，許多地方連行政事業費、人頭費的開支也難以保證。

政府財政的日子不好過，又不能再把這種困難轉嫁到農民頭上，動搖進行農村稅費改革的決心。太和縣委、縣政府審時度勢，及時採取了「消腫減員」的辦法，大力壓縮辦事機構和精簡富餘人員，最典型的一個例子，就是有一個鎮當年就辭退聘用鎮村幹部九十八人，第二年又接著往下減。與此同時，全縣還進行了糧食購銷辦法和鄉村財務制度的改革，進行了農業結構調整、村幹部勞動保險、科學種田和加強市場建設等等一系列的配套改革，千方百計地調動廣大幹部和農民的生產積極性。

但是，這期間，有許多事情卻又是太和縣委和縣政府自身無法解決的。你一個縣搞稅改，封死了增加農民額外負擔的一切「漏洞」，可是他們改革試點的第二年，國務院卻明文規定農民人均增加二十五元的「雙基教育費」，許多中央機關也都只給任務不給經費地相繼下達了各自的「達標」項目。

這些全是「紅頭文件」，下面都是必須執行的，太和縣不可能不執行來自中央機關的這些硬性規定，於是就不得不對原有的改革方案作出相應的調整，不得不違心地增加了諸如教育、衛生、武裝、檔案、統計在內的一些新的徵收項目，使得「一次徵、一稅清、一定三年不變」的承諾，打了折扣。

然而，即便就是這樣，農村的稅費改革，改與不改還是大不一樣的。太和縣出現的喜人變化，還是在農民負擔日益加重、幹群關係日趨緊張的廣大農村引起了巨大反響。太和周邊的蒙城、利辛、臨泉等縣不但仿效起來，偷偷摸摸鬧改革的渦陽縣新興鎮也不再躲躲閃閃了，就連當初在縣委擴大會議上還為這事爭論不休的渦陽、潁上兩縣的四大班子，這時也全都看清了稅改的好處，戮力同心地搞起了「正稅除費」的改革試驗。

對太和縣鬧起的稅費改革，在省城合肥，有一個人一直憂心忡忡，放心不下。午收前後，他去了太和縣。這人便是曾經斥責何開蔭「亂出主意」的省財政廳農稅處長張光春。他擔心這種改革搞亂了對農業稅的徵收，他這個農稅處長最後會不好交代。

他是提心吊膽地跑到太和縣去探聽虛實的。結果，他意外地發現，先前自己的那種擔心是沒有任何根據的，懸著的一顆心這才落了地。想想當初在論證會上，自己竟是那樣衝動，指名道姓地指責何開蔭，張光春覺得實在對不住人家。但是，他畢竟是個心懷坦蕩的人，有意見，有看法，就當面說，從不隱瞞自己的觀點，如今知道是自己錯了，倒也是個知錯就改的爽快人，回到省城之後逢人便宣傳：「太和的那個辦法就是不錯！」

安徽省太和縣改革農業稅費的消息不脛而走，沒過多久，國家財政部農財司就來了人，要去太和實地考察。他們先到省城合肥，也只同系統內的財政廳農稅處取得聯繫；下到太和縣後，一不驚動縣領導，二不給鄉鎮長打招呼，只要求縣財政局派人派車，專門跑偏僻的地方、窮地方，直接進村入戶，向農民面對面地調查。

他們這樣做，顯然是想更加客觀地了解到真實的情況。別人的話，他們也許不會相信，但陪同下去的張光春的現身說法，卻起了不小的作用。一路之上，張光春不停地在宣傳稅費改革的好處。他說，農民負擔較過去減少了一半還多，財政反而增加了；他說，從前到年底有時稅也收不上來，每年都會有百分之十五的農業稅出現「沉澱」，現在實行徵實，農業稅繳得非常快，而且全縣沒有一戶不繳的，這是過去想都不敢想的事。

這以後不久，國務院減輕農民負擔辦公室主任徐國洪一行也來到阜陽地區檢查工作。他們在了解了這個地區農業稅費制度的改革之後，給予了高度評價，建議地委、行署要很好地總結經驗，並表示今後將密切關注這裡的改革進展情況。

曾親自為太和縣的改革實施方案最後定稿的省農經委副主任吳昭仁，這期間不斷聽到從太和縣傳來的令人振奮的好消息，心裡癢癢的，這天，他高興地邀上省減負辦副主任馬啟榮，先到阜陽，然後和地區農委主任王春魁一道，也驅車去了太和。

為了更真實地了解到社情民意，他們也是越過縣鄉幹部，調查了三個鄉的二十多位農民，可以算得上一次「微服私訪」了。結果，所到之處，接觸到的每一個農民，幾乎是眾口一詞地誇讚這種稅費改革的辦法好。吳昭仁為此大為感動。回去後，他在為《農村改革新探索》一書作序時，竟動情地寫道：「這麼多年來，在我的工作記憶中，農民對某項政策表示完全擁護的，除了包產到戶，大概就要算是這次了。」

他為太和縣的農村稅費改革總結出了「六個滿意」：「糧站滿意，定購任務完成順利，主渠道掌握了充足根源；財政滿意，稅收及時足額入庫；銀行滿意，統一結算，減少了貨幣發行流通，又不打『白條』；基層幹部滿意，節約了大量時間和精力，更免除了幹群磨擦的煩惱。當然，最關鍵的還是農民滿意，午、秋兩季徵實任務都在一周內完成，沒有一戶因負擔問題而上訪申訴。國家農村改革試驗區辦公室、國務院減輕農民負擔辦公室、省直有關部門、地區減負辦和改革試驗辦，先後九次派人深入調查，結論都是一樣的：農民滿意。」

吳昭仁認真思考了這場改革成功的原因：「現在好的政策、好的思路、好的設計並不少，難就難在落實，往往是執行中由於工作不力而走形變樣。太和縣的稅費改革，不僅設計周密，而且實施完美。何以如此？關鍵在於縣委、縣政府高度重視，六大班子步調一致；縣鄉各部門齊心協力；工作班子得力而富有成效。這是具有普遍意義的經驗，任何一項工作能否做好，我認為訣竅都在這裡。」

總結出了太和改革的主要經驗之後，吳昭仁依然感到意猶未盡，又專門寫了一篇雜文，題目一目了然：《為「第二次大包幹」叫好》。

一九九四年十二月十八日，中共中央政治局委員、中央書記處書記、國務院副總理姜春雲，率十個部委的負責同志深入到安徽視察，在看了阜陽地區的農村改革帶來的大變化後，高興地評價道：

「你們這裡抓農村改革有突破性進展，在幾個方面都探索了成功的經驗。土地承包制度改革搞得很好，解決了穩定承包制的問題，調動起農民的生產積極性，提高了土地產出率。特別是稅費制度改革，解決了使農民和農村基層幹部都很頭痛的一個問題，既減輕了農民負擔，又改善了幹群關係，不僅具有經濟意義，而且具有政治意義！」

誰知這時，陪同視察的財政部副部長李延齡，突然打斷了姜春雲的話。他說：「這兒把農業特產稅也包含在農業稅裡，這是不合理的，應該據實徵收，他們這樣做是錯誤的。」

姜春雲聽了，馬上不客氣地說：「這個我知道。他們這樣做沒有錯。我在基層幹過，『據實徵收』是理論上的東西，沒有可操作性。據我所知，全國大多數地方都是平均攤派的。這個你就別再講了。」

那天，姜春雲的心情十分好，作為中央農村工作領導小組組長、主管農業工作的副總理，看到安徽農村的改革工作有了突破性的進展，高興地對回良玉省長說：「農業稅費制度的改革，是深化農村改革的重大突破，你們要大膽推廣這項改革的試點工作！」

隨行的國務院研究室副主任楊雍哲，也興奮地接口道：「現在有種說法，好像這幾年中國農村的改革停下來了，這次來安徽一看，感覺到的完全不是那麼回事。阜陽土地承包制度的改革和農村稅費收取辦法的改革，都非常有特色，非常有成效。這些對全國都是有指導意義的！」

在姜春雲一行離開後不久，回良玉就在省長辦公會上明確要求：江淮分水嶺以北的沿淮一帶，尤其是淮北地區，必須全面推行農村稅費制度的改革。

此後，這項改革便迅速走出了太和，走出了阜陽，勢如破竹般地在安徽境內二十多個縣(市)遍地開花。

這時的中國，農村稅費改革已經成為全社會關注的熱點。它不光在安徽、河北、河南三省勢不可擋，並且迅速蔓延到了湖南、貴州、陝西、甘肅七省五十多個縣（市）。

正是在這個時候，福建省委辦公廳編印的《省外動態》載文歡呼：「農業稅制改革已呈『星火燎原』之勢！」

42 難忘阜陽會議

位於皖西北與河南省接壤的阜陽地區，是我國著名的產糧區，也是經國務院備案的中國第一個農村改革試驗區。這個試驗區，還是早在一九八六年，在當時國務院農村發展研究中心主任杜潤生的親自帶領下，由段應碧、周其仁、陳錫文、杜鷹、盧邁等一大批著名農業專家建立起來的。這次率先進行土地稅制改革的渦陽縣新興鎮，和堪稱農村稅費改革第一縣的太和縣，都在這個地區，因此，一九九五年四月二十一日至二十五日，全國農村基層稅費制度改革經驗研討會放在阜陽召開，無疑是順理成章的事情。

會議由國家農村改革試驗區辦公室主任杜鷹主持。

來自國家經濟體制改革委員會、國務院特區辦公室、農業部、財政部、內貿部和糧食部門等部委辦的專家學者，安徽省阜陽試驗區、湖南省懷化試驗區、貴州省湄潭試驗區及河北省正定縣、河南省鄢城縣等七省暨有關縣代表共八十餘人出席了會議。大家實地考察了太和縣試點情況，還就各地試點的具體做法和成效進行了交流，當然，對目前尚存在的具體問題，和如何進一步完善試點工作，都做了坦誠而深入的探討。

由於各地都是根據自己的實際情況確定具體做法的，因此在改革的措施上是不盡相同的。看上去，令人眼花繚亂，其實，萬變不離其宗，還是何開蔭早先總結出來的那幾句話，是一種「稅費統籌、折實徵收、財政結算、稅費分流」的模式。

總之，在原則和目標大體一致的前提下，各地都在農村基層稅費制度的改革方面做了許多有益的嘗試。與會代表們公認，在諸多試點之中，安徽省太和縣和河北省正定縣的兩處試點，是最具有代表性的。

與會專家對這項改革更是給予了極高的評價，認為它是對舊體制的又一次突破，在實踐中是可行的，方向是對頭的，成效是明顯的。

會上，國務院特區辦政研室副主任劉福垣的發言格外引人注目。他說這次會議是朱琳主任讓我來的，當然，我也很感興趣，馬上就來了。聽了同志們的介紹，對這項改革，我有一個總的感覺，就是現在試點單位的改革已經獲得了基本的成功，意義是非常重大的。姜春雲副總理說這項改革不僅有經濟而且有政治意義，說明這個問題確實是上下都很關心的事。

國務院特區辦與農村稅費改革的研討會看上去並無多大關係，卻也來人參加這樣的會議，這事本來就已經出乎代表們的意料；雖然劉福垣是不經意地提到是朱琳主任讓他來的，可誰都知道朱琳是李鵬總理的夫人，而李鵬又是最早對農村實行「什一稅」感興趣的中央領導，因此劉福垣的到會與發言，就應該是很有分量的。

劉福垣說：「我認為這項改革的意義，已經不僅僅是簡單地解決農民負擔問題，其核心，就是理順國家、集體和農民的關係。我們第一次改革，是以『大包幹』為旗幟，改革的對象是政府，是我們公社化以來的政社合一的體制。中央政府和各級政府包辦代替農民決策，把農民的生產、流通、消費、分配四個環節統統卡死了，使我們的農民收入太低，農村經濟單一化，農業的發展嚴重滯後，改革突破了政社合一的體制，還給了社區和農民一部分自主權。但是，那種改革並不徹底，至少，流通和分配的問題並沒有根本解決。今天，各級政府都在討論如何解決農民負擔，如何廢除苛捐雜稅，如何改變幹部『要錢、要糧、要命』的形象；很多政府的文件三令五申這個費可以收，那個費不能收；哪個稅是合理的，哪個稅是不合理的；收多少為合理，收多少為不合理；國務院的電話會議也曾明令取消三十一項費用。其實，在分配關係都不清楚的背景下，哪個合理，哪個不合理，最後也是劃不清的，上面下面都不清。比如計劃生育費用、民兵訓練費用，這全是一種行政性的費用，是貫徹國家政策所需要的費用，它和農業生產並沒有關係，實際上這也是應該由財政來拿的，但是現在，都混在了『三提五統』裡面要農民承擔。只有最根本地解決攤派問題，真正做到：明租，正稅，除費，我們才能夠對農村的分配問題喊上一聲『立正』。農民和社區之間說到底只有租的關係，農民和國家的關係也只是靠稅來調整，農民繳了租，繳了稅，其他的任何費用都與農民無關！」

最後，他慷慨陳詞：「既然我們下這麼大決心來搞這項改革，就應該有一個恆心。搞了這個辦法後，就再不要開任何口子，即便是國務院的『紅頭文件』壓下來，試驗區也要頂。比如教育搞達標什麼的，公積金裡有這個錢，就拿，沒這個錢，堅決不能再向農民要！治本當然要從中央各部門做起，從中南海做起！既然我們承擔了這個改革任務，就應該給我們這個權力，以一切方式加重農民負擔的東西，就要敢頂，即便說農民都同意了，也不要聽這話！」

劉福垣的發言，贏得了各地代表的熱烈掌聲。

財政部農財司李秋鴻的發言，卻在會上引起軒然大波，遭到大家強烈的反對，以致使得會議的氣氛變得十分緊張。

李秋鴻的開場白是顯得十分謙和的，他說：「參加這次會議，對我來說，是一個很好的學習機會。稅費制度改革，我們過去考慮得不是太多。」

一個來自國家財政部專事「農財」的處長，卻對本屬分內的工作居然「考慮得不是太多」，這話聽起來怎麼都讓人感到困惑。接下來，他的發言與其說是來「很好的學習」，不如說是來做這項改革的專題報告。

「這次稅費改革的目標是什麼？」他首先設問，繼而自答，「我看恐怕有這麼幾個主要目的。」他在歸納出四個既無新意又未必科學的「目的」之後，便以領導機關的口吻說道：「我不知道各試驗區在設計這項改革時，是把這四個目的都考慮進去了，還是只考慮到某些目的。我想分幾個方面來談一談。」

於是一個毫不謙虛的發言就開始了。

「現在農民負擔的總額還沒有達到無法承受的地步。」他的話多是結論性的語言。

此話剛落音，貴州和湖南試點的代表就交頭接耳起來，顯然覺得這位蹲在國家大機關的農財幹部，也太高高在上養尊處優了。啥才叫「無法承受」呢？正因為農民已經不堪重負，幹群關係嚴重惡化，才「逼」出了這項稅費改革的嘛。

接下去的發言，李秋鴻便是對各地改革試點基本經驗的全盤否定。他說：「在中國農村，無論就每戶來說，還是每村、每鄉，彼此之間的收入差距是很大的，作為一個負擔政策，很重要的一個依據，應該是經濟收入，而不是其他東西。但像安徽太和縣每畝耕地基本上一律徵收一百斤糧食，這樣的政策設計，和收入多多負擔、收入少少負擔的分配原則，顯然是不盡吻合的。」

他的這個看法，使不少人為之一怔。

應該說，李秋鴻說的是一個理論問題。從社會主義的分配原則上看，不應該忽視差別搞均攤，而應該是一絲不苟地，按照各鄉各村各家各戶實際的經濟收入確定負擔。但是，世界上沒有絕對的真理，同樣，也不可能會有絕對的公平。李秋鴻在用這個看法評價安徽省太和縣為代表的農村稅費改革經驗的時候，首先就與他歸納出的四個「改革目標」中的「降低稅費的徵收費用」的目標發生了矛盾。照他的意思，太和縣有三十五萬三千四百五十九戶農民，真要按各家各戶的實際經濟收入徵收稅費，縣委縣政府需要組織多少人進村入戶，才能鬧清每家每戶真實的收入情況；又需要調動多少人才可以落實這項浩繁宏大的稅費徵收工作呢？

豈不是癡人說夢！

大家對財政部農財司這位年輕處長的發言，開始認真注意起來。

接著，李秋鴻又以同樣的理由，談到了特產稅的問題。「對於農業特產稅，稅務部門的態度非常明確，絕對不能搞平攤。保護糧食增產，調節種植業內部不同作物間的收益，這是設計這個稅種的目的，如果平均攤派，那麼徵收的意義也就沒有了，更實現不了制定這項政策的目標。」

李秋鴻這裡所說的，正像姜春雲副總理在阜陽視察期間批評財政部副部長李延齡時已經指出過的，這依然是個理論上的東西，沒有可操作性。

來自基層的許多代表聽到這兒，就已經坐不住了，有的甚至忍無可忍地站起來，開始了嚴詞責問。

會場上的氣氛頓時急轉直下。

誰都知道，一九五八年頒布的《農業稅條例》中就有了農業特產稅，但那時它只是含在農業稅中，課稅範圍也是指農田以外的山場或水面，針對茶葉、水果、林木、山珍和水產等特產品徵收的。因其收入較高，單獨徵收農業特產稅也是應該的，但是一旦徵收了特產稅，就不再徵收農業稅了。至於種糧食的農田從來是沒有特產稅一說的。據實計徵農田上的特產稅也才是近幾年的事。

現在的問題是，這種脫離實際的計徵政策，已經使得這種農業特產稅演變成了「田畝稅」和「人頭稅」，早已喪失了稅收調節國民收入再分配的作用，而地地道道成了一種「合法」的農民負擔。特別是，這種計徵農田上的特產稅的本身，也早已成為嚴重阻礙中國廣大農村推行農業產業化的羈絆；在傳統農業區，它更是調整產業結構的大敵，農民奔小康的絆腳石！

各地代表不僅強烈要求取消農田上的特產稅，還指出現有的農業稅政策的缺陷也同樣加重了農民的負擔。因為《農業稅條例》是一九五八年頒布的，如今三、四十年過去了，農業稅的徵收已經出現了大量的與現實情況嚴重脫節的地方，諸如計稅常產與實際常產、名義稅率與實際稅率、計稅土地面積與實際土地面積等等，千差萬別，從而產生了「高產低稅」或「低產高稅」，名義稅率高實際稅率低或名義稅率低實際稅率高，以及有稅無地或有地無稅等等明顯的不合理現象。再加上國家定購糧食任務的畸輕畸重，這實際就等於產糧區在為非產糧區納稅，貧困地區為富裕地區納稅，這種種弊端都已經嚴重地挫傷了農民經營農業的積極性！

作為主管這項工作的國家財政部農財司的一個官員，不去設法解決農業財稅政策上的這些問題，卻對地方上進行的這些難能可貴的改革試驗，橫挑鼻子豎挑眼，缺少起碼的熱情，在這樣的研討會上引起眾怒，自然是可想而知的事情。

據參加會議的同志回憶，李秋鴻說得最為理直氣壯的一段話，也是給大家印象最深的一段話，就是：「從我們接觸的農民上訪情況看，沒有一起是因為農業稅的比例過重而上訪的；農民反映的全是稅費混在了一起的。所以，我們在業務工作中主張稅費要堅決分開！」

他說的似乎信可據確，卻招來了大家最猛烈的批駁，會場上氣氛趨向白熱化。

因為，造成這種稅費不清的首先就是國家財政。

一九八五年開始的以鄉鎮為主的農村辦學體制，這是產生中國農民負擔問題最大、最主要的原因。有著九億人口的中國廣大農村，義務教育的費用卻是讓農民自己掏腰包，這叫什麼「義務教育」呢？

財政該出的錢不出，甚至連計劃生育、民兵訓練、優撫工作、鄉村道路這些本該政府支付的費用，也逼得鄉村的幹部挨門逐戶地向農民強行索取。現在，來自京城的農財官員非但不領下邊的情，反而倒打一耙，嫁禍於人。這種「官腔官調」，確實把基層代表激怒了。

「既然政策規定農田特產稅『據實計徵』，」從改革試點第一線來的代表抓著「特產稅」的問題不放，提出反詰，「就應該實事求是不是？有，就收；沒有，就不收；有多少，則收多少。可為什麼財政上年年卻又層層下指標，派任務，這不明擺著是說歸說，做歸做，教人弄虛作假嗎？農村幹部『替人受過』，搞壞了名聲，搞壞了形象，反過來還說下面不執行政策。這都叫個什麼理?!」

安徽省渦陽縣的代表來了個現身說法。他說，渦陽縣為了不折不扣地執行「據實計徵」的特產稅政策，專門在耿皇鄉做了試點，鄉政府從財政所和經管站組織了十九人，進村入戶，嚴格按照規定跟蹤這個鄉特產品的生產和銷售的全過程。前後用上兩個多月，認真進行成本和收入的核算，最後徵收到四萬多元的農田特產稅。可是這些人下鄉的用品、工資以及誤餐補助的支出，加起來也達到了四萬多元。結果，徵收到的稅額，基本上就被徵收的成本抵消一空。就是說，按照現行的制度和辦法徵收稅款幾乎是無法做到的。

耿皇鄉的故事近乎荒誕，但這種試驗卻把今天脫離實際的稅制問題暴露無遺。

誰知渦陽縣代表的話還沒落音，李秋鴻就接過話極力爭辯。

太和縣農經委副主任鄒新華，一直冷靜地注意著李秋鴻的發言，耐心地聽著這位財政部官員對太和縣試點的橫加指責。因為對方說的就是「太和」，作為太和縣試點的代表，他自然不便立即反駁，至少他要顯示出太和人的寬容和大度。但是，渦陽縣代表舉出的這個例子，已經很能說明問題，對方卻依然強詞奪理，以勢壓人，他再也按捺不住了。

鄒新華激動地指著李秋鴻，只差沒把指頭戳到對方的鼻子上，憤然道：「你們就是不看實際情況，坐在辦公樓裡瞎想。今天事實就擺在面前了，還死不認賬！」

他說得過於衝動，聲音都變得沙啞，伸出的手指也在上下顫動。

接著會場四處都響起了憤懣的斥責聲。

人們已經看得很清楚，文文靜靜，甚至是一臉書卷氣的李秋鴻，他在會上極力堅持的，其實是國家財政部的意見。正因為不只是他個人的看法，各地代表才越發感到，大家正在熱心試驗著的這場農村稅費改革，其前景並不那麼樂觀。

作為這項改革最早的倡導者，又是太和縣試點的直接參加者，何開蔭就改革中的一些問題，也旗幟鮮明地談了自己的意見。他說，如今，在市場經濟的條件下，各種商品的價格差不多都放開了，唯獨糧食這樣大宗的農產品國家仍限價定購，使得糧食不能成為商品，其比較效益日漸降低。毫無疑問，這種定購制度必須取消，糧食的市場和價格也必須放開，否則中國的農業就無法再進一步發展。當然這需要條件，我們將稅費改革徵收的辦法用公糧代替定購，正是基於這方面的考慮，一是為了讓國家最可靠地掌握根源，保證非農用糧的供應；二是因為農民有這個習慣，徵繳公糧，對農民來說既方便，透明度又高，最主要的是我們把稅費改革和推進糧食購銷體制的改革聯繫起來，這就為下一步糧食購銷體制的改革準備好了條件。只有取得糧食購銷體制改革的成功，全面徹底地放開糧食市場和放開糧食價格，形成大流通，培育大市場，封閉的社區結構才會最後被瓦解，中國的農村才可以說大有希望！

何開蔭的發言，有著濃郁的理論色彩，由於他講得深入淺出，富有很強的說服力，會場上一下變得安靜下來，連喝茶、走動的人也生怕打擾了別人，把動作放得又慢又輕。

這氣氛顯然也感染了何開蔭自己，他開始變得激動起來。他說，其實我們搞的，只是農業稅費徵收辦法的改革，還不是實際意義上的農村稅費制度的改革。假如現在就搞稅費制度改革，立法部門說不定馬上會來制止，渦陽縣新興鎮的改革被縣人大明令取消就是明證。因此，它肯定會有較大的局限性和不徹底性，目的也只是側重於規範徵收的辦法，先把農民的負擔盡可能地減下來，政策規定上的「杠子」粗了一點，卻簡單明瞭便捷易行。雖然還不完全公平合理，實在有不得已的苦衷，但相對於過去的亂收費來說，農民已比較滿意。

當然，他還想說，今天搞的還只是稅費徵收辦法上的改革，就這樣艱難，如履薄冰，幾近夭折；其實，即便就是真的進行稅費改革，那也只能是深化農村改革的一個突破口，關鍵在於由此帶動農村政治體制上的改革。儘管誰都知道，政治體制改革的滯後，已經嚴重影響了中國改革開放的進展，但會上沒有人這麼明說，當然他說了也就等於白說。

於是他換了一種說法，說道：「假如得到中央的認可，正式批准安徽省搞農村第二步深化改革的試點，我們會放開手腳，拿出當年搞『大包幹』的勁頭，將農村稅費改革進一步向縱深突破的！」

主持會議的杜鷹，在作會議的最後總結時，說了這樣一段話：「我總的感受是，我們在中國農村改革和發展的一個關鍵時刻，研討了一個關鍵問題。為什麼可以這樣說呢？因為現在我們整個國家，正處在一個工業化高速增長的時期，在這樣一個階段，農業、農村和農民的狀況如何，將是決定我們這個國家現代化命運的一個重要方面。這兩年，『三農』的形勢總體上是好的，但存在的問題也同樣是比較突出的，有的矛盾已經非常尖銳，而這些問題與我們這次會議研討的內容無疑都是密切相關的。」

43 報告進入最高決策層

杜鷹回到北京後，就忙著組織人就全國農村基層稅費制度試點的情況，給國務院寫出報告，並特邀何開蔭、楊文良二人參加討論。

報告的題目十分鮮明：《事關農村發展和穩定的一項重要改革舉措》。

報告指出：「這項改革，上聯繫到國家農業稅制和糧食購銷體制，下聯繫到千百萬農民利益和農村基層組織運作的財政基礎，這都觸及到農村改革中的難點問題，有可能成為深化農村改革的突破口。」

姜春雲副總理親自到過阜陽試驗區，看了這份報告後十分高興，很快做出批示：「這是農村工作的一個重大問題，試點探索出了一些解決問題的思路、途徑，擬專門開個會，總結交流經驗，提出今後意見。」

可以看出，他的這個批示，對稅改工作的意義評價很高，他的建議也十分具體，並非那種模棱兩可的圈閱或批於他人處理。他對這項看上去僅是農業稅制的改革，其實將是整個農村深化改革的重大突破這一點深信不疑，並寄予厚望，更願做出自己的努力。

只是，就在農業部轉上來的這份報告和姜春雲的批示，還沒送到主抓經濟工作的常務副總理朱鎔基的手上時，朱鎔基卻先看到了新華社記者葉冰男的一篇《河北省調整公糧制試點方案》的消息。顯然，這是朱鎔基第一次接觸到這類消息，有點詫異，就把文章批給當時的財政部長劉仲藜和副部長項懷誠：「請仲藜、懷誠同志閱。」同時批給國務院秘書長何春霖，要求他去搞搞清楚：「這個試點是怎麼回事？」

當我們最初從《河北省公糧制改革大事記》中，看到朱鎔基的這個批示時，很感到意外。因為農村稅費的改革，從提出到試驗，從秘密試驗到公開試點，直到發展成七省五十個縣的「燎原之勢」，已走過了漫長的五個春秋，不說大報小報已對此有充分的披露，河北省還在京召開過範圍很廣的研討會，國務院許多相關部門的同志都到會了，朱鎔基副總理對這事兒怎麼可能會一無所知？

後來細細一想，才覺得並不奇怪。何開蔭改革設想的文章被刊發在《人民日報》的《情況彙編》上，引起過李鵬總理的關注，並發表了重要講話，可那畢竟是在一九九〇年春天，朱鎔基那時還在上海工作，對這一切不了解是十分正常的。以後，他進京主管國務院的經濟工作，又正是中國經濟增長率跌入低谷之時，工業生產滑坡，中央財政吃緊，擺在他面前的，僅全國累欠的「三角債」就高達五千多億，要想在如此重關如鐵的困境中走活一盤棋，他幾乎是在拳打腳踢，甚至用出命令經濟式鐵腕手段，發起清欠攻勢；同時展開了一場狠打泛濫成災的假冒偽劣產品的活動。一九九二年，鄧小平南巡講話之後，出現一個加快建設的熱潮，但由於當時中國的經濟工作還遠沒從「一抓就死，一放就亂」的尷尬局面中走出來，經濟的高增長幾乎是和混亂同步，開發熱，集資熱，炒地皮熱，已經熱到了朱鎔基用一句英文表述「Crazy」（瘋狂）的程度，「過熱」發展的經濟，引發出了建國以來中國最嚴重的通貨膨脹。接下來，朱鎔基就又大刀闊斧地運用起經濟、法律乃至行政的各種措施，數管齊下，並親任中國人民銀行行長，大力整頓金融秩序。

朱鎔基確實沒有更多的精力和時間，像他抓城市經濟那樣去抓農村工作，再說，他對農村的情況又遠不如城市工作那樣熟悉。在一九九三年召開的全國糧食購銷工作電視電話會議的講話中，他對糧價的放與收，就沒有像對金融和國企改革那樣自信。他說：「去年我們缺乏經驗，放開糧價太快了一點，準備工作不足。沒搞過市場經濟，不知道厲害，結果，十一月以後糧價暴漲，沒有按照預定的調價步驟來做，措手不及。」

但是，他對中國的農業是重視的，對農民的負擔更是感同身受。一九九三年五月中旬，他在赴湖南考察期間，發覺個別地區的夏糧收購資金未到位，向賣糧的農民打白條，農民的生活和生產難以為繼，他氣憤之極，嚴厲訓斥湖南省的主管領導，並對下面地區的負責人說：「我留下電話號碼，你們什麼時候湊夠了資金，就什麼時候給我打電話，我要看看究竟會拖到哪一天！」返京後，他深感問題的嚴重，遂親自指示《人民日報》發表農業部清理農民負擔的三個文件，公開徵稅的項目和範圍，明令不能超過上年農民人均純收入百分之五的上限，凡不遵令者，就依法處理。

就在朱鎔基要求國務院秘書長何春霖去鬧清河北省公糧制試點是怎麼回事的四天之後，財政部長劉仲藜即把同樣有著朱鎔基批示的新華社記者葉冰男的文章《河北省調整公糧制試點方案》批轉給了部裡的稅政司：「請稅政司閱，是否與國辦三局聯繫一下，農稅處也派人參加了解一下。」

劉仲藜部長作出的這個批示，無疑已經是多餘的，因為從時間上看，他還沒有見到朱鎔基的批示，就是說，在他張羅屬下「聯繫一下」「了解一下」的一天之前，朱鎔基已經接到了姜春雲轉給他的阜陽研討會的有關報告。

朱鎔基看罷報告，河北省公糧制改革試點是怎麼回事，就一切都再清楚不過的了。

儘管姜春雲在報告的批示中，已經對各地農村租費改革試點的經驗給予了最充分的肯定，並且認為「試點探索出了一些解決問題的思路、途徑」，他的建議也十分具體：「擬專門開個會，總結交流經驗，提出今後意見」，也許正是因為姜春雲在批示中強調得那樣重要，「這是農村工作的一個重大問題」，朱鎔基在看了報告之後，處理得也就相當謹慎。他對「擬專門開個會」的建議繞開不提，將這份報告批給了國務院秘書長何春霖。不過，這回批下去，增加了一個國家稅務局局長金人慶：「請春霖、人慶同志閱處。此事要徵求財政部、稅務總局和綜合部門意見。」

朱鎔基顯然沒有表明具體的意見，只是作了具體的交代。這一天，是公元一九九五年六月九日，已成燎原之勢出現在中國各地的農村稅費改革的試驗，進入了他的視野，並引起了他的關注。

44 「十三號文件」誕生

在一九九五年六月以後的一年多時間裡，中國的傳媒機構對農村稅費改革的宣傳，形成了一個不小的高潮。從《中國改革報》、《中國紀檢監察報》到《中國經濟時報》、《經濟日報》直到《人民日報》；從《內部參考》、《學習研究參考》到《國內動態清樣》，直到《領導決策參考》，盛讚這場改革的文章不計其數。

一直站在公糧制改革最前沿的河北省委副書記李炳良，在去中央黨校學習的時候，心中還牽掛著這件事，趁著這難得的學習機會，他遍讀革命導師有關這方面的論述著作。在認真閱讀列寧《論糧食稅》一文之後，他發現，文章雖然距今已有七十多年了，但對中國當前制定正確的糧食政策，改革農業稅費制度，仍然有著很強的針對性和指導性。

一九一七年十月，俄國革命成功以後，為了鞏固年輕的紅色政權，曾一度對農民實行餘糧收集制。這在當時是必要的，卻也產生了一系列不良後果，嚴重損害了農民的利益。列寧在《論糧食稅》一文中指出：「我們實際上從農民的手裡拿走了全部餘糧，甚至有時不僅是全部餘糧，而是農民的一部分必須的糧食。」因此引起了農民的強烈不滿。他強調，這是「最大的政治危機」。列寧不僅使用「立刻」和「迅速」二詞，來表達事態的緊迫與嚴峻，還「要求立刻爭取迅速的最堅決的最緊急的辦法來改善農民的生活狀況和提高他們的生產力。」

他把改善農民的生活狀況和提高農民的生產力，視為紅色政權能否得以鞏固，革命能否最後成功的重大政治問題。

李炳良重讀了列寧有關農業稅的論著，回顧河北省試行公糧制改革的實踐，深感受益匪淺。臨近學業結束需要完成一篇畢業論文時，李炳良發現自己學習《論糧食稅》的心得就是一篇有意義的文章。河北是中國最早進行農村稅制改革試點的省分之一，他又是主管這項工作的，自己也有責任留下一些這方面的理性思考。

他把自己的論文定名為《關於農業稅費制度試行公糧制的思考》。他在文章中，認真分析了當前中國農民所面臨的嚴峻的農村稅費的現實：

我國農業稅率並不高，近四十年又基本未變，但實行糧食定購產生的平價、市價雙軌制價格，卻意味著農民還要承擔一部分隱性負擔，僅我省每年的定購任務則是四十七億斤，農民每年為此承擔的隱性負擔就是十四點三億元，將近是農業稅的三倍。此外，按照一九九一年國務院頒布的農民負擔條例規定，農民還要繳納村提留、鄉統籌，涉及到的範圍廣、項目多；至於臨時性的推派就更是政出多門，隨意性很強，加在農民頭上的攤派集資大有逐年增加之勢，已遠不是靠「約法三章」就可以解決的。農民群眾對當前農業稅費負擔過重意見很大。現行的糧食政策和稅費制度存在著的這諸多問題，首先就不利於調動集中產糧區農民的積極性，定購任務又十幾年未做調整，輕重懸殊、苦樂不均的現象已經十分突出，有些農民一手低價繳定購，一手高價買口糧，加上定購價與市場價的差異，直接影響到重點產糧區的農民收入，使集中糧食的產區農民吃虧。再說供應農民的生產資料是市場價，而收購農民的糧食數量和價格都由國家定，議購部分價格基本上也是糧食部門說了算，在建立社會主義市場經濟體制的進程中，工農產品這種不平等的交換，農民難以接受；再就是現在給予農民的支持很少，向農民要的項目太多，「大包幹」使農民得到的好處有些被沖消了，催糧派款成為鄉村中的一大難題，有的為完成任務就帶小分隊、帶手銬進村入戶，由此而引發的惡性事件時有發生。實踐告訴我們，現行的糧食政策農民不高興，不規範的稅費制度農民不滿意，催糧派款的生硬做法農民不答應，現行辦法難以為繼，改革勢在必行。

李炳良在總結了河北省稅費改革的主要做法和取得的主要成效之後，懇切地寫道：

這項改革涉及面廣，政策性強，有許多問題需要我們進一步去探索，如對徵幣與徵實、稅費合一、公糧計徵辦法等問題，尚有不同的看法，改革方案也需要不斷地完善。目前進行這項改革試驗的，還有安徽、河南、湖南、陝西等省的一些縣，希望中央有關部門予以重視、指導，幫助我們進一步把這項改革搞好。

是啊，農村稅費改革的試驗已經啟動。改革已經觸及到了現行財政稅收體制，現行糧食定購體制，以及農村基層政府在現行政治體制下不斷膨脹等等問題，而這些問題，又並非地方有能力改變或加以理順的。如果這些問題和矛盾不徹底解決，一切稅費改革最終都注定會出現「播種龍種，收穫跳蚤」的尷尬。

一九九六年的秋天，中共中央政治局委員、國務院副總理李嵐清到河南視察。當他了解到一些地方在打著教育的旗號向農民亂收費，最終又不是把錢全用在教育上，引起了他的不安。視察期間，他還了解到，現在農村中的村提留、鄉統籌的收費辦法，隨意性太大，本來就是一種「多收有利」的機制，而收多收少又直接同基層幹部的切身利益掛鉤，這就導致了農村的「三亂」屢禁不止，成了老大難。於是，他想這恐怕要從這種收費辦法究竟行不行上來考慮一下了。

出乎他的意料，在河南視察期間，李嵐清又聽說有的農村已經實行稅費合一的規範管理辦法，這辦法不僅受到農民的歡迎，各方面的經費也有了保證，十分感興趣，要親自去看一看。聽說這事就發生在鄰近的安徽省阜陽地區，他便臨時決定，改變行程，彎到阜陽。在阜陽，他聽取了地委書記和專員的專題彙報。聽了以後，覺得這辦法的確不錯。從彙報中他還進一步了解到，全國政協的幾位老同志也到阜陽的農村進行這方面的調查研究，回京後，他就派人要來了他們的調查材料。看過之後，感到頗有價值，於是他就又把要來的材料，附上自己的意見，送給了李鵬總理，同時也送給了朱鎔基、鄒家華、吳邦國、姜春雲幾位副總理共同參閱。

其實，促成幾位全國政協的老同志深入農村搞調查的，正是原安徽省省長、全國政協經濟委員會的常務副主任王郁昭。前文已經提到，在揭開中國農村改革序幕那些驚心動魄的歲月裡，王郁昭曾是萬里麾下的一員大將，後來出任過中央農村政策研究室和國務院農村發展研究中心的副主任，可以說，他是經歷了上個世紀七十年代末八十年代初的那場中國農村改革的全過程的。而且直到今天，對中國「三農」問題的關注，依然是他樂此不疲的一件事情。

打從一九九五年四月開始，全國政協經濟委員會中的幾位曾長期在國家領導機關從事過經濟工作的老部長們，就組成了一個專題組，圍繞著當前農民「減負」的熱點問題，在王郁昭的帶領下，不辭辛勞地深入到安徽、河北等地進行認真調查研究；回京後，又與農業部、財政部、國家統計局等有關部門的同志進行了座談。為在更大範圍了解到來自社會各界的意見和建議，盛夏七月，全國政協經濟委員會還在四川省樂山市召開了有安徽、河北、河南、湖南、四川、貴州、吉林、廣西八個省區相關部門參加的「減輕農民負擔問題研討會」。著重研究了近年來一些地方進行的減輕農民負擔工作的改革試點情況，探索從根本上解決農民負擔問題的出路和辦法。

赴安徽調查期間，專題組首先去了阜陽地區的渦陽縣和太和縣，還跑了鳳陽、全椒、無為、蕪湖、安慶、合肥等市縣。中途，王郁昭曾去了一趟他從前生活和工作過多年的滁縣地區。這時的滁縣地區，已易名為滁州市，他在滁州饒有興致地領著老部長們爬了一回琅琊山。

那天，陪同王郁昭上山的，既有時任滁州市委書記的張春生，還有專程從省城趕過來的原滁縣地委書記陸子修。當老部長們得知此山就是北宋年間滁州太守歐陽修《醉翁亭記》中所寫到的琅琊山，情緒為之一振；又發現當今的三任「滁州太守」恰又幸會一處，於是都說，此山堪稱改革大業的人才薈萃之地：歐陽修曾是范仲淹改革主張的堅定支持者，王郁昭、陸子修、張春生一個個又都是今天最堅定的改革派，就紛紛建議三人留個影。

應邀隨同調查研究的何開蔭，觸景生情，即興吟詩一首：

改革問計歐陽修，聯產承包王太守；

發揚光大陸宇凡，春生處處綠神州。

因為何開蔭在即興詩裡把三位同志的姓名或字號巧妙地嵌入其中，於是引起一片熱烈的掌聲。

在何開蔭即興詩的感染下，林業部老部長劉廣運也一時興起，自告奮勇要來筆墨紙硯，當場揮毫潑墨，書寫出何開蔭口佔小詩，並取名《題贈四太守》。

大家無不開心地笑起來。

這是他們此次調查活動最愉快的一天。

在此之前，專題組的一行八人，一路之上心情都是十分沉重的。調查中發現，近年來由於各地不切實際的達標升級活動過多過濫，基層黨政機構的幹部編制嚴重失控，有的地方甚至出現少數幹部橫徵暴斂，魚肉鄉里，農民苦不堪言，引發出一批惡性案件。特別是發現農民承受負擔的增長速度，大大超過農民收入的增長速度，而作為國家主要糧源的中國中部農業大省，由於糧棉定購任務較重，農民獲得的實際收入被大大地打了折扣；而國家原本是想減輕農民負擔的「三提五統費」控制在上年以鄉為單位的農民人均純收入百分之五以內的規定，不但掩蓋了農村中的貧富差距，也在一定程度上起到了「劫貧濟富」的負面效應，反而加重了低收入農戶的負擔，成為雪上加霜！

每當接觸到這些沉重的話題，專題組的同志就感到分外壓抑。只是當親眼看到安徽省太和縣、河北省正定縣正在搞改革試點，親耳聽到這些改革深受農民群眾和社會各界的歡迎，才由衷地感到一些欣慰。

後來，通過與國家有關部、局的座談交流，經過樂山會議的深入探究，王郁昭親自主持寫出了《關於切實解決農民負擔問題的建議》。全國政協經濟委員會還為此在京專門召開了一次主任擴大會議，對「建議」進行了一次認真審議。

王郁昭在這份「建議」中認為，解決農民負擔最根本的出路，是發展農村經濟，增加農民收入，提高農民的富裕程度。而要真正把農民負擔控制在合理範圍內，就必須從根本上改革並完善農業稅賦的徵管制度，堅決堵住增加農民負擔的源頭。各種調查表明，農民負擔過重，往往與政府制定發展目標時的要求過高過急有直接關係，因此，解決問題的關鍵在上面。

「建議」幾乎是在大聲疾呼：要堅決清理那些不切實際的達標升級活動，凡是加重農民負擔的都要堅決取締。應樹立國家、部門、地方無力興辦的事業，就不提口號和定目標的觀念。從中央到地方，各級領導都應充分意識到，今天大多數農民的收入水平並不高，在社會收入差距不斷擴大的今天，切不可被平均數值的大幅增長所迷惑；要正確認識農民的富裕程度，正確處理興辦各種社會事業與減輕農民負擔的關係。

「建議」有著十分具體的建言。如提出要加快制定《農村稅費徵管法》，加強農村稅費徵管隊伍的建設，絕不允許運用公安警力或民兵小分隊徵繳稅費；如提出要堅決精簡機構，改革幹部的考核制度；如提出要在現有各種經濟技術協會的基礎上考慮建立農民自己的群眾組織，溝通政府與農民的關係，以便於貫徹執行國家的各項政策法令，有利於真正維護農民的合法權益……

中共中央政治局常委、全國政協主席李瑞環，對減輕農民負擔的工作一直很關心，看了由經濟委員會主任擴大會議審議通過的報告，十分高興。這一天，他約來王郁昭，明確表態：「你們提的建議我完全贊同。如果需要開協商會，請李鵬同志參加，會我主持。」李瑞環還指示，將「建議」分別送往中共中央辦公廳和國務院辦公廳。

當全國政協經濟委員會的「建議」按組織程序送出去之後，王郁昭的心情還是難以平靜。他考慮到在中央領導中，溫家寶是各地農村跑得最多，因而也是最熟悉中國農村工作的，就又以個人名義，直接給溫家寶呈送了一份。

當然，王郁昭並不知道，他的這份報告，早在十天以前，李嵐清副總理就已經把它直接送給了李鵬總理和其他幾位副總理參閱，李鵬、朱鎔基也都批轉給了財政部；更不知道，姜春雲副總理在讀到李嵐清送來的報告後也已經轉給了溫家寶，並表明了他的意見：「請家寶同志閱批起草小組認真研究。」這時溫家寶領導的一個起草小組，正在為中共中央、國務院起草一個有關減輕農民負擔的重要文件。

兩份「建議」溫家寶都收到了，他和姜春雲的看法是一致的，認為它對正在起草中的黨中央和國務院即將頒布的一個決定極有參考價值。按說，這事溫家寶已經批辦了，對王郁昭個人呈送上來的「建議」，就無須再作處置了，不過，他是個做事認真得一絲不苟的人，雖已有過了交代，卻仍然又一次拿起毛筆，將「建議」批轉給國務院副秘書長劉濟民和農業部副部長萬寶瑞，並且多寫了幾句話。他的批示，每一個字，都寫得端端正正，甚至連標點符號也絕不馬虎，像他以往處理任何一件工作那樣嚴謹和認真：

濟民、寶瑞同志：全國政協經濟委員會在調查研究基礎上形成的這份建議，對研究和解決農民負擔問題，有重要參考價值。其中許多好的意見，在中央起草的關於減輕農民負擔問

題的文件中已經吸收；一些帶方向性的改革措施，也在積極進行試點。請將這些情況告政協並郁昭同志。

這份由王郁昭執筆的「建議」被送達中辦國辦後不久，一個由中央農村工作領導小組辦公室牽頭，有國家計委、國家體改委、國家財政部、國家農業部、國家糧食儲備局、中央紀委以及中央電視台參加的聯合調查組，很快奔赴離京最近的河北省進行農業稅制改革的專題調研。從中央黨校學習歸來的省委副書記李炳良，接待了調查組的全體同志，並彙報了河北省三年多來公糧制改革的情況，同時接受了中央電視台的採訪。

這期間，一個令人鼓舞的消息，也悄悄地在安徽廣大農村流傳：江澤民總書記派出秘書，一竿子插到最早進行農村稅費改革試點的安徽省太和縣。這位秘書在太和縣的各處進村入戶，所到之處，一概是認認真真地聽，仔仔細細地看，邊聽，邊看，邊認真地往本子上做記錄。臨了，太和縣委、縣政府的領導，希望他能夠談一談調研後的看法和意見，這位秘書卻只是謙和地笑笑，說：「我的任務就是看，就是聽，然後回去如實彙報。」

一九九六年十二月三十日，中共中央、國務院下達了有關減輕農民負擔的最著名的「十三號文件」：《關於切實做好減輕農民負擔工作的決定》。這個「決定」具體地提出了「三減」：減免貧困戶的稅費負擔，減輕鄉鎮企業負擔，減少鄉鎮機構和人員的開支；明確提出了「五個嚴禁」：嚴禁一切要農民出錢出物的達標升級活動，嚴禁在農村搞法律規定之外的集資活動，嚴禁對農民的一切亂收費、亂漲價、亂罰款，嚴禁各種攤派行為，嚴禁動用專政工具和手段向農民收取錢物；而且提出「兩個加強」：加強領導，實行減輕農民負擔黨政一把手負責制；加強監督檢查，嚴肅查處加重農民負擔的違法違紀行為。

「決定」特別指出：「從根本上解決農民負擔問題，必須堅持深化改革，對有些地方進行的負擔分流和一些糧食主產區進行的稅費改革探索，可以繼續試驗。」

這是黨中央、國務院，第一次在「紅頭文件」中，對各地正在進行的農村稅費改革試驗，公開表明了肯定的意見！

「十三號文件」下達的第十四天，即一九九七年一月十三日，溫家寶便代表中央在全國農村工作會議上，就農村稅費改革的工作發表了重要講話。他說：「近年來，一些糧食主產區，主要是安徽、河北等七個省的五十個縣在一定範圍內進行農村稅費改革的試點，取得了一定的效果，積累了一些有益的經驗。中央認為，這項改革可以繼續試驗，但目前還不宜在面上普遍推廣。主要是基於兩點考慮：這項改革觸及到了一些深層次的體制問題，涉及到一些重大改革方向，繼續改革必須與現行的糧食購銷體制和以農業稅為主的財稅體制的改革統籌考慮，這件事涉及面廣，而且較為複雜，需要全面設計方案。試點工作要有領導地進行，已經批准開展試點的地方，要認真試好，並注意總結經驗。」

溫家寶不但肯定了各地稅費改革試點積累了有益的經驗，而且精闢地指出這項改革觸及到了深層次的體制問題，涉及到了重大的改革方向，因而需要全面設計方案。

溫家寶的這個講話，高屋建瓴，振奮人心；他對農村稅費改革的詮釋，更是高瞻遠矚，入木三分！

45 是非功過憑青史

一九九八年三月二十七日，在第九屆全國人民代表大會上，經國家主席江澤民的提名和與會代表的選舉，朱鎔基出任國務院總理。

在擔任總理兩個月後的六月六日，朱鎔基簽發了一項國務院令，發布實施《糧食收購條例》。

早在四年前的一九九三年，朱鎔基就過問過糧食的收購工作，不同的是，以前是通知，不遵照執行還只是工作態度或認識上的問題；這次卻是國務院令，這就把通知上的許多規定，上升到了法律的高度，不執行就是違法。並且，這次的「條例」，還特別增添了一些硬性的規定，制定這些新的規定，其目的顯然是為了提高農民種糧的積極性，確保國家每年一千億斤糧食的定購需要，並對國家糧食部門實行有效的保護。當然，它的意義，還遠不只這些，因為「條例」上明確規定：除農業稅外，糧食收購時「不得接受任何組織和個人的委託，代扣、代繳任何稅、費」。這裡指的「組織」，顯然包括各級政府；這裡提到的「個人」，自然包括黨政領導幹部。新的「條例」無疑是想從「糧食收購現場」，對愈演愈烈的搭車收費現象予以堅決的阻擊，從而徹底減輕農民負擔。

可以說，制定這部「條例」的良苦用心，是無可置疑的，卻又是一廂情願的。因為，當今農村基層稅費的徵收背景十分複雜，比如就像「條例」上提到的「統籌款、提留款」，這也正是國務院過去正式下文要求向農民徵收的，而其中的許多費用本來就應該由國家財政支付的，國家財政該給不給，這才造成農民負擔，現在這許多十分具體的問題避而不談，不去從根本上予以解決，卻硬性規定鄉（鎮）村幹部不得在收購現場坐收除農業稅外的任何稅費，這其實就把農村基層政府和村級組織推向了極端—要嘛就只有陽奉陰違，拒不執行「條例」上的規定；如果執行，結果也只能是迫使下面更多地以「小分隊」、「工作隊」或是「突擊隊」的形式，甚或運用司法手段，挨家挨戶上門強收強要。

更為嚴重的是，這個《糧食收購條例》明確無誤地指出，糧食的收購只能通過國家的糧食系統，而且要求糧食的收購，必須「戶繳戶結」，資金又只能「封閉運行」，這就與各地正在試行的農村稅費改革的做法產生無法調和的矛盾。

當時，河北省還正籌劃著要將公糧制改革的試點進一步擴大到全省去呢，作為這一課題組主持人的楊文良，正勁頭十足地張羅著「河北省公糧制改革方案研討會」。當他弄懂了《糧食收購條例》上的那些具體規定後，感到挨了一記悶棍，立刻意識到這五、六年來三任省委主要領導重視的，自己更是傾盡了大量心血的公糧制改革，即將中輟；全國所有的稅費改革試點也都不得不面臨在一個早上完全停止的厄運。

楊文良心急火燎地坐下來，把《糧食收購條例》反覆地看了又看，試圖從中找到對稅費改革有利的字句。顯然，他無法找到，不過他依然樂觀地認為，從總體上和本質上看，公糧制的改革同《糧食收購條例》，都是為了規範農民的負擔，確保國家掌握必要的根源，二者的關係並不就是互相排斥，非此即彼的。

於是，他連夜向省委寫了一份專題報告《公糧制改革試點應當繼續進行》。

但是，除了像他們這些對稅費改革情有獨鍾者，其他人並不如此認為。就在楊文良將專題報告送上去不久，河北省政府辦公廳金融貿易處也向省委和省政府主要領導寫了一份相反的報告，指出：「『公糧制』和『費改稅』試點的做法，不符合《糧食收購條例》的具體規定，也影響到農業發展銀行收購資金的封閉運行。針對上述情況，建議我省按照國務院頒發的《糧食收購條例》的有關規定執行。」

在我們這個國家，在我們這種特殊的體制下，是下級必須服從上級，全黨必須服從中央的。從這個意義上講，政令還是暢通的。正因為如此，河北省的主要負責人就不可能也不敢不執行中央的「條例」，於是，就只有放棄剛剛推行的公糧制改革。

省委副書記趙金鐸，因為同時也兼任河北省縣級綜合改革小組負責人，他對公糧制改革給農村帶來的新氣象，是十分清楚的，接到金融貿易處送上來的報告，其心情極其複雜。就在前幾天，他剛在楊文良起草的一個《河北省公糧制改革方案研討會議日程表》上批出「同意」兩字，可是現在，他必須做出相反的決定。

趙金鐸在後來的一次會上曾這樣說道：「河北省公糧制的改革可以列上十條八條的好處，但除農業稅外任何稅費不准代扣代繳這一條，是剛性約束，『條例』就是法規呀，在執行上打折扣是不允許的，我們只能和中央保持一致。但是停了公糧制改革，並不等於否定這項改革，只是因為它與『條例』有抵觸。」

楊文良參加了這個會，趙金鐸代表省委在會上的這番解釋，他聽清楚了，但似乎又變得更糊塗了。既然公糧制改革有那麼多的好處，值得充分肯定，為什麼就一定要中止它呢？

很快，省委書記也作出同樣的批示：「應按國務院統一的『條例』執行」。

接下來，省長葉連松也批道：「全省都要統一按國務院《糧食收購條例》執行」，還特別指出：「即召集省綜改辦、地稅、糧食、農發行研究，並即聯合發出通知，依法執行。」

在葉連松作出指示的當天，綜改辦、財政廳、糧食廳和農業發展銀行四家就迅捷發出聯合通知，要求各地必須堅決執行國務院發布實施的《糧食收購條例》。

楊文良幾乎都要急病了，就在四單位聯合下發通知的同一天，他再次上書河北省委、省政府，要求就繼續進行公糧制改革試點的問題向中央緊急請示。

恰巧這期間，國家計委的一個調研小組到河北省了解夏糧收購情況，回去後給溫家寶寫了調查報告。溫家寶在調查報告上作出了這樣的批示：

「『公糧制』問題可納入稅費改革繼續研究，目前應統一執行《糧食收購條例》。」

國家計委副主任王春正將溫家寶的這個批示意見，於當天電告河北省省長葉連松。

溫家寶的指示其實是十分清楚的，他說了兩層意思。作為國務院副總理，他必須強調由朱鎔基總理簽發的國務院令的嚴肅性，要求堅決執行「條例」；但過去他曾高度評價過安徽、河北等七省五十個縣進行的農村稅費改革的試點工作，現在，他的態度依然沒有變，他對河北省搞的公糧制改革還是給予了充分的肯定，如果我們再仔細地加以領會，就會發現，他在兩者的提法上還是有區別的。他在「應該執行《糧食收購條例》」一句前面，加有「目前」二字，也就是說，作了時間上的界定，而提到稅費改革時，則要求「繼續研究」。因此，至少可以這樣認為，溫家寶主張在執行目前的「條例」時，不應該影響到對具有更深遠意義的稅費改革的試驗與探索。

遺憾的是，省長葉連松並沒有全面地去領會溫家寶指示的精神，便作出了措詞更加嚴厲的批示：「要認真貫徹落實家寶副總理批示。必須做到敞開收購、戶繳戶結、不准鄉村幹部在糧站坐收統籌提留款，以往的『公糧制』試點縣統一執行《糧食收購條例》，這些問題都要很堅決。如我們的幹部不聽招呼，查出典型要嚴肅處理。」

河北省政府辦公廳根據葉連松省長的指示，當即向全省發出緊急通知。

於是一個早晨，一場轟轟烈烈歷時五年之久的，已擴大到三十七個縣市的公糧制改革，就從河北省的地平線上消失得乾乾淨淨。

與此同時，全國七個省已經發展到了六十多個縣市的稅費改革試點，也都幾盡終止。

這消息，使得楊文良心急如焚。

然而，不管楊文良如何認為公糧制的改革是在探尋解決農民問題的治本之策，繼續進行試驗是十分必要的，但改革畢竟由於《糧食收購條例》的頒布而停了下來。

公糧制的改革被停了下來，問題也就跟著來了。在有些人看來，被宣布停下來，等於被堅決否定，而作為這一研究課題的實際負責人楊文良，這五年多的忙活，就都是在瞎折騰了！

一些流言蜚語隨之而來，一些異樣的眼神也接踵而至。

楊文良頃刻間陷入到四面楚歌之中。

在那段不堪回首的日子裡，楊文良萬般無奈，一遍又一遍地重讀鄧小平的南巡講話。他固執地想在鄧小平的南巡講話中找到答案。他堅信，農村的稅費改革，必將會繼續下去，因為它得到了廣大農民的衷心擁護。他甚至認為，中國已經走上了市場經濟這條不歸之路，就不應該繼續推行糧食的統購統銷，逐步放開糧食市場才是良策。

想到這些，楊文良就熱血沸騰，忍不住取筆展紙，將萬千感慨，凝於筆端：

矢志改革不旋踵，信心建在偉業中。

為國分憂意義大，為民解難方向明。

成敗得失靠實踐，利弊是非問群眾。

勵精圖治興中華，任爾東西南北風。

他多麼想找一個志同道合可以傾訴苦悶的對象，可是，除了何開蔭，他又能找誰呢？一想到何開蔭，就料定老何的處境肯定也不會比自己好到哪裡去，他的心裡便充滿了牽掛。他將詩稿謄清了一份，給老何寄了過去。

何開蔭此時的處境確實十分狼狽。十年了，為了農村稅費改革，他備嘗人生艱辛與世態炎涼，但他無怨無悔，一直信奉鄧小平的一句教誨：「不爭論，允許看，但要堅決地試，大膽地幹。」好不容易走到了今天，改革已經受到七個省六十多個縣農民的普遍歡迎，現在卻突然相繼夭折，他確實無法接受這個事實。最不能接受的，還是隨著稅費改革的被迫中止，過去熱情支持、笑臉相迎的人，一下子換了面孔，好像不認識他了；而一向冷眼旁觀的，這時卻紛紛出來證明他們的先見之明；本來就持反對意見等著看笑話的，開始走出來「秋後算賬」了，將各種各樣的屎帽子扣在他的頭上。說他的那些改革設想，純粹就是異想天開；說他寫的那些文章，更是胡說八道；說他把國家的糧食政策和財稅制度已經攪成了一鍋粥；說他做這一切不過是為了出鋒頭，為了欺世盜名。隨之而來的是，他寫出的文稿，因為無人為他簽字，在省政府辦公廳已不能再打印；早在一九八七年，由於得到當時的省長王郁昭、常務副省長孟富林的特批，他參加了當年的高級職稱評審，並於次年獲得「正高」職稱，現在碰到工資改革了，卻再沒人為他兌現，只能享受科級待遇。更令他想不通的是，省政府辦公廳在為幹部職工解決住房時，在分房的打分中他明明得分高居全廳第二，但是，如今辦公廳機關的每一位幹部，包括剛來不久的小青年，都享受到了政府辦公廳的住房，唯獨他依然住在原來行管局房管所十分尷尬的老房子裡。

這種來自政治、經濟、社會乃至生活上的種種壓力，壓得他整個兒透不過氣來。

夫人顧咸信，見他成天心事重重，走在大街上也是勾著腦袋，怕他出事，更怕他會跑到什麼會上，或是去什麼場合，像過去一樣想到什麼說什麼，就動員他去學學抽煙喝酒。因為她聽人說，酒可以消愁，煙能助人深慮，她希望他平安地度過這段日子。

「這些年來，你身為高級農藝師，經常有人找上門來，請你去做技術指導，放著又省心又來錢的好事不幹，偏要光著腦袋朝刺棵裡鑽，圖啥呢？現如今，話已難說，就別說了，改革的事也不要瞎操心了。」顧咸信勸著何開蔭。

何開蔭何嘗不想就此罷了，去做既無風險又名利雙收的農業科研工作。但他對中國農村深化改革的研究，畢竟投入了太多的心血，也寄託了太多的期望，現在讓他「金盆洗手」，那是不可能做到的。

不過，在難耐與苦悶之時，他真的接受了夫人的建議：抽煙，喝酒。於是，平日從不沾酒也無煙癮的何開蔭，開始正兒八經地抽上了煙，每天晚上喝上兩盅酒。誰知，一抽一喝，竟然發現煙酒這東西確實好使，他的心情真的平靜了下來。

可是沒過多久，他的心潮又一次湧動起來。他發現安徽省的稅費改革並非全軍覆沒，發現了這一點，他又變得激動不已了。

原來，安徽省省長回良玉，在《糧食收購條例》下達之後，以安徽省人民政府的名義，向國務院寫了一份報告，強調安徽省阜陽地區是經國務院備案的全國第一個農村政策試驗區，為探索減輕農民負擔新途徑，要求繼續推行農村稅費改革的試點。為解決稅費改革與國務院頒布的「條例」相銜接的問題，安徽的試點決定將按耕田徵實調整為按人付款。

由於回良玉的據理力爭，當全國各地的農村稅費改革都停下來的時候，安徽阜陽卻是一花獨放，稅改的試驗工作一天也沒有終止。

有了這個振奮人心的好消息，何開蔭終於放下心來，更令他鼓舞的是，在他已年滿六十應該退休的時候，回良玉省長聘任他為省政府參事。這就是說，只要身體康健，他就可以幹到七十歲，給了他繼續深入研究農村改革十年的時間和更為廣闊的空間。他在感奮之餘，立即又開始醞釀一個新的計劃：把今天的糧食收購政策，作一次系統的研究！

儘管這種研究，在當時是件十分敏感的事，更是頗多風險的事，可他決心已下，就奮不顧身了。

他早就注意到，一九九三年夏收之前，當時還是國務院副總理的朱鎔基，就下達了一個《關於進一步做好夏糧收購工作的通知》，「通知」要求，糧食要按保護價敞開收購。但是，這項旨在保護農民利益、保證農民增產增收所採取的重要措施，卻隨著一九九四年一月一日開始的分稅制的推行，各地就難以貫徹了。因為政策規定是中央定價，敞開收購，出現虧損，要由地方財政補貼。問題是，產糧大縣連工資都發不出，哪有錢補貼？沒有補貼，文件對糧食系統提出的那些要求，就等於沒說。政策還規定，國有糧食企業只能順價銷售，但中國的糧食系統養了那麼多吃閒飯的人，又如何能做到順價銷售呢？政策規定的保護價，其「保護」的資金，並不是直接「保護」給賣糧的農民，而是有相當一部分被那些投機倒把分子或壟斷尋租者漁獵而去。對廣大農民來說，這些政策不過是畫餅充飢，反而誤導農民多產糧食，而糧食又是糧食部門壟斷著市場，結果就把農民坑得更苦！這些年來，中國農民人均純收入增加的速度已是逐年下降，人均純收入的增幅已經低於人均負擔額的增幅。

「這些情況，從中央到地方都應該是清楚的，不清楚講不過去啊！」何開蔭感到難以理解。這種明顯不合理的糧食收購管制政策，過去下達的還只是「通知」，而這次頒布的卻是具有了法律效力的「條例」，這就使得它變得天經地義，不容置疑！

何開蔭依然對這一「條例」表示了懷疑。

他承認，《糧食收購條例》在很大程度上保護了國有糧食部門的利益，在這一點上，稅費改革與「條例」是有矛盾的。但他並不認為改革的試點在這方面就是錯的，相反，正是這種稅費改革，觸動了國有糧食部門的既得利益，才推進了糧食購銷體制的改革。這些年，廣大農民對國家實行糧食低價定購早就表現出強烈不滿，探索解決農民負擔治本之策的稅制改革，理所應當地要把取消這樣的定購制作為改革的一項重要舉措。毫無疑問，這樣的改革試驗，它在從根本上解決了農民長期所承擔的「隱性負擔」的同時，也截斷了糧食系統牟取部門利益的一條主要途徑。長期以來，我們一些國有糧食部門依賴政金不分、官商一體的管理體制，左右逢源，下坑上騙：在收購環節上，通過壓級壓價、扣雜扣水的不良手段坑害農民；在銷售環節上，通過亂攤成本、漲級漲價坑害城鎮居民；在貸款的使用上，大量挪用擠佔糧食收購資金，或利用少收定購糧、多收議價糧，虛報、冒領政策性貸款；在財務的結算上，又通過「平轉議、議轉平」等卑劣伎倆騙取國家財政補貼，層層截留儲糧補貼。總之，這次改革，改的就是國有糧食部門官商一體、政企不分的管理體制，改革的規定之一便是「糧食企業自主經營、自負盈虧、自我發展、自擔風險，不再承擔任何國家行政職能，國家也不干預其經營行為」，迫使糧食企業轉換職能，走向市場。

既然改革是利益的再調整，那就不可能使所有部門的所有人都滿意。

他認為，中國的農村改革，是在理論準備和政策準備都不完善的情況下啟動的。第一步改革，基本上是在農村內部進行的，有相當的獨立性，改革的主要內容也只是破除人民公社體制，實行家庭承包經營，而我們又有著幾千年家庭經營的歷史，農民有著這種傳統意識，只要政策允許去搞就行，農民家家戶戶都會。可這一次的改革就不同了，它勢必深入到金融、財政、價格、計劃、物資、內外貿易等等諸多領域，觸及到城鄉之間，以及部門之間大量的深層利益結構的調整，面臨空前複雜的局面。第二步改革的重要內容，是要在經營主體變革的基礎上去建立現代市場主體和市場體系，如何去建立，我們的歷史沒有這種記憶，農民不曉得，我們的政府也不清楚。因此，今天所面臨的問題，有許多是超經驗的，憑以往的經驗是無法把握的。從這個意義上講，如果我們把以往的改革定義為破舊的話，那麼新一輪改革，就應該認定為創新，即組織的創新和制度的創新，是在為市場運作夯實基礎。

中國有十二億人口，人均不過一畝一分多地，永遠不可能存在糧食過剩問題，為什麼在發達國家人均擁有一千公斤糧食也沒有出現賣糧難的問題，而我國的人均只有四百公斤就會出現糧食過剩呢？這就要求我們不僅應該從糧食的生產、分配、流通和消費幾個方面去分析，更應該從我們的思想觀念和糧食政策上尋找原因。

我們經常強調：「糧食是一種特殊商品，關係到國計民生」。從這個前提出發，就往往會得出應由「政府統管」的結論，把糧食視為一種統管產品，但同時應當看到，糧食有其特殊性，但它畢竟又是一種商品，仍應以市場調節為主，政府只是如何調控市場的問題。再說，就全國而言，現在農民人均純收入有百分之六十八來自農業，農業收入中種糧的收入又佔到百分之五十二，種糧收入對今天的中國農民來說依然至關重要，而提高糧食生產的收入，所有的研究都在表明，只有走優質優價和結構調整產業化經營的兩條路，但現在的很多政策實際上已經把這兩條道不能說基本管死，也是大部分管死。可以說，不觸動現有糧食體制中的利益分配結構，提高農民收入就永遠只能是一句空話。

何開蔭經過幾天痛苦的思考，一鼓作氣，拿出了一篇《徹底解決糧食購銷體制問題，必須進行農、財、糧、價、稅、費聯動的綜合配套改革》的沉甸甸的文章，決定再次進諫中央。

直言無忌，自是坦蕩的君子所為！

經過這幾年稅費改革的風風雨雨，何開蔭領悟透了毛澤東說過的那句至理名言：「中國的事情別著急，慢慢來。」

他不只一次地想到了當年的包產到戶，那場改革何嘗不是一波三折歷經坎坷呢？

黨的十一屆三中全會，沒誰不知道它在中國歷史上具有劃時代的意義。但是，我們確實也不應該忘記，正是在那樣一次偉大的會議上，「原則通過」的《中共中央關於加快農業發展若干問題的決定》（草案），還曾明確規定「不許分田單幹，不許包產到戶」，而後來中國農村的偉大變革卻正是以「包產到戶」、「分田單幹」為實質的「大包幹」取得重大突破的，所以，當那次會議的精神一傳達，鳳陽縣小崗村的農民傷心地說：「早也盼，晚也盼，盼來了兩個『不許幹』！」

三中全會是「不許」，四中全會就改成了「不要」。「不要」無疑比「不許」寬容了許多，嚴禁變為勸告，變成「對已經搞包產到戶的不批評、不鬥爭、不強制糾正」。再後來，中央三十一號文件，對「不要」也有了鬆動：「深山區孤門獨戶可以搞」，網開一面了；到了中央七十五號文件，其範圍就被進一步擴大，又成了「三靠地區可以搞」。

中國農村改革的實踐證明，突破，修訂，再突破，再修訂，如此反覆，就是前進，就是領導與群眾相結合，就是理論與實踐相結合，就是從群眾中來再到群眾中去，這正是符合馬克思主義認識論的！

終於，在十一屆三中全會召開的三年之後，經過許多次反覆，幾十遍修改，作為集體智慧結晶的《全國農村工作會議紀要》，被送到了中央最高決策層。先是中央書記處討論，繼而由中央政治局研究，最後政治局常委通過，於一九八二年一月一日，將此「紀要」作為該年度的一號文件，印發全黨——明確提出：包括包產到戶在內的「目前實行的各種責任制都是社會主義集體經濟的生產責任制」，「而且，不論採取什麼形式，只要群眾不要求改變，就不要變動」。

主持起草這份重要文件的杜潤生，在談到「包產到戶」被艱難地確認過程時，曾說過一段發人深思的話：「中國的事情只能慢慢來，想一口吃成個胖子，一步到位是行不通的，這就是中國的特色。」

這就是中國的特色！

何開蔭後來在給楊文良的一封覆信中，不僅回顧了中國農村改革走過的那段曲折的歷程，還試著步楊文良詩作的原韻，和詩一首，以此明志。

他很喜歡楊文良詩中透出的萬丈豪情，特別是「成敗得失靠實踐，利弊是非問群眾」兩句，他覺得是可以稱之為神來之筆的。

是啊，人民群眾喜歡不喜歡，贊成不贊成，滿意不滿意，這永遠應該是我們一切工作的出發點和最後的歸宿！

在農業和農村的問題上，農民擁護，政策就對頭；農民反對，政策便出了毛病。世界上的事情什麼叫好？絕大多數的老百姓歡迎的，就叫好；否則，就不能叫好。

他寫道：

改革豈懼磨頂踵，志在華夏天地中。
徵收公糧開市場，稅費統籌一條龍。
家國集體均獲益，喜歡贊成答應眾。
是非功過憑青史，笑沐苦雨與淒風。

寫出以上半文不古的詩句後，何開蔭依然感到有許多話要說，就又在信中表白道：

我對農村稅費改革的前景並不擔心，因為此項改革已經不推自廣，受到廣大農民的歡迎和擁護，我相信它會和當年的「大包幹」一樣，肯定是要進行到底的，而且我對此充滿信心！

他告訴楊文良，他的最近一篇分析糧食購銷體制、希望綜合改革的文章，經新華社以內參形式，已經發給了中央政治局和國務院的領導同志。

何開蔭對「大包幹」歷史的回顧，以及捎來的安徽繼續進行農村稅費改革試點的消息，連同他的詩，這都成了深陷苦悶中的楊文良的興奮劑。

一九九八年七月八日，楊文良按捺不住激動的心情，直接向黨中央、國務院寫出要求繼續進行農村稅費改革的報告。

46 中國農民的福音

事情到了這一年的九月便有了轉機。

一九九八年九月二十五日，在中國改革開放二十周年的日子裡，江澤民總書記在安徽省城合肥，就中國的農業、農村和農民問題發表了重要講話。

江澤民指出：尊重實踐，尊重群眾，這是過去二十年來我們在領導農村改革的立足點，獲得的根本經驗，也是我們今後推進農村改革，做好農村工作必須遵循的原則。要正確對待農村中出現的新事物，尊重農民的創造和選擇。

對於農村改革，他強調堅持兩條：第一，鼓勵試，不爭論；第二，堅持「三個有利」的判斷標準。在改革的實踐中，要不斷幫助群眾總結提高，加以引導，對的就堅持，不對的改正就是了。

江澤民還就當前和今後一個時期要著重抓好的工作，提出了六大課題。其中特別指出：「改革和規範農村稅費制度，探索減輕農民負擔的治本之策」。

這是黨的總書記第一次堅定而明確地倡導和鼓勵農村稅費制度的改革，要求大家「探索減輕農民負擔的治本之策」。

他在講話中最後強調：「深化農村改革是一篇大文章，我這裡只是點一點題。希望各地按照中央的統一部署，從當地實際出發，繼續大膽探索和實踐。」

總書記的講話像一股強勁的春風，從八皖大地迅速吹向了全國各地，驅散了籠罩在人們心頭的疑團與迷霧。

於是，看似停滯已呈膠著狀態的農村稅費改革，頃刻間獲得了巨大的動力，步伐驟然加快了。

一個月後的十月二十七日，財政部部長項懷誠、農業部部長陳耀邦和中央財經領導小組辦公室副主任段應碧，三人就農村稅費改革問題專題致信朱鎔基總理。他們提出，中國的農村稅費改革大致可分「方案起草」、「論證修改」及「試點實踐」三個階段，並把每個階段的大體設想也作了彙報，還把實施的時間也作了確定。

既然江澤民總書記已經十分明確地把農村稅費改革作為「著重抓好」的工作提了出來，許多地方過去又早已進行過這方面的試點，並取得許多寶貴的經驗，所以，朱鎔基對項懷誠、陳耀邦和段應碧提出的這種按部就班的做法，感到了不滿意。他在他們的材料上做了明確的批示：

三個階段可交叉進行，實行時間不必拖到二〇〇〇年。先出個文件，各省市可根據具體情況自定改革時間，爭取有幾個省明年出台。

那段時間，朱鎔基南下考察，考察期間仍念念不忘稅費改革的事。據《廣西日報》十月三十日報導，朱鎔基在北海和南寧的談話中指出：「農村中的提留、統籌等費用是目前腐敗的原因之一。有些地方以這些『三提五統』費用為藉口，加收各種名目繁多的費。政府年年喊錢不夠用，農民天天怨負擔重。這個事不能拖了，你們要多做調查研究，及時解決。」

他還說，「幾年前我就已經有了個好的想法，思考了許多年，我的想法就是把所有合理的收費納入農業稅的範疇，讓村幹部吃『皇糧』，稍微提高一些稅就可以了，農民也負擔得起，除了農業稅，其他收費都屬於非法的；除了稅務部門外，其他任何單位、個人都不能向農民收費，誰收誰違法。這樣，亂收費的人就找不到藉口了，農民拒絕亂收費也就更加理直氣壯了。在這個問題上，只要中央和地方統一思想，統一認識，是完全可以做好的。這對農民有好處，對國家有好處，對有效制止亂收費、搞好幹群關係、杜絕腐敗都大有好處的。河北省搞了幾年試點，實踐證明是不錯的。」

沒過多久，朱鎔基再次給項懷誠、陳耀邦和段應碧作出批示：

根據我同許多省市領導交談，此項改革業已成熟，不必拖那麼長時間。當然工作要做細，也不必由中央規定一切細節，劃一實施時間。實際上一些省已在一些地區實行。領導小組和辦公室越多越辦不了事，需要哪個部門辦事和商量，國務院已授權你們可以召集。

這一年十二月四日，新華社信息中心編印的《決策參考》第四十七期《權威論壇》報導，朱鎔基在國務院常務會議上又一次說到了稅費改革，他說：「河北省一個地方已經推行了好幾年了，採取公糧制，一律橋歸橋，路歸路，不向農民收鄉統籌、村提留，都在農業稅裡面收，非常有成效。」這年年底，在全國經濟工作會議上，朱鎔基再次談到「鄉村費改稅」時，又十分明確地說道：「鄉村費改稅一九九九年要開始搞，安徽、河北的這項改革搞得還是好的，要繼續搞。」

一九九九年三月五日，全國人大九屆二次會議在京召開，朱鎔基總理在政府工作報告中莊嚴承諾：「抓緊制定農村費改稅方案，並付諸實施，從根本上解決農民負擔過重的問題。」

會後，國務院辦公廳本年度第六號《參閱文件》，刊出了項懷誠、陳耀邦、段應碧三人合寫的《關於農村稅費改革有關重大政策問題的調研報告》。

到了這時候，河北省因《糧食收購條例》的頒布被推遲了九個多月的「公糧制改革方案研討會」，終於在石家莊隆重召開了。會上，省委副書記趙金鐸，對這麼多年鍥而不捨地從事公糧制改革研究的楊文良，給予了最充分的肯定和表揚。他充滿感情地說道：

「文良同志可以說在這個問題上非常執著。無論是這項改革順利的時候，還是遇到問題和困難的時候，他都是一往無前的，也確實費了很大的心血。特別是在《糧食收購條例》出台後，他寫了一系列的文章，這些文章的觀點是有分量的，我看許多觀點是很有說服力的，也有一定的現實性。這些文章分別寄給了朱總理辦公室、中財辦、國務院研究室等單位。」

安徽省政府參事何開蔭，作為這項改革最早的倡導者也應邀前往石家莊並做了專題發言，他發言的題目是《中國農民的福音：農業稅費改革是農民減負增收、理順農村利益關係、發展農業生產的得力措施》。他的發言在研討會上引起了很大反響。

一九九九年五月二十九日，國務院辦公廳向全國轉發了農業部、監察部、財政部、國家計委、國務院法制辦《關於一九九八年農民負擔執法檢查情況的報告》，要求各省市區「抓緊制定並實施農村『費改稅』方案，積極探索從根本上減輕農民負擔的有效途徑」。

至此，農村稅費改革終於成了社會各界關注的熱門話題。各地都在積極地探索和抓緊實施減輕農民負擔的稅改方案，一個新的改革高潮，在中國各地農村呼之欲出了！

這期間，新華社編印的《半月談》雜誌從全國各地眼花繚亂的農村稅費改革的探索中，排出了最具代表性的「三大模式」，這就是：安徽省太和縣的「農村稅費總額大包幹」模式、河北省正定縣的「公糧制」模式和湖南省武南市的將「三提五統」費改為「農村公益事業建設稅」模式。

到了十一月十三日，國務院總理朱鎔基就在中央經濟工作會議的講話中，堅定地表示：「要推進農村稅費制度改革」，並公開了推進的時間表：「明年國家先在幾個省區進行試點，其他省區也可在個別縣（市）試點，爭取後年在全國推開。」

朱鎔基把改革的步伐驟然加快了。

確實沒有理由不再加快這項改革試點的步伐了。儘管項懷誠、陳耀邦、段應碧擬就的改革試點方案，尚未正式出台，更不了解各省市自治區對這個試點方案持何種意見，而且眼看還有一個多月的時間便到了「明年」，朱鎔基還是斷然把「幾個省區進行試點」的時間，定在「明年」，同時宣布，幾個省區大約只要一年的試點，就可以「爭取後年在全國推開」。

朱鎔基的決心和信心都很大，改革起來，依然表現出以他那暴風驟雨的方式強力推進的施政特色。

然而，當國務院授權財政部長項懷誠等人組成的專門領導小組，拿出《關於農村稅費改革的意見》，將他們擬就的試行方案發到全國各有關的省區以後，因為這個方案並沒有集中各地試點工作中成功的經驗，有著明顯的政策缺陷，執行這個方案，農民的負擔可能會減輕，但地方財政由此出現的巨大財政缺口，卻無力填補。所以，除安徽省委書記回良玉因是這方面的專家，顯得胸有成竹，信心很足，其餘各省都先後打了退堂鼓。但是唯一堅持試點的回良玉因為工作需要，不久被調離安徽出任江蘇省委書記，使得農村「費改稅」的試點工作，頓時變得撲朔迷離，陷入僵局。

但是，朱鎔基的決心沒有變。早在一年前，他在給財政部長項懷誠、農業部長陳耀邦、中央財經辦副主任段應碧的批示中，就指出過：「實行時間不必拖到二〇〇〇年」，「實際上一些省已在一些地區實行」，「此項改革業已成熟，不必拖那麼長時間」。隨後又在全國經濟會議上明確提出：「鄉村費改稅一九九九年要開始搞」。顯然可以看出，他確定的時間表卻一再被耽擱，最後還是拖到了「不必拖到」的二〇〇〇年！

此勢如箭在弦上，不得不發，二〇〇〇年必須推行改革，這一點，不能再有絲毫的動搖了。於是，二〇〇〇年三月二日，中央正式發出了《關於進行農村稅費改革試點工作的通知》。

我們注意到，湖北省監利縣棋盤鄉黨委書記李昌平，給國務院領導寫出的後來曾轟動全國、反映「農民真苦，農村真窮，農業真危險」的一封信，正是二〇〇〇年三月二日。

這既是一種巧合，卻更像一個寓示，它至少說明，黨中央、國務院發出的這個「通知」，不僅順應民意，還是十分及時的！

「通知」指出：「中央確立在安徽省以省為單位進行農村稅費改革試點。其他省、自治區、直轄市可根據實際情況選擇少數縣（市）試點，具體試點工作由省、自治區、直轄市黨委、政府決定和負責，試點方案報中央備案。全國農村稅費改革在試點的基礎上摸清情況，積累經驗，逐步推開。」

「通知」要求：「中央和國家機關各部門要帶頭貫徹落實中央關於農村稅費改革的精神，積極支持和配合搞好試點工作。要適應改革要求，及時調整工作思路、工作方法和有關政策，堅持一切從實際出發、量力而行的方針，可查可不辦的事情不辦，能緩辦的事情緩辦，絕不能用犧牲農民利益的辦法求得事業發展。」

確立安徽作為稅費改革唯一的試點省，這是黨中央、國務院對安徽最大的信任與鞭策，當然更是對安徽率先提出稅費改革並連續七年進行大膽探索的充分肯定。

這期間，全國人大九屆三次會議在京召開，當安徽省代表團審議政府工作報告時，朱鎔基總理來到了安徽代表們中間。

他坦誠直言道：「我一直關心農業的問題，考慮增加農民的收入，減輕農民的負擔，這已經是現在最大的政治，但能拿出的辦法卻又不多，只有『減負』。這是必須下決心的。『費改稅』，是一攬子工程，不合理的收費很多，什麼二百種、三百種，我看只有一種，就是農業稅，其他都是屬於非法的，不能再叫種田的吃虧了。這項工作，已經搞了一年的調研，也定了一些試點，可是到今天卻只有安徽不打退堂鼓，而現在良玉同志還到江蘇去了。」

朱鎔基望著新任省委書記王太華，問道：「你太華還搞不搞呢？」

王太華非常清楚這場改革意味著什麼。沒有現成的經驗可以遵循，什麼情況可能都會出現，什麼困難都會發生，但是，為了讓億萬農民過上幸福富足的日子，他願意承擔一切風險，迎難而上。也許此刻，他有許多話要說，卻只是莊嚴地一笑，說了一個字：「搞！」

朱鎔基高興地點了一下頭，說：「有這個勇氣，是要表揚的！」

接著，他指出：「這條路很艱難，也很光榮。萬里同志當年在安徽搞『大包幹』，那是開創了一個歷史；今天農村稅費改革的意義，不亞於『大包幹』，我們必須認識到這件事的重大意義。」

說到這裡，他的感情變得複雜起來。他認真地環視一周，動情地說：「我是南陵人，南陵縣是我的祖籍，我有安徽的血統。安徽的歷史上，有浮誇的『美名』，當然，全國都有，安徽卻是比較嚴重的，我擔心這次稅費改革，下面還會搞浮誇。現在，大家都怕我，但安徽不怕，尤其南陵人不怕，一九九八年我去南陵糧站視察，他們就對我弄虛作假。今天只有搞『費改稅』這樣一條路了。我們必須紮實工作，一定要謹防虛報，農民的稅費不能再搞得太重了。假如這一次搞不好，我就只有撤職。」

他感慨地說道：「這麼多年，我們培養了一批會彙報的幹部，這些幹部不去訪貧問苦，不去做調查研究。今天我們搞稅改，就是要講實的，要講成績，也要講缺點，講問題。我希望安徽省的同志進一步改進領導作風，能聽得進不好聽的話，這樣才能把事情做好。」

他最後說：「太華同志比我年輕，風險我替你擔了，但我依然為你捏把汗啊，因為『費改稅』的工作是會非常艱巨的。我馬上要下了，（任內）看不到結果了，可我希望安徽全省上下團結起來，勇敢地挑起這個擔子！」

就在那次全國人大會議期間，中共中央政治局常委、國家副主席胡錦濤，也來到了安徽省的代表團中間。

他認真聽取了大家對搞好農村稅費改革試點的意見和建議之後，親切地對來自家鄉的代表們說：「實行農村稅費改革，是減輕農民負擔的根本措施。工作中，會有不少困難，安徽作為試點，我們就一定要精心組織，認真安排，有步驟地進行。」

歷史，又一次降大任於八皖大地。一場億萬農民期盼已久的，中國農村第二步偉大的改革，就在這世紀之交，在「大包幹」的發源之地，終於拉開了序幕！

江淮兒女又一次勇立潮頭！

第十一章　破題

47 遲到的「新聞」

安徽省歷史上從未有過的宣傳發動陣勢在最短的時間內出現了。

省委、省政府向全省一千三百萬農戶印發了《致全省廣大農民群眾的一封信》，在三十五萬個村及村民組張貼了《關於開展農村稅費改革的通知》，黨的政策迅速走進千家萬戶。

緊接著省委又從各部門各機關，抽調三百六十五名幹部，組成八十五個督辦組，奔赴大江南北，長淮上下，宣講稅費改革的意義，解釋稅費改革的政策，督查各地落實稅費改革的情況。

這次安徽以省為單位搞的改革試點的方案，是由國務院農村稅費改革工作小組確定的。歸納起來，大致是四句話：三個取消，一個逐步取消，兩項調整，和一項改革。具體內容是：取消現行的按農民上年人均純收入一定比例徵收的鄉統籌費，取消農村教育集資等專門面對農民徵收的行政事業性收費和政府性基金、集資，取消屠宰稅；用三年時間，逐步減少直至全部取消統一規定的勞動積累工和義務工；調整農業稅，調整農業特產稅政策；改革村提留徵收使用的辦法。

其方案簡單地說就是「費改稅」。

原來的「鄉統籌」，即鄉、村兩級辦學經費的農村教育事業費附加，計劃生育，優撫，民兵訓練和修建鄉村道路費等五項由鄉鎮支配的資金，改革後被納入了農業稅，鄉統籌的名目被取消；原來的「村提留」，即管理費、公益金、公積金三項由村級支配的資金，改革後將其中的公積金剔除出去，由村民按「一事一議」的辦法籌集，而管理費和公益金均改為農業稅附加。

為便於廣大農民好懂易記，又可以概括為八個字：「一正一附，一事一議。」「正」，即農業稅正稅；「附」，是指農業稅附加；規定農業稅附加的比例不得超過農業稅正稅的百分之二十。村里興辦集體生產公益事業所需的資金，實行「一事一議」，一律由村民大會民主議論決定，並規定此項資金每年每人不得超過十五元。

應該說，這次出台的以減輕農民負擔作為第一位目標的改革方案，將過去屬於行政事業性收費的「統籌提留」中絕大部分項目納入了稅收軌道，改「費」為「農業稅」或「農業稅附加」，這就使得原來一般性的行政行為，具有了依法徵繳稅收的性質，那些不在此例、無法可循的亂收費、亂攤派、亂集資，都將失去其合法性，農民繳納不繳納已並非守法不守法，因此就可以理直氣壯地拒繳。再說，這次空前的宣傳陣勢，上下聯動的強力推進，迫使鄉村幹部必須依法行政，這就為減輕農民負擔創造了一個良好的社會環境。

為確保改革試點工作順利進行，安徽省人大常委會也行動起來了。他們以極大的熱忱，對以往制定或批准的地方性法規，進行了一次全面而又徹底的清理。他們把改革開放以來凡與稅改精神不一致，或與減輕農民負擔政策不相符的各種規定，一律予以重新修訂，或乾脆宣布作廢。

省農村稅費改革領導小組辦公室、省農民負擔監督管理領導小組辦公室和省涉農案件辦公室，三家聯手發出《致全省農民朋友的一封信》。詳細地宣傳了農業稅和農業特產稅、農業稅附加和農業特產稅附加以及「一事一議」籌資和「兩工」的改革政策，並進一步把涉及農民的行政性收費內容作了一一公示。最後他們將准許收費的範圍，限定在中小學收費、計劃生育收費、農機監理收費、婚姻登記和建房收費等十項，每一項收費的數字也都規定得十分具體。比如建房，除允許土地證每證收取工本費五元外，其餘的面對農民建房的一切行政事業性收費，統統取消；比如婚姻登記，只准向農民收取結婚證工本費，並限定簡裝本的結婚證工本費為兩元，精裝本為九元，農民使用簡裝本還是精裝本，均由當事人自願選擇，不得硬性強求，除此而外，就不准再收取保證金、押金和代收其他的任何費用，更不得強行推銷禮品、宣傳資料、婚照等等服務項目。

在《致全省農民朋友的一封信》中，三家權威部門還分別公開了各自的舉報電話，讓農民吃顆定心丸，有了護身符。

這種惠民政策，不用說，很快受到了廣大農民的熱烈歡迎。他們聽懂了，鬧明白了，知道了自己擁有的權益和維護這些權益的途徑，所以，無不拍手叫好，奔走相告。

我們在鳳陽縣小崗村，訪問了當年「大包幹」帶頭人之一的嚴宏昌，談到稅費改革給農民帶來的變化時，他興奮地說，這一年，對小崗來說，正是個難關，春上播種時頂頭遇到旱災，秋裡收割時又趕上澇災，有的地裡顆粒無收，還幸虧實行了稅費改革，大夥的負擔減了將近三分之一，不然，群眾的日子真不知該怎麼過！

早在安徽省作為試點省以前，還是回良玉任省長時，安徽就在原先阜陽地區進行改革試點的基礎上，發展到了沿淮一帶二十多個縣市，現在這些縣市改革的範圍進一步拓寬，內涵也變得更加豐富，農民負擔減輕的幅度也更大。其中，懷遠縣的改革還得到了高層的肯定。

過去，懷遠縣二十六個鄉鎮，絕大多數出現過因農民負擔過重而屢屢上訪的事件，一九九八年就發生了二百八十九件（次），被稱作「安徽上訪第一大縣」。到了一九九九年，全縣開始搞改革試點，因農民負擔引發的上訪事件當年就降到了五件（次）。這次試點，算是懷遠縣的第二輪改革了，減負的成效因此就來得更加明顯。

二〇〇〇年九月二十一日上午，《南方周末》一位記者走進了懷遠縣包集鎮林莊村宋莊村民組，三十七歲的村民宋家全正在自家院子裡篩芝麻。雖然那一年宋莊和鳳陽縣小崗村一樣，都碰上了春旱秋澇，收成低於往年，可一臉鬍子茬的宋家全看起來心情不錯。宋家四口人，經營著四畝五分地，上半年他們全種了小麥，午收以後又種了兩畝花生兩畝玉米，還見縫插針地點了一些棉花籽和芝麻。小麥畝產六百五十市斤左右，總共收了兩千六百斤，按每百斤五十三元的收購價，合一千三百七十八元；兩畝花生一千斤，合一千元左右；兩畝玉米一千一百斤，合五百元左右。他家全年的種地純收入大約是兩千三百二十元。六月初，宋家全收到的納稅通知書上寫得明明白白：根據他家的耕地面積、計稅常產、稅率和今年的糧食收購價格，應繳農業正稅一百七十八元八角七分，農業稅附加三十五元七角七分，兩項相加，共計二百一十四元六角四分；村裡公益事業的『一事一議』按規定最多不過十五元，就是說，把這次稅費改革的「一正一附，一事一議」全算上了，不到二百二十元。統籌款取消了；農業特產稅也按「不重覆徵收，就低不就高」的原則徵收了，除此而外，宋家全按政策有權拒絕再繳納任何稅費，於是他很痛快地按時繳糧完稅，變得一身輕鬆。

他對記者說，要擱在前幾年，鎮裡村裡定的亂七八糟的這稅那費，他家四口人就要繳到六百元，大多數的名目聽都沒聽說過，他一個農民怎能知道哪個是真哪個是假？讓人沒法承受。

包集鎮鎮長朱興年在接受記者採訪時也說，宋家全家的負擔從六百元降到現在的二百一、二十元，不僅是數量減少，更是質的變化。「以前是用行政手段收費，是無序的，現在是依法收稅，農民容易監督，亂收費沒了名目和依據，只要認真執行就能從根本上減輕農民負擔。」

二〇〇一年臘月的一場冷雨過後，我們也走進了這個包集鎮，見到了鎮長朱興年。他是本縣梅橋鄉人，當過六年民辦教師，一九八四年二十五歲時開始擔任副鄉長，以後分別在四個鄉鎮當過領導，一幹便是十七年。我們見到他時，他正舒心地坐在辦公室的沙發上喝著茶，一邊看著上邊發下來的文件。提到減負，問到稅改，他就高興地打開了話匣子。他說馬上要到年跟前了，過去逢到這種時候，誰敢這麼清閒地待在辦公室裡喝茶呀，越是靠近年關越是忙，上門催錢逼糧呀！累斷腿不講，還最容易發生涉農事件，有時，甚至指望僱請的「收糧隊」也不行，必要時還得靠派出所扮黑臉。現在好了，給鄉鎮幹部鬆了綁，農民再也不用擔心吆三喝四的「收糧隊」上門扒糧搬櫃牽牲口了。農民的田好種了，幹部也好騰出手替農民實實在在辦些事了。

我們去的那天，包集鎮的黨委書記何雲剛從常墳鎮調過來，這是他在包集鎮上第一天班。何雲和朱興年兩人繪神繪色地給我們談起了溫家寶副總理到懷遠搞調研的一段佳話。

二〇〇〇年四月十二日，安徽遵照中央的部署在全省全面推行農村稅費改革僅僅一個多月的時間，溫家寶就風塵僕僕地來了，要到「安徽上訪第一大縣」的懷遠縣去看個究竟。儘管溫家寶來得突然，地方黨委和政府還是作了周密安排。那天下午，車從京浦鐵路的重鎮蚌埠出發，經渦河旁邊的五岔路口馳入去懷遠縣包集鎮的公路。眼看就要到包集的地面了，溫家寶乘坐的車卻故意落在後頭，接著一個冷不防，車頭猛地轉了向，並且下了公路，直奔沒做一點兒安排的淝河鄉常湖村。他要「突擊檢查」一下那兒農村稅費改革進行的情況。

在淝河鄉常湖村，溫家寶在作了詳細的調查之後，感到確實不錯，這才又回到公路上。誰知，車子開出不遠，溫家寶發現公路一側有條簡易的機耕小路，他就又要司機拐下去，然後一直朝前開去，開到了《南方周末》記者採訪過的那個林莊村宋莊村民組。

也許是因為在基層的地質部門幹了十七年，一年到頭翻山越嶺，練就了一雙好腳板；也許是深居高位後仍然經常深入到第一線，溫家寶的精力顯得十分旺盛，走起路來腳底生風。他在林莊的村頭下車後，疾步進莊，就像那裡的常客一樣，同村民們熱情地打著招呼，隨便地停下來和老鄉們拉著呱，再不就是出東家進西家，他要來個眼見為實。

談起那天陪同溫家寶的情景，何雲不由肅然起敬。他說，四月十三日，縣裡本來安排溫家寶去常墳鎮，車進王莊時，溫家寶忽然又喊了聲「停車」，車剛停穩他就跳了下去，走得飛快。當時何雲還是常墳鎮的書記，為了跟上他，居然要一路小跑，竟累出了一身汗。

應該說，常墳在懷遠縣是比較富裕的一個鄉鎮，溫家寶進了王莊村，卻是誰家房子差進誰家，誰穿得不好就專找誰調查。鎮裡事先組織好的座談會泡了湯，在王莊的村委會裡，溫家寶卻開了一個由他親自主持的農民談心會。他讓大夥放開談，往實裡講，揀真的說。

調研的結果，令他十分滿意。他確信，農村的稅費改革確實使這個產糧大縣、「上訪大縣」的農民負擔正在被減輕。

全面推行農村稅費改革的第一年，安徽省審計廳對全省十七個直轄市六十二個縣（市、區）的八十五個鄉（鎮）二〇〇〇年稅改情況，進行了一次認真審計。結果表明，這些鄉鎮人均負擔已由一百二十三元九角八分下降到八十三元一角四分，比稅改前減少了四十元八角四分，農民負擔明顯減輕。

省委書記王太華在接受採訪時說：「農村稅費改革試點工作的進展，總體上看是比較順利的。改革首先給農民帶來了實實在在的好處。經測算，改革後，全省的農業稅、農業特產稅及附加總計為三十六億六千一百萬元，比改革前減少十一億六千四百萬元。加上取消屠宰稅和農村教育集資，農民總的稅費負擔減少了十六億九千萬元，減幅達百分之三十一。同時，省政府取消了各種面向農民的收費、集資、政府性基金和達標項目五十種，『三亂』基本得到有效遏制。」

公元二〇〇〇年八月五日，一個周六的晚上，中央電視台在黃金時段的《新聞聯播》節目中，播出了安徽省進行農村稅費改革的新聞。這顯然已經不是這條「新聞」的第一時間，而且它與「中央確定在安徽省以省為單位進行農村稅費改革試點」的時間，也已經相隔了五個月又三天。這當然不是中央電視台的「失誤」，只能表明，黨中央和國務院對這次改革的慎重與注重實效。因為這時午收已過，安徽省的農村稅費改革工作開局喜人，已經初見成效了！

48 兩份「內參」

農民負擔的減輕，意味著縣鄉財政缺口的加大。如何彌補這突然加大的收入缺口，一時成為他們火燎眉毛急於要解決的課題。

以最早進行稅改試點的太和縣為例，在開展這一輪農村稅費改革的二〇〇〇年當年的收入缺口，就達到了九千七百三十二萬元，少了將近一個億！

錢不夠花，要嘛開源，要嘛節流。中央和省裡三令五申「確保農民負擔切實降低不反彈」，從農民身上再打主意這一重要源頭已被堵死。飯不夠吃，最立竿見影的辦法就只有減少吃飯的人。早在五年前開始搞稅改試點時，太和縣已經精簡過一茬人，現在的缺口卻是比任何時候都大，只有清退所有不在編的聘用人員，於是精簡鄉鎮中所有的超編人員，這些平日下不了決心也下不了手的事，今天都別無選擇地被提到了議事日程。

可是，連清退不在編的聘用人員和精簡超編人員依然無濟於事時，對於在編的人員也要看鍋吃飯了，有的，不得不通過勸其病退，或提前退休來壓縮編制。當然，誰退，誰不退，這中間還存在個人情、家庭背景等各種複雜的因素要考慮，但是，將吃皇糧的人數盡可能地壓縮下來，已屬刻不容緩！

減少吃飯的人以後，還要接著過緊日子。太和縣委縣政府，隨後又提出了「放筷子、停車子、關機子」的口號，並相應出台了《小車配備使用制度》、《接待制度》等一系列規章制度。縣裡的六大班子如此，鄉鎮幹部的小汽車也就只好改作自行車，而且中午一律得在食堂吃工作餐，村級更是取消了招待費用……所有的資金都必須首先用於工資的發放，在不能保證工資正常發放的情況下，其他開支一律停止！

那些過慣了無拘無束快活日子的鄉鎮幹部們，對現在這種缺鹽少油的緊日子存有腹非也是很自然的事。因此，儘管這次農村稅費改革中央和省裡的決心都很大，絕大多數地方確實也做到了令行禁止，但總也有些地方依然我行我素，大搞上有政策、下有對策那一套。

其中性質最惡劣、政治影響很壞的，當數碭山縣程莊鎮事件。

碭山縣，縣內其實並無山，倒是鄰縣附近有一芒碭山，秦末時曾為劉邦落難隱藏之處，碭山縣名也許由此而來。它位於安徽最北部的黃河故道，歷來以盛產酥梨而名揚天下，但這麼多年了，種梨的程莊鎮農民卻並沒由此富得流油，只因為那裡的農民負擔一直很重。僅一九九七年到一九九九年這三年間，程莊農民人均負擔的各種稅費，就分別佔到上年人均純收入的百分之十一點九九、百分之十一點四一和百分之十三點二四，這與中央劃定的百分之五的「大限」相去太遠！

年年收穫甜梨的程莊人，一年忙到頭，得到的似乎只有苦澀與心寒。

二〇〇〇年，按照縣裡制定的農村稅費改革實施方案看，程莊鎮農民人均負擔仍有一百六十一元七角，在實際的執行中，鎮裡又無視中央和省裡關於嚴禁額外加重農民負擔的規定，根本不打算在開源節流上動腦筋，做點與這場改革相適應的事情，而是一切照舊，以支定收，擅自增加了一百五十五萬零六百元，人均增加了三十六元一角二分錢。在徵收的過程中，不僅違反規定，按畝平攤，而且既不張榜公布，也不下發納稅通知單，更不開具稅票，依然亂來胡搞。

好在安徽這次試點的透明度極高，黨的一切方針政策都是與廣大農民直接見面的，且不說省委、省政府印發的《致全省廣大農民群眾的一封信》發到了千家萬戶，就是《關於開展農村稅費改革的通知》也張貼得滿處皆是，程莊鎮黨委和政府的這種做法顯然與上邊的精神不一致，許多農民便紛紛站出來抵制。

鎮黨委書記龐家良也並非凡角，他見群眾拒不執行鎮裡的決定，便認定村民們是犯上作亂，就決定給大家一點顏色看看。於是，一個由他提議、由鎮黨委鎮政府聯席會議通過的「思想政治學校」便正式開辦，他們將不能及時如數繳納稅費的農民，集中起來進行「教育」。鎮黨委書記龐家良親任名譽校長，鎮長傅正勇任校長，其他有關的黨政負責人一個個都分別擔任了副校長。

要求完成稅費上繳任務的時間確定在六月底，這對梨農來說，正是「青黃不接」的日子，因為酥梨要等到八月下旬才能陸續上市，不把梨子賣出去，梨農們怎麼可能有錢呢？去借高利貸吧，很多人還不起。這樣到了七月份，完不成繳納數目的，名單便由村幹部提供上來，學校就出車上門去強行帶人。人到學校，首先要掏出五十到一百元不等的「乘車費」，然後，每人每天還要繳上二十元的伙食費和住宿費。

打從進了鎮裡開辦的這所「思想政治學校」，梨農們就別指望還有人身自由。當時，正值盛夏，待在屋裡不動彈還要汗流浹背，學校卻把大家趕鴨子似地轟到操場上去曬太陽，還逼著一個個繞著圈子跑步，跑慢了就遭痛罵，甚至受到體罰。最叫大家忍受不了的，是把所有人集中起來，責令父子兄弟之間相互往對方的臉上搧巴掌，巴掌必須真搧，而且要搧出聲，不聽響不算，一次規定三十下。一時間，親人相殘，巴掌搧臉之聲響成一片。

這可是到了二十一世紀了呀，如此慘無人道強收稅款的野蠻行徑，自然激起了程莊鎮農民的強烈抗爭。一人呼，百人應，一支不討個說法死不回頭的上訪隊伍，分乘幾輛拖拉機，向四百公里之外的省城奔去。

這事當即驚動了安徽省委、省政府。省委常委、副省長張平急忙驅車，在距合肥已是八、九十公里的長豐縣曹庵迎到了上訪人員。他耐心地聽著大家的申訴。他本人就是與碭山縣接壤的蕭縣人，對蕭碭地區的農民太了解了，他深知勤勞純樸的黃河故道兒女，不被逼得走投無路，是絕不會鬧出這麼大的動靜的。

張平誠懇地說道：「請大夥回去吧，不要再到合肥去，我明天就派人到程莊去調查。」他大聲向人們作出許諾，「請相信我，這事一定會處理好的。」

第二天，省農委主任助理許偉一行五人，從省城合肥趕到了幾百里外的碭山縣城。他們首先找到縣委書記馬駿了解情況，沒想到馬駿竟說得十分隨便：「那個地方的老百姓，一貫的不好好生產，就會告狀！」

許偉一聽，知道這位縣委書記是太年輕了，到了這種時候，尚不清楚程莊事件的嚴重性，便說：「我們下去看看。」

馬駿見省裡一行人執意要到下邊調查，就婉言阻止，指出下去的危險性：「你們這種時候去，人身安全恐怕都不可能有保障。」

許偉當然不信。憑他的經驗，只要讓群眾講話，並且尊重群眾的意見，絕大多數群眾還是通情達理的；相反的，如果一味迴避矛盾，甚至把群眾視為自己的對立面，事情就沒有不辦砸的。

許偉等人沒在縣城逗留，馬不停蹄地趕往鎮裡。

程莊鎮農民見省裡果真來了人，確信省裡的領導就是不一樣，言而有信，大夥趕集觀燈似地，紛紛迎出村頭，然後，齊刷刷跪倒在地，一個個激動得落下了淚水。

許偉慌忙要大夥站起，忍不住地哽咽道：「我是受省委、省政府委派，來聽大家的意見的！」

省委書記王太華從省農經委的彙報中，了解了碭山縣農民集體上訪的真相，氣憤地說：「這樣對待農民群眾，還是共產黨嗎？我們要這樣的黨員幹什麼?!」

他當即趕往碭山，要親自去處理這一起「程莊事件」。

不久，中共安徽省紀律檢查委員會、安徽省監察廳，就這一事件查處的情況，向全省發出了通報。通報指出，碭山縣程莊鎮嚴重違背了中央農村稅費改革的政策，無視省委、省政府的三令五申，擅自加重農民負擔，特別是舉辦「思想政治學校」，變相關禁體罰群眾，極大地侵害了群眾的利益，侵犯了群眾的人身自由，傷害了群眾的感情，損害了黨和政府的形象，破壞了黨群、幹群關係，造成了很壞的政治影響。對這種我行我素，搞上有政策下有對策，嚴重違反政治紀律，無視黨的原則，背離黨的宗旨，造成嚴重後果的行為，絕不能姑息遷就，必須嚴肅處理。

研究決定：開除鎮黨委書記龐家良黨籍；撤銷鎮長傅正勇行政職務並留黨察看一年；撤銷鎮黨委副書記王法洲黨內職務；給予副鎮長孟凡昌、王岩行政記過；同時對負有領導責任的縣委書記馬駿、縣長沈強，分別給予黨內嚴重警告和行政記過處分。

「程莊事件」，以及後來受到的嚴肅查處，在安徽省當時的廣大農村，產生了很大的震動，給那些因為財政缺口想鋌而走險的鄉村幹部敲了一記振聾發聵的警鐘！

其實，像碭山縣這樣的反面教材，在安徽進行農村稅費改革試點的第一年，也並非獨此一例。王太華書記在接受採訪時，並沒有迴避試點工作中存在的問題。他特別指出，由於監督體系還不夠完善，個別地方仍出現鄉村幹部上門扒糧指物而引發事端的現象。具體指的就是皖東地區來安縣的廣大鄉。

來安縣，也是安徽較早開展稅改試點工作的縣分之一，各種政策法規的宣傳不可謂不到位，然而，這一年廣大鄉的負責人，在部署夏季農村稅費徵收工作時，用的仍然是老辦法。他們在全鄉兩級幹部的會議上公開動員：「對少數有錢不給、有糧不繳的難纏戶、釘子戶、老大難戶，必要時，還得採取扒的政策！」

鄉領導在大會上敢說這種話，村幹部的膽子就能大上天。

這個鄉的農民劉春國，原是本分的莊戶人，以往年年都是按時足額繳納稅費的，雖不堪重負，卻從不多說一句話。偏偏全省啟動稅改工作這一年受了災，劉春國一時拿不出現金來，村幹部認為他是在同稅改工作對著幹，屬於有錢不繳的「難纏戶、釘子戶、老大難戶」一類，於是領著一幫如狼似虎的徵收入員，大呼小叫地強行扒糧，劉春國氣不過，當場喝下農藥，自殺身亡。

稅費改革畢竟牽動著方方面面的切身利益，而這種利益不光是長時期形成的，又是同各種權力緊密聯結在一起的，因此改革任務的艱巨，是可想而知的，稍不留神，一些地方就會生發出各種各樣的花招，變著法子增加農民負擔。

鑒於這種情況，省委書記王太華在大會小會上強調，要求全省各地進一步健全農民負擔的監督管理機制，充分發揮群眾監督、法制監督、輿論監督等多方面的監督作用，疏通農民反映問題的渠道，盡快形成一個全方位的農民負擔的監督體系，以確保農民負擔得到嚴格控制。只有這樣，才談得上能夠長期保持穩定。

肥東縣龍塘鄉三清村發生的故事，就為王太華的此番講話作了最好的詮釋。

一天，安徽省發行量最大的《新安晚報》的編輯部，突然收到肥東縣龍塘鄉三清村以「全體村民」的名義寄來的一封信。信中說：「黨中央、國務院在我們省進行農村稅費改革試點，目的就是減輕農民負擔，我們打心眼兒裡表示感謝和擁護。但我們這裡在具體執行稅費改革政策時卻不從實際出發，將『計稅常產』核定為每畝一千零四十三公斤，而且發下來的納稅通知書，規定要公示的『計稅常產』、『稅率』、『農業稅附加率』等許多項目全都空著不填，只填上我們應繳多少錢。如果按畝產一千零四十三公斤計稅，我們農民的負擔不但沒有降低，反而比去年要高出老大一截，日子將更加艱難了……」

接到這封農民來信，報社領導非常重視，立即派史守琴前往調查核實。

史守琴算不上資深記者，卻是年輕記者中出類拔萃的，雖為女性，卻巾幗不讓鬚眉，頗有幾分古道熱腸，敢說真話，敢碰硬，人稱「史大俠」。這次，報社領導派她前往肥東，自然事出有因。從前肥東縣路口鄉的一個村，也反映過農民負擔問題，就是派她去調查核實的，為此，還鬧出個「半碗渾水」的佳話。那天，她因為走得匆忙，穿在身上的一件剛從日本帶回來的大花連衣裙，竟也沒顧上換，就風風火火地上了路。當趕到那個村子，向田頭的農民說明自己的來意時，發現農民們一個個瞠目結舌，全好奇地看著她，她這才意識到，自己身上的這套服裝幫了倒忙。她於是取出村民給報社的信，作進一步說明，誰知，一位二十剛出頭的青年農民突然站起來，拾起身邊一只藍邊大海碗，走到田溝處，彎腰舀起了半碗渾水，然後送到她面前說：「我們怎能相信你們不搞『官官相護』呢？這樣吧，你若不怕水髒，敢喝上兩口，我們就相信你也許能替我們說幾句真話。」史守琴一看暗下叫苦。喝吧，那水望上一眼，胃裡便覺有東西在翻；不喝吧，馬上就得走人。她聽不得對方說出那樣的話，於是，心一橫，毫不猶豫地接過碗，眼也不眨地仰起脖子就喝。當快要喝完時，碗被奪了過去，她看到，青年農民臉上呈現出慚愧之色，在場的農民表情也都變了。

那次採訪結束後，一村的農民全出來為她送行；有的竟送了一程又一程。

後來她用一篇報導給村民解決了問題，為表示感謝，一位七十多歲的農村教師冒著那年少見的大雪，給晚報送來一幅丈二對聯，上書：「鐵肩擔道義，妙手著文章」。

打那以後她堅定了一個信念：站在黨旗下，盡心盡力為老百姓說話！

這次，當她看完這封村民寫來的信，心情很沉重，當即就出發了；實地調查核實後，她變得越發不安。從了解到的情況看，那裡的農民，對中央稅費改革的大政方案並無異議，對省政府確定的農業稅率和農業稅附加率也都沒啥意見，只是對龍塘鄉「核定」的「計稅常產」，每畝竟高達一千零四十三公斤極為不滿，認為這是變著法子加重農民負擔。因為畝產數字「核定」得越高，農民按規定稅率需要繳納的稅金就越多，已經多到了他們無法承受的程度。

村民丁有發，拿出過去繳的收費卡和今年的納稅通知書給她看，丁有發家兩口人種了不到兩畝地，以往上繳的是一百六十一元四角八分錢，今年稅費改革了，卻要上繳兩百二十一元五角九分錢，稅費改革本來是要減輕農民負擔的，現在卻越改負擔越重了！

村民楊尚祿給史守琴詳細地算了他家一年種田的收支明細賬。他說，他家四口人，種著三畝三分田，買稻種花去六十七元五，農藥用了二十元，化肥是一百九十元，從電灌站打水的支出一百四十元，前後兩次用人家的耕牛犁田給了五百元，稻穀脫粒八十元，這樣把投入加起來就是九百九十七元五角整，將近一千元。再說，這兒一畝稻子常產只在五百至六百公斤，一季收了一千八百一十五公斤，按今年糧站每公斤八角二分的收購價，可得一千六百六十九元八；一季油菜，收了兩百公斤，可得四百元上下，兩項相加，刨去投入，再刨去三百五十六元二角五分的農業稅、水費和淠史杭工程外資還貸，清清楚楚，就只剩下七百一十六元零五分！

算到這兒，楊尚祿苦澀地一笑，說：「這還沒算完。前幾天，村會計又來要錢，說是清溝費還有一百二十二元；建電灌站，建在哪兒還不知道，就要六十八元八角五；排澇費又是三十六元九角八；再加上巢湖治理費的二十二元九角五，鄉村道路費的五十元四，總共加起來，又是三百零一元一角八！但這錢我沒給。我特地要村會計寫了一張繳費條子，我是存心要告這個狀！」

史守琴確實看到了那張條子。她也替楊尚祿算了一筆賬：這一年，楊尚祿一家四口人，從早忙到晚，投入全部的勞力且不算，扣除各種稅費之後，就只拿到了四百一十四元八角七分錢！一家人，一天竟攤不到一元二角錢；即便就是算上一元二角，再四人平分，每人每天就只有三角錢！

在一盒普通火柴都由兩分錢漲到了一角錢的今天，三角錢又能幹什麼用呢？

楊尚祿一臉無奈地對史守琴說：「負擔這麼重，叫我們農民怎麼過？我們村裡的農民都商量好了，『計稅常產』不降下來，鄉、村幹部還繼續背著上邊亂要錢，我們就只有全都退田，外出謀生了。」

史守琴聽了，心中一震。

她也納悶：一畝田的「常產」能達到一千公斤嗎？她找到龍塘鄉黨委書記王文中，王文中也承認不可能達到，「那麼，在核定『計稅常產』時，你們為什麼要這樣幹呢？」她直截了當地問。沒想到，王文中也是滿肚子苦水：「誰也不想定這麼高，但如果不這樣，鄉、村兩級政府就運轉不靈。」

他也為記者算了一筆賬：按實際常產，照稅費改革的規定計稅，今年鄉級財政收入較往年就要減少十多萬元；全鄉十個村委會的收入，就比過去減少四十七萬八千多元，這樣兩級幹部的工資，辦公費用，興修水利，修路，綠化，報刊雜誌的徵訂費，以及支付五保戶的生活費，等等等等，就統統有了困難。

他說農民有農民的難處，鄉村兩級也有自己的難處。我們認為出台的稅費改革方案需要重新修訂和補充，方案制定得太死，基本上沒有兼顧減負與平衡的關係，下面在操作上就一點靈活性都沒有。

鄉長李澤芬也想不通：「我個人認為，上邊在制定政策時，應該是對減負面實行總量控制，要求每戶農民都達到減負目的，這在理論上講講可以，實際操作不可能做到。」

史守琴採訪歸來，遲遲沒有動筆。她感到，農村稅費改革的政策性很強，而且又是在試點階段，肯定會有許多不盡如人意之處。鄉、村兩級幹部遇到的這些困難，確實也是實實在在的，而且是需要認真探討和解決的；當然，稅改後的農民負擔非但沒減，反而加重，這肯定也不是稅費改革所希望看到的，楊尚祿一臉無奈說出的那番話，更是需要引起上級領導深思的。

因此，她認為，肥東縣龍塘鄉三清村反映出的農民負擔，不僅僅是個需要「曝光」的問題，如果寫成一篇內參文稿或許會更加合適。

於是，二〇〇〇年十二月十一日，史守琴以《「計稅常產」緣何放「衛星」》為題，將三清村全體村民寫給報社的信，連同她的「調查附記」，編成了一期《新安內參》，直報安徽省委常委、省人大正副主任、省政府正副省長和省政協正副主席，同時，抄送合肥市委書記、市長，以及省市稅改辦公室。

「史大俠」的此番用心，使三清村的農民「計稅常產」，由每畝一千零四十三公斤，實事求是地降到了七百九十公斤；內參出來後，常務副省長張平還牽頭召開了一個專門的會議，會上根據安徽省的實際情況，對全省農業稅的徵收工作確定出一個雷打不動的「上線」：「計稅常產」每畝不得超過八〇〇公斤。有了這一條「高壓線」，安徽全省類似龍塘鄉變著花樣兒增加農民負擔的現象，隨之被徹底根除。

晚報的一次「輿論監督」，不僅引起省委、省政府對鄉鎮和村級組織遇到的新情況新問題的高度重視，進一步加快了配套改革的試點工作，而且僅在「計稅常產」的問題上，就使得全省四千萬農民的切身利益得到了根本保證。這消息，傳到龍塘鄉三清村時，全村人都感到歡欣鼓舞。後來，楊尚祿受大夥兒的委託，準備買上幾大盤「千頭鞭」或是「萬聲雷」，拿到晚報社門口痛痛快快地放上一回，以表他們的喜悅感激之情，但一來「大俠」不允，說即便是感謝，也要感謝黨的好政策；二來又聽說，合肥市早就禁放鞭砲，不好亂來，這事才作罷。

49 南極人的喜淚

在稅改試點工作日益深入人心，各地也不斷地冒出些反彈故事的時候，在江南富甲一方的寧國市，卻傳出了一條轟動一時的新聞：南極鄉三十八戶擺弄山核桃的農戶把鄉政府告上了法庭。

接著，就有更詳細的消息傳來，說要告鄉政府的不光是三十八戶，準確地說應該是三百一十八戶；說農民不光把鄉政府給告了，同時被告的，還有寧國市財政局和林業局；還說農民們又怕寧國本地的法院審理不公，就直接把官司打到了宣城地區中級人民法院。地區法院考慮到這是南極鄉農民在全省實施農村稅費改革試點期間，起訴鄉政府強行徵收稅費的行為違法，這在地區，乃至在全省，都是第一例，且原告人數眾多，影響較大，按照規定就予以受理，只是他們念及這麼多農民要從寧國的南極鄉，跑到宣州城裡來打官司，花銷太大，訴訟的又是一件事，完全不需要這麼多人一齊出庭，推出部分代表就可以了，這也是從減輕農民的負擔考慮，於是就成了現在的三十八戶。

人民法院，依法保障農村稅費改革，這件事的本身就是最大的新聞！

案情特殊，但案件本身並不複雜。原來，早在一九九八年十一月中旬，寧國市政府為搞好農業特產稅的徵收試點工作，曾組織過一個工作組開進盛產山核桃的南極鄉，對全鄉山核桃的稅源進行過一次全面的普查。不過，普查歸普查，農業特產稅徵收計劃的數字，還是層層下達下來，寧國市不得不依然像往年一樣下派了稅收任務，這任務顯然與普查的結論出入太大。就是說，如果按上次普查到的情況徵收，南極鄉便根本完不成交下來的任務。於是，鄉政府不得不依照過去的老辦法，以稅定產，把分解後的指標作為任務下達給各村，再由各村如法炮製，最後分攤到戶。

每年，南極鄉政府都是這麼幹的，並沒覺得有什麼不妥；擺弄山核桃的農民，以往也都是這麼繳的，雖然不滿，胳膊總歸扭不過大腿，只好就這麼認著。現在農村稅費改革的政策已經同農民零距離接觸，情況就有些不一樣了。

不按照實際產量收稅，首先就背離了稅費改革的政策，更何況，接到徵稅通知單一看，竟發現在徵收山核桃農業特產稅的單子上，還被注有「含育林基金」，這就把稅費混收，「搭車收費」了；而且有的甚至把農業稅和農業特產稅重覆徵收，明擺著是在胡作非為了。

農民們氣不過，忿忿不平地罵道：「黨的好政策，盡叫這些歪嘴和尚念糟了！」

鄉政府發下來的《農業特產品計稅產量核定通知單》上印得明明自白，農戶對核定的數額如有異議，可在三十日內向徵收機關書面申請複查，徵收機關將按規定程序予以複查，並以複查結果作為依據，據實徵收。現在，南極鄉的農民還真的就要「按規定程序」向鄉政府叫板了。

第一個拍案而起的，是南極村下洪村民組三十六歲的青年農民吳深田。先是由他執筆寫了複查申請，然後二十多位村民就跟著先後在申請上簽了名。但是，當他們把這份書面報告交給鄉幹部程桂萍和唐承權時，二人卻拒收。這下惹惱了下洪村民組的所有農戶，他們就把下達給各家各戶的核產通知單，統統退還給了鄉政府。

接著聯合村的所有農戶，也把核產通知單退了回去。

很快，事態進一步擴大。關嶺村栗塢村民組二十六位村民，也向鄉政府遞交了《要求實事求是徵收農業特產稅的申請報告》；沒過多久，關嶺又有七十位村民再次寫出報告。

這時南極鄉的農民已是群情激昂，強烈要求核查山核桃產量的書面報告，接踵而至。南極村村民張開國、張開田、章海明、李壽海、胡定遠、帥佩祖；大源村村民方高照、方詩君、方關賜、方應餘、方紅餘、方良豪、王玉寶、方高峰……一個又一個農民站了出來，紛紛要求鄉政府重新核定山核桃的產量，以減輕因強行下達指標給村民造成的過重的負擔。

青鋒、楊家和塢里三個村民組，全是集體提出申請的；梅村則是以村黨支部和村委會的組織名義出面，找到鄉黨委和鄉政府領導的，希望他們收回成命，多少作出一點調整。

然而，所有的申請報告都如泥牛入海，鄉政府既不打算重新核定全鄉山核桃的實際產量，更不願做出任何解釋，這使得已經激化的幹群矛盾，迅速惡化。

不過，南極鄉政府並不懼怕幹群關係的這種惡化。在許多農戶的山核桃剛開始採收，尚未售出的時候，鄉裡便開始行動。儘管中央一再強調，嚴禁動用專政工具和手段向農民收取錢物，可他們依然組織起有司法機關參加的徵收工作組強行徵收。還劃定出一個時間界限，超出期限一天，繳納山核桃的計稅價格，就要從每斤八元增加到十三元；徵收期間，還對不能及時足額交納現款，或對計徵產量與價格表示不滿的，就破門入戶扒糧抵稅，或扣押東西抵稅；稍不順眼還會當場抓人。

大源村村民方關賜、方應餘、方紅餘、方高峰，南極村村民吳深田、吳辦全、吳雲凌，以及關嶺村村民章洪長，這些農民，無一例外地都被強行以山核桃抵稅。

關嶺村村民黃春發是被強行以稻抵稅。

南極村村民章海明冰箱被扣押，章海明後來用山核桃才將冰箱換回；關嶺村村民柴中富財產被扣，直到後來這事起訴到了法院，被扣的財產也沒返還。

南極村村民張開國、張開田、吳清祥、帥佩祖，大源村村民方高照和方詩君，也都是因為超過鄉政府劃定的期限，被以每斤山核桃增收五元的計稅價格繳納了稅款的。

紅游村村民陳占君，居然被處以五倍的罰款。

南極村村民吳志周、朱愛芳，江村村民江紅霞，三人就更慘了，都因所謂態度不好，被徵收工作組扭送鄉政府，限制其人身自由，並私設公堂提取了詢問筆錄。

南極村村民胡光耀，不僅在鄉政府遭到毆打，還被公安機關以「尋釁滋事」拘留了七天。

對南極鄉政府這種濫用行政權力違法亂紀的做法，許多村民想去市裡或地區上訪，請求上級領導機關出面干涉；也想去地區或省裡的報社，甚至想到與中央電視台的「焦點訪談」取得聯繫，求助新聞記者下來曝光。但是，也有不少人靜下心來作了認真分析，覺得這次農村稅費改革的試點，是中央親自部署的，既然有黨中央為農民撐腰，國家又制定了那麼多的有關規定，民告官已是有法可依，難道說南極鄉的大老爺們連個「秋菊」也不如？學一回秋菊打官司又何妨！不是說「法律面前人人平等」嗎？咱也試一試這話是否就當真！

第一個當眾站出來的，是被強行用山核桃抵稅、妻子也被抓進過鄉政府的南極村下洪村民組四十六歲的紅臉漢子吳雲凌。吳雲凌牽了頭，接下去便滾雪球似的，呼啦啦站出來三百一十八戶農民，要同南極鄉政府對簿公堂。

懂得用法律的武器捍衛自己的合法權益，無論怎麼看，這都是中國農民了不起的進步。當然，同樣值得稱道的是，宣城地區法院很快依法受理了此案，院長劉順道十分重視，非但多次聽取彙報，還指派副院長吳玉才和行政庭副庭長陳衛東，及時深入到寧國市南極鄉去協調這件事，後在協調無果的情況下，便依照法律規定，要求原告補充起訴狀內容和補充提交起訴證據，同時，要作為被告的南極鄉政府提交答辯狀。

南極鄉政府在答辯狀中，避而不談司法機關參與了徵收工作組的事實，辯稱鄉財政所徵收農業特產稅的具體行政行為符合法律規定，出具給村民的完稅收據是財政廳統一印製的，且加蓋有「南極鄉人民政府專用章」，所收稅款是進了財政金庫的，這不能說是亂收費行為；更避而不談中央的稅費改革政策，辯稱寧國市政府過去下文要求財政和林業部門，互相代徵農業特產稅和育林基金，並採取一張票徵收的辦法，因此鄉財政所在徵收農業特產稅時代徵育林基金的行為，既沒超越職權，也不屬於「搭車收費」。只是承認，在徵收過程中，「難免存在不足甚至失誤之處，應當接受群眾監督，並及時改進」，但依然辯稱，「對少數抗稅者採取強制措施行為是合法的」。

在以生產「文房四寶」中的宣紙而聞名於世的宣城，我們在地區法院採訪了本案的主辦人陳衛東。陳衛東庭長說，處理這樣的行政訴訟案，要求法官不但要掌握全國人大通過的那些有關法律，對國家有關部門和地方政府制定的行政法規也要熟悉，特別是從這個案子看，中央部署安徽作為稅改試點省，這就更需要把稅費改革的政策，嫻熟於心。總之，他認為，依法為農村稅費改革保駕護航，是人民法官義不容辭的歷史使命！

我們趕到宣城時，宣判大會剛開過，陳衛東介紹說，通過調取證據，又經庭審反證，合議庭最後認為，被告南極鄉人民政府提舉的有關統計南極鄉山核桃產量的證明材料，只屬一般年度統計數字或屬預測估產證明，不能作為核定農戶山核桃實收產量的依據，原告質疑理由成立，予以採信；被告對原告所述基本事實沒有提出反證，僅是對有關性質問題提出辯駁，質疑理由亦不能成立。

我們很想知道，地區法院在審理這起民告官的行政訴訟案子中，是否有來自社會上的種種壓力。陳衛東說，開始他們曾有過這種顧慮，但是地委書記張學平和行署分管政法工作的副專員方寧，都對他們受理的這起鄉政府違法徵稅的案子十分支持，明確要求法院必須排除干擾，依法保障實施中的農村稅費改革，書記和專員還特地從中做了工作，要求寧國市委和市政府，能夠平靜地接受法院的判決，因此阻力並不大。

在公開宣判的那天，正趕上初夏的一場豪雨。南極鄉的五、六百號農民，包乘了九輛大客車，頂風冒雨，趕到宣城。陳衛東審判長一看來了這麼多人，不可能全讓大家進入法庭，怕會鬧出個什麼意外，就慌忙迎上去，說你們懂得依法維護自己的合法權益，這很好，說明大家有很強的法律意識，因此希望今天能夠出庭的，和不能出庭的，也都能盡量表現出當今農民良好的素質，模範地遵守法庭的紀律。經陳衛東這麼一動員，他發現站在雨地的農民群眾，頓時秩序井然。只有一個農民，突然衝動地擠出來，準備要向他提出什麼，卻頓時遭到大家的反對。這場面，又讓陳衛東有說不出來的感動。

在宣讀長達二十四頁紙的《判決書》時，陳衛東曾窺視了一下站在旁聽席上的農民代表，他發現大家都一動不動地站著，沒有一個人交頭接耳，甚至聽不到一點響動，哪怕只是輕輕地咳嗽。

轟動一時的寧國市南極鄉民告官的官司，以民勝官敗而告終。宣城地區中級人民法院依法判決南極鄉人民政府重新作出核定徵稅的具體行政行為；宣判強制徵收行為違法，未按規定徵收育林基金的行為同樣違法；本案受理費全部由南極鄉人民政府負擔。

宣判結束時，南極鄉副鄉長周小平已是眼淚汪汪了，他顯然感到委屈，也感到困惑；因為今後南極鄉政府依然無法依照規定去「據實徵收」農業特產稅，而且有些任務壓根就是上邊攤派下來的。許多農民代表更是淚流滿面了，他們委屈過，憤怒過，現在當他們擁出法庭，和站在大雨中的黑鴉鴉一片的農民匯合到一起時，就已經分不清流淌在他們臉上的，是雨水還是淚水，因為他們運用法律的武器，對鄉政府隨意徵稅收費的行為予以了成功的抵制！

50 天下第一難題

細想下來，自從實行家庭承包經營的「大包幹」之後，中國農村的改革就一直沒有間斷過，只是因為那大多是些零敲碎打，單兵挺進，許多深層次的問題就一直沒有被觸及。這次稅費改革卻不同，它讓農村中長期潛伏著的各種問題先後浮出了水面，這也就為整體挺進、統盤解決這些問題提供了一次難得的契機。

至少，在鄉鎮體制上存在的種種弊端就被空前地凸顯出來。

首先是，這種體制下的鄉鎮組織，幹了許多不該幹的事。它們常常超出實際能力地進行公共設施的建設，又過多地參與了農民們的市場活動。政府職能的轉變，別無選擇地被擺上了桌面。

其次是，養了許多不該養的人。鄉鎮如此，村級同樣如此，因此精簡人員已是不容迴避。

再就是，花了許多不該花的錢。先看村級，別的不說，單是每年花在上面各部門強要訂的報刊費用，就足以耗盡一個村委會的全部財力，不向農民口袋裡掏錢，就啥事幹不成，而那些報刊又大多與農事無關，最後全當廢紙處理。再看鄉鎮，安徽省壽縣負債高達一千一百多萬元的一個鄉，這次稅改嚴格了一下招待管理制度，全年這筆費用就省下十三萬；嚴格了一下電話管理制度，也節支近三萬；健全了一下用車制度，省了十四萬；規範了一下用電制度，又省下十一萬；假如三年內不再安排基礎性的建設支出，預計每年僅通過節支就可以減少赤字一百萬元以上！

不改不知道，一改嚇一跳！

而其中，尤為突出，尤為緊迫的，還是機構的臃腫，人滿為患。如何解決好這個問題，便成了天下第一難題。

用安徽省常務副省長張平在全省鄉鎮機構改革現場會上的話說，就是：「吃皇糧，橫向看，超過了任何國家；縱向看，超過了歷朝歷代。你說我們能養得起這麼多人嗎？養不起，最後只有轉向老百姓去斂財，搜刮民脂民膏，橫徵暴斂。當然我不是指現在都是如此，但不堅決管住，發展下去，就難避免這個趨勢！」

也應該看到，農民不合理的負擔並不就是那麼簡單。如果說它不合理，那也是不合理的現行政治與經濟體制的原因造成的，因此，我們今天的改革不作綜合改革與整體推進的設計，勢必會顧此失彼。但是，如此重大的農村稅費改革，領導小組不是設在國務院的綜合管理部門，而是放在財政部；改革方案又是由財政、財經和農業三個部辦領導牽頭制定，他們沒有能力、也不可能十分周全地考慮到本部門以外的更多事情。比如，方案取消了農村教育事業費附加和教育集資，財政並沒有相應地投入，這樣做雖然部分地減輕了農民的負擔，卻使得農村的義務教育陷入了空前的危機。比如，這一方案很少考慮過去各地改革試點已經取得的成功經驗，依然毫無道理地保留了無法讓人據實徵收的農業特產稅，無法做到據實徵收，就依然會造成鄉村幹部的隨意亂收；同時將原來「村提留」中的公積金，從「農業稅附加」裡剔除了，好像是把它從農民的負擔中剔除了，可它不但依然還是農民的負擔，而且這種「一事一議」，就極有可能為以後的亂收費留下隱患。特別是稅費改革確實減輕了農民負擔，但同時也給鄉鎮正常運轉和村級組織建設帶來了前所未有的衝擊。從全省看，稅費改革後鄉鎮的收入普遍減少三成多，村級收入減少了七、八成，收支缺口大，不僅使正常的工作難以開展，也嚴重制約了農村各項事業的發展。不解決這些問題，中央的政策就成了畫餅充飢，改革的目標就會落空；而解決這些問題最現實，也最棘手的，就是要精簡機構，分流人員，壓縮開支，減輕負擔。

安徽省五河縣，正是在解決這個「天下第一難題」中大膽突破，並取得了驕人的成績。敢於率先走出這步險棋的，是當時的五河縣委書記朱勇。這是一位從祖國西部導彈發射基地歸來的轉業軍人。正因為在內蒙巴丹吉林沙漠和新疆塔克拉瑪干沙漠中摸爬滾打過，就沒有什麼困難可以讓他低頭。

朱勇以為，要帶領大家搞好這樣一次重大的改革，首先需要領導班子的人格魅力。他說：「改革，要先改到自己的頭上。」

五河縣也是沿淮一帶較早進行稅改的試點縣之一，那時試點，他們一次就清理清退了鄉鎮不在編和臨時聘用人員兩千三百五十四人，動作不能算小，由於工作做得細，就沒發生上訪或是鬧事的。當二〇〇〇年四月，安徽將稅改試點在全省鋪開時，朱勇清醒地看到，如果只把稅費改革簡單地理解為稅費徵收辦法的一次改變，不是大刀闊斧地在全縣減員、減事、減費、減機構，且不說鄉村兩級的正常工作將難以維持，中央部署的這次試點，也就只能是轟轟烈烈一陣子，過後又恢復老樣子。可是，精簡機構，分流人員，需要面對的問題很多，困難也大，必須動真格的，既要拿出切實可行的辦法，更要拿出破釜沉舟的決心與勇氣，否則，今天按下了葫蘆，明天就起了瓢，這方面的教訓已經不少。在新中國的歷史上，僅鄉鎮的機構已經精簡過好幾回了，結果都是風聲來時雷鳴電閃，事情過後皮蛋輕鬆，總是陷入一個「精簡—膨脹—再精簡—再膨脹」的惡性循環，甚至，越精簡，越膨脹，始終走不出這個怪圈。究其原因很多，但主要還是向農民隨意收費的口子沒紮緊。現在中央和省裡都下了這麼大決心，革了「費」的命，剩下的問題就看下面各級黨委和政府，敢不敢引火燒身，給自己真正來個「釜底抽薪」。非如此，一個辦事高效、行為規範、運轉協調、權責一致的鄉鎮運行機制，就永遠別指望可以建立起來。

在五河縣六大班子的動員會上，朱勇操著濃重的外鄉口音說道：「這一次咱要來，就來點真傢伙，胡弄是不管（行）的，也是不可能長久的！」

當然，辦法不是坐在辦公室可以想出來的，以往的經驗也不一定都是可靠的，唯一的方法就是深入實際，深入群眾，像毛澤東說的那樣，你要親口嘗嘗「梨子的滋味」。

採取大動作，須有大氣魄，並伴之以周密的計劃與安排。為此，縣委開展了一次聲勢浩大的「進百村、住百天、訪百戶」活動，調動起縣鄉兩級上千名幹部，下村駐點，拿出當年鬧土改的勁頭，與農民同吃、同住、同勞動，老老實實做好調查研究，切切實實摸清社情民意，分析深化改革可能出現的那些矛盾和問題，悉心探索配套改革的思路和具體的操作方法。

為確保此項工作萬無一失，縣委書記朱勇，縣長張桂義，以及六大班子負責人，率先垂範，親赴第一線。全縣二十個鄉鎮，二十個縣級幹部「分兵把守」，「駐點包片」，什麼時候把負責的鄉鎮機構改革的任務圓滿完成了，什麼時候才能打道回府，撤回縣城。

為確保改革順利推進，縣委、縣政府採取了典型引路的辦法。他們把全縣的鄉鎮，按照不同類型、不同規模、不同地理環境，和在班子建設、群眾基礎、工作狀況等方面都具有代表性的申集、劉集、皇廟三個鄉鎮，作為典型，在清產核資、機構設置、編制核定以及人員安置的許多環節上，先進行有益的探索，再將摸索出的新經驗，進一步地總結與完善，最後產生了「八不准」的改革紀律，「八個公開」的人員分流規定，和「一個標準」、「五個一批」、「六項優惠」等等一系列的有關政策。

先行試點的最大經驗就是：一個決心不走樣，六大班子一齊上。領導班子的精神狀態，決定著這場改革的成敗。因此，朱勇特別強調：在精簡機構分流人員的問題上，縣級、科局級的領導幹部，尤其不准優親厚友，不准打招呼說情，不准搞人情照顧，必須堅持「一把尺子量到底，誰違規就查處誰」，而且絕不搞「下不為例」！

從二〇〇〇年九月一日開始試點，九月三十日全面推開，到十月二十日全部結束，歷時五十天，五河縣成功地開展了一次後來影響到全省的「三併三改」工作。「三併」，即併村、併校、併事業單位；「三改」，即改革鄉鎮機構、改革教育體制、改革人事制度。

先談併校。按照「因地制宜、就近入學、相對集中、務求實效」的原則，五河縣農村中小學，由原來的四百三十五所，合併成二百四十所，撤消了一百九十五所，減少面達百分之四十五，接近半數；分流在編教師一百七十五人，從而使得全縣農村中的整體學校布局、師生比例以及師資力量相對變得更加科學合理。

和併校同步進行的，是併村。在充分尊重民意的前提下，著眼於規模適度和便於管理，大村併小村，強村併弱村，穩村併亂村，把全縣四百三十八個村，撤併為二百二十五個村，減少了二百一十三個村的編制，精簡面達到百分之四十九。這樣一來，村幹部就由早先的三千一百九十二人，銳減到一千一百二十五人，減少了兩千零六十七人，人數精簡過半，高達百分之六十五；村民小組也由三千一百二十二個，調整為一千七百五十六個，減少了一千三百七十六個，精簡了百分之四十四。

併村併校工作的整體推進，為鄉鎮機構的改革創造了條件，更提供了保障，接著，全縣鄉鎮黨政機關內設機構，由二百二十個，壓縮到四十五個，砍掉了一百七十五個，減少了百分之七十。事業單位也由二百五十六個，壓縮到一百二十四個，砍掉一百三十二個，減少了百分之五十二。實有人數由一千二百九十二人，精簡為七百六十八人，精簡掉五百二十四人，達到百分之四十一；其中財政全額供給人員，由九百八十二人，精簡為五百二十人，精簡掉四百六十二人，也達到了百分之四十七。

更為可貴的是，五河縣委縣政府，在實施這項改革中，還為下屆黨委和政府的工作留下了充分的餘地，各鄉鎮機關的行政編制和全額供給的事業編制，都保留了一定的空編，為以後增補人員、優化結構和提高幹部隊伍的整體素質，提供出編制保證。

值得稱道的是，在這次鄉鎮機構的改革中，縣委特別清醒地認識到，我國歷次機構改革之所以不成功，很大程度上是因為那種精簡，多是單純的機構合併或撤消，很少考慮職能的轉變，尤其是功能的分解；說得直白一點，就是只看重形式，不觸及自身內部的利益層，當然，那時更不可能會想到要去建立適應市場經濟需要的行政管理體制。這次「三併三改」之後，一些職能相近、業務交叉、工作任務較為單一的單位，如農業技術推廣站、畜牧水產站、水利建設管理站、林業站、農業機械管理站都被予以合併，變成了農業技術服務站；撤消農村合作經濟管理站，併入財政所；撤消教育辦公室，將其行政管理的職能劃歸到了鄉政府；土地管理所、村鎮建設規劃站也合併成為土地村鎮建設站；法律服務所和勞動服務站均改制為社會中介機構。除還保留原計劃生育服務站及文化廣播電視站兩站而外，通過合併、撤消、劃轉，就將鄉鎮原有的十三、四個事業站所，壓縮成了五個。當然，在精減壓縮機構和人員的同時，為適應市場經濟的需要，也為促成政府職能的進一步轉變，各鄉鎮都增設了經濟開發服務中心，城關鎮還特地增設了社區服務中心。在黨政機構的設置上，鄉鎮還都將原先門類齊全、分工過細的十餘個內設機構，作了較大的壓縮：除城關鎮和三個中心建制鎮，設立了黨政辦公室、經濟發展辦公室和社會事務辦公室（同時掛計劃生育辦公室的牌子）而外，其餘的十六個鄉鎮，只保留了黨政辦公室（同時掛計劃生育辦公室的牌子）和經濟發展辦公室，而辦公室主任、副主任也大多是由黨政班子成員兼職，這樣就最大限度地減少了幹部的職數。

「三併三改」的最大特點，是五河縣的鄉鎮機關從此不再是「五臟俱全」。

由於鄉鎮機構改革的順利實施，有力地推進了五河全縣鄉鎮管理的制度化和規範化，增強了五河縣農村基層幹部的危機感和緊迫感。

一句話：改出了壓力，改出了活力，也改出了生產力！

有人說：這樣「傷筋動骨」，是在削弱基層黨的領導。朱勇卻說：減少民怨，才是在真正加強黨的領導！

朱勇還給我們算了一筆經濟賬。他說，全縣黨政機關、事業單位，通過這次機構的撤併和人員的競爭上崗，一共精減了五百四十二人，每年就可以減少財政支出四百萬元；「三併三改」，每個鄉鎮平均減少了二十萬，併村減少的村組幹部補貼和辦公經費就是四百三十七萬，併校減少的財政支出至少又有四百萬元，幾項加在一起，算下來，五河縣每年就能減少財政支出一千二百多萬元！「這大大緩解了稅費改革勢必會給鄉鎮財政帶來的壓力，」他說，他的話總是帶著軍人的幹練。「而且，還有效地防止了農民負擔問題的反彈！」

五河縣在稅費改革中有關三併三改的大手筆，在全省產生了很大的反響。

二〇〇〇年十一月十一日，安徽省委、省政府不失時機地在五河縣召開了全省鄉鎮機構改革現場會。

省委常委、常務副省長張平到會並作了進一步動員。

他說，五十年代，咱們的共產黨員振臂一呼，應者雲集，老百姓歡呼雀躍；現在老百姓不滿意，發牢騷，幹群關係變得緊張，你說我們的江山能坐得穩，共產黨執政能長治久安嗎？把基層組織建設好，是我們當前面臨的一個非常嚴峻的問題，現在基層的狀況到了非改不可的時候了！

「到了五河以後，我感到比較樂觀。為什麼呢？因為他們這裡的這項工作，進展得比較順利。」

張平極力想使自己的講話脫離蕭碭口音，可是溶進他濃厚感情色彩的鄉音，還是不自覺地流淌出來，這反倒給人一種親和力與衝擊力的感覺。

「過去，我們聽得更多的是反映困難的一面，」他說道，「這項工作難不難呢？確實困難。

最困難的是人的分流。尤其是到了基層，到了鄉鎮，在人員的分流上，好像就已經再沒有多少路子，沒有多少渠道了，工作的難度很大。中央下面有許多事業單位、許多企業機構，省裡也有一些企事業單位，事情似乎還比較好解決；就是到了市一級，到了縣一級，也還能往下壓。到鄉鎮又能往哪裡壓呢？精簡機構和人員，是大面積的利益的調整啊，不承認這個困難，就不是唯物主義者。但是，聽了五河縣的經驗介紹，我們確實又看到了有不困難的一面，這就是他們總結出的『五個不難』：領導重視，真抓實幹就不難；放下架子，依靠群眾就不難；齊抓共管，協同作戰就不難；率先垂範，堅持公開、公平、公正就不難；配套改革，整體推進就不難。我覺得這裡面很有辯證法！」

說到這裡，張平變得激動起來。他說，我們有些縣併個村，或是併個校，更不要說併一個鄉鎮了，七年前合併的，現在遺留的問題還沒有解決呢。可是五河縣只用了五十天，就把原來的四百三十八個村，併到二百二十五個村，減掉了二百一十三個村，幾乎併了一半的村；學校也由原來的四百三十五所，併到二百四十所，也合併了百分之四十以上。這麼大的動作，卻並沒有引起多麼大的震盪，集體到縣裡上訪的都沒有，非常難能可貴。說明他們工作做得非常紮實，做到了位。我想，你們哪個縣，只要也能做到像五河這樣，八位縣級領導幹部的親屬子女，六十七位科局級幹部的親屬子女，也都在這次改革中下了崗，真正堅持了公開、公平、公正的原則，你那個地方就同樣不會出現群眾上訪！

「各地情況雖然千差萬別，但基本的道理是應該一樣的，不是五河這地方生來就喜歡改革，也不是天生的就對自己的利益看得無所謂，天生的就是你叫我下我就下，這要靠紮紮實實的工作，靠對思想政治工作優勢的把握，靠對切實可行的政策的確立與運用，同樣，少不了一種奉獻的精神，犧牲的精神！」

五河現場會的精神，很快被落實到全省各縣（市），於是，安徽省在農村稅費改革全面試點的頭一年，就清退、精簡了鄉鎮富餘人員十二萬。雖然取得的還只是階段性的成果，財政支出卻因此減少了六億元。

十二月九日，臨近年尾，省委書記王太華也來到五河縣。他就如何進一步深入開展農村稅改工作，與縣裡的四大班子主要負責同志進行了推心置腹的座談。

他談得很細。他提醒大家注意，在鄉鎮分流人員的安置上，一是三年待崗期間的工資要發；二是到企業以後，企業開展養老保險時，在機關當公務員這段時間也應計算在內。

他說併校的工作，現在才起步，我們從數量上，表面上，撤併了，但大量的工作，有待進一步完善。將來在農村，不論中學還是小學，都要強調規模辦學，合理辦學，並且要通過教師競爭上崗等措施，不斷提高教學質量。他說現在農村的學生一年的學費，等於農民白種了幾畝地或白養了一頭豬，學校收費高的主要原因是輔導材料太多；過去沒有輔導材料、同步試卷，不也培養了那麼多的大學生嗎？減輕學校負擔，減輕學生負擔，就是要從減輕學生的書包這些具體的事情上抓起，同時要禁止向學生收取看電影、素質教育等這費那費。

他說稅費改革了，農民負擔減輕了，所以我就想，能不能將所有的村支部書記，都用財政包起來呢？你們可以試一試。那些機構改革中比較好的，甚至可以包括新分配來的大學生，我看都是可以到村裡任支部書記的。如果他能當好一個村支書，以後到鄉裡、縣裡來工作，就絕對沒有問題。村級集體經濟下一步發展最重要的問題，是調整產業結構，增加農民收入，這些同志不是本村人，可以很超脫，就一心撲在工作上。當然下派要實行任期制，要進行任務考核，完成任務考核目標的，就可以成「飛鴿牌」，再換另外的年輕幹部接著幹，這是基層組織建設的需要，農村發展和農村穩定的需要，更是鍛練幹部的需要。

他說鄉鎮機構改革後的轉變職能，重點要做到「三個統一」、「三個為主」。這就是：過去是對上負責，現在要對上、對下統一負責，並且是以對下負責為主；過去是單一靠行政命令，現在既要搞行政命令，又要靠法律、民主、教育的辦法，而更多的是要以法律手段、民主手段、教育手段為主來開展工作；過去只是完成任務，包括要完成計劃生育、財政稅收等任務在內，現在要轉變為把完成任務和搞好服務統一起來，而且，要做到以服務為主。

他說：「三個代表」的思想最重要的一條，就是要代表最廣大人民群眾的根本利益！

王太華回到省城後不久，省委就從全省各市縣挑選出了三千名優秀年輕幹部，派到貧困村、後進村去擔任黨支部書記，以加強那裡的基層黨組織建設；隨後不久，省委又從省、市、縣三級黨政機關和事業單位，抽調出一萬名優秀幹部，自帶行李，進駐全省一萬個經濟相對滯後、基層組織相對薄弱的行政村，幫助派駐村建立健全以村務公開、民主管理為主要內容的各種規章制度，完善村黨支部領導下的村民自治的運行機制。當然，更重要的是，要遵循市場規律、尊重群眾意願地幫助那裡的農民迅速推進農業結構的戰略性調整。

安徽省各地開展的農業結構調整、發展農村經濟、增加農民收入的工作，差不多也就和農村稅費改革同步進行了。

51 一號議案

在安徽省全面試點的頭一年，雖然出現過淮北平原的碭山縣陳莊鎮，江南山區的寧國市南極鄉，依然在搞「上有政策、下有對策」；不南不北，地處江淮之間的肥東縣龍塘鄉和來安縣廣大鄉，也照舊我行我素，甚至鬧出了人命，但是，全省的總體形勢，還是令人振奮的。稅費改革不僅減輕了農民負擔，給農民帶來了實實在在的好處，推動了鄉鎮財稅徵管體制上的改革，改善了黨群幹群關係，也促進了農村基層民主政治的建設，維護了農村社會的穩定。

一句話：開局喜人。

也許正因為有了如此喜人的開局，二〇〇〇年十二月十三日，財政部長項懷誠就在北京發表了這樣一個講話：「明年將加快全國農村稅費改革的步伐，中央財政也將每年拿出二百億元人民幣用於對地方轉移支付以支持這項改革。」

二〇〇一年二月十五日，《新華網》接著發布了一條有關的新聞信息《中國農村稅費改革全面展開》。消息稱，「二〇〇〇年三月，中國政府決定先在安徽全省開始稅費改革的試點工作，今年在全國推廣，二〇〇二年基本完成。」

這是新聞傳媒第一次公開披露中國農村稅費改革的時間表。這個時間表，明白無誤地表明：從試點到全國推廣，直到基本完成，每一個階段只用一年時間；整個工作不超過三年。就是說，被稱作繼土改、「大包幹」之後，中國農村第三次偉大改革的農村稅費改革，將在本屆政府任期之內大功告成。

面對如此消息，不少有識之士深表懷疑，覺得既不現實，也不可能。因為，這項改革已經觸及到了一些深層次的體制問題，涉及到一些重大的改革方向，許多問題是隨著改革的不斷深入才逐漸暴露出來的，有許多我們過去不曾熟悉的東西，還需要進一步去認識；尋求凸現出來的這些新問題的解決辦法，也有待時日。可以說，這場偉大的改革，還只是剛剛破題，現在就宣布此項工作將於二〇〇二年「基本完成」，無論怎麼說都過於草率，而且，讓人不可思議。

《新華網》上的消息，顯然不是捕風捉影，就在《新華網》發布這條消息不久，全國農村稅費改革試點工作會議便在安徽省省會合肥市隆重召開。

因為農村稅費改革已經成了黨中央、國務院在農業發展的新階段為解決好「三農」問題採取的一項重大舉措，又是事關各省農村改革、發展、穩定的大局，所以，將被擴大試點的二十個省的省委書記或省長，國務院有關各部的部長，幾乎悉數趕往中國中部的這座城市。

據統計，合肥的會議，僅正部（省）級領導就來了四十八位。因此，這個會，不但成了安徽省歷史上規格最高的一次會議，也成為中國近年來有關農村改革規格最高的一次全國性會議。

會上，國務院全面部署了農村稅費改革的工作。

如果不是兩會期間出現了兩件轟動性的事件，合肥會議的精神肯定就會很快地在全國更大的範圍得到貫徹落實，就像《新華網》所說的那樣，由中央部署安徽首先試點的這場農村稅費改革，真的可能在最短的時間推向全國。

但是，在隨後召開的全國人大會議上的一件議案，全國政協會上的一件提案，卻改變了中國農村稅費改革的進程。

合肥會議這邊剛剛結束，那邊九屆全國人大四次會議、十屆全國政協四次會議，就先後在北京拉開了序幕。會上，朱鎔基總理代表國務院，作了《關於國民經濟和社會發展第十個五年計劃綱要的報告》。他在報告中強調：「十五」期間要把全面貫徹黨在農村的基本政策，加強農業基礎地位和增加農民收入，作為經濟工作的首要任務。

許多代表聽了朱鎔基的工作報告，心中的感傷卻遠多於興奮。因為加強農業基礎地位這類「常識性」的話，幾乎是每會必講，已經不知講了多少年，可直到今天，「三農」問題依然還是中國最大的問題。八十年代中期之後，當農民負擔問題日益突出，一九九〇年二月國務院就發出了《關於切實減輕農民負擔的通知》，同年九月，黨中央、國務院又作出了堅決制止亂收費和各種攤派的決定，這以後差不多年年都下達這樣的通知或是決定，但時至今日，農民負擔仍是叫人扼腕嘆息的一樁事情！

福建代表團的人大代表饒作勛發言時，坦陳當前農民最擔心政策不穩，最怕的是負擔過重；四川代表曹慶澤，毫不客氣地指出，朱鎔基的報告中雖然提出千方百計增加農民收入，但是並沒有舉出突破性的過硬措施。

與九屆人大四次會議先後召開的全國政協十屆四次會議，共有十位委員在大會上發言，其中半數就言及農業、農村、農民的問題。

兩會期間，丹麥記者甚至反詰到會的勞動和社會保障部部長張左己所在的部，是否不管農民，只是城裡人的勞動和社會保障部。

在大會舉行的記者招待會上，朱鎔基曾就中外記者關心的農村稅費改革給大家詳細算了一筆賬：

「我們目前從農民手裡收取三百億元的農業稅，六百億元的鄉統籌、村提留，再加上亂收費，大約從農民那裡一年要拿走一千二百億元，甚至還要更多。我們這一次的稅費改革，就是要把我們現在收取的三百億元的農業稅提高到五百億元，也就是從百分之五提高到百分之八點四，把其他的鄉統籌、村提留的六百億元和亂收費一律減掉。當然，農民減負擔，地方財政會有缺口，這個缺口很大，中央財政又會拿出二百億到三百億來補貼給困難省區市的農村的。但是，這個缺口還是很大的。」

如果要把九億農民的負擔減下來，地方財政的缺口究竟會有多大？

農民負擔真的一年就只有一千二百億嗎？「甚至還要更多」，這「還要更多」又是多少呢？

朱鎔基都沒有具體說。

決定農村稅費改革的成功與否，能否真正地把農民的負擔減下來，其關鍵之處，無疑就在於把賬算清楚。這些至關重要的東西，是含糊不得的。只有弄得一清二楚了，各方面的配套改革才可能做到心中有數。

《我向總理說實話》一書的作者李昌平，對此作過具體的調查，他十分坦率地表明：「中國農民的負擔遠遠不只一千多個億，至少是在四千億元以上！」

他分類列出幾筆賬：全國縣、鄉、村所欠債務有六千億元之多，僅每年需要支付的利息至少在八百億；全國農村義務教育需支付七百萬名老師的年工資就是八百億，每年支付校舍維修、設備儀器的添置和教育的欠債等就有五百億；全國縣、鄉黨委政府及各有關部門「幹部」計有一千九百多萬人，村、組級「幹部」兩千三百多萬人，每年工資一項就又要兩千五百億。

以上三項，最低年支出便要四千六百億元以上。

此外，全國近三千個縣，約有近三萬個科局，近五萬個鄉鎮，七十萬個鄉鎮所屬部門都需要運轉，還有四百萬個自然村近八億生活在農村的農民公共用品的需求，這些每年至少還要三千億元。

總之，在縣以下的各項支出中，百分之七十到八十是要由農民負擔的。農民的口袋就是縣鄉財政。若按現在的農民負擔政策，農民每年的實際負擔則高達四千億至五千億元！

農民的實際負擔如此之大，這顯然正是中央三令五申減輕農民負擔，而農民負擔卻一直無法根除的原因所在。這也再一次證明了朱鎔基總理在李昌平的一封信上批過的那句話：「我們往往把好的情況當作普遍情況，而又誤信下面報喜，看不到問題的嚴重性。」

當然，在這個問題上，最有發言權的還是安徽省的代表。

因為稅改在安徽試點已經一年了，一年裡，省委、省政府默默地克服著重重困難，可謂竭盡全力，但仍常常感到力不從心。改革試點之後，鄉鎮村級組織的經費變得捉襟見肘，還可以從精簡機構、裁減人員、增效節支上來尋求解決的途徑，但是，目前實施的這個稅費改革的方案，將原有的教育附加費和教育集資予以取消，而這個缺口又非常大，以至相當多的農村中小學辦不下去，農村教師拿不到工資。如果安徽的同志不把試點工作中出現的這種有關義務教育上的問題，及時反映上去，並得到有效的解決，一旦中央將稅改工作在全國展開，農村義務教育受到的衝擊，以及造成的損失，那將會是無法估量的。

因此，安徽省的人大代表覺得有責任將這件事寫成一個議案提交大會。於是，就在這次全國人大的會議上，安徽省代表團在認真總結了一年來農村稅費改革的利弊得失之後，提交了一份要求加大基礎教育投入，盡快制定《義務教育投入法》的議案。

安徽省代表團提出的這個議案，頓時在各省的代表中間引起強烈反響，成為轟動一時的熱門話題，並被列為這次大會的「一號議案」。

發起這個議案的，是安徽的一位女代表。她就是安徽省教育廳的副廳長胡平平。

胡平平幾乎在一夜之間，成為兩會最引人注目的新聞人物。

胡平平已經當過兩屆全國人大代表了，人民代表為人民代言，早已成為她的自覺行動。她所以會想到要提交這樣一個議案，不光因為她是教育廳副廳長，還因為她本人也是教師出身，再說安徽又是農業大省，關注農村教育的發展，尤其是鄉村教師的生活和工作環境，便成了她萬死不辭、樂此不疲的一件事。

通過認真調查，胡平平發現，安徽在搞農村稅費改革之前，農村義務教育的經費主要來源於三個方面：一是鄉鎮財政撥款；二是向農民徵收「三提五統」中的一項，即「教育附加費」；再就是向農民搞「教育集資」。一九九四年以前，各地農村基本上都沒有欠過教師的工資，一九九四年因為實行了國稅地稅分稅制，地方上的財力受到了削弱，農村義務教育的經費，就主要依賴於向農民收取教育附加費和教育集資，餘下的，全省農村每年教師工資還有三億元的缺口，是靠向銀行借貸發放的。截止二○○○年，僅這一項的負債，已累計高達十七億元。實施稅費改革之後，教育附加費和教育集資兩項收費全被取消，改革後的農村義務教育經費要求從鄉鎮財政預算中安排，可鄉鎮財政原本已是寅吃卯糧，這筆經費於是便沒有了著落。省教育廳為此作過調查，二〇〇〇年安徽全省鄉鎮可用財力只是四十六億元，而全省鄉鎮負責供給的六十六萬人的工資額就已經是四十九億五千多萬元，根本沒錢再往教育上投入。更何況，稅費改革的兩項有關教育的收費，每年空出來的缺口就是十一億元。按規定，農村中小學危房的改造，每年還需要三億元，以前這錢也是靠向農民伸手解決的，現在也就不能再向農民收取。這樣加在一起，安徽全省農村義務教育經費上的缺口，就是一個很大很大的數字！

形勢一下變得十分嚴峻。僅稅費改革搞得最早的阜陽地區，截止到二〇〇一年春天，就已累計拖欠教師工資六億一千七百二十七萬元，全地區平均拖欠教師十個月工資；有的自稅費改革以來就再沒給教師發過工資！

全省農村義務教育欠下的教師工資、銀行債務、教育布局調整的基建費用以及危房改造資金，累計高達六十多億元！

胡平平一想到這些就心急如焚。

這麼大的缺口怎麼辦？似乎也只有兩條路可走，要不就是把百分之四十的農村中小學停辦，再不就只能這樣繼續拖欠下去。

農民們看在眼裡，急在心裡，憂心忡忡地說道：「現在是輕了農民的擔子，餓了教師的肚子，誤了俺們的孩子！」

許多農村教師百思不解：國家既然禁止了鄉鎮政府的亂收費，那麼首先就得保證這筆龐大的開支有「出處」。這道理聽起來似乎讓人覺得有些奇怪，因為那麼多的城市義務教育經費，又是如何解決來源的呢？怎麼沒見哪個城市的政府向市民收費來辦義務教育呢？農民已經繳了農業稅和農業特產稅，本就該和城裡工作的市民一樣成為納稅人，按照「公共財政」的原則，中央政府財政收入的支出就應該考慮到全體國民的利益，不應該「城鄉分割，一國兩策」。況且，從根本上說，義務教育本就應該由政府財政撥款，否則還叫什麼義務教育呢？

問題的癥結當然不在稅費改革，只是由於稅費改革工作的展開，使得這樣一個長期被農民負擔掩蓋的深層次的體制問題凸顯出來，這就是：中央與地方在財權和事權上的嚴重脫離，以致地方財政收入太少而負責的事務卻又太多。

國務院發展研究中心的一項調查，同樣說明了這一問題的嚴重性：目前中國義務教育的投入中，百分之七十八由鄉鎮負擔，這其中，絕大部分又是由農民「買了單」，百分之九由縣財政負擔，縣鄉兩級的負擔高達百分之八十六；省市（地）還負責了百分之十一；中央負擔的，僅是百分之二左右！

無論怎麼看，這樣的政策設計，都是極不合理、也無道理的。

世界上幾乎所有的工業國家，都認為教育是生產發展的首要因素，是振奮一個民族的強大動力。全世界的年教育經費，在公共資金的支出中，大多僅次於軍事費用，佔居第二位。全球工業化國家的人口只佔到總人口的三分之一，但其教育經費卻比發展中國家多出十倍以上；而中國人口超過了世界總人口的五分之一，教育經費卻僅佔到三十分之一。這讓人難以思議。

我們可以花那麼大的氣力去爭取一個體育項目的第一，而對教育，尤其是義務教育，這個真正與國家的前途和命運息息相關的重大項目，竟長期熟視無睹，這同樣讓人百思不得其解。

建國五十多年了，解放後出生的孩子也已經不再年輕，但是在中國的農民中，沒有接受過起碼的文化教育的，何止千萬？而且還有那麼多的文盲。柏楊說：「第三流的國民絕產生不出第一流的政府」，話雖刺耳，但面對今天經濟文化依然如此落後的中國廣大農村，如果我們不迴避事實，就不能不承認，在教育上，我們確實是個失敗者。

中央實行財經集權的初衷，就是為了集中財力辦大事，而九億農民義務教育的事還小嗎？應該說加大對農村義務教育的投入，盡快制定《義務教育投入法》，不僅是進行農村稅費改革的實際需要，更是貫徹落實《中國教育改革和發展綱要》的迫切需要。中共中央、國務院早在一九九三年就頒布了《中國教育改革和發展綱要》，明確規定：教育經費的支出佔國民生產總值的比例到世紀末應達到百分之四。可是，到了一九九九年，也僅實現百分之二點七九，少投入了一點二一個百分點。二〇〇〇年，我國生產總值實現八萬九千四百零四億元，財政收入達到一萬三千三百八十億元，如果按照「綱要」規定的教育投入達到國民生產總值百分之四的目標，就應增加一千一百億元以上的教育經費。

如果中央財政按照「綱要」的規定拿出一千一百億元，中國的農村義務教育乃至農村稅費改革中的許多問題便都迎刃而解了！

我們必須認識到，要求加大對農村義務教育的投入，不是在對農民「發善心」，也不是在對他們搞「施捨」。從一九五六年到一九八〇年，國家僅通過工農業產品價格差就從農民那裡無償地拿走了一萬億元；改革開放以來通過糧食定購價低於市場價，從農民的手裡拿走的就更多。我們已經欠了他們太多太多，也太久太久，不能也不應該再這樣欠下去了！

當胡平平了解到何開蔭也注意到了稅改之後農村教育上出現的問題，她專門找了何開蔭。何開蔭給胡平平談到了他去五河縣摸到的一些情況，胡平平聽了，越發感到問題的嚴重。五河縣的稅費改革工作搞得是相當成功的，但農村義務教育受到的衝擊，卻又使得他們束手無策。縣教委主任告訴何開蔭，全縣單教師工資，一年就需要五千五百二十八萬元，公用經費少說也需要四百萬元，再加上其他的各項開支，一年得拿出七千萬元才能勉強維持。另外，全縣農村中小學還有十二萬三千平方米的危房等著改造，所需資金三千六百九十萬元至今尚無著落；還有一百八十八所中小學新建擴建校舍所需的八千四百萬元，更是個大缺口。現在，在五河縣農村，兩、三個班的學生合併成一個班上課，教室裡擁擠不堪的事已屢見不鮮。有個農村小學，下課時，學生上廁所擠倒一面牆，砸死了一個小學生，這事引起他們的警惕，就對全縣農村學校進行了一次安全大檢查，一查，嚇一跳，查出的隱患甚多，卻又無能為力，不知道該怎麼辦。許多小學的危房眼看要倒，只好在戶外上課，寒冬臘月，老師學生都凍得直抖。這些情況中央都知道嗎？

胡平平決計要與這個議案的想法，立刻得到了安徽省委、省政府、省人大和省政協四大班子領導的高度重視。最後，省裡決定將它作為安徽省代表團的一件議案，提交本次大會。

胡平平在接受採訪時說：「隨著稅費改革的深入進行，過去頒布的《教育法》和《義務教育法》的許多內容，都有必要加以修訂和豐富，特別是應盡快出台《義務教育投入法》，要使之與稅費改革相配套。」

一號議案一提出，不僅引起兩會代表的強烈反響，還引起出席過全國農村稅費改革試點工作會議的二十個省區領導的格外注意。他們都認真地算了一下細賬，於是先後寫出報告，要求中央財政幫助解決試點工作中轉移支付所需要的資金。有一個省，僅要求解決義務教育和機構改革的實際困難，就申請補助一百零五億元。各省加起來，少說也有一千多億元！

改革，改出這麼大的缺口，這是朱鎔基沒有料到的。中央財政也不可能一下支付出那麼多。

是呀，積羽沉舟，群輕折軸。

中國農村的問題是長年積累的結果，更是國民經濟和社會發展諸多矛盾的綜合顯現。問題實在是太多，也太複雜了。

切實減輕農民負擔，毫無疑問是農村稅費改革第一位的目標。但深究農民負擔的成因，極其複雜。有機構龐大、人浮於事的原因；有匱於投入，基礎薄弱的原因；有財政體制不順，流通領域梗塞的原因；有城鄉分割，待遇不公的原因；有監管失控，貪污腐敗的原因；有社會和經濟上固有的，深層次的，許許多多的原因；當然，也有農民自身的原因……

小平同志就說過：中國的經濟要出問題，可能就出在農業上。因為中國的農業、農村和農民問題是最容易被忽視的，當我們感覺到需要認真解決它時，就可能已經發展成了大問題。

二〇〇一年四月，全國人大和全國政協兩會閉幕不久，海外傳媒突然熱鬧起來，關於中國農村稅費改革遭遇流產的報導連篇累牘。

當然這是毫無根據的。「確保農村稅費改革取得成功」——中國政府的決心是堅定不移的。中國的農村稅費改革沒有流產，也不可能流產，只是再聽不到《新華網》曾經披露過的那個改革的時間表。中央重新做出決定：繼續由安徽省進行農村稅費改革的探索，全國其他省區暫不擴大試點。

儘管這種調整，與合肥會議的部署有了很大的不同，出現這種變化，前後也只有兩個月的時間，但這確實又是極其負責任的態度，是一種最冷靜而又最明智的決策！

就在美國《華爾街日報》在報導中國農村稅費改革受挫、流產的時候，人們卻在中國中央電視台的屏幕上，看到朱鎔基總理正在安徽農村視察，他勉勵安徽省的廣大幹部和群眾再接再厲，努力解決好農村稅費改革中遇到的新矛盾和新問題，堅決把這項改革全面引向深入。

52 寄希望於安徽

我們在採訪中獲悉，在安徽全面推行稅費改革一年後的二〇〇一年，朱鎔基總理就先後三次深入到安徽。二月中旬，全國農村稅費改革試點工作會議期間，他在合肥周邊的農村調研；五月一日，國際勞動節，許多富裕起來的中國人，趁著「五一」期間的長假，闔家老小外出旅遊時，他卻又是在安徽的農村度過的。兩次來皖，朱鎔基格守諾言：不照相，不題詞，不讓陪餐，不准迎送，一切輕車簡從，甚至，不讓發消息。

對於這兩次總理來皖，安徽省委和省政府沒有再像以往那樣刻意準備，更沒挑選「亮點」甚或造假給總理看，安排考察的地方，既不是最好，又不算最差，因此具有著普遍的代表性的。

這一年的七月十八日，朱鎔基第三次踏上江淮大地，他帶領教育部、財政部、農業部等十多個有關部門負責人，在安徽省委書記王太華、省長許仲林的陪同下，驅車前往中國農村稅費改革的發韌地阜陽地區。這時阜陽地區，已改為阜陽市，他們來到了有著三十多年歷史的阜陽市潁上縣十八里舖鄉宋洋小學，重點考察稅費改革試點之後義務教育的目前情況。

望著教室裡空落落的幾十張破舊的課桌，朱鎔基顯然有些詫異，他問校長王偉：「怎麼沒有凳子？」

王偉解釋說：「為了節約經費，凳子都是學生自己帶。現在放假了，學生就把凳子都帶回家了。」

那些破舊的課桌油漆幾盡脫光，而且全沒抽屜，為了放書，不少籠屜竟是簡簡單單用線繩穿織而成的。

「這些課桌有多少年歷史了？」朱鎔基若有所思地問。

「二十年了。」

「二十年都沒有換過嗎？」

「沒有。」

朱鎔基伸出手，下意識地要去摸一摸面前的課桌，就在這一瞬間，記者按動了相機的快門。

從後來《安徽日報》發表的這張圖片看，簡陋的教室裡，看不到講台，站在單薄而破舊的課桌後面的王偉校長，在回答著總理的提問；雙手輕撫桌面的王太華書記，那一刻心情的沉重凸顯畫面；從繁華的大上海走出來的教育部長陳至立，聚精會神的目光中露出不安；曾表示用中央財政對地方轉移支付以支持稅費改革的財政部長項懷誠，面部的表情也是十分複雜的。

「這個學校在縣裡是什麼水平？」朱鎔基問王偉。

王偉答：「中等。」

朱鎔基沉默良久，摸著斑駁的桌面感慨道：「很艱難啊！」

那天下午，朱鎔基就在這所宋洋小學裡，召開了一個農村基礎教育的專題座談會。當場聽取附近鄉鎮幹部和中小學教師對義務教育的意見和建議。

主持會議的省委書記王太華，開門見山。他說：「總理非常關心稅費改革對農村義務教育有沒有影響。今天請大家暢所欲言，要講真話，不要怕講錯話，但絕不能講假話。」

王太華的開場白，使在座的幹部和教師多少有點意外。因為過去每逢市領導來檢查工作，縣裡鄉裡總是早早就打起招呼，只許說成績，不許說問題，更不准隨便說，如今來了國務院總理，省委書記卻要大家暢所欲言，要求講真心話，不要怕講錯話，特別強調不能講假話，這幾句話一講，講得不少人心間一熱，有的差點掉下淚來。

潁上縣江口鎮黨委書記李敬業打了頭炮。他說他是打心裡擁護這場稅費改革的，希望把農民的負擔減下來，改善黨群幹群關係，推動農村各項事業的進一步發展。但是改革之後，鎮村兩級的正常運轉卻有了很大問題，正想找個機會把意見提上去，想不到總理親自下來了，太華書記又把話說得這麼懇切，他也就打消顧慮，坦率直言了。

李敬業說：「我們這個地方地處偏僻，經濟發展相對滯後，財政供養人員和教師工資過去就不能按月發放，稅費改革後，困難更大，去年七月到今年六月，已經欠發教師津貼七十二萬元。」

朱鎔基認真聽著，這時問身邊的宋洋小學校長王偉：「你們學校教師工資欠發嗎？」

王偉說：「九八年和九九年，各欠兩個月工資，二〇〇〇年欠了四個月工資，今年上半年的都發了。」

「過去八個月的都補發了嗎？」

「沒有，掛起來了。」

朱鎔基望著王偉又問：「教師每月發到多少工資？」

「最高的六百元，低的三百元。」

「還有其他補助嗎？」

王偉實話實說：「沒有。」

一位鄉幹部接過王偉的話，忙向朱鎔基解釋：「有的教師家裡有承包地，還是可以增加一些收入的。」

朱鎔基聽了，語調嚴厲地說道：「不能因為有承包地，就可以拖欠教師的工資呀！」

插嘴的鄉幹部感到自找沒趣，顯得灰頭土臉。

接著，十八里舖鄉黨委書記羅士宣發言。他談到目前農村中小學存在的四個突出問題：一是危房改造難；二是學校布局調整資金缺口大；三是教師工資不能按時足額發放；四是「兩基」（基本掃除文盲、普及九年基礎教育）欠賬較多。

朱鎔基一邊聽，一邊思索，突然問坐在邊上的夏橋鎮小學校長張勇計：「學校向學生是怎麼收費的？」

張勇計說：「一、二年級學生每學期繳一百四十元；三、四、五年級繳一百六十元。」

「收的都是什麼錢？」朱鎔基追問。

張勇計說：「以小學五年級為例，每學期，每個學生，雜費五十元，書本費四十九元，作業本十元。」

「還有別的嗎？」

「還要向鎮裡繳四十元。」

「為什麼要向鎮裡繳呢？」朱鎔基轉過身問，「鎮長來了沒有？」

聽說夏橋鎮鎮長沒來，朱鎔基就問江口鎮黨委書記李敬業：「學校也向你們繳錢嗎？」

李敬業說：「要繳三十五元。」

「為什麼要收這個錢？」

「主要是用來返還教師工資。」

朱鎔基轉身又問王偉校長：「你們學校也向鎮裡繳錢嗎？」

王偉說，「不繳，但收的費中有一部分是要頂教師一個月的工資的。」

「其他學校怎麼樣？」朱鎔基決定來個刨根問底。

六十鋪鎮小學校長陳乃平說：「我們是繳一部分留一部分。」

通過和鄉鎮幹部、中小學校長的面對面座談，朱鎔基終於發現，農村有不少中小學的收費，大大超過國務院下文規定的農村義務教育收費的標準。他沉吟片刻說道：「感謝大家，讓我了解到了真實的情況。」

十八里鋪中學教師吳多順，這時發言：「我是一九九二年師專畢業的，現在月工資只有四百六十五元，比縣直中學的教師低一半，比市裡的中小學教師低得就更多。」

潁上縣教委主任陶俊之接著說道：「農村中小學教師質量不高、年齡偏大的問題普遍。一些學科教師緊缺，最近二十年，全縣就未分配到一名本科畢業的外語教師。」

朱鎔基一直認真地聽著大家的發言，在結束這個座談會時，他不無感慨地說：「看來，農村的基礎教育，特別是義務教育，還存在不少問題。農民負擔能不能減輕，義務教育等必要的投入能不能保證，應該成為我們檢驗稅費改革是否成功的重要標誌。這個問題我們要進一步研究，得另想辦法，只是千萬不能再在農民的身上打主意了，也希望安徽的同志在這方面探索出新的經驗來。」

分手時，朱鎔基已經上了車，只見他突然從軍窗裡又探出頭來，聲音低沉但很堅定地說：「謝謝大家對我們說了真話，使我們了解了很多過去所不了解的實際情況。很對不起大家，讓你們受委屈了。我們回去一定想辦法。」

說得在場的幹部群眾無不動容，大家用力地鼓掌，含著淚水目送總理遠去。

這以後，朱鎔基還到了安徽省的廬江縣新渡鄉，與農民進一步地懇談；回到合肥之後又聽取了安徽省委省政府的工作彙報。

在彙報會上，他首先對安徽省各級黨委和政府堅決貫徹中央的方針政策，在農村稅費改革的試點中敢為人先、知難而進的精神，以及取得的喜人成績，予以充分肯定。同時指出，農村稅費改革是一場深刻的社會變革；而且又是在當前市場糧價持續下降、農民增收渠道不多、鄉鎮財政普遍較為困難的情況下進行的，需要我們解決好不少棘手的問題。農村稅費改革離不開國家財政的支持，但全面推進這項改革，又必須考慮國家財政的承受能力。從安徽等地農村稅費改革的試點情況看，不僅在改革過程中，更重要的是在將來要鞏固改革的成果，切實防止農民負擔的反彈，這與農村各級黨政幹部素質的提高和工作作風的轉變密切相關。如果安徽在稅費改革中既減輕了農民負擔，又保證了義務教育等各項事業健康發展，還培育了廣大幹部廉潔奉公、勤政為民的正氣和作風，這就在全國帶了一個好頭，也就為我國的改革的發展做出了新的貢獻！

朱鎔基最後說：中央寄希望於安徽。中央決定，農村的這項改革，必須在安徽全省試點取得明顯成效，並總結出成熟經驗的基礎上，才能在全國進行，否則，貿然推開，就可能出現較大風險，欲速則不達啊！

這年十月，安徽省基礎教育工作會議在省城召開，會上傳達了全國基礎教育工作會議精神，這就是：從今往後，義務教育實行「分級負責、分級管理、以縣為主」的方針。明確規定：農村中小學教師的工資由鄉鎮改為縣級財政承擔。

為支持安徽省繼續進行農村稅費改革的試點，二○○○年中央財政向安徽提供了十一億元的專項轉移支付資金；二○○二年增加到十七億元。

儘管這種支付，對正將這場改革全面引向深入的安徽省財政所暴露出來的巨大缺口來說，不過只是杯水車薪，但是，「輸血」搞改革，也絕非中央政府推行這場改革的初衷。中央原本打算通過農村稅費的合併、暗費變明稅的辦法，進行地方支出總量的控制，以期既減輕農民負擔，又逼迫縣鄉尤其是鄉級政府精簡機構和人員，然而正如農業專家陶然所指出的那樣，當這場農村稅費改革的試點全面引向深入，當被改革者做起了改革的執行者角色的時候，管制型統治模式的弊端就會暴露無遺：中央、地方和農民，不會攜手尋求三方利益的最大化，都只會追求自身利益的最大化，而這其中處於最弱勢地位的，自然就只有農民！

在中央和地方的財權與事權嚴重脫節而未作修補，縣級財政依然捉襟見肘的今天，巨大的農村義務教育的經費由鄉鎮轉移到縣財政承擔，能解決問題嗎？

事實是，安徽的一些地方官員私下透露，現在有的地區已經出現村級開支「一事一議」範圍的擴大和標準被鬆動的情況；有些地方，甚至默許鄉政府和村委會拍賣公共財物來填補財政缺口，而對於公共財物的界定農民永遠沒有發言權，以至出現農民在自己的田間地頭種樹還要再向村裡「贖買」回來的事情；甚至，明火執仗地，新一輪的向農民公開集資的現象再次發生……

原有的矛盾並未化解，新的問題又浮出水面。

如果將這一切都解釋為農村幹部的素質和作風問題，這對他們中間的絕大多數人來講，顯然是有失公允的。

53 肝膽相照

中國致公黨，是最早關注這場農村改革，並且也是最早注意到改革中出現的問題的中國民主黨派。致公黨安徽省委在安徽的試點一開始，就同步進行了全程的研究。其中最熱心的，當數致公黨安徽省副主委汪偉。汪偉在調研時注意到，稅費改革雖然受到農民朋友的普遍擁護，還被親切地稱之為「第二次大包幹」，但它同時也帶來了一些具體的問題，其中最突出的，就是鄉村財政的減少，平均一個鄉鎮大約減少到九十萬元，村級的幅度就更大，不少地方已難以為繼。於是致公黨安徽省委由他牽頭，還把最先提出這項改革的省政府參事何開蔭，也請來作為特邀代表，開始了專題調研工作。

何開蔭一直堅持認為解決中國的「三農」問題，眼睛不能只放在「三農」上，這是一項巨大的系統工程，必須綜合治理，必須整體推進。但是他也清楚，中國的事情急不得，必須慢慢來，像飯要一口一口地吃，事也只能一件一件去做。既然現在全黨上下都在關注安徽正在進行的農村稅費改革，而這項改革又正是深化農村改革最好的突破口，那就應該專心致志地來研究它，想方設法讓它的改革方案更加貼近實際，變得日臻完善，以帶動和深化農村的綜合改革。他愉快地接受了汪偉的邀請，全身心地投入到了致公黨安徽省委組織的這次調研中去。

他們先後深入到安徽省的十五個縣（市）進行調查，形成了一個完善農村稅費改革方案的建議。這個建議，最後被新華社以《國內動態清樣》的內參形式發往中央各有關部門。致公黨中央主席羅豪才看到了這個建議，敏銳地感覺到，安徽的這項研究工作意義重大，致公黨中央也有必要投入力量作進一步的跟蹤調查，而且可以把它作為致公黨中央的一個重要提案，在將要召開的全國政協會議上提出，供中共中央和國務院決策時參考。

他當即就把自己的意見，連同那期《國內動態清樣》，一起批轉給了杜宜瑾副主席和丘國義秘書長。

杜宜瑾和丘國義，見到羅豪才的批示及致公黨安徽省委的建議，也是十分重視。兩人都是來自安徽，丘國義原先曾是合肥工業大學的一位教授，雖調京工作，可對發生在安徽的事情一向還是十分關心的；杜宜瑾曾經是安徽省的副省長，安徽省太和縣最初搞起稅費改革的試點時，他就十分了解，並且是積極支持的。

他們很快同致公黨安徽省委取得了聯繫。於是，一個以汪偉為組長、何開蔭任顧問的致公黨中央農村稅費改革課題組成立了。

課題組不但對安徽正在進行中的這場改革作了認真的調查研究，還去了湖南、江西兩個省的部分地區，並先後向江蘇、山東、浙江、吉林、河北等省了解了有關稅改試點的情況。

課題組在調研中了解到，全國唯一的全面試點省安徽及其他各省區有關的試點縣，試點工作的成效都是比較顯著的，都程度不同地減輕了農民的負擔，促進了基層政府職能的轉變和機構的精簡，初步規範了國家、集體和個人間的分配關係，促進了鄉村幹部的廉政建設，規範了鄉鎮、村級財務管理，總之，中央關於農村稅費改革的決策是順應民心，得到了廣大農民和鄉村幹部擁護的。

課題組也發現了不少問題。有些問題，何開蔭早就注意到，並已經對它進行了深入地研究。

首先，稅賦欠公，這是最大的問題。原來農業稅是按地徵收，而「三提五統」費是按人徵收，按地按人都有了兼顧，如今「費改稅」，一律跟地走，只按地的多少徵收，這就必然加重耕地多又相對貧困的農戶的負擔；而那些城鎮郊區的農民，人均耕地少或者全部被徵用了，從事二、三產業已相對富裕，他們的負擔卻很輕，甚至一分錢的負擔也沒有了，連原先的「三提五統」費也給漏掉了，稅賦的這種畸輕畸重，顯見是欠公允的。

其次是，計稅土地的面積賬實不符，核定的計稅土地面積往往大於實際的承包面積，因為「大包幹」以來的二十多年中，耕地的面積和利用的狀況變化很大，國家徵地，企業徵地，個人用地，非農產業用地，尤其是一九九二年以來各類經濟開發區和房地產熱都佔用了大量的耕地，不少地方甚至沒有經過合法的手續報批，或批少用多，致使土地管理部門難於掌握，更沒有建立起檔案進行動態管理，根據那本脫離實際的陳年賬冊來徵稅，農民不滿意。

再就是，這次設計的稅費改革方案，將「村提留」作為「農業稅附加」，這在理論上是說不通的，集體的資金不應納入稅的範疇。這一點憲法上有明確規定，耕地的所有權是屬於集體的，村集體向農民發包耕地，徵收帶有地租性質的承包費是具有不可侵犯的法定性，這是無論如何繞不過去的。

再說，計稅農田特產稅的「據實徵收」，既無法叫人操作，也與當前調整農業結構、發展經濟作物和特產作物的大政策相違背。這是個老問題了。姜春雲副總理視察安徽太和縣時，曾就這個問題批評過財政部的一位副部長；在阜陽召開的七省稅改試點的研討會上，各地代表也曾就這一問題，向財政部的官員提出過異常尖銳的責問。為什麼它今天依然還冠冕堂皇地被寫進中央農村稅費改革試點方案，這事本身就頗讓人感到納悶。

還有一個問題是，方案的計稅價過高，它同市場價格差距較大，應當把農村稅費的改革與完善糧食購銷的政策結合起來進行。

當然，說到底，進行這場改革的目的，歸根結柢，是要建立起農村經濟加快發展的機制。現在的稅改方案卻過於側重於減負，而造成農民負擔過重的那些深層次的問題又都基本上沒有觸動；雖然減掉了過去一些不合理的負擔，卻並未實質性地增加鄉鎮財政的資金投入，由於鄉鎮村級財政收入的銳減，農村基層政權幾乎到了難以支撐運轉的程度。

課題組針對以上這些問題，提出了一個具體的建議性的意見。這個意見歸納為二句話：五個取消，三個調整，一項改革。

五個取消是：取消專門面向農民徵收的行政事業性收費、政府基金、集資及一切亂收費。原由鄉統籌費開支的鄉村兩級九年義務教育、計劃生育、優撫和民兵訓練等項支出，均改由各級政府通過財政預算安排，鄉級道路建設資金由政府負責在附加稅中安排，村級道路建設由村民委員會在隨稅徵收的田賦資金中安排，農民在統一繳納完稅賦以後有權拒絕一切集資攤派亂收費。

取消屠宰稅。

取消計稅農田上的農業特產稅。

取消勞動積累工和義務工，今後除遇特大防洪搶險、抗旱等緊急任務，經縣級以上政府批准可臨時動用農村勞動力，任何地方和部門都不得無償動用農村勞動力。

取消糧食的國家定購任務。這一條應該成為農村稅改的核心問題。只有取消了糧食的國家定購，才能談得上全面推行農時的市場經濟，才可能引起農村經濟質的飛躍，也才能夠實現農村經濟持續、穩定、健康地發展。也只有這樣，才可以說農村稅費制度的改革，堪稱為繼土地改革、「大包幹」之後中國農村的第三次重大改革。

三個調整是：

調整農業稅率。

調整計稅面積。

調整計稅常產。

一項改革是：改革農業稅和村提留徵收使用的辦法。

課題組曾就提出的這些建設性的意見，在安徽省的皖南、皖中、皖北，山區、丘陵、平原，在這些不同類型的地區，選擇了十多個縣（市）進行詳細論證，結果發現，農民和農村基層幹部以及有關部門都是滿意的。因此，可以預想，只要在完善稅費改革方案的同時，再配合鄉鎮村級機構改革、重建農村基層組織等其他一系列的改革措施，就會取得更好的成效。

課題組拿出了這份調研報告之後，致公黨中央及時舉行了座談會，就課題組的調研成果展開交流。國家農村稅費改革辦公室、國務院研究室農經司、國務院參事室業務司和農業部農經司等有關部門負責人均應邀到會；致公黨中央主席羅豪才親自到會。

全國人大常委、致公黨中央副主席、原安徽省副省長杜宜瑾，在座談會上呼籲：推行農村稅費改革不能單兵作戰，單純地就稅制談稅制是不行的。他說，安徽在最初設計農村稅費改革時，就已經考慮到了這一點，當時配套改革的綜合方案便有十條措施，他們一直是把農村稅費改革，作為深化農村改革的突破口來看待的。

他特別強調指出：我們應該看到，自實行「大包幹」以來的二十二年中，中國的農村產生了許多新的矛盾，這些矛盾因為未得到及時解決，早已盤根錯節地交叉糾纏在一起，可謂牽一髮而動全身，任何單項改革，孤軍深入，都顯然不可能取得成功。

中國致公黨中央農村稅費改革課題組的調研報告，被作為該黨一項重要的提案，上交到隨後召開的全國政協十屆四次會議上。中國致公黨中央秘書長邱國義，被這次會議安排作大會發言。

二〇〇一年三月，全國人大和政協兩會在京召開。這次大會引人注目的是，安徽省代表團向全國人大九屆四次會議提交了要求盡快制定《義務教育投入法》的議案，被大會列為「一號議案」；中國致公黨中央向全國政協十屆四次會議遞交了《關於充實和完善農村稅費改革試點方案的建議》的提案，被安排在大會上專題發言。

一個是全國人大「一號議案」，一個是全國政協大會發言，談的都是農村稅費改革的問題，都成了這一年兩會期間的轟動性新聞。

第十二章 敢問路在何方

54 市場不相信眼淚

何開蔭在寫給中央的一份《調查報告》中，就這樣直言不諱地指出：「這次稅費改革方案的最大缺點，就是沒有建立起增收機制。」

安徽在實施試點時，顯然注意到了加大對農業的扶持，積極推進農業產業化經營，推進農業經濟結構的調整，加快農業科技的進步，增強農業的市場競爭力。總之，想方設法讓廣大農民增產增收，盡快富裕起來。

他們沒有忘記小平同志的一句話：發展才是硬道理。當然，這種發展，應該是可持續性的發展。

調整農業結構給農民帶來的好處，是立竿見影的。我們在開始接觸這個話題的時候，正是合肥市屬三縣的瓜農「談瓜色變」的時候。一年之前，合肥市場上的各種西瓜都賣了一個好價錢，於是那些不去研究市場規律、至今沒有從傳統農業的束縛中走出來的瓜農們，就盲目地蜂擁而上，這一年合肥地區的瓜田，一下擴大到十八萬畝，總產量高達兩億七千萬公斤，而合肥市民日銷西瓜只在一百五十萬公斤，加上這些西瓜的品種基本上屬於普通的中熟瓜，品種一般，產量太大，上市的時間又太集中，辛苦了幾個月種出來的西瓜，一角錢一斤也賣不出去，出現一個大西瓜不及半瓶礦泉水值錢的怪事。瓜農落下了傷心的淚水。

為盡可能減少瓜農的損失，省市新聞媒體呼籲市民多吃西瓜，合肥市政府也做出非常決定，在西瓜大量上市時，允許運瓜的小板車、拖拉機和各種農用車進入市區，交通警察還對瓜農實行了「一卡不設，一分不罰，一路綠燈」的特殊政策。

一時間，這座創建文明城市的活動走在全國前面的城市，朱鎔基也盛讚「那裡的環境特別好，空氣清新，環境整潔」的合肥市，整個亂了套：一街二巷，到處可以看到拉著西瓜蒙滿灰塵的各種車輛，「肆無忌憚」地往來穿梭……

社會呼籲市民多吃西瓜，不討價還價地憐憫瓜農，甚至不惜犧牲省城正常的秩序為瓜農提供方便，此番義舉，以及市民們自發的慈善行為，都是十分感人的，這種同情心，當然是要提倡的，在困難時刻幫農民兄弟一把，也是理所應當的。問題是，市民相信眼淚，市場不相信眼淚。靠善心扶不起一種產品，靠道德更興不了一個行業。市場的問題，終歸還得靠市場的手段來解決。

就在眾多瓜農為西瓜滯銷而愁眉不展時，講究科學種田的市郊三十崗鄉，他們種出的「京欣一號」、「早春紅玉」和「小蘭」等優質西瓜，在市場上一露面就成了搶手貨，價錢直線上升，竟賣到了一元錢一斤，而且，登堂入室，打進了省城的各大超市。

同樣是西瓜，一邊是慘淡經營，一邊卻成了大家爭相搶購的「香餑餑」。這在二〇〇一年七月的合肥，形成十分強烈的對比。

毛澤東說：窮則思變。其實思變的，只是那些「先覺者」。

三十崗鄉地處江淮分水嶺，崗衝交錯，原是合肥市郊區一個偏遠貧窮的農業鄉。鄉領導清醒地看到，農村稅費改革的第一位目標，是減輕農民的負擔，但是要農民富裕起來，農業就必須要面對市場，更新農民的觀念。在觀念更新的過程中，農民的科技進步又是至關重要的，只有農業生產的科技水平提高了，農產品真正變成為商品，在市場上才具有競爭力。因此，三十崗鄉黨委和政府，在實施農村稅費改革的同時，領著大夥走上了一條「特色、規模、檔次」的農業增效之路。他們在科研機構的幫助下，不僅培育出了優質的西瓜，還為這些西瓜註冊了商標。隨著生產品種的不斷擴大，他們先後培育出的鮮草莓、鮮水果、新鮮蔬菜以及特色南瓜和玉米，都擁有國家工商行政管理局批准的註冊商標。

一個地方的農產品，上升為一個受法律保護的知名品牌，這在安徽，乃至全國，還都是一件新鮮事。

肥西縣紫篷山下的農興鎮，是安徽農村稅費改革試點中，調整農業結構使農村面貌變化比較大的一個鄉鎮。在那裡，我們見到了鎮長察家德和下來指導工作的縣農辦主任劉大山。

蔡鎮長介紹說，「農興」這個名字，看起來振奮人心，但長期以來，它不過是農民的一個夢想。全鎮有五分之二的面積是山區，大大小小九十四座山頭，農業生產的條件很落後，基本上還是在吃老天爺的飯。二十四個行政村，就有半數人、地、牲畜缺水，不搞農業結構的調整，可以說，就沒有出頭的一天。鎮領導班子經過反覆調研，最後理清了發展思路，這就是：「壓水擴旱，壓糧擴經，壓常規擴優質，壓單一擴混種；調優種植業，調強養殖業，調大林果業，培育加工業。」

劉大山饒有興趣地給我們講起今天的農興人，在他們的幫助下，怎麼「玩」起了過去想都不敢想的「花色點子」，舉辦起各種各樣的「野貨」：野薺菜、野蕨菜、野馬齒菜、野莧菜、野菊苣，還飼養起了野鴨、野兔、野山雞……

在農興鎮上塘村，我們訪問了苗木專業戶余成宴。余成宴屬雞，一九四五年生，五十七歲了。他家的承包地就在山坡上，因為多半用不上水，過去一直是以種棉花、點花生和侍弄山芋等營生，單產只收到五、六百斤，日子過得很緊。前幾年，在鎮裡的倡導下，他小心翼翼地擺弄起花卉苗木，起初只是「黃鼠狼娶親—小打小鬧」。稅費改革之後，縣委縣政府選中了農興在內的上派、桃花、山南和柿樹幾個鄉鎮，集中發展園藝苗木，市裡還特意從農業大學請來了專家教授，免費為大夥培訓，余成宴動了心，乾脆把承包地全拿出來，大搞園藝苗木。結果，一年生，兩年熟，這位種了大半輩子棉花、花生和山芋的道地農民，現在成了遠近聞名的「苗木能人」。他指著滿山遍野油光碧綠的林子，自豪地說，「那是一萬五千棵香樟，市場上很搶手，栽上一棵這樣的香樟，蒼蠅、蚊子都不會有；一棵就是二十多塊錢呀，一萬五千棵，賣個三、四十萬元不成問題。香樟那邊，是冬青，也不少於兩千棵。」轉過身他又指著陽光下色澤鮮艷的場地說，「看到了吧，那是全紅紫薇，五千棵；旁邊的，是烏桕，也有三千棵。我現在經營了十多畝，別人出地、出力，我出資、出技術，用城裡人話講，我這『蛋糕』是越做越大了，其實在全縣，我還算不上最大的。」

在領著我們四下參觀的當兒，他腰間的手機不斷響起，不是來向他取經就是聯繫業務，一副躊躇滿志的樣子。

在糧價日益低迷，種糧食已無法使得農民變得富足的今天，農民渴望調整種植結構的心情是十分迫切的，但他們畢竟受到太多因素的制約，不知道外面的世界，更無法了解市場的需求，大多數的農民依然是一籌莫展，這就需要一批領頭羊，帶動周圍一批農民及時地調整產業結構；也正是由於有了這樣一批既有市場經濟頭腦，又懂得用科學種田的「能人」，許多地區才會出現「八仙過海，各顯神通」的生機勃勃的局面。

如果不是親眼所見，我們都很難相信這樣的事實：肥西縣清平鄉神靈村種植大戶吳正倉，從中國農科院植物所引進的人參果，畝產居然創下了十六萬元的破天荒紀錄。

吳正倉和一般的農村青年不同，喜歡動腦筋，高中畢業後回到農村，一開始試著種葡萄，後來南下深圳打工，打工的間隙，他到處考察農業能不能致富，為了了解市場行情，他居然還用辛辛苦苦賺下的血汗錢跑了一趟香港。再回到家鄉之後，便比別人多了一個經營頭腦，他發現如今再按照老輩人那樣一成不變地種莊稼，最多是混個溫飽，要奔小康，不搞科學種田，不鑽研市場經濟這門學問是不行了，就相中了人參果。

這種名叫人參果的果實，大小如梨，乳白中間有紫色，從外形看酷似人的心臟，原產南美洲。他引進了這種人參果，一下就種了兩畝多。果子收穫上來以後，他卻並不急於出手，而是將它儲藏在冷庫，選取了幾個送到安徽大學生命科學院去進行檢測，檢測的結果讓他喜出望外，原來這東西不光外觀誘人，竟然含有多種維生素，可以增加人的免疫力，甚至具有抗癌的功效。於是他就給這人參果起了個「世間仙果」的名字，請人設計了一個孫大聖手捧人參果的包裝盒，並在盒中飾以精美的手帕或綢緞，這樣就把他的人參果，與《西遊記》第二十四回孫悟空偷吃人參果的故事扯到了一起，使得這種產品「奇貨可居」了。然後，他還把人參果送到深圳的「高交會」上，香港的大老闆竟用二百元一公斤的價格買了去，使這東西更是名聲大振。待操辦好了以上這些事，吳正倉這方胸有成竹地跑到人才市場，招聘了幾名懂營銷的大學生，並首選「禮品市場」進行公關銷售。幾經包裝後的人參果，在合肥的市場上一亮相，頓時引起了轟動效應。他兩畝多地收穫的五千多公斤的人參果，就賺了四十多萬元，被傳媒驚呼「在田裡放了衛星」！

不過，暴富的吳正倉頭腦還算清醒。他說：「這樣的價格肯定是極不正常的，隨著各地農民大面積的引種，估計價格會迅速下滑；但即使跌到每公斤四、五元，一畝田好歹也可以收入上萬元，依然比過去種田划算。」

正如吳正倉所料，當肥東縣解集鄉闞集村的農民知道人參果是個寶，開始了大面積地引種，第二年，人參果在合肥市場上的形勢就不樂觀了，因為數量過大，又是鮮果，不宜久放，價格就只好「隨行就市」，於是走運的還蒙個高價，每公斤賣到五十元，賣到後來就不值錢了，一公斤能賣到兩元也就不錯。這以後全國迅速發展到十三個省市都在搶著種植人參果，市場上的售價就趨於混亂，有的地方甚至是在相互傾軋，低價傾銷了。

人參果後來價格的跌落，大大出乎吳正倉的意料。「一畝田好歹可以收入上萬元」的希望卻並未成為預言，他和一部分農民雖然因為較早地引種了人參果，奔上了小康，但隨著這種技術的迅速推廣，人參果最後變成了許多農民的「傷心果」。

農業技術推廣的過程，竟成了農民減收的過程。科學種田並非就一定會增加農民的收入，聽上去，這有些讓人難以思議，但是市場經濟的規律確實又是這樣深奧得很，裡面充滿了辯證法。

於是，人們漸漸認識到，搞結構的調整，適當地壓縮糧食的面積，絕不意味著以往糧食抓錯了，調整結構也絕不只意味著調整糧（食）經（濟作物）比例，理解是多種一點什麼，或少種一點什麼，甚至並不意味著僅是調整農產品的品種品質，而是要改變過去結構趨同的狀況，發揮不同區域的比較優勢。

合肥市在實施農村稅費改革的第二年，就從市財政中拿出五千萬元作為「支農專項資金」，有計劃地引導郊縣農民進行農業結構的調整。合肥市領導清醒地看到，自己處於省級集散中心位置；與本省其他地區，與外省市，乃至與國內外的農副產品市場，都有著廣泛的、密切的、全方位的商貿、物流和信息上的交流。基於這種區位優勢，合肥市在郊縣培育出了五大農產品基地：發展三萬畝草莓、兩萬畝食用菌、五萬畝反季節甜西瓜和十萬畝櫻桃蕃茄、彩色辣椒、結球生菜、雜交毛豆的特色作物基地；發展一萬畝紅菱、一萬畝藺草、兩萬畝池藕、兩萬畝荸薺的水生作物基地；發展五萬畝黑花生、五萬畝黑山芋、五萬畝黑黃豆的黑色作物基地；發展五萬畝雪棗、大紫棗、水蜜桃和優質葡萄的林果基地，以及四萬畝花卉苗木基地。

合肥市這種宏觀農業結構的調整，可以說是大手筆！

長豐縣的吳山鵝曾為清代貢品，其配製秘方世代相承，傳到今天，吳山鎮領導深知只有把資源優勢變為富民強勢，吳山鎮才可能實現振興，他們緊緊抓住「貢鵝」不放，做起了一篇大文章：先是與安徽農業大學和合肥市副食品公司聯合興建了一個種鵝場，繼而又與省城震霖置業有限公司共同創辦起吳山鵝深加工廠，並在全鎮二十四個行政村，建起了「市場—龍頭—基地—農戶」環環相扣的白鵝產業鏈。短短一年多時間，全鎮白鵝的養殖量就達到二十二萬隻，加工出「吳山貢鵝」一千四百噸，暢銷全國三十多個大中城市，還成功地打入首都市場。昔日王侯將相的桌上客菜，如今已成尋常百姓享受的美味佳肴。這成績已經不小，但他們並沒因此滿足，二〇〇二年又用傳統配製秘方，研製出「貢鴿」和「三黃雞」，同時推出「吳山精米」。肉鴿一上市就售出二十二萬隻，「三黃雞」的銷量更是喜人，迅速躍到了百萬隻；精米也賣出七千多噸。僅此三項與傳統「貢鵝」無關的收入就超過一億元！

長豐縣，這個並非「長豐」的國家級「貧困縣」，卻因為吳山鎮做足了「鵝」文章，又善於趁勢藉題發揮，今天的吳山真的如山一般地在長豐縣異峰突起了！

潁上縣有個八里河鄉，名叫八里河，其實並沒有河，有的只是一片荒蕪湖窪沼澤地。守著這片不毛之地，腦袋埋在泥土裡也長不出搖錢樹，更沒有別的優勢可言。泥腿子出身的鄉黨委書記張家旺，發現近年來中國開始了旅遊熱，他便突發奇想，要在這個漫湖野地建成一座全國最大的農民公園，以發展旅遊業，帶動飲食、運輸和服務等一系列相關產業的發展，來賺城裡人的錢。他不光敢想，也就這麼幹了。他親自去縣裡和市裡跑貸款，還組織起一支精明強幹的施工隊，先沿湖築起堤壩，栽上垂柳，蓋起漂漂亮亮的度假村，然後，就按照收集到的圖片資料，在水邊建起了美國的白宮、荷蘭的風車、法國的凱旋門、德國的鄉村教堂、希臘的宙斯神廟，當然還有中國的長城、北海公園的白塔和頤和園中的長廊……

有了這一片充滿野趣的度假村，還別出心裁地裝點出世界各地風光，節假日前來觀光的城裡人便接踵而至了。

有了與日俱增的旅遊收入，張家旺決心更大了，這以後他又相繼建起了動物園和一個有著三萬平方米的湖濱大浴場，陸陸續續添置出許多大城市也很少能看到的摩天輪、海盜船以及豪華飛椅等，一整套的高檔娛樂的休閒設施。就這樣，隨著斗轉星移，一個讓人難以置信的「八里河風光區」，令人眼花繚亂地出現在淮河岸邊，並榮獲聯合國授予的「全球環境五百佳」的殊譽。

昔日的荒灘野水，如今成了今日富甲一方的「風水寶地」！祖祖輩輩種莊稼的八里河農民，因為改「種」了「現代化的田園風光」，奔上了小康。

大別山區的金寨縣，是個有名的「將軍縣」，又是個出了名的貧困縣，這兩年他們大力發展蠶桑和板栗，老區農民開始走上了脫貧之路；當塗縣農民，利用稻田、水塘養殖榜蟹，規模逐年擴大，漸成氣候；渦陽、蒙城和利辛三個縣，因為大張旗鼓地發展養牛事業，成了我國著名的「黃牛金三角」；神醫華佗的家鄉亳州市，苦心經營中草藥，更是聞名海內外……

也有靠種糧種成了「百萬富翁」的。在鳳陽縣黃灣鄉後陳村，我們見到了被省委老書記王光宇喚作「陳百萬」的陳興漢。陳興漢認為，當農民，就得要種地，不務農，咋叫個農民呢？現在他在黃灣的淮河邊上，承包了附近農民的一千二百畝耕地，為實現農業機械化，他先後購買了旋耕機、播種機、聯合收割機、大馬力的拖拉機，以及「小四輪」和農用汽車。他還築堤興圩，建起了排灌站，確保夏秋兩季旱澇保收。最好的一年，他竟收了一百二十萬斤稻穀、六十八萬斤小麥，被滁州市委、市政府譽為「種糧狀元」。

「誰說種糧不能致富？」陳興漢自豪地指著他家的二樓說，「種糧不光富了我一個，這一片的父老鄉親也都富了。我的這個樓上，就接待過二十八個國家來華的客人；朱鎔基總理也曾來作過客！」

他確實夠典型的。因出身貧寒，六歲開始要飯，直到一九四九年才獲得翻身解放。但自打擔任高級社主任以後，二十多年來，他就四次被開除黨籍：一九五七年，他開荒種蘿蔔，正趕上反「右」，儘管種出來的蘿蔔全分給了大夥吃，上面卻說他是在「鬧資本主義」，被開除了黨籍；一九六〇年，他領著大家編筐、打草席，為的是幫助大家度過飢荒，鄉裡卻把他整成「投機倒把」，剛恢復的黨籍又丟了；一九七二年，因為說了幾句人民公社「一大二公」的「壞話」，開除黨籍不算，還被抓進去蹲了一年零三個月的大牢；一九八〇年，大家都在鬧「大包幹」，他認為這一下可以放開手腳大幹了，就放心大膽地組織起周邊的泗縣、泗洪、五河、鳳陽，安徽和江蘇兩省四縣的民工，大搞編織，不承想，再次觸犯了當時的政策—因為馬克思說過，僱工超過八人即為資本家—他居然僱了二百多人！鄉裡覺得他的問題太嚴重，又一次將他清除出黨。

鄉裡鄉親愛跟陳興漢開玩笑：「鄧小平不過三上三下，你可是四起四落呀！」

陳興漢只是幽默地一笑。人生儘管多舛，但他癡心不改。當他被徹底平反，重新恢復了黨籍，再次回到後陳村黨支部書記的崗位上，就又捨生忘死地領著大夥往發家致富的路上奔。

我們是二〇〇一年三月十一日，一個陽光晃眼的上午走進後陳村的。這時，他不僅承包著大片大片耕地，還興辦起一個日產五十噸精米的糧食加工廠和一個年出一百五十萬塊紅磚的輪窰廠，並正在籌劃飼養一千頭牛，一千隻羊和十萬隻家禽。

牛多，羊多，家禽多，種莊稼便不愁沒肥料；糧食從地裡收上來，自己也能夠深加工，農業生產進入了良性循環，莊稼人的日子於是就美美地過了。

聽著四次丟了黨籍的「陳百萬」說他自己的故事，我們就像在聽中國農民五十多年以來令人百感交集的一部奮鬥史。

毫無疑問，從已是全國勞動模範的「陳百萬」的身上，我們看到了今天黨的富民政策的深入人心，又深得人心。

當然，毋庸諱言，現在安徽廣大的農村雖然已經進行了稅費改革的試點，卻還是同中國廣大的農村一樣，減收的因素依然太多，而增收的因素太少，立竿見影的增收措施就少而又少。市場經濟，對許許多多農民來說，還十分陌生，並且有著太多的「陷阱」。像種植人參果的吳正倉、苗木專業戶余成宴和產糧狀元陳興漢，這樣的典型畢竟還只是少數；即便是為數不多的吳正倉、余成宴和陳興漢們，面對風雲變幻的市場行情，也不可能會是「常勝將軍」。目前，一些較為清醒的地方政府，已經開始認識到，農業產業結構的調整，是一個長期的動態的過程。廣大農村由高產轉向高效，不但需要客觀環境和宏觀政策的支持，更需要方方面面的配合。應該說，站在一縣一鄉，乃至一個市一個省的角度看，這種農業結構的調整，短期內確有可能增加農民的收入，但放到全國範圍考慮，或許並非就是治本之策。這裡面的道理，經濟學上叫作「合成謬誤」，即「個人理性導致集體非理性」，用老百姓的話說得也許更明白：你調，我調，他調，調來調去，大家的產品都賣不掉。因為普天之下一樣的體制，一樣的生活環境，不同區域間的農村經濟縱使有著各自的差異與優勢，又怎麼能夠逃得出這種「趨同」的遭遇呢？說到底，這種調整還停留在原地，停留在以農為本致富的路子上。再說農業勞動力的單位產值，被極其有限的土地資源限制住了，而且可以肯定的是，隨著城市勞動生產率的不斷提高，城鄉差距仍將繼續擴大，農業產業結構再怎麼調整，其單位產量仍舊十分有限，農業人口在總人口中佔大多數這個基本事實仍舊不會發生變化，其提供的總產值在國民經濟中的比例仍會在總體上越來越低，在這種情況下，指望農民因產業結構的調整而富裕起來，完全是不可能的。何況，由於國家強制性的政策控制，市場性剝奪，以及技術性限制，我們的農業已經不是一種產業。今天的農業經濟，呈現的不過是一種「品長銀收」（農產品在增長但農業卻總體性收入減少）的格局。

因此，如果說結構調整，需要調整的，就遠不是農業內部的結構，它還應該包括城鎮建設，義務教育，鄉鎮企業，非農產業，勞動力結構，資金、金融和經營方式等等，特別是，需要從根本上解決長期以來城鄉隔絕、對立、分離的不平局面。中國需要進行一次制度革命，解放農民，轉移農民，減少農民，讓更多的中國農民看到進城的希望，並最終讓他們告別世代繁衍生息的封閉鄉野，融入到城市化的洪流中去。

前方的路，還很長，很長。

55 在輝煌與富足的背後

安徽是個農業大省，同樣也是勞動力資源的大省。中央部署安徽省開始農村稅費改革試點的二〇〇〇年，全省農村剩餘勞動力就超過一千萬人，已佔到農村勞動力總數的百分之四十。可以肯定，隨著農村產業結構調整力度的加大，這一比例，將會進一步擴大。

如何開發農村勞動力的資源，促進農村剩餘勞動力的轉移，這已不僅是減輕農民負擔題中應有之義，更是實現農業現代化，事關中國現代化的一個戰略性的大問題。因為中國的現代化進程，不能拋下農民；沒有農民的現代化，就沒有中國的現代化。

種田出現經營性虧損，農民負擔又造成務農效益的進一步低下，一家農戶就那麼點地的種田模式對農民的吸引力正在喪失；城鄉之間巨大的落差，就更加使得許多農民將世世代代視之為生命的土地，看作是一種「負擔」，於是一個人數驚人的農民大軍，便浩浩蕩蕩，背井離鄉，衝破了各種人為的鐵壁銅牆，擁進了城市。

走進了城市，但他們中的絕大多數人卻只能寄生在城市的屋簷下。城市的「低保」、「醫保」、住房補貼以及各種各樣社會福利的溫情的大網，依然將他們拒之門外。

不可逾越的戶籍制度，注定他們只能成為城市的「候鳥」。

國家統計局一項統計表明，我國跨省流動人口已經超過一億兩千萬人。在這些跨省流動的人口中，川、皖、湘、贛、豫、鄂六省流出的人口，佔到了全國跨省流動人口的百分之五十九點三，超過了總數的一半。安徽流出的人口位居全國第二。

安徽現有兩千七百多萬農村勞動力，其中就有七百多萬在外地打工就業。在這七百多萬個民工中，僅上海市的就高達一百二十五萬多人，佔到上海外來民工的三分之一。而這只不過是官方的統計數字，事實上，有很大一部分安徽的民工已經在上海站穩了腳跟，又把妻子兒女帶往上海，實際在滬的安徽民工已遠遠超過二百萬人。

在中國東方的這座大都市中，只要有能容納民工的地方，就一準能找到「皖軍」的影子。

上海市閔行區委黨校吳兆威教授說，這幾年上海發展速度最快的莫過於閔行區、寶山區、嘉定區和後來居上的浦東區，正是這幾個區，安徽的民工也最多，佔到安徽民工在上海總數的百分之四十七點四。

可以這樣說：上海人的衣食住行，已離不開安徽民工。從建築行業、紡織行業、汽車行業到種植養殖行業，行行都有安徽民工在裡面，而且相當一部分安徽民工，幹得非常出色，許多人已經成為行業中的拔尖人才或是先進標兵。

樅陽縣民工高玉美，在上海東海棉紡廠成為擋車技術高手，被評為上海市新長征突擊手；六安市民工吳倫中，在上海創辦了中中美術裝演室，資產上千萬，其規模列在上海前十位；來自霍邱縣的民工牛傳運，潛心於電腦的研究，專門為各大公司裡的微機運作提供諮詢與診斷，早就成了上海灘有名的「電腦醫生」了……

不佩服不行。一些上海人眼中的廢物，到了安徽民工手中卻成了「寶貝」；有些上海人不屑一顧的工作，安徽民工一上崗就幹出了漂亮的業績。在上海創辦了康寶蓮實業有限公司的廬江縣民工江光能，利用工廠丟棄的爐渣修路，發展到擁有千萬元資產的四家企業；在江南造船集團製造軍艦的關鍵部位上，能打善戰的五百多名職工，全來自安徽無為縣，他們既能吃苦，又肯鑽研，該集團董事長陳金海誇讚說，這些安徽民工掌握的技能，已遠遠超過了集團中上海市的正式職工。

打拼在上海的安徽民工中，已有一部分脫胎換骨，走上了企業的管理層，創造出民工管理正式職工的局面。廬江縣樂橋鎮民工唐起琢，被中美合資上海高聖達服裝有限公司相中，領導起上千名員工，在短短的時間內就為公司創匯五百多萬美元，成為打工族中的佼佼者。

當溫州人用雄厚的資金大舉進軍上海灘的時候，安徽民工也毫不示弱，他們以其勤勞、智慧、以及微薄的資本走進上海，在這個競爭激烈的大都市艱苦創業。他們從開小飯館、小理髮店、修理鋪甚至僅憑體力搞運輸、搞建築或走街串巷收購廢品起家，一步步地進行著原始資本積累，從掙小錢發展到掘「黃金」。現在，據不完全統計，在今天的大上海，由安徽民工創辦的資產上千萬的企業，就至少有了四、五十家。

早在改革開放初期，安徽無為的鄉下妹子，就勇敢地向命運挑戰，拋卻「故土難捨」的傳統觀念，不遠千里進京當保姆，成為中國農民進城打工的「排頭兵」。今天，地處淮河蓄洪區的安徽霍丘縣馮井鎮，一個出了名的「老災窩」，幾年中間，卻冒出一千一百多位「泥腿子」，硬是闖進了北京中關村。從識不了幾個洋文字，到可以在數分鐘內用複雜零件組配一台高性能電腦，從站櫃台到高級代理商，他們已從高科技產品價值的底端脫穎而出，牢牢佔據著這個「中國矽谷」CPU芯片市場百分之六十以上的經營份額，為中國的民工創造出一個新世紀「春天的童話」。

省城合肥市屬三縣民工的建築隊伍，不僅有一萬八千人在首都北京站穩了腳跟，註冊的隊伍已達十二家；由合肥地區民工組成的建築隊伍，已覆蓋全國二十二個省市自治區，並延伸到十四個國家和地區的海外建築市場，創下驕人的業績。

據了解，在廣東省東莞市一個叫厚街的不大的地方，安徽阜南縣在那兒打工的農民，已到公安機關正式登記註冊的，就有一萬一千四百八十一人，加上尚未辦過手續、在厚街鎮生活的阜南民工，比較確切的數字就應該是五萬多人。

五萬多人，在這樣一個南方小鎮，無論如何不能說是一個小數目。

四海為家的安徽民工，就這樣，或以苦力糊口，或以薄技營生，或以心智打拼，在遠離親人的他鄉陌土，分別以各自不同的方式，編織著自己的夢想。

七百多萬外出務工的安徽農民，為外地創造的GDP，若按每年每人五萬元計算，總值便是三千億元，這幾乎相當於安徽省一年的GDP總值，就是說，外出打工的安徽民工，每年都在安徽的境外創出一個「流動的安徽」；而他們打工所取得的工資性收入，每年匯往家鄉的，至少也在三百億元左右，顯然又高出了安徽地方財政的收入，也就是說，這些在外打工的安徽農民，每年在外邊創出一個「流動的安徽」的同時，還又創出一個「回歸的安徽」！

農業人口的流動，不僅有力地推動了流入地同時也推動了流出地的社會經濟發展，這已是不容置疑的事實。由於外出人員的文化程度普遍較高，經過多年磨練，既開闊了眼界，更增添了才幹，他們在擁向大城市、被大城市改變的同時，也在改變著大城市、改變著家鄉。以農村稅費搞得較好、外出勞力又較多的安徽省阜陽地區為例，目前由外出人員回流後創辦領辦的企業，就已多達七百多家。從調查到的其中的六十九家這樣的企業看，就吸納了勞力一萬七千五百人，資產總額高達一億三千七百萬元，提供利稅則是五千八百三十九萬元。

在我們所到的那些偏遠的農村裡，常常會在一片破敗陳舊的農舍中間，發現幾處鶴立雞群讓人眼前一亮的樓房。這些樓房，不用去問，它的主人不是享有特權的鄉村幹部，便是有外出打工者的人家。

安徽要實現由農業大省向農業強省的跨越，就不能不重視和用好這支進城的民工大軍。事實上，安徽省在農村剩餘勞動力轉移工作上的起步是較早的，隨著稅費改革的不斷深入，省委和省政府相繼出台了許多相關的文件，大力表彰「走四方」的「農民創業之星」。省農委，省勞動保障廳，省民政廳，省公安廳，省交通廳和省建設廳，也都先後為此做了大量的工作。省委書記王太華就不只一次地強調指出：「今後五到十年，各級黨委政府都要把勞動力輸出作為重要產業，抓好培訓引導、服務和管理，以推動農村勞力有序地流動，努力拓寬農民增收的渠道。」與此同時，對安徽境內進城打工的農民，先後制定出一系列的新政策，力所能及地取消現存的不合理的限制，甚至讓他們可以享受包括參保在內的各種待遇。

但是，在調查中我們也明顯注意到，勞動力的輸出，雖然在一定程度上緩解了安徽農村就業的壓力，活躍了安徽農村的經濟，對安徽經濟的發展起到了一定的作用，可是，我們也不能一味地誇大勞務經濟的作用，因為包括安徽在內的一些勞動力輸出的大省，其農村勞動力輸出的副作用已經顯現出來。隨著一大批素質較高的勞動力大量的流失，農村發展的後勁明顯不足，農業產業鏈條在萎縮，經濟發展的產業體系難以形成；還由於大量的勞動力資源輸往經濟發達的省份，從而拉大了本地與那些地區的差距，這種差距反過來又削弱了外商來這些省區的投資意向，導致這些省區經濟發展的惡性循環。

特別是由於體制上的不順，農村剩餘勞動力轉移中的大量問題，遠不是這些省區可以解決得了的。一個同樣不容迴避的嚴峻事實是：這些被稱為「民工」的外出農民，絕大多數至今也不可能從城市得到一個真正平等的待遇和有尊嚴的身分。

各地政府管理民工的政策重點，又幾乎都只考慮如何把民工管住、管嚴；管理的出發點和落腳點，也都只是防止流動人口犯罪、確保城市的穩定和安全。許多地方甚至把農民工視為「流動人口犯罪」的預防和打擊對象，看作是社會治安綜合整治的對象，並且把責任就交給了公安機關。

我們的政府正在自覺不自覺地走入一個「歧視農民工」的設區。這種歧視性的管理傾向，已經嚴重地制約和阻礙了中國現代化的進程。

上個世紀六十年代初期，當歐美各國的學者雲集日本箱根，系統而又認真地討論關於現代化的問題時，中國卻正因在一場天災人禍造成的大飢饉中，接著又爆發了災難深重曠時十年的「文化大革命」。所以，在我們開始為實現現代化而進行一場改革時，甚至並不清楚，中國要想現代化，尤其是實現農業的現代化，農業人口首先必須大量減少，農村剩餘的勞動力向城市轉移，勢必將成為當今中國不可逆轉的歷史潮流。

世界上經濟最發達的美國，農業人口只佔到全國總人數的百分之七；日本明治維新以後的經濟發展是歷史上最快的，這也正是它的農業人口由佔總人數的百分之八十五減到百分之十五的時候；我國的台灣省也不例外，它的高速發展，同樣是在農業人口從佔總人數的百分之八十減到了百分之十五的這一時期。

中國目前有十三億人口，農業人口佔了九億，其中，勞動年齡人口就佔到五億多，鄉鎮企業只解決了幾千萬，農業生產也只需要一億多，還有三、四億過剩勞動力有待流出。

因此可以說，只有大批的農民從土地上走出來，成為市民，中國的現代化才有希望。然而，今天中國的城市對於億萬打工的農民來說，還不可能會是愛的驛站。他們絕大多數人享受到的，還只是漂泊的生活和失落的情感。他們不可能真正做到「跟城裡人平起平坐」，一些人利用政府賦予的職權，對他們吃、拿、卡、要，最讓他們寒心的，還是身前身後布滿的種種陷阱：沒了的加班卻沒有加班費；損害健康乃至危及生命的勞動沒有起碼的勞動保護設施；許多人則常常上當受騙，幹了活竟拿不到工資；更有因工負傷、患病、致殘，就被一腳踢出門外了事；還有令人痛心地淪為了乞丐、妓女、吸毒販毒者和犯罪分子……

社會學研究專家李強等調查發現，僅二〇〇二年，在北京打工的外來民工，大約每四個農民中就有一個拿不到工資，或是被拖欠工資；由於各種原因，有百分之三十六點三的農民工出現過身上一文不名的現象；有六成民工每天勞動時間超過十小時，三分之一超過十二小時，百分之十六在十四小時以上；百分之四十六的人生過病，而百分之九十三的人單位未付分文醫藥費。

這些竟然都是發生在中國的首都北京！

無數外來的民工，用他們的汗水、淚水，心力交瘁地創造著一座座城市的輝煌與富足，但我們城市的一些人，卻讓各地的農民工懂得了什麼叫「為富不仁」。同在一片藍天之下，人與人之間那種應有的平等、互助、友愛、尊重和謙讓，就這樣被無情而又徹底地打碎，甚至沒有為他們留下多少憐憫與溫情。

本來，以戶籍制度為標誌的二元社會結構，已經人為地製造出城鄉居民身分的不平等，發展機會的不平等，收入的差距被拉大，城鄉間的流動被梗阻，城市中心主義滲透到了億萬市民的潛意識之中，而一些城市政府的不當行為，又進一步地強化了市民的這種根深蒂固的傳統觀念，進城的農民於是就被制度性地歸入了「賤民」階層。

民工生存的惡劣環境和受到的非人待遇，近年來常出現在報端，這些早已不成其為新聞的故事，已經使得人們開始變得麻木起來。

我們已經來到了二十一世紀，沐浴著新世紀的新鮮陽光，但是我們卻依然被這樣一些消息所困擾，所震驚：農民年人均純收入繼續在下降，國民收入苦樂不均的現象愈來愈顯著。國務院發展研究中心副主任魯志強痛切地指出，中國已經跨入居民收入很不平等的國家；公眾對收入分配現狀已經產生不滿，百分之七十以上的人認為「貧富懸殊」已經影響到了社會的穩定。

當今之中國，凡有能力的人，幾乎就沒有願意待在農村的。頭腦靈活的，通過考學進入了城市，有點門路的也都通過招工、投親或是打工擁向了城市。上個世紀八十年代為什麼鄉鎮企業蓬勃興起？主要是當時的農村積攢了一批人才。但是這以後，農村的人才不斷外流，鄉鎮企業的人力資源難以為繼，創造精神和創業資源的貧乏和枯竭，無疑是近幾年鄉鎮企業後勁乏力的重要原因。

城鄉差別使一個國家的財富資源在城市高度集中，財富資源不僅包括人力資源，同樣包括實物資源。因此，與人才一起流走的，已不僅是農村中的優秀人才，更有大量的資金。從我們掌握到的數字看，從一九八五年到一九九四年的十年間，淨流出農村的資金累計，就高達三千零五十七億元，年均三百多億元！

有消息表明，公安部早在一九八五年就開始起草《戶籍法》了，以期徹底填平橫隔在城鄉人民之間的這條不平等的鴻溝。可是，艱苦卓絕的抗日戰爭，只有八年；打垮蔣家王朝的解放戰爭，也只用了三年；現在兩倍於抗日戰爭、六倍於解放戰爭的漫長的十八年的歲月過去了，中國農民望眼欲穿的《戶籍法》，卻至今不見出台。主要原因就是政府各部門的阻力太大，廢除農業戶口和非農業戶口的二元結構，幾乎遭到政府各個部門的一致反對。

看上去，不可思議，其實，說到底，是不少政府部門死抱著在計劃經濟時代已經得到的許多部門利益和傳統特權不放，寧可抱殘守缺，也不肯有所作為。

令人不安的是，隨著城市下崗職工再就業的壓力加大，各地城市普遍採取了「騰籠換鳥」的辦法，或辭退農民工；或限期使用外來民工，甚至增加限制使用外地人員的行業和職業範圍，導致外出找不到工作而返鄉的民工逐年增多。這是我們今天的統計數字沒有包括在內的一個龐大的農業失業群體，這個群體的人數是大大超過城市失業和下崗職工的人數的！

只要農業的社會保障一天得不到解決，沒有一種新制度來安排解決依然留在農村的農民們的生老病死，農民就只能依存已經十分有限的土地。儘管這種依存是十分被動的，更是無奈的。因此，我們可以說，如果今天中國的農業仍是多數農民收入的主要來源，那麼城鄉之間、區域之間的貧富懸殊就必然會被進一步拉大；如果城市的產品，農村市場無法接受，我們商品的全面過剩和通貨緊縮將不請自來；如果農村被長期地排除在現代化的進程之外，年輕一代農民，極有可能成為活躍的社會的不穩定源，從而加劇城鄉斷裂的危險，由此引發的衝擊和震盪，肯定都將是災難性的！

56 小崗村的憂慮

二〇〇二年金秋，安徽省農村稅費改革進入了第三個年頭了。安徽省委和省政府為「減負」下的決心，不可謂之不大，做出的努力，不可謂之不苦口婆心，但是農村中的「三亂」卻突然又起，而且大有「野火燒不盡，春風吹又生」之勢。

農民負擔的這種反彈，來勢之猛，讓許多人始料不及。

據《新安晚報》透露：從二〇〇二年八月二十日到九月一日短短十三天，學生家長投訴教育亂收費的人民來信，就多達三百六十九件，幾乎遍及安徽各地。其中，臨泉縣五十三件，阜南縣三十六件，固鎮縣三十件，太和縣十四件，泗縣二十一件，定遠縣四十六件，望江縣十六件，太湖縣十六件，天長縣十五件，池州市貴池區十九件……

其實，問題的嚴重，遠不是這些從安徽省物價局得到的群眾舉報，各地投訴的還不僅僅是一個教育方面，也不光是這一年的八、九月份，自實行了農村稅費改革的試點以來，「減負」的工作一直就呈「高壓」態勢，可是涉農收費的問題一直依然還是困擾農村經濟發展和社會穩定的一個突出問題。

安徽省價格檢查所為此開展過一次涉農收費專項的大檢查，檢查中發現，有些地方收費的項目少則十幾項、幾十項，多則又是上百項，收費的部門已經涉及到了教育、土地、司法、民政、供電、財政、稅務、工商、衛生、公安等等；收費的內容也涉及到上學、建房、結婚、生老病死、出售農副產品等等。

可以說，這是一次全面的「死灰復燃」。

按照試點之初，省政府《致全省農民朋友的一封信》上的規定，農民建房除由土地管理部門收取五元土地證書的工本費而外，不得再收取其他任何費用，但有些地方農民在辦理建房審批手續的過程中，繳納的費用項目之多、標準之高，再次叫農民無法承受，不但要收土地證工本費，還要收取徵地管理費、土地有償使用費、權屬變更費、造地費、開墾費、受益金、耕地佔用稅建築營業稅等一系列稅費。農民經批准在自己承包的土地上建一所房屋，各種費用需一千至[illegible]元，有的竟高達五千元以上！

此外，有的農民外出務工辦身分證，要被收取戶籍證明費或身分證遞卡費；農民結婚時，還要被強制收取諮詢費等多項有償服務費；明明是國家投資的農網改造，農民不但要出義務工、小工費甚至要出施工人員的伙食費……

省委書記王太華又一次拍案而起。

為鞏固農村稅費改革的成果，切實減輕農民的負擔，安徽省委、省政府指示各有關部門對群眾反映強烈的中小學亂收費、農村建房亂收費等案件，進行嚴肅查處和糾正，堅決制止和有效防止農民負擔出現的這種反彈。

潛山縣物價局和縣教委聯手超越權限，違反規定，制定下發了行政事業性收費文件，擅自變更中小學收費標準和範圍，縣物價局局長被免職並給予行政降級處分，縣教委主任和物價局業務副局長受到行政記大過處分；泗縣大莊鎮建設所所長，壽縣楊仙鎮黨委書記、鎮長，以及蒙城縣三覺鎮、懷遠縣朱疃鄉、阜南縣三塔鎮等鄉鎮一批黨政負責人，也都因為亂收費分別受到撤職、記過或黨內嚴重警告的查辦。

省委辦公廳和省政府辦公廳，對幾起較為典型的加重農民負擔的案件進行了通報。通報指出，省委要求各地在進一步加強對農村稅費改革領導的同時，對違反規定、擅自加重農民負擔的案件，要堅決做到發現一起，查處一起，絕不姑息遷就。對農民負擔問題嚴重的地方，除追究直接責任人的責任外，還要追究縣（市、區）黨政主要領導的責任。通報中指出，省、市兩級均已成立了涉農案件查處辦公室，要求各縣（市、區）也盡快成立這一辦公室，並向社會公開舉報電話，以在全省形成一個涉農問題的監督查處網絡。

安徽省委、省政府還不失時機地召開了全省整治涉農收費電視電話會議。省委副書記、省紀委書記楊多良主持了這個會議並作了重要講話，省委常委、常務副省長張平在會上作了再動員和有關的部署。

這期間，我們也不斷接到這兩年採訪過的農民朋友的來信和電話，反映他們那兒才過了幾天舒心的日子，縣鄉和村裡的幹部就又把手伸了出來，各種名堂的「三亂」捲土重來。

許多亂收費的藉口甚至是讓人哭笑不得，又是觸目驚心的。

在發生過震驚兩省數縣「大高村事件」的靈璧縣馮廟鎮，農民至今噤若寒蟬，亂收費不僅依然照舊，幹部們竟揚言如有上邊人下來檢查稅改工作，不准說有問題，否則，「將對他絕不客氣」。

最不可思議的，還是臨泉縣白廟鎮王營村後來發生的事情。王營村村民寫給有關方面的長達七、八千字的告狀信開篇寫道：

> 歷史進入二十一世紀，中國已進入法制社會的今天，我們王營行政村村民的民主權利、財產權利和人身權利還在遭受著如此野蠻的侵害，請看白廟鎮黨委副書記李俠、鎮民政辦主任周占民、村支部書記王俊彬在王營的暴行吧！

看到王俊彬的名字，我們不由一驚。

這不就是當年那位帶頭上訪，一度被通緝追捕，開除黨籍，後受到中央關注解決了問題、安復了黨籍並被選為村支書的王俊彬嗎？

怎麼在王營「被迫無奈又一次舉行集體上訪」時，當年的這位上訪領袖卻成了被上訪的對象呢？

從狀紙上看，王營村今天又一次出現幹部私闖民宅、扒糧打人的事，並隱瞞國家下撥的「災歉減免款」，村民們提出意見後，鎮村幹部惱羞成怒，依然故伎重演，動用執法機關上門抓人。

告狀信在陳述了「災減款事件」後，這樣寫道：

> 農業稅災歉減免款，是中央財政和省財政在大災之年撥下來減免災區農民農業稅的專項錢款，這是為了讓農民休養生息，當然也為了讓農民在大災之年感受到黨和政府的溫暖，知道黨和政府時刻在牽掛著農民的生活生產，時刻都在關注著農村經濟的發展，在這樣的錢上也敢做文章的官們，他們摟走的，就不是一筆普通的資金，而是黨和政府對災區農民的一片愛心啊！

讀後，我們心潮難平。王俊彬前後角色的轉換，也讓我們陷入了痛苦而良久的沉思。難道說我們當今中國農村舊有的體制，真的就是一潭「魔水」，它可以使一切陷入其中的人變得面目全非？

這使我們想到二〇〇一年春天的小崗之行。

那是在全國農村稅費改革試點會議即將在合肥召開的日子，我們極想知道，二十多年前曾經引發了那場震驚世界的偉大變革的發祥之地──「中國改革第一村」今天的情景。

在小崗，我們見到了與共和國同歲的，被村民喚作「村長」的村委會主任嚴宏昌。

提起過去的農民負擔，嚴宏昌同我們見過的那些村長一樣，把頭直搖。他說：「小崗的出名，就出在領頭搞了『大包幹』，『大包幹』的三句話，如今已經是家喻戶曉了：『繳足國家的，留夠集體的，餘下都是自己的。』想不到後來的麻煩，也就出在這三句話上。上面刮下來的所有的『三亂』風，沒有一項不是打著國家和集體的幌子，後來就沒法子可以『繳足』『留夠』了。你餵豬吧，生豬稅，又多又爛，氣得村民最後乾脆不餵；誰家買了輛拖拉機，繳齊機械管理稅還不算，你上不上公路？養路費，監理費，檢測費，少了哪一項也不行；不管你田裡有沒有『特產』，也一樣全都得繳『特產稅』。當然稅改以後，這些亂七八糟的這稅那費沒有了，可是，村級收入普遍下降，新的問題又出來了。」他接著說，「現在村裡的辦公費，一分錢沒有。鎮政府的日子也不好過，返回給小崗村的經費，一年也就只有三千零八十塊錢。」

他把右手伸在我們面前，扳著指頭，算了一筆細賬：「村幹部七人。支書，主任，文書，每人年薪一千八；另外四個人每人年薪就只有一千。這樣的工資，不能說是多吧，可僅這一項加在一起，也得要九千四百元。村裡沒有能攢錢的企業，村幹部工資首先便沒了著落；優撫對象的補貼、貧困戶的救濟，自然全成了問題；再說村裡還有三個『五保戶』，每戶每年要一千八，三人一年就是五千四，這筆供養費也就難兌現。」

他無可奈何地說了句順口溜：「現在是，國家財政扶搖直上，縣級財政搖搖晃晃，鄉鎮財政沒啥名堂，村級財政一掃而光。」

他苦澀地笑了，說道：「為搞好這次稅改試點工作，中央和省裡都撥下來專項資金。村級建設專用款，鳳陽縣撥來二百萬，大村小村一律撥下了五千元，這顯然是對我們最大的支持，是缺口太大了，總歸還是無濟於事。當然，作為小崗村的幹部，我們再困難，也不能再去向村們要，村裡的『一事一議』也不能超過規定的十五元錢。稅改第一年，一部分村幹部想不通，就撂了擔子，梨園村的支書和一個副村長，嚴崗村的副村長，東莊村的村幹部，就先後進城打工去了。這兩年，我從村裡總共報銷了十六塊錢，那還是去祝賀我們小溪河鎮居委會成立；上縣開會，沒辦法，全靠掏自己腰包；僅是陸陸續續為村裡添置辦公用品，我就已經掏過二百多元錢了。」

我們聽了甚感意外，就問：「你就是按時足額拿到那一千八百元『年薪』，每月只攤到一百五十元，這點錢，就是養家糊口也成問題，外出開會，添置辦公用品，還都要自己破費，日子怎麼過？村長還怎麼當？」

嚴宏昌朗聲笑道：「靠孩子，靠老婆。」他甚至透出幾分自豪，「老二嚴餘山和老三嚴德蘭，兄妹二人早年就闖深圳，現在都幹得不錯，嚴餘山還在一家企業做上了管理工作；老五嚴德錦，在省城電視台當經濟記者；愛人段永霞一直在搞家庭養殖，養雞養豬，收入也不賴。我這個村長全靠他們支持。」

告別小崗村回到合肥，我們一直在想：這可是小崗村啊！嚴宏昌們為愛護「中國改革第一村」的殊榮與形象，可以這樣大公無私，可以表現得高風亮節，有這種覺悟和境界，有這份光榮和責任，相信他們即便再苦，再難，也絕不會再去掏老百姓的腰包。可是，這顯然並不能說明，更無法保證其他地方的村官、鄉官和縣官們，都會像嚴宏昌們一樣的「克己復禮」，一樣的「委曲求全」。在稅費改革的「風聲」比較緊的「高壓」態勢之下，有些人可能會變得收斂一些，但如果中國農業體制和政策上的那許多弊端與缺陷，沒有一個根本性的改變，農民不合理的負擔想要得到徹底制止與有效防止，幾乎是不大可能的。農民負擔的這種反彈，看來只是遲早的事！

減輕農民不合理負擔尚且如此之難，那麼，又怎麼才能解決農民富裕、農業現代化，解決城鄉差別迅速擴大的問題呢？

這樣看，搞稅費改革，給農民減負，乃至科學種田、進行農業產業結構的調整，這些顯然都是非常必要和急切的，但它顯然又都還不是解決「三農」問題的治本之策、根本出路。

57 中國改革正在過大關

中國農業的出路究竟在哪裡？

阻礙中國農村飛速發展的癥結又到底在哪裡？

如何才能重新喚起中國農民在上個世紀八十年代初期所表現出來的那股衝天般的熱情和幹勁，重新激起農民埋藏在他們內心深處的由世代積累下來的巨大潛能，再造二十一世紀中國新的文明史？

為此，我們尋訪過許許多多這方面的專家學者，也閱讀了大量有關的研究報告。也許他們講的全有道理，我們確確實實有著許多十分緊要的事，需要抓緊去做！

曾在黨和國家機關擔任過重要職務的資深經濟學家杜潤生說：從中國政治、經濟大局出發，為調動億萬農民的勞動生產積極性，亟需給農民創造一個好的制度環境。其中，土地制度是第一位重要的。中央規定，土地承包期延長三十年，賦予農民長期的土地使用權，但是現在應進一步給予法律的保障，把從公有制分離出來的土地使用權，以法律形式肯定它是一個經濟主，一種權，應按照私人財產給予保護。我們過去說，社會主義公共財產神聖不可侵犯，現在我們應該提出，農民的土地使用權作為私人財產，其權利同樣也是神聖不可侵犯的。使用權包含承包權、經營權、抵押權、入股權、轉讓權等多種權利。這些權利在立法時應界定清楚，形成法律依據。

由農業部調任中國經濟體制改革研究會副秘書長的溫鐵軍認為，我們需要改變為了給政策「打補丁」，或解決眼前問題而搞單項改革的政策，需要全面推進綜合配套的改革來解決「三農」問題。

溫鐵軍說，我們早在一九九三年就曾經提出過解決農民負擔問題的觀點和建議，認為中國自秦朝設立「郡縣制」以來的兩千年的封建社會都是「皇權不下縣」的，政府對於小農經濟最低成本的管理方式就是鄉村自治，而不是國家針對每一個農戶的稅費管理，因為政府與億萬農戶之間的「交易費用」太高。而目前，我們的情況卻恰恰相反：在小農經濟多元化兼業經營、生產和交易都過於瑣碎的情況下，政府卻硬要對兩億四千萬個農戶徵收稅費，還要加強管理，不僅鄉鎮已經「六套班子，七所八站」，還要把村級也疊床架屋地搞上「三套人馬」。這些政策都是要收錢才能運行的，自然就會導致機構膨脹。

溫鐵軍還說，關於農業稅的合理性問題也是值得商榷的。中國農村人均也才一畝多點地，已經有六百六十多個縣的人均耕地低於聯合國的「土地對人口〇點八畝的最低生存保障線」。在這些縣，土地已演變為農民的生存保障資料，基本上不再是生產資料，農民就不應該成為納稅對象。從生產的角度來看，我國連續三年農戶家庭經營的農業投入產出比，基本都是負值了，沒有收益，稅收從何談起？從收入角度看，即使按照政府公布的統計，農民月收入也不過三百元，城裡人達到八百元才開徵，所以現在繼續徵收農業稅，從道理上就是講不通的，再說現行的農業稅制是幾十年一貫制，已經使得當前農業稅的徵收，出現了許許多多與現實情況相脫節的現象。至於現行的農業特產稅，規定是據實計徵，這在實際操作中根本就無法去徵收。

溫鐵軍認為，解決「三農」問題雖然沒有「千金方」，但從農村改革試驗區的基層工作經驗看，還是應該強調推進綜合改革，優化農村經濟發展的外部環境。在當前複雜的困難局面中，有必要強調一九九八年中共十五屆三中全會文件對農村改革的經驗歸納，這就是農村改革是億萬農民的偉大創造，黨的一切政策的出發點必須是保護農民的利益。我們的經驗歸結到一點，就是要相信農民，走群眾路線。不僅是眼中，而且是心中要有九億農民。對農民的負擔要有一個清醒認識，要正確估價農民的富裕程度和正視農民負擔過重的現實，對當前農村形勢絕不能盲目樂觀，必須實施農民休養生息的戰略。否則，沉重的經濟負擔和心理壓力超過了農民的承受能力，最終會將農民逼上絕路。

農村問題研究專家朱守銀，在中國經濟改革研究基金會的資助下，曾經完成一個《農村基層制度創新與稅費體制改革問題研究》課題的研究報告。他在報告中特別提到了上個世紀出台的兩項改革措施，因為這兩大改革曾給我們今天的制度環境帶來重大變化，但即便是我們大張旗鼓宣傳過的這些改革措施，也並不完全都是可以讓人樂觀的；利弊如何，正確與否，同樣需要接受實踐的檢驗。

一是，隨著一九八五年「撤社建鄉」的完成，國家史無前例地建立起了龐大的鄉鎮基層政府管理體制，隨後又相繼出台了一系列「分權讓利」趨向很強的改革措施和「分灶吃飯」的財政包幹政策，在各級政府和部門之間形成了十分明確的利益關係。於是，數萬個具有獨立利益和增收欲望的鄉鎮政府，那些擁有國家權力又「分兵把守」農村經濟發展各個領域的部門，就都成為既壟斷權力又追求利益的行為主體。

二是，一九九四年國家進行的「分稅制」改革，不但沒有跳出財政包幹體制的圈子，還因為分稅制是先劃分出中央與地方的收入，反而造成了「事權」與「財權」的分離；在「事權」的劃分上，中央與地方以及地方各級政府之間的管理出現混亂。地方政府預算內的財政收入往往成了「吃飯財政」，一些地方甚至連行政事業費、人頭費的開支也難以保證，這就誘發了各級地方政府追求財政「增收」的欲望，都為盡可能地提高本級財政的留成比例，而給下級政府下達不斷增長的財政收入目標和上繳任務。農村基層政府及農民自治組織由於有事權而無財權，為完成上級下達的各項任務，只有向農民伸手。

這些改革帶來的負面效應，顯然並非就是改革設計者的初衷。但是，不正視，不改變這些重大的改革造成的制度環境，制度創新還只能是一句空話。

中國社會學學會會長陸學藝，談到農村社會發展過程中出現的那些問題，他的見解十分明確：首先必須從城鄉的關係上去尋找答案。他將城鄉二元結構看作是影響中國經濟發展的第一因素。他說，二元制的社會結構已經到了非改不可的地步了。當然，要理順城鄉關係，絕對不是改一改戶籍制度就能解決問題的，因為戶籍制度維繫著城鄉利益的分配格局，對它進行改革，其實是對城鄉利益關係的根本性的調整。

曾經直言進諫過朱鎔基總理、現已出任《中國改革》雜誌主編的李昌平認為，比農業產業化和費改稅更重要的，是對縣鄉機構進行革命性的改革。所謂革命性的改革，也就是說，要改變幹部的產生方式和管理方式，黨的領導關鍵是要保證讓人民做主，重構政府體制。其目標是政府必須忠於人民，按人民的意志辦事。現在吃稅費人員必須減少一半以上，各種機構必須砍掉一半以上，幹部在崗即官，下崗即民。如果縣鄉政府體制重構的改革不切實做好，其他改革就不可能順利進行。

他甚至認為，精簡機構和人員肯定是一場革命，是一場比經濟體制改革更加艱難的革命。這場革命是不可避免的，在一定的範圍裡，這場革命是一場鬥爭，是人民群眾捍衛國家給予他們的權利、權力，同剝奪他們權利、權力的人之間所進行的艱苦鬥爭。沒有這場鬥爭，一切都不可能回到正常的軌道，黨中央、國務院的指令就很難得到忠實執行。如果不利用民主的力量解決長期困擾我們的「政府膨脹」問題，我們就會重覆暴力革命交替政權的歷史。

李昌平不是第一個提出「三農」問題的人，但以一個鄉黨委書記的身分，系統提出、用數據說話、用親身經歷說話的，他是第一個。他說的最著名的一句話就是：給農民以國民待遇，給農民以基本權利。

華中師範大學中國農村問題研究中心法學博士于建嶸，卻發表了和李昌平不完全相同的意見。他認為，那些在計劃經濟時代形成的「非農業人員」所具有的「待遇」，現在已經不是什麼「國民待遇」了。因為對生活在城鎮的廣大勞動者來說，那些少得可憐的「福利待遇」早已被改革改掉了。只有那些少數權貴者則在更大程度和更大範圍上享受著勞動者創造的社會財富。在這個意義上，可以說，中國並沒有一個確定的、具有共同利益和意志代表的國民群體，只有貧賤的勞動者與擁有資本和權力的權貴者。也沒有什麼國民待遇，只有權貴者的待遇。也就是說，「給農民以國民待遇」並不能解決中國農村的政治危機。

因此，于建嶸認為，首先要動員組織農民建立真正的農民組織，改變現在的鄉村治理方式，實行鄉鎮自治；同時，我們需要一種新的政治許諾，要運用社會組織特別是民間組織來構造社會運動的載體，成立真正意義上的代表農民利益的農會。農會可以把分散的農民組織起來，農民的願望就容易通過秩序化的組織渠道得到表達，許多突發事件也就可以得到緩衝和調解。當然，這種組織是能代表最大多數農民之利益的，必須是自下而上的，而且必須是適應世界潮流的，就是說，可以應該建立退出機制，無論是政治性的和經濟性的農民組織，如果農民沒有自由退出權利，那都是很可怕的。

著名的經濟學家吳敬璉，是一個大學問家，他顯然喜歡藉用歷史說話，讓事實說話，甚至不用多少高深的理論，卻同樣的震撼人心。他說：「任何一項改革都不會是一帆風順的。當最初提出改革的時候，誰也想不到，一九八二年就出現了改革回潮；十二大肯定計劃經濟為主的提法，一九八四年便翻過來了；十二屆三中全會通過了《中共中央關於經濟體制改革的決定》，那時大家都興奮得不得了，結果，幾個月後，通貨膨脹出現了，只得向後退；一九八六年國務院制定的配套改革方案，差一點就付諸實施了，也曾興奮得很，以為中國改革從此走上坦途，可是過了幾個月，又決定不實施了。以前，總希望出現什麼開天闢地的事情，現在我卻認為，只要能夠一步一步地前進就很不錯。我們不能對前途盲目樂觀，近年來一些重大改革不斷受挫的經驗告訴我們，中國的改革正在過大關。」

這位在中國政治與社會變革中勇於進行探索，並贏得了「吳市場」稱譽的經濟學家，這兩年特別喜歡引用狄更斯《雙城記》小說中開頭的話，暗示他對中國改革的解讀：「這是最好的時期，也是最壞的時期；這是智慧的時代，也是愚蠢的時代；這是信任的年代，也是懷疑的年代；這是光明的季節，也是黑暗的季節；這是希望的春天，也是失望的冬天；我們的前途無量，同時又感到希望渺茫；我們一齊奔向天堂，我們全都走向另一個方向……」

吳敬璉說：「在一個錯綜複雜的大轉變時代，我們必須看到，好壞兩方面的因素都存在，因此，兩種前途都是可能的。我們當然希望有一種最好的前途。但是中國的未來，只能取決於我們現在的認識，和今天的努力。」

58 跳出黃宗羲定律

湖北省咸寧市咸安區委書記宋亞平，在湖北省是個有名的「改革書記」。為提高咸安區幹部隊伍適應市場經濟的能力，增強他們的改革意識，他曾將三分之一的區鄉幹部派到南方去打工鍛練，每人每月只發給五百元工資，其餘的，就全靠自己在社會上打拼，因此，大家又把他喊成「打工書記」。

二〇〇二年八月，宋亞平慕名來到合肥，想親自聽一聽倡導農村稅費改革的何開蔭談一談正在安徽試點中的這場「費改稅」。然而何開蔭開門見山的一句話，卻大大出乎他的意料。

何開蔭說：「『費改稅』不過給農民減輕了三、四十元的負擔，我們現在就是稅費全免，不向農民徵收一分錢，它也不可能引起中國農村經濟發生質的變化。」

宋亞平多少有點兒詫異地望著何開蔭。

何開蔭說：「我的理解，改革就應該是創新，體制的創新，機制的創新，制度的創新；重大改革，那就應該是一場革命。」

接著，他引用鄧小平早在一九八八年六月七日就說過的一句話：「現在面臨的問題是，不進則退，退是沒有出路的。只有深化改革，而且是綜合性的改革，才能夠保證本世紀內達到小康水平，而且在下個世紀更好地前進。」

引用了鄧小平「只有深化改革，而且是綜合性改革」的話，何開蔭才又說道：「『費改稅』只能減輕一點農民過重的負擔，並不能解決主要矛盾。自從大包幹以後，在改革開放的新形勢下，農村又積累了不少新的矛盾，正是因為當時的農民負擔已經成為全社會的一個熱點和難點問題，而且，又是處在一個牽一髮而動全身的關鍵位置上，我們才選擇它作為突破口，先把農民過重的負擔減下來，同時把其他深層次的矛盾，全都逼到層面上來，然後按其輕重緩急分別採取對策逐個加以解決。」

「遺憾的是，」何開蔭無可奈何地對宋亞平說，「設在財政部的農村稅費改革辦公室，對全面深化農村改革缺乏了解，竟把這場改革簡單化為『費改稅』，儘管這種『費改稅』在減負和改善幹群關係，在安定社會等方面都取得了巨大成績，卻也造成了一些新的困難，使得全面深化農村改革難以順利地深入下去，甚至在一些先行改革試點的地方，農民的負擔又出現了反彈。究其原因，很簡單，因為財政部只是一個具體的職能部門，它不可能代替其他的部門制定政策。因此把『費改稅』視作中國農村第三次重大的改革，那是誤會，重大改革的標誌是把農村計劃經濟轉變為市場經濟。為此我們曾大聲疾呼，不斷提出改善眼下『費改稅』方案的建議，但是我們的聲音畢竟太微弱了，感到了力不從心。」

酒逢知己千杯少，話不投機半句多。現在，何開蔭面對來自湖北省的「改革書記」，談起農村改革的事，他差不多把幾個月才能說的這麼多話，一下全說了。他說：「稅費改革其實是有著豐富內涵的。它上連著農村戶籍制度、農村金融體制和糧食購銷政策的改革，尤其是最根本的土地制度的改革；下連著農村基層財稅體制、財務制度、農村義務教育和農村科技體制的改革，特別是最重要的鄉鎮村級機構的改革。總之，農村稅費改革是一場十分複雜而又深刻的社會變革。如此重大的一場改革，必須由總理和分管副總理親自領導，由中央農村工作領導小組辦公室主持，把改革辦公室設在國務院的一個綜合部門，從各相關的部委抽調出熟悉業務並懂得政策的精兵強將從事這項工作。首先，由財政部修改和完善稅改方案，使之能帶動其他改革，然後，由糧食部門制定新的糧食購銷政策並進行體制改革；由教育部修訂義務教育法並由各省制定實施細則；由公安部制定農村戶籍制度的改革方案；由人事部制定鄉鎮機構改革的方案；由農業部制定農村科技體制改革的方案；由民政部制定村級機構和農民社會保障方案；由衛生部計生部門制定農村公共衛生以及醫療保障體系的改革方案；環保與國土資源部結合農業部制定出土地制度的改革方案，並創建市場經濟的微觀主體，帶領農民搞好農業結構調整。所有這些方案彙總到綜合改革辦公室，進行協調和修訂，最後形成相互配套的綜合改革方案，以實現整體推進。這樣才能奪取全面深化農村改革的徹底勝利，促進農業的大發展！」

這麼一說，倒引起了宋亞平的共鳴。因為宋亞平過去就在基層工作多年，對「三農」情況還是比較了解的，在這些方面，他也是早有研究的。

於是，二人就如何有效地促進中國農業發展、農村進步以及農民富裕的許多問題，交換了意見。

兩人都認為，對中國今天的農業，首先應該實施「休養生息」的政策，免除一切面向農民徵收的農業稅及其附加。過去的鄉鎮工作主要也就是抓計劃生育、社會綜合治理和徵收稅費，尤以徵收稅費最耗人力、精力與財力，政治成本太大，免除農民的稅費，一可以徹底減輕農民負擔，有利於農民積累財富，逐步增強農業擴大再生產的能力；二可以把大批鄉鎮村組幹部從收錢要款的困苦中解脫出來，舒緩農村緊張的幹群關係。縣鄉兩級由此導致的減收，可以通過減事減人減支的辦法解決。這樣，中央和省裡在農村稅費改革過程中的財政轉移支付，就能夠完全用於農村的基礎教育和農村的衛生事業。

兩人還都認為，在對中國農業實施「休養生息」政策的同時，可以推行「無為而治」的方略。將目前的五級政府逐步恢復為三級政府，併鄉建鎮，將現在的鄉鎮政府改為鎮公所，作為縣級政府的派出機構。如果當前條件不具備，可以先行大規模精簡鄉鎮機構，採取黨政幹部交叉任職的辦法，將「四大家」合為一家，堅決壓縮鄉鎮領導幹部的職數和人員的編制，分流冗員。凡農民可以依法自立自主的事情，凡可通過鄉規民約協調的事情，以及可以利用市場機制解決的矛盾，政府就不要去管。至於鄉鎮的「七站八所」，除公安派出所和垂直管理的之外，一律改制為中介服務機構或專業經濟組織，改制後的「七站八所」只能緊密圍繞農村經濟建設與社會進步的發展要求，為農業生產和農民生活提供有效服務，成為自主經營、自負盈虧、自我發展的企業法人單位。村委會原則上不再賦予行政管理的職能，逐步擴大村委會的民主權利和進一步規範村委會的自治行為。與此同時，支持和幫助廣大農民成立有著豐富的經濟、政治、文化、科技內涵的各級農會組織，農會組織在性質上應當同城市中的婦聯、工會等群眾組織一樣，在黨的領導下，擁有同等的政治地位，並發揮出促進經濟發展和維護社會穩定的積極作用。

當然，取消糧食的國家定購，堅決放開糧食的收購價格、放開糧食的購銷市場；把土地還給農民，允許農民對自己擁有的土地使用權進行有序地流轉；鼓勵和支持農民向城市遷移，逐步建立城鄉統一開放的勞動力市場，真正做到城鄉居民在就業和發展機會面前地位的平等。這些，都十分重要。

同樣還要積極探索由國家、集體、農民個人共同出資、合理負擔的農村醫療保險制度和農村養老制度；結合農村扶貧政策和其他民政補貼政策，試行農民最低生活保障制度。這些，也都必須著手去做。

還要逐步加大國家對農村基礎設施建設的投入力度……

還要改革農村的金融管理體制，放開搞活農村金融……

何開蔭說：「在中國的歷史上，就曾有過多次農村稅賦改革，唐有『兩稅法』，明有『一條鞭法』，清有『攤丁入畝』的變法措施，那些重大的改革，都是針對當時收費名目繁多、貪官污吏中飽私囊、農民不堪重負而進行的；改革的內容也基本上都是改費為稅，化繁為簡，官收官解。那些改革措施，在短期內，大多是可以做到『向來叢弊為之一清』，使農民得到休養生息的機會，但是，最後又都無一例外地因為當時社會政治環境的局限，而走向了反面，並為以後的加稅增費墊高了門檻，農民的負擔反而更重。明清時期的思想家黃宗羲曾精闢地將其稱之為『積累莫返之害』，後人稱其為著名的『黃宗羲定律』。」

何開蔭說：「我們今天生活的時代與過去畢竟不同了，我們多麼希望，徹底地為人民的利益工作的共產黨人，能夠跳出這個歷史的定律。」

宋亞平回到湖北省咸寧市後，不久，就將他和何開蔭商討的意見梳理出十二條建議，上書省委書記；何開蔭隨後也寫出十分詳細的改革方案，再次直言進諫中央。

並非尾聲　大幕正在拉開

就在我們完成這部作品第二稿不久，一個振奮人心的喜訊傳來：二〇〇二年十一月八日，中國共產黨第十六次全國代表大會在億萬人民的期盼中召開了。

這是中國共產黨在新世紀召開的第一次代表大會，也是在開始實施社會主義現代化建設第三步戰略部署的新形勢下召開的一次十分重要的代表大會。

會上，全面建設小康社會，成為代表們熱議的話題。人們開始把關注的目光，一齊投向了中國的農村。因為全面建設小康社會的關鍵在農村；「三農」問題已經成為我們今天全面建設小康社會的一個「瓶頸」！

江澤民在十六大的報告中指出：「實踐沒有止境，創新也沒有止境。我們要突破前人，後人也必然會突破我們，這是社會前進的必然規律。我們一定要適應實踐的發展，以實踐來檢驗一切，自覺地把思想認識從那些不合宜的觀念、做法和體制的束縛中解放出來，從對馬克思主義的錯誤的和教條式的理解中解放出來，從主觀主義和形而上學的桎梏中解放出來。」報告提到農業工作時，特別指出「統籌城鄉經濟社會發展」。這是改革開放二十四年來，在堅持以經濟建設為中心的工作中，第一次將城市和農村的經濟社會發展提到了「統籌」的高度！

這次會議一個歷史性的重要貢獻是：順利地實現了中央領導集體的新老交替，產生出以胡錦濤為總書記的新一屆中央委員會！

所以說它順利，因為它是在平靜的氛圍中實現的。這標誌著我們的黨，正在日益走向成熟。

胡錦濤總書記同新一屆政治局八位常委與中外記者見面時，發表了簡短而振奮人心的講話。

他說：「我們一定不辜負全黨同志的重託和全國人民的期望。」

他說：「聚精會神搞建設，一心一意謀發展。」

他代表新一代領導集體莊嚴地承諾：中國的明天一定會更加美好，中國的發展進步會對世界和平與發展作出更大的貢獻！

會後不久，胡錦濤總書記就去了曾召開過七屆二中全會的河北省平山縣西柏坡村，重提「兩個務必」，告誡全黨和全國人民，務必繼續地保持謙虛、謹慎、不驕、不躁的作風，務必繼續地保持艱苦奮鬥的作風，並踏雪走訪農家。新任政治局常委溫家寶，則深入到遼寧省阜新煤礦，在七百二十米深的井下，同煤礦工人共度除夕之夜，這顯然不是溫家寶個人的一次活動。新任政治局常委李長春同樣不負眾望，連傳新聲，他多次強調：黨的宣傳工作要「貼近實際、貼近群眾、貼近生活」，「衡量精神文化產品，最終要看人民滿意不滿意、人民喜歡不喜歡」，「必須高度重視反映人民群眾的心聲，使黨的主張和人民利益更好地統一起來」。

這一切清楚地表明新一代領導集體鮮明的施政取向，重塑黨群、官民關係的決心。

接下來，二〇〇三年一月六日，中央農村工作會議就在京召開了。從形式上看，它是一次「例會」，因為中央農村工作會議年年都開，可是這次「例會」確實又是非同凡響的，它進一步強調要形成統籌城鄉經濟社會發展的完善體系，而不再是原來的「零打碎敲」，這一點被認為是中國在新世紀新階段解決農村問題的「重大新思路」，其鋒芒所指顯然是城鄉的「二元結構」。會議提出了新要求，這就是，將「三農」問題作為全黨工作的「重中之重」。強調指出：從我國的未來發展看，實現全面建設小康社會的宏偉目標，最繁重最艱巨的任務在農村。沒有農民的小康，就沒有全國人民的小康；沒有農村的現代化，就沒有國家的現代化。

胡錦濤在會上就解決好農業、農村和農民問題，實現全面建設小康社會的宏偉目標作了重要講話；溫家寶也就當前和今後一個時期的農業和農村工作作了部署；新當選的中央政治局常委曾慶紅、黃菊、李長春，都出席了會議。

理性的思維和求實的精神，正在主導中國改革的未來！

這是中國九億農民最大的福音！

接著，國務院辦公廳就以二〇〇三年一號文件的形式，下發了《關於做好農民進城務工就業管理和服務工作的通知》。這是新一屆黨中央值此新春到來之際，送給中國農民的又一份厚禮，九億農民企盼多年的「公平對待」終於在中央的文件中得到了承諾。文件中的許多規定，其根本所指，就是給農民恢復「國民待遇」。

凡是熟悉中國農村改革的人，都不會忘記曾經有過的「五個一號文件」的歷史。從一九八二年到一九八六年，黨中央連續五年以一號文件的形式制定和頒布了關於農村工作的重大政策，這五個中央一號文件極大地調動了當時廣大農民的積極性，從而使得中國的農村工作贏得重大突破。此次「一號文件」的重現，讓人真真切切地掂出了新一屆黨中央對「三農」問題的關切之情。

二〇〇三年三月，世人矚目的「兩會」在京召開，可以說，「三農」問題再次成為這次「兩會」最為引人關注的話題。就在這次會議上，原來只屬於學術語言的「黃宗羲定律」，經過新任總理溫家寶的轉述，走出了書齋，廣為人知。「共產黨人一定能走出黃宗羲定律的怪圈！」溫家寶的這句話顯示出了新一屆政府解決「三農」問題的勇氣和決心。

二〇〇三年四月三日，溫家寶正式出任國務院總理的第十六天，新的一屆中央政府就召開了全國農村稅費改革試點工作電視電話會議。行動之快，節奏之快，前所未見。說幹就幹，同樣讓人想到，他在就職當天答記者問時的一段表白：「我是一個溫和的人，但同時，我又是一個有信念、有主見、敢負責的人。」他在這個電視電話會議上莊重地宣布：「中央決定，今年農村稅費改革試點工作在全國範圍推開。這是深化農村改革、促進農村發展的一項重大決策。」

這確實又是具有標誌性意義的一項重大決策。可以認為，這一決策是連續兩屆政府所關注的改革走向縱深的一個里程碑。

當然，從溫家寶總理的講話中不難看出，改革的深入並不僅僅體現在試點地域擴大到了全國，更在於此次透露出的一些新的信息。一個最直接的政策變化，就是農業特產稅將被全面取消！

新任財政部長金人慶在接受採訪時指出：城市要反哺農村，工業要反哺農業。解決「三農」問題是本屆政府主要施政目標之一。儘管我國還不很富裕，農村要全部享受公共財政也一時還做不到，但我們要堅定不移向前走，從現在開始就逐步加大這方面的財政投入。為使國民收入分配格局向著更加有利於農業、農村和農民的方向調整，中央已經確定，今後文、衛、教方面的支出增量要重點投向農業！

僅僅過去一個多月，六月一日，一個令人鼓舞的消息又從八皖大地上傳出，安徽省在全國繼稅費改革後再次率先推行糧食體制的改革試點，全面放開糧食的收購價格，全面放開糧食的購銷市場；同時，全面地調整糧食的補貼方式，將原來通過國家糧食系統的間接補貼，改為按國際通行的做法，直接補貼到農民的手裡。

這種以糧食補貼方式為核心內容的改革，可以說是對我國農業政策的一次重大突破！

又過了一個月，胡錦濤總書記在「七一講話」中，就提出了「立黨為公，執政為民」的重要思想，要求各級領導幹部要「權為民所用，情為民所繫，利為民所謀」，把人民的利益放在高於一切的位置，時刻牢記「人民利益無小事」。緊接著，八月三十日，新一屆的全國人大常委會便通過了《行政許可法》。這是一個開創性的立法。過去，從中央到地方，行政審批項目的設置就不知有多少，多一項許可就多一次收費，收費不公開，不透明，老百姓不知情。有了這部重要的新法，不僅可以從源頭上解決權力運作過程中滋生的腐敗現象，對進一步解決農村中的「三亂」也有了法律制度上的保證。

這一系列重大的舉措，無疑是對原有改革「硬傷」的一種「修復」。也許，「修復」沒有「突進」來得那麼耀眼和激動人心，不是大刀闊斧，更不是以暴風驟雨的方式強力推進，但是它體察民情，了解民意，集中了民智，而且珍惜民力，不是在口頭上，而是實實在在地讓人們看到了，新政府求真務實的政策圖景正在漸漸展開。

當然，我們也注意到，這次將農村稅費改革推向全國，仍還保留有「試點」二字，因此可以預見，這場已經被確定為「整體推進、配套進行」的偉大的農村改革，仍將會經歷一個相當複雜而又艱難的過程。

今天，中國農村的改革，毫無疑問已經進入到一個最關鍵、又是最困難的時期：身後無退路，腳下是雷區，改革觸及到了深層次的所有制問題，觸及到了經濟體制與政治體制相結合的問題，難度都是空前的。但是，社會利益主體多元化的形成，已經使得我們今天的改革開放，具有了空前的社會基礎和深化動力，具有了不可逆轉的趨勢，特別是，有著一個可以期待的以胡錦濤為首的新的黨中央，我們沒有理由不滿懷信心，和九億農民朋友一道，去迎接中國的歷史上又一次壯麗的日出！

二〇〇一年十月動筆
二〇〇三年十月三稿

國家圖書館出版品預行編目資料

中國農民調查／ 陳桂棣，春桃合著. -- 一版. -- 臺北市：大地， 2005〔民94〕

面； 公分. --（大地文學；19）

ISBN 986-7480-19-8 （平裝）

857.85 93021752

中國農民調查／陳桂棣、春桃合著. -- 一版.
-- 臺北市：大地，2005〔民94〕
面：　公分. --（大地文學；19）

ISBN 986-7480-19-8（平裝）

857.85　　93021752

中國農民調查

大地文學 019

作　　者	陳桂棣、春桃
創 辦 人	姚宜瑛
發 行 人	吳錫清
主　　編	陳玟玟
封面設計	黃雲華
出 版 者	大地出版社
社　　址	114台北市內湖區瑞光路358巷38弄36號4樓之2
劃撥帳號	50031946（戶名　大地出版社有限公司）
電　　話	02-26277749
傳　　眞	02-26270895
E-mail	vastplai@ms45.hinet.net
網　　址	www.vasplain.com.tw
印 刷 者	普林特斯資訊股份有限公司
一版四刷	2007年8月

大地

定　　價：320元